BETH KERY
Seduction
Begehre mich

BETH KERY

Seduction
Begehre mich

Roman

Deutsch von Sebastian Otterbach

blanvalet

Die Originalausgabe erschien 2014 unter dem Titel
Since I Saw You bei Berkley Books, Penguin Group USA, New York

Der Verlag weist ausdrücklich darauf hin, dass im Text
enthaltene externe Links vom Verlag nur bis zum Zeitpunkt
der Buchveröffentlichung eingesehen werden konnten.
Auf spätere Veränderungen hat der Verlag keinerlei Einfluss.
Eine Haftung des Verlags ist daher ausgeschlossen.

Verlagsgruppe Random House FSC® N001967

1. Auflage
Copyright der Originalausgabe © 2014 by Beth Kery
This edition is published by arrangement with The Berkley Publishing Group,
a member of Penguin Group (USA) Inc.
Copyright der deutschsprachigen Ausgabe © 2016 by Blanvalet
in der Verlagsgruppe Random House GmbH,
Neumarkter Str. 28, 81673 München
Redaktion: Sabine Wiermann
Umschlaggestaltung: © Johannes Wiebel | punchdesign
Umschlagmotiv: © Miriam Verlinden
KW · Herstellung: kw
Satz: Uhl + Massopust, Aalen
Druck und Bindung: CPI books GmbH, Leck
Printed in Germany
ISBN 978-3-7341-0325-4

www.blanvalet.de

KAPITEL EINS

Ein feiner Schweißfilm legte sich über Lin Soongs Gesicht, als sie im Dunst den Bürgersteig entlangeilte. Dieser verdammte Nebel. Weit und breit war kein Taxi mehr zu sehen gewesen, also hatte sie die eineinhalb Kilometer vom Nobel Tower zum Restaurant zu Fuß zurückgelegt. Nach dem langen Arbeitstag und diesem gehetzten Lauf quälten sie nun ihre Füße in den Schuhen mit den hohen Absätzen. Außerdem hatte die Luftfeuchtigkeit ihrer Frisur vermutlich den Rest gegeben. Lin fiel wieder ein, wie sie – sie dürfte zehn oder elf Jahre alt gewesen sein – vor ihrer Großmutter erscheinen musste, die mit einem Kamm und einem Glätteisen wie mit Kriegswaffen vor ihr herumgewedelt hatte.

»Diese Haare hast du von deine Mutter geerbt«, pflegte ihre Großmutter zu sagen und verzog, während sie sich an ihre Ordnungsaufgabe machte, grimmig den Mund. Lin wusste genau, was ihre Großmutter über die potenzielle Gefahr dachte, die von solch widerspenstigen Strähnen ausging, wie sie nun auch bei ihr auftauchten. Glaubte man ihrer Großmutter, so waren Haare etwas, das man, wie alles andere im Leben, schön glatt und glänzend halten sollte.

Lin schob sich durch die Drehtür des Restaurants und hielt im leeren Foyer einen Moment lang inne, um ihren Atem und Puls zu beruhigen. Sie hasste es, nervös zu werden, und das, was ihr nun bevorstand, verlangte weitaus mehr von ihr als die übliche professionelle Souveränität. Lin hatte ihr flatterndes, lockiges Haar wieder gebändigt und mit einem Taschentuch ihr feuchtes Gesicht getrocknet, als sie das elegante und gut besuchte Restaurant schließlich betrat. Im gleichen Augenblick sah sie ihn an der Bar sitzen. Es war unmöglich, ihn zu übersehen. Für ein paar sehr lange Augenblicke starrte sie ihn nur an. Ein seltsames Gefühl aus Beunruhigung und Aufregung machte sich in ihrem Bauch breit.

Warum hat Ian nicht erwähnt, dass ihm sein Halbbruder so ähnlich sieht?

Sie nahm seinen Anblick in sich auf. Er sah sehr gut aus, auch wenn sein finsterer Blick ein wenig abschreckend wirkte. Er trug ein dunkelblaues Hemd, und das feine Braun seiner robusten Wildlederjacke betonte das rotbraune Schimmern seiner Haare. Kam Reardon hatte keine Ahnung – und sie würde es ihm auch nie verraten –, dass sie selbst diese Kleider für ihn ausgesucht hatte. Das gehörte zu Ians Auftrag, der sie gebeten hatte, seinen Halbbruder für Verhandlungen um ein lukratives Geschäft hier in Chicago vorzeigbar zu machen. Für diese Reise in die Vereinigten Staaten hatte Ian auch eine neue Garderobe vorgeschlagen. Widerwillig hatte Kam zugestimmt, allerdings erst, als Ian ihn gekonnt dazu überredet hatte. Bezahlen wollte er hingegen alles selbst. Und es war Lin gewesen, die schlussendlich die Auswahl getroffen und die Kleidungsstücke zum Haus Manoir Aurore nach Frankreich geschickt hatte. Darüber hinaus hatte sie auch neue Möbel, ebenfalls von ihr ausgewählt, nach Aurore liefern lassen – Kams ehemals prächtiges Heim war ziemlich vernachlässigt worden.

Es war ein gutes Gefühl zu sehen, dass er die Kleider auch trug. Ein eindeutiger Beweis dafür, dass sie nach seinem Geschmack waren. Ihre Auswahl der Kleidungsstücke hatte allerdings nicht viel dabei geholfen, Kam optisch in seine Umgebung einzupassen. Er war zu groß für die feingliedrigen Stühle, die an der unglaublich glatten, minimalistischen Bar aufgereiht waren. Vor diesem trendigen Ambiente wirkte er mit seinem fast schroffen, maskulinen Äußeren und der angespannten Haltung wie ein bunter Hund.

Nein... nicht wie ein bunter Hund, korrigierte sich Lin. Eher wie ein Löwe, der sich inmitten einer Herde Antilopen wiederfand. Auch wenn er äußerlich ruhig wirkte, bemerkte sie dennoch eine aufmerksame Anspannung in ihm, die in diesem Meer aus entspannten, gut betuchten Stammgästen ein wenig bedrohlich erschien.

Mit einem Mal wurde ihr bewusst, dass sein Blick, quer durch den geschäftigen Speisesaal hinweg, auf ihr ruhte. »*Bonsoir*, meine Schöne. Dein Tisch wartet schon«, begrüßte sie ein Mann mit weichem, französischem Akzent.

Lin blinzelte und zog ihre Aufmerksamkeit von dem Fremden ab, der ihr doch schon nicht mehr wirklich fremd war: der berüchtigte Halbbruder ihres Chefs, der wilde Mann, den sie zähmen sollte.

Sie wandte sich dem lächelnden Richard St. Claire zu. Richard war ein Nachbar, guter Freund und der Besitzer des Savaur. Zusammen mit seinem Partner, dem Koch Emile Savaur, führte er dieses renommierte Restaurant, in dem Lin regelmäßig aß.

Sie erwiderte Richards Begrüßung mit zwei Küsschen auf die Wangen.

»Hältst du den Tisch bitte noch einen Moment frei, Richard? Meine Verabredung sitzt an der Bar, und ich würde mich gern selbst vorstellen.« Lin drehte sich, während Richard ihr aus dem Mantel half.

»Mister Groß, Dunkel und Missmutig?«, murmelte Richard und ließ Lins Mantel elegant über seinen Unterarm fallen. Amüsiert beobachtete er ihren überraschten Blick, als sie sich ihm wieder zuwandte. Wie konnte Richard wissen, dass sie mit dem Mann an der Bar verabredet war?

»Du hast, als du per Telefon reserviert hast, auch erwähnt, du würdest mit Nobles Halbbruder Essen gehen. Die Ähnlichkeit ist mir gleich aufgefallen; wie könnte man sie auch übersehen? Ich freue mich schon darauf, die ganze Geschichte hinter dieser kleinen Szene zu erfahren«, fuhr Richard fort und warf dabei einen verschmitzten Blick in Kams Richtung. »Man könnte meinen, Ian Noble würde als brasilianischer Straßenkämpfer posieren, mit Luciens teuflisch verführerischen Augen als Zugabe.«

Lin musste bei dieser passenden Beschreibung ein Lachen unterdrücken. Richard war auch mit Lucien Lenault gut befreundet, dem anderen Halbbruder von Kam und Ian. Daher hatte er zweifelsohne einen Großteil, wenn nicht sogar Kams ganze Geschichte von Lucien bereits gehört.

»Er hat sich wirklich gut gemacht«, erwiderte Lin leise. »Noch vor sechs Monaten haben ihn die Leute in dem Dorf, in dem er gelebt hat, für obdachlos und verrückt gehalten, dabei ist er schlicht genial und extrem konzentriert auf das, was er tut.« Sie senkte den Kopf. Da sie bemerkte, dass Kams scharfer Blick noch immer in ihre Richtung ging, bemühte sie sich um ein ausdrucksloses Gesicht. »Wie ein Landstreicher sieht er gar nicht aus. Allerdings sitzt er schon seit zehn Minuten nägelkauend an der Bar. Victor hat sich noch nicht entschieden, ob dieser Mann ihn in Todesangst versetzt oder verzaubert hat«, fuhr Richard leise fort. Und tatsächlich betrachtete Victor, der Barkeeper, der gerade Gläser abtrocknete, den riesigen Muskelprotz an der Theke vor ihm verstohlen mit einer Mischung aus Behutsamkeit und offener Bewunderung.

Lin schenkte ihrem Freund einen warnenden, aber belustigten Blick und ging hinüber, um Ians Halbbruder zu begrüßen. Kam war einer der wenigen Gäste an der Bar. Ein halbvolles Glas Bier stand vor ihm.

»Es tut mir leid, dass ich mich verspätet habe. Im Büro war noch viel zu erledigen, und als ich mich endlich losgemacht habe, war nirgendwo ein Taxi aufzutreiben. Sie müssen Kam sein. Ich hätte Sie überall erkannt«, sprach sie ihn lächelnd an, als sie näher gekommen war. »Ian hat nie erwähnt, dass Sie beide sich so sehr ähneln.«

Er drehte sich ein wenig auf dem Hocker und ließ, ohne Eile, seinen Blick über sie schweifen. Während er sie prüfte, rührte sie sich nicht, ihre Miene blieb ruhig und teilnahmslos. Innerlich dagegen wand sie sich. Ian hatte ebenso wenig erwähnt, dass Kam Reardon einen rauen Sexappeal verströmte – wobei Ian dies wohl nie über seinen Bruder behauptet hätte.

Auch wenn es kaum länger als eine Sekunde gedauert haben dürfte, kam es ihr vor, als würde Kams Blick erst nach vielen Minuten wieder ihre Augen treffen. In seinen Augen erkannte sie das harte Glitzern männlicher Bewunderung. Ein seltsames Gefühl rieselte ihr den Rücken hinunter. Aufregung? Oder eine jener seltenen Lust-Attacken, die bei einem der raren Momente großer Anziehung wie ein Blitz einschlugen? Sein Gesicht und Körperbau ähnelten dem Ians, doch waren auch Unterschiede deutlich zu erkennen: Kams Nase war etwas länger, seine Haut dunkler, die Lippen wirkten voller, und das Haar, in dem rotbraune Strähnen deutlich auszumachen waren, war nicht ganz so dunkel. *Prachtvolles* Männerhaar, fand Lin. Täglich dürfte sich ein Dutzend Frauen danach sehnen, ihre Finger darin vergraben zu können.

Außerdem wäre Ian wohl niemals in die Öffentlichkeit gegangen, nachdem er sich eineinhalb Tage nicht rasiert hatte. Obwohl Kams Kleidung dem Restaurant völlig angemessen war, war sie natürlich legerer als die für Ian so typischen Anzüge aus der Londoner Savile Row. Man konnte den Eindruck bekommen, man betrachtete Ian durch eine Art Zauberspiegel – durch den eine dunklere, herbere Variante ihres lässig-eleganten Chefs zu sehen war. Kams silbrig graue Augen mit dem feinen schwarzen Ring rund um die Iris waren jedoch auf jeden Fall einzigartig, ganz egal, was Richard über deren Ähnlichkeit mit Luciens Augen behauptete.

Womöglich war aber auch nur die Wirkung, die sie auf Lin hatten, einzigartig.

»Wahrscheinlich hat Ian unsere Ähnlichkeit nie bemerkt«, antwortete Kam. »Er hat mich noch nie ohne Vollbart zu Gesicht bekommen.«

Noch ein weiterer Unterschied. Genau wie bei ihrer Großmutter, die in Hongkong Englisch gelernt hatte, klang Ians Akzent frisch und doch cool und beherrscht. Kams raue Stimme mit ihrem französischen Klang jedoch rieb ganz leicht und erregend über die Haut zwischen ihrem Nacken und den Ohren.

Sie streckte ihm die Hand entgegen.

»Ich bin Lin Soong. Wie Sie vermutlich bereits wissen, arbeite ich für Ian. Ich freue mich sehr, Sie endlich persönlich kennenzulernen.«

Er nahm ihre Hand, schüttelte sie aber nicht, sondern hielt sie nur ganz leicht fest. Seine Hand war groß und warm und umschloss die ihre. Die Spitze seines Zeigefingers drückte ganz leicht auf ihr inneres Handgelenk.

»Ist es bei meinem Bruder Usus, dass Minderjährige für ihn Überstunden leisten müssen?«, wollte er wissen.

Sie errötete, und ihre zwischenzeitige Trance wurde durch seine Stimme und Berührung unterbrochen. Ihr war bewusst, dass sie jünger aussah, vor allem wenn ihr Make-up vom Nebel verwischt worden war und ihr Haar sich wie dunkle Wolken um ihr Gesicht lockte. Natürlich war sie tatsächlich recht jung für ihre Position, die sie als Managerin für Ian bei Noble Enterprises bekleidete. Bemerkungen dieser Art hatte sie schon des Öfteren vernommen, auch wenn sie sie normalerweise nicht derart verwirrten, wie es im Moment der Fall war.

»Als minderjährig kann man mich kaum mehr bezeichnen. Und Ian scheint überzeugt zu sein, dass ich für meine Aufgaben alt genug bin«, gab sie sanft zurück und hob, amüsiert Protest einlegend, dabei ein wenig ihre Augenbrauen.

»Daran zweifle ich nicht.« Sie musste blinzeln, als sie die unverhohlene Überzeugung in seiner Stimme hörte. Seine Finger zuckten an ihrem Handgelenk, und mit einem Mal zog sie ihre Hand zurück, aus Angst, er könne ihre Nervosität an ihrem Pulsschlag bemerken. »Ich bin bereits achtundzwanzig.«

»Ist das nicht trotzdem sehr jung für den Job, den Sie bei Noble Enterprises übernommen haben? Ian, Lucien und Francesca haben mir viel erzählt. Er scheint ohne Sie gar nicht funktionieren zu können«, fuhr er fort.

Bei diesem Kompliment errötete sie erneut.

»Mir wurde diese Rolle quasi schon in die Wiege gelegt. Meine Großmutter war Vizevorstand für den Bereich Finanzen bei Noble. Sie hat mir während meiner Schul- und Hochschulzeit immer wieder in den Sommerferien kleinere Jobs im Unternehmen vermittelt.«

»Und eines Tages sind Sie dann in Ians Team gelandet?« Seine silbrig grauen Augen leuchteten in einer Mischung aus Humor und echtem Interesse. »Arbeitet Ihre Großmutter noch für Ian?«

»Nein. Sie ist an Weihnachten vor zwei Jahren gestorben.«

Sie hielt den Atem an, als er um ihre Taille herumgriff. Würde er sie gleich *umarmen*? Sie zuckte leicht zusammen, als ein Stuhlbein über den Holzboden kratzte. Erleichtert atmete sie aus, als ihr klar wurde, dass er nur den Stuhl hinter ihr so hinschob, dass sie sich setzen konnte.

»Unser Tisch wartet schon«, erklärte sie.

»Ich würde lieber hier an der Bar essen.«

»Natürlich.« Sie weigerte sich, darüber irritiert zu sein. Sie stellte ihre Tasche ab und griff nach dem Stuhl. Eine Falte bildete sich auf seiner Stirn, und er stand auf.

»Danke«, murmelte sie, denn sie hatte verstanden, dass er sich widerwillig erhoben hatte, bis sie sich gesetzt hatte. Vielleicht war er doch nicht so ungehobelt, wie man denken mochte.

»Sie machen das lässig«, stellte er fest, nachdem er ebenfalls wieder Platz genommen hatte. Sein Knie hatte ihre Hüfte und den Oberschenkel gestreift.

»Wie meinen Sie das?«

Er zuckte leicht mit den Schultern, seine Augen glänzten. »Ich hätte vermutet, Sie würden es ablehnen, an der Bar zu sitzen.«

»Sie meinen, Sie hatten gehofft, ich würde es ablehnen?«, forderte sie ihn ruhig heraus. Sie wandte ihren Blick Victor zu, als sich der Barmann näherte, und fuhr fort, noch bevor Kam ihr widersprechen konnte. »Victor bringt mir des Öfteren das Essen an die Bar, wenn ich nach einem langen Arbeitstag hier hereinstolpere. Er kümmert sich sehr gut um mich.« »Und es ist mir jedes Mal eine Freude. Wie immer, Miss Soong?«, wollte Victor wissen.

»Ja, Danke. Und würden Sie Richard bitte wissen lassen, dass wir den Tisch nicht mehr brauchen?«

Victor nickte. Bevor er ging, warf er Kam noch einen nervösen, begehrlichen Blick zu.

»Um Himmels willen, was haben Sie denn mit diesem armen Mann gemacht?«, fragte Lin leise und stützte ihren Ellenbogen auf die Bar. Leicht amüsiert begegnete sie Kams Blick.

»Nichts. Ich habe ihn nur gebeten, mir ein Bier zu bringen.«

»Mehr nicht?«, zweifelte Lin.

Gleichgültig zuckte er mit den Schultern.

»Vielleicht doch. Vielleicht habe ich so etwas gesagt wie ›Vergiss den ganzen Mist und gib mir endlich einfach ein Bier.‹« Ihm fiel auf, dass sie die Augenbrauen gehoben hatte »Er hat versucht, mir irgendwelche exquisiten Drinks mit zwei kleinen Happen Essen und einem Gewürzstreuer auf einem Tablett anzudrehen.«

»Ich könnte mir vorstellen, er hat Ihnen vorgeschlagen, im Restaurant etwas zu essen und zu trinken.«

Zu ihrer großen Überraschung grinste er offen, und vor seiner dunklen Haut leuchteten weiße Zähne auf.

»Aber der Typ versteht doch Spaß, oder?«

Lin zwang sich, den Blick vom Kam Reardons unwiderstehlichem Lächeln abzuwenden. Er hatte etwas Teuflisches, kein Zweifel, und war zudem durch und durch sexy. Zugleich steckte jedoch auch etwas Schüchternes in ihm, und es schien, als wäre sein Interesse an dem Treffen mit ihr plötzlich geweckt worden. Und darauf war er, ganz wie sie selbst, nicht vorbereitet gewesen. Das war deutlich zu spüren. Sie würde Ian verzeihen können, dass er sie vor der Begegnung mit seinem Halbbruder nicht gewarnt hatte, aber Francesca, seine neue Frau, hätte als Geschlechtsgenossin sie doch wirklich über Kams Wirkung informieren sollen.

»Die meisten Menschen, die sich an die Theke setzen, stellen sich auf ein nettes Plaudern mit dem Barkeeper ein«, tadelte sie ihn vorsichtig.

»Ich bin nicht wie die meisten Menschen.« Er ahmte ihre Haltung nach, indem er ebenfalls seine Ellenbogen auf den Tresen stützte, sich vorbeugte und sie ansah.

»Ja. Ich glaube, das hat sich inzwischen herausgestellt«, murmelte sie amüsiert und beobachtete ihn, wobei ihr Kinn ihre Schulter berührte. Sie saßen eng beieinander. Viel näher, als sie es an einem Tisch getan hätten. Ihre Ellenbogen berührten sich leicht; ihre Haltung wirkte vertraut. Viel zu intim dafür, dass sie sich gerade eben erst begegnet waren. Instinktiv blickte sie nach unten, wo ihr Blick auf seinen Schritt und die kräftigen, in der Jeans steckenden Oberschenkel fiel.

Ihre Wangen wurden von Hitze überflutet. Hastig konzentrierte sie sich auf die Gläser, die hinter der Bar hingen.

Sie brachte die Stimme in ihrem Kopf zum Schweigen, die ihr vorschlug, sich zurückzulehnen, um sich einen Überblick zu verschaffen. Lin Soong hatte keine Ahnung davon, wie man sich über einen Tresen lehnte und mit wilden, sexy Männern flirtete. Sein Gesicht faszinierte sie dennoch. Gern hätte sie sich ihm wieder zugewandt und es ausgiebig betrachtet, dieser Wunsch zog fast wie ein Magnet all ihre Aufmerksamkeit auf sich. Und ... sie konnte ihn riechen. Sein Duft war einfach: Seife und frisch geduschte Männerhaut. Nein, er *hätte* einfach *sein sollen*, doch er war schwindelerregend komplex. Betörend.

»Ich hatte nicht vor, Sie zu beleidigen, als ich vorgeschlagen habe, an der Bar zu essen«, fuhr er fort und nahm damit ihren leichten Spott von eben auf, dass er versucht haben könnte, sie zu beleidigen. »Ich fühle mich hier einfach wohler. Ich bin es nicht mehr gewohnt. Ich kenne mich an Orten wie diesem hier nicht aus.« Bei diesen Worten sah er sich um, ohne den Kopf zu bewegen.

»Es tut mir leid«, sagte sie aufrichtig. Etwas bänglich dachte sie an die Termine, die sie für die kommenden Wochen für ihn geplant hatte. Ian war einverstanden gewesen, Kam jedoch würde es ganz gewiss nicht sein. Womöglich wäre es das Beste, es ihm leichter zu machen und ihn nur mit ein bis zwei Tagen Vorlauf von jedem Termin zu informieren, damit er genügend Zeit hatte, sich darauf vorzubereiten.

»Ich wollte nicht anmaßend sein, als ich vorgeschlagen habe, dass wir uns hier treffen. Auch wenn das Savaur ungemein vornehm wirken mag, geht es mir ganz anders. Es ist fast wie ein zweites Zuhause für mich. Ich bin mit den Eigentümern eng befreundet – sie sind sogar meine Nachbarn.«

»Mit einem von ihnen haben Sie – vermutlich über mich – gelacht, als Sie gekommen sind.« Schuldgefühl schwappte über sie.

»Wir haben nicht über Sie *gelacht*.«

Er legte die Stirn in Falten und warf ihr einen gelangweilten Blick zu, als wolle er ihr sagen, dass es ihm ganz gleich war, ob sie über ihn gelacht hatten oder nicht. Lin hatte das deutliche Gefühl, dass seine undurchdringliche Art nicht gespielt war. Er hatte sich vermutlich in all den Jahren, in denen er als

Sonderling gelebt hatte, eine dicke Haut zugelegt. Sie bewunderte ihn für seinen Gleichmut darüber, was andere wohl über ihn denken mochten. Das war etwas, das ihr in diesen Tagen und in diesem Alter nicht oft unterkam. Seine prägnanten Beobachtungen, seine abgeklärte Gleichgültigkeit und sein atemberaubendes Aussehen ließen sie unsicher werden, was sie sagen sollte.

»Es tut mir leid, wenn ich den Eindruck vermittelt habe, ich hätte gelacht. Das heißt, ich habe mich sehr darauf gefreut, nein, ich *freue* mich sehr, Sie kennenzulernen.« Sie räusperte sich. Mit einem Mal wurde ihr bewusst, wie leise, fast intim sie miteinander sprachen. Erleichtert sah sie in diesem Augenblick Victor mit den Speisekarten kommen.

»Darf ich etwas für Sie aussuchen?«, wollte sie höflich wissen. In dem Aufblitzen seiner Augen erkannte sie, dass sie erneut in ein Fettnäpfchen getreten war.

»Warum das? Denken Sie, ich wüsste nicht, wie man in einem Restaurant etwas zu essen bestellt? Oder dass ich nicht lesen kann?«

»Natürlich nicht, weder noch. Ich habe nur daran gedacht, was Sie eben über die winzigen Portionen gesagt haben. Ich verspreche Ihnen, dass ich sicher nicht nur zwei kleine Happen und einen Gewürzstreuer auf einem Tablett bestellen werde. Emile Savaur weiß sehr gut, wie er einen hungrigen Franzosen satt bekommen kann. Er und Richard sind selbst Franzosen und ebenfalls meist hungrig.«

Sie interpretierte sein Schweigen und angedeutetes Nicken als Zustimmung und bestellte für sie beide ein Steak au poivre.

»Ian hat Sie also vorgeschickt, damit Sie mich auf seine Experimente an mir vorbereiten«, wollte Kam wissen, nachdem Victor sich wieder entfernt hatte. Seine tiefe Stimme verstärkte das Prickeln auf ihrem Nacken. Und wieder tauchte dieses schwere Gefühl in ihrem Bauch und ihrem Schoß auf.

Sie blinzelte. Was stimmte nicht mit ihr? Diese ganze Situation war merkwürdig. Es war seine Ähnlichkeit mit Ian, die sie aus der Bahn geworfen hatte. Lange hatte sie geübt, um in der Gegenwart von Ian Noble kühl und professionell zu bleiben... auch wenn sie sich tief in ihrem innersten, geheimsten Selbst eingestehen musste, dass ihre Gefühle für Ian alles andere als reserviert waren. Dieses Geheimnis kannte nur sie ganz allein, auch wenn ein paar Freunde – darunter Richard St. Claire – etwas davon ahnen dürften, sehr zu ihrem Missfallen. Sie hätte sich besser wappnen können, hätte sie schon vorher gewusst, wie unberechenbar diese Situation werden könnte. »So nennen Sie es also? Ein Experiment?«, fragte sie geradeheraus.

»Ich hätte auch eine noch genauere Beschreibung parat, war mir aber nicht sicher, ob Sie sie hören möchten.«

Sie lachte vorsichtig und sah auf, als Victor ein Glas Bordeaux und Wasser vor ihr abstellte. Sie dankte dem Barkeeper, nahm einen kleinen Schluck Wein und sah Kam von der Seite an, als sie ihr Glas wieder abgestellt hatte.

»Ich hoffe, Sie nehmen es Ian nicht übel, dass er vorgeschlagen hat, wir sollten uns treffen. Und zusammenarbeiten.«

Sein Blick wanderte langsam über ihr Gesicht, den Nacken und weiter nach unten.

»Jetzt, wo ich Sie gesehen habe, kann ich mich langsam mit der Vorstellung anfreunden.«

Sie lachte leise in sich hinein und schüttelte den Kopf in der Hoffnung, seine Anziehungskraft abschütteln zu können. An Flirts war sie gewöhnt. Aber wer hätte gedacht, dass die feinen erotischen Anspielungen des angeblich »wilden Mannes« aus den französischen Wäldern so anziehend sein würden? Wer hätte gedacht, dass *sie* derart stark darauf reagieren würde? So, wie Francesca und Ian Kam beschrieben hatten, hatte sie sich auf einen zwar brillanten, aber gesellschaftlich wenig zugänglichen Außenseiter eingestellt. Er mochte ein wenig ungehobelt und urtümlich sein, aber ein Analphabet war er gewiss nicht.

Und diese Augen strahlten deutlichen, kraftvollen Sex aus.

Natürlich hatte es keinen Zweifel daran gegeben, dass Kam ein Genie war. Was er allein in seinem unterirdischen Labor in seinem nordfranzösischen Haus entwickelt hatte, war nichts weniger als revolutionär. Die Frage war nur, ob Kam sich mit seiner brillanten Erfindung mehr recht als schlecht schlagen würde oder den Grundstein für ein aufstrebendes Unternehmen legen könnte. Ian war überzeugt, Kam habe das Potential für Letzteres. Seine Sorge war eher, dass Kam bei jeder sich bietenden Gelegenheit, die ihn mit Kapital für den nächsten Schritt auf seiner Karriereleiter versorgen könnte, sein Gegenüber vor den Kopf stoßen würde.

»Ian hat erwähnt, Sie seien skeptisch, ob es wirklich eine gute Idee ist, Ihre Biofeedback-Uhr an die Luxusuhren-Industrie zu verkaufen. Er hat vorgeschlagen, dass ich Ihnen behilflich sein könnte…«

»Diese ganze lächerliche Geschichte genießbarer zu machen«, vollendete er ihren Satz, als sie zögerte. Lin hatte sich Mühe gegeben, ihre Worte sorgfältig zu wählen. In Wirklichkeit hatte Ian ihr seine Hoffnung anvertraut, sie könne die Zweifel seines Bruders zerstreuen. Sie sollte ihn von der Zweckmäßigkeit überzeugen, seine revolutionäre Medizin-Entwicklung an die High-End-Uhrenindustrie zu verkaufen. Zwar hatte Kam sein Patent bereits an einen Pharma-Riesen für einen Millionen-Dollar-Betrag unter der Bedingung verkauft, dass kein anderes pharmazeutisches Unternehmen die Entwicklung nutzen dürfe. Aber dieser exklusive Vertrag schloss nicht aus, Kams Erfindung ebenfalls an Unternehmen aus anderen Branchen zu verkaufen. Ian war davon überzeugt, dass Kams bahnbrechende, raffinierte Entwicklung – eine Biofeedback-Uhr, die nicht nur die Zeit verriet, sondern beispielsweise vor einem drohenden

Herzinfarkt warnen und Frauen ihre fruchtbarsten Tage anzeigen konnte – auch bei Luxusuhren-Herstellern ein riesiger Erfolg werden würde. Lin und Lucien stimmten dieser Einschätzung zu. Damit könnte Kam sich die finanzielle Grundlage für ein zukunftsfähiges Unternehmen sichern, das er eines Tages gründen möchte. Das Problem dabei war Kams herablassende Haltung dieser Industrie gegenüber.

Um es nicht noch drastischer zu formulieren.

Kombinierte man Kams Verachtung über einen Vertrag mit einer Luxusuhren-Firma und sein ungehobeltes Betragen, erhielt man das Rezept für ein geschäftliches Desaster. Daher war Ian auf die Idee verfallen, Lin zu bitten, Kams raue Kanten ein wenig abzuschleifen und ihn vor interessierten Käufern, die für eine Reihe von Geschäftsessen, Präsentationen und Konferenzen nach Chicago gekommen waren, in gutem Licht zu präsentieren.

Die Gefahr bestand allerdings, so Ian, dass Kam sich wahrscheinlich beleidigt fühlen würde, sollte er herausfinden, dass Lin ausgeschickt wurde, um einen Mann aufzupolieren, den man bis dahin als einschüchternden Landstreicher kannte.

»Was finden Sie an der Idee, Ihre Erfindung an eine High-End-Uhrenfirma zu verkaufen, so lächerlich?«, wollte sie wissen.

»Schauen Sie mich doch an. Ich interessiere mich nicht für deren Welt. Ich ziele nicht auf die schönen und reichen Mistkerle ab«, erwiderte er kühl und ohne ihrem Blick auszuweichen. »Das ist Verschwendung. Bei meinen Verträgen mit der Pharma-Industrie ging es mir um die gesamte Wissenschaft. Um die Medizin.«

Sie betrachtete ihn düster, dann erst antwortete sie.

»Das ist verständlich. Sie haben am Imperial College in London sowohl Biologie als auch Ingenieurwissenschaften und Medizin studiert. Sie haben sogar ein hoch angesehenes Stipendium bekommen, um Medizin zu studieren. Ich kann verstehen, dass die Welt der Luxus-Mode weit unterhalb Ihrer wissenschaftlichen Interessen rangiert, aber...«

Sie hielt inne, denn er war in ein raues, bellendes Gelächter ausgebrochen.

»Ich bin auch kein Wissenschaftler. Ich habe kein Examen gemacht und darf daher auch nicht praktizieren. Ich bin auch kein Intellektueller, der es ablehnt, mit der Mode-Industrie zusammenzuarbeiten.« Er nahm einen kräftigen Schluck Bier und stellte das Glas schwungvoll wieder auf die Theke. »Ich glaube einfach, dass dieses ganze Geschäft reine Zeitverschwendung ist, und das soll keine Anspielung auf die Uhrenindustrie sein. Und auch keine Beleidigung«, hängte er noch kleinlaut an, nachdem er einen funkelnden Blick in ihre Richtung geworfen hatte.

»Ich fühle mich auch nicht beleidigt«, gab Lin ruhig zurück. »Selbstverständlich müssen Sie sich bei einem derart großen Geschäft wohl fühlen. Vielleicht unterschätzen Sie die Klugheit und Großartigkeit einiger der Unternehmens-Chefs. Die Uhrenindustrie ist ein traditionelles Handwerk, das zudem für viele wunderbare Fortschritte in der Technologie gesorgt hat.«

»Es gibt nicht eine verdammte Sache, die diese Schlipsträger mir über das Uhrenhandwerk beibringen könnten.«

Sie staunte über seine verächtliche, zugleich aber auch absolut selbstsichere Haltung. Was sie von Ian gehört hatte, so lag Kam nicht falsch. Wenn es um mechanische Funktionsweisen oder den biologischen Rhythmus des menschlichen Körpers ging, so konnte Kam Reardon als zweiter da Vinci gelten.

»Es könnte aber eine sehr lukrative Unternehmung für Sie werden«, argumentierte sie.

Er warf ihr einen Blick von der Seite aus zu, und während seine Augen über Lins Gesicht wanderten, leuchteten sie warm.

»Wie lukrativ denn?«

»Einhundert, womöglich auch zweihundert Mal der Betrag,

den Sie bei der Vertragsunterzeichnung mit der Pharma-Industrie erhalten haben. Ian ist überzeugt, Ihre Entwicklung verdient die allergrößte Aufmerksamkeit. Er möchte, dass Sie sich finanziell so gut wie nur möglich absichern. Und solch ein Geschäft könnte Ihnen genug Betriebskapital verschaffen, um später ein eigenes Unternehmen aufzubauen.«

Kam rollte mit den Augen und seufzte. »Ian hat schon alles ausgerechnet, oder nicht? Seit nicht einmal einem Jahr weiß er, dass wir verwandt miteinander sind, und schon hängt er den großen Bruder raus.« Lin lächelte. »Ich wusste gar nicht, dass er älter ist als Sie.«

»Eineinhalb Jahre. Lucien ist der Älteste von uns dreien. Sechs Wochen älter als Ian.« Lin bemerkte, wie er sie bei diesen Sätzen aus zusammengekniffenen Augen betrachtete. Instinktiv wusste sie, dass Kam sich gerade fragte, was Ian ihr über ihr gemeinsames Erbe erzählt hatte.

»Ian hat mir gegenüber erwähnt, dass Trevor Gaines sein, Luciens und Ihr biologischer Vater ist«, erklärte sie daher, ohne zu zucken.

»Hat er Ihnen auch gesagt, dass der liebe Papi ein verfickter Hurensohn war?«, wollte er mit scharfer Fröhlichkeit wissen und nahm gleich darauf einen Schluck Bier. Er war eine Spur *zu* locker. Sie spürte dieses Mal einen Anflug von Zorn unter seiner Gleichgültigkeit. Seine Beschreibung von Trevor Gaines war zutreffend. Der französische Aristokrat war *tatsächlich* ein krankes Schwein gewesen, das danach trachtete, so viele Frauen wie möglich zu schwängern, sei es nun durch Verführung, Vergewaltigung oder sonst ein Mittel. Auf diese Art und Weise war es ihm gelungen, in kürzester Zeit Luciens, Ians und Kams Mütter zu schwängern. Es hatte auch noch weitere Opfer gegeben. Als Ian vor gut einem Jahr von dieser Vorgeschichte erfahren hatte, stand es eine Weile gar nicht gut um ihn. So viel wusste Lin: Kam war ernsthaft verbittert über seinen Vater.

»Er hat es mir gesagt«, erwiderte sie nur.

Kams angespannte Miene entspannte sich etwas, als sie ihm keine Plattitüden anbot oder versuchte, die unfassbaren Verbrechen des Mannes zu beschönigen, von dem er abstammte.

»Mir fällt es schon schwer, das Geld auszugeben, das ich durch mein Geschäft mit der Pharma-Industrie verdient habe«, sagte er, um das Thema zu wechseln. »Was soll ich denn erst mit der hundertfachen Summe anfangen?«

»Ian und Lucien sind offenbar überzeugt, dass Ihnen dieses Kapital helfen könnte, besser ausgestattete Laboratorien und neue Ausrüstung zu kaufen. Damit wären Sie in der Lage, auf weitere kreative Geniestreiche zu kommen. Vielleicht könnten Sie gar den Grundstein für ein sich etablierendes Unternehmen legen, das die Uhren- und Biofeedback-Industrie revolutioniert – vom Alltagsleben vieler Menschen gar nicht zu reden. Sie würden Tausende von Jobs schaffen. Ian glaubt an Ihr Talent, Kam. Doch sollten *Sie* schlussendlich nichts finden, worin Sie das Geld eines weiteren Vertrags investieren könnten, dann ist dieses ganze Gespräch fruchtlos.«

Seine Nasenflügel bebten leicht, als sie beide nun in Schweigen verfielen. Unter seiner Sturheit und Vorsicht spürte sie, dass er ihr doch zuhörte.

»Ich habe Treffen mit Vertretern von drei Uhren-Firmen arrangiert«, erklärte Lin und beugte sich ein Stück zurück, damit Victor die Schüsseln mit Emiles dampfender, duftender Zwiebelsuppe vor ihnen abstellen konnte. »Ich versichere Ihnen, dass keiner meiner Kontakte auch nur im Entferntesten denkt, ein Treffen mit Ihnen wäre *Zeitverschwendung*, wie Sie es genannt haben. Sie sind sehr an Ihrem Produkt interessiert. Vielleicht sollte ich sagen: Sie sind fasziniert. Sie brennen darauf, Ihre Erfindung einmal mit eigenen Augen zu sehen.«

»Und mich zu treffen«, murmelte Kam.

Ruhig hielt sie seinem Blick stand.

»Und Sie zu treffen, genau. Danke, Victor.« Der Barkeeper hatte ihr eine schwarze Serviette überreicht, passend zu ihrem schwarzen Rock. Gerade wollte sie die Serviette über ihren Oberschenkeln glattstreichen, als ihr Blick seitwärts fiel.

Kams Blick ruhte auf ihrem Schoß. Als hätte er ihr plötzliches Innehalten bemerkt, huschte sein Blick zurück zu ihrem Gesicht. Die Hitze, die sie in seinen Augen bemerkte, schien ein Feuer in ihrem Körper zu entfachen. Erregung stieg in ihr auf, und zwar derart heftig, dass es sie überraschte. Diese unerwartete Lust-Attacke konnte sie nicht ignorieren.

Sie reagierte so, *weil* er Ian unglaublich ähnelte. Das musste es einfach sein. Nur das Verbotene hatte die Macht, sie dermaßen zu peinigen. Denn ohne Zweifel gab es nichts, was derart tabu war wie ihr Boss. Ian Noble war diese eine Sache auf der Welt, die sie nicht haben konnte… die sie *nie* würde haben können. Auch wenn er der einzige Mann war, den sie jemals lieben würde, so war er doch außer Reichweite für sie. Umso mehr, als Francesca Arno in sein Leben getreten war.

Doch sein neu entdeckter Bruder war nicht außerhalb ihrer Reichweite, wie Lin in Kams heißen, grauen Augen erkannte, die nun gerade über ihren Mund huschten. Wie von Zauberhand spürte sie, wie sich ihre Nippel aufstellten. Nein, Kam Reardon schien genau so erreichbar zu sein, wie sie ihn sich wünschte.

KAPITEL ZWEI

Mühsam riss Kam seinen Blick von Lin Soongs Mund los. Sie war nicht das, was er erwartet hatte. Nicht im Geringsten.

Er hatte ihren Duft wahrgenommen, während sie sich unterhalten hatten, und sein Schwanz hatte diesen noch mehr genossen als sein Kopf. Als sie sich mit den Händen über den Schoß gefahren war, kam es ihm vor, als hätte man ihm direkt Lust ins Blut injiziert. Wie konnten denn schon die *Hände* einer Frau derart sexy sein? Zuzusehen, wie sie ihre Stoffserviette auf ihren Oberschenkeln ordentlich glatt strich, hatte ihn zeitweilig völlig hypnotisiert, ganz zu schweigen davon, dass sein Mund trocken wurde. Ohne dass er sich wehren konnte, schossen ihm Bilder in den Kopf, wie sie sich, völlig nackt, selbst berührte, wie ihre schönen Hände über geschmeidige Schenkel strichen… zwischen sie hineinstießen. Lin hatte die makelloseste Haut, die er je gesehen hatte. Er berührte sie unter einem Vorwand. Was er noch nie getan hatte, wenn er eine Frau zum ersten Mal traf… Er wollte sie derart dringend unter seinen Händen spüren, dass ihm dies fast wie ein Auftrag vorkam.

Er brauchte nicht zu raten, er wusste einfach, dass sich ihre Haut unter seinen entdeckungsfreudigen, hungrigen Händen wie Seide anfühlen würde. Dabei war sie nicht einmal so wie die Frauen gebaut, die er normalerweise bevorzugte – robuste, sinnlich-üppige Frauen, die unter seinem Liebesverlangen nicht verzagten. Nein, Lin hatte die Figur einer eleganten Statue, grazil, aber doch mit deutlichen Kurven und zierlicher Raffinesse.

Wilde Weiblichkeit kam ihm als passende Beschreibung in den Sinn. Ihre unangestrengte Eleganz widerstand einer genauen Beschreibung in all den Sprachen, die er beherrschte. Sie hatte lange Beine, die sich unter dem engen Rock sehr genau abzeichneten. Ihm war zudem nicht klar gewesen, dass eine Frau eine solch schmale Hüfte haben konnte. Hätten ihre geschmeidigen Bewegungen und ihre straffe Spannung nicht auf ihre muskuläre Stärke verwiesen, hätte er sich gesorgt, sie im Bett zu zerbrechen.

Nicht, dass sie jemals mit ihm im Bett landen würde. Das war reines Wunschdenken, gesteuert von seinem Schwanz. Dabei war Kam praktisch veranlagt. Seit dem Moment, in dem er Lin das Restaurant hatte betreten sehen, war ihm klar, dass sich das Spiel geändert hatte; nur *wie genau* es sich ändern würde, war ihm noch nicht so deutlich.

Schon die kleinste ihrer Bewegungen nahm ihn gefangen. In ihren Kleidern war sie absolut perfekt. Den Freudenrausch ihres nackten Körpers konnte er sich nur vorstellen. Würde eine so anmutige und gewandte Frau wie Lin Soong im Bett knurren, oder würde sie fauchen und ihre kleinen weißen Zähne zeigen?

Innerlich verfluchte er seine außer Kontrolle geratenen Gedanken, als er nach einer Scheibe des warmen, knusprigen Brots griff, das Victor in einem Korb vor ihnen abgestellt hatte.

Was dachte Ian sich dabei, ihm eine so wundervolle, fast überirdische Frau zu schicken? War Lin Soong Ians Verlockung, sich seiner Art des Denkens anzuschließen? Wollte Ian ihm beweisen, dass es unbeschreiblich lohnenswerte Vorteile in der Welt des Reichtums und der Macht gäbe? Kein Wunder, dass Ian sich darüber beschwerte, jeder Geschäftsführer und Businessmogul auf diesem Planeten würde versuchen, Lin Soong von ihm abzuwerben.

Zu spät fiel Kam auf, dass er das Brot mit seinen riesigen Händen in Stücke gefetzt hatte. Entschuldigend warf er Lin einen Blick zu. Ihre Miene zeigte keine Regung, und sie sah ihn mit ihren großen, dunklen Augen an. Gegen seinen Willen stellte er sich vor, wie es sein musste, wenn sie ihn mit diesen Augen ansehen würde, während sein Schwanz tief in ihr versenkt war und explodierte.

»Entschuldigen Sie«, murmelte er, nahm sich ein Stück des auseinandergenommenen Brotlaibs und ließ eine übel zugerichtete Portion im Korb zurück. »Das macht nichts.« Sie brach sich selbst ein Stück ab, wobei ihre hypnotisierenden Hände fast ebenso kräftig zupackten wie die seinen. In ihren Bewegungen lag etwas Erotisches, denn ganz offensichtlich vermied sie ganz und gar nicht jene Stellen, an denen seine Finger gewesen waren ... seine Berührung. Blut füllte seinen Schwanz. Mit verzerrter Miene rückte er auf dem ungemütlichen Stuhl hin und her. Sie nahm ihren Löffel und tunkte ihr Stück Brot fast unbeteiligt in ihre duftende Suppe. Unfähig, seinen Blick abzuwenden, sah er zu, wie sie die Brotkante zwischen ihre Lippen schob und abbiss. Sein Schwanz schwoll an und drückte. Er zwang das fast unstillbare Bedürfnis zurück, diesen Mund zu berühren. Er war nur klein, doch ihre dunkelrosa Lippen waren üppig und wohlgeformt.

Ihre Nasenflügel weiteten sich ein wenig, als sie seinen Blick erwiderte und ihr Brot kaute. In Lins Ausdruck lag eine seltsame Mischung aus ruhiger Unschuld und völligem Bewusstsein darüber, was er dachte.

Was natürlich lächerlich war. Eine Frau wie sie würde sich durch seine fast pornographischen Gedanken beleidigt fühlen.

Würde sie doch, oder?

»Darf ich Ihnen erläutern, was ich geplant habe?«, wollte sie mit ihrer tiefen, melodischen Stimme wissen, nachdem sie geschluckt und ein weiteres Stück Brot abgerissen hatte.

»Inwiefern geplant? Dass ich einem Haufen reicher Kerle den Hof machen soll, die Statussymbole für andere reiche Kerle produzieren und uns übrigen Arbeitssklaven laut und deutlich zurufen, dass wir nichts in ihrem Club zu suchen haben?«, schleuderte er ihr mit ungewollt harscher Stimme entgegen, als er seine Aufmerksamkeit von Lin abgewandt hatte. Er fing mechanisch an zu essen und knurrte leise seine Zustimmung, nachdem er die ersten Löffel der schmackhaften Suppe zu sich genommen hatte. Lin hatte recht gehabt. Ihr Freund wusste, wie man kocht.

»Falls überhaupt, dann werden die anderen Ihnen den Hof machen, Kam.«

Als er hörte, wie sie seinen Namen aussprach, sah er sie wieder an.

»Werden Sie auch dabei sein?«

Sie blinzelte. »Bei den Treffen? Selbstverständlich. Ich habe gedacht, Sie wüssten das. Ian ist der Meinung, ich könnte vielleicht hilfreich sein. Wenn Sie einverstanden sind?«

Er zuckte mit den Schultern.

»Ich brauche nicht unbedingt Hilfe. Aber Sie wiederzusehen würde die ganze Sache wenigstens ein wenig interessanter machen.« Ihre Augen wurden größer. Er hatte sie erwischt. Neugierig wartete er ab, wie sie reagieren würde.

»Ich dachte, Sie würden womöglich gern erst einmal in Ruhe ankommen und die nächsten Tage mit Ian und Lucien verbringen. Ohnehin bin ich erst einmal nicht in der Stadt. Dann könnten wir die Verhandlungen am Donnerstag mit einem Meeting beginnen, zu dem zwei Vertreter von Gersbach kommen«, hob Lin, plötzlich sehr forsch und geschäftsmäßig, an. Sie hatte also beschlossen, auf sein Angebot nicht einzugehen. »Ich würde vorschlagen, dass Sie sich zuerst mit Gersbach treffen, damit klarer wird, worüber wir hier verhandeln. Wie Sie sicherlich wissen, ist Gersbach die führende Schweizer Uhrenmanufaktur. Trotz ihrer Größe ist sie noch immer ein Familienunternehmen. Und die Familie regelt ihre

Geschäfte gern von Angesicht zu Angesicht. Otto Gersbach, der derzeitige Geschäftsführer, führt diese Familientradition fort. Er setzt sich mit potenziellen Geschäftspartnern zusammen, isst mit ihnen und lernt sie gern auf einer persönlichen Ebene kennen.«

»Wenn es ihm so wichtig ist, die Geschäfte auf persönlicher Basis abzuschließen, dann verstehe ich nur nicht recht, warum er sich nicht daran stört, dass auch seine Konkurrenten zu einem Treffen eingeladen werden.« Er warf Lin einen Blick zu. Sie hatte eine unerbittliche Miene aufgesetzt. »Ach, ich verstehe. Er weiß gar nichts davon«, fügte er hämisch grinsend hinzu.

»Es stimmt, ich habe es ihm nicht ausdrücklich gesagt«, erwiderte sie ruhig. Sie war wirklich sehr cool. Er beobachtete, wie sie den silbernen Löffel zwischen ihre Lippen schob. Ihre weiße, mit Perlen geschmückte Kehle wölbte sich ein wenig, als sie schluckte. Im Kopf rief er sich zu wegzuschauen. Sie war doch eigentlich viel *zu* cool, um ihn so heiß zu machen. Dieses Ungleichgewicht irritierte ihn. Plötzlich erschien ihm die Idee, seine rauen Hände über ihren seidigen Körper streichen zu lassen… seinen großen, schmerzenden Schwanz in ihre glatte Muschi zu drücken genauso wahrscheinlich wie ein eiskalter Winter in der Sahara.

Aber ein Mann musste ja noch träumen dürfen. Wenn die Fantasien so heiß waren wie die von Lin inspirierten, so hatte er keine andere Wahl.

»Doch Otto wird höchstwahrscheinlich ahnen, dass es andere Interessenten für Ihr Produkt gibt«, fuhr sie fort. »Er ist ja kein Dummkopf.«

Da sie ihren Löffel ablegte, sich zum Stuhl neben ihr umdrehte und ihre kleine, schmale Handtasche ergriff, hielt auch er mit dem Essen inne. Sie legte die Tasche in ihren Schoß und zog mit präzisen und eleganten Bewegungen etwas daraus hervor. Er hatte das Schwarz-Weiß-Foto eines gutaussehenden Mannes Ende Fünfzig mit ergrauendem, hellem Haar vor sich. Er saß an einem mit Papier bedeckten Tisch, und sein Mund war geöffnet, sodass es aussah, als habe er gesprochen, während dieses Foto von ihm gemacht wurde.

»Otto Gersbach«, erklärte Lin. Sie legte ein zweites Bild auf das von Otto. Auf diesem war eine sehr gutaussehende, gut gebaute vermutlich blonde Frau in einem Kostüm zu sehen, die wohl gerade durch eine große Lobby lief. »Und das ist seine Tochter Brigit. Sie wird morgen Abend ebenfalls hier sein.«

»Wo hat Ian Sie denn aufgetrieben? Bei der CIA? Die sehen ja aus wie Überwachungsfotos«, stellte er zugleich amüsiert und empört fest. Er mochte Ian und respektierte seinen klugen Kopf, doch Kam schätzte seine Privatsphäre und seine Freiheit viel zu sehr, als dass er diese Art von Spionage billigen konnte. Noch ein Grund mehr, um in dieser fleischfressenden Welt der Hochfinanz und des Geschäfts sehr auf der Hut zu sein …

»Ian sind Vorbereitungen sehr wichtig«, erklärte Lin neutral und unterbrach damit seine Überlegungen. »Er möchte jedes noch so kleine Detail vorliegen haben, bevor er zu einem Meeting aufbricht.«

»Und Sie helfen ihm dabei, alle Details zu bekommen«, schlussfolgerte Kam und ließ den Blick aus seinen zusammengekniffenen Augen über Lins umwerfendes Gesicht gleiten. Wie genau sah eigentlich Ians und Lins Verhältnis aus? Er hatte Ians Frau Francesca bereits mehrfach getroffen, er mochte sie sehr. Und er wusste, dass Ian verrückt nach ihr war. Seit Francesca aufgetaucht war, schienen andere Frauen für ihn überhaupt nicht mehr zu existieren. Und die Tatsache, dass Francesca im Winter ihr gemeinsames Kind zur Welt bringen würde, bestärkte Kam noch in der Überzeugung, dass zwischen Lin und Ian sicher nichts lief. Doch was war in der Zeit *vor* Francesca? Sein Halbbruder hätte sich doch sicher nicht gewehrt, wenn ihm eine derart exquisite Schönheit jederzeit zu Diensten gewesen wäre?

Mit einem lauten *Pling* ließ er bei diesem Gedanken seinen Löffel in den Teller fallen.

»Wie weit würden Sie gehen, um Ian zu Diensten zu sein?«, brummte er leise.

»Wie meinen Sie das?«, fragte sie. Ihre entspannte Miene bekam leichte Risse. »Wollen Sie mir unterstellen, dass ich für meinen Job die Gesetze breche?«

Er zerbrach das nächste Stück Brot und warf einen schnellen Blick auf die Fotos.

»Diese Bilder stammen von einer Sicherheitsanlage von Noble Enterprises im öffentlichen Raum. Daran ist nichts ungesetzlich«, verteidigte sie sich.

»Wie viele Fotos von mir haben Sie sich denn angesehen, bevor Sie mich hier heute Abend getroffen haben?«, wollte er wissen und schlang weitere Bissen von Brot und Suppe hinunter.

»Keines, wenn Sie es genau wissen wollen.« Er freute sich, aus ihrer Stimme Verärgerung heraushören zu können. Gut zu wissen, dass hinter ihrem perfekten Gesicht und Körper doch Leidenschaft existierte.

»Sie haben gesagt, Sie hätten mich überall erkannt.«

»Doch nur, weil Sie Ian so ähnlich sehen«, platzte es aus ihr heraus. Er hielt ihrem Blick stand, ein wenig von ihrem Ausbruch überrascht. Langsam atmete sie ein, wohl um sich ein wenig zu beruhigen, und Kam fiel auf, dass sie selbst überrascht war. »Glauben Sie mir, ich habe vorher kein einziges Foto von Ihnen gesehen. Wenn ich eines gesehen hätte, dann ...« Sie sprach nicht weiter, sondern sah beiseite. »Warum sagen Sie mir nicht einfach, warum Sie eigentlich so gereizt sind?«

Er lachte bellend und schob seinen Suppenteller von sich.

»Möchten Sie meine gesamte Lebensgeschichte hören?«

»Nein, nur den Grund dafür, dass Sie so entschlossen sind, mich nicht zu mögen«, erwiderte sie, ohne zu zögern.

Sein Blick wanderte über ihre weiße Kehle hinab zu der freiliegenden Haut ihrer oberen Brust, bis zum Halsausschnitt der enganliegenden Strickjacke. Der Stoff war straff gezogen und sah elegant aus, doch rund um ihre so erotischen Handgelenke kräuselte er sich ein wenig – ein Zugeständnis an ihre Weiblichkeit. Ihre Brüste sahen aus, als passten sie perfekt in seine Handflächen, sie waren weder zu groß noch zu klein. Sie zeichneten sich sehr sexy, kess, fest und offenbar weich gegen ihren Oberkörper ab. Und hoben sich nun, als Lin Luft holte. Sein Blick traf ihre wachsamen Augen.

Sie nicht *mögen*? Was hatte ihr diesen Eindruck vermittelt?

Vielleicht, weil du weißt, dass eine Frau wie sie sich niemals mit dir abgeben würde, gäbe es nicht diese besonderen Umstände. Und du tust so, als würdest du das nicht wissen.

»Ich mag Sie doch durchaus«, gab er zu, ohne auf die Stimme in seinem Kopf zu hören und die Hitze in seinem Ton zu unterdrücken.

Ihre üppigen, ungeschminkten Lippen zitterten leicht. Er konnte seine Augen nicht von ihnen abwenden. Lin musste den erotischsten Mund haben, den er je gesehen hatte. Ohne es sich bewusst zu machen, lehnte er sich ein Stück nach vorn, ein Mann, der den Duft seiner Beute aufgenommen hatte und entschlossen war, die Spur nicht wieder zu verlieren.

»Was wollten Sie damit sagen? Was, wenn Sie ein Foto von mir gesehen hätten?«, fragte er leise. Ihre Gesichter waren nur wenige Zentimeter voneinander entfernt.

»Dann wäre ich besser vorbereitet gewesen.«

»Zu spät«, gab er kurz und knapp zurück. Er beugte sich noch ein Stück vor, ihre Augen zogen ihn an …

Sie blinzelte und sah ihn an. Victor kam mit den Hauptgerichten. Der Barkeeper zuckte zurück, als er Kams wütenden

Blick auffing, weil er in einem solch entscheidenden Moment gestört hatte.

Kam wusste, dass Lin verwirrt war, als sie Victor um ein weiteres Glas Wein bat und einen Schluck kühles Wasser trank. Wegen seines etwas schlechten Gewissens, dass er so brüsk reagiert hatte, ließ er sie während des Hauptgangs über das Geschäftliche sprechen. Sie hatte wieder recht gehabt. Die Steaks waren köstlich und mehr als nur sättigend. Genau so war es, ihrer weichen Stimme zuzuhören und ihr zuzusehen.

Lin aß in einer faszinierenden Mischung aus Eleganz und echtem Hunger. Mit einem Mal fragte er sich, ob sie wohl seine Tischmanieren beobachtete, um zu entscheiden, wie weit er sich mit dem Griff nach dem Brot oder der Wahl der falschen Gabel bei einem dieser förmlichen Businessdinner blamieren würde. In ihrem Gesicht konnte er kaum lesen, auch wenn es viel Freude machte, es zu betrachten. Ihm fiel auf, wie er sich anstrengte, an seine College-Jahre und die Zeit an der medizinischen Hochschule in London anzuknüpfen. Er versuchte, ein wenig zivilisierter und kultivierter zu erscheinen. Das irritierte ihn.

Lin war hierher geschickt worden, damit er sich bei den angestrebten Geschäften wohler fühlte, und nicht, um seine Manieren zu verfeinern. Er hatte sich, obwohl ihn seine Mutter darum gebeten hatte und trotz des scheinheiligen Drängelns seines biologischen Vaters, nicht an die gesellschaftlichen Konventionen angepasst, wie er sich nun erinnerte. Also würde er sich auch nicht für irgendeine Frau anpassen. Seine Erfahrung mit Diana hatte es bewiesen: Er konnte nicht zu jemandem werden, der er nicht war.

Er *wollte* es nicht.

»Ian hat mir verraten, dass Sie Kunst lieben«, begann Lin, nachdem sie beide das Essen beendet und nurmehr ihre Drinks vor sich stehen hatten.

»Ich mag es, mir Kunstwerke anzuschauen. Manche davon jedenfalls«, gab er mürrisch zu. »Ich bin aber kein Liebhaber wie Ian oder seine Großeltern. Hoffen Sie da nicht auf allzu viel bei mir.«

»Das macht gar nichts. Die Gersbachs sind auch keine Experten, sie sind eher leidenschaftliche Amateure.«

»Also haben Sie sich gedacht, dass die Ausstellung von Francescas Werken in Luciens neuem Hotel ein Eisbrecher beim Treffen mit den Gersbachs wäre? Etwas, über das man reden könnte, wenn das Wetter und all die anderen Dinge, die wir nicht miteinander gemeinsam haben, abgehakt worden sind?« Er schüttelte den Kopf.

»Wie bitte?«, fragte sie mit erstaunt nach oben gezogenen Augenbrauen.

»Sie lieben es doch, alles zu kontrollieren, oder nicht?«, wollte er wissen.

»Ich mag es, all das zu kontrollieren, was ich zu kontrollieren vermag. Und es gibt immer eine Menge Dinge, die ich nicht kontrollieren kann.« Sie schenkte ihm ein kleines Lächeln und einen bedeutungsvollen Blick. »Ich wäre dumm, würde ich nicht versuchen, das im Griff zu behalten, was ich kann.«

»Zum Beispiel Elemente wie mich?«

»Ich wäre dumm, würde ich glauben, Sie kontrollieren zu können«, erwiderte sie, ohne seinem Blick auszuweichen. Ein paar Sekunden lang vergaß Kam das Thema, über das sie gerade gesprochen hatten. Sie räusperte sich und sah beiseite.

»Gibt es noch etwas, was Sie über das Geschäftsessen am Donnerstagabend wissen möchten?«

»Sie haben mich bereits mit Ottos und Brigits psychologischen Profilen vertraut gemacht, gewürzt mit ein paar pikanten Details wie etwa der Tatsache, dass Otto ein konservativer Kontrollfreak ist, während Brigit ein wenig zu unkontrolliert ist, wenn es um Männer und Scotch geht – etwas, das Otto verärgert. Ich kenne ihre Lebensläufe, ihre Hobbys, ihre politischen Meinungen, ihr Lieblingsessen und bevorzugten Urlaubsorte«, zählte er ungerührt auf. In Wahrheit war er beeindruckt. Sie entsprach in dieser Hinsicht genau dem, was er nach Ians Erzählungen erwartet hatte. Es kam ihm vor, als wäre Lin Soongs Gehirn ein riesiges Depot voll exakter, akribisch geführter Dossiers. Alles, was sie tun musste, war ein imaginäres Fach öffnen, und all die von ihr gewünschten Informationen standen ihr zur Verfügung.

»Es überrascht mich nur, dass Sie mir noch nicht gesagt haben, wie die beiden im Bett sind«, fügte er als kleine Spitze noch an.

Amüsiert hoben sich ihre dunklen Augenbrauen. Ihre Miene war wieder absolut beherrscht, doch die großen Augen zeigten sich unwiderstehlich ausdrucksstark.

»Das ist etwas, das ich nicht wissen würde«, gab sie ruhig zurück.

»Wie steht es um Ians Präferenzen in diesem Bereich?«, stachelte er sie an. »Sind Sie mit denen vertraut?«

Ihr Blick flackerte bei seiner Unverschämtheit kurz auf. Das Weiß ihrer Augen bildete einen deutlichen Kontrast zur dunkelbraunen Iris.

»Ganz und gar nicht.«

»Gut«, erwiderte er und konnte dabei ein wissendes, zufriedenes Lachen nicht unterdrücken. Sie schüttelte den Kopf. Nach dieser Dreistigkeit blickte sie ungläubig drein... und ein wenig benebelt.

»Anmaßend«, sagte sie mit gedämpfter Stimme.

Er griff ihr Handgelenk und schob seinen Daumen unter dem Bündchen hindurch auf ihre warme Haut. Wenn er etwas konnte, dann war es den Körper einer Frau verstehen. Sein eigener Herzschlag beschleunigte sich, als er das rasche, starke

Trommeln ihres Pulses ertastete. Selbstverständlich war ihm klar, was das bedeutete, doch sein Kopf zweifelte noch immer.

»*Realistisch.* Warum es verleugnen?«, gab er mit wesentlich mehr Selbstsicherheit zurück, als er eigentlich verspürte.

Ihn erfüllte das irrationale Bedürfnis, Lin Soong aus dem Gleichgewicht zu bringen, ihre kühle Schale abzuschmelzen und zu beweisen, dass sie sich unter der knackigen, effizienten Haltung in seinem Arm warm und weich anfühlen würde.

Die Säule ihres Halses dehnte sich, als sie schluckte. Sie drehte ihr Handgelenk und zog ihre Hand aus seinem lockeren Griff zurück, wobei ihre Finger über seine Handfläche glitten.

»Ja, warum eigentlich?«, sagte sie so leise, dass er einen Augenblick daran zweifelte, sie wirklich richtig verstanden zu haben. Diese drei Worte und das hauchzarte Streicheln über die raue Hand ließen die Haare auf seinen Unterarmen sich aufrichten. Ein Teil von ihm zweifelte noch daran, was hier geschah – konnte nicht glauben, dass eine Frau wie Lin ihn jemals begehren würde –, bis sie seinen dicken Daumen mit ihren eleganten Fingern umschloss und zudrückte.

Aus irgendeinem verrückten Grund war dies die erotischste Zärtlichkeit, die er je erfahren hatte. Schmerzhaft schwoll sein Schwanz an.

Sie sah auf sein halbvolles Glas. »Wir könnten hier bleiben und unsere Gläser austrinken«, sagte sie mit schimmernden Augen, die ihn verhexten, »oder wir gehen zu mir.«

Ungläubig zog er seine Augenbrauen hoch. »Es ist ein wirklich gutes Bier, aber im Ernst? Verglichen mit der zweiten Möglichkeit?«

Sie lächelte sanft.

»Ich freue mich, dass wir wenigstens in diesem Punkt übereinstimmen.« Sie schenkte ihm einen offenen Blick. »Das ist wahrscheinlich keine gute Idee«, sagte sie leise, und er spürte, wie sich Lust in ihre Besorgnis mischte.

Er betrachtete die feine Kurve ihres Kinns und den Schwung ihres Mundes.

»Vielleicht. Aber es ist auf jeden Fall aktuell die einzige Idee in meinem Kopf«, gab er rau zurück. Einen Moment lang sah sie ihn nur an. Dann nickte sie einmal – erledigt – und erinnerte ihn dabei an eine Frau, die soeben eine Geschäftsentscheidung getroffen hatte, die sie nicht mehr zurücknehmen wollte. Der kleine irritierende Stich war nicht genug, um sein Interesse zu dämpfen, und schon gar nicht, um seine Erregung abzuschwächen. Am Rand seines Blickfeldes sah er, wie Victor die Rechnung auf die Bar legte. Seine Hand schoss nach vorne, und er schnappte, den Hauch einer Sekunde schneller als Lin, nach dem Ledermäppchen, in dem die Rechnung lag.

»Lass mich. Ian würde darauf bestehen«, bat sie ihn unruhig, als er die Unterlage außerhalb ihrer Reichweite ablegte.

»Ian ist nicht da. Aber ich.«

Als sie nichts erwiderte, griff er mit dem verbissenen Gefühl des Triumphs nach seiner Geldbörse. Ihre Unterwerfung in diesem Punkt war nicht sehr bedeutend.

Aber sie war ein Anfang.

Sie schloss die Eingangstür auf und hielt sie fest, damit er eintreten konnte. Während der Taxifahrt durch den Nebel der Stadt hatte Kam nicht versucht, sie zu berühren. Sie hatten auch nicht miteinander gesprochen, nur schweigend nebeneinander gesessen. Lin hatte gespürt, wie die Spannung auf ein fast unerträgliches Maß angestiegen war.

Er war ein wenig größer als Ian, bemerkte Lin benommen. In den letzten Jahren hatte Ian sie mehrfach in ihrer Wohnung besucht, um etwas abzugeben oder für ein geschäftliches Essen – sowohl als die Wohnung noch ihrer Großmutter gehörte als auch nach ihrem Tod. Lin wusste ganz genau, bis wohin der dunkle Kopf ihres Bosses im Türrahmen reichte, und hatte nun den Eindruck, Kam würde diese eingebildete Markierung um wenige Zentimeter überragen.

Er erwiderte ihren Blick, als er die Türschwelle überschritt. Nach den eineinhalb Gläsern Wein und dem Überfall der unerwarteten, mächtigen Lust fühlte sie sich etwas neben sich.

Lin konnte kaum glauben, dass sie das wirklich tat. Kams Nasenflügel bebten, als er sich ihr näherte – ein Jäger auf dem Weg zu seiner Beute. Sie spürte einen erregenden Stich, als sie sich vorstellte, was er nun im Sinn hatte. Er beugte sich zu ihr hinunter und überfiel ihren Mund mit seinem. Feste, warme Lippen legten sich auf sie, nicht unbedingt gewaltsam, aber doch ohne Rücksicht, und hungrig formte er ihren Mund nach seinem Willen, eroberte ihn, nahm ihn in Besitz. Eine Hand legte er ihr um das Kinn und stieß dann durch ihre Lippen. Sie keuchte, als sie seinen Geschmack und seine Hitze wahrnahm.

»Das hier will ich schon seit dem Moment tun, in dem ich dich zum ersten Mal gesehen habe«, sagte er mit rauer Stimme wenige Momente später dicht an ihren Lippen. »Dein Mund ist absolut unanständig.« Er zog sie näher zu sich, sodass er die Tür schließen konnte. Er schloss sie auch gleich ab, ohne jedoch den Blick von ihr abzuwenden. Zwischen ihren Beinen spannte es, als sie seinen großen, schlanken, festen Körper spürte, der sich an sie drückte.

»Jetzt nutze deinen Mund«, verlangte er mit rauchiger Stimme. »Nutze ihn, um mir zu sagen, dass du mich willst.«

»Muss ich dir das wirklich sagen?« Versuchsweise berührte sie sein Gesicht. Das Gefühl, wie seine Bartstoppeln über ihre Fingerspitzen schabten, gefiel ihr so gut, dass sie auch die zweite Hand auf seine Wange legte.

»Ich glaube, das würde diese ganze Nacht etwas glaubwürdiger machen«, murmelte er, beugte sich hinab und kniff mit seinen Lippen in ihre. Sie ergab sich ihm in einem kaum gebremsten, glühenden Kuss. »Mach schon«, forderte er sie nach einem betäubenden Moment auf.

»Ich will dich. Ich *muss* wohl, wie könnte ich sonst so etwas Verrücktes zulassen«, flüsterte sie. Sie sah ihn an, drückte den Rücken durch und rieb damit ihre Brüste an seinen Rippen. Genießerisch schnurrte er und ließ seinen Kopf sinken, um ihre Unterlippe zwischen seine knabbernden Zähne zu nehmen. Eine Hand legte sich auf ihre linke Brust, drückte sie zusammen und formte sie neu. Lin stöhnte auf, als flüssige Hitze sie durchströmte. Die Schärfe ihrer Erregung erstaunte sie erneut. Sein Ächzen klang in jenem Moment ganz genauso wonnevoll. Noch nie zuvor hatte ein Mann sie so in die Arme gezogen. Es überraschte sie allerdings überhaupt nicht, dass Kam es, ohne mit der Wimper zu zucken, getan hatte.

Ohne es zu wissen oder sich darum zu bemühen, berührte er einen kleinen Punkt in ihrem Wesen. Sie wollte ihn fast ebenso stark wie den nächsten Atemzug. Sie verlangte so stark nach ihm, dass sie bereit war, die für sie so typische Kontrolle aufzugeben. Eine Art von Verlangen, die nur wenig Raum ließ für anderes, schon gar nicht für rationale Gedanken.

Er sah sie an, während er sie durch den schwach erleuchteten Flur führte.

»Da lang«, wies sie ihn atemlos an und zeigte auf das Schlafzimmer.

Er trat an die nur angelehnte Tür, um sie aufzustoßen. Sie sah zu ihm auf, als er sie auf das Fußende des Bettes setzte. Eine erregende Mischung aus Lust, Vorsicht, Unruhe und elektrischer Spannung kochte immer mehr in ihrem Blut auf.

Kam konnte den Blick nicht von ihrem Gesicht abwenden. Hätte man ihn später, nachdem er schon eine Stunde in ihrer Wohnung verbracht hatte, gefragt, wie das Apartment aussah, wäre er nicht in der Lage gewesen, es auch nur andeutungsweise zu skizzieren. Derart versunken war er in Lin Soong. Dieser üppige, knospige Mund musste von ihm geküsst werden, geleckt… verwüstet werden, die weiche Haut lag vor ihm da, um gestreichelt und geküsst zu werden, die süßen, aufgerichteten Brüste warteten darauf, dass er darin versank, dass er mit seinem Mund, seinen Lippen, seiner Zunge ihr eine ausgiebige Antwort entlockte…

… zumindest für einen kleinen Moment. Ohne ein Wort zu sagen, zog er sie aus. Er schälte sie aus dem Mantel und warf ihn nachlässig über einen Stuhl, zog ihre dünne Strickjacke über ihre Schultern und den Kopf und warf sie auf die Matratze. Damit verwuschelte er ihr Haar nur noch mehr. Er tauchte seine Finger in die aufgewühlte Masse an ihrem Hinterkopf, fand drei lange, hölzerne Haarnadeln und zog sie heraus. Fort damit. Die Nadeln flogen ein kleines Stück, bis sie mit einem Klacken auf dem Nachttisch landeten, ein wenig weiter rollten und dann liegen blieben. Keinen Moment ließ er sie aus den Augen. Eine nachtschwarze Haarmähne wölbte sich um ihre weißen Schultern. Mit beiden Händen packte er sie und wühlte seine Finger durch die Locken. Dann legte er die Strähnen vorsichtig über ihren Rücken und die Oberarme.

»Ich habe noch nie eine Asiatin mit lockigen Haaren gesehen. Das sieht wunderschön aus«, murmelte er, abgelenkt von dem Gefühl der Strähnen, die sich um seine Finger wanden. Ihr Haar war leichter, als er es nach dem ersten Blick vermutet hätte angesichts der Menge, die sie hinter ihrem Kopf zusammengesteckt hatte. Ihm stieg der Duft der befreiten Haare in die Nase – fruchtig, blumig, moschusartig und sinnlich. Die Strähnen wirbelten um seine rauen Finger und fühlten sich an wie eine Kombination aus Seide und Luft.

»Das gibt es wirklich nicht oft. Und die Feuchtigkeit macht alles noch schlimmer«, erklärte sie heiser. Mit ernstem Blick aus dunklen Augen sah sie zu ihm auf.

Sein Kiefer spannte sich an, als er sich daran machte, ihren BH zu öffnen. Die Anspannung übertrug sich auf seinen ganzen Körper. Der enganliegende Büstenhalter verriet ihm die Form, und sie würde wundervoll sein. Nachdem er ihr den BH abgestreift hatte, konnte er einen Moment lang nur hinstarren, Lust und etwas Scharfes und Unerwartetes zogen ihm Kehle und Schwanz zusammen. Als schließlich wieder Luft in seine Lunge gelangte, entströmte ihm ein raues, unkontrollierbares Stöhnen.

»*Lin*«, konnte er nur sagen, als er seine Hand über ihrer Brust öffnete und die delikate Linie ihrer Wölbungen, ihres rasch schlagenden Herzens, ihrer Weichheit, ihrer Hitze spürte. Er hatte sich nicht geirrt. Er konnte sie mit seiner Hand fast umschließen. Er schob Lin weiter über die Bettdecke und legte sich zu ihr. Ihre Münder vereinten sich, noch heiß und gierig vom ersten Kuss. Schon vorher war ihm aufgefallen, dass sie mit ihrer schlanken Figur und Schmächtigkeit für eine Frau recht groß war. Sie passten ideal zusammen. Er legte eine Hüfte auf dem Bett ab, doch sie schmiegte sich augenblicklich wie ein Kätzchen, das Wärme sucht, an ihn und umschloss seinen schmerzenden Schwanz mit ihren Oberschenkeln. Dieser Beweis der erwiderten Leidenschaft entflammte ihn zusätzlich.

Er rollte sich auf sie, drückte sie in die Matratze und überfiel ihren Mund. Mit einem Mal war er viel zu hungrig, um noch höflich zu bleiben.

»Oh Gott«, flüsterte sie einen Moment später, als er seinen Kopf hob und seinen gespannten Schwanz tiefer in den Raum zwischen ihren Schenkeln presste. Sie kreiste mit den Hüften, und er sah rot. Seine Lippen fanden ihren Nacken und ein Ohr. Er küsste die Öffnung, und sie wand sich keuchend unter ihm. Liebevoll biss er ihr in die Ohrmuschel und saugte ihr Ohrläppchen in seinen Mund. Er leckte sowohl über die Haut als auch über die weiche Perle, die dort eingelassen war, und genoss den

Kontrast zwischen glatter Kühle und sanfter Weichheit. Das Gefühl, wie ihr geschmeidiger Körper sich unter ihm drehte, ließ ihn beinahe verrückt werden. Nur sein fester Vorsatz, noch mehr von ihr zu schmecken, hielt ihn davon ab, gleich hier und jetzt in sie einzutauchen, zu entdecken, ob sie genauso weich und warm von innen wie von außen war.

Ihr Nacken duftete herrlich, ihre unterdrückten Schreie fühlten sich an seinen Lippen und vorsichtig knabbernden Zähnen köstlich an. Sie streckte ihren Kopf, um seinen Mund wiederzufinden. Wie wahnsinnig eilten ihre Hände über seinen Rücken und zogen sein leichtes Jackett und den Stoff seines Hemds beiseite. Er hob den Kopf und zischte, als ihre Fingernägel über nackte Haut strichen und ein Schauer scharfer Gefühle durch ihn hindurchlief.

Kurz trafen sich ihre Blicke, als er sich auf sie legte und ihre Hände ergriff. Er packte ihre Handgelenke und drückte sie in das Kissen über ihrem Kopf. Zwei Herzschläge wartete er ab... drei, doch sie protestierte nicht gegen sein Durchgreifen.

Vielmehr streckte sie ihren Rücken anbietend nach oben durch.

Lust riss an ihm, unbestreitbar. Wild. Sie übertraf seine Hoffnungen. Ihr Busen ließ ihm das Wasser im Munde zusammenlaufen. Er hatte die federnde Festigkeit kleiner Brüste, dabei war er *nicht* klein. Er war fleischig und reif, und es machte Kam verrückt zu sehen, wie der Busen sich gegen ihren schmalen, delikaten Brustkorb abhob. Er hielt ihre beiden Handgelenke nun mit einer Hand auf das Kissen gedrückt, mit der zweiten umfasste er eine Brust und modellierte das zarte, ungemein feste Fleisch.

»*C'est si bon*«, murmelte er und rutschte dann weiter nach unten. Ihre Haut war makellos und so transparent, dass er die feinen Äderchen darunter erkennen konnte. Er nahm ein Krönchen zwischen die Zähne und fuhr ausgiebig mit der

Zunge über die raue Haut. Er trank ihr lustvolles Stöhnen und wurde von ihrer Weichheit, ihrem Duft und ihrer Empfindlichkeit ganz trunken. Als er noch wilder an ihr saugte, drückte sie ihre Hüfte hoch und zeigte sich stöhnend bereit. Ihre Muschi rieb an seiner dicken Erektion, lockte ihn... verspottete ihn.

Mit kaum gezügelter Zurückhaltung knurrte er und festigte seinen Griff um ihre Handgelenke. Sie so festhaltend, wandte er sich mit seinem verschlingenden Mund ihrer zweiten Brust zu und umfasste ihren Brustkasten mit der anderen Hand. Erst saugte und leckte er so lange an ihrem Nippel, bis er fest und aufrecht stand und ihre verzweifelten Schreie ihm erzählten, wie empfindlich ihr Körper geworden war, dann drückte er seine Lippen auf die Ränder ihrer sich hebenden und senkenden Rippen.

»Bitte... Kam«, flüsterte sie wild, als er seinen Mund öffnete und über die Haut über ihren Rippen kratzte. Ein Schauder lief über sie, ebenso fein und köstlich wie sie selbst. Seine Zunge glitt über ihre Haut, und er spürte die kleinen Hügel der Erregung, die seine Zärtlichkeiten hervorgerufen hatten. Er ließ von ihrem Oberkörper ab – es erregte ihn zu spüren, wie viel von ihrem zitternden Körper er mit nur einer Hand kontrollieren konnte – und ließ seine Finger über den Hügel zwischen ihren Beinen laufen. Augenblicklich spreizte sie die Beine, und er sah ihr ins Gesicht. Ihre Wangen waren errötet, ihr rosa Mund stand einladend offen, während sie flach keuchte. *Baiser. Vögeln.*

Es war in gleichem Maße ein Fluch wie auch ein Befehl aus dem primitiven Teil seines Gehirns.

»Willst du es jetzt, *ma petite minette*, meine kleine Katze? Willst du es schnell und hart?«, knirschte er zwischen zusammengebissenen Zähnen hindurch.

»Bitte«, gab sie tonlos zurück. Er stürzte sich auf sie und

überfiel ihren Mund. So süß. So empfindsam. Seine Hand riss am Saum ihres Rocks, die Finger fuhren über weiche, straffe Schenkel, die zum Teil in einem kühlen, glatten und enganliegenden Material steckten. Wieder überkam ihn eine Erregung, und er hob seinen Kopf, um nachzusehen. Himmel. Sie trug eine Art hüfthohe Seidenstrümpfe, die fast ebenso hell und weich waren wie ihre Haut. Bei diesem Anblick hüpfte sein Schwanz. Wahrscheinlich sollten Franzosen an den Anblick von Frauen in luxuriöser Wäsche gewohnt sein, doch die Frauen, mit denen Kam bislang zu tun gehabt hatte, waren nicht die Typen für solch raffinierte, feminine, verspielte Dinge – oder sie konnten sie sich zumindest nicht leisten.

Wie gebannt strich er über den seidenumhüllten Hügel. Er spürte ihre Hitze und riss das hübsche Höschen mit einem Ruck hinunter. Ein Ächzen stieg aus seiner Kehle, als er sie berührte. Auch dort war sie ganz weich. Warm, glatt, sahnig. Er tauchte die Spitze seines Zeigefinger zwischen ihre rasierten Schamlippen. Verlangen hatte ihr Fleisch geglättet und aufgepumpt. Er beugte sich hinab und aß ihre erregten Schreie. Sie presste sich gegen ihn und wand sich, als er einen weiteren Finger in ihre klammernde Vagina schob.

Dann hob er den Kopf, und sein Atem klang abgerissen, als er sie stimulierte und dabei ansah. Ein primitives Pochen pulsierte in seinem Schwanz und verlangte nach dem Akt. Sie würde ihn so eng packen, dass er seinen eigenen Namen vergaß. Sie würde ihn auspressen, bis er zum ekstatischen, brünstigen Wilden wurde.

Etwas traf ihn wie ein dumpfer Schlag in die Eingeweide.

»Ich habe kein Kondom«, knurrte er, als die scharfe Realität in seine tollwütige Lust eingedrungen war. Wenn er vorhatte, sich mit einer Frau zu treffen, nahm er immer Kondome mit, doch dies war nicht der übliche Anlass gewesen, um eines mitzunehmen. Auf dem Land hatte er völlig isoliert gelebt.

Überhaupt ähnelte kaum etwas von all dem – von der glitzernden Stadt über seine neuen Kleider bis hin zu dieser atemberaubenden Frau unter ihm, die zugleich genau das war, was er erwartet hatte, aber sich auch völlig davon unterschied – dem Leben, das er sonst gewohnt war.

Sie hob ein wenig den Kopf und warf einen Blick auf den Nachttisch, auf den er ihre Haarnadeln geworfen hatte. »Dort.« Unsicher, ob er die Hand von den über ihrem Kopf ins Kissen gedrückten Handgelenken oder von ihrer feuchten, engen Muschi abziehen sollte, ließ er ihre Handgelenke los und öffnete die kleine Schublade des Nachttischchens. In blinder Verzweiflung rasten seine Finger über verschiedene Dinge.

»*Merde*«, schimpfte er lautlos, denn er sah sich gezwungen, die Hand aus dem Paradies zu holen, wenn er später noch tieferes Entzücken hervorrufen wollte. Er rutschte über das Bett und blickte in die Schublade. Eine kleine Flasche mit Lotion, ein Döschen mit Lippen-Balsam, einige Haargummis, Stifte und etwas, das wie sorgfältig getrocknete, violette Lotusblumen aussah, die in einem Plastikbeutel steckten, musste er beiseiteschieben. Endlich entdeckte er die ungeöffnete Schachtel Kondome.

Sie umfasste seinen Schwanz von unten. Sie glitt den Schaft entlang, als wolle sie sein Gewicht einschätzen. Er zischte und schloss die Augen, als sie ihre Hand um ihn schloss, denn sogar durch seine Hose hindurch entflammte ihn ihre Berührung. Er fühlte sich groß in ihrer kleinen, streichelnden Hand, schwer … und verletzend.

Er knurrte und griff nach ihrer Hand. Der süßen.

»Ich komme in meine Hose, wenn du so weitermachst«, stieß er hervor. Mühsam konzentrierte er sich auf ihr Gesicht. »Leg deine Hand zurück über deinen Kopf und lasse sie da liegen, *mon petit chaton, mein kleines Kätzchen*. Ich werde an keiner anderen Stelle explodieren als tief in dir drin.«

Lin gab sich Mühe, ihren keuchenden Atem zu beruhigen, als sie seinen Anweisungen folgte und ihre Hände über dem Kopf in das Kissen legte. Doch es gelang ihr nicht. Schwer atmend sah sie zu, wie er ungeduldig sein Jackett und Hemd auszog. Er hatte recht viele dunkle Haare auf seiner Brust, doch seine glatte Haut und beweglichen Muskeln waren nicht ganz darunter versteckt. Er setzte sich zurück aufs Bett und knöpfte seine Jeans auf. Sie hatte seinen Schwanz in der Hand gehalten und sein Gewicht gespürt, nun pochte Hitze zwischen ihren Beinen.

Ihr Herz raste, Adrenalin schoss in ihre Adern.

Ohne Aufhebens schob er die Hose über die Hüfte und seine langen, muskulösen, leicht behaarten Oberschenkel, wobei sein straffer Bauch und der mächtige Bizeps sich bogen. Seine Finger hakten sich in das Bündchen seiner Shorts ein und zogen sie nach vorn über seinen sich wölbenden Schwanz. Er zerrte sie nach unten.

Sein nackter Schwanz schnappte auf seinen Bauch – lustvoll angeschwollen, duftend …

… unbeschreiblich schön.

Ihre Lippen öffneten sich. Ihr Atem stockte.

Er riss die Kondomschachtel auf und rollte eines über seine Erektion. Sie beugte sich ein wenig vor, um ihn besser sehen zu können, stützte sich auf ihre Ellenbogen, denn sie war neugierig … hungrig. Der Kopf seines Schwanzes hatte eine satte Form, von der sie ihren Blick nicht abwenden konnte, eine feste, leicht gerötete und deutlich geäderte Krone für den langen, dicken Schaft. Er fluchte, als das Kondom einige Zentimeter über seinem mit dunklem Haar bewachsenen Hoden endete.

Der Pariser war nicht lang genug.

»Ist das okay?«, fragte er mit einem Blick auf sie.

Sie nickte, denn sprechen konnte sie nicht mehr. Es kam ihr vor, als sei irgendein heidnischer Gott der Potenz auf ihrem Bett gelandet, nachdem ihr bislang nur Sterbliche begegnet waren.

Er knurrte weich, als er ihr Einverständnis bemerkt hatte.

»Leg deine Hände wieder nach hinten«, spornte er sie an. Während sie seiner Anweisung folgte, schob er ihr den Rock auf die Hüfte hoch. Dann rollte er sich zwischen ihre Beine, und sie öffnete die Schenkel, um ihn in sich aufzunehmen. Sie war so angespannt, dass es sie schier zerriss, und sie biss sich auf die Lippe, als er sich auf sie legte und seinen Körper nur mit einer Hand auf der Matratze abstützte. Mit der anderen Hand führte er seinen aufgerichteten Schwanz.

Sie stieß die angehaltene Luft aus, als er den wulstigen Kopf seines Schwanzes nutzte, um sie zwischen den Schamlippen zu reiben, seine Spitze mit ihren Säften anzufeuchten und ihre Klitoris zu stimulieren. Sie stöhnte und sah zu, wie er zwischen ihre Schenkel blickte, seinen Schwanz bewegte und treffsicher ihre Spalte fand.

»Oh«, hauchte sie, und ihre Stimme bebte sowohl vor Schreck als auch gleichzeitig Vergnügen, als er sich über sie beugte und die fleischige Spitze seines Schwanzes in sie hineinstieß. Dann hielt er inne und sah sie mit zusammengebissenen Zähnen an. »Du bist eng. Versuch zu entspannen«, sagte er heiser. »Öffne deine Beine weiter und winkele deine Knie ein wenig an.«

Sie stöhnte wieder, nachdem sie seinen Befehlen gehorcht hatte und er seinen Schwanz weiter in sie schob. Er sah ihr fest ins Gesicht, als er begann, seine Hüfte zu bewegen, und das Ende seines Schwanzes in ihrer Spalte hinein- und hinausglitt.

»So ist es gut«, presste er durch die aufeinandergebissenen Zähne hindurch. Sein tiefer, rauchiger Ton schmeichelte ihr ... erregte sie. »Du hast eine kleine enge Muschi, aber du wirst mich reinlassen, stimmt's?«

»*Ja*«, zischte sie in dem Moment, in dem sie ihm ihre Hüfte entgegenstreckte. Ihre Muschi dehnte sich um seinen Ständer, ihre Weichheit ergab sich seinem festen, harten Schaft.

Er ließ einen erstickten Laut hören, der wie *aarrr* klang, als er langsam mit ihr verschmolz.

Es war in gleichem Maße unangenehm und aufs Äußerste erregend, ihn so in sich zu halten. Sie biss sich auf die Lippen und schob ihre Hüfte im Verlangen auf und ab, ganz von ihm ausgefüllt zu werden. Vollständig. Aus Kams Kehle kam ein schroffer Ton, dann legte er eine Hand auf sie, um sie zu fixieren.

Er suchte ihre Augen. Mit gefletschten Zähnen knurrte er. Dann hielt er sie fest, um bis zum Hoden in ihr zu versinken. Ihr Mund klappte auf, denn ein zittriges, ungläubiges Schreien wollte aus ihrem Hals. Noch fester drückte er zu, presste seinen Sack gegen ihre Schamlippen und schob ihn hin und her. Niemals zuvor war sie derart überflutet worden, so ausgefüllt. Der indirekte Druck auf ihre Klitoris war verrückt.

Ein leichter Schweißfilm glänzte auf seinem angespannten, nackten Oberkörper, als er mit deutlich sichtbarer Anstrengung so verharrte. Sein Blick bohrte sich in sie.

»Ist es zu viel?«

»Ich komme gleich«, antwortete sie. Die zittrigen Worte brachen auch für sie überraschend aus ihr heraus.

»Dann los«, keuchte er und zog sich ein wenig zurück. Nun lag ihr Geschlecht wieder offen da, und er legte einen Finger zwischen die glatten, glitschigen Lippen ihrer Scham. Mit der Fingerspitze rieb er gekonnt ihre Klitoris. Sie schrie auf und bog ihren Rücken durch, als der Orgasmus sie überkam. Die Ekstase war umso mächtiger, da Kam noch immer tief in ihr verharrte.

Sein tiefes, primitives Knurren hörte sie wie aus weiter Entfernung. Noch einen Moment lang rieb er sie weiter. Sie kam noch immer – scharfe Schauder des Glücks peitschten durch sie hindurch –, als er seine Hand zurückzog. Er beugte ihre Knie in Richtung ihrer Schultern und beugte sich über sie. Mit seinem Körper hielt er ihre Beine auf ihren Oberkörper gedrückt. Während sie noch dem nächsten Höhepunkt entgegeneilte, begann er in sie zu stoßen.

Einige Sekunden lang unterbrach sein ungebändigtes Pumpen ihr Glücksgefühl. Es war einfach zu viel, wie er von so weit oben und so hart in sie fuhr. Es raubte ihr den Atem. Doch dann sorgte die Reibung seines geschwollenen, feinädrigen Schwanzes auf bis dahin noch unberührte Haut bei ihr für immer mehr Erregung. Er schien ein Feuer in ihr zu entfachen.

Sie stöhnte und sah ihn hilflos an. Von oben sah er auf sie herab, das schöne Gesicht angespannt, die Augen so wild, dass sie fast Angst bekam, weil es wirkte, als würde sie von einer Naturgewalt heimgesucht. Seine Stöße wurden immer länger, wurden noch stärker. Sie fletschte die Zähne, so intensiv waren der Druck und die wachsende Lust, sie stöhnte, hob den Kopf vom Kissen und sah nach unten. Der Schaft seines Schwanzes glitzerte von ihren Säften und bewegte sich wie eine Pumpe in ihr, sein Becken klatschte in einem erregenden, erotischen Rhythmus, der sich jede Sekunde erhöhte, gegen sie.

Sie fiel zurück ins Bett und griff nach den Kissen.

»Oh Gott, das Kondom.« Er nahm sie so kraftvoll, so durch und durch, dass der untere Ring langsam über seinen dicken Schwanz rutschte.

»Ich weiß«, grunzte er mit erstickter Stimme, ohne mit seinen mächtigen Stößen aufzuhören. »Es hält so lange noch aus. Ich kann nicht mehr lange. In dieser süßen kleinen Muschi kann ich nicht mehr lange. Gleich komme ich.«

Bei diesen scharfen, erotischen Worten presste sie ihre Augen zu. Er hämmerte in sie hinein und kreiste mit den Hüften. Wieder füllte er sie bis zum Rand und rieb ihre Geschlechter aneinander. Vor Anspannung schrie sie auf und spürte, wie sein Schwanz anschwoll und sich in ihr entleerte.

Sein Schuss war mörderisch. Rau. Sie lag mit dem Rücken auf den Kissen, keuchte in höchster Erregung und fühlte sich doch auch leicht unbehaglich, und sah zu, wie er kam. Jeder Muskel in seinem schlanken, trainierten Körper zog sich fest zusammen, kräuselte sich und ruckte. Wie verzaubert bemerkte sie mit einem Mal, dass sie freiwillig darauf verzichtet hatte, seine Schönheit zu genießen. Nun verlangte es sie danach, ihn zu streicheln und zu berühren, all die viele weiche Haut und die schönen Muskeln. Doch mit einem Ruck hielt er sie zurück und unterbrach ihre Bewegung durch seinen Druck auf ihre Schienbeine.

Er ritt sie wild, während es ihm kam. Die intensive Reibung ließ es ihr schwarz vor Augen werden. Sie folgte ihm zum Höhepunkt, viel zu überwältigt davon, wie er sie in Besitz genommen hatte, als dass sie neben dem Feuer hätte stehen bleiben können.

»Himmel. Ich spüre, wie du kommst«, grummelte er und klang dabei ziemlich jämmerlich.

»Nicht«, jammerte sie, als er sich aus ihr zurückzog.

Als hätte man plötzlich Eiswasser auf ihre glühende Haut gegossen, so schmerzhaft war es, als sie ihn mit einem Mal nicht mehr spürte. Er fiel keuchend auf die Matratze, sein Becken schob ihre Hüfte beiseite, sein dampfender Schwanz pochte auf ihrem Schenkel.

»Ich musste. Das verdammte Kondom wäre sonst geplatzt. Ich will nicht, dass alles in dich läuft.« Damit ließ er seine Hand zwischen ihre Schenkel gleiten. Ihr Höhepunkt erreichte wieder seine ganze Macht, als er ihre Klitoris rieb, und sie schrie auf. Mit geschlossenen Augen wurde sie von Lust überrollt.

»Nein, öffne sie«, befahl er ihr knapp.

Sie hob die schweren Augenlider. Seine beiden Hände fingen wieder an, sich zu bewegen, und sie bemerkte, dass er sie beide gleichzeitig stimulierte.

Es traf sie wie ein Blitz, das überwältigend intime Gefühl, in seine wilden Augen zu sehen, während beide in gemeinsamem Vergnügen erschauderten...

.. in das vertraute Gesicht eines eigentlich Fremden zu blicken.

KAPITEL DREI

Kam sank neben Lin aufs Bett, sein Kopf fiel ins Kissen. Sie lag neben ihm, sein abgehackter Atmen rauschte in ihrem Ohr, und in diesem Moment schien sich ihr Körper zu verflüssigen und mit der Matratze zu verschmelzen. Kam war warm und stark. Erstaunlicherweise alarmierte es sie, dass sie so benommen war.

Sie hatte gerade wilden, impulsiven Sex mit einem Mann gehabt, denn sie erst kurz zuvor kennengelernt hatte. Sie konnte an einer Hand abzählen, wie oft ihr das zuvor passiert war – und das eine Mal während der Frühlingsferien ihres Graduiertenkollegs konnte man nicht wirklich dazuzählen. Schließlich hatte damals eine ungewöhnlich große Menge Tequila eine Rolle gespielt, und der Sex selbst war nicht erwähnenswert gewesen. Hinterher hatte sie sich vorgeworfen, sich auf diese unangenehme Sache eingelassen zu haben, und geschworen, in dieser Hinsicht nie wieder in ihrem Leben die Kontrolle zu verlieren.

Heute Abend jedoch ging es nicht um ein von Alkohol vernebeltes Stelldichein mit einem großspurigen und zugleich unsicheren Klassenkameraden. Dies war der Einschlag eines Blitzes, verursacht durch niemand Geringeren als den Bruder von Ian Noble, dem Mann, den sie eigentlich begleiten und auf möglicherweise sehr lukrative Geschäftsverhandlungen vorbereiten sollte. Ein Geschäft, das ihrem Chef sicherlich sehr wichtig war, schließlich gehörte Kam zur Familie. *Ian.*

Ians laserartiger, klarer, blauer Blick und sein undurchdringlicher Ausdruck blitzten vor ihr auf. Ihre herrliche Mattigkeit wurde von dem prickelnden Gefühl der Besorgnis gestört. Sie bemerkte, dass ihre Hände noch immer oberhalb ihres Kopfes lagen. Vorsichtig legte sie sie neben sich ab, wobei sie Kam die ganze Zeit dabei von der Seite beobachtete. Schlief er? Sein Atem ging in jedem Fall nun langsam und gleichmäßig.

Er packte eine ihrer herabsinkenden Hände. Sie stutzte bei seiner Berührung.

»Ich dachte, du schläfst.« Ihre leise Stimme klang ganz entspannt.

»Ich bin wach.«

Sie drehte den Kopf zur Seite und bemerkte, dass er sie ansah. Er war ganz sicher wach. Zwar wirkten seine Gesichtsmuskeln entspannt, im Vergleich dazu, wie angespannt sie ausgesehen hatten, als er noch in ihr war – hämmernd, pumpend, verlangend –, doch sein Blick war scharf und wachsam. Er hielt ihre Hand fest und führte sie an ihre Hüfte, wo er auch seinen Arm über sie legte.

»Du hast zwar die Hälfte meiner Gehirnzellen zum Kochen gebracht, aber schlafen will ich nicht. Noch nicht«, murmelte er mit seiner rauen, durch seinen französischen Akzent geprägten Stimme. Ihr Herz kam wieder in Schwung. Lag da eine Zweideutigkeit in seinem Ton? Sein Daumen machte sich auf eine angenehme Runde über ihr Handgelenk. »Ich habe dich so sehr gewollt. Ich hatte gar keine Möglichkeit, es auch zu genießen. Ich war viel zu beschäftigt damit, lichterloh zu brennen.«

Sie schluckte und spürte, wie schwer die Perlen der Halskette auf ihrem Adamsapfel lagen.

»Mir kam es auf jeden Fall so vor, als hättest du es genossen«, beruhigte sie ihn.

Ein Lächeln zuckte über seine Lippen. Er strich ihr weiter über das Handgelenk.

»Trotzdem, es war kein Genuss für einen Genießer. Eher wie eine Fressorgie.«

Sie erwiderte sein Grinsen, bestärkt durch das Lachen in seinen Augen. Die Kuppe seines Daumens bewegte sich leicht über ihren Puls hinweg.

»Spürst du meinen Herzschlag? Wenn du mich da berührst?«, fragte sie. Nur Zentimeter lagen zwischen ihren Gesichtern. Sie konnte ganz deutlich den schwarzen Ring erkennen, der seine Iris umgab und die dunklen Flecken mitten in dem Silbergrau seiner Augen. Seine Wimpern waren erstaunlich dick für einen Mann, was jedoch seinen magnetischen Blick nur noch verstärkte.

»Ja.«

»Du nutzt deine Biologie-Kenntnisse, die du auch brauchst, um deinen Biofeedback-Mechanismus zu bauen, um mich zu analysieren?«

»Der menschliche Körper spricht in seiner ganz eigenen Sprache«, antwortete er, ohne ihren Puls loszulassen. »Normalerweise ist diese Auskunft viel ehrlicher als das, was aus dem Mund derselben Person kommt.«

»Und was sagt dir mein Körper gerade?«, flüsterte sie, sie konnte sich die Frage einfach nicht verkneifen.

Sein Blick wanderte langsam über ihre Brust. Sie spürte seinen Blick dort wie eine Berührung. Unruhig rückte sie noch ein wenig näher an ihn heran, verstärkte den Kontakt mit seinem Körper. Ihre Schulter lag an einem starken Brustmuskel. Sie holte tief Luft und hob damit ihre Brust. Unter seinem gewichtigen Blick versteiften sich ihre Nippel.

»Das Sprunghafte in deinem Puls zusammen mit der Anspannung deines Muskeltonus könnte auf Unruhe hinweisen. Oder aber bedeuten, dass du wieder heißer wirst.« Beim Blick in ihr Gesicht sah er, dass sie errötete. Sein Lider sanken etwas, wodurch er sowohl gesättigt als auch erregt wirkte. *Wieder heißer wirst.* Wie passend formuliert. »Berücksichtige ich noch die anderen Hinweise«, dabei blickte er auf ihre erigierten Brustwarzen, »würde ich aber doch für Letzteres stimmen. Habe ich recht?«

Nervös leckte sie sich über ihre Unterlippe.

»Ich glaube, es kann wirklich auf beides hinweisen, auf meine Unruhe ... und das andere.«

Er ließ ihr Handgelenk los und legte die Hand auf ihre Hüfte. Seine langen, warmen Finger reichten nun von ihrem Po bis zu ihrem Bauch.

»Warum Unruhe?«, brummte er leise.

»Ich glaube zum Beispiel, dass Ian damit wohl nicht einverstanden wäre.«

Seine Nasenflügel erbebten.

»Er hat dich zu mir geschickt, oder etwa nicht? Er kann sich also wohl kaum beschweren, wenn wir uns mögen. Was hat das also mit ihm zu tun?« »Du weißt, dass es nicht so einfach ist«, schalt sie ihn.

Sein Mund zog sich zusammen.

»Gut. Dann lass uns überlegen, was Ian auf jeden Fall wünschen würde.«

Mit einem Mal ließ er sie los und rollte sich vom Bett. Sie erschrak bei dieser abrupten Bewegung – ganz zu schweigen von seinem anklingenden Sarkasmus –, wurde dann aber augenblicklich von dem Anblick seines fast vollständig nackten Körpers abgelenkt. Nur die Jeans und die Unterwäsche hingen ihm noch an den Oberschenkeln, die in ihren Augen lang und stabil wie junge Bäume wirkten. Hatte Ian nicht erwähnt, dass Kam sich ausgefeilte Fitnessgeräte in seinem unterirdischen Haus gebaut hatte, die auf seinem intuitiven Wissen über die verborgenen Mechanismen und die Physik des menschlichen Körpers basierten? Ian war in ausgezeichneter körperlicher Verfassung, aber Lin musste doch gestehen, dass er, nachdem er zusammen mit Kam trainiert hatte, anschließend noch drei Tage Muskelkater verspürt hatte.

Kams Rücken war wunderschön – ein einziger glatter, wohlgeformter Muskel, eine schmale Hüfte, die zu breiten Schultern aufstieg. Nirgends schien es auch nur ein Gramm Fett zu geben. Lin vermutete, dass er auch kaum die Gelegenheit gehabt haben dürfte, welches anzulegen, während er jahrelang alleine und auf dem Land ein eher ärmliches Leben geführt hatte. Erregung machte sich zwischen ihren Beinen bemerkbar, als sie zusah, wie er seine Unterhose über den Po zog. Die Haut dort war ebenso weich wie auf dem Rücken, die Pobacken kräftig, rund, sehr...

... einladend zum Zupacken.

Sie war *verrückt* gewesen, seinem Verlangen nachzugeben und ihre Hände beim Sex außen vor gelassen zu haben.

»Badezimmer?«, fragte er grob und unterbrach damit die zauberhafte Stimmung der Lust... und der Enttäuschung.

»Oh, da lang.« Sie wies auf die Tür zu ihrer Rechten.

Er ging um das Fußende des Bettes herum. Die Hose hatte er nicht zugeknöpft. Während er lief, umfasste er seinen Schwanz von unten und zog das Kondom ab. Er war nicht mehr so steinhart, wie er zuvor gewesen war, doch sein Penis war noch immer schön – wohlgeformt und leicht von seinem Körper abstehend. Hitze durchströmte sie, genauso kräftig und überraschend wie beim ersten Mal. Als er hinter der Badezimmertür verschwunden war, blinzelte sie und sah sich in ihrem Schlafzimmer um, als würde sie ihre Umgebung zum ersten Mal in dieser Nacht wahrnehmen. Machte er sich im Bad fertig? Wusch er sich und zog sich an? Wenn er zurückkam, wollte sie nicht ausgestreckt auf dem Bett liegen, den Rock auf die Hüfte hochgeschoben, die Beine gespreizt, verletzlich und bloßgestellt. Also setzte sie sich auf und griff nach einem Sweater. Als sich die Badezimmertür plötzlich wieder öffnete, drückte sie eilig den seidigen Strickpulli über ihre Brüste. Sie hatte das Gefühl, als wäre sie auf frischer Tat ertappt worden.

Er trat in ihr Zimmer und hielt inne, als er sie sah. Ein Schatten der Empörung – oder war es Enttäuschung? – zog über sein Gesicht. Er rückte seine Jeans zurecht und schloss eilig seine Hose, wobei sein straffer Bauch sich bog. Er hatte sich im Bad *nicht* zurechtgemacht. Hilflos sah sie mit an, wie er durch den Raum lief und sein zerknäultes Hemd und seine Jacke vom Boden aufhob.

»Willst du... willst du gehen?«

»Sieht wohl so aus«, gab er knapp zurück und entwirrte seine Kleider.

»Ich wollte dich nicht... es sollte... tut mir leid«, stotterte sie. Warum wusste sie nicht, was sie in dieser Situation wollte? Es war, als konnte sie ihre eigenen Bedürfnisse nicht mehr interpretieren. Vielleicht war es ja das Beste, wenn er ging. Sicherlich würde sie ihr impulsives Verhalten später bedauern. Sie ging nur selten mit Männern ins Bett und eigentlich *nie* gleich bei der ersten Verabredung, was keine große Überraschung war. Niemand hatte mehr Pech mit Männern als Lin; sie hielt vermutlich den Weltrekord bei der Anzahl der katastrophalen ersten und letzten Dates. Doch gerade in Kams Fall schien ihr Urteilsvermögen sie völlig im Stich gelassen zu haben. Zum einen war er *nicht einmal* ein Date. Er war ein beruflicher Auftrag. Zum anderen war er, verdammt noch mal, Ians Bruder. Lin nahm es immer sehr genau, wenn es um die Grenze zwischen Arbeit und Privatleben ging. Nicht, dass sie wirklich viel Privatleben hatte neben dem Job und Ian, aber trotzdem...

Sicherlich würde sie es bereuen, dass sie in diesem Moment zusah, wie Kam Reardon sie verließ. *Du hattest recht eben. Ich wurde wirklich* wieder heiß. *Ich hätte Ian nicht erwähnen sollen. Darüber hätten wir jetzt nicht nachdenken sollen.*

»Was ich nicht verstehe«, sagte Kam, während er sein Hemd anzog, wobei sich seine Muskeln in einer ruckartigen, ungeduldigen Bewegung anspannten, »ist, wo die Grenze verläuft.«

»Die Grenze?«, fragte Lin langsam. Seine Worte unterbrachen den Fluss ihrer mentalen Vorbereitung, mit der sie ihn zum Bleiben hatte überreden wollen. Sein aufblitzender, verärgerter Blick veranlasste sie, ihren Pullover noch enger an den nackten Oberkörper zu drücken.

»Ja. Hast du keine Lust mehr auf ein paar Überstunden?«

Es dauerte einen Moment, bis sie die Bedeutung dieses Satzes verarbeitet hatte. Als sie ihn verstanden hatte, tat es ihr weh und Ärger überkam sie.

»Wie kannst du es wagen, mir so etwas ins Gesicht zu sagen! Das hier«, dabei warf sie einen Blick auf das zerwühlt Bett, »hat nichts mit meiner Arbeit zu tun.«

»Wirklich? Gar nichts mit Ian?«, keifte er zurück und schob seine Arme so voller Schwung in sein Jackett, dass sie den Saum mit einem reißenden Geräusch protestieren hörte. »Überall heißt es, dass du für Ian alles tun würdest.«

»Nein«, protestierte sie und stand auf. Sie konnte nicht glauben, dass er das gerade gesagt hatte. Als ein bestimmter Gedanke ihr durch den Kopf schoss, hielt sie in ihrer hitzigen Verteidigung kurz inne. Ihr ungewöhnliches Verhalten heute Nacht hatte eigentlich *doch* mit Ian zu tun, oder etwa nicht? Mit ihren geheimen, verborgenen Gefühlen für ihn. Zu spät, schon hatte Kam ihre plötzliche Irritation bemerkt.

»Hat Ian dich gebeten, mit mir zu schlafen? Mich ein wenig gütiger zu stimmen? Den sturen Kerl vom Lande ein wenig formbarer zu machen? Genießbarer?«, fragte er ruhig und trat einen Schritt auf sie zu.

»Nein! Natürlich nicht. Dir ist schon klar, dass du mich damit im Grunde als *Prostituierte* hinstellst, oder?« Sie brüllte beinahe, so sehr vermischten sich Wut, Unglaube und Verwirrung in ihr und brachten sie in Rage. »Glaubst du das tatsächlich? Dass Ian mich losschickt, um mit seinen Geschäftspartnern zu schlafen? Mit seinen Familienangehörigen?«

Seine Miene verdunkelte sich.

»Natürlich denke ich nicht, dass du eine Prostituierte bist. Ich glaube aber, dass du eine Frau bist, die wirklich alles für ihren Job tut. Für ihren Boss. Jeder in der Familie fängt ständig damit an, wie loyal du zu ihm stehst.« Geschockt blieb ihr Mund offen stehen. *Oh mein Gott.* Was war sie für eine Idiotin gewesen. Wie hatte sie nur *jemals* glauben können, dieser grobe, wilde Typ sei attraktiv? Er sah nicht einmal im Entferntesten dem Typ Mann ähnlich, der ihr sonst gefiel, auch wenn ihre Libido nun einmal besänftigt werden musste. Dies war der größte Fehler, den sie jemals begangen hatte.

Sie richtete sich zu ihrer ganzen Größe auf, ohne sich von der Tatsache beeinflussen zu lassen, dass sie halb nackt vor einem vollkommenen, überirdischen Mistkerl stand. Er hatte sie gerade bis in ihr Innerstes zum Glühen gebracht und dann die Nerven, sie in einem Atemzug eine Hure zu nennen und als Ians dienstfertige Dienerin zu bezeichnen. Sie hatte es zugelassen, dass er sie verbrannt hatte.

»Verschwinde sofort aus meiner Wohnung«, sagte sie ruhig.

Ein merkwürdiger Ausdruck tauchte auf seinem Gesicht auf, als wäre ihre Antwort enttäuschend, zugleich aber auch genau das gewesen, was er von ihr erwartet hatte.

Sie war fast ebenso wütend auf sich selbst wie auf Kam Reardon, dass sie einen Verdammt-noch-mal-dieser-Kerl-Gedanken zugelassen hatte. Er marschierte aus dem Raum, ohne sich noch einmal umzudrehen, sein Rücken ebenso durchgestreckt wie ihrer. Sie verharrte noch immer in genau dieser Haltung, als sie die Eingangstür mit einem abrupten Klacken zufallen hörte.

Wie ein schleichender Schrecken nistete sich dann der Gedanke bei ihr ein, dass Kam nicht die einzige Person war, die von ihrem Verhalten heute Abend enttäuscht sein dürfte. Sie war von sich selbst enttäuscht. Noch nie hatte sie bei einem

Auftrag, den Ian ihr erteilt hatte, klein beigegeben oder versagt. Für alle Dinge gibt es ein erstes Mal, dachte sie. Sie würde Ian die Wahrheit sagen müssen.

Es kam überhaupt nicht infrage, dass sie mit seinem anmaßenden Bruder jemals wieder zusammenarbeiten würde.

Ians Eckbüro war von der morgendlichen Sonne erfüllt, als sie es drei Tage später betrat. Sie war ungemein nervös, doch äußerlich wirkte sie gelassen. Es hatte sie eine Menge Energie gekostet, ihre Besorgnis darüber, was mit Kam geschehen war, zu unterdrücken. Zum Glück lag eine Geschäftsreise nach New York hinter ihr, die ihr dabei geholfen hatte. Sorgfältig hatte sie sich eine Lüge zurechtgelegt, weshalb sie nicht mehr mit Kam zusammenarbeiten konnte, doch ihre Geschichte schien ihr sehr löchrig zu sein. Wenn jemand daran zweifeln würde, dann sicher Ian.

Womöglich musste sie ihn überhaupt nicht überzeugen, überlegte sie, als sie auf Ians Schreibtisch zuging. Vor ihrem Rückflug nach Chicago hatte sie zum letzten Mal mit Ian gesprochen. Dabei war es nur um ein paar Auskünfte über ihre Termine in New York gegangen. Ian hatte Kam nur im Zusammenhang mit einem Familienausflug erwähnt. Dennoch könnte Kam ihm in der Zwischenzeit berichtet haben, was zwischen ihnen am Montagabend geschehen war. Vielleicht hatte Kam von sich aus bereits vorgeschlagen, dass er nicht mehr mit Lin zusammenarbeiten wolle?

Dass sie nicht wusste, wie der Stand der Dinge war, verstärkte ihre nur mühsam beherrschte Unruhe.

Wie üblich saß Ian hinter seinem großen, massiven Schreibtisch und sprach über einen Kopfhörer in sein Telefon, während seine Finger flink über die Tastatur vor ihm huschten. Trotz dieses Multitaskings blickte er sie aus seinen blauen Augen heraus an, als sie ihm die neuesten Daten von Tyake reichte, einer seiner Tochterfirmen. Rasch erkannte sie, warum vor seinem Schreibtisch ein Stuhl stand. Ihr Herz rutschte ein wenig nach unten. Er wollte, dass sie wartete.

Reste von Zorn, Schmerz und Demütigung bevölkerten ihr Bewusstsein, als sie die Möglichkeit in Betracht zog, Kam habe die schmutzigen Einzelheiten bereits mit Ian besprochen. Wie hatte sie nur so dumm sein können? Tief im Innersten war sie über ihre Impulsivität mehr als erschrocken. Sie sank auf den gepolsterten Stuhl vor seinem Tisch, während in ihrem Bauch ein schwindelerregendes Gefühl von Furcht aufstieg.

»Wir warten ab, wie sich der Nikkei heute Abend bei der Eröffnung macht, und entscheiden dann«, erklärte Ian seinem Gesprächspartner und warf rasch einen Blick auf die Unterlagen, die Lin ihm überreicht hatte. Anhand des Themas konnte Lin sofort erahnen, wer am anderen Ende der Leitung war. Seine Finger ruhten kurz auf der Tastatur, als er sich von Alexandra Horowitz, einer seiner Vizepräsidentinnen, verabschiedete.

Er nahm den Kopfhörer ab.

»Einen schönen guten Morgen«, grüßte sie ihn mit falscher, forscher Fröhlichkeit. »Er ist wirklich schön, oder?«, gab er leise zurück und blickte durch die bodentiefen Fenster. Das strahlende Sonnenlicht verlieh seinen sonst kobaltblauen Augen ein himmelblaues Strahlen. »Heute Abend feiert Francesca die Vernissage ihrer Ausstellung. Sie dürfte sich freuen, dass man das Wetter nicht als Ausrede nutzen kann, nicht zu erscheinen.«

»Sie ist sicher schon sehr aufgeregt.«

Ians Bruder Lucien und dessen Frau Elise hatten vor ein paar Monaten in der Nähe der Prairie Avenue ein kultiviertes, persönlich geführtes Hotel mit Restaurant eröffnet, das Elise als Chefkoch leitete. Die elegante Backstein-Architektur, in die Lucien das Hotel integriert hatte, hatte Francesca zu einer Sammlung von Bildern angeregt, auf denen einige der klassischen architektonischen Meisterwerke Chicagos porträtiert waren, Gebäude, die von ganz unterschiedlichen Epochen und feinem Lebensstil inspiriert worden waren. Lin hatte das Treffen mit den Gersbachs und Kam so organisiert, dass man sich zuerst Francescas Ausstellung ansehen und danach gemeinsam im Frais, Elises neuem Restaurant, zum Essen treffen konnte.

»Francesca hat für diese Ausstellung gezeichnet, oder?«, fragte Lin in der Hoffnung, das unausweichliche Thema Kam für ein paar weitere Sekunden umgehen zu können.

»Ja«, bestätigte Ian trocken. »Es fällt ihr schwer, während der Schwangerschaft auf das Malen mit Ölfarben zu verzichten. Ich gehe jede Wette ein, dass sie bald nach der Geburt wieder damit anfängt.«

Da war es wieder, jenes träumerische Gesicht, das Ian jedes Mal bekam, wenn er von Francesca sprach. Heute schmerzte es sie weit weniger als in der Vergangenheit. Lebhaft hatte Lin noch die Gelegenheit vor Augen, als sie diese Miene zum ersten Mal gesehen hatte – die sich von Ians ansonsten so fokussiertem, typischem Blick stark unterschied. Sie war eifersüchtig geworden, musste sie zugeben, doch zugleich hatte sie ein seltsames Gefühl der Freude empfunden. Denn sie durfte Zeugin werden, dass ein so durch und durch einsamer Mann sich schließlich in den Gedanken an einen anderen Menschen völlig verlieren konnte. Schon lange hatte sie akzeptiert, dass sie selbst niemals der Grund für diesen Blick sein würde. Der Schmerz darüber war zu einem leichten Unwohlsein geworden, das sie mit jedem Tag ein wenig weniger störte.

»Francesca wäre es zu wünschen«, erwiderte Lin lächelnd. »Es muss schwer für sie sein, auf etwas zu verzichten, das so eng mit ihrer gesamten Existenz verbunden ist. Schön zu wissen, dass sie einen Ersatz dafür gefunden hat. Francesca ist auf jeden Fall einfallsreich.« Sie hob die Augenbrauen und schenkte ihm ein kleines Lächeln. »Ich gehe davon aus, dass du ihr ein Geschenk besorgt hast, eine Kleinigkeit für die Vernissage?« Dies war so etwas wie ein *running gag* zwischen den beiden. Bevor es Francesca gegeben hatte, war es Lin gewesen, die ihm für die Frauen, mit denen Ian sich verabredete, die Geschenke besorgt hatte. Als er jedoch Francesca kennenlernte, hatte sie verständlicherweise dagegen protestiert, von Lin ausgewählte Präsente zu bekommen. Ian musste in einer Art Crash-Kurs lernen, persönliche, individuelle Geschenke auszusuchen, und war damit schon sehr weit fortgeschritten.

»Ich lasse ihr Blumen schicken und habe ihr die Erstausgabe eines Fotobuchs über klassische Architektur gekauft, das sie in Luciens Geschäft gesehen hat.« Damit war das Antiquariat gemeint, das sich neben der Kaffeerösterei in Luciens und Elises Hotel befand.

Ihr Lächeln wurde breiter.

»Du wirst langsam zum Experten. Der Tag ist nahe, an dem du mich nicht mehr brauchst.«

Sein Blick nahm eine gewisse Schärfe an.

»Sag so etwas nicht. Du bist eine meiner größten Stärken. Ohne dich kann ich nicht existieren. Oder zumindest Noble Enterprises kann es nicht. Weil wir gerade davon sprechen, da gibt es etwas, das ich dich noch fragen wollte.«

Lin zuckte zusammen. *Da haben wir's.* Hatte Kam mit ihm gesprochen?

»Ja?«, fragte sie misstrauisch.

»Hast du jemals darüber nachgedacht, nach London zu ziehen? Für den Job?«

Die anschließende Stille dröhnte in ihren Ohren.

»Ich ... ich weiß nicht. Chicago war schon immer mein Zuhause.« Sie sank auf ihrem Stuhl zurück, ihr Mund blieb offen stehen. »Überlegst du, die Firmenzentrale nach London zu verlegen?«

»Ich lasse es mir durch den Kopf gehen, ja«, gab er ehrlich zu.

»Du weißt, Francesca will unser Baby in Belford Hall zur Welt bringen.« Lin wusste, dass er damit das palastartige Landgut seiner Großeltern in England meinte.

»Ja. Und ich weiß auch, dass es deinem Großvater in letzter Zeit gesundheitlich nicht besonders gut geht.« Ihr fiel auf, wie hohl ihre Stimme klang. Tief in ihrem Hinterkopf hatte sie schon immer gewusst, dass Ian eines Tages Belford Hall zu seinem ersten Wohnsitz machen könnte, doch dieser Tag schien lange Zeit noch weit in der Zukunft zu liegen. Trotz ihres ernüchternden Gefühls bedachte sie ihn mit einem aufmunternden Lächeln. »Ich verstehe, wenn du nach England umziehen möchtest, damit du näher an deinen Großeltern bist. Abgesehen davon, dass es ein wunderbarer Ort ist, an dem Francesca sich nach der Geburt eures Kindes erholen kann.«

»Ich denke darüber nach, zumindest eine ganze Weile erst einmal dort zu verbringen.«

Sie versuchte, sich wieder zu sammeln. Auch wenn er sagte, es würde nur vorübergehend sein, konnte sie sich dennoch leicht ausmalen, dass es sich unter Umständen bis in alle Ewigkeiten hinziehen konnte.

»Ich kann nicht erwarten, dass alles für immer so bleiben würde«, sagte sie gelassen. »So ist die Geschäftswelt. Die Dinge ändern sich immer.«

»Du bist mehr als nur ein Teil des ›Geschäfts‹, Lin«, gab Ian mit hochgezogenen Augenbrauen zu bedenken. »Deshalb habe ich es angesprochen. Ich möchte, dass du über einen Umzug nachdenkst. Ich bin sicher, wir könnten eine Regelung finden, die für dich vorteilhaft ist und dein Leben nicht völlig aus der Bahn wirft. Einverstanden, wenn wir nächste Woche noch einmal darüber sprechen?«

Sie nickte und lächelte ihn zustimmend an, ohne auf die höhnische Stimme in ihrem Kopf zu achten, die ihr zu verstehen gab, dass sie *natürlich nur* Teil des Geschäfts war. Ihr

Kopf hatte das schon immer gewusst, auch wenn ihr Herz bislang diese entscheidende Lektion noch nicht ganz verarbeitet hatte.

»Genug davon«, stellte Ian abrupt fest. »Wir müssen noch über Kam reden. Wie lief der Abend neulich?«

»Gut«, erwiderte Lin unbewegt. »Trotzdem frage ich mich, ob es wirklich eine gute Idee ist, dass ich Kam bei all diesen Terminen begleite.«

Ian beugte sich in seinem Stuhl vor und legte die Ellenbogen auf dem Schreibtisch ab.

»Was stimmt denn nicht? Ist an diesem Abend etwas vorgefallen? Kam hat über diesen Abend nicht sehr viele Worte verloren. Aber das trifft natürlich für viele Dinge zu«, fügte Ian noch an.

Spürbare Erleichterung überkam sie. *Kam hat nichts gesagt.*

»Es ist nur so, dass …« Lin sah aus dem Fenster auf die makellose Skyline der Stadt. Ihre Lüge war ohnehin nie sehr belastbar gewesen, doch unter Ians schneidendem Blick löste sich ihre Ausrede vollständig in Luft auf. »Ich dachte nur, dass du, als sein Bruder, die ideale Person wärst, um ihn bei solchen Treffen zu begleiten. Denkst du nicht?«

»Nein, das glaube ich nicht. Kam braucht jemanden, der ihn begleitet, und nicht jemanden, der ihm die Aufmerksamkeit raubt. Davon einmal abgesehen, wäre er der Erste, der mich ermahnt, meine Nase nicht zu tief in seine Angelegenheiten zu stecken. Ich kann dir nicht sagen, wie oft er mir schon gesagt hat, seit wir uns begegnet sind, dass dies sein Leben sei und nicht meines – nur formuliert er es normalerweise noch etwas direkter. Deine Feinsinnigkeit, dein Charme und gutes Benehmen sind genau das, was er braucht. An deiner Seite wirkt er fast wie ein Adeliger.«

»Du überschätzt meine Fähigkeiten«, widersprach sie leise.

»Nein, sicher nicht.« Ian sah auf die Uhr. »Wir können Kam

ja selbst fragen, was er von dieser Sache hält. Er hatte eine Führung durch die Firmenzentrale von Noble und müsste nun jede Minute hier eintreffen. Er ist zum ersten Mal hier in den Büros. Coraline ist nach unten gefahren, um ihn abzuholen.«

Viel Zeit, um in Panik zu geraten, hatte Lin nicht. Es klopfte an die Tür.

»Da ist er schon«, sagte Ian und stand auf.

Eine mittelalte, attraktive Brünette hatte ihn in der Lobby erwartet, als Kam den Noble Tower betrat. Sie stellte sich als Coraline Major vor und erklärte ihm auf dem Weg zum Fahrstuhl, sie sei eine von Ians Büromitarbeiterinnen.

»Ich dachte, Lin Soong ist seine Assistentin.« Hinter Kam schloss sich leise die Fahrstuhltür.

»Miss Soong? Mr. Nobles Sekretärin?« Coralines dünne, gezupfte Augenbrauen hoben sich bei dieser Vorstellung. Sie wartetet diskret ab, bis zwei junge Männer in Anzügen den Fahrstuhl im zehnten Stock verließen. Als sich die Tür wieder schloss, waren sie alleine im Fahrstuhl. »Drei Kolleginnen und ich, wir sind die Assistentinnen von Mr. Noble und Miss Soong. Miss Soong gehört zum Vorstand von Noble Enterprises. Sie ist außerdem Mitglied des Beraterausschusses von Mr. Noble und wird von vielen sogar für seine wichtigste Beraterin gehalten. Niemand kennt das Unternehmen besser als sie, abgesehen wohl von Ian Noble selbst. Sie hat hier schon als Teenagerin hin und wieder gearbeitet. Sogar als sie noch zur High School ging, kam sie immer wieder hier in die Büros, und ihre Großmutter hat sie damals schon beispielsweise mit Aufgaben rund um die Geschäftsberichte und Ähnlichem betraut. Miss Soong hat das Zahlenverständnis ihrer Großmutter geerbt. Und sie ist mindestens so elegant und anmutig, wie es Miss Lee war«, erinnerte sich Coraline liebevoll.

»Das klingt, als sei sie durch und durch ein Teil von Noble.«

»Genau. Mr. Noble berät sich mit ihr über fast alle Angelegenheiten. Ian nennt sie seine rechte Hand. Die beiden arbeiten außergewöhnlich gut zusammen.«

Unvermutet überkam Kam der dringende Wunsch, zurück nach Hause nach Manoir Aurore zu fahren, an den vertrauten Ort, an dem er grübeln konnte, an dem er frei war zu tun, was er wollte, ohne alles zwei Mal überdenken zu müssen, wo er leben konnte, ohne Angst zu haben, jemanden damit zu beleidigen. Sein Zuhause war inzwischen gar nicht mehr so düster. Dank seiner harten physischen Arbeit, den sorgfältigen Aufräumarbeiten, bei denen Elise und Francesca ein ganzes Heer an Helferinnen gesteuert hatten, und der neuen Einrichtungsgegenstände, die eingetroffen waren, hatte sich Aurore gewandelt. Langsam waren die Schatten verschwunden, die Dunkelheit von Trevor Gaines löste sich durch freundliche Besucher, neue Hoffnungen, Organisation, harte Arbeit und helles Sonnenlicht auf. Es war nicht länger nur die Hülle eines Hauses, sondern ein Zuhause. Doch was noch wichtiger war: In Aurore gab es, abgesehen von seiner Hündin Angus, niemanden, den man beleidigen konnte. Und Angus war ein derart gutmütiges Tier, dass es nie lange gekränkt war.

Phoebe Cane kümmerte sich während seiner Abwesenheit um Angus, doch mit einem Mal war Kam sich sicher, dass seine Hündin sich in Phoebes Obhut ebenso unwohl fühlte wie er in seinem luxuriösen Hotelzimmer mitten in Chicago. Schließlich war Kam nie länger glücklich in Phoebes beengtem Haus gewesen, als es dauerte, um ein paar Zärtlichkeiten auszutauschen. Seine Hündin dürfte noch einen Grund weniger haben, dort bleiben zu wollen.

Es schien, als bemerke Coraline seine trüben Gedanken und beeilte sich, das Thema zu wechseln.

»Ich komme gar nicht darüber hinweg, wie sehr Sie und Mr. Noble sich ähneln.« »Wenn das noch mal jemand sagt, lasse ich mir augenblicklich wieder einen Bart stehen, in der Hoffnung, dass er so schnell wie möglich wächst.«

Er war derart mit seiner Sehnsucht nach Hause und der Bemerkung Coralines über die gute Zusammenarbeit zwischen Lin und Ian beschäftigt, dass er nicht bemerkte, dass er Ians Assistentin mit seiner Bemerkung vollständig zum Schweigen gebracht hatte. War die perfekte Arbeitsbeziehung zwischen den beiden der Grund dafür, dass Lin fürchtete, Ian würde es verurteilen, wenn sie miteinander schliefen? Womöglich musste Ian alles in Lins Leben im Vorfeld erst genehmigen, schließlich waren ihre Leben doch so eng miteinander verknüpft. Und Lin hatte deutlich hervorgehoben, dass Ian für Kam, egal ob Bruder oder nicht, kein Daumen-hoch gegeben hatte.

Wie dem auch sei, Kam konnte nicht überrascht sein. Er spielte nun einmal nicht in Lins Liga. Trotzdem schmerzte diese Erkenntnis. Es war wohl am besten, Lin Soong ganz aus seinen Gedanken zu verbannen. Er hatte sie nie wirklich dorthin eingeladen, nur im ganz entfernten Sinn des Wortes.

Als sich die Tür öffnete, verließ er den Fahrstuhl. Seine Begleiterin hatte er kurzerhand völlig vergessen.

Lin war in dem großen, sonnendurchfluteten Büro das Erste, worauf sein Blick fiel, als Coraline an die Tür geklopft und sie dann für ihn geöffnet hatte. Lin saß vor einem riesigen, kunstvoll mit Schnitzereien verzierten Schreibtisch und blickte ihn über die Schulter aus ihren großen, dunklen Augen misstrauisch an. Sie war eine Palette aus Schwarz und sonnenbeschienener, elfenbeinfarbener Haut, sie trug ein dunkles Kleid mit langen, durchsichtigen Ärmeln. Die langen Beine hatte sie überkreuzt. Ganz genau stand ihm vor Augen, wie sie Montagnacht ausgesehen hatte, den Rock auf die Hüfte hochgeschoben, darunter geschmeidige, seidene Schenkel und die süßeste Muschi, die Gott je erschaffen hat…

Er verzog das Gesicht. So viel zum Thema, sie aus seinen Gedanken zu verbannen. Für eine Sekunde blieb er in der Tür stehen, versuchte, ihre Miene zu interpretieren, und versagte. Er hatte die Brillanz – oder die Anziehungskraft – ihrer Augen nicht übertrieben, als er sie sich in den letzten drei Tagen vorgestellt hatte. Sie zogen einen Mann an wie eine Flamme die Motte. Er riss seinen Blick von ihr los und nahm automatisch Ians Hand, die ihm dieser entgegenstreckte.

»Willkommen«, begrüßte Ian ihn herzlich. »Ich hoffe, du hast uns schnell gefunden.«

»Es wäre auch schwer, das hier zu übersehen«, gab Kam trocken zurück. Der Noble Tower war eines der imposantesten Hochhäuser am Fluss. Er hatte gehört, dass der neue Firmensitz seines Bruders bereits als ikonisches Symbol der Stadt galt.

»Darf ich dir etwas anbieten? Einen Kaffee? Frühstück?«

»Nein. Ich habe in Luciens und Elises Hotel gefrühstückt.« Coraline verstand dies als ihr Signal und verließ den Raum schweigend. Ian bat ihn mit einer Geste auf einen Stuhl neben Lin.

»Ich würde mich freuen, wenn du es dir noch einmal überlegst, zu uns ins Penthouse zu ziehen. Francesca hat mich noch einmal darauf angesprochen, nachdem du gestern Abend gegangen bist. Lucien hat mir verraten, dass er sich von Elise ebenso viele Vorwürfe anhören muss, weil du auch nicht bei ihnen wohnen möchtest.«

»Ich bin es gewohnt, alleine zu leben«, antwortete Kam knapp, auch wenn er sich in seinem Hotelzimmer alles andere als wohl fühlte. Eher wie eine eingezwängte Laborratte.

»Lin und ich haben gerade über das Meeting mit den Gersbachs heute Abend gesprochen«, fuhr Ian fort und trat hinter den Schreibtisch. Kam nahm neben Lin Platz. Er sah sie aus den Augenwinkeln heraus an und erwischte sie, wie sie ihn anstarrte. Bei ihrem Blick setzte sein Herz kurzzeitig aus. Ihr Kleid hing locker an ihr herab, als wäre es ein zu großes Männerhemd, doch es bestand aus Seide und war in Falten gelegt. Pech für ihn und seine Libido, es endete kurz oberhalb der Knie, sodass ein paar Zentimeter ihrer Oberschenkel und ihre Waden unbedeckt blieben. Um sein Unglück noch zu verstärken, trug sie dazu hochhackige Schuhe mit einem schmalen Bändchen, das sich um ihre Knöchel wand. Der Anblick des schwarzen Leders über ihren feingliedrigen, eleganten Knöcheln jagte einen elektrischen Schlag durch seinen Körper. *Zur Hölle*, wenn ihn das nicht an festgezogene Lederfesseln um diese sexy Füße erinnerte – Bänder, die nichts mit luxuriösem Schuhwerk zu tun hatten –, an die gefesselte und hilflose Lin, die sich unter seinem Mund und seinen Händen stöhnend und lustvoll wand...

Ian unterbrach Kams unkontrollierte, pornographische Gedanken.

»Lin scheint der Meinung zu sein, dass du dich eventuell wohler fühlen könntest, wenn ich an ihrer Stelle heute Abend mitgehe.«

»Ist sie das?«, fragte Kam und warf Lin einen Blick zu. Er war nicht wirklich schockiert, aber doch irritiert. Als er sie so anblickte, machte sich ein neues Gefühl in seinem Bewusstsein breit: Neugierde. Ihr Hals sah außergewöhnlich weiß und makellos aus, vor allem im Kontrast zu ihrem dunklen, hochgesteckten Haar und dem schwarzen Kleid. Mühsam schluckte er.

»Ich glaube, dass ein Familienmitglied Ihnen diese Angelegenheit noch eher erleichtern kann als ich«, erklärte sie mit ihrer dunklen, honigsüßen Stimme, die so gar nicht zu dem feinen, schnellen Flattern ihres Pulsschlags am Hals passte.

»Sie wollen also nicht mehr mitkommen«, stellte Kam fest.

»Merkwürdig, neulich Abend schienen Sie noch bereit für die Herausforderung.«

Sie blitzte ihn an, und dieses Mal spürte er deutlich, wie ihr Zorn als kalter, klarer Strahl auf ihn zuschoss. »Ich habe nicht gesagt, dass ich nicht bereit dazu bin.«

»Weshalb möchten Sie mich denn dann an Ian abschieben?«

»Es geht nicht darum, ob …« Sie beendete ihren Satz nicht, als sie Ians neugierigen Blick sah, als hätte er sich diese Frage ebenfalls gestellt. Also … Lin hatte ihrem Boss definitiv nichts von den schmutzigen Details von Montagnacht erzählt. Das wunderte ihn. Machte sie sich Sorgen um ihren Job, oder war es ihr peinlich, dass sie mit ihm Sex gehabt hatte? Ihm fielen die leicht rosigen Flecken auf ihren Wangen auf, und er entschied sich für Letzteres. Ihr üppiger Knospenmund wurde flach.

»Es war nur ein Vorschlag von meiner Seite. Mehr nicht. Ian ist mit den Gersbach-Geschäften besser vertraut als ich«, sagte sie nüchtern.

Kam lehnte sich schief in seinen Stuhl zurück.

»Wenn Sie nicht bereit dazu sind, soll mir das recht sein. Die ganze Sache ist ohnehin ein Witz, da macht es kaum was aus, wer mit mir kommt, um darüber zu lachen.«

Bei diesen Worten riss sie ihren Kopf herum.

»Wer soll lachen? Und *worüber?*«

»Vermutlich die Gersbachs über meine ungehobelte Art. Um die machen Ian und Sie sich doch solche Sorgen«, gab er ohne zu zögern zurück. »Aber keine Angst, auch ich werde bei der ganzen Geschichte etwas zu lachen haben.«

»Denken Sie denn oft, dass andere Menschen über Sie lachen?«, wollte Lin spöttisch wissen. »Denn so etwas nennt man dann Paranoia, Kam. Niemand lacht über Sie oder *wird* über Sie lachen. Sie nehmen sich viel zu wichtig, wenn Sie glauben, dass Sie auf andere Menschen einen derartigen Eindruck machen.«

Als er zu lachen anfing, zuckte sie ein wenig zurück. Kams Lachanfall verebbte und wurde durch Schuldgefühle ersetzt, als ihm auffiel, wie fassungslos Lin nach seiner impulsiven Reaktion aussah. Er wusste, er war unhöflich gewesen, doch ihre Darstellung von ihm hatte ihm plötzlich eine Vogelperspektive auf sich selbst vermittelt – den Blick auf einen verbitterten, vereinsamten Paranoiden, der sich in der Gesellschaft seines Hundes wohler fühlte als unter Menschen. Diese Beschreibung war ihm absolut zutreffend, traurig und zugleich komisch erschienen.

»So ist das also«, erklärte Lin, die sich von seinem sarkastischen Lachen erholt und mit einer wegwerfenden Geste von ihm abgewandt hatte. »Es ist immer leichter, nur zuzuschauen und hinterher zu triumphieren.«

Das irritierte ihn. Kurz riss ihn eine Bewegung aus seiner Konzentration auf Lin. Ian saß hinter dem Schreibtisch mit einem sehr untypischen Ausdruck von entzückter Begeisterung über das Schauspiel vor ihm auf dem Gesicht.

»Wenn Sie nicht glauben, dass ich bei all den Verabredungen, die Sie geplant haben, für Lacher sorgen werde, warum ziehen Sie sich denn dann zurück?«, wollte Kam von Lin wissen.

»Mir gefällt Ihre Verachtung für die Vorgehensweise nicht.« Sie zupfte einen unsichtbaren Fussel von ihrem Kleid und ließ ihn fallen. »Sie haben sich vorgenommen, die ganze Sache scheitern zu lassen, noch bevor Sie sich wirklich bemüht haben. Das ist eine Beleidigung für all die Vorbereitungen, die ich getroffen habe.«

»Zumindest wollte ich heute Abend erscheinen. Was man von Ihnen nicht sagen kann.«

»Also möchten Sie *doch*, dass ich komme?«, fragte sie und sah ihn von der Seite an.

»Ich bin der Meinung, Sie sind mein bestes Argument bei der Verhandlung.«

Ihre Nasenflügel bebten leicht, als beide verstummten.

»Ich hätte es nicht besser sagen können«, erklärte Ian daraufhin. Lin und Kam sahen ihn an.

»Ja, ich bin auch noch da«, witzelte Ian leise.

»Gut«, sagte Lin plötzlich, als hätte Ian sich gar nicht zu Wort gemeldet. Kam blinzelte, als sie sich praktisch aus dem Stuhl katapultierte, wobei ihre Bewegung sowohl schnell als auch elegant, kontrolliert als auch irgendwie aggressiv war. Ian schien ebenso eingeschüchtert zu sein wie Kam, denn sie beide sahen schweigend zu, wie Lin Unterlagen und einen Stift von Ians Schreibtisch nahm, um sich dann vorzubeugen und rasch etwas zu notieren. Kam sah, dass ihr sexy Hemd-Kleid hinten ein wenig länger war als vorne, ihm aber noch immer einen verlockenden Blick auf die schlanken Waden erlaubte. So wie sie sich nach vorne beugte, konnte er durch den verhüllenden Stoff den Umriss ihres schönen, straffen Pos erkennen. Es riss wieder an ihm, während sie schrieb.

Mit einem boshaften Ruck riss sie das Papier aus dem Block.

»Wir treffen uns um zwölf Uhr an dieser Adresse. Bringen Sie Ihre Kreditkarte mit.« Sie reichte Kam den Zettel. Dann wandte sie sich an Ian und öffnete ihre Hand in der Geste einer knappen Aufforderung: »Wenn du mit den Tyake-Zahlen fertig bist, bräuchte ich sie zurück.«

Wortlos reichte Ian ihr die Unterlagen. Beide sahen sie Lin nach, wie sie aus dem Büro verschwand.

»So habe ich sie noch nie erlebt«, hob Ian an, nachdem sich seine Bürotür laut hinter Lin geschlossen hatte. Etwas aus der Fassung geraten, sah er Kam an. »Was um alles in der Welt hast du ihr bei eurem Treffen erzählt?«

»Nichts«, erklärte Kam lakonisch und erhob sich. Ihm fiel Ians skeptischer Blick auf. »Ich habe ihr nur gesagt, dass sie ihren Job viel zu wichtig nimmt.«

»Das hast du ausgerechnet *Lin Soong* gesagt?«

»Ja«, sagte Kam leise und trat ans Fenster, um die Aussicht zu genießen. »Nur wusste ich zu dem Zeitpunkt noch nicht, dass das ein präziser Hieb ins Wespennest war.«

KAPITEL VIER

Sie schlich um das Podest herum wie eine geschmeidige Katze auf Beutezug und behielt jedes Detail des Anzugs im Auge, den der Schneider und dessen Assistent gefertigt hatten, um hin und wieder Änderungen zu verlangen.

»Nein, die Ärmel sind zu lang«, stellte Lin fest.

Sie so gelassen und effizient im Spiegel sehen zu müssen, ließ Kam finster dreinblicken, doch sie war undurchdringlich. Er kam sich wie ein Elefant in der Manege vor, wie die Schneider so an ihm zogen und zerrten. Er hatte Lin absichtlich dazu aufgestachelt, ihn in den kommenden Wochen weiter zu begleiten. Zu spät war ihm klar geworden, dass sie ihm das heimzahlen würde, denn die Adresse, zu der sie ihn bestellt hatte, war ein luxuriöser Herrenausstatter. Im Bewusstsein dessen, was er ihr in Ians Büro zugemutet hatte, konnte er nun keinen Rückzieher mehr machen. Also stand er hier, und ein Mann kniete vor ihm, während ein zweiter seinen Arm und Rücken bearbeitete, und Kam wünschte nur, er hätte sich umgedreht und aus dem Staub gemacht, als dies noch möglich gewesen war.

Die Hand des Assistenten schrammte an seinem Hoden vorbei, als er die Schrittlänge maß.

»*Merde, Scheiße*«, murrte Kam verärgert. Schuldbewusst zuckte die Hand des jungen Assistenten zurück. »Passen Sie auf, wohin Sie Ihr Maßband halten!« »Es tut mir leid, Sir.«

Der Junge war nun zu verängstigt, um fortzufahren. Kam sah in den Spiegel und bemerkte einen Hauch von Freude in Lins Ausdruck.

»Sie sollten besser weitermachen«, mischte sie sich dann ein. »Wir haben noch drei Anzüge und einen Smoking vor uns.«

»Könnte man nicht die Maße einfach von diesem Anzug hier für die anderen übernehmen?«

»Nein, jeder Anzug hat einen leicht unterschiedlichen Schnitt.«

»Und warum so viele?«

»Wir haben mehr Meetings als nur das mit den Gersbachs. Ich habe dir das schon am Montagabend gesagt. Es gibt noch andere Unternehmen, die sich für deine Erfindung interessieren. Ich habe also noch weitere Treffen für dich arrangiert.« Lin wandte ihre Aufmerksamkeit wieder der Arbeit von Mr. Marnier zu. »Mir geht es nur darum, dass du für jeden Termin perfekt aussiehst. Abgesehen davon wirst du die Anzüge für dein zukünftiges Business-Leben noch gut gebrauchen können.«

Er schnaubte spöttisch. Und doch konnte er den Blick nicht von ihrem Gesicht abwenden. Oder ihren Beinen. Oder von überhaupt *irgendetwas* an ihr. Sie nur anzuschauen war für einen Mann schon genug. Und er konnte seine Freude darüber nicht leugnen, dass er seinen Teil an diesem Vergnügen abbekam. Sie sah auf und begegnete seinem Blick im Spiegel. Er erstarrte, als er sich dessen bewusst wurde, und war mit einem Mal noch glücklicher darüber, dass der Junior nicht mehr an seinem Schritt herumzerrte.

»Du wirst leider enttäuscht sein«, sagte er ihr rundheraus. Sein Blick wanderte über ihren biegsamen Körper. »Ich werde in dieser Umgebung nicht der Perfekte sein.«

Ihre Nasenflügel bebten leicht, während sie sich ansahen. »Das ist alles relativ«, erwiderte sie leise. »Ich habe nur sagen wollen, dass ich dich in dem, was du schon bist, perfektionieren will.«

»Das klingt, als wäre ich eine Puppe, die du für das Teetrinken hübsch machen willst. Das wird niemals funktionieren.«

Ihr Kinn hob sich herausfordernd ein Stück.

»Warten wir es ab.«

Als er, eine Stunde später, kurz vor dem Verlassen des Geschäfts, ihren Ellenbogen ergriff, machte ihr Herz einen Sprung. Ob es das aus Panik oder plötzlicher Vorfreude tat, vermochte sie nicht zu sagen. »Warum hast du es denn so eilig?«, wollte Kam wissen, als Lin ihre Jacke zugeknöpft und sich über die Schulter zu ihm umgesehen hatte.

»Ich habe da so etwas, was man einen Job nennt.«

Er rollte mit den Augen.

»Ja, ich glaube darüber haben wir uns neulich Nacht schon einmal unterhalten.«

Wieder griff er nach ihrem Ellenbogen, denn sie hatte sich irritiert von ihm abgewandt und aus der Tür gesehen.

»Warum bist du so gereizt, wenn es um meinen Job geht?«, zischte sie über die Schulter. Und fühlte sich im selben Moment schuldig. *Sie* war es doch, die heute so gereizt auf ihren Job reagierte ... auf das, was Ian zum Thema Umzug nach London gesagt hatte ... auf Kams Anspielungen darauf, dass sie alles für ihre Arbeit tun würde ... auf überhaupt *alles*.

»Weil ich es nicht mag, eine deiner beruflichen Verpflichtungen zu sein«, gab er gedämpft zurück und sah sich in dem luxuriösen Geschäft um. Ein Mann, der sich nicht zwischen zwei Krawatten entscheiden konnte, sah in ihre Richtung, vermutlich hatte er ihr angespanntes Zischen gehört. Kam nickte in Richtung der sonnigen Straße und folgte Lin durch die Drehtür auf den Bürgersteig.

»Ich habe es dir schon erklärt. Montagnacht war keine Jobverpflichtung. Jedenfalls nicht, wie die Nacht endete«, erklärte sie kurz und bündig, als sie sich draußen gegenüberstanden. »Montagnacht *war* ein Fehler. Und alles, was wir von nun an zusammen erledigen werden? Das hat *definitiv* mit dem Job zu tun, und es scheint eine ermüdende Arbeit zu werden«, fügte sie mit hartem Blick hinzu. Damit ging sie los.

Er fluchte kaum hörbar auf Französisch.

»Es tut mir leid«, rief er ihr schnell hinterher.

Abrupt blieb sie stehen und sah sich zu ihm um. Vor Überraschung blieb ihr der Mund offen stehen.

»Es tut mir leid, dass ich dir unterstellt habe, du hättest nur deshalb Sex mit mir gehabt, weil Ian dich darum gebeten hat, mich damit zu besänftigen«, sagte er leise und sah sich nach allen Seiten um, um sicherzugehen, dass ihnen niemand zuhörte. »Ich habe in diesem Moment nicht klar denken können.«

»Ja, das würde ich auch sagen. Du hast dich verhalten wie ein Tyrann.«

Wütend funkelten seine Augen, doch dann schloss er sie kurz und holte tief Luft. »Du hast recht. Das habe ich verdient«, gab er steif zu.

Sie kniff die Augen zusammen, als sie auf ihn zutrat.

»Es ist eine Sache, dass du ein Idiot warst. Aber etwas ganz anderes, dass du vorsätzlich gemein zu mir warst. Du *wolltest* mir wehtun. Warum?«

Er blinzelte, strich sich übers Kinn und sah aus, als würde er »Metall kauen«, wie Richard es genannt hatte. »Als ich in dieser Nacht gesehen habe, wie du dich angezogen hast, als ich aus dem Badezimmer gekommen bin, ist mir klar geworden, dass du fertig bist mit mir«, stieß er dann plötzlich hervor.

Ihr Gesicht fiel in sich zusammen. Ein prickelndes Gefühl lief ihr über alle Gliedmaßen. Ein Auto hupte laut im Straßenverkehr, doch der Lärm drang kaum bis in Lins Bewusstsein vor.

»Die Erkenntnis, dass eine Frau wie du vermutlich nie etwas mit mir anfangen würde, hat mich wie ein Schlag getroffen«, fuhr Kam fort.

»Und deshalb hast du mir vorgeworfen, ich sei nur auf Ians Anweisung mit dir ins Bett gegangen?«, stellte sie ruhig klar.

Er zuckte mit den Schultern und sah unangenehm berührt auf das Straßenpflaster.

»Ich habe schon in der Sekunde, in der ich aus deinem Zimmer gestürmt bin, geahnt, dass ich mich getäuscht habe. Aber wenn ich es nicht in diesem Moment schon gewusst hätte, wäre mir mein Fehler ganz sicher heute Morgen deutlich geworden.« Lin trat nun noch einen Schritt näher an ihn heran. Zum ersten Mal, seit sie miteinander geschlafen hatten, sah sie ihm so direkt in die Augen. Er sah zu ihr herab. In seinen lichtdurchfluteten, silbrigen Tiefen glaubte sie tatsächlich erkennen zu können, wie sich Bedauern und Verwirrung vermischten. Sie hatte das sichere Gefühl, dass die Frustration, die sie spürte, genauso in ihm selbst lag.

»Was meinst du damit? Was ist denn heute Morgen passiert?«

»Ian wirkte tatsächlich abgeschreckt von deiner... Vorstellung heute Vormittag. Dass er dich wirklich gebeten haben könnte, dich an mich ranzuschmeißen, ist völlig unvorstellbar«, spöttelte Kam. »Hätte er es getan, hätte er nicht so komplett verblüfft gewirkt über die Art und Weise, wie du dich verhalten hast. Das hat ihn völlig aus der Bahn geworfen, was nun wirklich nicht oft passiert.«

»Mich an dich *ranzuschmeißen*?«, hakte sie nach. Trotz ihres Vorsatzes, ihn auf Abstand zu halten, war sie amüsiert.

»Gib es doch zu. Ich habe dich aus dem Gleichgewicht gebracht«, sagte er und beugte sich, mit einem kleinen Lächeln auf den Lippen, ein wenig herunter. Sie blinzelte, denn schon wieder hatte er sie ins Wanken gebracht.

»Deine Großspurigkeit ist *unfassbar*«, erklärte sie in einer Mischung aus Verblüffung und Verwirrung, und für einen Augenblick vergaß sie, dass er ihr ohne Umschweife eine Schwäche gestanden hatte. Er war so verletzlich, wie sie es in dem Moment nach ihrem Sex gewesen war.

»Nur, wenn sie hilft«, glaubte sie ihn mit deutlichem Akzent sagen zu hören. »Gehst du mit mir Mittag essen?«, wollte er wissen, und sein Blick wanderte auf die Art und Weise langsam zu ihrem Mund, die sie von jener Nacht wiedererkannte. Hitze überkam sie und erprobte ihre auferlegte Verteidigungshaltung.

»Ich habe mir vorgenommen, mich von dir fernzuhalten, Kam.«

»Warum?« Er kam so nahe an sie heran, dass die Knopfleiste seines offenen Hemds über ihren Mantel strich. Sie fand sich mit starrem Blick in seinen magnetischen Augen wieder. Nun war sie ihm fast so nahe wie in der Montagnacht, als sie beide, von explosionsartigen Höhepunkten aufgewühlt, nebeneinander gelegen hatten. »Ich habe mich doch entschuldigt, oder?«, erinnerte er sie leise. »Ich erkenne es, wenn ich einen Fehler gemacht habe. Oder bist du eine nachtragende Person?«

»Nein, das ist es nicht. Es hat mich gefreut, dass du dich entschuldigt hast«, gestand sie. »Es ist nur so… du bedeutest Schwierigkeiten.«

»Grundsätzlich?«, brummte er. »Oder nur für dich im Speziellen?«

Sie zögerte.

»Beides, vermute ich.«

»Das sind die besten Nachrichten, die ich heute bekommen habe.«

Als sie das Lächeln in seinen Augen sah, zuckte es in ihrer Brust.

»Dann geh wenigstens etwas mit mir essen. Im Hotelzimmer so ganz allein ist es langweilig.«

»Du hast doch gesagt, du bist gern allein. Du hast fast dein gesamtes Leben als Erwachsener in Einsamkeit verbracht«, brachte sie ihm in Erinnerung.

»Da hatte ich aber immer etwas zu tun. Ich langweile mich nicht gern.«

»Im Trump Tower Hotel gibt es ein tolles Fitness-Studio.«

»Da war ich heute schon.«

»Du könntest eine Stadtrundfahrt machen. Oder ich organisiere dir einen Rundgang durch die Fertigungsanlagen von Noble Enterprises.«

»Ian will mich nächste Woche durch das Werk führen. Das haben wir bei unserer Stadtrundfahrt vereinbart. Aber wenn du andere Firmen aus der Technologie- oder Telekommunikationsbranche kennst, die ich während meines Aufenthaltes hier besichtigen könnte, wäre ich interessiert«, sagte Kam zu ihrer Überraschung. Er beugte sich zu ihr vor und erklärte in gespielter Vertraulichkeit: »Du müsstest bei dem Rundgang nicht einmal meine Hand halten, wenn du nicht möchtest.«

»Kam, ich will dich nicht bevormunden. Ich will dir helfen.«

»Ich weiß, und das tust du ja auch«, sagte er so ernsthaft, dass er sie damit überrumpelte. »Doch was ich in diesem Moment möchte, ist doch nur mit dir Mittag essen. Bitte?«, drängte er und spürte vermutlich, wie ihr Widerstand langsam nachgab.

Sie zögerte.

»Ich möchte nicht, dass Ian etwas erfährt. Oder Francesca. Oder sonst jemand«, erklärte sie.

»Über heute?«

»Heute habe ich noch nichts getan, was ich bedauern müsste, abgesehen davon, dass ich in Ians Büro die Fassung verloren habe.« *Ich habe* noch *nichts getan*, feixte eine wissende Stimme in ihrem Kopf. Erfolgreich brachte sie sie zum Schweigen. »Ich wollte sagen, dass ich nicht will, dass die Montagnacht öffentlich wird.«

»Weil Ian dein Boss ist?«

»Weil ich nicht möchte, dass er es erfährt«, wiederholte sie.

Auf seine so unbekümmerte Art und Weise zuckte er mit den Schultern.

»Gut. Mir ist es gleich. Über Ian mache ich mir keine Sorgen. Im Moment jedenfalls nicht.«

Sie zögerte kurz, erkannte dann aber sein feines Lächeln.

Ein Nervenkitzel durchzuckte sie. Dieses Lächeln war draufgängerisch, auf jeden Fall, und auch waghalsig, doch es lag auch eine Spur... Schüchternheit darin. Sie *sollte nicht*, aber dieses Lächeln sagte ihr, sie *würde*.

»Ich habe das Gefühl, ich werde diese Entscheidung noch bereuen«, sagte sie gedämpft.

»Manchmal ist es allein das Risiko, das eine Sache wertvoll macht.«

Und noch bevor sie etwas erwidern konnte, nahm er sie an der Hand und führte sie zum Bordstein, um ein Taxi anzuhalten.

»Ich habe noch zu Schulzeiten in London in einem Reisemagazin darüber gelesen und wollte schon immer einmal hierher«, erläuterte Kam, als sie neben einem Restaurant hielten. Lin blickte verblüfft durch das Autofenster. Neugierig sah sie sich um, als Kam ihr die Taxitür aufhielt und ihr beim Aussteigen half. Sie waren mitten in einem bekannten Stadtviertel der North Side. Gegenüber spielten Kinder auf einem Schulhof. Ordentliche Backsteinhäuser standen überall rechts und links von ihr.

»Lou's Ribs and Pizza« stand über dem Fenster. Das Gebäude sah aus, als hätte es im Laufe vieler Jahre schon eine ganze Reihe Renovierungen mitgemacht. Es war ein Mischmasch aus Materialien der unterschiedlichsten Epochen.

»Du bist noch nie hier gewesen?«, wollte Kam wissen. Er ging ihr voraus und öffnete die Tür.

»Nein«, gab Lin zu. Sie folgte ihm an der Bar vorbei zum erstaunlich gut gefüllten Speisesaal. Aus einer Jukebox erklangen gedämpfte Pop-Klassiker, Menschen unterhielten sich am Tresen und an den Tischen. Jedes Mal, wenn hinter der Bar der Mixer anging, wurden die Gespräche etwas lauter, als wären alle an dieses Geräusch bereits gewöhnt. »Für einen normalen

Arbeitstag-Mittag ist hier ja viel los. Wie um alles in der Welt kommst du zu einem Restaurant-Tipp in dieser Gegend?«
»Wie schon gesagt, ich habe davon gelesen, als ich noch in der Schule war. Lou's ist bekannt für Spareribs, die Pfannenpizza und die unglaublichen Milch-Shakes. Das Lokal gibt es schon seit Ewigkeiten. Auch Frank Sinatra war mit seinen Freunden immer wieder hier. Heute ist es so voll, weil um drei Uhr ein Spiel der Cubs anfängt. Du bist in Chicago aufgewachsen und hast nie etwas vom Lou's gehört?«
Entschuldigend zuckte sie mit den Achseln.
»Ich vermute, es braucht einen Franzosen, um mir etwas Neues in meiner Heimatstadt zu zeigen. Abgesehen davon war meine Großmutter Vegetarierin. Mit ihr war ich nur in sehr ausgesuchten Restaurants essen.«
»Du bist eher an die Gerichte gewöhnt, die im Savaur oder einem von Luciens Restaurants serviert werden, aber es schadet dir sicher nicht, mal etwas anderes zu probieren.« Seine selbstgefällige Sicherheit irritierte sie ein wenig, doch beim Blick durch das gemütliche Restaurant unterdrückte sie das Gefühl. Wahrscheinlich hatte er recht. Womöglich sollte sie die Grenzen der ihr bekannten Welt ein wenig ausweiten.
Eine stämmige Frau, die eine Schürze über gut gespannten Jogginghosen trug, kam auf sie zu.
»Wir sind im Augenblick voll. Haben Sie noch fünfzehn Minuten?«
»Was ist denn mit den zwei?«, wollte Kam wissen und zeigte auf zwei leere Hocker an der Bar. Die Frau warf erst einen zweifelnden Blick auf Lins hochhackige Schuhe und ihren leichten, maßgeschneiderten Mantel, dann einen wohlwollenderen auf Kam. Wieder einmal hatte Lin Kams Kleider ausgesucht: ein paar Jeans, ein weißes Hemd, das sich von seiner dunklen Haut abhob, und ein robustes, graues Überhemd, das bei dem angenehm kühlen Herbstwetter zugleich als Jacke diente. Er passte

hierher. Der Blick der Bedienung machte aber auch klar: sie nicht.

»Wenn Sie möchten, setzen Sie sich dort hin«, gab die Frau schulterzuckend nach.

Lin lächelte Kam an und nickte. Er nahm ihr den Mantel ab und hängte ihn über eine Garderobe neben der Bar.

»Und wieder einmal mit dem Bauch an der Theke«, sagte er ruhig und setzte sich neben sie. Er stützte die Ellenbogen auf die verschrammte, aber doch glänzende Walnussholz-Bar.

Unsicher, was sie sagen sollte, blickte Lin beiseite. Sie war merkwürdig glücklich, hier mit Kam in diesem geschäftigen Restaurant zu sitzen, doch dieses Glücksgefühl zerrte zugleich an ihr. Montagnacht war er grausam zu ihr gewesen. Aber sie glaubte seiner Entschuldigung. Sie war sogar gerührt, dass er diese Verletzlichkeit zugegeben hatte. Das war es nicht, was sie störte.

»Du hast vorhin gesagt, dass Ian ärgerlich war über das, was heute Morgen in seinem Büro passiert ist?«, sagte sie mit gezwungener Beiläufigkeit.

»Nein, nicht verärgert«, erwiderte Kam und blickte ihr ins Gesicht. Sie ließ ihre Gesichtszüge so neutral wie möglich wirken. »Er war eher überrascht. Ich habe Ian erst ein paar Mal gereizt gesehen. Sogar als auf ihn geschossen wurde, blieb er ruhig.« Kam spielte damit auf die furchtbare Tat an, die sich zu Beginn dieses Jahres ereignet hatte, als Ians Cousin Gerard Sinoit ihn hintergangen und später sogar in die Schulter geschossen hatte. Bei dieser Gelegenheit hatte Kam Ian und Francesca gerettet. »Er war nur kurz aus dem Konzept gebracht«, erklärte Kam weiter. »Ich habe den Eindruck, er ist es nicht gewohnt, dich so durch den Wind zu sehen.«

»Ich war nicht durch den Wind. Ich war...«

»Nur stinksauer und gut«, beendete er den Satz für sie.

»Danke«, sagte Lin zum Barkeeper, der ihnen zwei Glas Wasser und die Speisekarte gebracht hatte. »Was hat Ian denn genau gesagt?«

Kam antwortete nicht sofort, sondern nahm einen Schluck kaltes Wasser und sah stillschweigend dem Barkeeper zu, wie er einen Milch-Shake zubereitete. Der Mixer ließ ein unangenehmes *klong, klong, klong* hören.

»Er war ein wenig überrascht über den Hinweis, du könntest deinen Job vielleicht etwas zu ernst nehmen. Glaubt man Ian – und den meisten anderen Menschen, mit denen ich bisher gesprochen habe –, dann sind Lin Soong und ihre Arbeit praktisch eines.«

Sie setzte sich auf ihrem Hocker zurück.

»Du sprichst mit anderen Menschen über mich?«

»Nur so. Die Menschen reden eben«, sagte er teilnahmslos.

»Vor allem, wenn man sie danach fragt«, erwiderte sie gezwungen.

»Eine Sache konnte niemand erklären. Warum vergräbt sich eine atemberaubende alleinstehende Frau derart in ihrer Arbeit, dass sie fast alles andere um sich herum vernachlässigt?« Kam warf ihr aus den Augenwinkeln einen Blick zu.

»Warum erklärst du mir nicht, wieso ein gutaussehender, genialer Mann mit der Fähigkeit, alles im Leben zu erreichen, was er möchte, viele Jahre lang wie eingesperrt in einem unterirdischen Labor lebt?« Sie nahm die Speisekarte auf und studierte sie, doch sein Blick ruhte weiter auf ihr. Das wusste sie, denn unter seinem unnachgiebigen Blick erröteten ihre Wangen. Er beugte sich zu ihr hinüber.

»Vielleicht täuschen sich Francesca und Elise und die anderen bei Noble völlig. Du wirkst wirklich ziemlich geheimnisvoll«, grübelte er und überging absichtlich ihre Frage. Wie schon im Restaurant am Montagabend, so richteten sich auch hier ihre dünnen Härchen auf dem Hals und hinter den Ohren bei seinem tiefen, vertraulichen Grummeln auf. »Vielleicht hast du irgendwo einen Mann versteckt, den du sorgfältig vor Ian verbirgst?«

Mit einem klatschenden Geräusch ließ sie die Speisekarte auf die Theke fallen.

»Warum sollte ich so etwas machen?«

»Sag du es mir.«

Sie spießte ihn mit einem Blick auf und versuchte, nun wirklich die Speisekarte zu lesen, anstatt nur so zu tun als ob.

»Nur damit du es weißt, ich habe in den vergangenen Jahren Ian mehrere Männer vorgestellt. Francesca hat sogar ein paar meiner Verabredungen kennengelernt.« »Mehrere, oh! Und nichts Dauerhaftes dabei?«

Sie freute sich, dass der rundliche, gequält dreinblickende Barkeeper genau in diesem Augenblick erschien, um die Bestellung aufzunehmen. Sie bestellte einen Salat, ohne auf Kams ablehnendes Stirnrunzeln zu achten. Er bat um eine kleine, gefüllte Pizza, einen großen Vanille-Shake und ein Sparerib-Gericht.

»Du bist hungrig, oder?« Mit dem Kinn in der aufgestützten Hand betrachtete sie ihn, während der Barkeeper sich auf den Weg machte. Er legte seinen Ellenbogen auf den Tresen, ganz dicht an ihren. Das Kribbeln auf ihrer Haut machte ihr bewusst, dass er sich leicht an sie drückte. Der Stoff des Hemds, das sie für ihn gekauft hatte, war dick und fest, ein deutlicher Kontrast zu dem durchscheinenden, hauchzarten Stoff ihres Kleiderärmels.

»Ich habe ja ganz allein all die Spezialitäten bestellen müssen, wenn du als Spielverderberin einen Salat bestellst.«

»Ich esse gern etwas Leichtes zum Mittag. Und du wirst es noch bedauern, es nicht ebenso gemacht zu haben, wenn du heute Abend Elises Essen im Frais serviert bekommst und keinen Platz mehr dafür hast. Deine Schwägerin ist eine hervorragende Köchin.«

»Das musst du mir nicht erklären. Ich durfte heute Morgen ihr Frühstück probieren.« Er trank wieder einen Schluck Wasser. »Und sie hat für uns in Manoir Aurore gekocht, als sie und Lucien zu Besuch waren. Und trotzdem werde ich keinen Bissen meines Essens bedauern. Und glaube ja nicht, dass ich dir etwas von meinen Spareribs oder der Pizza abgebe.«

»Einverstanden«, sagte sie absichtlich gleichgültig. Er rollte mit den Augen.

»Schon gut.« Er tat so, als wäre er dazu gezwungen worden, sein Blick ruhte auf ihrem Mund. »Ich gebe dir etwas ab.«

Sie lächelte. Warum spürte sie immer diesen Ruck in ihrem Magen und zwischen den Beinen, wenn sein Blick so versunken auf ihrem Mund ruhte? Es war, als könne er ihr tiefstes Inneres allein mit seinen Blicken streicheln. Die Beleuchtung an der Bar machte keinen großen Unterschied zwischen Tag und Nacht, schließlich gab es nur die drei einsamen Fenster ganz vorn am Eingang. In diesem diffusen Licht ähnelte Kam Ian sehr stark. War dies der wahre Grund für ihre köstliche Empfindung? Irgendwie konnte sie es nicht so recht glauben.

Eine Frage bohrte sich ihren Weg in Lins Verzückung. »Hast *du* denn?«, wollte sie leise wissen. Seine Augenbrauen zogen sich zusammen, also wurde sie deutlicher. »Eine Frau irgendwo in Frankreich, meine ich. Jemand Besonderes?«

»Ich hätte nie mit dir Sex gehabt, wenn es jemand Besonderen in meinem Leben gäbe.«

»Das ist gut zu wissen.« Ihr Blick rutschte nach unten weg, als sie hörte, wie er von ihrem Sex sprach. Das klang verboten und zugleich aufregend, in Kams rauer, französisch angehauchter Stimme. Ganz zu schweigen davon, dass seine Worte dafür sorgten, dass vor ihrem inneren Auge erotisch aufgeladene Erinnerungen vorbeizogen.

Willst du es jetzt, ma petite minette? *Willst du es schnell und hart?*

»Gut zu wissen, dass ich zumindest Bruchstücke eines grundlegenden Anstands habe, meinst du?«

»Von *dir* einmal abgesehen, Kam«, erklärte sie, als sie sich von ihren aufgeladenen Erinnerungen erholt hatte, »ist es für jede Frau gut, das in einer solchen Situation zu hören.«

Ein unangenehmes, metallisches Knirschen war von jenseits der Theke zu hören, und der Barkeeper fluchte. Kam zuckte leicht zusammen, doch die beiden ließen den Blick nicht voneinander.

»Hat Ian nie mit dir darüber gesprochen?«, wollte Kam wissen.

»Worüber?«

»Über mich ... und Frauen.«

Nun war sie verwirrt.

»Hast du nicht eben gesagt, es gäbe niemanden?«

»Niemand Besonderen.«

Sie blinzelte.

»Ah, ich verstehe. Es gibt Frauen, mehrere sogar. Aus der Kategorie ›nichts Besonderes‹. Was weiß Ian darüber?«

Sein Gesicht wurde ausdruckslos.

»Nichts.«

Sie seufzte entnervt.

»Warum sollte er mir dann etwas erzählen, wenn er gar nichts weiß? Er ist doch mehrere Male bei dir in Aurore gewesen. Wolltest du damit nicht andeuten, er wüsste über das Kommen und Gehen bei dir Bescheid?« Sie errötete. *Kommen* und *Gehen*. Jedes Wort, das sie in seiner Gegenwart verwendete, schien sich mit einem sexuellen Unterton aufzuladen.

Der Barkeeper fluchte ein weiteres Mal vor sich hin, während die Frau, die Lin und Kam zu ihren Plätzen geführt hatte, ihn heftig anfuhr.

Kams undurchdringliche Miene zeigte keine Reaktion. »Okay, sprechen wir nicht weiter darüber«, schloss Lin.

Er seufzte mitgenommen.

»Nein, darum geht es nicht. Es ist nur so… entschuldige mich bitte für einen Augenblick.«

»In Ordnung.« Brachte ihn ihr Nachfragen durcheinander? Womöglich musste er auch nur einmal auf die Toilette. Sie beugte sich neugierig vor, als er, anstatt in den hinteren Teil des Restaurants zu gehen, wo sich die Toiletten befanden, seelenruhig um den Tresen herumging. Die Kellnerin bemerkte seinen großen, beeindruckenden und hier eigentlich unerwünschten Körper sofort, nur der Barkeeper fluchte weiter vor sich hin und ruckelte hilflos an einem festmontierten Shaker und Mixer. Kam tippte dem Mann auf die Schulter.

»Darf ich mal?«, fragte er und zeigte auf die Maschine.

»Sie sind herzlich eingeladen«, erwiderte der verwirrt dreinschauende Barkeeper nach einer Sekunde und trat beiseite.

Kam hatte damit die Aufmerksamkeit aller am Tresen sitzenden Gäste sicher, nicht nur Lins. Er trat vor die Maschine und öffnete eine Abdeckung. Einen Moment lang betrachtete er das ganze Innenleben nur. Lin kam es vor, als würde er die Maschine irgendwie in sich aufnehmen. Ein wenig war es so, wie wenn er sie mit seinem laserartigen Blick anstarrte, der viel mehr zu erkennen schien als nur ihre Oberfläche, als würde er all die Einzelteile betrachten, aus denen sie bestand, und analysieren, wie sie zusammenarbeiteten. Was genau Kam als Nächstes tat, konnte sie nicht sagen. Hätte sie es beschreiben müssen, hätte sie gesagt, er drehte ein Ding zur Seite, zog etwas anderes hoch und drückte etwas Drittes zurück: eins, zwei, drei. So schnell, wie man eben zählen konnte.

Er legte den Schalter um, und der Mixer ließ das vertraut eintönige Brüllen hören, das Lin seit dem Betreten des Restaurants schon mehrfach unbewusst wahrgenommen hatte.

»Mir war nicht einmal aufgefallen, dass der Shaker kaputt war. Es ist nett von dir, dass du ihn repariert hast«, sagte Lin verblüfft, als er wenig später wieder neben ihr an der Theke saß. Den überschwänglichen Dank des Barkeepers hatte er, unangenehm berührt, abgewehrt.

»Na ja«, erwiderte er mit leicht spöttischem Gesichtsausdruck, »ich möchte ja noch meinen Milch-Shake bekommen.«

Sie betrachtete ihn für ein paar Sekunden ganz genau. »Darum ging es aber nicht«, widersprach sie ihm. »Es hat dich gestört. Dass etwas nicht mehr zusammenpasst… etwas kaputtgegangen ist in deiner Umgebung. Das war es, oder?«

Er antwortete ihr nicht gleich, sondern runzelte die Stirn.

»Ich halte es nicht aus, wenn eine Maschine nicht mehr funktioniert. Es ist, als würden sie dann nach mir rufen. Nach mir schreien. Das geht schon so, seit ich denken kann.«

Ihr fiel ein, wie er in jener Nacht ihren Körper durch seine Berührungen ganz richtig interpretiert hatte. »Und bei Menschen? Ist es da das Gleiche? Hast du deshalb Medizin studiert?«

»Menschen, Tiere, …alles, was nicht so läuft, wie es sollte. Alles, was kaputt ist, macht mich unruhig. Wenn etwas nicht im richtigen Rhythmus ist, dann höre ich das. Spüre ich es. Und dann funktioniere ich auch nicht mehr.«

»Das ist faszinierend«, sagte sie leise. Erstaunlich, dass ein derart wilder, ungezügelter Mann die Feinheiten des Universums so genau spüren konnte.

»Warum hast du die Ausbildung als Arzt nach deinem Examen nicht abgeschlossen?«, wollte Lin wissen. Der Barkeeper brachte ihr Essen und stellte Lins Salat und Kams Milch-Shake vor ihnen ab.

»Meine Mutter wurde krank.«

»Sie hat in Manoir Aurore gewohnt, oder?«

Er nickte.

»Sie hat dort gearbeitet. Sie ist in einem Waisenhaus in Dublin aufgewachsen. Dann hat sie bei einer Agentur angefangen, die Dienstmädchen vermittelt, und wurde von Irland nach Aurore geschickt. Ich glaube fast, sie hat sich bis zum Tag ihres Todes als eine Art irische Besucherin gefühlt, dabei hat sie siebenundzwanzig Jahre ihres Lebens in Nord-Frankreich verbracht. Und nach all der Zeit konnte sie noch immer nicht richtig Französisch«, erklärte er mit einem kleinen Lächeln.

Sie sah zu, wie er den langen Silberlöffel anhob und sich etwas von der dickflüssigen weißen Flüssigkeit zwischen die Lippen schob. Er leckte ihn ab. Der Kälte-Reif auf dem Löffel verschwand sofort durch die Wärme seines Mundes. Sie blinzelte, hypnotisiert von dem Anblick. »Mein Vater hat sie verführt, da war sie gerade neunzehn«, fuhr Kam rundheraus fort, »sie wurde mit mir schwanger, und er hat vermutlich danach und bis zu ihrem Tod nicht mehr als ein Dutzend Sätze mehr mit ihr gesprochen.« Lin trank einen Schluck Wasser. Er sprach ungeschönt ehrlich über die Vergehen seines Vaters. Was für eine seltsame, einsame Existenz Kam Reardon in den Gemäuern seines Vaterhauses geführt haben musste.

»Aber Trevor Gaines hat mit dir gesprochen?«, fragte sie ein wenig später vorsichtig. Sie betrachtete sein Profil. »Er hat dir alles beigebracht, was er über Maschinen und Computer und Uhren wusste.«

»Ja. Er hat mit mir geredet. Er hat mir *erlaubt*, auf seinem Grundstück zu leben, sein Essen zu essen und mir bei der Arbeit für ihn den Arsch aufzureißen. Als ich acht war, habe ich ihn angebettelt, auf die Schule im Dorf gehen zu dürfen. Er hat es mir nur deshalb erlaubt, weil er der Meinung war, grundlegende Kenntnisse in Mathematik würden mich zu einem besseren Assistenten für sein Labor machen. Und weil er kein Interesse daran hatte, mich selbst zu unterrichten. Als ich älter war, habe ich mit ihm über ein paar Ideen von mir, wie man seine Entwicklungen verbessern könnte, verhandelt. Deshalb konnte ich im Austausch für diese Hinweise auf eine weiterführende Schule gehen. Allerdings hat er es mir dann den Rest seines Lebens übelgenommen, dass ich ihn, was die Mechanik angeht, bald übertroffen habe. Ich bin sicher, er hätte die Auszeichnung als ›Vater des Jahres‹ mehr als verdient.« Kam sah sie aus den Augenwinkeln heraus an.

Um den Schmerz in ihrer Brust zu vertreiben, atmete sie langsam aus und ein.

»Das tut mir leid, Kam. War ... es denn besser, widerwillig diese Aufmerksamkeit von ihm zu bekommen, oder hättest du lieber wie Lucien und Ian gelebt?«

»Insgesamt hatten Lucien und Ian es besser, so ganz von ihm getrennt zu sein. Dass er sie völlig ignoriert hat, war das Beste, was Gaines je für sie getan hat«, murmelte Kam boshaft. Dann bemerkte er ihren aufgeschreckten Ausdruck und holte tief Luft.

Da sie nichts sagen wollte, wo Worte doch nicht ausreichten, und ihm zudem nicht den Eindruck vermitteln wollte, sie könne mit dem, was er ihr soeben erzählt hatte, nicht umgehen, ergriff sie ihre Gabel und mischte das Dressing mit ihrem Salat. Gedrückt schwiegen beide einen Augenblick.

»In der Nähe von Trevor Gaines zu leben war wie in der Nähe einer dauerhaft kaputten Maschine zu leben«, sagte er gedämpft nach dieser Pause. Er starrte vor sich hin. »Es machte mich beinahe verrückt, so nahe bei ihm zu sein und unentwegt das *Klong* und *Bumm* zu hören, das Knirschen auf meinen Knochen, nur weil er anwesend war. Eines Tages hat er sogar verlangt, dass ich mit ihm im Haus leben sollte. Und meine Mutter bestand darauf, ich sollte gehen – sie lebte in einer Art Traumwelt, was ihn und mich anging –, also bin ich zu ihm gezogen. Er hat mich wie den Kleinen Lord ausstaffiert und wollte mir beibringen, ein Gentleman zu werden.« In Kams Erinnerungen schwang Sarkasmus mit. »Aber ich habe wenigstens erfahren, wer er wirklich war. *Was* er wirklich war. Wer hätte das besser gekonnt als ich, nach dem, was er meiner Mutter angeten hatte? Ein scheiß-schmutziger Scheinheiliger«, schäumte er leise. »Dann habe ich es aufgegeben und ihm gesagt, was er mit seinen sozialen Wohltaten anfangen könne. Nein«, schloss er grimmig, »Ian und Lucien haben Glück, dass sie diesem Dreckskerl nie begegnet sind.«

Lin zuckte nicht zusammen, als diese Wildheit plötzlich an die Oberfläche drang. Sein Knurren wurde langsam leiser, und Kam kam wieder zu sich. Schweigend sahen beide zu, wie der Barkeeper den Rest von Kams Bestellung vor ihm abstellte.

»Entschuldige«, sagte er dumpf, nachdem der Barkeeper wieder verschwunden war.

»Du musst dich nicht entschuldigen. Deine Wut über ihn ist nichts, was schockiert. Sie ist sehr verständlich.«

»Machst du dir Sorgen über heute Abend?«, wollte er behutsam wissen, als sie ohne ein Wort zu wechseln ein wenig gegessen hatten.

Überrascht sah sie ihn an.

»Nein. Machst du dir Sorgen?«

Er schluckte und schüttelte den Kopf.

»Sei einfach du selbst, Kam.«

»Ich habe gedacht, genau das wolltest du mir helfen zu verhindern«, sagte er und nahm schnell noch einen Bissen der zarten Spareribs.

»Da irrst du dich. Ich will nur, dass du du selbst bleibst.« Sie suchte nach einem Weg, um seine Besorgnis zu zerstreuen. Sie wollte ihm einen Rat geben. »Sprich mit den Menschen so, wie du mit mir sprichst«, schlug sie vor.

Ein merkwürdiger Ausdruck tauchte auf seinem markanten Gesicht auf. Er legte Messer und Gabel ab und trank einen Schluck Wasser.

»Was ist?«, wollte Lin behutsam wissen.

Er beugte sich so nah zu ihr hinüber, dass ihre Münder nur Zentimeter voneinander getrennt waren.

»Damit fällst du auf die Nase.« Sein warmer Atem hauchte über ihre Lippen.

»Was meinst du damit?«

»Ich spreche so gut wie nie mit Menschen. Zumindest habe ich es in den vergangenen Jahren nicht getan.« »Und?«, flüsterte sie vorsichtig. Der Glanz seiner dunklen Augen hatte sie gefangen genommen.

»In den vergangenen vierundzwanzig Stunden habe ich mehr Worte mit dir gewechselt als mit vielen Leuten, die ich schon mein ganzes Leben lang kenne. Wenn ich mit dir rede, muss ich nicht angestrengt nachdenken. Es ... läuft einfach so.«

»Oh.« Sie war verwirrt. Ohne zu wissen, wie sie dahin gekommen war, starrte sie die Gabel in ihrer Hand an. Wofür *benutzte* man die gleich noch mal? Schnell legte sie sie ab und suchte ihr Heil in einem Thema, an das man rational herangehen konnte.

»Nun, dann ... dann höre doch einfach zu«, schlug sie atemlos vor. Sie sah in sein düsteres Gesicht. »Höre den Gersbachs zu, wie du auch dem Rest der Welt zuhörst. Finde ihre Absichten heraus, spüre ihrem Rhythmus nach. Fühl dich nicht unter Druck, irgendetwas darstellen zu müssen. Darum geht es nicht. Beobachte sie heute Abend und schildere mir anschließend deinen Eindruck. Dann kannst du es in Worte fassen.«

»Also treffe ich dich hinterher? Ganz alleine?«

Ihr Puls pochte in ihrem Hals, als sie auf seinen Mund starrte. Dass er so etwas sagen würde, darauf war sie nicht vorbereitet gewesen. Sie war wie ein offenes Buch für ihn. Sein Blick ruhte auf ihrer Kehle. Instinktiv legte sie ihre Hand an den Hals, doch er hielt sie davon ab, indem er um ihr Handgelenk griff. Ihr Atem erstarb und brannte dann in ihrer Lunge, während sie zusah, wie er langsam ihre Hand zu seinem Mund führte und ihr einen Kuss auf die Handfläche drückte. Es war eine einfache Geste und zugleich doch so verwirrend komplex.

Ihre Muschi zog sich bei dem Gefühl, wie sich seine festen Lippen auf sie drückten, und dem Gedanken an die Hitze, die dahintersteckte, fest zusammen.

»Ich denke darüber nach«, flüsterte sie zittrig, als ihre Blicke sich trafen.

Ein Lächeln deutete sich auf seinen Lippen an. Solange seine wissenden Augen so einfach durch sie hindurchsahen und sein Kuss noch immer in ihrer Handfläche brannte, konnte sie keine klare Entscheidung treffen. Sie hatte den unangenehmen Eindruck, dass, während sie noch unentschlossen war, wie der heutige Abend enden würde, Kam schon zu einhundert Prozent sicher war.

KAPITEL FÜNF

Es wurde für Lin schließlich noch ein wunderbares Essen mit Kam, den sie sogar überzeugen konnte, sie von den Spareribs und der Pizza probieren zu lassen. Er hatte recht gehabt. Das Essen war köstlich. Sie blieben noch so lange sitzen, bis Lin bedauernd feststellte, dass sie zurück ins Büro musste. Da er Interesse gezeigt hatte, andere Unternehmen kennenzulernen, führte sie bei der Taxifahrt zurück ein paar Telefonate und organisierte für Kam einen Besuch bei Schnell Industries, einem jungen, vielversprechenden Technologieunternehmen, und bei Alltell, einer bedeutenden Firma für Mobilfunk-Technik.

»Könntest du dir vorstellen, Mobilfunk-Technologie einzukaufen, um deine Uhr in einen Organizer oder ein Kommunikationsgerät weiterzuentwickeln?«, wollte sie wissen.

»Ich denke darüber nach«, antwortete Kam vage.

»Denn das wäre eine fantastische Idee«, begeisterte sie sich. Sie lehnte sich in den Taxisitz zurück und überdachte gerade all die innovativen Möglichkeiten für Kams Entwicklung, als sie bemerkte, dass er sie fest anblickte.

»Es ist sicher sehr aufregend für dich, ein solch aufsehenerregendes Produkt zu haben. Ich könnte mich wirklich für deine Uhr begeistern«, erklärte sie ernsthaft.

»Könntest du?«, fragte er. Lin zuckte ein wenig, als sie die Intensität hinter seiner leisen Frage spürte.

Sie hörte früh auf zu arbeiten und fuhr in ihre Wohnung zurück. Dort wollte sie noch einen neuen Tanzschritt üben, der ihr bislang noch schwerfiel. Der traditionelle chinesische Tanz verlangte höchste Körperbeherrschung. Für sie war es eine Art Meditation, eine Übung, die ihr half, ihre Mitte zu finden, ihren Frieden ... ihre Kontrolle.

Etwas in ihr sagte ihr, dass sie diese Kontrolle noch heute brauchen würde.

Sie wischte den flüchtigen Gedanken beiseite, und es gelang ihr, sich eine Weile in dem fließenden Rhythmus des Tanzes zu verlieren. Dann duschte sie und legte sich zwei Kleider zurecht, die für das Dinner infrage kamen. Als sie ihren begehbaren Kleiderschrank gerade verlassen hatte, klingelte es an der Tür. Sie legte die Kleider über den Arm und schloss eilig ihren Bademantel. Nachdem sie durch den Spion kontrolliert hatte, wer vor der Tür stand, machte sie auf.

»Hallo«, begrüßte sie Richard St. Claire lächelnd. »Was machst du um diese Zeit zu Hause?« Sie wusste, dass er zu dieser Tageszeit eigentlich im Restaurant arbeitete.

»Ich habe mir irgendetwas eingefangen. Emile hat mir gesagt, ich solle mich ins Bett legen, bevor ich noch die Gäste anstecke«, krächzte Richard und zeigte auf seine Brust. »Könnte ich mir deinen Luftbefeuchter ausleihen? Meine Lunge zerreißt jedes Mal, wenn ich huste.«

»Es klingt, als hättest du dir auch eine Kehlkopfentzündung geholt«, bemerkte sie beunruhigt. »Warst du schon beim Arzt?«

Er schüttelte den Kopf.

»Ich habe kein Fieber. Ich muss mich nur ein bisschen schonen.«

»Komm«, sagte sie und eilte zurück ins Schlafzimmer. Sie warf die beiden Kleider auf das Fußende des Bettes und ging ins Badezimmer. Als sie mit dem Luftbefeuchter unter dem Arm kurz darauf wieder herauskam, betrachtete Richard die Kleider.

»Gehst du heute Abend aus?«

»Ja. Ins Frais.« Lin reichte ihm den Apparat.

»Verräterin.«

»Elise und Lucien sind wie eine Familie für mich, genau wie du und Emile«, schimpfte sie mit ihm. »Davon abgesehen ist Otto Gersbach ein Gesundheitsfanatiker. Trinkt keinen Tropfen Alkohol und, aber das bleibt jetzt unter uns, geht lieber in Restaurants, die keinen Alkohol ausschenken, wenn seine Tochter ihn begleitet.«

»Ah«, nickte Richard verständnisvoll. Er wusste, dass Elises Restaurant auf solche Gäste abzielte, die eine Vergangenheit mit Alkoholmissbrauch hinter sich hatten, sowie auf deren Freunde und Familie. Abgesehen von Alkohol gab es dort aber alles, was sich ein Genießer für ein luxuriöses Abendessen nur wünschen konnte. »Die Dinge, die du über Nobles Geschäftspartner in Erfahrung bringst, würden den Rest der Bevölkerung in Erstaunen versetzen. Weil wir gerade davon reden, wie lief es denn am Montagabend?« Er warf ihr einen Nun-tu-nicht-so-Blick zu, als sie so tat, als würde sie sich nicht gleich erinnern.

»Mit dem sexy brasilianischen Straßenkämpfer?«

Sie griff nach den Kleidern.

»Sehr gut, denke ich. Es war *nur* für den Job, weißt du ... Ians Bruder«, erinnerte sie ihn, als sie seine erstaunte Miene sah. »Und heute Abend gehe ich mit ihm zu einem Geschäftsessen.«

»Ui-ui!«, raunte Richard ungläubig.

Sie warf ihm einen gelassenen Blick zu. In ihrem Inneren jedoch schlug ihr das Herz bis zum Hals. Sie hatte sich bemüht, das Savaur mit Kam an jenem Abend nicht zu auffällig zu verlassen, doch Richard war nichts entgangen. Er dürfte sogar bemerkt haben, dass sie gemeinsam in ein Taxi gestiegen waren. Auch wenn das noch nichts heißen musste. Es könnte auch sein, dass sie sich einfach eines geteilt haben.

»Er sieht Ian wirklich verdammt ähnlich«, erwähnte Richard ein wenig zu beiläufig.

»Ja, das stimmt«, gab sie zu. Vor dem Spiegel über ihrem Schminktisch hielt sie sich zuerst das eine, dann das andere Kleid vor den Körper. »Obwohl er auch nicht unterschiedlicher sein könnte.«

»Mit ihm zusammen zu sein, ist das für dich nicht... schwierig?«

Sie wusste genau, worauf Richard abzielte, hatte jedoch keine Lust, dieses Thema zu diskutieren. Richard und Emile waren zwei kluge, aufmerksame Männer. Noch nie hatte sie vor einem der beiden rundheraus zugegeben, dass sie »etwas« für ihren Chef übrig hatte, aber sie dürften es vermuten. Regelmäßig weigerte sie sich mit ihnen darüber zu sprechen, warum sollte das heute Abend anders sein? »Nein«, antwortete sie. »Kam ist eine besondere, sagen wir, *herausfordernde* Persönlichkeit, mit der ich aber gut umgehen kann.«

»Bist du da sicher?«

»Absolut.« Ruhig sah sie ihm über den Spiegel in die Augen. Richard betrachtete nüchtern ihr Gesicht und zuckte dann mit den Schultern.

»Bei manchen Themen bist du wie ein Schloss mit sieben Siegeln, Lin.«

»Ich habe gar keinen Grund, etwas abzuschließen. Nicht bei diesem Thema«, log sie.

»Also ist es für dich etwas ganz Einfaches, Leichtes, mit einem Mann umzugehen, der Ian Noble so ungemein ähnlich sieht, ja?«

So leicht wie eine Sünde.

Sie unterdrückte den automatisch entstandenen Gedanken und hielt die beiden Kleider in die Höhe.

»Welches?«

»Ist das so eine Art von Rätsel, mit dem ich mir meine eigene Frage beantworten soll?«

Entnervt sah sie ihn an, woraufhin er loslachte. Richard

studierte dann mit Kennermiene die beiden Kleider. Dann nannte er den Namen des Designers des schwarz-weißen Kleides, als wäre die Wahl selbstverständlich gewesen. Es war ein Smoking-ähnliches Strick-Cocktailkleid, mit tiefem Dekolleté, das ihre Arme, den oberen Rücken und ihre Schultern unbedeckt ließ. Ein runder Ausschnitt vorne am Saum erlaubte zudem den Blick auf ihre Beine. Zwar hatte das Kleid einen klaren geometrischen Schnitt, doch es war auch zutiefst sexy.

»Denkst du nicht, das ist ein bisschen ... *zu viel?*«, fragte sie zögernd und betrachtete den Stoff kritisch.

»Dann sag *du*, welches du nimmst«, war Richards verschmitzte Antwort.

Sie zeigte auf das deutlich prüdere Kleid mit bauschigem Hemd, einer hohen Hüfte und geschlossenem Hals.

»Interessant«, stellte Richard fest und wollte, mit dem Luftbefeuchter unter dem Arm, das Zimmer verlassen.

»Du musst viel trinken. Ich schaue nachher noch mal nach dir. Und dieses Kleid ist *nicht* interessant«, rief sie ihm noch nach. »Das ist ein absolut *uninteressantes* Kleid.«

»Genau das war ja so interessant, dass du dich dafür entschieden hast«, sagte er und ging.

* * *

Sofort, nachdem sie den kleinen Festsaal betreten hatte, begrüßte Francesca sie. Luciens Mitarbeiter hatten den Raum in ein Atelier verwandelt, um Francescas Kunstwerke auszustellen.

»Hallo! Du bist eine der Ersten. Oder vielleicht bist du auch nur die Einzige, die kommt«, fügte Francesca leise und verunsichert hinzu. Dann umarmte sie Lin, küsste sie auf die Wange. Lin tat es ihr gleich.

»Sei nicht albern. Es werden viele Leute kommen. Du hast doch am Sonntag diese tolle Erwähnung im Feuilleton der

Chicago Tribune bekommen. Ich bin nur deshalb so früh gekommen, weil ich sichergehen wollte, vor den anderen da zu sein. Du siehst toll aus«, erklärte Lin. Das lebhafte Grün wirkte im Zusammenspiel mit dem rosa-goldenen Haar und den dunklen Augen von Ians Frau wunderbar. Der Schnitt des Kleides unterstrich Francescas Schwangerschaft, anstatt sie zu verbergen. Francesca war im fünften Monat, und sie strahlte. Merkwürdigerweise, wenn man Lins geheime Gefühle für Ian berücksichtigte, war sie nie schmerzlich eifersüchtig auf Francesca gewesen. Was wahrscheinlich daran lag, dass es sehr einfach war, die lebendige, frische und außergewöhnlich talentierte junge Frau zu mögen. Lins Gefühle für Francesca Noble hatten sich von vorsichtiger Freundlichkeit zu Respekt und Zuneigung gesteigert. Sie verstand, warum Ian verzaubert war von seiner Frau. Davon abgesehen, wie hätte sie sich aufrichtige Gefühle für Ian eingestehen und dann nicht glücklich sein können angesichts seines offensichtlichen Friedens und Glücks?

»Danke«, antwortete Francesca ernsthaft. »Ich hatte seit fast einem Jahr keine Ausstellung mehr. Ich bin unglaublich nervös.«

»Ich freue mich darauf, deine Arbeiten zu sehen. Sie sind toll, da bin ich ganz sicher.« Lin sah sich im fast leeren Festsaal um. Einige von Francescas Skizzen hingen gerahmt an den Wänden, andere wurden auf hohen Tischen im Raum präsentiert.

»Das hoffe ich. Es ist ein ganz anderes Medium, vor allem deshalb bin ich so aufgeregt. Komm, wir hängen dein Schultertuch auf«, schlug sie vor und wies auf die andere Ecke des Saales. »*Wow*. Was für ein Kleid«, entfuhr es Francesca einige Sekunden später, als Lin ihren Überwurf abgelegt hatte. »Du siehst immer so aus, als kämst du direkt vom Laufsteg, aber *das hier*... sehr sexy«, lobte Francesca sie grinsend.

Ungewöhnlich selbstbewusst hatte Lin der Frau an der Garderobe ihr großes Tuch überreicht. Was hatte sie dazu getrieben, schließlich doch das gestrickte Smoking-Kleid zu wählen? Ihr Rücken, ihre Schultern und die Arme fühlten sich mit einem Mal sehr nackt an, die bloße Haut reizbar und empfindlich.

»Ich kann es gar nicht mehr erwarten, bis ich wieder ein Kleid wie deines anziehen kann«, stellte Francesca fest und strich sich über den kleinen, gewölbten Bauch.

»Du könntest es sogar jetzt noch tragen«, gab Lin aufrichtig zurück. »Du hast ja, außer dem Gewicht des Kindes, kaum ein Gramm zugenommen.«

»Ja. Als könnte ich diese Zahl von meinem Gewicht einfach abziehen«, sagte sie lachend und betrachtete Lins Kleid. Dann blitzte in ihren Augen plötzliches Interesse auf, und sie trat näher an Lin heran. »Wir müssen darüber reden, was du von Kam hältst. Ian hat angedeutet, dass die Sache zwischen euch wohl… *interessant* wurde, als ihr euch neulich kennengelernt habt.«

Ein Alarm läutete in Lins Gehirn.

»*Interessant?* Was meint Ian denn bitte damit?«

Francesca wollte gerade antworten, sah dann aber über Lins Schulter und nahm sich zurück.

»Hallo«, grüßte sie. »Lin ist schon hier. Sie sieht umwerfend aus, oder?«

Das kribbelnde Gefühl auf ihren nackten Schultern und dem Rücken verstärkte sich. Lin drehte sich um. Lucien und Kam standen direkt hinter ihr. Die beiden außergewöhnlichen, extrem gutaussehenden Männer waren ziemlich genau gleich groß. Kams Blick huschte über sie hinweg. Sie wurde aus seinem starren Ausdruck nicht klug, seine Augen jedoch schimmerten wie Quecksilber in seiner maskenhaften Miene.

»Wurde der Anzug rechtzeitig geliefert?«, wollte Lin wissen. Er nickt nur kurz, sein Blick wurde aber nicht nachgiebiger.

Hungrig?

»Er… er steht Ihnen«, stammelte sie. Was eine unsagbare

Untertreibung war. Kam sah in dem perfekt geschnittenen schwarzen Anzug mit dem frischen weißen Hemd und der königsblauen Krawatte umwerfend aus. »Wie war der Rundgang bei Schnell heute Nachmittag?«, hakte sie nach.

»Gut. Jim war großartig.« Kam sprach vom Vizepräsidenten des Unternehmens, der sich Lin zuliebe mit ihm getroffen hatte. »Ich danke Ihnen nochmals, dass Sie das möglich gemacht haben.«

»Es war mir ein Vergnügen.«

Dieses Mal hatte Kam sich glatt rasiert, sein dunkles, rotbraunes Haar war gebürstet und lag in ordentlichen Wellen um seinen Kopf. Er hatte ihr verraten, dass seine Mutter aus Irland stammte. Waren diese rötlichen Einsprengsel der irische Einfluss, der sich gegen den dunklen Gallier durchgesetzt hatte? Es kam ihr vor, als würde sie ihn zum ersten Mal sehen.

»Lucien«, fuhr sie fort, als sie bemerkte, wie sie Kam anstarrte. Sie trat einen Schritt vor, um Ians älterem Bruder zur Begrüßung ein Küsschen auf die Wange zu geben.

»Hallo. Francesca hat recht. Du siehst unglaublich aus«, hieß Lucien sie in seiner tiefen, strömenden, französisch angehauchten Stimme willkommen.

»Danke.« Sie trat einen Schritt zurück und geriet in eine unangenehme Situation. Sollte sie Kam auf gleiche Weise begrüßen? Schließlich war auch er ein Bruder von Ian. Glücklicherweise wurde ihr diese Entscheidung abgenommen, denn sie sah, wie die Gersbachs, zusammen mit einem Dutzend weiterer Besucher, den Saal betraten.

»Dort kommen sie«, erklärte Lin in gedämpftem Ton und wies mit dem Kopf sachte in Richtung Tür. Francesca nickte verständnisvoll. Lin nahm Kams Hand und führte ihn zu Vater und Tochter. Ihn zu berühren war leicht, wenn es eine geschäftliche Handlung als Entschuldigung dafür gab.

Das versuchte sie sich zumindest einzureden, während sie das

Herzklopfen, das bis in ihre Ohren reichte und von dem Gefühl seiner großen, warmen Hand um die ihre stammte, zu ignorieren versuchte.

Kam bekam mit, wie Lin die Gersbachs begrüßte und ihn vorstellte, doch er hörte nicht wirklich zu. Auch wenn er Lin gar nicht ansah, so brannte ihr Anblick doch noch immer in seinen Augen. Sie hatte ihr Haar normalerweise hochgesteckt. Das einzige Mal, dass er es offen gesehen hatte, war, als sie zusammen im Bett gewesen waren. Da hatte es als wallende, lockende, sich überschlagende Versuchung bis auf ihren Rücken gehangen. Heute Abend trug sie das Haar offen, aber sie hatte die Strähnen geglättet. Ohne die Locken fiel es ihr in einer geraden, fast flüssig wirkenden Linie fast bis auf die Hüfte. Es sah umwerfend sexy aus. Als Lucien und er sich ihr von hinten genähert hatten, zerbarsten bei diesem Anblick all seine rationalen Gedanken.

Dann hatte sie sich umgedreht, und es kam ihm vor, als würde Seide über Seide reiben. Urplötzlich hatte ihn das brutale, primitive Bedürfnis überfallen, wieder in ihr zu sein, in all diese weiche, glatte Schönheit zu stoßen und ein krachendes Crescendo in der harmonischen Sinfonie aufzubauen, die Lin für ihn war. In seiner Schläfe und seinem Schwanz hatte es zu pulsieren begonnen, sobald er ihrem Blick begegnet war.

Wie unpassend würde er sich verhalten? Wahrscheinlich würde er diesen ganzen verdammten Abend ruinieren.

»…ist er erst am Montag angekommen. Das stimmt doch, Kam, oder?«

Er zuckte zusammen, und die misstönende Gegenwart drängte in sein Bewusstsein.

»Ja.« Erst jetzt sah er Otto Gersbachs ausgestreckte Hand. Er schüttelte sie und murmelte etwas ziemlich Unverständliches, in dem zumindest noch das Wort *Vergnügen* eine Ausnahme bildete. Das Gleiche passierte ihm, als ihm Brigit Gersbach vorgestellt wurde. Brigit sah ihn mit ihren großen blauen Augen an, als sei er ebenfalls Teil der Ausstellung. Unangenehm berührt sah Kam seitwärts zu Lin, in der Hoffnung, von ihr einen Hinweis darauf zu bekommen, was er als Nächstes sagen oder tun sollte. Ihre Hand fasste ihn am Ellenbogen, und mit einem Mal war alles wieder in Ordnung.

»Ich kann Ihnen gar nicht sagen, wie erfreut auch wir sind, Sie zu treffen«, schwärmte Otto in seinem knackigen, vom Schweizerdeutsch beeinflussten Englisch. »Brigit hat zwar eine Menge mit der Werbekampagne für die Ferienzeit zu tun, aber sie ließ es sich nicht nehmen, mich zu diesem Termin zu begleiten, um das Genie kennenzulernen, das einen derart revolutionären Einfall gehabt hat. Sogar heute noch kann ich kaum begreifen, wie Sie das hinbekommen haben.«

Kam widerstand der Versuchung, einfach nur mit den Schultern zu zucken. Stattdessen hielt er Ottos Blick stand.

»Er ist bescheiden«, sagte Brigit in gespielt spöttischem Ton zu Lin. »So sind die meisten Genies.« »Er ist anders als die anderen, das stimmt. Versuchen Sie besser nicht, ihn in eine Kategorie einzusortieren, wenn Sie seinen wahren Charakter entschlüsseln möchten«, sagte Lin mit einem warmen Lächeln in Richtung Kam.

»Möchten Sie das?«, fragte Kam zurück und sah auf Lins Gesicht herunter.

Sie blinzelte, da er sie mit seiner Frage auf dem falschen Fuß erwischt hatte.

»Möchte ich was?«

»Meinen wahren Charakter entschlüsseln?«

»Natürlich möchte sie das. Jeder weiß, dass Lin das Talent hat, ihrem Gegenüber direkt ins Herz blicken zu können«, scherzte Otto. »Sie kann in nur zwei Sekunden den üblen Kern ihres Geschäftspartners erkennen. Das ist sicher einer der vielen Gründe, weshalb Ian sie wie seinen persönlichen Schatz hütet.«

»Glücklicherweise erkenne ich hier heute Abend keine üblen Kerne«, erwiderte Lin.

Ihr Verhalten war locker, höflich und geschäftlich, doch Kam wurde vor allem durch ihre Berührung an seinem Arm beruhigt. Ein Kellner kam mit sprudelnden Säften und Mineralwasser vorbei. »Sollen wir uns Francescas Ausstellung ansehen?«, schlug Lin vor, nachdem alle ein Glas genommen hatten.

»Unbedingt. Eine so talentierte junge Dame...«, begann Otto. Kam schaltete ihn in seinem Bewusstsein ab, während sie ihren Rundgang begannen. Er war auch gezwungen, den Kontakt mit Lin abzubrechen, solange sie im Saal umhergingen. Dabei war er viel zu abgelenkt durch sie, als dass er sich hätte Sorgen machen können über das Treffen mit den Gersbachs. Er erwischte sich dabei, wie er in den Anblick von Lins geschmeidigen Armen und sexy langen Beinen versunken war. Seine Sinne waren immer ungewöhnlich scharf, doch an diesem Abend schienen sie noch ganz besonders empfänglich zu sein. Er war von ihrer melodiösen Stimme verzaubert und dem fast unhörbaren Rascheln ihres Haares über die nackte Haut und den Stoff ihres Kleides. Ihm gelang es mehrfach, den Gersbachs eine vernünftige Antwort zu geben, die sogar aus mehr als nur zwei Worten bestand. Das fiel ihm tatsächlich nicht besonders schwer, was vor allem an seiner echten Begeisterung für Francescas Zeichnungen und Lins unangestrengtem, dabei zugleich warmem und ungespieltem Talent für Smalltalk lag.

Auch wenn er nicht verhindern konnte, dass sie seinen Arm losgelassen hatte, so berührte er sie doch so oft er nur konnte, subtil und für alle anderen unmerklich. Er strich ihr über die Hüfte oder die nackte Schulter, indem er sie in eine bessere Position schob, um die Bilder zu betrachten. Da sie ihn dabei nie ermahnend anblickte, fuhr er einfach damit fort.

Immer mehr Menschen strömten während ihres Rundgangs

in den Saal. Viele von ihnen gingen einen anderen Weg als die Gersbachs, Lin und Kam.

So waren auch schon einige Gäste vor einer größeren Zeichnung versammelt, als sie dort ankamen. Otto und Brigit suchten sich einen Platz für einen besseren Blick auf das Bild. Kam streckte die Hand aus, legte sie auf die Rundung von Lins Hüfte und lenkte sie damit vor sich. Er war groß genug, um über sie hinweg zu sehen, doch er sah gar nicht hin. Nicht wirklich. Er wagte es, auch seine andere Hand auf ihre Hüfte zu legen und sie somit zu umfassen. In seiner Umarmung wurde sie ganz ruhig. Für einen langen Augenblick genoss er es einfach, sie zu spüren, ihre kultivierte Energie zu absorbieren, das Gefühl ihrer weiblichen Hüfte und den köstlichen Duft ihres Haares. Ein kribbelndes, erregendes Summen ging von der Wurzel seines Schwanzes aus. Er widerstand dem Drang, sich fester an die stramme Kurve ihres Pos zu drücken. Auf unbestimmte Art und Weise wusste er, dass sie in diesem kurzen Moment ebenso absolut auf ihn fokussiert war wie er auf sie.

Aus dem Augenwinkel heraus bemerkte er, wie eine vertraute Gestalt um die Ecke bog. Er ließ seine Hände von Lin, als er Lucien und Francesca beieinander sah.

Sie beendeten ihren Rundgang und traten dann auf Francesca zu. Die Gersbachs und Lin lobten sie und zeigten sich von der Ausstellung beeindruckt.

»Und du, Kam?«, wollte Francesca nach einer Weile wissen. »Du hast nicht viel gesagt. Hast du Angst, deiner Schwägerin wehzutun?«

»Du kennst mich gut genug, um zu wissen, dass ich, wenn ich es denn wollte, schon längst etwas in der Richtung gesagt hätte«, brummte Kam. Er zuckte ein wenig zusammen, als Brigit Gersbach daraufhin loslachte, als hätte er einen Witz gemacht. »Mir hat es gefallen«, sagte er zu Francesca. »Ich wüsste keinen Grund, warum dem nicht so sein sollte. Deine Aufmerksamkeit für das kleinste Detail ist erstaunlich, und dabei fügt sich das nur harmonisch in das Gesamtbild ein.«

»Ganz ähnlich einer hochwertigen Uhr, oder nicht?«, ergänzte Brigit und umschlang seinen Ellenbogen mit ihrem Arm. Mit einem strahlenden Lächeln sah sie zu ihm auf. In ihrer Stimme lag etwas Misstönendes. Verwirrt sah er zu ihr hinunter. Lin räusperte sich, und Kam fürchtete, er könnte eben zurückgezuckt sein.

»Da wir gerade von der Zeit sprechen«, fuhr Lin fröhlich fort und sah auf ihre elegante, mit Diamanten besetzte Uhr, »wollen wir nicht zum Essen gehen?«

»Gern«, antwortete Otto rasch. »Ich habe eine Menge Fragen an Sie«, wandte er sich an Kam und entführte ihn damit seiner klammernden Tochter.

Misstrauisch blickte Kam zurück zu Lin. Sie schien zu spüren, dass er sich diesem Leid ergeben hatte, denn ihr aufmunternder Blick forderte ihn auf, sich durchzubeißen. Sie hatte gesagt, sie würde ihn im Anschluss treffen. Zumindest hatte sie gesagt, sie würde darüber nachdenken.

Er hatte Schwierigkeiten, an irgendetwas anderes zu denken.

Sie wurden zu einem Tisch in Elises edlem Restaurant geführt, und Kam schob Lin den Stuhl zurecht. Dann setzte er sich neben sie; Brigit und Otto saßen ihnen gegenüber. Lin fiel auf, dass Brigit ein wenig verärgert war über Kams Gleichgültigkeit ihr gegenüber. Lin entging die Enttäuschung der anderen Frau nicht. Weder Ian noch sie selbst hätten sich allerdings Sorgen machen müssen, dass Kams Abneigung für Luxus und Mode mit ihm durchgehen würde. Wenn überhaupt, dann führte seine Tendenz zur Schweigsamkeit in Verbindung mit seinem stechenden, bohrenden und klugen Blick sowie seinem unverschämt guten Aussehen eher dazu, dass er für einen unnahbaren Prinzen gehalten wurde. Je ruhiger und gelassener er war, umso entschiedener bemühten sich Otto – und vor allem Brigit –, ihm etwas zu entlocken.

Otto verlor keine Zeit und begann augenblicklich, Kam über seine Erfindung auszufragen, und bohrte schon nach, noch bevor sie etwas zu trinken bestellt hatten. Lin hörte interessiert zu, auch wenn sie von den technischen Fachbegriffen, die die Gersbachs und Kam in den Mund nahmen, nur wenig verstand. Und auch obwohl sie so wenig verstand, war sie fasziniert. Glaubte man Otto, dann lag das Großartige in Kams Entwicklung nicht allein darin, dass sein Datenchip so erstaunlich klein war, sondern auch in dessen Fähigkeit, die feine Uhrenmechanik dafür nutzen zu können, um die Wirkung des Mechanismus noch zu verstärken. Während Lin Kams Erklärungen zuhörte, wurde ihr klar, dass er eine Ergänzung für seine Entwicklung gebraucht hatte und sie im perfekten mechanischen Organismus eines Uhrwerks gefunden hatte.

»Es ist, als hätte Ihre Erfindung bereits eine ganze Weile dort ihren Platz gehabt, und nur wir Uhrmacher waren zu blind, diese Lücke zu bemerken«, begeisterte sich Otto.

Kams Erläuterungen fielen knapp aus, waren aber immer auf den Punkt gebracht. Damit erklärte er auch Lin schneller und vollständiger seine Erfindung, als es all die Zeitungsartikel oder Patentzeichnungen vermocht hatten, die sie bislang dazu gelesen hatte. Seine Begabung, einen komplexen Prozess so anschaulich in Worte zu fassen, war ein wertvolles Marketing-Instrument. Lin speicherte sich diese Erkenntnisse für später ab.

Dabei war es gar nicht das oder wie Kam es sagte, was sie so faszinierte. Ihr war aufs Höchste bewusst, dass seine langen, starken Oberschenkel nur Zentimeter neben den ihren waren. Seine linke Hand lag auf seinem Oberschenkel, direkt neben ihr, und er rieb immer wieder auf und ab, wenn er sprach oder zuhörte. Anfangs hielt sie dies für eine Geste der Nervosität, die nur sie von ihrem Platz aus bemerkte. Doch nach und nach änderte sie ihre Meinung. Kam wirkte ganz und gar nicht nervös. Er schien sich vielmehr unbehaglich zu fühlen, als würde er den Wunsch unterdrücken, woanders zu sein. Es lenkte sie sehr ab, seine Hand so leicht über den Oberschenkel hin- und herfahren zu sehen. Die andere Hand ruhte auf dem Tischtuch. Er hatte sehr männliche, zupackend wirkende Hände mit deutlich sichtbaren Adern und stumpf zulaufenden Fingerspitzen, die ab und an auf die weiße Tischdecke trommelten. Ihr kam wieder in den Sinn, wie es sich angefühlt hatte, als diese Finger ihre Hüfte im Ausstellungssaal berührt hatten. Warm und ganz und gar umfassend.

Die Erinnerung daran, wie er Montagnacht ihren Oberkörper umschlungen und ohne jede Anstrengung über ihr Bett gelegt hatte, flammte in ihrem Bewusstsein auf. Er konnte sie lässig in jede Position bringen, die ihm gefiel. Darüber hatte sie noch gar nicht nachgedacht – vielleicht, weil sie bis dahin noch nie mit einem Mann geschlafen hatte, der so stark war wie Kam –, aber es war erregend sich auszumalen, dass er ihren Körper nach Belieben so bewegen konnte, dass sich ihr Vergnügen noch steigerte. Und seines. Ihr gemeinsames.

Sie trank einen großen Schluck kaltes Wasser. Kam trommelte mit seinen Fingern leicht auf das Tischtuch, und ihre Muschi zog sich wie als Antwort zusammen. Genau diese Fingerspitzen hatte er eingesetzt, um sie in den Himmel zu bringen, als er sie rieb, in sie hineinfuhr und sie so gekonnt massierte, dass sie …

»Nun habe ich auch eine Frage an Sie, Otto.«

Lin kam wieder in der Gegenwart an, als sie Kams offene Ankündigung vernahm.

»Selbstverständlich«, gab Otto sofort zurück. »Fragen Sie alles.«

»Warum bieten Sie keine Uhren-Linie an, die sich auch Normalsterbliche leisten können?«

Lins Herz setzte kurz aus. Nervös sah sie über den Tisch hinweg in Brigits erstarrte Miene.

»Wir stehen in der langen Tradition von innovativen, exquisiten Uhrmachern«, antwortete Otto, der sich schneller als seine Tochter erholt hatte. »Wir beschäftigen die talentiertesten Ingenieure der Welt und setzen Komponenten und Materialien höchster Qualität ein. Gersbach hat schon immer die Innovation vorangetrieben, um unseren Kunden nicht nur eine luxuriöse Uhr anzubieten, sondern die exklusivsten, die es auf dem Markt gibt.«

Nachdenklich nickte Kam. Lin zwang sich dazu, nicht zu zucken, als er unvermittelt die Hand von seinem Bein nahm und sie ein paar Zentimeter bewegte, um sie schließlich auf ihrer Hand abzulegen. Er drückte zu. Das vordere Ende ihres Cocktail-Kleids ließ ihre Knie und ein Stück ihrer Oberschenkel frei, und als sie sich gesetzt hatte, war der Saum noch ein wenig weiter nach oben gerutscht. Seine Hand berührte nun auch ihre mit Seide bedeckte Haut. Dabei sprach er weiter, als wäre nichts geschehen. Seine Hitze jedoch arbeitete sich mühelos durch den ziemlich durchscheinenden Stoff ihrer oberschenkelhohen Strümpfe. Angespannt saß Lin da und gab sich Mühe, ihre unkontrollierbaren Gedanken wieder zu sortieren und ihr rasendes Herz zu beruhigen.

»Sie haben vor wenigen Augenblicken noch erwähnt, dass meine Erfindung die Art und Weise, wie Menschen auf sich selbst achtgeben können, revolutionieren werde. Dank des ständigen Feedbacks, das der Mechanismus ermöglicht, erfahren die Menschen exakt, wenn sie sich in eine medizinische Gefahr begeben oder dass sie den nächsten Arzttermin ausmachen sollten. Sie werden ihre Gewohnheiten bald schon ändern, um gesünder zu leben, wenn sie direkt, in einem Sekundenbruchteil, erfahren, wie sich ein Verhalten auf ihr Herz, ihren Blutdruck oder ihren Stressfaktor auswirkt«, erklärte Kam und ergriff seine Gabel. »Denken Sie, dass nur die Vermögenden es verdient haben, Zugang zu solch einer Technologie zu erhalten?«

Lin hob an, irgendetwas zu sagen, das die Unverblümtheit seiner Frage ein wenig dämpfen würde. Kam drückte ihren Oberschenkel wieder ganz sanft. Sie war erstaunt zu bemerken, dass *er sie* beruhigte. Ihr Mund klappte wieder zu.

»Ich glaube nicht, dass es an mir ist, so etwas zu entscheiden«, wich Otto elegant aus. »Ich führe ein Unternehmen und biete ein spezielles Produkt für einen genau definierten Markt an.«

Kam nickte.

»Sie haben recht. Ich muss ähnliche Entscheidungen für mein eigenes Produkt treffen, und zu überlegen, wer Zugang dazu bekommt, ist eine der wichtigsten dabei.«

Verunsichert sah Otto zu seiner Tochter hinüber, die noch verstimmter aussah als er selbst.

»Nun, genau um diese Frage dreht sich ja unser Treffen heute Abend«, hob nun Lin an, die nicht länger schweigen konnte. »Informationen sammeln, auf deren Basis im Anschluss Entscheidungen gefällt und Pläne geschmiedet werden können.« Sie hob ihr Glas, prostete den anderen zu und lenkte das Gespräch erfolgreich auf entspanntere, aber dennoch wichtige Themen. Als die Hauptspeise auf dem Tisch stand, nahm Kam seine Hand wieder zurück, und doch spürte Lin noch sehr genau den warmen, kribbelnden Bereich ihrer Haut, auf dem sie gelegen hatte.

Während Kaffee und das Dessert gebracht wurden, verabschiedete sie sich endgültig von dem Gedanken, Kam aus einer Krise helfen zu müssen. Es war ihm sichtlich nicht unangenehm, diese Dinge zu fragen, und warum sollte es auch? Wenn es ihm so wichtig war, dass ein Großteil der Menschen sein Produkt auch kaufen kann, dann war dies auch ein wichtiger

Teil dieser Verhandlungen. Sie war nicht hier, um sicherzustellen, dass er seine Erfindung auch wirklich an die Gersbachs oder eine der anderen Luxus-Uhrenmarken verkaufte, sondern um ihn bei seiner Entscheidungsfindung zu unterstützen, ob dies ein Geschäft war, das er abschließen wollte oder nicht.

Von diesen Gedanken wurde Lin abgelenkt, als Elise an ihren Tisch trat. Sie alle dankten ihr für das wunderbare Essen. Luciens Ehefrau trug noch immer ihre Kochschürze, und ihr hübsches Gesicht war entweder von der Wärme der Küche, ihrer guten Laune oder beidem leicht gerötet. Nachdem sie Kam noch einmal gebeten hatte, doch bei ihr und Lucien zu wohnen, was er erneut höflich ablehnte, zuckte sie gutmütig mit den Schultern und gab zu erkennen, dass sie diese Schlacht wohl verloren hatte.

»Er will ja nicht einmal in unserem Hotel übernachten, warum sollte er dann in unserer Wohnung bleiben?«, stichelte sie liebevoll und lächelte Lin an.

»Oh… das ist *mein* Fehler«, platzte Lin schuldbewusst heraus. »Ich habe gedacht, er wäre für ihn angenehmer, wenn er in der Nähe des Noble Tower wohnt.«

Elise winkte elegant ab.

»Nein, nein. Ich habe ihn nur ein wenig necken wollen. Kam versteht es schon. Er würde sich an den meisten Orten der Stadt unwohl fühlen.« Lin blickte zu Kam hinüber, um zu sehen, ob Elises Offenheit ihn beleidigt hatte. Stattdessen zeigte er ein kleinlautes Lächeln. Lin sollte sich später wirklich einmal mit Luciens unzähmbarer Frau über deren Umgang mit Kam unterhalten.

Elise strahlte den Tisch mit ihrem unnachahmlichen Elise-Charme an.

»Aber wir bekommen Kam schlussendlich dann doch dahin, wo er hinmöchte«, erklärte sie Brigit mit einem vertraulichen, bedeutungsvollen Nicken. Und sie zwinkerte Otto Gersbach zu.

Otto sah aus, als hätte man ihn mit einem Betäubungspfeil getroffen. »Denn er ist brillant, aber was noch wichtiger ist, er gehört zur Familie. Und uns ist die Familie sehr wichtig«, sagte sie noch und schenkte der ganzen Runde ein weiteres, letztes Lächeln, bevor sie sich verabschiedete.

Otto murmelte etwas Unverständliches, nachdem Elise ihnen eine gute Nacht gewünscht hatte; Lin verstand nur etwas wie *dieser bezaubernde, goldene Sonnenstrahl*. Sie konnte ihr Lachen kaum verbergen. Kam ging es ähnlich, wie sie bemerkte, als sie sich ansahen. Als sie ihren Nachtisch beendet hatten, fühlte Lin sich schon bedeutend wohler.

»Die Vernissage ist wohl vorbei. Dort kommen Lucien, Ian und Francesca«, beobachtete Kam so leise, dass nur Lin es hören konnte, als der Kellner mit der Rechnung zurückkam. Lin hatte es schon an der leichten Veränderung der Atmosphäre gemerkt, dass Ian den Saal betreten hatte. Die Energie eines Raumes nahm jedes Mal zu, wenn er hereinkam. Sie war nun schon so lange Zeit mit Ians Bewegungen, seinen Wünschen... seiner Gegenwart verbunden. Und natürlich spürte sie es nicht nur in sich selbst, sondern auch in den Menschen in ihrer Umgebung. Ein jugendlich aussehender Mann stand am Rand des Restaurants und zückte eine Kamera, während Ian Francesca an ihren Tisch führte. Lucien packte schnell das Handgelenk des Mannes und zog die Kamera nach unten. Lin sah, wie Lucien ein paar Worte mit dem Möchtegern-Fotografen wechselte und wie der junge Mann erbleichte. Er verließ von selbst das Restaurant. Sie stieß einen kleinen Seufzer der Erleichterung aus. Lucien war ein absoluter Profi, wenn es darum ging, das Privatleben und Wohlgefühl seiner Gäste in diesen Räumlichkeiten zu schützen.

Lin spürte Kams Blick auf ihrem Profil und sah ihn an. »Wenn es um Ian geht, entgeht dir nichts, oder?« Sein Blick spießte sie auf, seine Stimme war ein tiefes Grollen.

»Das ist mein Job.«

Seine Augenbrauen hoben sich in einer Bewegung, die man entweder als höfliches Interesse oder als subtilen Sarkasmus verstehen konnte. Lin wusste nicht, wofür sie sich entscheiden sollte.

»Musst du nicht hinübergehen und mit ihm reden?«

Lin Soong und ihre Arbeit sind praktisch eines.

Seine Frage holte ihr seine Bemerkung vom Mittag wieder ins Gedächtnis.

»Nein«, gab sie leise und kaum hörbar zurück. Ihre Augenbrauen hoben sich herausfordernd. »Für heute bin ich fertig mit der Arbeit.«

Seine Nasenflügel erzitterten leicht. Sein Blick fiel auf ihren Mund, und Lin spürte das inzwischen schon so vertraute Gefühl unterhalb des Nabels. Es war merkwürdig, wie immer Ians Anwesenheit in einem gut gefüllten Raum zu spüren, sich zugleich davon aber entfernt zu fühlen. Sich auf den Alltag zu konzentrieren fiel ihr schwer, solange Kams neuartige Anwesenheit sie erregte.

»Ich denke, wir fahren nun zurück ins Hotel«, erklärte Otto. »Nach diesem köstlichen Essen kann ich nur noch an mein Bett denken.«

Lin zuckte schuldbewusst zusammen, denn mit einem Mal wurde ihr klar, dass sie in den vergangenen Minuten nur Kam angestarrt hatte, der ihren Blick mit diesem heißen Glanz in seinen Augen erwidert hatte.

»Ich freue mich schon jetzt auf die Vorführung Ihrer Erfindung, Kam«, fuhr Otto fort und legte seine Serviette auf den Tisch. »Ich wollte Sie noch fragen, ob ich im Gegenzug einmal die Gersbach-Werkstätten und Produktionsanlagen besichtigen dürfte?«, erkundigte sich Kam. Damit hatte Lin nicht gerechnet.

»Ich würde mich freuen, Sie persönlich herumführen zu dürfen«, mischte sich Brigit ein. Sie beugte sich vor und suchte Kams Blick. »Und Sie müssen in dieser Zeit bei uns wohnen.«

»Wir *beide* würden uns freuen, Sie zu begrüßen«, verbesserte Otto. »Brigit und ich reisen Ende der Woche nach Hause. Wann glauben Sie, könnten Sie uns in der Schweiz besuchen kommen?«

»Es gibt noch ein paar Dinge, die ich hier abklären muss.« Kam warf Lin einen schnellen Blick zu. »So sind wir noch dabei, die Vorführung zu planen, oder? Wir müssen den Mechanismus noch für eine Testperson programmieren.«

»Darum kümmere ich mich«, versicherte Lin. Mit »Testperson« bezog sich Kam auf jemanden, mit dessen grundlegenden physiologischen Daten sie Kams Chip füttern konnten. Denn seine Erfindung umfasste die Technologie, das Gerät für den Körper jedes einzelnen Nutzers zu personalisieren. »Wir haben die Vorführung bei Noble Enterprises ja für diesen Mittwoch geplant.« Lin erinnerte Otto damit an den Termin, den sie mit seiner Sekretärin abgestimmt hatte.

»Ich bin derzeit noch dabei, ein zuverlässiges Protokoll anzulegen, mit dem jeder Träger der Uhr seine physiologischen Daten selbst einlesen kann«, erläuterte Kam.

Otto nickte.

»Ich verstehe. Für die Nutzung in der pharmazeutischen Industrie sind ausgebildete Experten vorgesehen, die die Daten erheben und auswerten. Aber ich habe auch Ihre Hinweise gelesen, wie die Eingabe-Phase selbst vorgenommen werden soll. Ich habe absolutes Vertrauen darin, dass wir dies erfolgreich in den Mechanismus integrieren könnten. Schließlich ist es eine absolut sichere, rein äußerliche Prozedur, mit der sich jeder, der lesen kann, vertraut machen kann.«

Kam nickte.

»Genau. Doch angesichts der Tatsache, dass das erklärende Protokoll noch nicht ganz fertiggestellt ist, werde ich für die Vorführung die Daten-Eingabe selbst übernehmen.«

Otto sah Kam aus seinen blauen Augen scharf an.

»Ich spüre Ihre Zurückhaltung, mit uns dieses Geschäft abzuschließen. Ich will ganz ehrlich zu Ihnen sein. Ich möchte Ihre Erfindung für Gersbach nutzen, koste es, was es wolle. Dies ist die innovativste, aufregendste Entwicklung, vor der die Uhrenindustrie seit Langem steht. Die Vorstellung, dass eine Uhr nur ein Werkzeug ist, das das Datum und die Uhrzeit verrät, wird zu einer antiquierten Vorstellung werden – dank Ihrer Erfindung. Ich werde nicht zulassen, dass es Gersbach wie den Dinosauriern ergeht. Der Ball liegt nun in Ihrem Spielfeld. Wenn Ihr Produkt spezielle Anforderungen benötigt, dann gehen Sie bitte davon aus, dass ich alles tun werde, was in meiner Macht steht, um sie zu erfüllen. Ich bin sicher, dass wir zu einem Kompromiss finden können, der beide Seiten sehr, sehr glücklich macht.«

Brigit konnte ihre Überraschung nicht verbergen, die die Worte ihres Vaters bei ihr hervorgerufen hatten, und Lin wusste auch, warum. Otto hatte Kams Mechanismus bislang noch nicht einmal selbst gesehen. Und Otto Gersbach war nicht gerade bekannt dafür, dass er so direkt wurde oder so bereitwillig vom konservativen, traditionellen Weg von Gersbach abwich.

Lin schenkte Kam ein privates, kaum unterdrücktes Triumphlächeln, als sie sich wenig später erhoben, um das Restaurant zu verlassen. Ihr Mund zuckte vor Begeisterung.

Im Vorraum des Restaurants blieben sie stehen, um den Gersbachs gute Nacht zu wünschen. Otto hatte einen Fahrer für sie gebucht. Er stieg in eine schmale, schwarze Limousine.

»Dürfen wir Sie zurück zum Hotel bringen?«, fragte Brigit hoffnungsvoll und legte ihre Hand auf Kams Unterarm. Es hatte sich während des Essens herausgestellt, dass die drei im selben Hotel wohnten, sehr zu Brigits Freude.

»Nein, ich danke Ihnen«, erwiderte Kam. »Ich habe noch etwas mit Lin zu besprechen. Ich rufe mir später ein Taxi.«

Brigit sah nicht wirklich erfreut aus, doch ihr blieb nichts anderes übrig, als ihre Hand sinken zu lassen. Lin spürte, wie es in ihrer Handtasche vibrierte, und während die Gersbachs einstiegen, griff sie nach ihrem Telefon. Nachdem die Limousine um die Ecke gebogen und damit außer Sicht war, steckte sie das Telefon zurück in ihre Tasche und wandte sich Kam zu. Ganz leicht fuhr er mit seiner Hand über ihren nackten Oberarm, und sofort erschauderte sie. »Dir ist kalt«, grummelte er leise, trat auf sie zu und legte seine zweite Hand auf sie, um über die Gänsehaut auf ihren Armen zu reiben.

»Nein, ist mir nicht«, antwortete sie wahrheitsgemäß. Die Nacht war warm. Es war nicht die Nachtluft, die durch die Eingangstüren hereingekommen war, die sie hatte erschaudern lassen, vielmehr seine Berührung. »Kam, ich hätte mich gefreut, wenn du mir und Ian von Anfang an deine wahren Beweggründe gesagt hättest, weshalb du nicht an den Luxusuhren-Herstellern interessiert bist. Ich kann es gut verstehen, dass du dir wünschst, deine Uhr möglichst vielen Menschen zur Verfügung zu stellen. Sollen wir die anderen Meetings überhaupt noch machen?«

»Ja.« In seiner Antwort lag viel mehr Überzeugung, als sie es erwartet hatte, vor allem, wenn sie seine Bedenken darüber einbezog.

»Aber...«

»Ich möchte weitermachen«, sagte er bestimmt und strich ihr wieder über die Arme. »Ich habe meine Gründe.«

Zögernd sah sie ihn an.

»Nun, wenn du willst, machen wir es natürlich. Auf jeden Fall dürfte es eine wichtige Erfahrung für dich werden, mit den Luxusuhren-Herstellern und ihren Business-Managern über geschäftliche Dinge zu verhandeln.«

»Genau.«

»Bei Otto hast du auf jeden Fall einen Treffer gelandet. Und ganz sicher auch bei Brigit«, fuhr sie fort und warf ihm einen belustigten, anspielungsreichen Blick zu.

»Du hattest mich ja gewarnt, dass zu Brigits ›Hobbys‹ auch die Männerjagd gehört. So war ich zumindest nicht überrascht.«

»Trotzdem schienst du bei ihrer Kühnheit ab und zu etwas sprachlos zu sein. Wobei es den meisten Männern wohl so ergangen wäre«, kicherte Lin. »Sie hat im Vergleich mit ihren sonstigen Bemühungen vielleicht sogar noch einen Gang zugelegt, so direkt unter den Augen ihres Vaters. Ich werde sie ganz sicher im Auge behalten.«

»Sagst du das mir zuliebe? Oder dir zuliebe?«

»Dir zuliebe, natürlich.« Seine Fingerspitzen glitten über den empfindsamen Teil ihrer Haut an den Schulterblättern, und wieder erschauderte sie.

»Ich komme gar nicht darüber hinweg, wie weich du bist«, sagte er unverblümt. Seine Augenbrauen hoben sich, als würde er dem Beweis, den seine Fingerspitzen an sein Gehirn sandten, selbst nicht recht trauen. Ihr Lächeln erstarb, als sie ihn ansah. Für ein paar Sekunden sagte keiner von beiden etwas, auch wenn sie seinen Text so deutlich wie eine Neon-Leuchtschrift in seinen Augen lesen konnte.

»Ian hat mir eine SMS geschickt«, hob sie dann gedämpft an. Sie ärgerte sich über sich selbst, dass sie ein derart banales Thema zur Sprache brachte, und bemühte sich, Kams unverhohlenes, unverfrorenes Begehren in seinem Blick zu ignorieren. »Er will wissen, ob wir in einer halben Stunde noch Lust auf einen Drink in der Coffee Boutique haben.« Damit war das ungemein beliebte, im europäischen Stil eingerichtete Café in Luciens Hotel gemeint.

Er versteifte sich. »Hattest du nicht gesagt, du müsstest heute nicht mehr arbeiten?«

»Das habe ich. Aber das macht doch nichts, oder? Ian und Lucien sind einfach nur neugierig, wie der Termin mit den Gersbachs abgelaufen ist. Sie gehören zu deiner Familie, Kam«, fügte sie noch an, als sie sah, wie sein Stirnrunzeln zunahm. »Sie kümmern sich um dich.«

»Du hast gesagt, du wolltest es dir überlegen.«

Sie erstarrte. Sie wusste selbstverständlich genau, worauf er anspielte. Trotz der Gänsehaut auf den Armen schoss ihr die Hitze in die Wangen. Sie hatte gesagt, sie würde darüber nachdenken, ob sie sich nach dem Essen mit den Gersbach noch mit ihm treffen wollte. Sein Daumen kreiste und streichelte ihren Arm. Seine Berührung verstärkte nur ihr Zittern.

»Was ist mit Ian?«, fragte sie.

»Er muss warten.«

Sie warf ihm einen zögernden Blick zu.

»Schon gut. Wir treffen uns mit ihnen«, knurrte er. »Ich gebe ihm aber höchstens eine halbe Stunde. Danach gehörst du mir. Bis dahin... haben wir zwei ja noch ein bisschen Zeit.«

Als sie hörte, wie seine tiefe, raue Stimme mit einem Mal leiser wurde und viel intimer klang, musste sie schwer schlucken. Es klang sexy. In ihr flackerte etwas auf, so als habe man tief in ihr ein Streichholz angezündet. Sie wich seinem bohrenden Blick aus. Vielleicht wich sie auch nur dem Anblick ihrer eigenen Wünsche aus. Denn sie hatte sich noch nicht einverstanden erklärt, später am Abend mit ihm mitzukommen, aber sie hatte es auch nicht abgelehnt. Die sexuelle Anspannung, die sie beide schon den ganzen Tag und den Abend über gespürt hatten, war elektrisierend. Sie sehnte sich danach, dass der Funken endlich alles in Brand steckte. Obwohl sie noch immer Zweifel spürte. Ihre Gründe, weshalb sie nach Kam Reardon verlangte, waren nicht rational.

Und auch nicht rein.

»Nach heute Abend müssen wir noch eine ganze Menge besprechen«, fuhr sie fort. Sie betrachtete seine Seidenkrawatte und gab sich Mühe, ihre Lüge am Leben zu erhalten, scheiterte aber kläglich. »Und ich muss dich noch über dein Treffen am

Wochenende mit Jason Klinf informieren, dem Geschäftsführer von Klinf Inc.«, plapperte sie weiter. Sein Griff an ihren Armen nahm zu. Sie erschauderte erneut und schluckte. Ihr Mund war sehr trocken.

»Mir ist Jason Klinf scheißegal.« Seine grobe Sprache kam ihr ungemein ehrlich vor, sie schnitt durch ihre Fassade wie ein heißes Messer durch Butter. Er zog sie näher an sich heran, sodass sie nur einen Hauch vor seinem großen Körper stand. Ihre Brustwarzen rieben über sein Revers. Durch die Berührung wurden ihre Nippel so hart, dass sie fast gestöhnt hätte. Flüssige Hitze stieg aus ihrer Mitte auf.

»Ich... ich habe meinen Überwurf an der Garderobe gelassen. Ist mir gerade aufgefallen«, sagte sie mit erstickter Stimme. »Ich brauche noch eine Minute, okay?«

Seine Augen wurden schmal, zu silbrig glühenden Halbmonden. Ihr Blut pulsierte durch ihren Hals, und sie hatte das Gefühl rot zu werden wie ein Leuchtturm.

Sie wandte sich ab, und der Portier öffnete ihr die Tür, um sie wieder ins Hotel zu lassen.

Ganz automatisch ging ihr Blick zum entfernten Eingang des Frais, als sie durch die luxuriöse Lobby eilte. Francesca, Elise und Lucien standen dort.

Ian.

Sie durchquerte einen Gang, der in die entgegengesetzte Richtung führte. Ihr Atem ging deutlich schneller, als es ihre körperliche Aktivität eigentlich verursachte. Die Tür zum Ausstellungsraum war geschlossen, der Saal war leer und das Licht gedimmt, als sie eintrat. Atemlos öffnete sie die Tür zur Garderobe. Warum raste ihr Herz derart?

Gleich neben der Tür fand sie den Lichtschalter. Der schmale, lange Raum wurde hell. Ihr Überwurf-Tuch war das einzige Kleidungsstück, das nach der Vernissage hier noch hing. Sie ging an der Stange mit den Bügeln und einem hölzernen

Regal mit Dutzenden Fächern für Hüte und Handschuhe vorbei. Gerade hatte sie ihr Tuch in der Hand, als ein Klick zu hören war und der Raum völlig dunkel wurde.

»Pssst. Ich bin's«, beruhigte sie eine Stimme, als sie nach Luft schnappte.

»Kam?«, flüsterte sie, als sie das vertraute, raue Knurren gehört hatte.

»Ja.«

Sie zuckte zusammen, als sie hörte, wie die Tür geschlossen wurde. Wie ein Schloss zuschnappte. Ihr pochender Herzschlag wurde zu einem Brüllen. Sie waren ganz allein im Dunkeln. Ihre Nippel scheuerten und kitzelten gegen den dünnen Stoff ihres Kleides.

»Was machst du?«, wollte sie wissen, als sie ihre Stimme wiedergefunden hatte.

Seine Hände packten ihre Schultern. Nicht fest, aber bestimmt.

»Du weißt, was ich mache«, antwortete er. Seine wissende Stimme schickte ein Kitzeln durch sie hindurch.

Seine Hände eilten über ihre nackte Haut auf dem Rücken, gleitend und knetend. Ein zittriges Stöhnen entfloh ihrer Kehle, als er sie in dem Moment an sich zog, als er selbst einen Schritt nach vorne tat. Sie prallte gegen seinen festen Körper. Sie war eingeklemmt zwischen einem Lagerregal und Kam. Ihre Körper waren fest versiegelt. Er war groß und fest, hungrig, ein wilder Mann im Dunkeln. Seine Hand umschloss ein Büschel Haare in ihrem Nacken. Vorsichtig zog er daran und bog damit ihren Kopf nach hinten.

»*Hier?*«, flüsterte sie zitternd, doch noch hielt sie an ihrer Lüge fest, indem sie diese Ein-Wort-Frage stellte. Sie hatte seine Absicht schon erraten, als er eben festgestellt hatte: *Bis dahin... haben wir zwei ja noch ein bisschen Zeit.* Sie hatte seinen Blick gesehen, als sie ankündigte, ihr Tuch holen zu wollen.

Irgendwie, auf irgendeine Art und Weise, hatten sie in diesem Moment ohne Worte eine verbotene Absprache getroffen, auch wenn sie in diesem Augenblick gezweifelt hatte, dass sie sein Drängen richtig interpretierte. Oder ihre Liederlichkeit. Wer hätte gedacht, dass sie solch extremen Dinge für ihre sexuelle Befriedigung tun würden? Nun presste er sich gegen sie, seine Hände eilten gierig über sie hinweg, und ihre zerbrechliche Lüge löste sich in seiner männlichen Hitze in Nebel auf.

Sie zitterte unkontrolliert, als er beharrlich an ihrem Mund saugte und sie ihn dann für ihn öffnete.

»*Hier!*«, stellte er kurz und knapp fest.

KAPITEL SECHS

Sein warmer, gut riechender Atem fuhr im stockdunklen Raum über ihre empfindsamen Lippen.
»Du hast mich schon den ganzen Tag und den ganzen Abend verrückt gemacht. Ich werde keine Sekunde länger warten, um dich zu schmecken. Voll und ganz.«
Er verschloss mit seinen Lippen ihren Mund. Seine Zunge drängte sich zwischen ihre Lippen. Dieses unbeschreibliche Gefühl, das sie jedes Mal verspürte, wenn er sie ansah, überkam sie wieder, doch nun um ein Vielfaches verstärkt; ein drängendes, ergreifendes Gefühl mitten hinein in ihre Lust. Hitze übermannte sie wie ein feuriger Blitz. Sie ließ ihr Umhängetuch und die Handtasche achtlos fallen und griff nach Kam, packte seine Schulter und vergrub ihre Finger in seinem wunderbaren, dicken Haar. Es war, als würde man einen Funken in einen sorgfältig aufgeschichteten Holzhaufen pusten. Bis zu diesem Augenblick war ihr nicht bewusst gewesen, dass sich ihr Verlangen schon den ganzen Abend über aufgebaut hatte ... schon den ganzen Tag, seit sie an diesem Morgen Ians Büro betreten hatte und von Kams Blick durchbohrt worden war. Sie erwiderte seinen Kuss, verzehrte sich nach seinem Geschmack, bat ihn wortlos, von ihr Besitz zu ergreifen, ihre Unsicherheiten beiseitezuwischen und alles aus ihrem Kopf zu verbannen, abgesehen von dieser Hitze.
Er legte seine Hände an ihre Hüfte und hob sie hoch. Ihr Po landete auf dem kleinen Schränkchen, ohne dass er seinen Kuss unterbrach. Er nahm ihre kleinen Überraschungsschreie und

das anschließende lustvolle Fiepen in sich auf. Seine Hände berührten sie dreist und hungrig überall. Er drückte ihre Hüfte und den Po, formte sie in seinen Händen. Willig öffnete sie ihre Beine und nutzte sie als Klammern um seine Hüften, mit denen sie ihn noch näher an sich heranzog. Fiebrig machte sie sich daran, seine Krawatte zu lösen, dann suchten ihre Finger die Knöpfe seines Hemds. Sie öffnete die obersten drei, bevor sie ungeduldig wurde und ihre Hand in die Öffnung tauchte. Seine Hitze, das Gefühl seiner weichen, festen Haut und der feinen Haare auf seiner Brust verstärkten nur ihre Erregung.

Sie schob ihr Becken auf der glatten Oberfläche des Schränkchens nach vorn und stieß mit ihrem Schritt gegen seinen. Sie stöhnte in seinen Mund. Er war eine volle, wundervolle Einheit, die sich gegen ihren angespannten Körper drückte. Ihr fiel die kräftige Schönheit seines Schwanzes wieder ein. Sie rieb sich an ihm in dem Moment, in dem sie mit der Fingerspitze seine Brustwarze gefunden hatte und mit einem Nagel vorsichtig darüberstrich.

Sein Schwanz drängte gegen ihre gespreizte Muschi, und sogar durch den Stoff ihrer Kleider hindurch spürte sie, wie heiß er war. Er unterbrach den Kuss und fauchte ihre Lippen an. Dann fasste er den Verschluss ihres Kleides an ihrem Nacken. Ihr pfeifender Atem und das Trommeln ihres Herzens mischten sich in ihren Ohren, als er ihr mit einer fließenden Bewegung das Kleid über den Busen streifte. Er umfasste sie von unten. Ein tiefes Brummen kam aus seinem Mund, und auch sein Körper reagierte ganz ähnlich. Sie trug keinen BH. Seine Daumen fuhren über ihre Nippel, und sie schnappte nach Luft, als die Lust sie packte.

Dann war er fort, seine großen, warmen Hände, sein starker Körper, sein süchtig machender Geschmack. Alles.

»Kam?«, fragte sie schwankend, von seiner plötzlichen Abwesenheit völlig desorientiert.

Das Licht ging an. Ihr Atem stockte. Er stand an der geschlossenen Tür, die Hand noch immer am Lichtschalter, mit dem Blick zu ihr. Dann kam er auf sie zu. Sein Blick verbrannte sie schier.

»Ich darf mir diesen Anblick verdammt noch mal nicht entgehen lassen.« Er wies mit dem Kopf auf ihren halbnackten Körper und ihre gespreizten Oberschenkel. Er schob einige Bügel, die oberhalb ihres Kopfes hingen, zur Seite und ergriff dann ihre Hände. Er führte sie zu dem metallischen Garderobenhaken, der etwas über ihr hing.

»Halte dich fest«, sagte er und warf ihr rasch einen entschlossenen Blick zu. »Und lass nicht los. Hast du verstanden?« Ihre Lunge arbeitete nicht ordnungsgemäß. Sprechen konnte sie nicht, also nickte sie nur und hielt sich an der Metallstange fest. Kam schob seine Hände unter ihr Kleid und packte ihren Po. Dann nahm er sie hoch und nutzte seine Unterarme, um ihr Kleid nach hinten zu schieben. Als er sie auf das Schränkchen zurücksetzte, war ihr Kleid um ihre Hüften zusammengedrückt. Sie sah auf ihn hinunter, da er unbewegt zwischen ihre Beine starrte. Ein kleines Dreieck aus schwarzer Seide verbarg nur knapp ihr Geschlecht. Er öffnete seine Hand über ihren seidenen Strümpfen. Sie sah auf ihrer blassen Haut und der sehr femininen Wäsche groß und dunkel und männlich aus.

»Ich muss unentwegt an deine Muschi denken«, presste er zwischen zusammengebissenen Zähnen hervor. Ein zittriger Schrei entwich ihren Lippen, als sie zusah, wie er ihre Hüfte stärker beugte und mit derselben Bewegung seine Hände nutzte, um ihre Beine weiter zu spreizen. Er schlang seinen Arm um ihre Hüfte. Sie krallte sich an dem Regal fest und sah fassungslos zu, wie er sein Gesicht gegen ihre Schamlippen drückte und sie liebkoste. Er leckte mit seiner warmen und nassen Zunge durch den dünnen Stoff ihres Höschens hindurch, drückte beharrlich gegen ihr Geschlecht und sorgte für einen unerbittlichen, köstlichen... verbotenen Druck auf ihre

Muschi. Schließlich verstärkte er seinen Griff auf ihre Hüfte und den Hintern, um ihr Becken noch stärker an seine feste Zunge zu schieben.

Sie biss sich auf die Lippe, denn sie musste dem überwältigenden Verlangen widerstehen, ihre Finger in seinem Haar zu vergraben und ihn weiter an sich heranzuziehen. Er ließ ein herbes Geräusch aus seiner Kehle aufsteigen und fuhr dann plötzlich mit seiner Hand über ihren Oberschenkel, fuhr unter den Stoff ihres Höschens und schob ihn ein paar Zentimeter neben ihre Muschi. Seine Zunge strich über ihre Schamlippen und glitt zwischen die Falten. Sie keuchte scharf bei dem Gefühl des feuchten Mundes, der über ihre nackte Muschi rieb und, nachdem der Stoff beiseitegeschoben war, sie immer stärker erregte.

»Oh Gott, …, Kam«, stöhnte sie. Sie ließ den Garderobenhaken los, denn sie wollte ihn ganz automatisch an sich drücken. Er hob ein wenig seinen Kopf.

»Halte die Stange fest.« Als hätte er Augen an seinem Hinterkopf und wüsste genau, was sie soeben tun wollte. Sie verbiss sich ein Stöhnen und tat, was er gesagt hatte. Ihre Belohnung war, dass er seine Zunge wieder tiefer in ihre Schamlippen bohrte und ihre Klitoris rieb und leckte. Sein Mund schloss sich über ihr, seine Lippen übten Druck aus. Die Zunge fuhr fort, sie zu foltern… sie zu erregen. Dann saugte er ein wenig, und Lin konnte einen Aufschrei gerade noch so eben unterdrücken. Versuchsweise zog sie fest an dem Metallhaken, doch die Stange gab nicht nach. Sie hielt sich noch fester am Haken und hob dann ihre Hüfte ein bisschen, um ihre Muschi noch enger an seinen himmlischen Mund und die kräftige Zunge zu drücken. Mehr Druck, mehr Lust suchte sie. Er hatte sie in eine gierige Dirne verwandelt, ein Teil von ihr war befreit.

War frei.

Er sicherte seinen Griff um ihre Hüfte und schmeckte sie weiter. Sie wand sich unter ihm. Ihre Klitoris knisterte. Sie sehnte sich danach, endgültig in Flammen aufzugehen. Sie wurde derart rasend, dass er es überdrüssig wurde, sie für seine Zunge im Zaum zu halten.

Klatsch.

Er traf ihren Po mit seiner Handfläche.

Lin hielt inne und spürte das Brennen auf ihrem Hintern. Sie blickte verwirrt zu ihm hinunter und begegnete seinem brennenden Blick. Seine Unterlippe glänzte von ihren Säften. Er war so schön, ihr Innerstes zog sich bei diesem instinktiven Begehren fest zusammen.

»Halte still und genieße deine Lust, *mon petit chaton*«, befahl er ihr grimmig.

Sie nickte und keuchte abgerissen. Nie, nie hatte ihr jemand einen solchen Klaps gegeben. Vermutlich, weil es kein Mann wagen würde. Dabei tat es gar nicht weh. Es stach zwar ein wenig, aber eher wie ein sexy, ein fühlbares Tattoo. Sie hätte geschworen, dass sie seinen Handabdruck fühlen konnte, wie er ihn in das Fleisch ihrer rechten Pobacke brannte. Kams Blick versank in ihrem Gesicht und rastete dann über ihren sich hebenden und senkenden Brüsten ein.

»Ein perfekter Busen. Fass ihn an«, befahl er ihr plötzlich. Seine Nasenflügel bebten, als er ihr wieder ins Gesicht blickte.

Sie nahm ihre Hände vom Haken und umfasste ihren Busen mit den Fingern. Kam verfolgte dies mit seinem Blick, und sein Starren ließ sie wieder ihre Hüften heben, um ihn wieder zum Zentrum ihrer Hitze zu locken. Sie wiegte beide Hügel in den Händen, hob sie an und zog mit Daumen und Zeigefingern an den Nippeln.

»Drücke sie«, wies er sie harsch an. »So ist es gut«, fuhr er fort, als sie seiner Anweisung folgte und mit ihren Händen die Brüste knetete. »Mach weiter. Nicht aufhören.«

Er zog ihr Höschen auf die Fußgelenke hinunter und streifte es dann über ihre Hacken. Dann beugte er sich wieder vor und senkte den Kopf. In überwältigender Vorfreude stöhnte Lin auf, denn sie sah, wie er mit seinen Fingern das Ende ihrer Schamlippen vorsichtig zusammendrückte. Er legte seinen Kopf schräg, blickte zu ihr auf und ließ seine Zunge in die kleine Tasche fahren, die er gebildet hatte. Die Spitze glitt gegen ihre Klitoris, und er bewegte seine Zunge hin und her, rieb sie und drückte leicht zu. Ein unterdrücktes Stöhnen kam aus Lins Mund. Sie kniff sich in die Brustwarzen. Dass er ihr mit seinem sengenden Blick zusah, wie sie dem Höhepunkt immer näher kam, war ihr deutlich bewusst. Seine rote Zunge tauchte und schob sich lüstern und nachdrücklich in die Tasche, die er aus ihren Schamlippen gebildet hatte. Das Knistern ihrer Klitoris wurde zu einem atemberaubenden Brennen.

Einen Moment später packte sie die Metallstange und erbebte unter ihrem Höhepunkt. Als sie sich unter ihrem Orgasmus schüttelte, ließ er den leichten Griff auf ihre Schamlippen los und nutzte nur noch seinen Mund. Er bedeckte ihr Geschlecht mit seinen Lippen. Lin riss die Augen weit auf, als sein intensives Saugen ihr Zittern noch verstärkte. Es war so gut wie unmöglich, einen Schrei zu unterdrücken, mit solcher Wucht fuhr die Ekstase durch sie hindurch.

Nachdem ihr Schaudern nachgelassen hatte, hob er den Kopf. Er sah sie an, dann schob er seinen dicken Zeigefinger in ihren feuchten Tunnel. Eine neue Orgasmuswelle schlug über ihr zusammen. Er knurrte.

»Komm her«, sagte er und packte ihre Taille.

Ein neues, erregendes Kribbeln, vermischt mit Vorsicht, ergriff sie. Sie hatte überhaupt keine Angst vor ihm, doch war er in diesem Moment nichts anderes als ein roher, wilder Mann, dessen Absichten primitiv waren. Eine Frau musste verrückt sein, würde sie beim Anblick des wilden Leuchtens in Kams Augen, wie er sie nun in die Arme nahm und mit ihren hochhackigen Schuhen wieder auf den Boden stellte, nicht eine vollkomme

Erregung und zugleich einen Hauch von Nervosität spüren. Er stürzte sich auf sie wie ein Raubvogel auf seine Beute und küsste sie, dann drehte er sie um. Sie riss die Augen auf, als er ein wenig in die Knie ging und seinen Schwanz an ihr Hinterteil drückte. *Oh mein Gott.* Sie hatten einen Sturm heraufbeschworen.

Er schob ihr Haar beiseite und drückte seinen Mund auf ihren Nacken; sie taumelte ein wenig in ihren Schuhen, doch nicht, weil er sie gestoßen hätte, sondern weil eine neue Welle der Hitze und Erregung sie bei seinem Kuss überflutet und schwindelig gemacht hatte. Er hielt sie fest, drückte sie dabei aber noch fester an seinen starken, großen Körper.

»Schlüpf aus den Schuhen«, flüsterte er ihr ins Ohr, bevor er es mit seinen Lippen verschloss und ein köstliches Kitzeln durch ihren Körper jagte.

Kam knurrte, als sie seinem Befehl gefolgt war und nun einige Zentimeter kleiner vor ihm stand.

»Der Winkel passt nicht, wenn wir beide stehen. Nicht so, wie ich dich jetzt nehmen will.« Lin schluckte schwer, als sie die Hitze in seiner Stimme hörte. Sie musste kein so genialer Ingenieur sein wie Kam, um das Offensichtliche zu bemerken. Er war zu groß und das Schränkchen zu hoch, als dass sie sich darauf hätte abstützen können. Seine Lippen bewegten sich fest und hungrig. Er biss leicht in die Haut unter ihrem Haaransatz, und sie erschauderte in seinen Armen. »Kannst du dein Tuch auf dem Boden ausbreiten und auf die Hände und Knie runtergehen?«, lockte er sie.

Für den Bruchteil einer Sekunde stellte sie sich vor, was nun passieren würde. Flüssige Hitze durchströmte sie, als sie sich die rohe Erotik des Bildes ausmalte.

»Ja«, flüsterte sie.

Beim Ausbreiten des Tuches half er ihr. Er hielt eine ihrer Hände, als sie sich in dem Kämmerchen niederkniete. Sie spürte, wie er sie leicht zurückzog und kurz innehielt.

»Was, wenn ich jetzt deine Strümpfe kaputtmache?«

»Dann ziehe ich sie aus, wenn es sein muss. Hinterher«, fügte sie hinzu, nachdem sie seinen festen, ernsten Blick erwidert hatte.

Mit leicht bebenden Nasenflügeln nickte er. Sie schob sich das Kleid bis zur Taille hoch. Sie befand sich in einem dämmrigen unbekannten Garderobenraum in einem Hotel, den das Licht aus dem Ausstellungsraum nicht wirklich erreichte, und positionierte sich, um von ihm genommen zu werden, während ihr Chef und seine Familie am anderen Ende des Ganges ihr elegantes Essen genossen. Das unanständige, aufregende Geräusch von Kams Reißverschluss ließ sie aufhorchen, und alle Gedanken an Ian verschwanden.

Unsicher blickte sie über die Schulter zurück. Er streifte die neuen Hosen ab. Zu ihrer Überraschung schob er sie und seine Boxershorts nicht einfach auf die Beine. Nein, er zog sie ganz aus und legte sie ab. Dann holte er etwas aus der Tasche der vor ihm liegenden Hose. Er warf die Hose auf das Schränkchen. Lin starrte mit trockenem Mund zu ihm hin. Sein Schwanz ragte vor seinem Körper fast aufrecht empor und lugte durch den untersten Schlitz der Hemdknopfleiste hervor. Aus ihrem Blickwinkel heraus sah er furchterregend und ungeheuerlich aus. Wunderschön.

Er packte seinen Steifen von unten und trat an sie heran. Sein Blick fiel auf sie, als er ein Kondom abrollte – dieses Mal eines, das auch wirklich passte. Hatte er seit ihrem letzten Rendezvous eine Schachtel gekauft? Hatte er geahnt, dass so etwas passieren würde?

Du etwa nicht?, fragte eine Stimme in Lins Kopf. *Nein*, antwortete sie sich augenblicklich. *So nicht. Nicht in diesem verrückten, impulsiven Moment.*

Für einen langen Augenblick sahen sie sich in die Augen. Dann kniete er hinter ihr auf den Boden.

Er hatte bemerkt, dass sie ihn beim Anziehen des Kondoms beobachtete. Ein heftiges Verlangen traf ihn wie ein Hieb, ein barbarisches Verlangen, mit ihr zu verschmelzen. Ihre dunklen Augen waren düster und unsagbar schön, ihre Haut bildete einen atemberaubenden Kontrast zu ihrem schwarzen Kleid, ihr Hintern war rund und kompakt. Noch immer lag ihr Geschmack auf seiner Zunge und prickelte. Sein Schwanz schwoll fest an, als er sich hinkniete, denn der Himmel war in Reichweite.

Nach Montagnacht wusste er, was ihn erwartete, und er nahm erst einen Finger, dann zwei. Seine Lust steigerte sich in dieser Zeit auf fanatische Höhen. Ihre Muschi war der fleischgewordene Traum eines jeden Mannes, vor allem in Begleitung von Lins gedämpftem Stöhnen und lustvollem Keuchen. Sie schmiegte sich sogar um seine Finger, eigentlich recht schmale Eindringlinge, wie ein süßer, saugender Mund.

Sein Schwanz sprang vor. Es war besser, jetzt nicht an Lin und einen lutschenden Mund zu denken.

Er ließ seine Finger aus ihr herausgleiten und ersetzte sie durch die Spitze seines Schwanzes.

»Pssst«, beruhigte er Lin, als er in ihre Muschi pulste und sie ein unterdrücktes Stöhnen von sich gab. Sie umschloss ihn wie ein Schraubstock, doch ihre Hitze und ihre Säfte hießen ihn willkommen. Quälten ihn. Lust kochte in ihm. Himmel. *Ich werde auch heute nicht viel länger durchhalten als in unserer ersten Nacht*, wurde ihm ungläubig klar. Er drückte sich vor, sein Schicksal akzeptierend. Es genießend. Er nahm eine feste Pobacke in die Hand und sah zu, wie er mit seiner Hüfte sägte und mit jedem Stoß tiefer und tiefer in sie eindrang. Schließlich nahm er beide Pobacken und zog sie fest an sich. Sein Hoden scheuerte an ihren Schamlippen.

Lin ließ ein schrilles, ersticktes Geräusch hören. Wie es sich für sie anfühlen musste, konnte er sich nur vorstellen. Er war kurz davor, in Lust zu explodieren, sie war so eng und so schmal... biegsam und schlank...

»Du bist verdammt noch mal perfekt«, grummelte er und fing an, schneller zu pumpen.

Nach ein paar Momenten des festen Stoßens und während er den rasenden Paarungs-Rhythmus ihrer Körper, Lins erregtes Wimmern und lustvolles Stöhnen hörte, blickte er starr auf die Tür des Garderobenraums. Das Gefühl ihrer schaukelnden Hüften, der starken Gegenstöße und das feste, unnachgiebige Umklammern ihrer Muschi waren mehr als genug, ihn kommen zu lassen. Dem Ganzen auch noch zuzusehen, hätte es nur doppelt qualvoll gemacht. Oh Gott, sie war ein schnelles Ticket zur Hölle. Aber selbst wenn er dafür zur Hölle fahren musste, dass er diese exquisite, elegante Frau wie ein geifernder Wilder fickte, so würde er die Höllenpforte doch wenigstens wie eine Lokomotive unter Volldampf erreichen.

Er hob ihre Hüften und den Hintern ein wenig an und fuhr in sie.

»*C'est si bon, das ist so gut*«, zischte er voller Wollust, während er sie in diesem himmlischen neuen Winkel nahm. Er hielt einen Moment lang inne und verzog wegen der intensiven Reibung das Gesicht. »Leg deine Schultern und das Gesicht auf dem Tuch ab, Baby. Genau so«, lobte er sie. Und wieder war er von ihrem Anblick verzaubert. Ihre Hüften gegen seinen wütenden Schwanz gedrückt, zog er sich aus ihr zurück und versank dann wieder und wieder in ihr. Er war sich seiner Bewegungen sehr wohl bewusst.

Er war vielleicht ein wenig rücksichtslos.

Von Ferne drang ihm ins Bewusstsein, dass er vielleicht ein wenig zu viel Druck auf ihre Knie ausübte, aber es fühlte sich so verdammt gut an. Seine einzige Rettung waren ihre scharfen Schreie und ihre Muskelbewegungen um seinen stoßenden Schwanz, als sie einen Moment später kam. Ihre Wärme überflutete ihn.

Er sah rot.

Er stand auf und kauerte sich über sie. Indem er ihre Hüften an seinen stechenden Schwanz hob und ihr Gewicht mit seinen angespannten Arm- und Beinmuskeln trug, nahm er das Gewicht von ihren Knien und sorgte für die optimale Reibung. Er ließ es zu und nahm sie in einem Rausch blinder Lust. Das Geräusch von klatschender Haut übertönte den Herzschlag in seinen Ohren. Nichts hätte ihn in diesem Moment stoppen können. Er eilte mit einem letzten wilden Stoß dem Nirwana entgegen.

Er packte sie fest und krachte in sie. Ein gewaltiger, glühender Orgasmus traf sie beide. Hinterher war er sich nicht mehr sicher, ob er sich weiter bewegt hatte, sie noch beim Höhepunkt gefickt hatte, oder ob er in der einstürzenden Überdosis Lust wie eingefroren gewesen war.

Er wusste nur, dass, als sein orgiastischer Trieb nachließ und seine Lust befriedigt war, ein Bedauern seinen Weg durch ihn hindurch fand.

Sie hielt den Kopf gesenkt, als er eine Minute später aufstand und ihr hoch half. Die langen, dunklen Strähnen ihres Haares verbargen ihr Gesicht. Sie drehte sich weg und wollte ihr Kleid über den Busen ziehen, doch er hinderte sie daran.

»Lin?«

Sie reagierte nicht. Ihre wunderschönen, aufrechten, nackten Brüste hoben und senkten sich noch immer unregelmäßig nach ihrem gemeinsamen Sturm der Lust. Er strich ihr mit der freien Hand das weiche Haar zurück, um sie ansehen zu können. Sie riss den Kopf herum, doch nicht schnell genug, um das zu verbergen, was er nicht sehen sollte. Zwei Tränenspuren waren auf den erröteten Wangen zu sehen. Furcht überkam ihn. »Habe ich dir wehgetan?«

»Nein.« Sie wischte sich die Flüssigkeit ab und drehte sich um. Dann zog sie ihr Kleid herunter. »Natürlich hast du mir nicht wehgetan. Du musst doch ... gemerkt haben, wie sehr ... es mir gefallen hat«, sagte sie stockend.

Die Anspannung in ihrer Stimme ließ seine Alarmglocken läuten. Normalerweise war sie ungemein kontrolliert. Sie hatte ihm gegenüber am Morgen zwar tatsächlich die Beherrschung verloren – verdientermaßen –, doch dieser Riss in ihrer Rüstung war wesentlich beunruhigender. Er legte ihr die Hände auf die Schultern und drehte sie zu sich um.

»Was ist los? Was stimmt nicht?« Er klang forscher, als er es beabsichtigt hatte, doch nur aus Sorge. Dass er sie so und hier genommen hatte, dafür würde er sich nicht entschuldigen. In seinen Augen war dies die natürliche Folge der Hitze gewesen, die sie beide den ganzen Tag über schon aufgebaut hatten, so natürlich wie ein Gewitter am Ende eines heißen, schwülen Tages. Allerdings fühlte er sich schuldig, dass er sie so energisch geliebt hatte ... so wild ...

»Ich hatte gerade Sex mit dir, auf dem Fußboden der Garderobe in einem Hotel ...«

»Niemand hat uns gesehen ...«

»Und mein Chef sitzt am anderen Ende des Flurs«, beendete sie ihren Satz, ohne Pause. Sein Mund klappte zu. Wild starrte sie zu ihm hinauf. Verzweifelt. Er konnte nicht sagen, was von beidem. Nur eines war sicher: Er prallte wieder gegen ihre Mauer.

Er ließ die Arme sinken.

»Aha. Da haben wir es wieder. Es dreht sich also wieder um Ian.«

Abrupt drehte sie sich um und knöpfte den Kragen ihres Kleides im Nacken zu. Sie hob das achtlos beiseitegeworfene Höschen auf. Da ihm nichts einfiel, was er hätte sagen können, damit sie sich wohler fühlte, zog er das Kondom ab, fand einen Mülleimer und griff dann nach seinen Kleidern. Die Atmosphäre in dem engen Garderobenraum wurde zunehmend schwerer und stickiger, während beide sich zurechtmachten. Ihr Nebeneinander und die Stille wirkten besonders bedrückend, weil sie eben noch so hemmungslos miteinander verbunden gewesen waren. Es wirkte ein wenig bizarr, dass sie gerade noch wie wahnsinnig in den Fängen der Lust gezappelt hatten. Er hatte sich als Erster wieder angezogen. Er schäumte, dass sie ihm den Rücken zuwandte, als sie sich die Haare bürstete und neuen Lippenstift auftrug.

Endlich drehte sie sich zu ihm und sah ihn ruhig an. Seine Irritation wuchs, verschwand dann aber augenblicklich, als er an ihr hinuntersah.

»Verdammt, deine Knie«, murmelte er. Ihre feinen Strümpfe waren zwar nicht zerrissen, aber sie waren so durchsichtig, dass man erkennen konnte, wie rot und aufgescheuert ihre Knie darunter waren.

Merde. *Du hast sie wie ein fickendes Tier geritten.*

»Ich fahre nach Hause«, erklärte sie ruhig. Seine Augen weiteten sich alarmiert, als er ihr teilnahmsloses, wunderschönes Gesicht betrachtete. Noch immer waren ihre Wangen von der Erregung und dem Orgasmus gerötet, und ihre Haut sah darunter besonders blass aus. »Sagst du bitte Ian, Lucien und Francesca, dass es mir nicht gut ging?«

»Aber...«

»Sag es ihnen. Bitte. Ich kann ihnen so nicht unter die Augen treten.«

»Es tut mir leid, dass du...« Er warf einen Blick auf ihre Knie, und Bedauern erfüllte ihn. »Ich habe versucht, den Druck von ihnen zu nehmen, deswegen habe ich mich hingestellt, aber...«

»Ich weiß, dass du das getan hast«, unterbrach sie ihn. »Ich gebe dir auch nicht die Schuld. Es war mein Fehler. Ich war es, die es zugelassen hat.«

Als er das hörte, schnaubte er ungläubig.

»Bei dir klingt es, als hätten wir uns zu einem Verbrechen

verabredet. Wir haben hier doch nicht jemanden zusammen ermordet«, fügte er düster hinzu.

Sie schloss die Augen. Innerlich zuckte er zusammen, denn er erkannte ihre Verwirrung.

»Du verstehst es nicht. Ich mache so etwas nicht.«

»Tust du offensichtlich doch«, erwiderte er, bevor er sich zurückhalten konnte. »Warum ist das ein Problem?« Sie warf ihm einen besorgten Blick zu, dann legte sie sich ihr Tuch um die Schultern, um sich zu bedecken.

»Lin, warte ...«, rief er, als sie an ihm vorbeiging. Sie schloss die Tür auf. »Wir müssen reden.«

»Ich weiß. Wir müssen noch die Einzelheiten zu dem Termin mit Klinf am Wochenende besprechen. Außerdem fehlen mir noch deine Angaben, was du für die Vorführung deiner Erfindung für die Gersbachs benötigst. Ich rufe dich an.«

Damit ging sie hinaus.

Mehrere Sekunden lang starrte er blindlings an die Decke, ließ die vergangene halbe Stunde seines Lebens noch einmal Revue passieren und versuchte, daraus schlau zu werden. Sehr erfolgreich war er dabei nicht. Von entflammbarer Lust hatte es sie zu unkontrollierbarem, wildem, glühendem Sex getrieben und dann zu Lins Aussage, sie müssten nur noch ein paar geschäftliche Details miteinander klären.

»*Ce sont vraiment des conneries. Das ist wirklich Blödsinn.*«, fluchte er und verließ die Garderobe. Die Tür knallte er laut hinter sich zu.

Die Coffee Boutique war bei seinem Eintreten gut gefüllt. Lucien hatte ihm erklärt, dass Elises neues Restaurant das Zentrum ihres Hotels bildete, wohingegen das Kaffeehaus das Herz einer ganz eigenen, aufblühenden, kleinen Gemeinschaft sei. Es war das bequeme Wohnzimmer des luxuriösen Hauses, in dem Geschäftsleute, Einheimische und Touristen gleichermaßen in tiefen Sesseln und Sofas saßen und die besten Kaffeesorten tranken, die vor Ort aus individuell und zusammen mit Zichorie gerösteten Bohnen zubereitet wurden. Dazu gab es Köstlichkeiten von Elises Chef-Konditor, die einem das Wasser im Munde zusammenlaufen ließen. Einige der Gäste lasen Bücher und Zeitschriften, die sie in der Buchhandlung nebenan, spezialisiert auf Erstausgaben, seltene Bücher und Antiquarisches, gekauft hatten. Von dem Geld, das Lucien in die beiden Kaffeemaschinen aus dem Weltraumzeitalter gesteckt hatte, die hinter dem Tresen standen, hätte Kam vermutlich ein ganzes Jahr lang bequem leben können.

Allerdings schenkte Kam keinem dieser Details die geringste Aufmerksamkeit. Er hatte nur eine Idee im Kopf, als er den belebten Raum betrat. Lucien verließ in dem Moment die Theke, in dem Kam das Café betrat. Als er Kam gegenüberstand, warf er ihm einen freundschaftlichen Blick zu und hielt inne.

»Was ist denn dir passiert?«, wollte Lucien wissen.

»*Wieso?*«, gab Kam säuerlich zurück.

»Du siehst aus, als würdest du am liebsten jemandem fest in den Hintern treten. Und dein Hemd hängt dir hinten aus der Hose«, flüsterte Lucien ihm noch unauffällig zu, nachdem ein paar Gäste an ihnen vorübergegangen waren.

»*Merde*«, knurrte Kam und stopfte das Hemd in die Hose zurück. Er hatte von Anfang an nicht in diesen Klamotten herumlaufen wollen. Wäre es nicht für Lin gewesen, hätte er sich überhaupt nicht in diesen verdammten Anzug gequält.

»Ist etwas mit den Gersbachs passiert?«, hakte Lucien nach.

»Nein. Das Gespräch ist gut verlaufen.«

»War Lin zufrieden?« Lucien blickte in Richtung der Lobby, als würde er sie dort suchen.

»Warum fragst du, reicht dir meine Einschätzung nicht?«, grummelte Kam.

Lucien sah ihn nun direkt an.

»Suchst du Streit?«, fragte er ruhig, der Blick aus den grauen Augen so kühl und scharf wie ein zustechender Eispickel. »Dann wähle dir ein anderes Opfer aus. Ich habe im Augenblick viel zu viel zu tun. Wenn du morgen immer noch auf Krawall aus bist, ruf mich an und wir trainieren ein paar Stunden im Studio.«

Zunehmend frustriert rollte Kam mit den Augen, als Lucien ihn damit stehenließ. Sein ältester Bruder war einschüchternd und zäh, aber es war vor allem dessen Selbstdisziplin, die ihn in Kams Augen langsam legendär werden ließ.

Morgen würde er sich bei Lucien für seine Unhöflichkeit entschuldigen. Heute Abend hatte er schon lange genug den höflichen, gepuderten Jungen gespielt. Lucien hatte recht. Er fühlte sich so, als wolle er einen Streit vom Zaun brechen, nur um das befriedigende Geräusch zu hören, wenn sein Gegner auf den Boden klatschte.

»Lin fühlte sich nicht wohl und musste nach Hause fahren«, erklärte er Ian, ohne ihn vorher zu begrüßen, als er an die Sitzecke kam, in der Ian und Francesca Platz genommen hatten. »Sie hat mich gebeten, dir das auszurichten.«

»Oh nein«, entfuhr es Francesca teilnahmsvoll. »Hätte sie nicht jemand nach Hause bringen sollen?«

»Es schien so, als wolle sie alleine fahren.«

Bei Kams knapper Antwort sah Francesca ihren Mann mit fragend nach oben gezogenen Augenbrauen an. Sie räusperte sich und stand auf.

»Würdet ihr zwei mich für einen Moment entschuldigen? Ich habe den Eindruck, dass der Lieblingsraum unseres Babys das Badezimmer werden wird, zumindest kommt es mir so vor, denn es sorgt dafür, dass ich dort eine Menge Zeit verbringe.« »Setz dich«, bot Ian ruhig an, als Francesca sie verlassen hatte. Er wies mit dem Kopf auf den Sessel ihm gegenüber.

Kam sah seinen Bruder von der Seite an.

»Ich bin gerade nicht in der Stimmung für…«

»Setz dich, Kam«, forderte Ian ihn nun etwas nachdrücklicher auf.

»Ich habe gesagt, ich bin nicht in der richtigen Stimmung«, wiederholte Kam durch zusammengebissene Zähne. »Ich bin nicht in der Stimmung für diesen ganzen Scheiß hier.« Er zeigte frustriert in das luxuriöse, gut besuchte Kaffeehaus.

Ian erhob sich, sein Mund zu einem schmalen Strich verzogen.

»Setzt du dich nun kurz hin und redest nur fünf Minuten mit mir? Ist das so schwer?«

»Nein, es ist nicht *so* schwer«, schnaubte Kam. »Ich will es nur, verdammt noch mal, einfach nicht.« Ian sah sich um, und auch Kam bemerkte mehrere Leute, die in ihre Richtung sahen. Sie drosselten beide ihre Lautstärke.

»Nur für einen Moment?«, bestand Ian mit leiser, aber fester Stimme darauf. »Bitte!«

Kam fühlte sich in die Enge getrieben, nahm aber Platz. Still zu sitzen fiel ihm schwer. Er spürte den Drang, in das Fitness-Studio seines Hotels zu fahren und seinen Körper mit einem anstrengenden Workout zu bestrafen oder vielleicht auch ein paar Kilometer am Hafen entlangzulaufen…

»Ist irgendetwas beim Essen mit den Gersbachs vorgefallen?«, hob Ian an. Seine Augenbrauen erreichten schwindelerregende Höhen.

»Nein.«

»Es schien doch alles gut zu laufen. Francesca hat erzählt, dass während der Vernissage alle entspannt wirkten. Ich habe es ja nur aus den Augenwinkeln gesehen, aber als ihr das Restaurant verlassen habt, schien mir Otto zufrieden auszusehen. Auch du kamst mir so vor. Und Lin sah ganz sicher glücklich aus. Sie muss gleich anschließend krank geworden sein.«

Kam starrte seinen Bruder an. Alle Anzeichen von Verärgerung waren von seinem Gesicht verschwunden, die Anzeichen von *jeglichem* Gefühl waren verschwunden. Ian sah auf das Tischchen zwischen ihnen und spielte mit seinen langen Fingern mit einem Päckchen Zucker.

»Ich versuche, es vorsichtig zu formulieren, Kam. Ich hoffe, du verstehst, dass es sich um... um eine sensible Sache handelt?« Kam antwortete nicht, doch seine Anspannung wuchs.

»Lin ist nicht nur eine unbezahlbare Mitarbeiterin in meinem Team. Sie ist eine sehr gute Freundin. Ich kenne sie, seit sie siebzehn war, weißt du?«

Da es keine wirkliche Frage war, antwortete Kam noch immer nicht.

»Lin hat in der Vergangenheit nicht wirklich Glück gehabt mit den Männern, mit denen sie verabredet war.«

Kam spürte die elektrische Ladung in Ians nach außen so ruhiger Bemerkung. Er beugte sich in seinem Sessel vor.

»Was meinst du damit?« Er sah Ian fest an.

»Nur das. Nur wenige Männer scheinen in der Lage zu sein, ihren Charakter wertschätzen zu können. Ihre Raffinesse. Ihre Empfindsamkeit.«

»In deinen Worten klingt es, als wäre sie ein für Hunde-Shows gezüchteter Pudel«, gab Kam schroff zurück. Ungeduldig blickte er sich im Café um und verfluchte in diesem Moment die beengenden Wände. »Sie ist um einiges abgehärteter, als du sie hier darstellst. Vielleicht kennst du sie doch nicht so gut.«

»Aber du?«, forderte ihn Ian heraus, dessen leise Stimme wie Stahl klang. »Denn ich würde es hassen, wenn ich mitansehen müsste, wie du Lin in dieselbe Kategorie einordnen würdest, in die du, sagen wir mal... einige der *abgehärteten* Frauen gepackt hast, mit denen wir dich beispielsweise in Aurore gesehen haben.«

Kams Blick bohrte sich in Ians Augen. Dessen Starren schwankte keinen Deut.

»Jetzt komm mir nicht so selbstgerecht.« Kam kochte, so erschrocken und verärgert war er über Ians Anspielung. Sein Bruder war versehentlich hereingeplatzt, als Kam vergangenen Sommer in Aurore gerade dabei war, sich mit zwei Frauen spontan zu entspannen. Ian war umsichtig genug gewesen, diesen unangenehmen Vorfall bislang nicht zu erwähnen. Dass er ihn nun im Zusammenhang mit Lin doch zur Sprache brachte, kotzte Kam gewaltig an. »Tu hier jetzt bitte nicht so, als hättest du das Leben eines Mönchs geführt, bevor du Francesca begegnet bist, denn das wäre widerlich. Und Lin hat *überhaupt nichts* und *auch nicht das Geringste* mit der Situation von damals zu tun.« Er trommelte dazu mit den Fingern auf den Tisch, um seiner Aussage Nachdruck zu verleihen.

Ian sah ihn unnachgiebig an. Kam starrte zurück. Schließlich atmete Ian aus.

»Es freut mich, das zu hören«, gab er zu.

Kam nahm die Faust vom Tisch. *Merde.* Er wollte eigentlich gar nicht mit Ian streiten. Aber warum musste er in Teufelsnamen immer mal wieder so blasiert auftreten?

Weil er in der Regel ganz genau weiß, wovon er spricht, deshalb. Seine Ratschläge für mich waren immer passend, und aus welchem verdammten Grund auch immer, er scheint sich Sorgen zu machen.

Und wäre er an Ians Stelle, würde er dann einen Typ wie sich selbst nicht auch davor warnen, die Finger von Lin zu lassen? Eine Frau wie Lin würde einen Mann wie Kam doch höchstens für Sex in Betracht ziehen. Und nach heute Abend dachte sie höchstwahrscheinlich auch darüber anders.

Kam stieß einen Seufzer aus, denn er fühlte sich besiegt. Allerdings nicht von Ian. Die anschwellende Spannung zwischen ihnen hatte sich gelegt, auch wenn sich Kam nicht sicher war, woran das lag.

»Halte Lin aus dieser Geschichte heraus. Es ist mein Fehler. Ich bin es doch, dem es so schwerfällt, hier zu sein... diese ganze Sache hier«, murmelte er und lehnte sich in seinem Sessel zurück. »Ich bin wie ein Fisch ohne Wasser.«

»Wenn dir diese besondere Situation im Geschäftsleben unangenehm ist, Kam, dann können wir damit umgehen«, antwortete Ian ruhig. »Ich möchte nur nicht, dass das Geschäftliche hier dein einziger Mittelpunkt bleibt. Du bist zum ersten Mal hier in den Staaten – in der Stadt, in der Lucien und ich unser Zuhause gefunden haben. Stellen wir doch *das* in den Mittelpunkt.«

Kam sah Francesca an, die eben mit einem breiten Lächeln im Gesicht zu ihnen kam. Er versuchte, ihr Lachen zu erwidern, doch seine Muskeln taten ihm nur schwerlich diesen Gefallen. Er vermutete, dass er eine ziemliche Grimasse ablieferte.

»Warum fahren wir nicht jetzt noch ins Penthouse und trinken noch einen Tee oder so?«, schlug Ian vor.

»Eine wunderbare Idee«, stimmte Francesca zu, die diesen Vorschlag schon gehört hatte.

»Komm schon«, drängte Ian. »Wir unterhalten uns ein bisschen. Worüber du magst«, fügte er noch schnell hinzu, als er Kams Zögern bemerkte. Ganz sicher hatte er kein Interesse an weiteren aufwieglerischen Gesprächen über Lins oder Kams Sexleben. »Die Nacht ist schön. Wir könnten auf der Terrasse ein Feuer machen und im Freien sitzen.«

Kam sah Ian kleinlaut an. Nun fühlte er sich doppelt schuldig für seinen Wutausbruch eben. Ian hatte erraten, dass Kam nun keine Menschenmenge oder kultivierte Gespräche mehr ertragen konnte und raus musste. Dafür, dass er Kam erst seit neun Monaten kannte, konnte er ihn schon sehr gut einschätzen.

»Mach aus dem Tee einen Bourbon, und ich bin einverstanden«, murmelte Kam und erhob sich.

Glaubte Kam, dass Lucien, Ian und er zu einander eng verbundenen Brüdern werden könnten, zu einer idealen Familie, wie sie in Märchen und Fernsehserien vorkamen? Keine Sekunde glaubte er daran. Nicht mit der ihnen allen drei gemeinsamen verkorksten Herkunft.

Dennoch, ein klitzekleiner Hauch eines Versprechens, dass da doch *irgendetwas* sein könnte, hatte ihn aus seiner Einsamkeit gelockt und nach Chicago geführt, musste er sich mit finsterer Heiterkeit eingestehen.

Er folgte Ian und Francesca, die eingehakt das laute Kaffeehaus verließen. Francesca blieb unvermittelt stehen, wodurch auch Ian anhalten musste. Sie streckte Kam mit einem warmen Lächeln ihre freie Hand entgegen. Eine Sekunde lang zögerte er, dann ergriff er sie. Es gelang ihm sogar, ohne Stirnrunzeln Francescas Lächeln zu erwidern. Zumindest hoffte er es.

KAPITEL SIEBEN

Am nächsten Morgen informierte Lin Ian wie üblich über das Meeting mit den Gersbachs. Er saß hinter seinem Schreibtisch, sie in ihrem Stuhl davor. Gespannt hörte er ihr zu. Der Nachtschlaf musste ihre Abwehrkräfte gestärkt haben, denn sie war zurück in der Spur ... und stabiler. Im Licht des neuen Tages kam ihr das, was in der Garderobe mit Kam passiert war, wie ein unglaublicher Traum vor – ja, gut, ein erregender, verbotener Traum, aber auch ein fremder, als hätte sie ihn im Kopf eines anderen erlebt.

Dieser Abstand im Licht des neuen Morgens tat ihr gut, denn gestern Nacht hatte sie gefürchtet, sie wäre völlig neben der Spur. Zwar war ihr dieses Gefühl nicht völlig fremd, und es war auch nur eine schwächere Version dessen, was sie gefühlt hatte, als ihr klar geworden war, dass ihre Eltern nach Taiwan zurückgekehrt waren und sie alleine gelassen hatten.

»Warum hat Kam nicht erwähnt, dass er sich unwohl fühlt, wenn nur ein kleiner Teil der Bevölkerung sich seine Erfindung leisten könnte?«, wollte Ian wissen.

»Du kennst die Antwort vermutlich besser als ich.«

»Da bin ich mir nicht so sicher«, erwiderte Ian und sah Lin an. »Dein Bruder denkt über viele Dinge nach, Ian. Das Problem dabei ist, ihn dazu zu bekommen, dass er anschließend auch darüber spricht. Entweder wartet man den richtigen Moment ab, bis er von selbst davon anfängt, oder man versucht, ihm die Einzelheiten abzuringen. Dabei wünsche ich viel Spaß«, ergänzte sie trocken.

Dass Ian lächelte, wäre jemandem, der ihn nicht so gut kannte, sicher entgangen. Lin bemerkte es augenblicklich. »Ich habe den Eindruck, du bist besser geeignet, ihn zu entziffern, als wir alle zusammen. Hältst du es für sinnvoll, mit diesen Terminen fortzufahren, angesichts seiner Pläne für seine Entwicklung?«

»Er hat mir gesagt, dass er weitermachen möchte. Warum genau, hat er mir allerdings nicht verraten, abgesehen von dem Hinweis, dass diese Meetings ein gutes Training seien.« Sie zögerte.

»Aber? Warum glaubst du, dass er weitermacht? Du weißt, mir ist deine Meinung sehr wichtig«, sagte Ian aufmerksam.

»Zunächst habe ich vermutet, Kam sei nervös, weil er sich bei diesen Treffen fehl am Platze fühlen würde, wie ein Außenstehender. Es könnte ihm peinlich sein.«

»Abgesehen davon, dass er diesen ganzen Industriezweig für lächerlich hält«, ergänzte Ian, und wieder zuckte ein Lächeln um seinen Mund.

»Genau.«

»Und jetzt? Hast du deine Meinung geändert, was seinen Standpunkt angeht?«

Sie sah Ian an.

»Es mag sein, dass Kam sich in solch formalen, gesellschaftlichen Situationen unwohl fühlt, aber ich bin überzeugt, dass das nicht seine größte Sorge ist. Wenn dein Bruder neugierig auf etwas ist, dann findet er einen Weg, um Antworten zu bekommen. Und er *ist* neugierig«, fügte sie mit funkelnden Augen hinzu. »Es ist... als wäre er auf einer Erkundungstour oder so. Er sondiert die Lage.«

»Das klingt bei dir, als würde er eine Schlacht vorbereiten«, antwortete Ian kühl.

»Nein, keine Schlacht. Aber er plant etwas.«

»Und was?«

Lin zuckte mit den Schultern.

»Seine zukünftige Firma? Sein Leben?«, schlug sie unsicher vor und sprach damit die Dinge aus, die ihr zuerst in den Kopf gekommen waren. »Umstände, die außerhalb seiner Kontrolle lagen, haben Kam vermutlich immer davon abgehalten, diese Dinge aus eigenem Antrieb anzugehen. Seine Vernachlässigung durch Trevor Gaines und dessen emotionaler Missbrauch, die Krankheit seiner Mutter, das Fehlen finanzieller Sicherheit. Zum ersten Mal in seinem Leben hat er dieses erstaunliche Produkt, Millionen von Dollar und Menschen, die ihm helfen. An seiner Stelle würde ich es genießen, die Kontrolle übernehmen und mir genau die Zukunft bauen zu können, die ich mir wünsche. Du etwa nicht?«

»Doch, ganz sicher.«

Sie unterrichtete Ian von Kams Anliegen, Mobilfunk-Unternehmen in der Stadt besichtigen zu dürfen.

»Er grübelt über mögliche Alternativen für seine Erfindung, arbeitet sich in die Funktionsweise der Industrie ein und lernt dabei Dinge, die er in seiner Isolation so nie hätte erfahren können«, erklärte sie. »Auch wenn es ihm unangenehm sein mag, so ist er doch nicht der Typ Mann, der vor einer Herausforderung zurückschreckt, nur weil er im gesellschaftlichen Umgang unsicher ist. Es klingt wahrscheinlich seltsam, aber er macht sich tatsächlich nichts daraus, was andere von ihm denken. Er hat es zwar nie zugegeben, aber ich denke, er ist neugierig auf die Hersteller der Luxusuhren, trotz seiner Ablehnung ihrer Exklusivität. Ich glaube nicht, dass er sich die Treffen mit ihnen aus einem anderen Grund antut.«

Ian nahm sich einen Augenblick Zeit, um Lins Informationen zu verarbeiten.

»Ich glaube, du hast recht«, stimmte er ihr dann zu. »Von Anfang an kam Kam mir wie ein komplexes Individuum vor. Er lässt die Welt glauben, er sei der gesellschaftliche Außenseiter, dabei ist er noch weit komplexer als seine Erfindung. Magst du ihn?«

Diese unerwartete Frage ließ sie zusammenzucken.

»Ja«, gab sie ehrlich zu, noch bevor sie sich eine Lüge ausdenken konnte. »Manchmal ist er ein Rätsel, doch das mag ich an ihm. Er ist ziemlich einzigartig. Er hört nie auf, einen zu überraschen.«

»Als du ihm gestern hier im Büro begegnet bist, kamst du mir weniger begeistert vor«, bemerkte Ian trocken.

Sie wich seinem Blick aus den blauen Augen aus.

»Wie du weißt, ist Kam manchmal auch ein bisschen ...«

»Stur? Arrogant? Verächtlich?«

Lin räusperte sich.

»Ja, von allem etwas.«

Ian nickte und lehnte sich zurück.

»Mach dir keine Sorgen. Damit verrätst du mir nichts, was ich nicht schon wüsste. Er hätte mich gestern Abend im Kaffeehaus beinahe in eine Prügelei verwickelt.« »Wie bitte?« Lin schreckte alarmiert auf. War dies das Ergebnis ihres Stelldicheins in der Garderobe? Oder vielmehr dessen, dass sie ohne Kam verschwunden war? »*Dich?*«

»Ich weiß. So läuft es schon, seit ich Kam zum ersten Mal begegnet bin. Ihm gelingt es wie keinem anderen, mich zu reizen.« Ian schüttelte verwundert den Kopf. »Er weiß genau, welche Knöpfe er bei mir drücken muss.«

Ohne dass sie es wollte, tauchten Bilder vor ihr auf, wie Kams Zunge zwischen ihre Schamlippen getaucht war, während er mit diesem heißen, silbrigen Blick ihr Bewusstsein überflutet hatte. Bei dieser Erinnerung stieg wieder Hitze in ihr auf ... dass sie solch eine aufgeladene, laszive Erinnerung hatte, *Schluss jetzt*, schließlich saß sie hier vor Ian. War ihr morgendlicher »Abstand« wirklich so kurzlebig? Für ein paar gedehnte Sekunden gelang es ihr nicht, frische Luft in ihre Lunge zu bekommen.

»Etwas muss ihn in Wallung gebracht haben, nachdem die

Gersbachs abgefahren waren. Schließlich hast du berichtet, dass während des Essens alles glattgelaufen ist.«

»Das vermute ich auch«, erwiderte Lin und gab sich Mühe, ihre Stimme ruhig und ihre Miene unbewegt zu halten. »Ich weiß nur nicht, was.«

»Das weißt du nicht?«

Sie schüttelte den Kopf, wich seinem Blick aber nicht aus, nachdem sie jeden Ausdruck sorgfältig aus ihrem Gesicht verbannt hatte. Das kostete sie eine Menge Arbeit.

»Denn ich hatte den Eindruck, dass er sehr davon verstört war, dass du uns verlassen hast«, stellte Ian fest.

»Tatsächlich?« Lin fühlte sich unbehaglich.

»Ja. Er schien sich Sorgen zu machen um dich. Und offenbar gefiel es ihm nicht, dass du nicht da warst.«

Nun konnte sie es nicht mehr verhindern, dass sie rot anlief. Unter Ians bohrendem Blick kam sie sich vor wie ein Insekt unter einem Mikroskop. Dann konnte sie es nicht mehr aushalten. Sie stand unvermittelt auf.

»Lin?«, fragte Ian nun scharf und beugte sich vor. »Liegt es an Kam, dass du dich unwohl fühlst? Hat er sich ... unangemessen verhalten dir gegenüber?«

»Nein«, platzte es aus ihr heraus. »Hat er nicht.« *Ich war es, die sich unangemessen verhalten hat, als ich leidenschaftlich nach ihm verlangt habe, nur weil er dir so ähnlich sieht*, dachte sie bitter.

»Wäre es dir lieber, du würdest nicht mehr mit ihm zusammenarbeiten?«, wollte Ian wissen.

Auf ihren Hacken wippend stand sie vor ihm und wusste nicht, was sie antworten sollte. Hier bot sich ihr die Chance auszusteigen. Ian konnte ein anderes Mitglied der Noble-Führungsriege bitten, Kam während seines Aufenthaltes in Chicago zu unterstützen. Auch wenn Kam das nicht gefallen würde. Da war Lin sich sicher. Mochte er auch seine ganz persönlichen Gründe dafür haben, diese Meetings durchzuführen, so fühlte er sich dennoch bei diesen Treffen *unwohl*. Es wäre nicht fair, ihn einfach nur deshalb jemand anderem zuzuschieben, nur weil sie ihre Hände nicht voneinander lassen konnten.

»Ich will weiter mit ihm zusammenarbeiten«, erklärte sie.

»Und du bist sicher?«, hakte Ian nach.

»Absolut.«

»Dann ist es gut.« Kurz fühlte sie sich schuldig, als Ian ihr auf so ruhige Art und Weise sein vollständiges Vertrauen bewies. Er respektierte ihre Entscheidungen. Und sie hatte sich seinen Respekt verdient. Nun betete sie, dass sie diese hart erarbeitete Anerkennung durch die Sache zwischen Kam und ihr nicht den Wölfen zum Fraß vorwarf.

Was auch immer diese *Sache* genau war.

»Da wir gerade über Dinge gesprochen haben, die Kam unangenehm sind: Er ist gestern Abend noch mit uns ins Penthouse gekommen. Zwei Einzelheiten konnte Francesca ihm… ›abringen‹, wie du es genannt hast. Er fühlt sich im Hotel nicht wohl, und außerdem vermisst er seinen Hund.«

»Seinen Hund?«

Ian nickte, seine Freude stand ihm deutlich ins Gesicht geschrieben.

»Ja, Angus. Kam scheint der Meinung zu sein, Angus sei ein bösartiger Wachhund. Aber in Wirklichkeit ist Angus ein gutmütiger Golden Retriever, der niemanden anbellt und sich jedes Mal, wenn Elise und Francesca in Aurore zu Besuch waren, gern von ihnen streicheln ließ. Dazu kommt noch, dass Angus Kams erstes und längstes Testobjekt für seinen Biofeedback-Mechanismus ist. Als wir in Aurore waren, trug Angus eine der ausgetüfteltsten, technologisch fortschrittlichsten Uhren weltweit um ihr linkes Vorderbein. Und während Kam wie der wilde Mann aus den Wäldern von Aurore aussah und bei all seiner Arbeit vergessen hatte zu essen, hat er Angus immer sauber und gepflegt gehalten und ihr besseres Essen vorgesetzt, als er selbst zu sich genommen hat. *Ja*«, fügte Ian noch hinzu, als er Lins vor Überraschung weit geöffnete Augen sah, »der wilde Angus ist ein Mädchen.«

Lin brach in gedämpftes Lachen aus.

Na ja, hatte sie nicht gesagt, dass Kam nie aufhörte, einen zu überraschen? Erstaunlicherweise stimmte Ian in ihr Lachen ein und kicherte leise. Die Vorstellung, wie der missmutige, raubeinige Kam sich übertrieben sorgfältig um einen Hund kümmerte, von dem er fürchtete, er könnte zu bedrohlich wirken, war einfach unbezahlbar.

Lin freute sich, dass Ian ihr diesen Tratsch über seinen Bruder verraten hatte. Dieses Wissen ließ ihre Angst vor dem nächsten Zusammentreffen mit Kam schrumpfen. Denn seit ihrer zweiten impulsiven, ungezügelten Freizügigkeit in der vergangenen Nacht fürchtete sie sich vor dem Wiedersehen.

Nun fürchtete sie sich zumindest ein *bisschen* weniger.

Es tat ihr gut, Ian lachen zu sehen. Er mochte Kam wirklich gern, bemerkte Lin verwundert, während ihre Fröhlichkeit abebbte. Sie hatte es schon anhand von Ians Verhalten vermutet, aber nun, als sie das breite Grinsen über die Eigenarten seines Bruders sah, war sie sich absolut sicher.

»In dem Gebäude, in dem wir wohnen, steht ein möbliertes Apartment frei«, fuhr Ian fort. »Ich habe in Erfahrung gebracht, dass der Besitzer bereit wäre, es wochenweise zu vermieten, so lange, bis er einen dauerhaften Mieter gefunden hat. Er wäre auch mit einem stubenreinen Hund einverstanden, das heißt also...«

»Du könntest dir vorstellen, dass Kam dort einzieht und dass ich mich darum kümmere, Angus nach Chicago zu bringen?«, vollendete Lin seinen Satz. »Hat Kam schon Interesse bekundet?«

»Ja. Er hat mir gestern Abend bereits per Scheck das Geld für zwei Wochen Miete übergeben, und ich habe ihn dem Besitzer zustellen lassen. Am Empfang unten in der Lobby liegen die Schlüssel für ihn bereit. Wir müssten ihm noch ein paar Vorräte besorgen, außerdem alle technischen Geräte, die er womöglich brauchen könnte. Und natürlich Hundefutter, schlage ich vor. Wir könnten ihn vielleicht mit Angus überraschen«, regte Ian an. Er überreichte ihr einen Zettel. »Hier ist die Wohnungsnummer und der Name der Frau, die in Frankreich auf Angus aufpasst. Ich habe zwar nicht ihre Telefonnummer, aber sie lebt in dem Dorf. Es ist winzig, also dürfte es nicht allzu schwer werden, sie zu finden und zu kontaktieren«, erklärte Ian. Dann öffnete er seinen Laptop und tippte sein Passwort ein.

»Ich bitte eine der Sekretärinnen, sich um die Details zu kümmern«, versicherte Lin, nachdem sie auf den Zettel geblickt hatte und aufgestanden war. »Ach ja, heute ist ja Freitag. Ich habe wieder Tanztraining. Ich gehe also spätestens um fünf«, erinnerte sie ihn. Es war der einzige Tag der Woche, an dem sie das Büro vor acht oder neun Uhr abends verließ, was nicht selten auch für das Wochenende zutraf. Viel zu oft zutraf.

»Ich denke dran.« Der beiläufige Ton seiner Antwort verriet Lin, dass Ian schon auf das konzentriert war, was vor ihm auf dem Computermonitor zu lesen war. Schon lange hatte sie sich an Ians Fähigkeit gewöhnt, sich derart auf etwas zu konzentrieren, dass alles andere um ihn herum verschwand. Sie inklusive.

Um fünf Uhr am Nachmittag ging Lin, die gefüllte Aktentasche unter dem Arm, auf die Bürotür zu. Ihr Blick blieb am Telefon auf ihrem Schreibtisch hängen. Sie hielt inne.

Sie hatte mehrfach daran gedacht, Kam anzurufen. Es war ihr aber gelungen, den Anruf aus dem einen oder anderen Grund immer wieder zu verschieben. Vor dem Treffen mit Klinf am Samstag und der Vorführung der Technik für die Gersbachs gab es noch eine Menge Einzelheiten, die abgeklärt werden müssten. Zudem hatte sie noch eine weitere Führung bei einem von Nobles Technologie-Zulieferern Anfang der Woche für ihn vereinbart. Jetzt war der Tag vorbei, und sie hatte ihn noch immer nicht angerufen.

Hatte sie gehofft, er würde die Initiative ergreifen und sich melden? Oder gar persönlich bei Noble Enterprises erscheinen, um mit ihr zu sprechen?

Nervös seufzte sie und verließ das Büro. Beim Hinausgehen hörte sie, wie Maria Chase Französisch sprach. Mit den vier Assistentinnen, die für Ian und sie arbeiteten, hatten sie einen Großteil der wichtigen Weltsprachen abgedeckt. Lins Französisch war eingeschlafen, aber sie verstand noch so viel, dass sie vor Marias Schreibtisch stehen blieb und zuhörte. Maria bemerkte sie und lächelte, als sie aufgelegt hatte. »Sie konnten die Frau ausfindig machen, die sich um Kams Hund kümmert?«

»Ja. Ich habe mit ihr ein paar Vereinbarungen getroffen«, antwortete Maria und hielt ein Papier hoch, auf dem sie fein säuberlich alle Details notiert hatte. »Gerade wollte ich sie anrufen und die Abholung des Hundes organisieren, damit er zum Flughafen gebracht wird.«

»Würden Sie mich bitte über alle Details auf dem Laufenden halten?«, bat Lin aus einem Impuls heraus. Sie wollte mit einem Mal unbedingt Kams Reaktion miterleben, wenn er hören würde, dass seine Hündin zu einer internationalen Reise aufgebrochen war, um ihm hier in Chicago ein wenig mehr das Gefühl von Zuhause zu vermitteln.

Kam blickte den Pförtner, der unpassenderweise vor Lins luxuriösem, supermodernem Hochhaus aufpasste, finster an. Der mittelalte Mann blähte seine knochige, gewölbte Brust auf.

»Es tut mir leid, Sir. So sind die Regeln. Ich kann Sie nur in die Stockwerke der Mieter lassen, wenn ich von einem der

Eigentümer die Erlaubnis dazu erhalten habe. Miss Soong ist zudem gar nicht in ihrer Wohnung. Überhaupt ist sie um diese Tageszeit nie zu Hause.« Seine gönnerhafte Art verstärkte Kams Wut nur noch. Er sah auf die Uhr.

»Es ist bald sieben. Wie lange arbeitet sie denn?«

Der Pförtner rollte mit den Augen.

»Offensichtlich kennen Sie Miss Soong nicht sehr gut.«

Bedrohlich beugte Kam sich vor.

»Hören Sie mir mal zu, Sie aufgeblähter kleiner ...«

»Hallo«, unterbrach ihn eine erkältet klingende Stimme mit französischem Akzent.

Kam ließ sich ablenken und blickte zur Seite. Beim zweiten Mal erkannte er das ihn anlächelnde Gesicht wieder.

»Richard St. Claire«, stellte sich der dunkelhaarige Mann vor. Dann musste er stark husten. Er legte das offensichtlich benutzte, zerknüllte Taschentuch in seine linke Hand und streckte Kam die rechte entgegen. Noch bevor Kam ihm einen *Das soll wohl ein Witz sein*-Blick zuwerfen konnte, zuckte Richards Gesicht zusammen, als hätte er plötzlich starke Schmerzen. Er wandte sich ab und nieste laut.

»Verdammte Erkältung«, nuschelte er heiser und wischte sich die Nase.

»Sie sollten sich wirklich wieder ins Bett legen, Mr. St. Claire«, schalt ihn der Pförtner.

»Ich weiß, aber mir ist das Paracetamol ausgegangen.« Seine feuchten Augen wandten sich Kam zu.

»Sie sind der Typ aus dem Restaurant neulich. Lins Freund«, stellte Kam fest.

»So ist es. Sie suchen Lin vermutlich?«

»Ja. Ich probiere es dann mal in ihrem Büro.« Kam wollte an Richard vorbeigehen.

»Dort werden Sie sie auch nicht antreffen.«

Kam sah ihn an.

»Heute ist Freitag. Der einzige Tag, an dem Lin Noble Enterprises vor acht Uhr verlässt«, erklärte ihm Richard.
»Und wohin könnte sie dann möglicherweise unterwegs sein?« In Kams Frage schwang höflicher Sarkasmus mit, denn Richard hatte nichts weiter gesagt, sondern ihn nur mit einem selbstzufriedenen Lächeln angesehen.
»Ich werde es doch nicht bedauern, wenn ich Ihnen das jetzt sage, oder?«
»Sehe ich etwa wie jemand aus, der anderen Schwierigkeiten machen könnte?«
Richard ließ seinen Blick über ihn streifen, wobei ein Hauch von Bewunderung in seinen Augen aufblitzte.
»Ganz genau so sehen Sie aus.« Er seufzte, als Kam die Stirn runzelte. »Aber ich kann vermutlich mein Fieber als Entschuldigung heranziehen, wenn Lin mir Vorwürfe macht. Abgesehen davon könnte sie ein paar Schwierigkeiten in ihrem Leben durchaus gebrauchen«, glaubte Kam ihn noch leise anfügen zu hören. »Sie ist im Community Arts Center an der Ecke Dearborn und Astor. Zwei Blocks westlich von hier. Dort hat sie jeden Freitag Tanzunterricht. In der Aula.«
»*Merci*«, murmelte Kam. »Danke.«

»*Je vous en prie*«, hörte er in seinem Rücken Richard amüsiert krächzen, »keine Ursache«, während er auf die Glastür zulief.
Die Eingangshalle war leer, als Kam wenige Minuten später das Community Arts Center betrat. Lin fand er, als er der Musik folgte, die er leise hörte – eine streng systematische Komposition aus gezupften Saiteninstrumenten, Flöten und Gongs. Er öffnete eine Tür und schloss sie leise hinter sich. Er blieb im Türrahmen stehen, als er die Tanzenden auf der Bühne sah.
In einem Rad aus fünf weiteren Tänzerinnen war Lin die zentrale Achse. Er wusste sofort, wo sie tanzte, und das nicht nur wegen ihres Aussehens. Es war ihre Harmonie, die er wie-

dererkannt hatte: diese weiche, geschmeidige, besonders kontrollierte Körperbewegung. Alles an den Tänzerinnen stand für Kontrolle, doch keine war so elegant und wirkte dabei so voller Leichtigkeit wie Lin. Dass es nur so leicht wirkte, erkannte Kam, als er, von dem Tanz angezogen, langsam ein paar Treppenstufen in den Saal hinunterging. Die Art und Weise, wie sie Kontrolle über ihre Muskeln und Gleichgewicht für all die Bewegungen und Haltungen benötigten, hätte auch einem ausgebildeten Athleten gut gestanden.

Alle Tänzerinnen, so auch Lin, trugen normale Sportkleidung für das Training – enganliegende Baumwollhosen, Shorts und T-Shirts. Das einzige Zugeständnis an ein Kostüm war eine Art Jacke aus lilafarbener Seide mit Ärmeln, die einige Zentimeter länger waren als die Hände der Frauen. Jedes Mal, wenn sie sich gleichzeitig bewegten, taten sie das perfekt synchron. Nicht nur ihre Gliedmaßen bewegten sich einheitlich, auch die wirbelnden und sich drehenden langen Ärmel. Der Tanz wirkte dadurch regelrecht hypnotisch.

Etwa fünf Meter vor der Bühne blieb er stehen. Das Licht in den Zuschauerrängen im Auditorium war ausgeschaltet, Kam stand also im Schatten. Dennoch erkannte er den Augenblick, in dem Lin ihn bemerkte. Ihre dunklen Augen ruhten auf ihm, ohne dass sie mit dem Tanzen innehielt. Ihre Gesten und Bewegungen waren unglaublich präzise, so anmutig...

... und so verdammt sexy, dass es in ihm durchbrannte, auf eine Art und Weise, wie er es zuvor noch nie erlebt hatte.

Als Mittelachse des sich drehenden Rades war Lin die Einzige, die gelegentlich von den Bewegungen der anderen abwich, bevor sie sich kurz darauf dann wieder nahtlos in das Gesamtbild einfügte. Sie trug enge schwarze Shorts und ein abgeschnittenes weißes T-Shirt unter den langen Ärmeln der Kostümjacke. Sie war barfuß, ein lebendes Gedicht aus zierlichen Bewegungen und Kraft. Er konnte die Augen nicht von ihrem blassen Bauch und den kreisenden Hüften lassen. Sie riefen ihm die Stärke und Präzision ihrer Gegenstöße in Erinnerung, als er in ihr gewesen war.

Am unteren Ende seiner Wirbelsäule begann ein angenehmes Kitzeln, das sich bis in seinen Schwanz ausbreitete und ihn anschwellen ließ. Sein Blick klebte fest an ihr.

Lin hatte ihr Haar aus dem Gesicht gebunden, es hing ansonsten aber ungebändigt herunter. Mit dem Rücken zu ihm bog sie langsam ihr Rückgrat durch, bis ihr Haar wie ein Vorhang nur knapp über der Bühne hing. Ihre Arme beschrieben Zauberkreise, und sie sah ihm aus dieser unmöglichen Haltung direkt in die Augen.

Sein Schwanz zuckte, als hätte er einen Stromschlag bekommen.

Sie war ein sorgfältig kontrollierter Schaltkreis aus purem Sex. Es genügte schon, in ihrer Nähe zu sein, schon stellten sich die Härchen auf seinen Armen auf, und das Blut schoss durch seinen Körper.

Der letzte gezupfte Ton erklang, und Lin senkte elegant ein langes Bein und die ausgestreckten Arme. Die Frauen entspannten sich und fingen an, miteinander zu sprechen. Einige traten auf ihre abgelegten Sporttaschen zu, und der Zauber des Tanzes löste sich auf.

Doch er war noch nicht ganz verschwunden, dachte Kam, als er zusah, wie Lin näher kam. Sie streifte die langärmelige Jacke ab und sprang behände von der Bühne.

»Hallo«, sagte sie.

»Hi«, gab er zurück. Mit einem Mal fühlte er sich sehr bullig und plump neben ihrer schmalen, strengen Schönheit. Ein paar aufgeladene Sekunden lang blickten sie einander in die Augen. Schließlich senkte sie den Blick. Diese Andeutung von Schüchternheit faszinierte ihn.

»Wie ... wie hast du mich gefunden?«

»Ich bin zu deiner Wohnung gefahren, um dich zu suchen, und dort hat mich jemand hierher geschickt.«
»Wer denn?«, wollte sie wissen.
Er zuckte mit den Schultern.
»Wohl vermutlich jemand, der dachte, ich sollte dich finden.«
»Mir war gar nicht klar, dass es so jemanden gibt.«
»Außer mir, meinst du?« Ihr Lächeln erstarb bei dieser Bemerkung. Er bemerkte, wie ihr Puls in ihrem Hals pochte. Instinktiv legte er seine Hand an ihren Nacken. Kurz schloss er die Augen und konzentrierte sich nur auf das Pumpen ihres starken Herzens.
Sie war wunderschön. Von innen wie von außen. Nur wahre Schönheit konnte so mühelos zu dem Herzschlag des Universums tanzen. Er öffnete die Augen. Langsam sah sie zu ihm hoch, und wieder fühlte er sich ergriffen.
»Es tut mir leid. Wegen gestern Nacht. Es scheint, als wäre ich dazu verdammt, Mist zu bauen und mich dann bei dir dafür zu entschuldigen, dass ich mich wie ein Tier benommen habe«, brachte er hervor.
Er spürte, wie ihr Hals sich zusammenzog, als sie schluckte.
»Da bist du nicht der Einzige, Kam.«
Suchend überflog er ihr ruhiges Gesicht.
»Warum kann ich nicht aufhören, mich nach dir zu verzehren?«, murmelte er. Ihr Puls sprang zwischen seinen Fingern hin und her wie ein winziges, gefangenes Wesen.
»Warum kann ich nicht aufhören, mich ebenfalls nach dir zu verzehren?«, flüsterte Lin. Ihre Verzweiflung und Sehnsucht waren das Echo seines Geständnisses.
Er blieb an ihrem Mund hängen, seine Nasenflügel blähten sich auf, als er ihren Duft aufsaugte.
»Ich hole meine Sachen, dann können wir zu mir nach Hause laufen«, schlug sie vor.
Kam stand einfach nur da. Seine Vorfreude fing gerade

erst an zu steigen, und doch hatte sie ihn schon bis ins Mark getroffen.

Sie betraten ihre Wohnung, und Lin führte ihn in das Wohnzimmer. »Mach es dir erst einmal gemütlich. Ich gehe in der Zwischenzeit schnell duschen. Möchtest du etwas trinken?«
Er schüttelte nur den Kopf, denn schon wieder fühlte er sich inmitten ihrer luxuriösen Einrichtung und ihrer guten Manieren fehl am Platze. Er dachte daran, sie zu bitten, nicht duschen zu gehen – gern hätte er die Auswirkungen ihres Tanzes auf ihrer Haut geschmeckt –, doch vielleicht hatte sie ihn gar nicht zu sich eingeladen, weil sie Sex wollte.

Sie ging. Kurz hörte er zu, wie sich die Badezimmertür schloss, und er stellte sich vor, wie sie die enge Sportkleidung auszog. Und wieder – er spürte dieses köstliche, zuckende Gefühl am ganzen Schaft seines Schwanzes. Noch nie zuvor hatte sich sein Körper derart fein auf eine Frau eingestellt, war sein Schwanz empfänglicher für jede Nuance ihrer Bewegungen. Die Dusche lief jetzt. Sie dürfte nun nackt sein, und Strahlen warmen Wassers trafen auf ihre weiche Haut.

Ungeduldig zog er seinen Mantel aus. Das Wohnzimmer war wie Lin selbst: unangestrengt elegant, teuer aussehend, aber er fühlte sich viel schneller darin wohl, als er es auf den ersten Blick gedacht hätte. Das musste er zugeben, als er sich auf eine tiefe, weiche Couch fläzte. Ihm fielen die luxuriösen, braungrauen Vorhänge aus rauer Seide vor den Fenstern auf. Es waren genau die, die Ian ihm auch für die meisten Fenster im Untergeschoss von Manoir Aurore empfohlen hatte. Die modrigen, samtigen Vorhänge, die das Sonnenlicht so gut wie völlig ausgeschlossen hatten, zu entfernen und sie durch die fast durchsichtigen Vorhänge vor den klaren Scheiben zu ersetzen, hatte eine enorme Wirkung gezeigt. Dazu noch die einfachen

Änderungen der Wandfarbe und eine gründliche Reinigung, und die Stimmung in dem alten Gemäuer hatte sich schlagartig aufgehellt. Das baufällige Landhaus hatte sich in ein Zuhause verwandelt, und das hatte er in großem Maße Lins tadellosem Geschmack zu verdanken.

Es war natürlich nicht Ian gewesen, der sachkundig diese Vorhänge ausgesucht oder die durchdachten, zugleich aber gemütlichen Möbelstücke und das Bettzeug für die Schlafzimmer angeschafft hatte. Lin hatte das getan. Das war Kam fast sofort aufgefallen, nachdem er beobachtet hatte, wie Ian operierte. Lin hatte Aurore nie gesehen, sie hatte noch nicht einmal Kam getroffen, und doch hatte sie sowohl sein Haus als auch seinen Körper in einem Stil gekleidet, der wie angeboren zu ihm passte.

Warum kann ich nicht aufhören, mich ebenfalls nach dir zu verzehren?

Wir können zu mir nach Hause laufen.

Die Erinnerung daran, wie Lin diese Worte gesprochen und ihn dabei aus ihren braunen Augen angesehen hatte, bohrte sich in sein Bewusstsein. Hätte er das als Einladung auffassen sollen? Sein Körper hatte es in der Tat so aufgefasst, nur sein Geist zweifelte noch immer.

Lautlos fluchte er, stand dann auf und ging den Flur entlang in Richtung ihres Schlafzimmers. Seine Interpretation spielte nun keine Rolle mehr. Sich von ihr fernzuhalten war ein Ding der Unmöglichkeit.

Als er sich dem verschlossenen Badezimmer näherte, hörte er, wie das Wasser ausgestellt und die Glastür der Dusche geöffnet wurde. Vorsichtig klopfte er an, bevor er seine Hand auf die Klinke legte.

In der gleichen Sekunde, in der er die Tür geöffnet hatte und sie in der Dusche stehen sah, wusste er bereits, sie war nicht überrascht. Sie hatte darauf gewartet, dass er kam – oder zumindest ein Teil von ihr hatte darauf gewartet. Sie stand ganz still, ihr wunderschöner Körper glänzte vor Feuchtigkeit, Wassertropfen perlten von ihrem nackten Busen und ihren Schenkeln. Er hatte sie noch nie vollständig nackt gesehen. In einer Sekunde versteifte sich sein Körper schmerzend. Er trat auf sie zu und realisierte nur halb bewusst, dass der Bann, den sie über ihn geworfen hatte, während er ihrem Tanz zugesehen hatte, ihn nun völlig im Griff hielt. Wie sie das tat, blieb ein Geheimnis, aber das fragte er sich auch schon nicht mehr.

Er fühlte nur noch.

Er nahm eines der Handtücher aus dem Regal, ohne sie aus den Augen zu verlieren. Während er auf sie zukam, trat sie aus der Dusche ihm entgegen. Er schlang das Handtuch um sie und blickte ihr weiter in die Augen, dabei trocknete er sanft ihren Rücken, ihren Po und ihre Oberschenkel ab. Sie fühlte sich klein, fest und weiblich an in seinem Griff. Seine Hand fuhr über einen duschwarmen, feuchten Rücken und rutschte dann auf ihren Po.

Das Handtuch fiel ihm in dem Moment aus der Hand, als er ihre Pobacken und Hüften umfasste, sie hochhob und fest an sich drückte.

Es war, als hätten sie diesen Tanz bereits einmal zuvor geübt. Sie bemerkte das Blitzen in seinen grauen Augen, und er hob sie in einer einzigen flüssigen Bewegung seiner Muskeln zu sich. Seine Lippen versiegelten ihren Mund. Seine Zunge drang in sie ein und schlug feucht, fest und verlangend um sich. Lin erwiderte den Kuss, ebenso gierig wie er, ebenso heiß. Sie hielt sich an seinen Schultern fest, dann drehte er sich um und verließ mit ihr im Arm das Badezimmer. Kaum war er durch die Tür, schlug sie ihre Beine um seine Taille, ihr Po lag unter seinem Gürtel. Seine Erektion war in der Jeans gefangen und zu seiner rechten Hosentasche gedrückt. Sie kreiste mit den Hüften, rieb sich an ihm und genoss das Vibrieren, wenn er erregt in ihren Mund stöhnte.

Am Fußende des Bettes setzte er sie ab und unterbrach ihren Kuss. Er sah sie direkt an, griff nach ihrer Hand und legte sie auf seinen Schwanz. Für einige brennend heiße Sekunden hielt er seine Hand auf ihre gepresst, dann ließ er seine Hand fallen. Sie biss sich auf die Lippen, um das Stöhnen zu unterdrücken, das ihr beim Ertasten seiner Konturen entfahren wollte. Er öffnete seinen Gürtel, während sie seinen festen Schaft immer schneller durch die Hose streichelte. Sein Gewicht, seine Form erregte sie aufs Höchste. Nach vorne gebeugt drückte sie ihren Mund auf seine Jeans und biss vorsichtig in die harte Säule seiner Erektion.

»*Oh oui, encore*«, knirschte er. *Ja, weiter.* Sie gab ihm, was er sich wünschte, denn sie mochte sein raues Stöhnen. Er schob seine Hose hinunter. Immer ungeduldiger wartete sie darauf, ihn nackt in ihrer klammernden Hand zu halten, und griff daher sogleich nach dem Bund seiner Boxer-Shorts.

»Ah«, stieg es aus ihrer Kehle auf, als sie seinen geschwollenen Schwanz befreit hatte. Er war ganz warm ... ja heiß. Fiebrig. Sie schloss die Hand um ihn, doch ihr Daumen und die Finger konnten sich um den pulsierenden Schaft nicht ganz schließen. Für einen Augenblick ließ sie ihn bedauernd los, und Kam stieg rasch aus seiner Hose und Unterwäsche. Dann stand er vor ihr, den Schwanz in höchster Anspannung erhoben, ihrer Berührung und ihrem Vergnügen ausgeliefert.

Sie wog das schwere Gewicht in ihrer Hand und strich mit dem angeschwollenen, vollen Kopf versuchsweise über ihre Wange. Oh, er war so weich und warm wie Seide und zugleich so hart. Er fauchte und vergrub seine Finger in ihr hochgebürstetes Haar. Ein wenig lockerte er es und ließ es auf ihren Rücken und ihre Schultern fallen. Ein Daumen glitt unter ihr Kinn und schob es hoch.

Sie sah ihm ins Gesicht.

»Nimm mich in den Mund. Bitte.«

Es war zugleich ein Befehl und eine abgerissene Bitte. Die sie ihm liebend gern erfüllte.

KAPITEL ACHT

Mit der Hand drückte sie ihn zu ihrem Mund, dann leckte sie über den glatten, fleischigen Kopf und schmeckte ihn, bevor sie ihn zwischen die Lippen einführte. Ein tiefes, vibrierendes Knurren schien von ihm auf sie überzugehen und erregte sie. Sie schob den Kopf vor, und ihre festen Lippen glitten über den dicken geäderten Schaft. Als sie sich zurückzog, stöhnte sie vor Erregung auf, denn sie hatte gespürt, wie ihre Lippen über die deutlich fühlbare Erhöhung seines Kopfes gerutscht waren. Sein gesamter Schwanz gefiel ihr, doch der angeschwollene Kopf war herrlich – fleischig, saftig, appetitlich. Wieder glitt sie seinen Schaft entlang, hielt kurz inne und fuhr dann mit festen Stößen vor und zurück, bis seine Hände ihren Kopf festhielten und er stöhnte. Sie zog sich zurück, schlug spielerisch mit ihrer Zunge auf den dicken Kopf und stieß dann wieder vor.

Er war ein ganz schöner Bissen, doch sie war hungrig. So hungrig. Ihr Kiefer begann zu schmerzen, so fest hielt sie ihn umschlossen.

»So ist es gut«, stöhnte er. »Ich musste die ganze Zeit an deinen Mund denken, aber er ist noch heißer und süßer, als ich ihn mir vorgestellt habe. Willst du mir sagen, wie sehr dir das gefällt?«, hakte er nach. Während er ihr zusah, war seine Stimme ganz rau, doch zugleich auch heißblütig. Sexy.

Als Antwort blies sie ihn besonders fest, presste das feste, köstliche männliche Glied und ließ ihn wortlos wissen, *wie sehr* ihr das gefiel. Er zischte einen Fluch und packte sie plötzlich an den Ellenbogen und zog sie hoch. Sie schnappte nach Luft, als er wegen des abrupten Positionswechsels aus ihrem Mund rutschte. Er drehte sie um und stellte sie neben sich, sodass sie beide das Bett ansahen. Dann spreizte er ein wenig seine Beine, um einen festen Stand zu bekommen. Er hob seinen glänzenden Schwanz und hielt ihn leicht schräg aufwärts, dann vergrub er wieder seine Finger in ihrem Haar. Sie folgte seinem Druck, knickte in der Hüfte ein und schob ihn sich sofort wieder in den Mund. Der kurze Entzug hatte sie noch gieriger werden lassen. Er legte eine Hand auf ihren Rücken und fuhr damit ihre Wirbelsäule entlang, über die Hüften und den Po, als wolle er so viel wie möglich von ihr spüren, während sie ihn verwöhnte.

»Oh Gott, ist das gut«, stöhnte er bei ihren Bewegungen über seinen Schwanz. Ihre Aufs und Abs wurden immer kräftiger und hungriger. Er gab den Griff in ihr Haar auf, und sie griff an seiner Stelle ein. Sie hatte für die Dusche ihre Haare mit einigen Nadeln festgehalten, aber wegen ihrer zunehmenden Erregung und Kams grabenden Fingern hatten sich lange Strähnen gelöst. Sie hingen Lin nun ins Gesicht und hinderten sie, als sie versuchte, seinen Schwanz noch tiefer in den Mund zu nehmen.

»Hier, ich halte es für dich«, brummte er und hielt ihr die Haare aus dem Gesicht. Dazu packte er die dicke Mähne in ihrem Nacken mit einer Hand fest zusammen. Sie nahm die äußere Hand und hielt sich an seiner Hüfte fest. Ein wenig drehte sie auch ihr Gesicht und senkte ihre Lippen in einem leicht veränderten Winkel über ihn. Der Kopf seines Schwanzes stieß an ihre Kehle. Sie würgte ein bisschen und zuckte zurück, war aber doch in weniger als einem Herzschlag wieder über ihm.

»Schau dich an«, hörte sie ihn von oben kehlig sagen.

Hitze durchflutete sie, als sie diese Worte hörte, diese kräftige Mischung aus intensiver Erregung und Betretenheit, denn er sah ihr zu, wie sie ihn verschlang. *Schau dich an, du bläst mir einen wie eine wilde, sexsüchtige Dirne. Wer hätte das von der zu-*

rückhaltenden, beherrschten Lin gedacht? So klang es natürlich nur in ihrem Kopf. Er hätte so etwas nie gesagt. Sie wusste nicht, ob es wirklich das war, was er eigentlich sagen wollte, doch ihre Interpretation gefiel ihr irgendwie. Und sie verstärkte ihre eigene Lust.

Er spannte sich an und schob seine Hüfte ein klein wenig vor. Seine Pose war ungemein kräftig und unverschämt männlich. Er nutzte seinen Griff in ihr Haar, um ihre Stöße zu lenken, doch er tat das sehr vorsichtig. Er verstärkte den Druck ihres Mundes auf seinen Schwanz, ohne sich selbst in sie zu zwingen. Noch nie hatte sie so Oralverkehr gehabt – überhaupt hatte sie es noch nicht mehr als ein paar Mal überhaupt in ihrem Leben gemacht. Das war schließlich etwas sehr Persönliches, und Lin hatte es bislang nur in ein paar dauerhafteren Beziehungen getan. Bei diesen Gelegenheiten hatte sie im Bett gelegen oder vor dem Mann gekniet. Kam war in jedem Fall zu groß, als dass sie vor ihm hätte knien können. Angesichts ihrer unterschiedlichen Körpergrößen war es so erstaunlich bequem. Wie sie beide nebeneinander standen und sie sich in der Hüfte nach vorne beugte, war der Winkel einfach ideal.

Und es war schockierend erregend. Sie liebte die lüsterne Art, wie er ihren Rücken, ihre Hüfte und den Hintern mit seiner großen Hand streichelte.

Sie ließ den fleischigen, runden Kopf aus ihrem Mund rutschen und bog sich weiter nach vorn. Ihre Hand bewegte sich nun über den Schaft, und ihre Zunge hinterließ feuchte Spuren an dessen Ende. Er knurrte weich, und sie spürte, wie konzentriert er war. Als sie seinen Schwanz wieder in den Mund nahm, streichelte sie mit der Hand über den angefeuchteten Schaft und fuhr dann mit ihrer Faust im gleichen kräftigen Rhythmus auf und ab wie ihr saugender Mund. Er stöhnte. Sie schloss die Augen und verlor sich in diesem primitiven Rhythmus, dem Gefühl des Verlangens, das seinen Körper durchströmte, das ihn anschwellen ließ, verlor sich in dem Griff seiner Finger in ihren Haaren, während seine Erregung immer mehr anstieg …

In diesem Moment wollte sie nichts weiter, als zu spüren, wie er erlöst erschauderte, sie wollte ihm seinen Saft aus dem Schwanz pressen und seine männliche Stärke mit ihrer eigenen vermischen.

Er fluchte und stieß durch ihre feste Konzentration hindurch. Dann zog er seine dicke Erektion aus ihrem Mund und hob Lin an. Er legte sie aufs Bett und kletterte auf sie. Mühsam öffnete sie ihre vor Lust schweren Lider und sah zu, wie er ihre Hüfte mit seinen Knien grätschte und sich über ihr aufbaute. Er hob seinen angeschwollenen Penis und ließ ihn, schwer und feucht, auf ihren Bauch fallen.

»Ich möchte es zu Ende bringen«, flüsterte sie.

»Glaubst du, ich hätte das nicht gemerkt?« Sein Mund verzog sich amüsiert. »So, wie du die Sache angegangen bist, war das auch ganz sicher der richtige Weg in diese Richtung.« Mit beiden Händen streichelte er ihren Nacken, dann ihre Schultern. Sein Schwanz schien ihre Haut, auf der er lag, fast zu verbrennen. Sie griff danach, doch er hielt ihr Handgelenk fest. Er legte ihren Arm auf das Kissen über ihrem Kopf. Ihre Wangen erröteten heiß.

»Ich will sehen, wie du kommst«, sagte sie und war von ihrem sachlichen Geständnis selbst überrascht.

Sein Schwanz auf ihrem Bauch zuckte. Er schien weniger erstaunt über ihren Ausbruch zu sein als sie selbst.

»Das wirst du auch. Aber jetzt noch nicht.«

Er sah sie an, als wolle er ihre Reaktion einschätzen. Ihre Nasenflügel bebten leicht, als er auch ihre zweite Hand nach hinten auf das Kissen legte. Ein erregender Stoß durchfuhr sie. Mit der Hüfte rieb und strich sie über die Matratze, um so indirekt Druck auf ihr köchelndes Geschlecht zu bekommen.

Kams Augenbrauen hoben sich voll lüsternem Interesse. »Gefällt es dir, so eingezwängt zu sein?«

»Nein.« Sie biss sich auf die Lippe, als Hitze in ihre Muschi aufstieg. »Ich weiß es nicht.«

»Du meinst, es hat bis jetzt noch nie jemand bei dir versucht?«

Sie schüttelte den Kopf.

»Wärst du dann einverstanden, wenn ich deine Handgelenke fessele? Während ich mit dir spiele? Ich lasse dich sofort los, wenn du es willst. Du musst es dann nur sagen.«

Unter großer Anstrengung schluckte sie. Dann blieb sie reglos liegen, als sie bemerkte, wohin Kam lustvoll starrte. Ihre Nippel hatten sich in schmerzvoll harte Spitzen verwandelt. Ihr Körper fand seinen Vorschlag offenbar erregend.

Während ich mit dir spiele... »In Ordnung«, flüsterte sie.

Er schwang sein langes Bein über sie und kletterte aus dem Bett. Sofort fehlten ihr seine Hitze und Härte. Er zog Schuhe und Strümpfe aus. Mit den Knöpfen an seinem weißen Hemd machte er kurzen Prozess. Ihr Atem erstarb beim Anblick seiner sich bewegenden, angespannten Muskeln und der weichen, dunklen Haut. Gegen seinen nackten Körper wirkte sein Schwanz noch steifer und frecher, wie er so steil aufragte. Aus der Hosentasche zog er ein Kondom und eilte dann auf ihren Nachttisch zu. Sie wandte den Kopf, und sein aufrechter Schwanz lag direkt in ihrem Blickfeld.

Sie stöhnte und wollte ihn ergreifen. Doch er fing ihr Handgelenk ein.

Er zog etwas aus der Schublade ihres Nachttischchens und kletterte zurück ins Bett.

»Schon fast drei Mal hast du mich dazu gebracht, die Sache schnell zu beenden. Gib mir jetzt mehr Zeit«, raunte er. Seine raue Stimme war wie ein Fingernagel, der vorsichtig ihre Wirbelsäule entlangfuhr. Er spreizte ihre Beine und legte ihre Arme

wieder über ihren Kopf. Sie warf ihm einen erstaunten Blick zu.
»Du hast mir doch erlaubt, dich zu fesseln.«
Sie hatte erkannt, was er in der Hand hielt.
»Mit meinem Stirnband?« Er hatte das dicke, elastische Band aus ihrer Schublade geholt. Sie nutzte dieses und andere Bänder, um ihre Haare aus dem Gesicht zu halten, wenn sie sich abends abschminkte. Manchmal vergaß sie, es im Bad abzunehmen, bevor sie ins Bett ging, und daher befand sich eine ganze Sammlung von Stirnbändern in der Schublade neben dem Bett.

Während er damit beschäftigt war, das Band um ihre Handgelenke zu binden, machte er ein zustimmendes Geräusch. Sacht drückte er ihre Hände auf das Kissen und setzte sich zurück.

Sie sah zu, wie er ihren nackten Körper gründlich bewunderte, und der lange, verlockende Blick dieser männlichen Bewunderung ließ ihren Mund austrocknen. Er schob seine große Hand unter seine Erektion und streichelte sich selbst.

»*Kam*«, flüsterte sie ungläubig, als eine neue Welle der Erregung sie überkam. Es war ungemein aufregend zu sehen, wie er sich selbst berührte. Ihre Hüften ruckten über das Bett, doch er drückte sein Becken auf ihre Oberschenkel, um sie festzuhalten. Immer noch fuhr er mit der Faust über seiner Erektion hin und her. Dann drückte er die Spitze des fleischigen Kopfes zwischen ihre Schamlippen. Sie riss bei diesem erotischen Anblick die Augen weit auf. Aus ihrem ersten Keuchen wurde schnell ein ungläubiges, zittriges Stöhnen. Er hielt ihre kreisenden Hüften mit einer flachen Hand auf ihren Hüften fest.

»Diese Muschi … ständig habe ich von ihr geträumt«, sagte er und klang dabei abgelenkt. Er fing an, mit seinem Schwanz gegen ihre Klitoris zu pulsieren. »Rasierst du dich, weil du so empfindsamer wirst?«

Sie war viel zu überwältigt von der Lust, als dass sie hätte sprechen können, also schüttelte sie nur den Kopf. Es fühlte sich so gut an, so intim von der Schwanzspitze stimuliert zu werden, die ihr das Wasser im Munde zusammenlaufen ließ. Er sah ihr ins Gesicht, als sie nicht antwortete. Ein kleines, liebevolles Lächeln erschien auf seinen Lippen, der heiße Ausdruck in seinen Augen raubte ihr noch den letzten Atem.

»Du rasierst dich, weil es dann ordentlicher ist, stimmt's? Glatter.«

»Vermutlich«, keuchte sie.

Sein Lächeln nahm noch ein wenig zu, verschwand dann aber, als er wieder auf seine unanständige Aufgabe blickte.

»Schau dir das an. Schau dir an, wie nass du mich machst.«

Doch sie sah ihm nur ins Gesicht. Er sah wie versteinert aus, als er sich selbst dabei zusah, wie er den Kopf seines Schwanzes an ihrer Klitoris rieb. Schließlich blickte sie doch nach unten und erkannte, dass ihre Säfte die rötliche Spitze zum Glänzen gebracht hatten. Der Druck auf ihre Klitoris, das verbotene Gleiten und Pressen seiner sensibelsten Haut auf ihrem empfindsamsten Punkt waren köstlich. Sie bog ihre Hüfte so weit nach oben, wie sie konnte, und ein erstickter Laut rasselte in ihrer Kehle.

Er sah sie an.

»Kannst du so kommen?«, krächzte er, ohne mit der Bewegung seines geschwollenen Schwanzes aufzuhören, den er immer wieder einen guten Zentimeter auf und nieder schob, nur dann von Pausen unterbrochen, wenn er seinen schweren Schaft selbst rieb.

»Ja«, gestand sie zitternd. Warum es leugnen? Ihre Klitoris brannte. Nichts liebte sie mehr, als den Kopf seines Schwanzes zu nehmen, um das Feuer in ihr anzufachen.

»Halte still«, warnte er sie düster, als er seinen Griff von ihrer Hüfte löste. Sie gab sich alle Mühe, seiner Anweisung zu folgen, auch wenn sie sich danach sehnte, fester gegen seinen unbeugsamen Schwanz zu drücken. Er fasste ihr zwischen die Beine.

»Oh.« Sie keuchte laut auf, als er einen Daumen in ihre Muschi schob.

»Oh Gott, du bist ja klitschnass«, raunte er und klang dabei sowohl erregt als auch befriedigt. Mit der Spitze seines Schwanzes zog er einen kleinen Kreis, drückte und schob dabei gegen ihre Klitoris. Sie kochte. Sogar ihre Fußsohlen kribbelten, und ihre Füße bewegten sich hilflos. Sein Daumen tauchte immer wieder in sie hinein und vervielfachte damit den Druck auf ihre Klitoris. Erregt stöhnte er. Lins gesamter Körper spannte sich an. Er schlug vorsichtig mit seinem Schwanz auf ihre Klitoris wie einen obszönen Beat.

»Oh nein«, murmelte sie. Ihr Kopf wirbelte auf dem Kissen herum, als sie den Gipfel erreichte.

»Oh *ja*«, widersprach er ihr, als der Orgasmus sie überkam.

Sein Körper schien ihn anzuschreien, seine wilde Männlichkeit schlug auf sein Bewusstsein ein, als Kam zusah, wie sie sich unter seiner Hand und dem pulsierenden Schwanz wandte.

Nimm sie. Versinke in all der engen, süßen Pracht.

Aber das Bild, wie Lin in Entzückung geriet, war noch unwiderstehlicher als die verführerische Stimme in seinem Kopf. Er führte sie durch den Höhepunkt, spürte ihre warmen Säfte an seinem Finger, ihr Tunnel zog ihn mit seinen saugenden Bewegungen ein. Verlangen durchbohrte ihn schier. Sie sah so wunderschön aus, die Augen geschlossen, das Gesicht glänzte von einem Hauch Schweiß, die Brüste waren nach oben gestreckt, die Nippel stramm und hart. Für ein paar Sekunden musste er sich vor ihrem Anblick schützen und kniff die Augen zu. Er ergriff seinen Schwanz fest und gebot ihm Einhalt.

Doch es funktionierte nicht – nicht richtig –, denn nachdem sie zum letzten Mal nach Luft geschnappt hatte und schwer auf die Matratze gesunken war, überfiel er sie wie ein ausgehungertes Tier. Er schmiegte sich an ihren Bauch und fuhr mit der Zunge über samtweiche Haut. Erneut staunte er über ihre ebenmäßige Schönheit. Hatte er je eine so exquisite Frau berührt? Sanft biss er ihr an der Hüfte in die Seite. Dann ließ er einen köstlichen Nippel in den Mund gleiten und benetzte das steife Krönchen mit seiner Zunge. Mit der Hand formte er den festen Busen, ließ ihn für seinen Mund deutlicher hervortreten, leckte und saugte und biss vorsichtig in die empfängliche Brust. Sie hob ihm ihre Hüfte entgegen und zeigte stöhnend ihr Einverständnis. Dann überführte er seinen Mund auf den anderen Busen. Doch da er nicht ganz von der ersten Krone lassen konnte, spielte er weiter mit ihr, während er an der anderen saugte. Er zwickte in den feuchten, aufgestellten Nippel mit seinen Fingerspitzen und modellierte ihre Brust in seiner Hand.

Der dicke Nebel seiner Lust wurde von scharfen Schreien durchbrochen. Er hob den Kopf und sah Lins feste, fleischige, von Begierde errötete Brüste im Rhythmus ihres Keuchens verführerisch auf und ab sinken. Auch sein Atem ging schnell und unregelmäßig. Es war schwer zu denken, wenn der Schwanz dick und geschwollen zwischen den Beinen stand und das Verlangen aus jeder Pore des Körpers ausbrechen wollte.

Ein wenig schob er seine Knie beiseite, den Blick unverwandt auf ihre sich hebenden und senkenden Brüste gerichtet. Er wiegte sie von unten in der Hand und ließ dann los. Verzaubert sah er den prallen Brüsten beim Nachfedern zu.

»Kam, *bitte*«, rief sie aus, als er noch einmal ihren Busen wippen ließ und dafür aufhörte, ihre Nippel mit seinen Daumen zu reiben.

Er sah in Lins Gesicht. Ihre großen, normalerweise düsteren braunen Augen waren vor Leidenschaft glasig geworden, ihr Gesicht gespannt und wild. Ihr Bild, die gelassene, ruhige Geschäftsfrau, aus der eine heißblütige, hungrige Frau geworden war, drang urplötzlich in sein Bewusstsein. Von ihr konnte man süchtig werden, ohne Zweifel.

Er fasste zwischen ihre Beine, und seine Finger stießen auf den Beweis ihrer übergroßen Erregung. Fest rieb er ihre Klitoris und ließ sich von ihrem Keuchen mitreißen. Sein Schwanz zuckte einen Moment später, als sie ihren Atem anhielt und ihn dann mit einem zittrigen Stöhnen beim Höhepunkt wieder ausstieß. Sie zuckte unter ihm, ihr Becken hob sich vom Bett und presste sich, vor Lust schaudernd, an ihn. Es war zu viel. Er konnte es nicht mehr aushalten. Sein Schwanz konnte es nicht mehr. Er packte ihn und pumpte, nur eine Sache im Kopf. Ein raues Stöhnen zwängte sich durch seine Kehle, als er kam. Lins Glücksschreie brachen und wurden zu Seufzern, als Fäden seines weißen Samens auf ihre bebenden Brüste und Rippen spritzten. Er konnte nichts dagegen machen, das pure Vergnügen packte ihn wie mit Krallen und zerfetzte ihn.

Als er wieder zu sich kam, hockte er auf Knien über ihr. Mit einer Hand stützte er sich auf dem mit Stoff bezogenen Kopfteil des Bettes ab, die andere pumpte noch immer an seinem übersensiblen Schwanz. Ein paar weitere dicke Samentropfen fielen auf Lins Nippel. Er brauchte ein paar Sekunden, um sich zu sammeln, das einzige Geräusch im Raum war das ihres gemeinsamen, pfeifenden, unregelmäßigen Atems. Ihr vermischtes Keuchen verband sie, und diese Verbindung blieb auch dann noch bestehen, als sie sich beide immer mehr beruhigten.

Lin lag auf dem Bett, völlig aufgelöst, von heißem Vergnügen geschmolzen. Niemand sagte etwas, als Kam sich schließlich bewegte und auf seine Knie zurückfiel. Schnell löste er das Band von ihren Handgelenken.

»Ich bin gleich wieder da«, sagte er knurrig. Sie hatte keine Kraft, um gegen sein Verschwinden im Badezimmer zu protestieren. Einen Moment später kehrte er mit einem Waschlappen und ein paar Tüchern zurück. Er legte die Papiertücher auf den Nachttisch und setzte sich neben sie.

»Das fühlt sich gut an«, murmelte sie, als er sanft mit dem warmen, feuchten Lappen über ihre Haut wischte.

»Bist du mir nicht böse?« Seine Augenbrauen hoben sich, während er sich seiner Aufgabe widmete und ihre rechte Brust vorsichtig säuberte.

»Böse auf dich?«, wiederholte sie verwirrt.

»Deswegen«, erklärte er leise und nickte auf seine Hand mit dem Waschlappen.

»Ich bin keineswegs eine solche Sauberkeitsfanatikerin und Perfektionistin, wie offenbar alle glauben.« Er sah auf und blickte ihr in die Augen.

»Das ist lustig.«

»Was?«

»Ich habe Ian so ziemlich genau dasselbe gesagt.«

Dieses Mal entzog die Erwähnung seines Bruders ihm nicht ihre gesamte Aufmerksamkeit.

»Es war sehr erotisch«, gestand sie leise. »Und ich habe dir ja auch gesagt, dass ich sehen will, wie du kommst.«

In ihrem Innersten zog sich erneut Verlangen zusammen, als sie sein kleinlautes Lächeln sah. Sie lächelte zurück. Dieser Moment kam ihr außerordentlich süß vor, vor allem, da er so ganz anders war als die für Kam sonst so typische raue, ungebändigte Intensität.

Nachdem er sie gewaschen hatte, trocknete er sie mit den Tüchern ab. Dann legte er sich zu ihr ins Bett. Sie fröstelte ein wenig wegen der Luft auf ihrer feuchten, nackten Haut, doch Kam war wie ein behagliches Feuer. Zufrieden seufzte sie, als er sie in seine Arme rollte und ihre Wange dabei gegen einen festen Brustmuskel gedrückt wurde. Sie kuschelte ihre Nase und Lippen in die Mulde zwischen Schulter und Hals. Wie gut sich das anfühlte, wie genau es passte. Er strich ihr das Haar aus dem Gesicht und streichelte sie.

»Es ist heute so glatt. Dein Haar«, hörte sie ihn sagen.

»Es ist trocken draußen.«
»Ich weiß gar nicht, wie es mir besser gefällt. Lockig oder glatt.«
Sie drückte ihr Gesicht auf seine Brust und küsste sie. Ihr gefiel das Gefühl von kurzem Männerhaar und dicker, weicher Männerhaut an ihren Lippen.
»Ich hasse es, wenn es so wild ist.«
»Warum? Du siehst so hübsch aus, wenn es sich um dein Gesicht wellt.«
»Danke.« Sie streichelte seinen Bizeps und staunte über die festen Muskeln und die runde Form. »Ich kann dein Herz schlagen hören«, fuhr sie nach einem Moment des Schweigens fort.
»Und was sagt es dir?«
Sie hörte aufmerksam zu und nahm seine beiläufige Frage ernst. Sie nahm den starken, gleichmäßigen Puls in sich auf.
»Dass du ein sehr gesunder Mann bist, der in diesem Augenblick recht zufrieden ist?« »Fragst du mich das oder sagst du mir das?«, wollte er wissen. Sie konnte das Lachen in seiner Stimme hören.
»Ich sage es dir«, flüsterte sie. Ihr Mund huschte über seine Haut. Sie schloss die Augen und schnurrte, als er ihr Genick mit seinen Fingerspitzen massierte. »Wen willst du als Testobjekt nehmen, wenn du deinen Biofeedback-Mechanismus vorführst?«
»Ich weiß nicht. Wie wäre es mit dir?«
Sie öffnete die Augen.
»Glaubst du, das wäre eine gute Idee?«
»Ja«, antwortete er gelassen.
»Na ja ... wenn du mich brauchst ...«
Sein tiefes Brummen, während er sich vorbeugte und sie auf den Kopf küsste, schien zu sagen: »*Ist das nicht offensichtlich?*« Sie lächelte. Es war schön, dass er ihr auf indirekte Art sagte, dass er sie brauchte.

»Hat Ian dir erzählt, dass ich in eine Wohnung in seinem Haus einziehen werde?«, stieß Kam hervor.

»Ja. Wir haben schon ein paar Dinge vorbereitet, damit du morgen früh schon einziehen kannst, wenn du möchtest.«

»Ich weiß, das hat er mir schon gesagt. Möchtest du am Nachmittag vorbeikommen?«

»Ich arbeite noch an einem Projekt, das ich fertig bekommen muss, bevor ich am Montag für ein paar Tage nach San Francisco fliege«, erklärte sie leise.

»Aber morgen ist Samstag«, erwiderte er missbilligend. »Machst du nie mal frei?«

»Das ist jetzt etwas Besonderes«, log sie. Sie arbeitete häufig am Wochenende, auch wenn es dieses Mal tatsächlich eine Art Notfall war. »Ich habe sogar ein paar aus meinem Team bitten müssen, ebenfalls zu kommen und mir beim Fertigstellen zu helfen. Und abends haben wir noch das Essen mit Jason Klinf«, erinnerte sie ihn.

Aus irgendeinem Grund fühlte sie sich schuldig, wenn Kam mit ihr schimpfte, weil sie zu viel Zeit im Büro verbrachte. Was lächerlich war. Ihre Arbeit hatte sich auf die eine oder andere Art und Weise mit ihren Gefühlen für Ian vermischt. Womöglich reagierte sie deshalb so empfindlich darauf, mit Kam darüber zu reden. Womöglich *sollte* sie sich dafür schämen, dass sie in den letzten Jahren so viel Zeit in die Arbeit investiert hatte; dass sie so viel Zeit in einen Mann investiert hatte, der ihre Gefühle nicht erwiderte.

Es war wirklich erbärmlich von ihr, bemerkte sie gereizt.

»Es dauert nur ein oder zwei Stunden, um den Chip für deinen Körper zu programmieren.« Sie hob den Kopf und sah ihn zweifelnd an. »Wenn ich es dir als Projekt für deinen Job verkaufe, würde es dich dann überzeugen?«, fügte er trocken hinzu. »Die Vorführung für die Gersbachs ist am Mittwoch, und am Dienstag bist du nicht in der Stadt.«

Sie hielt es für gut möglich, dass Angus morgen Nachmittag ankommen würde, und wäre gern dabei, um seine Reaktion auf den Hund mitzuerleben. Kams Vorschlag könnte also eine gute Idee sein.

»Okay, ich denke, ich kann das dazwischenschieben...«
Ein Knurren in Kams Magen lenkte sie kurz ab. Belustigt sah sie zu ihm hinüber. Es sah toll aus, wie er nackt in ihrem Bett lag, den Kopf auf ihrem Kissen, sein dunkles Haar zerzaust und ins Gesicht gefallen.

»Du hast noch gar nichts gegessen?«, wollte sie wissen.

Er schüttelte den Kopf, die sexy Lippen zu einem Lächeln geöffnet.

»Du?«

»Nein. Ich hatte es vor, wenn ich nach Hause komme, aber dann...«

»Hast du mich stattdessen vernascht«, vervollständigte er knapp ihren Satz. Bei dieser Anspielung und der erotischen Erinnerung, die sie hervorrief, wallte wieder Hitze in ihr auf.

»Wollen wir zusammen etwas essen gehen?«, fragte er.

»Willst du wirklich aufstehen und dich anziehen?«

»Das hängt davon ab.« Sie sah ihn fragend an. »Ob du mich nach dem Essen wieder in dein Bett lässt. Falls nicht, würde ich lieber hierbleiben und meinen Vorschlag zurückziehen.«

Sie lachte. Er hob die Augenbrauen und legte seine Hand an ihr Kinn, um mit den Fingern sanft über ihre lächelnden Lippen zu fahren.

»Wenn du willst, kannst du sehr sanft sein«, stellte Lin fest.

»Überrascht dich das?« Ihr Lächeln verschwand, und sie blickte ihn ernst an.

»Nein«, sagte sie schließlich. »Es überrascht mich nicht im Geringsten.«

Sie wuschen sich und zogen sich an, dann fuhren sie nach unten. Es gab in der Lobby des Gebäudes ein nettes Restaurant. Sie wurden in eine gemütliche Ecke geführt, und Lin wollte sich Kam gegenüber an den Tisch setzen. Doch noch bevor sie richtig saß, ergriff er ihre Hand und zog sie in den Stuhl neben sich. Der Kellner sah ihnen recht süffisant und herablassend zu, was Kam augenblicklich mit seinem finsteren Blick unterband.

»Tanzt du denn schon lange?«, wollte Kam wissen, als sie ihre Bestellung aufgegeben hatten und der Kellner sie alleine ließ.

»Nein. Ich mache das als Hobby jetzt vier Jahre.«

Er blickte sie so von der Seite an, dass ihr ganz warm wurde.

»Es sah aber aus, als würdest du schon dein Leben lang tanzen.«

Geschmeichelt lächelte sie.

»Danke. Meine Großmutter hätte es nicht gemocht, dass ich traditionellen chinesischen Tanz mache. Genau wie sie es gehasst hätte zu erfahren, dass ich vor ein paar Jahren beim Kung-Fu-Training war. Das war *sowohl* traditionell *als auch* unelegant – zumindest in den Augen meiner Großmutter.« Lin lachte. »Deshalb habe ich beide Hobbys in ihren letzten Lebensjahren vor ihr geheim gehalten, auch wenn ich mich dabei schlecht gefühlt habe. Meine Großmutter hat für Ballett geschwärmt. Für meine Mutter dagegen erfüllen meine Kurse im chinesischen Tanz die astrologischen Vorhersagen meines Sternzeichens, deshalb hält sie sie in der Familie hoch.« Lin lächelte Kam ironisch an. »Es ist allerdings wohlgemerkt das Einzige, was zu meiner Herkunft passt, denn ich habe meine chinesischen Sprachkenntnisse verbockt, ich kümmere mich nicht genug um das Kochen, und, am schlimmsten, ich bin noch immer nicht mit einem netten chinesischen Arzt verheiratet.«

Kam lächelte.

»Deine Mutter und deine Großmutter scheinen sehr unterschiedlich zu sein.«

Lin rollte mit den Augen.

»Du kannst es dir nicht vorstellen.« Sie sah ihn an, als er eine Hand auf ihren Oberschenkel legte. Nach dem Waschen hatte sie sich eine Jeans und ein Sweatshirt übergezogen. Sie spürte die Hitze seiner Hand, die er nun auf und ab schob, durch den Jeansstoff hindurch, fühlte, wie er sie leicht drückte, als würde er mit dem Gefühl ihres Beines in der Jeans experimentieren.

»Dann erzähle es mir.«

»Gut, ich versuche es.« Seine Berührung lenkte ihre Aufmerksamkeit ab und führte zu dem paradoxen Effekt, sie zugleich zu beruhigen und anzuregen.

»Meine Großmutter und meine Mutter sind beide in Hongkong geboren. Für meine Großeltern waren die USA tatsächlich das gelobte Land, deshalb haben sie die amerikanische Kultur auch vollständig aufgesogen, als sie eingewandert sind. Meine Großmutter war eine sehr schicke, moderne Frau. Meine Mutter dagegen hat nie wirklich versucht, sich zu integrieren. Und meine Großeltern haben nie verstanden, warum sie so nachtragend und verschlossen war. Das war wie ein ständiger Stachel im Fleisch meiner Großmutter. Es wollte ihr nicht in den Kopf, wieso meine Mutter sich hier so fehl am Platze gefühlt hat, wohingegen meine Großmutter das Leben hier mit offenen Armen empfangen und sich eine eigene Existenz aufgebaut hat.«

»Daher hätte deine Großmutter es nie gebilligt, dass du traditionellen chinesischen Tanz lernst oder sonst etwas Chinesisches machst.«

»Oh nein. Meine Großmutter hatte sich eine westliche Tochter und Enkelin gewünscht. In meinem Fall wurde ihr dieser Wunsch erfüllt.«

»Aber bei deiner Mutter nicht?«

»Nein, bei meiner Mutter nicht.« Lin schenkte Kam ein schnelles, trauriges Lächeln.

»Was ist zwischen deiner Mutter und deiner Großmutter vorgefallen?«, wollte Kam wissen.

»Meine Mutter hat gegen ihre Mutter rebelliert. Sie hat sich in eine andere Richtung entwickelt, das westliche Leben völlig abgelehnt und ist sehr traditionell geworden. Für mich als kleines Mädchen war das alles sehr verwirrend. Wir haben alle zusammen in einem Haus gelebt. Es fing damit an, dass meine Mutter darauf bestanden hat, dass ich Chinesisch spreche, was ich aber nie gelernt hatte, schließlich bin ich hier in den USA geboren. Sie wollte mich auf eine chinesische Schule schicken und hat mir ausschließlich chinesisches Essen gekocht. Das hat Großmutter verärgert. Meine Mutter und meine Großmutter haben sich dann regelrecht den Krieg erklärt.«

»Und du warst das Schlachtfeld.«

Lin zuckte bei seiner grimmigen Heftigkeit zusammen.

»Ja, diese Beschreibung trifft es wohl ziemlich genau. Sie ist nur in einer Hinsicht missverständlich. Denn ich habe mich nie über meine Großmutter geärgert. Wir standen uns immer sehr nahe, und ich hatte diese natürliche Verbindung schon von Anfang an. In dieser Beziehung dürfte sich meine Mutter wie eine Außenseiterin gefühlt haben, was mich bei dem Gedanken daran traurig stimmt. Nachdem mein Großvater gestorben war, haben sich meine Eltern entschlossen, die USA wieder zu verlassen. Und meine Großmutter hat diese Entscheidung meiner Mutter als Verrat verstanden.« Lin hielt inne, denn der Kellner brachte ihre Getränke. »Die ganze Sache wurde dadurch noch schlimmer, dass sie sich dann entschieden haben, nach Taiwan zu ziehen, in die Nähe zur Familie meines Vaters, anstatt in die Umgebung der Familien meiner Großeltern. Großmutter hat sich dann mit Händen und Füßen dagegen gewehrt, dass sie mich mitnahmen. Damals war ich neun. Großmutter hat sogar gedroht, meine Mutter anzuzeigen, auch wenn das wohl nur eine leere Drohung war, denn sie hätte wohl keine Chance gehabt, diesen Prozess zu gewinnen.«

»Deine Eltern waren einverstanden damit, dich hierzulassen?« Kam runzelte die Stirn.

Sie lachte leise.

»Du hast meine Großmutter nie kennengelernt. Frag Ian mal. Mit ihr war nicht zu spaßen. Davon abgesehen ist es für Asiaten gar nicht so ungewöhnlich, dass sie sich für ihre Kinder eine Erziehung in den USA wünschen, und Großmutter hat diese Trumpfkarte auch ausgespielt. Sogar meine eher traditionellen Eltern konnten nicht leugnen, dass *das* eine wünschenswerte Sache ist.«

Die Unterhaltung stockte kurz, während der Kellner ihre Salate brachte.

»Siehst du deine Eltern häufig?«, fragte Kam, als sie wieder alleine waren.

»Einmal im Jahr. Sie kommen nie hierher zurück. Vielleicht, weil meine Mutter an ihre Zeit hier so viele schlechte Erinnerungen hat.« Kam drückte ihr Bein ein weiteres Mal, dann hob er die Hand zum Essen. Sie spürte, wie er sie in der anschließenden Stille betrachtete.

»Du vermisst sie, oder?«, stellte er dann eher fest, als zu fragen.

»Ja«, gab sie leise zurück und nahm ihre Gabel auf. »Ich glaube, meine Mutter hat bis heute nicht verstanden, wie sehr es mich getroffen hat, dass sie fortgegangen sind. Dabei wünsche ich mir gar nicht unbedingt, dass ich mit ihnen gegangen wäre. Ich liebe mein Leben hier. Es ist nur so, dass meine Mutter die Sache ganz stark in Schwarz und Weiß sieht. Ich bin Amerikanerin, ich lebe ganz ähnlich, wie meine Großmutter gelebt hat, also muss ich eine Kopie meiner Großmutter sein. In ihrer Vorstellung habe ich mich gegen sie und für Großmutter und all das, für das sie steht, ›entschieden‹.« Lin seufzte. »Dabei habe ich mich überhaupt nicht für oder gegen jemanden ›entschieden‹.«

»Du warst ein kleines Mädchen.«

»Eben. Aber heute bin ich eine erwachsene Frau, und meine Mutter sieht immer noch nur meine Großmutter statt mich selbst. Sie lehnt mein Leben hier ab und geht automatisch davon aus, dass ich daher auch das von meinem Vater und ihr ablehne«, erklärte sie. Sie bohrte ihre Gabel in den Salat. »Aber das tue ich *nicht*.« Hilflos zuckte Lin mit den Schultern. »Ich möchte, dass sie glücklich sind. Aber offenbar gelingt es mir nicht, die beiden, und insbesondere meine Mutter, davon zu überzeugen.

Ach, die Familie eben, stimmt's?«, fuhr sie kurz darauf fort. Es war ihr ein bisschen unangenehm, so viel von sich selbst preiszugeben. Merkwürdigerweise war es sehr einfach, Kam etwas zu erzählen, auch wenn er selbst nicht sehr viel sagte. »Und was ist mit dir? Du hast erwähnt, dass du nicht in das Haus zurückgekehrt bist, als deine Mutter krank geworden ist«, sagte sie, nachdem sie ein wenig Salat gegessen hatte. »Du hast ihr sicher sehr nahegestanden.«

»Das habe ich. Sie war eine Frau, die man ganz leicht lieben konnte.«

Lin legte ihre Gabel langsam zurück und betrachtete sein scharfes Profil, während er aß.

»Es ist wunderbar, wenn ein Sohn so etwas über seine Mutter sagen kann.«

Er zuckte mit den Achseln.

»Es stimmt aber.«

»Du vermisst sie sicher«, sagte Lin leise.

»Wir hatten in der Welt nichts außer uns.«

»Dafür hast du heute Lucien und Ian«, gab sie einen Moment später ruhig zu bedenken.

»Ich glaube nicht, dass es so etwas wie Instant-Familien gibt, aber ja. Vermutlich liegt sogar etwas Wahrheit in dem, was du gesagt hast.« Er warf ihr beim Kauen einen blitzenden Blick zu.

»Wie?« Sie spürte, dass er noch etwas sagen wollte.

»Ian ist für dich noch mehr Familie als für mich.« Er trank einen Schluck Wasser. »Deine Arbeit ist dein Leben. So sagen es zumindest alle. Noble Enterprises ist zu deiner Familie geworden.« Sie errötete und wich dem Blick aus seinen glühenden, grauen Augen aus. Sie nahm die Gabel wieder in die Hand.

»Ian ist mein Chef«, sagte sie unzweideutig.

»Du bist für ihn aber nicht nur eine Angestellte. Das hat er mir gesagt.«

Sie spürte seinen Blick auf ihrer Wange und widerstand dem Drang, sich abzuwenden.

»Wirklich?« Mit großer Mühe behielt sie ihren normalen Tonfall bei. Sie biss in ein Stück Brot. »Wann hat er dir das gesagt?«

»Gestern Abend. Als er dabei war, mich feinfühlig darauf hinzuweisen, dass ich besser vorsichtig sein sollte, wenn es um dich geht.«

Die Gabel fiel in ihre Schüssel. Mit einem Mal fühlte sie sich mulmig.

»Bitte sag mir, dass Ian nicht gemerkt hat, was wir in der Garderobe getrieben haben«, stieß sie erschrocken hervor.

»Hast du es ihm gesagt?« Zu spät fiel ihr auf, wie anklagend sie klang.

»Glaubst du wirklich, ich würde das tun?« Kam sah missmutig drein.

»Aber wenn du ihm nichts verraten hast, warum sollte er dich dann warnen in Bezug auf mich?«

»Er ist nicht dumm«, brummte Kam und hielt ihrem Blick stand. »Obwohl er sein scheinheiliges Verhalten für sich behalten könnte, wenn du mich fragst. Du und ich, wir sind schon erwachsen und können verdammt noch mal tun und lassen, was uns gefällt.«

Das brachte ihr all die kürzlich erlebten, sehr erwachsenen Aktivitäten zurück ins Gedächtnis. Mit einem Mal konnte sie sich gar nicht mehr daran erinnern, worüber sie soeben gesprochen hatten. Sein Blick wanderte über sie, und wie üblich fühlte sie augenblicklich wieder dieses Kribbeln im Bauch. Kam beugte sich zu ihr, sein warmer Atem strich über ihre geöffneten Lippen. Ihre Münder berührten sich.

»Wenn wir Zeit miteinander verbringen wollen, geht das Ian überhaupt nichts an.«

Ian. Genau, das war es, worüber sie soeben gesprochen hatten.

»Zeit miteinander verbringen?« Ihre Lippen stülpten sich über seine. »Ist das ein Euphemismus für Sex?«

»Jetzt gerade haben wir keinen Sex. Es sei denn, du wärst interessiert?«, brummte er, und in seinen Augen leuchtete etwas Teuflisches auf. Er knabberte an ihrer Unterlippe, und sein Blick aus zusammengekniffenen Augen auf ihren Mund machte sie atemlos.

Als der Kellner mit ihren Vorspeisen kam, wurden sie in ihrem Flirt und dem Kuss unterbrochen. Kam starrte diese Störung grimmig an. Alarmiert riss der Kellner die Augen auf. Es schien schlichtweg unmöglich für Kam, seinen Zorn auch nur ein kleines bisschen zu verstecken. Der Kellner stellte ihre Teller ab und verschwand so schnell wie möglich.

»Was denn?«, fragte Kam, noch immer mit finsterer Miene, als er Lin still vor sich hin lachen sah.

Sie warf ihm einen amüsierten Blick zu und klopfte ihm aufs Bein.

»Kam«, versuchte sie es vorsichtig, die Hand noch immer auf dem kräftigen, unter dem Jeansstoff verborgenen Muskel, »ist dir eigentlich klar, dass du Leute zu Tode erschreckst, wenn du sie immer so finster anblickst? Ich habe den Eindruck, die Leute haben Angst, schon allein von deinem Blick umgehauen zu werden.«

»*Wie bitte?*«

»Da hast du es.« Sie zeigte auf sein Gesicht. »Genau da. Ein Blick mit Windstärke zehn.«

Sein Blick wanderte dorthin, wo ihre Finger sanft in seinen Oberschenkel drückten. Seine Miene wurde plötzlich neutral, doch das Funkeln in seinen Augen, das sein Interesse als Mann an ihr widerspiegelten, blieb.

»Macht es dir auch Angst?«, murmelte er so schroff, dass sich die kleinen Härchen in ihrem Nacken aufstellten.

»Nein, da hast du leider kein Glück.«

»*Merde.* Was kann ich da nur machen?« Er lächelte ihr flüchtig zu, was sie erwiderte.

Sie sah ihn ein paar Sekunden lang an. Er schnitt sein Hühnchen klein. Sie widerstand der Versuchung, ihm über die breiten Schultern zu streicheln. In dem weichen, weißen Baumwollhemd, das sie für ihn gekauft hatte, sah er sehr maskulin und unglaublich attraktiv aus, denn die Farbe betonte seine dunkle Haut und die dunklen Haare. Es hatte sie vorhin erstaunlich erregt, sich von ihm fesseln zu lassen, sich von der Lust, die er so gekonnt beherrschte, gefangen nehmen zu lassen. Doch in diesem Augenblick wollte sie nur ihre Hände über seinen starken, männlichen Körper bewegen.

»Ich habe gedacht, du hast ebenfalls Hunger?« Er hatte gerade einen Schluck Wasser genommen und bemerkte, dass sie nichts aß.

Mit einem Ruck beugte sie sich vor und küsste ihn auf den Mund. Bis zu diesem Abend hatte sie noch nie in ihrem Leben einen Mann in einem Restaurant geküsst. Und das hier war kein Küsschen auf die Wange. Sie sog an seinen Lippen und genoss ihre Stärke und ihre Frische. Sie stöhnte sanft in seinen Mund, als er genau in dem Moment seine Hände um ihren Kopf legte, als seine Zunge sich zwischen ihre Lippen schob und sie vollständig in Besitz nahm. *Ja.* Das war die Antwort, zu der sie ihn verlocken wollte. So kühn. So besitzergreifend. So Kam-artig.

Sein Mund war noch immer kühl von dem Wasser, das er gerade getrunken hatte. Sie suchte seine Hitze unter der kühlen Fassade. Er drang mit der Zunge in sie ein – vor und zurück, vor und zurück, ein langsames, zweideutiges Gleiten. Sie spürte seine trägen, sexy Küsse bis tief in ihr Innerstes. Verlangen loderte in ihr auf, so stark, dass sie erschrak. Nur schwer konnte sie dem plötzlichen, starken Drang widerstehen, sich selbst zu berühren, um dieses scharfen Ziehen zu besänftigen. Und sofort kam in ihr auch die Vorstellung auf, Kams Hand würde sich dort befinden, würde das tun, was sie gerade selbst hatte tun wollen.

Würde es *besser* tun.

KAPITEL NEUN

»In Jeans gefällst du mir«, hauchte er an ihren Lippen, rieb ihr Geschlecht, dass es ihr den Atem raubte, und sah sie unter schweren Lidern heraus an. »Sie betonen deine langen Beine und den festen Hintern. Und diese« – fügte er an und rieb seine Lippen so verführerisch an ihrem Mund, während sein Blick auf die Stelle fiel, an der er sie mit seinen starken Fingern stimulierte – »süße, kleine Muschi.«

»*Kam.*« Es sollte wie ein Protest klingen – er sollte sie in der Öffentlichkeit wirklich nicht so berühren oder ihr solch unerhörte Dinge sagen –, doch stattdessen wurde es zu einer zittrigen Einladung. War es nicht das, wozu sie ihn mit ihrem Kuss eingeladen hatte? Seine heißen Worte, kombiniert mit dem Streicheln ihrer Muschi, erregten sie.

Sehr.

Er führte seinen Mund an ihr Ohr, wo sein Knabbern sie erschaudern ließ.

»Iss etwas von deinem Essen«, forderte er sie leise auf. »Los. Ich lasse nicht zu, dass du verhungerst.«

Lin sah sich unangenehm berührt im Restaurant um. Es waren nicht viele Gäste da, doch ein anderes Pärchen saß keine fünf Meter entfernt. Es schien Kam und sie nicht zu beachten, aber wenn es zu ihnen herübersah, was würden die beiden dann sehen? Nicht viel, vermutlich. Nur wie Kam sie liebkoste, was inzwischen kein Skandal mehr war. Das tiefhängende Tischtuch würde seine Handlungen zwischen ihren Beinen verbergen.

»Iss«, befahl er ihr wieder. Sie nahm die Gabel und schob sich einen Bissen in den Mund. Sie war so konzentriert auf Kams Finger an ihrer Muschi – er rieb und kreiste und presste ihre Klitoris –, dass sie nicht sagen konnte, was sie gerade aß. Er nahm den dickeren, steiferen Stoff am Reißverschluss zu Hilfe, drückte darauf, um so optimal auf ihren Körper pressen zu können. Von dem, was rund um sie geschah, bekam Lin nichts mit. Jede Faser ihres Körpers war auf ihn gerichtet, auf ihn allein.

»Was für ein Mädchen«, brummte er und kniff mit den Lippen in ihre Ohrmuschel. Sie erschauderte beim Kauen. »Ich hatte noch gar keine Gelegenheit dir zu sagen, wie sehr mir dein Mund gefällt. Feucht und süß und so eifrig. Du kannst dir nicht vorstellen, wie sehr ich es mir wünsche, in ihm zu kommen.«

Sie hob ihre Hüfte ein wenig gegen seine Finger und unterdrückte ein Stöhnen. Wer hätte gedacht, dass sich das so gut anfühlt, sogar durch die Hose hindurch?

»Als ich dich zum ersten Mal gesehen habe«, fuhr er einfach fort, »hatte ich gedacht, du wärst zu feingliedrig, um es schnell, heiß und wild zu wollen.« Er nahm ihr Ohrläppchen zwischen die Schneidezähne und kratzte über die empfindliche Stelle. »Zu elegant. Zu kultiviert. Dabei hast du eine wilde Seite, oder, *mon petit chaton*?«, raunte er mit seiner rauen, tiefen Stimme in ihr Ohr. »Hätte es dir gefallen? Wenn ich mich in deinen Mund ergossen hätte?«

»Ja«, gestand sie; denn wie hätte sie Kam anders antworten können als ehrlich? Sie fühlte sich fiebrig, hier zu sitzen, während er sie rieb und ihr unanständige, flirrende Worte ins Ohr flüsterte. Noch nie hatte jemand so mit ihr gesprochen, also hatte sie nicht gewusst, dass es ihr so sehr gefiel. Er legte seine andere Hand auf das Ende ihres Rückens. Sie hüpfte ein wenig im Stuhl und sah sich dann schuldbewusst zu dem anderen Pärchen um, denn sein langer Zeigefinger hatte sich unter ihrer tiefsitzenden Jeans und ihrer Unterwäsche hindurchgebohrt. Er glitt in ihrer Po-Ritze auf und ab und drückte sie mit der Handfläche vorsichtig nach vorn, um die Reibung an ihrer Klitoris noch zu verstärken. Sein Finger, der in ihrem Hintern auf- und abtauchte, kam ihr verboten vor, aber auch höchst erotisch. Ungezogen. Elektrisierend. Besonders hier, in einem Restaurant.

»Genau so habe ich es mir gedacht«, flüsterte er ihr zu. »Nach außen hin bist du abgeklärt und absolut professionell, doch hier« – und damit umspannte er mit einer besitzergreifenden Geste ihr Geschlecht mit der ganzen Hand – »brennt alles glühend heiß. Iss weiter«, wies er sie an, denn sie hatte bei seinen unerlaubten Worten die Gabel wieder fallen gelassen und die Augen weit aufgerissen. Also nahm Lin die Gabel wieder in die Hand und schob einen Happen ihres Felchen-Gerichts in den Mund. Sie nahm den Geschmack des Fisches kaum wahr, denn all ihre Aufmerksamkeit war auf Kams sich bewegende Lippen gerichtet und den Klang seiner rauen Stimme mit dem Akzent.

»Das nächste Mal wirst du es schlucken«, versicherte er ihr mit einem Flüstern, das ein erregtes Kribbeln über ihre Wirbelsäule jagte. »Jeden ... einzelnen ... Tropfen.«

Sie erschauderte vor Lust.

»Du solltest noch mehr essen, sonst hast du nachher Hunger«, brummte er. Sie zuckte zusammen. Sie hatte wieder aufgehört zu kauen und blickte nur vor sich hin, von seinem Reiben völlig benommen und fiebrig. Mechanisch nahm sie ein paar weitere Bissen zu sich. Er schob seinen Finger weiter in die Spalte zwischen ihren Pobacken. Sie hüpfte und wurde dann ganz ruhig, als er über ihr Po-Loch strich.

»Hat es dir gefallen, gefesselt zu sein, während ich mit dir gespielt habe?«, wollte er wissen, bevor er sie auf ihr Ohr küsste und ein wenig saugte, bis sie unkontrolliert zu zittern anfing.

»Kam ... hör auf. Bitte. Das ist doch irre«, flüsterte sie schaudernd zurück.

»Antworte mir.« Er rieb ihren Anus mit seiner Fingerspitze und verlagerte seine Handfläche, wodurch der Druck auf ihre brennende Klitoris noch zunahm. Lin sah sich unruhig um. Das Pärchen in Sichtweise war im Aufbruch und suchte seine Mäntel. Sie biss sich auf die Lippe. Ihre Klitoris glühte. Es war erregend, wie er sie auf so intime Art und Weise berührte.

Oh nein. Sie würde kommen. *Hier.*

»Lin«, stieß er sie finster an, sein warmer Atem auf ihrer feuchten Haut verstärkte ihr Schaudern noch.

»Ja. *Ja,* mir hat es gefallen«, brachte sie heraus.

»Ja. Und du sahst so schön aus, wie du mir erlaubt hast, mit dir zu spielen. Ich glaube, wir sollten wieder nach oben gehen«, überlegte er. »Ich will meinen Schwanz in dir spüren.«

»Ja, ja«, rief sie, erleichtert und erregt zugleich. Sie ließ, vor Erregung fast kopflos geworden, die Gabel einfach auf den Teller fallen.

»Aber zuerst kommst du noch.«

Hitze überflutete ihre Wangen. Ihr war schwindelig. Seine Finger waren mitleidlos.

»Ich glaube nicht, dass ich...«

»Doch, das wirst du.« Sein Ton untersagte jede Diskussion. Sein ganzer Arm bewegte sich nun, als er ihre Muschi noch kräftiger rieb. In betäubender Lust schrie sie auf. Zum Glück war das andere Pärchen bereits gegangen. Sie legte ihre Hände flach auf den Tisch, versteifte und schüttelte sich im Höhepunkt.

»So ist es gut. *Das* ist die wahre Lin«, murmelte er ihr erstickt ins Ohr, als die Lust sie in schweren Wellen überrollte. »Heiß. Sexy. Risikobereit.«

Sie wollte »nein« flüstern, doch ein neuer Lustschauder schnitt ihr das Wort ab. Sie schluckte es hinunter. Warum es leugnen, wenn doch die Wahrheit seiner Worte in jedem Molekül ihres Körpers erbebte? Offenbar war sie heiß, sexy und risikobereit.

Zusammen mit Kam jedenfalls.

Als sie im Fahrstuhl standen, zwang Kam sich, sie nicht anzuschauen. Etwas war mit ihm geschehen, als er neben ihr im Restaurant gesessen und mitangesehen hatte, wie sie gekommen war. Was auch genau mit ihm passiert war, er wusste noch nicht, ob er es mochte. Er fühlte sich merkwürdig aus dem Gleichgewicht gebracht. Außer Kontrolle.

Ihr Anblick hatte sich in seinem Kopf festgesetzt. Er musste sie gar nicht ansehen, um sich zu erinnern – ihre Wangen und Lippen hatten sich rosa gefärbt, als er sie stimuliert hatte, ihre schimmernden Augen hatten unter der Lust noch mehr Glanz bekommen. Er wusste, er würde nie vergessen, wie Lin ihre Hände auf dem Tisch abgestützt hatte und in seiner Hand gekommen war. So sah das deutlichste Bild der Hingabe aus, das er je erblickt hatte. Es hatte ihn fast irre werden lassen vor Lust. Er hatte den Kellner angebrüllt, als er ihn erspäht hatte. Von dem verblüfften Mann verlangte er die Rechnung. In der kurzen Wartezeit hatte er schnell ein paar Bissen Hühnchen verdrückt, denn er wusste, er würde Energie brauchen. Ein neuer Sturm rückte näher.

Es fühlte sich unangenehm an, sein überbordendes Verlangen, das er offenbar nicht kontrollieren konnte. Das war nichts, worüber man eben so hinwegging. *Lin* war nichts, worüber man eben so hinwegging.

Er nahm ihr die Schlüssel ab, als sie aus dem Fahrstuhl stiegen, nahm sie bei der Hand und führte sie den Gang entlang, ohne dass sie miteinander sprachen. Er war so gierig, dass es ihm lächerlich vorgekommen wäre, es zu verheimlichen. Die Tür flog mit großem Schwung auf und stieß gegen die Wand. Dann zog er Lin über die Schwelle und warf die Tür hinter sich wieder zu. Sie fiepte überrascht, als er sich über sie beugte und ihren Mund mit seinen Lippen bedeckte.

Kams Bewusstsein vernebelte sich, als er ihren Geschmack wahrnahm und spürte, wie ihre Zunge mit seiner spielte. Eifrig erkundeten seine Hände ihre straffen Kurven. Dann hob er Lin in seine Arme und trug sie zum zweiten Mal an diesem Tag ins Schlafzimmer. War es nur ihre körperliche Schönheit, die ihn so wahnsinnig werden ließ? Diese Frage stellte er sich verwirrt, als er sie am Bettende absetzte und ihr die Schuhe von den Füßen streifte. Dass er noch nie mit einer schöneren Frau geschlafen hatte, das hatte er bereits zugegeben. Er schälte sie aus der engen Jeans und machte den Blick frei auf den glatten, hellen Bauch, die runden Hüften und wohlgeformten Oberschenkel. Dann schob er ihr Höschen nach unten. Sie lag auf dem Bett, die Beine ein wenig gespreizt. Er zischte einen Fluch.

Wem versuchte er hier etwas vorzumachen, indem er sich das fragte? Ein Mann brauchte keine rationale Erklärung, um *das* zu wollen, dachte er mit dem Blick auf ihre Muschi. Kam jedenfalls brauchte keine.

Ihre geröteten, feucht wirkenden Schamlippen verrieten ihm, dass sie keine weitere Vorbereitung brauchte. Er riss sich seine Klamotten vom Leib und streifte ein Kondom über seinen Steifen.

Indem er gegen ihre Schienbeine drückte, hob Kam ihre Hüften etwas an, ohne sie von der Bettkante abzurücken. Im Stehen zielte er mit seinem Schwanz auf ihre Spalte. Als er in sie eindrang, ließ sie ein süßes, pfeifendes Stöhnen hören. *Mon Dieu, mein Gott,* war das gut. Konzentriert sah er sie an und wusste, dass die Anspannung in ihrem Gesicht und die Erregung in ihren Augen nur das Spiegelbild seiner eigenen, offenkundigen Lust waren. Als er seinen Schwanz ganz in sie hineinschob und ihre Muskeln ihn fest umklammert hielten, stoppte er. Sie war zu eng für ihn.

Sie war zu perfekt.

»Morgen wirst du wund sein, oder?«, brummte er.

»Vielleicht«, flüsterte sie drängend und griff nach seinen

Schultern. Ihre Nägel bohrten sich in seine Rückenmuskeln.
»Aber jetzt nicht. Es fühlt sich so gut an. *Fick mich.*«
Kam atmete scharf aus. Ihr raues Zischen sah ihr überhaupt nicht ähnlich und war doch zugleich so ganz Lin-typisch. Ihr Paradox, ihre Anmut, zerriss ihn.
»Oh Baby, das kannst du haben«, versicherte er ihr.
Er beugte sich über sie, drückte mit seinem Gewicht ihre Knie auf ihre Brust und stützte seine Hände auf der Matratze ab. Er war im Himmel.
»Oh Gott«, entfuhr es ihm, als er seinen Schwanz aus ihr herausgezogen und dann wieder in ihre Pracht hineingestoßen hatte. Und wieder. Er pumpte, und gleich hatten beide erneut ihren gemeinsamen Rhythmus gefunden. Das Klatschen ihrer Haut wurde immer schneller und zu einem Takt, dem kein Schlagzeuger hätte widerstehen können. Die Matratze begann unter ihnen zu hüpfen, die Bettfedern protestierten quietschend. Zusammen mit dem Knallen ihrer Haut und Lins überraschten Seufzern und lustvollem Stöhnen drang dieses Geräusch an sein Ohr.
Kam tat es wieder, wieder nahm er sie, als säße er auf einem Rodeo-Pferd. Bei diesem Gedanken fletschte er die Zähne, konnte aber nicht innehalten. Ihre Muschi ritt seinen Schwanz und nicht umgekehrt. Er war groß und stark, lag oben und tauchte in ihren geschmeidigen, schlanken Körper ein, und doch war er hilflos angesichts seines unerbittlichen Rauschs des Verlangens. Er fickte sie, als glaubte er, ein paar Zentimeter tiefer in ihren festen, umschließenden Tiefen die Antwort auf alle wichtigen Fragen des Universums finden zu können. Mit jedem Stoß kam er diesem Zentrum näher; hungrig machte er sich auf die Suche …
Er verlor jedes Gefühl für Zeit und spürte nur noch, wie sie ihn festhielt, so, wie er noch nie gehalten worden war. Mit aller Kraft bewegte er seine Hüften weiter, sodass ihre Körper auf-

einanderklatschten. Aus ihrem Mund stieg ein Schrei auf, doch gleich darauf fühlte er eine verräterische Hitzewallung und wie sich ihre Muskeln anspannten, was nur noch mehr Öl in sein Feuer goss. Er legte die Hände auf die Rückseite ihrer Oberschenkel und drückte, ihre Knie lagen nun fast an ihren Ohren. Sie streckte die Beine durch, während er pumpte. Ihre Füße ragten nun über ihren Köpfen in die Luft, und sie nutzte ihre biegsamen, starken Muskeln auf perfekte Art und Weise. Kam riss die Augen auf, so unglaublich war der Reiz, den ihm dieser neue Winkel verschaffte. Er fickte sie blindlings, ein wahnsinniges Rennen in einer vibrierenden Masse angespannter Nerven und Muskeln, er strengte sich an und schob und spürte…

… und spürte immer mehr, bis er lustvoll brüllte, als ihn die Lust endgültig packte. Er drückte seine Lippen an Lins Nacken und vergrub seine Nase und Lippen in ihrer duftenden Haut.

»Oh Gott, ich wäre so gern nackt in dir«, knirschte er an ihrem Hals fast ebenso wütend, wie er eben gepumpt und sich in das Kondom entleert hatte. Es kam ihm in diesem Moment unbeschreiblich unfair – lächerlich falsch – vor, dass es auch noch die dünnste Barriere zwischen ihm und dieser Frau gab.

»Möchtest du über das Treffen mit Jason Klinf sprechen?«, fragte Lin später, als sie Arm in Arm unter der Decke lagen und sich immer mehr entspannten. Kam massierte ihr den Nacken und Kopf, wofür er erstaunlich talentierte Hände besaß.

»Eigentlich nicht.«

Lin hob den Kopf von seiner Brust. Unter müden Lidern heraus sah er sie an und grinste süffisant, dann zog er sie, mit den Händen an ihrem Kopf, näher zu sich. Sie schmolz dahin und ergab sich seinem betäubenden Kuss.

»Ich denke aber, das wäre eine gute Idee«, brachte sie tonlos kurz darauf hervor. »Wie wäre es mit ein paar Details über

Klinf und Jason Klinf persönlich?« Er zog seine rechte Augenbraue hoch.

»Ich habe es dir doch schon gesagt. Ich mag es nicht, wenn du mich als Teil deiner Arbeit siehst.«

»Dann wäre es dir also lieber, ein anderer Noble-Mitarbeiter würde dies übernehmen?«

Seine faule, gesättigte Miene wurde starr. »Auf keinen Fall.« Verzweifelt rollte sie mit den Augen.

»Dann musst du dich aber wenigstens ein bisschen darum kümmern. Schau, mir gefällt es auch nicht, Berufliches mit Privatem zu vermischen. Was ich hier mit dir mache, widerspricht sogar all meinen Prinzipien.«

Er schloss die Augen. Trotz seiner teilnahmslosen Haltung hatte sie seine Frustration gespürt und bedauert. Aber … es war immer noch ihr Job, und Lin machte die Dinge, die sie machen musste, dann auch *richtig*. Zumindest hatte sie es in der Vergangenheit so gehalten. Die Erkenntnis traf sie, dass sie, wenn sie sich Kam gegenüber nicht bei jeder sich bietenden Gelegenheit wie eine rollige Katze aufführen würde, sich deutlich besser auf die anstehenden Verhandlungen vorbereiten könnte.

Sie bedauerte es ehrlich, seufzte und zwang sich dennoch, von seinem so wunderbar warmen, festen Körper wegzurücken. Kams Berührungen schalteten jeden logischen Gedanken in ihr ab. Er schob sein Kinn vor, als sie sich von ihm losmachte, doch er sagte nichts und rührte sich nicht. Sie zog die Decke fest bis über ihren Busen und richtete sich dann neben dem Kissen auf, auf dem sein Kopf ruhte.

»Jason Klinf ist ein sehr kultivierter, gebildeter Mann«, begann sie.

»*Hurra*. Genau mein Typ«, knurrte Kam leise.

Ohne auf ihn zu achten, vermittelte sie ihm einen kurzen Überblick über die Klinf Inc., ohne die wesentlichen industriellen Highlights dabei zu vergessen.

Kam rührte sich nicht. Es war ein wenig irritierend, über geschäftliche Dinge zu sprechen, während er mit seinem nackten, gut gebauten Oberkörper neben ihr lag. Eine Hand ruhte entspannt oberhalb seines Kopfes auf dem Kissen, sein straffer Bauch hob und senkte sich in gleichmäßigen Atemzügen. Trotz dieser nachlässigen Pose hatte sie den sicheren Eindruck, dass er ihr genau zuhörte.

»Klinf hat sein Unternehmen ganz allein aufgebaut?«, unterbrach Kam sie einmal.

»Ja. Es ist eher eine Nischen-Firma und wesentlich kleiner als Gersbach oder Stunde, mit denen wir uns nächsten Donnerstag noch treffen. Jason und du, ihr habt einiges gemeinsam«, fügte sie diplomatisch hinzu.

Er wandte ihr den Kopf zu und sah sie an.

»Und das wäre?« In seinem Blick lag Misstrauen.

Ihre Miene blieb entspannt. Es schien, als hätte er sie auf wundersame Weise durchschaut. Denn in Wirklichkeit war sie wesentlich nervöser vor dem Treffen mit Jason Klinf als er. Sie machte sich Sorgen darüber, dass sich Kams uneingeschränkte Ehrlichkeit und Jasons geschmeidige Gewandtheit nicht gut vertragen könnten.

»Nun, zunächst mal ist Jason Franzose, wie du. Zudem ist er ebenfalls brillant. Und ihr habt beide fast das gleiche Alter. Jason ist höchstens drei oder vier Jahre älter als du.«

»Du hast mir doch gerade gesagt, dass die Mode-Industrie ihn vergöttert, dass er ein großer Opern-, Wein-, Antiquitäten- und Frauen-Liebhaber ist. Abgesehen davon, dass wir beide heterosexuell sind, sehe ich da nicht viele Gemeinsamkeiten.«

Sie warf ihm einen finsteren Blick zu und fuhr fort: »Jason entwirft alle seine Uhren selbst.«

»Du meinst, er hat eine neuartige Technologie entwickelt? Ich habe nie gehört, dass …«

»Nein«, unterbrach ihn Lin. »Ich wollte sagen, dass er das

Äußere entwirft. Er hat atemberaubend schöne Uhren entworfen, um die sich Frauen auf der ganzen Welt prügeln würden. Jede Uhr ist handgefertigt und besitzt zahlreiche feine Details. Seine Uhren sind die vermutlich begehrtesten – und teuersten – Uhren auf dem Markt.«

»Du trägst eine.«

Lin zuckte bei dem Klang seiner Stimme zusammen. Er klang vorwurfsvoll. Sie begegnete seinem eisigen Blick und errötete. Sie hätte nicht vermutet, dass Kam gestern Abend ihre Klinf-Uhr aufgefallen war. Nur dass die Gersbachs dies bemerkt haben dürften, damit hatte sie gerechnet. Da sie jedoch aus Erfahrung wusste, dass Brigit ebenfalls eine Klinf besaß, hatte sie sich nicht unwohl gefühlt, sie beim Essen zu tragen. Jasons angesagte Luxus-Uhren waren fast eine andere Art Produkt, im Vergleich zu den Schweizer Uhren. Als würde man einen exquisiten Armreif mit einer Rolex vergleichen.

»Ja, mir gehört eine«, gestand sie. »Du gehörst also nicht nur zu den Frauen auf der Welt, die sich für eine Klinf-Uhr prügeln würden, sondern auch zu den wenigen, die genug Geld haben, um eine zu kaufen?«

»Ich habe sie nicht gekauft«, rutschte es ihr heraus, noch bevor sie sich bremsen konnte.

Kam richtete sich auf, drehte sich zur Seite, stützte den Ellenbogen ins Kissen und legte den Kopf in seine Hand. Sein fester Blick richtete sich auf sie. Lin kam sich mit einem Mal wie eine wichtige Zeugin vor, die vor Gericht ins Stocken gekommen war. Kam war der Staatsanwalt, der sie bearbeitete.

»Jason Klinf hat dir eine seiner unbezahlbaren Uhren geschenkt?«, fragte er ruhig.

»Ja.« Sie warf ihm einen scharfen Blick zu, denn er hatte ihr soeben das Gefühl vermittelt, ein Verbrechen begangen zu haben.

»Seid ihr miteinander ausgegangen?«, forschte er nach.

Lin seufzte frustriert.

»Ja, das sind wir – ein paar Mal –, aber das hat nichts damit zu tun, dass er mir die Uhr geschenkt hat. Er war einfach großzügig, nachdem es vor ein paar Jahren zu einem großen Geschäft zwischen ihm und Noble Enterprises über einen Technologie-Austausch gekommen war. Was ist?«, fragte sie, denn in Kams finsterer Miene sah sie einen Hauch von Misstrauen aufkommen.

»Nichts. Aber es passt natürlich, dass er seine Technologie von Ian kaufen muss. Und wer hat die Sache dann beendet? Klinf oder du?«

»Keiner von uns, wirklich. Es ist einfach... nach und nach verblasst. Es war ja auch keine heißblütige Affäre oder so. Ich war nicht wirklich interessiert an ihm, und Jason ist nicht der Typ, der sich dauerhaft bindet. Zwei alleinstehende Menschen haben ein wenig Zeit angenehm miteinander verbracht, wenn er hier in der Stadt war.«

»Hast du mit ihm geschlafen?«

»*Nein*. Auch wenn dich das gar nicht zu interessieren hat.«

»Deinen Worten zufolge sollte es mich aber sehr wohl interessieren«, entgegnete er ruhig.

»Ich habe nie...«

»Du hast gesagt, ich sollte mich so gut wie möglich auf diese Treffen vorbereiten«, unterbrach er sie. »Glaubst du nicht, dass jedes frühere Verhältnis der Teilnehmer, sei es nun sexueller oder anderer Natur, in dieser Situation bedeutsam ist?«

Ihr Mund ging auf, doch die Worte blieben ihr im Halse stecken. »Du musst mir nur sagen«, fuhr Kam fort und nutzte ihre Sprechpause aus, »ob Jason Klinf einer der Männer ist, bei denen deine Verabredungen unglücklich verlaufen sind, wie Ian das nannte. Einer der Typen, die deine Raffinesse und Sensibilität oder Empfindsamkeit nicht wertgeschätzt haben, so hat er das wohl genannt.«

»Wie bitte?« Lin stotterte. »Nein, natürlich nicht... *Das* hat Ian gesagt?«

»Ja. Mir kam es vor, als würde er denken, du bist aus einer Art edlem Porzellan gemacht, über das wir Männer in unserer blinden, tierischen Dummheit einfach hinwegstolpern.« Erst sah sie ihn nur ungläubig an, dann wurde ihr die Lächerlichkeit dessen, was er gerade gesagt hatte, klar. Sie brach in lautes Lachen aus. Wie üblich verdunkelte ein finsterer Ausdruck Kams Gesicht.

»Worüber lachst du?«

Sie wollte mit dem Kichern aufhören, prustete aber weiter. Seine finstere Miene war einfach nur köstlich. Sie strich mit der Hand über sein Kinn und freute sich, dass ihre Zärtlichkeit sein Gesicht ein klein wenig aufhellte.

»Es ist einfach urkomisch. Warum sollte Ian dir etwas so Seltsames sagen?« Sie unterdrückte ihre Fröhlichkeit.

Kam rutschte näher an sie heran. In der einen Sekunde waren sie noch getrennt gewesen, in der nächsten scheuerte sein fester, männlicher Körper an den kribbelnden Stellen ihrer Haut. Seine Bewegung radierte ihren Heiterkeitsausbruch so rasch aus, wie es sonst nichts vermocht hätte.

»Du findest es also seltsam, ja?«, murmelte er. In seinen Augen glomm eine Warnung, sein Gesicht lag nur Zentimeter von ihrem entfernt. Seine große Hand öffnete sich über ihrem unteren Rücken und schob sich dann bis auf ihren Po. Mit einem präzisen Ruck seines Armes drückte er sie näher an sich heran. Sie rutschte über das Bettlaken und prallte an seinen muskulösen Körper. Er hielt inne und massierte ihren Po. Verlangen rieselte durch sie, als sie spürte, wie offensichtlich er auf ihre beiden nackten, aneinandergepressten Körper reagierte.

»Ja, du nicht?« Sie hob ihr Kinn, wodurch sein Mund direkt vor ihren gelangte.

Er hielt ihrem Blick stand und schüttelte langsam seinen Kopf.

»Ich glaube, Ian hat recht. Du verwandelst mich ganz sicher in ein Tier.« Über ihre Lippen zuckte ein Lächeln.

»Ich glaube nicht, dass Ian das gemeint hat.«

»Er hat gemeint, ich solle vorsichtig mit dir sein«, sagte Kam abgelenkt. Auch wenn das Licht gedämpft war, so spürte sie doch, dass sein Blick auf jene Stelle fiel, an der ihr Busen an seine Brust gedrückt wurde. »Aber es ist so verdammt hart, denn alles, was ich machen will, ist... dich verdammt hart zu ficken.« Er küsste sie – heiß und prickelnd –, und Lin gab es endgültig auf, aus ihrem Gespräch noch schlau zu werden. Er hob kurz darauf ein wenig seinen Kopf. »Ich will dich wieder«, stellte er das Offensichtliche noch einmal fest, was bereits gegen ihre Schenkel geklopft hatte. »Ich weiß, du bist wahrscheinlich schon wund. Das tut mir leid. Ich werde versuchen, mich zu benehmen.«

Sie schloss die Augen und stöhnte leise, als er eine ihrer Brüste mit seiner Hand umfasste.

»Ich will gar nicht, dass du dich benimmst«, flüsterte sie. Dann drückte sie ihre Lippen auf seinen Mund und verlor sich in Kams wilder, leidenschaftlicher Hitze.

Kam erwachte am frühen Morgen. Anstatt sich mühsam orientieren zu müssen, wo er war, wie es ihm fast jeden Morgen in seinem Hotelzimmer erging, das ihm klaustrophobische Anwandlungen bescherte, wusste er ganz genau, in wessen Bett er lag. Der Duft von Lins Haar und der nach Sex hingen in der Luft und hatten es ihm schon verraten, noch bevor er die Augen öffnete.

Er hatte die Schlafzimmertür offen gelassen, als er in der Nacht Lin hier hereingetragen, sie aufs Bett geworfen und sich dann über sie hergemacht hatte. Im Flur brannte ein kleines

Licht, dessen Schein hell genug war, dass er Lins Gesicht auf dem Kissen neben ihm betrachten konnte. Einige Sekunden lang sah er ihre in Dämmerlicht und blasses Gold getauchte, großartige Schönheit einfach nur an. Jedes Detail der letzten Nacht stand ihm noch vor Augen. Zuletzt hatte sie auf ihm gelegen, das Gesicht vor Lust angespannt, mit bebendem Busen, und ihre runden Hüften hatten in einem derart grazilen, exakten Rhythmus gekreist, dass ihm heiß geworden war. Dann hatte er wieder die Kontrolle übernommen und war auf sie heruntergefahren, bis sie vor Lust schrie und an ihm erschauderte, sodass auch er von ihrem Glück ins Ziel getragen wurde.

So viel zum Thema, dass er schonend mit ihr umgehen wollte. Zwar wusste er sehr wohl, dass er mit seinem energischen Liebesspiel an ihre Grenzen ging, doch er hatte kein Mittel, seinem Lustrausch ein Ende zu bereiten.

Er wartete ab, dass der Drang, ihr Bett zu verlassen, ihn eroberte, und betrachtete so lange ihr friedliches Gesicht. Dann wurde ihm klar, dass dieser Impuls nicht kam. Vielmehr verspürte er den Wunsch, sie an sich zu drücken und ihr in den warmen, sicheren Kokon eines tiefen Schlafs zu folgen.

Als er sich dessen bewusst wurde, zuckte er zusammen. Die einzige Frau, mit der er regelmäßig Nächte verbracht hatte, war Diana. Und sogar bei Diana war es immer wieder vorgekommen, dass er mitten in der Nacht mit einem Gefühl der Bedrängung aufgewacht war. Dem Gefühl, keine Luft zu bekommen. Er hatte den Impuls zu fliehen unterdrücken müssen, denn ihm war klar gewesen, dass dies bei der Frau, die man liebt, nicht angemessen war.

Jener Kam Reardon, der zu seinem College-Besuch in London im Alter von siebzehn Jahren zum ersten Mal in der Öffentlichkeit auftauchte, jener linkische, unzivilisierte junge Mann war verschwunden und ersetzt worden durch einen gepflegten und kosmopolitischen, wenn auch hin und wieder schweigsamen

Kardiologen in Ausbildung mit brillanten Zukunftsaussichten. Die zehn Jahre, die er in London verbracht hatte, hatten ihn völlig verändert. Viele der sonderbaren Eigenarten, die er sich in Manoir Aurore angewöhnt hatte, konnte er dort ablegen, abwürgen oder zumindest kontrollieren. Sein grüblerisches, grobes Benehmen verwandelte sich in ein zurückhaltendes, distanziertes. Er war davon überzeugt gewesen, dass es richtig war, mit Selbstdisziplin seine eigentümlichen, einzelgängerischen Angewohnheiten im Zaum zu halten. Er hatte das bis zu dem Tag geglaubt, an dem Diana herausgefunden hatte, wer seine Eltern waren und wie bizarr und unrühmlich er aufgewachsen war. Er hatte es bis zu dem Tag geglaubt, an dem sie ihren einflussreichen »Freunden« eine Lüge aufgetischt hatte, um ihn damit zu tarnen. Bis er dickköpfig seine schäbige, beschämende Vergangenheit vor ihr und ihren Freunden ausgepackt hatte, um sie in aller Öffentlichkeit bloßzustellen – wie Diana es hinterher genannt hatte.

Bis sie ihn verlassen hatte. Oder bis er Diana seinem Stolz geopfert und er sie verlassen hatte. Kam hatte nie wirklich herausgefunden, wie es eigentlich verlaufen war.

Nach dieser Katastrophe hatte er sich nie wieder bemüht, seinen Drang nach Einsamkeit zu zügeln. Er war hingerissen gewesen von Dianas Eleganz und Gewandtheit, von ihrem wunderschönen Körper und ihrem Gesicht, das einen Mann wie ihn verrückt machen konnte, denn es war schöner als alles, was er bis dahin gekannt hatte. Kam war derart hypnotisiert worden, dass er seine Freiheit opferte.

Mit einem Mal wurde ihm klar, dass der kultiviertere Kam mit seinem Umzug nach Chicago plötzlich wieder auf der Bühne erschienen war. Ja, sein kosmopolitisches Auftreten war zwar weniger konsequent, als es früher gewesen war, und sicherlich auch deutlich unglaubwürdiger. Aber er hatte definitiv seine alte Rolle wieder eingenommen.

Er hatte es für Lin getan und aus keinem anderen Grund.

»Kam?«, murmelte Lin, als er eine Minute später seine Hose überstreifte. Ihre schlaftrunkene Stimme im Halbdunkel ließ Gänsehaut auf seinem Nacken und den Schultern entstehen.

»Ja. Entschuldige. Wollte dich nicht wecken. Ich habe gedacht, ich sollte besser los. Ich habe doch heute Morgen den Umzug in die andere Wohnung.«

»Ich kann dir einen Fahrer zum Hotel schicken, der dir hilft, den Rest deiner Sachen zu transportieren«, schlug sie mit leiser Stimme vor.

»Das brauchst du nicht«, versicherte er ihr, schlüpfte in sein Hemd und knöpfte es rasch zu. »Ich kann das alles selbst tragen, kein Problem. Ich nehme dann ein Taxi.« Vollständig angezogen hielt er kurz neben dem Bett inne. Ihre leise, melodische Stimme, die geschmeidigen Arme und die weichen Umrisse unter der noch körperwarmen Decke hielten ihn gefangen.

»Kommst du um zwei?«, fragte er und griff nach seinem Jackett.

»Was?«

»In meine neue Wohnung«, erinnerte er sie und riss sich von dem verführerischen Anblick los. »Du hast versprochen, meine Testperson zu werden.«

»Ach ja, du hast recht. Okay«, sagte sie schläfrig.

»Ian hat mir gesagt, dass es für die Manager bei Noble ein Fitness-Studio gibt. Gehst du da hin?«

»Ja.« Lin klang ein wenig verwirrt.

»Könntest du ein wenig trainieren, bevor du zu mir in die Wohnung kommst? Ich schicke dir vorher noch einen Sensor und eine kleine Anleitung. Ich brauche sowohl deinen Ruhepuls und den Blutdruck als auch deine Werte unter Anstrengung. Dieser Teil des Protokolls ist ziemlich einfach. Schau dir einfach die Anleitung an und bringe den Sensor mit. Er liefert mir dann die Daten. Und ich schicke dir noch einen Fragebogen zu deinem Allgemeinzustand.«

»Ist gut. Ich gehe dann vor der Arbeit zum Training.«

»Sehr gut. Dann treffen wir uns heute Nachmittag.« Er drehte sich um und wollte gehen.

»Kam?«

Er blieb stehen.

»Ja.«

»Danke für eine tolle Nacht.«

Ohne dass er wusste warum, war ihm das unangenehm. Ihm fiel keine Antwort ein. Beinahe wäre er wortlos zur Tür hinausgegangen, stattdessen trat er zwei große Schritte zurück zum Bett. Er beugte sich hinab und küsste sie, zunächst hart, dann zärtlich.

Wodurch es kurz darauf nur noch schwieriger wurde, sie zu verlassen.

»Haben Sie etwas von dem Kurierdienst gehört, der Angus vom Flughafen abholen soll?«, wollte sie von Maria am Morgen wissen, als sie nach dem Training ins Büro kam. Sie trug den erstaunlich kleinen Sensor, den Kam ihr geschickt hatte, um ihre Daten aufzuzeichnen. Er hatte recht gehabt, es war wirklich einfach gewesen, ihn anzulegen.

»Ja. Die ›Ware‹ soll in O'Hare um 14 Uhr 45 ankommen. Wenn man das Ausladen und den Verkehr berücksichtigt, müsste er so gegen halb fünf hier in der Stadt sein«, erklärte die Sekretärin lächelnd. »Ich wäre gern dabei, um Mr. Reardons Überraschung mitzuerleben. Nach dem, was mir Phoebe Cane erzählt hat, die auf Angus aufpasste, haben die beiden wohl eine recht enge Beziehung.«

»Wer, Kam und sein Hund?«, fragte Lin abgelenkt nach.

»Na ja, wenn ich jetzt so darüber nachdenke … dann die beiden wohl auch.«

Lin zuckte zusammen, und sie sah Maria an ihrem Schreibtisch direkt an. Die kleinen Härchen in Lins Nacken stellten sich auf. Sie trat auf die andere Frau zu. »Wie meinen Sie das?« Maria kicherte und schüttelte den Kopf, als wolle sie sagen *Nichts von Bedeutung*. Es kam Lin so vor, als würde sie plötzlich Blei schlucken. Lin lächelte ihr auffordernd zu, auch wenn sich ihre Lippen steif anfühlten.

»Wollen Sie damit andeuten, dass Kam und diese Phoebe... irgendwie zusammengehören?«

»Sie hat auf jeden Fall Fragen über Mr. Reardon gestellt, die für eine Hunde-Sitterin eher untypisch sind«, gab Maria mit einem bedeutungsvollen Blick zurück.

»Das ist kaum erstaunlich, denke ich«, versuchte Lin das Thema von der lockeren Seite zu nehmen. »Kam ist ein ausgesprochen attraktiver Mann. Er bekommt sicher viel Aufmerksamkeit von den Frauen in seinem Dorf.«

»Sicher.« Maria wandte sich wieder ihrem Computer zu.

Lin wippte auf ihren Absätzen. In Marias Stimme lag etwas, das ihr verriet, dass da noch mehr war.

»Was hat diese Phoebe denn wissen wollen?« Innerlich verfluchte sich Lin, dass sie sich nicht einfach umdrehen und weggehen konnte.

»Ach, nur die üblichen Fragen, ob Kam sich hier in den Staaten wohl fühle, wann er zurückkommen wolle und ob er Angus und Manoir Aurore vermisse.«

»Ja, und wie lauteten die eher untypischen Fragen?«

»Nun«, Maria drehte sich wieder zu Lin, stützte die Ellenbogen auf den Schreibtisch und beugte sich vornüber, sodass es aussah, als würde sie einer Freundin Vertrauliches zuflüstern. »Sie hat erwähnt, dass Angus nur schlecht schläft und mehrfach weggelaufen ist. Und dann hat Miss Cane eine Bemerkung fallen lassen wie: ›Angus ähnelt da ihrem Herrchen. Ihn kann ich auch nicht länger als nur für ein oder zwei Stunden ins Bett bekommen, bevor er unruhig wird und wieder aufbricht.‹«

»Ja, oh, jetzt verstehe ich, was Sie meinen«, antwortete Lin mit schwachem Lächeln. Dann ging sie in ihr Büro und schloss die Tür hinter sich.

Eine unendlich lange Minute stand sie nur da, mit dem Rücken an der Tür, und blickte durch die bodentiefen Fenster. Ihr Gehirn vibrierte bei dem Gedanken an den Tratsch und die Neuigkeiten, die Maria eben nebenbei fallen gelassen hatte. Kams Stimme hallte in ihrem Kopf wieder. *Ich hätte nie mit dir Sex gehabt, wenn es jemanden Besonderes in meinem Leben gäbe.*

Aber wie besonders war sie? Nur weil er ein paar Stunden im Bett dieser Frau – in Phoebes Bett – verbracht hatte, hieß das nicht, dass sie seine Freundin war.

Oder dass du seine Freundin bist.

Dieser demütigende Gedanke trieb ihr die Schamröte ins Gesicht. Wer war sie denn, eine Teenagerin? Natürlich war sie nicht Kams *Freundin*. Sie war eine erwachsene Frau, die eine intime, extrem befriedigende sexuelle Beziehung mit einem sehr attraktiven Single führte. Warum brachte sie die Erkenntnis, dass er in Frankreich ein Betthäschen hatte, so durcheinander?

Lebhaft hatte sie noch das Bild vor Augen, wie sie am frühen Morgen erwacht war und seinen großen Schatten beim eiligen Anziehen vor dem Fenster erkannte hatte. Sein früher Aufbruch hatte sie in diesem Moment kaum beschäftigt, und die kleinen Zweifel, die an ihr genagt hatten, waren durch seinen versengenden Abschiedskuss schnell zum Schweigen gebracht worden.

Die Erkenntnis, dass dies typisch für Kam war, dass er bekannt dafür war, nicht länger im Bett einer Frau liegen zu bleiben, als es absolut notwendig war, hätte bei ihr nicht diese plötzliche eisige Sorge auslösen sollen.

Hätte sie nicht, tat sie aber doch.

Sie stieß sich von der Tür ab, trat auf ihren Schreibtisch zu und warf den Sensor auf die Schreibunterlage. Die jahrelange Erfahrung mit unerwiderten Gefühlen hatte sie gelehrt, dass es eine einzige vernünftige Reaktion gab, um sie all ihre Unruhen vergessen zu machen: Arbeit. Sie setzte ihre Brille auf und beugte sich über ihren Schreibtisch, einen ausführlichen Wirtschaftsbericht in den Händen.

Zu ihrem großen Verdruss fiel es ihr heute bedeutend schwerer, ihre Gedanken zu sammeln, als es je der Fall gewesen war, wenn sie Kummer wegen Ian hatte.

KAPITEL ZEHN

Um zwei Uhr am Nachmittag öffnete Kam die Tür seines neuen, derzeitigen Apartments.

»Hallo.« Sein Blick streifte in einer Art über sie, die zu ignorieren Lin sich streng vorgenommen hatte.

»Hallo.«

Sein Kopf senkte sich. Sie spürte, wie sie in Panik geriet. Seine Lippen fuhren über ihren Mund. Er roch fantastisch. Einige Sekunden lang erwiderten ihre Lippen seinen Kuss, ohne dass Lin dazu ihr Einverständnis gegeben hätte. In ihr schnallte etwas wie eine Peitsche.

Abrupt drückte sie ihm einen Umschlag, in dem der Sensor und der ausgefüllte Medizin-Fragebogen steckten, in die Hand und ging an ihm vorbei.

»Hattest du Probleme mit dem Sensor?«, wollte er nach einer kurzen Pause wissen. Er klang ein wenig verwirrt.

»Nein. Genau wie du gesagt hast, war es ganz einfach«, antwortete Lin leichthin.

In den vergangenen Stunden hatte sie ihre Unruhe mühsam, aber ordentlich am Rande ihres Bewusstseins verstaut. Sie würde dieses Problem hervorholen und aufräumen, sobald sie sich emotional stabiler fühlte. Allerdings konnte einer von Kams innigen Küssen problemlos etwas in ihr aufwühlen und damit ihrem Vorhaben ernsthaften Schaden zufügen.

»Es sieht toll aus hier. Und du bist nur drei Stockwerke von Ian und Francesca entfernt«, bemerkte Lin, während sie durch das große, luxuriöse Wohnzimmer spazierte, das mit einer gefälligen Mischung aus asiatischen Antiquitäten und modernen, bequemen Sofas und Sesseln eingerichtet war. Als sie das Zentrum des Raumes erreicht hatte, drehte sie sich um.

»Ja. Francesca hat mich schon zum Mittagessen in das Penthouse eingeladen.«

Sie hob die Augenbrauen und schenkte ihm einen vorsichtigen Blick. Ihr war klar, dass er sich schnell klaustrophob fühlte, wenn die Familie ihm zu nahe rückte. Es war nicht so, dass Kam seine neue Familie nicht mochte – Lin war sogar überzeugt, dass er inzwischen recht stolz auf sie war. Aber Kam war kein Freund von großen Aufmerksamkeitsbeweisen oder Plaudereien.

»Und, bist du hingegangen?«

Er zuckte mit den Schultern, als sei die Antwort offensichtlich.

»Hast du schon einmal Mrs. Hansons Küche gekostet?«, fragte er und brachte damit Ians langjährige Haushälterin ins Spiel.

»Ja, ihr Essen ist köstlich. Ich würde auch nie die Gelegenheit ausschlagen, eines von Mrs. Hansons Menüs zu genießen. Hat mit dem Umzug deiner Sachen vom Hotel alles geklappt?«

Sie hielt die perfekt freundliche Miene aufrecht. In Sachen eleganter Freundlichkeit war Lin Expertin.

Kam nickte, den Blick fest auf sie gerichtet. Dann folgte er ihr ins Wohnzimmer. Aus den Augenwinkeln heraus war ihr aufgefallen, wie wild und ungemein attraktiv er aussah in seiner ausgebleichten Jeans und dem stahlblauen Hemd, das seine grauen Augen besonders hell wirken ließ. Hätte sie das alles nur geahnt, hätte sie ihm hässlichere Kleidung gekauft, dachte sie, denn sie hasste die Verwirrung, die sein schickes Aussehen bei ihr auslöste.

»Ja. Und ich habe auch meine Ausrüstung aufbauen können«, stellte er fest und wies auf eine Reihe kleiner mechanischer Apparate, die, mit Kabeln und Elektroden verbunden, auf dem Tisch lagen. Lin sah zu, wie Kam den Sensor, den sie mitgebracht hatte, auspackte und an seine Maschinen anschloss. Eines der Kabel führte zu einem Laptop auf der Couch. Ein weiterer Computer lief, war aber nicht an die anderen Apparate angeschlossen.

»Prima. Dann können wir vermutlich ja beginnen.« Lin zog ihren Mantel aus und legte ihn über einen Stuhl. »Ich muss noch ein paar Dinge erledigen, bevor ich nach Hause fahre und mich für das Treffen heute Abend umziehe.«

Sie bemerkte, wie sich seine Miene verdüsterte.

»Wir müssen uns schon wieder schick machen?«

»Ja. Ich hatte noch keine Gelegenheit, es dir zu sagen, aber ich konnte noch Karten für die Premiere in der Oper heute Abend besorgen. Jason ist begeistert. Der Premierenabend beginnt um sechs, aber wir treffen Jason erst um halb sieben. Sie spielen *Otello*. Über Geschäftliches können wir dann anschließend beim Essen sprechen. Du solltest also den Smoking tragen, den wir haben schneidern lassen.«

Seine Gesichtszüge fielen in sich zusammen. Lin fühlte sich mit einem Mal, ohne es zu wollen, schuldig. Gott, sie war furchtbar. Vor knapp einer Stunde hatte sie sich entschieden, die Pläne umzuwerfen – im Wissen darum, dass Kam die Änderung nicht gefallen würde. Und warum hatte sie das getan? Weil sie plötzlich heftige Eifersucht verspürte, als seine französische Geliebte aufgetaucht war? Oder vielmehr weil sie verstanden hatte, dass zwanglose Affären für ihn etwas Alltägliches waren?

Du musst ihn aus dem Gleichgewicht bringen, hatte sie sich zugebilligt. Er berührte sie weitaus mehr, als es ihr recht war. Allein wenn man sich überlegte, was er mit ihr gestern Abend in dem Restaurant getan hatte. Sollte sie wieder einen Beweis für ihre Verletzlichkeit brauchen, was ihn anging, so würde diese Szene sicher ausreichen. Und es war ja auch nicht so, dass sie Kam nicht schon darauf vorbereitet hatte, dass ihm die anstehenden Verabredungen womöglich unangenehm sein könnten. Genau deshalb war sie ja schließlich hier, um seine Unruhe zu beruhigen.

»In Ordnung. Smoking. Premiere. Dein Ex-Freund. Klingt alles nach einem wirklich lustigen Abend«, murmelte er und schaltete ein paar Uhren in den schlanken Mechanismus auf dem Tisch.

»Jason ist nicht mein Ex-Freund. Wir hatten gelegentlich etwas miteinander. Du kennst doch diese Art von Beziehung.«

Er sah sie an. Seine dunklen Augenbrauen waren gerunzelt, in seinem finsteren Blick lag Verwirrung. »Was ist mit dir los?«, wollte er plötzlich wissen.

»Nichts.« Sie antwortete auf seine Verwirrung mit einem warmen Lächeln. »Können wir anfangen?«

Er hatte den Mund geöffnet, um ihr etwas zu erwidern, doch schien er es sich in letzter Sekunde anders überlegt zu haben. Stattdessen drückte er einen weiteren Knopf und streckte den Rücken durch.

»Ja. Wenn du so weit bist. Du musst dich nur noch ausziehen.«

Sie lachte laut auf. Kam zog die Augenbrauen hoch.

»Das meinst du nicht ernst, oder?«, wollte sie wissen. In ihrer Stimme klang der Schreck darüber mit, dass er einfach nur abwartend dasaß.

»Natürlich meine ich das ernst. Ich muss die Elektroden an allen deinen Pulsstellen befestigen, um die Basisdaten zu gewinnen.«

Ein paar Sekunden stand sie unbewegt da, den Mund offen und ohne ihre eben noch zur Schau getragene Leichtigkeit. Furcht stieg in ihr auf. Es war ihr noch sehr präsent, wie er am ersten Abend im Savaur ihr Handgelenk gepackt hatte und sie fortan fürchtete, er könne ihre Unruhe spüren. Ihre Erregung.

Mit seiner Maschine würde er in ihr wie in einem offenen Buch lesen können.

Sie war wohl nicht bei Trost gewesen, als sie sich einverstanden erklärt hatte, dies mitzumachen. Nichts hätte sie in diesem Augenblick mehr beunruhigen können als die Vorstellung, Kam Reardon den Blick in sie hinein zu erlauben und es ihm zu ermöglichen, in ihrem Innersten herumzustöbern. In ihren Geheimnissen.

»Warum kann ich mir die Elektroden nicht selbst anlegen? Das sollen die späteren Nutzer doch ebenfalls können, oder?«

»Ja, aber noch haben wir kein Test-Protokoll, anhand dessen wir den Nutzern erklären können, wie sie die Daten selbst gewinnen können. Bis dahin muss entweder ich oder ein dazu ausgebildeter Mediziner sie anbringen, damit wir auch die richtigen Daten bekommen.«

»Aber das kannst du doch bestimmt auch mit Kleidern machen«, protestierte sie noch einmal schwach.

Kam warf ihr einen trockenen Blick zu und nahm eine der Kabelverbindungen vom Tisch in die Hand.

»Ich habe dich fast die ganze Nacht über nackt in den Händen gehalten. Noch vor ein paar Stunden hatten wir Sex, sehr viel Sex. Ich verstehe nicht, warum du dich jetzt zierst, dich vor mir auszuziehen.« »Aber ich geniere mich jetzt«, rutschte es Lin heraus, noch bevor sie sich zurückhalten konnte. »Müssen sich all deine Testpersonen nackt vor dir ausziehen?«

»Nein«, gab er unverblümt zurück. »Meine menschlichen Testobjekte haben bislang immer Krankenhauskittel getragen. Aber ich habe jetzt keinen hier.« Er atmete tief aus und runzelte die Stirn, als er ihre verteidigungsbereite Haltung erkannte. »Willst du mir jetzt sagen, was dich so ärgert, oder nicht?«

»Ich bin nicht verärgert«, log sie. Kurz suchte sie nach einem Ausweg aus dieser Situation, doch sie fand keinen. Sie hatte versprochen, ihm bei diesem Projekt zu helfen, das Ian für ihn vorbereitet hatte. Und die Gewinnung von Daten für eine Testpräsentation gehörte ganz elementar dazu. Außerdem hatte sie sich erst gestern dazu bereiterklärt. Wenn sie nun einen Rückzieher machte, würde das ihre Verletzlichkeit sogar noch deutlicher zu Tage treten lassen.

»Einverstanden. Aber den BH und den Slip behalte ich an.«

»Um den BH kann ich herumarbeiten, aber dein Höschen musst du ausziehen.«

Bei dieser abgeklärten Antwort musste sie nach Luft schnappen. Sein Gesichtsausdruck verhärtete sich, während er sie ansah. Zu spät fiel ihr auf, dass sie sich damit verriet.

»Leg dir ein Handtuch um, wenn dir das lieber ist«, schlug er mit zusammengekniffenem Mund vor. Sie verstand, warum er ärgerlich war. Wo war denn ihr Anstand gewesen, als sie sich in aller Öffentlichkeit von seinen streichelnden Händen zu einem wirbelnden Orgasmus hatte verführen lassen? »Gästebad, erste Tür links.« Er wies auf den Flur. »Handtücher liegen unter dem Waschbecken.«

Mit durchgedrücktem Rücken ging sie den Flur entlang. Sie gab sich alle Mühe, ihren Kopf ebenso gerade zu tragen, als sie kurz darauf zurückkam, aber es war schwer, majestätisch und unnahbar zu wirken, während sie das Handtuch um den nackten Körper festhalten musste.

»Komm hierher«, forderte Kam sie abgelenkt auf, als sie unbeholfen in der Mitte des Raumes stand. Während sie näher kam, fiel ihr unerwartet etwas ein, das Kam sie einmal gefragt hatte.

Wie weit würdest du gehen, um Ian zu Diensten zu sein?

Offenbar sehr weit, dachte sie verbittert, als sie es Kam erlaubte, sie zum Computer auf die Couch zu führen. Nur, dass sie dies nicht für Ian tat. Sie tat es für sich selbst; um sich zu beweisen, dass sie bei Kam sein konnte, ohne sich wie ein kopfloses Schaf umzudrehen und wegzulaufen.

Lin trug ihr Haar an diesem Tag offen. Sie stutzte, als er seine langen Finger in ihr Haar hineinschob und es aus ihrem Gesicht nahm. Ein Schauder zog sich wie ein Netz ganz knapp unter ihrer Haut über ihren Körper. Sie zuckte ein, zwei Zentimeter zurück.

»Was tust du da?«, wollte sie wissen.

Kam stand vor ihr, die Hände noch immer in ihren Haaren, und sah zu ihr hinunter. In dieser Stellung war ihr Gesicht nur sehr wenig von seinem Reißverschluss entfernt.

»Ich muss Elektroden an die Adern an deinen Schläfen und in deinem Gesicht anbringen. Dazu schiebe ich deine Haare aus dem Gesicht. Ist das okay?« Er sah sie grimmig an.

»Natürlich«, erwiderte sie. Sie hasste es, nervös zu sein. »Tut es weh?«, erkundigte sie sich kurz darauf, als er eine kleine, mit einem Kabel verbundene Elektrode aufhob.

»Überhaupt nicht. Ich lese nur deinen Körper aus, weiter nichts. Versuch einfach, dich zu entspannen.«

Mühsam schluckte Lin, als er mit zwei seiner festen Fingerspitzen auf der Suche nach dem Puls über ihre rechte Schläfe fuhr. Er löste das Papier auf der Rückseite der Elektrode und drückte sie auf ihre Haut. All das ging schnell und sah nach großer Erfahrung aus. *Ich lese nur deinen Körper aus, weiter nichts.* Komisch, es fühlte sich sehr eindringlich für sie an. Nun, nicht wirklich eindringlich, sondern eher erschreckend...

... persönlich. Intim.

»Ich habe gar nicht gewusst, dass ich da auch einen Puls habe«, murmelte sie voller Sorge, die Elektrode, die er gerade rechts von ihrem Kinn aufklebte, könne abreißen.

»Du hast Pulsstellen überall auf deinem Körper«, erklärte Kam. Er wirkte abgelenkt, denn er griff gerade nach einer weiteren Elektrode. Seine Finger glitten über ihren Hals, und Lin unterdrückte ein Schaudern. Vorsichtig drückte er die Elektrode an den Puls, den er hier rasch gefunden hatte. »Du hast sogar ausgesprochen ausgeprägte Pulsstellen. Deshalb habe ich auch gedacht, dass du eine geeignete Versuchsperson sein würdest.«

»Bin ich das?« Ihr Erstaunen überlagerte für einen Moment ihre Unruhe. »Ist dir das aufgefallen, während ... wir zusammen waren?«

»Ja. Du zeigst deine Gefühle besonders gut. Halte deinen Arm einmal so«, wies er sie an und streckte den Arm so, dass die Handfläche nach oben gerichtet war.

»Das denke ich nicht«, widersprach sie ihm ein wenig knurrig, folgte aber seinen Anweisungen. »Meine Geschäftspartner haben mir immer bestätigt, dass ich ein großartiges Pokerface habe. Und Ian schätzt an mir die Tatsache, dass ich äußerlich immer kühl wirke, ganz egal, was auch geschieht.« *Und kontrolliert*, ergänzte sie in Gedanken, vor allem deshalb, weil sie das genaue Gegenteil von Kontrolle in diesem Augenblick verspürte. »Das ist in stressigen Business-Verhandlungen sehr hilfreich.«

»Ich rede auch nicht von deinem Gesichtsausdruck.« Kams Zeige- und Mittelfinger glitten über ihren Oberarm. Die Haut auf der Unterseite ihrer Arme war sehr weich und empfindlich. Kam fand, wonach er gesucht hatte, und brachte eine weitere Elektrode an. Er wiederholte den Vorgang auf der Unterseite ihrer Unterarme, wobei seine Finger ein wenig länger über einer Arterie unterwegs waren, bis er sein Ziel erreicht hatte. »Ich rede von deinen physiologischen Reaktionen«, fuhr er fort. »Die Anzeichen sind deutlich ... das heißt, wenn sie jemand richtig deuten kann.«

Er wusste, wie man sie richtig deuten konnte. Und niemand besser als er.

Als er ihre Handfläche mit beiden Händen umschloss und vorsichtig ihr Handgelenk abtastete, begann ihr Herz wild zu pochen. Es fühlte sich gut an. Ihr Geschlecht reagierte auf seine Berührung, Hitze wallte in ihr auf. Dass ihr Körper sie so schnell – und so vollkommen – verriet, machte sie sprachlos. Schweigend und unruhig sah sie zu, wie er die Elektrode an ihrem Puls anbrachte. Mit Augen so hell wie Quecksilber sah er sie an und traf ihren Blick.

»Kannst du aufstehen?«

Sie erhob sich, auch wenn ihre Beine sich anfühlten, als seien sie aus Gummi. Vielleicht hatte er geahnt, wie sie sich fühlen würde, denn seine Frage hatte etwas ganz Selbstverständliches wie eine große Anstrengung formuliert. Er kniete sich vor ihr nieder, und ihre Alarmglocken läuteten. Die Gewissheit, dass er ihre Unruhe – oder ihre Erregung? – so leicht würde lesen können wie ein Dokument auf dem Computer, versetzte sie in Panik.

Doch Lin pflegte nicht davonzulaufen. Ihre Dickköpfigkeit hatte sie in diese Falle laufen lassen.

Sie verbiss sich ein Keuchen, als er seine Hand auf ihre Kniekehle legte und wieder mit seinen erfahrenen Fingerspitzen umherfuhr. Er musste das Pochen spüren, das, ausgelöst von seiner Berührung, unter ihrer Haut dahinsauste. Es war ein seltsames Gefühl, seine Erfahrung so zu spüren, seine großer Kennerschaft des menschlichen Körpers. Die wenigsten Menschen wären auf die Idee gekommen, Kam Reardon als feinsinnig zu bezeichnen; sein Benehmen und seine Sexualität waren häufig sehr roh. Doch als sie diese geschickte, komplexe Seite seiner Persönlichkeit beobachtete, fühlte Lin sich nur umso verletzlicher.

Aber Kam hatte doch an einer Hochschule Medizin studiert, oder etwa nicht? Auch wenn die Krankheit und der Tod seiner Mutter ihn davon abgehalten hatten, seine Facharzt-Ausbildung zum Kardiologen abzuschließen, so hatte er doch unzählige Schichten in Krankenhäusern abgeleistet. Ganz abgesehen von der Tatsache, dass er noch vor Kurzem eine groß angelegte

Versuchsreihe zu seinem Biofeedback-Mechanismus an einer Hochschule in Frankreich durchgeführt hatte. Also würde er sich vermutlich überhaupt nichts dabei denken, wenn eine Versuchsperson unter seinen Händen eine Gänsehaut bekam, oder? Wurden diese Versuchspersonen und Patientinnen auch so feucht zwischen den Schenkeln, wie Lin es nun wurde? Sehr unwahrscheinlich. Und ganz sicher wurden sie nicht sonderbarerweise *zugleich* erregt und panisch bei der Vorstellung, Kams erfahrenen Augen ausgeliefert zu sein ... durch seine Berührung unwillentlich erregt zu werden.

Sie schloss die Augen, konzentrierte sich auf ihre Atmung und rief sich jedes Detail einer komplizierten Tanzbewegung in Erinnerung, die ganz besonders viel Sorgfalt und Aufmerksamkeit erforderte. Die Zeit, die Kam brauchte, um an ihrer Wade und ihrem Fuß zwei Elektroden anzubringen, nutzte sie, um sich ein wenig zu beruhigen.

»Die Uhr mit deinem Mechanismus kann am Ende doch nur die Daten vom Handgelenk-Puls ablesen«, stellte Lin fest, als Kam sich wieder aufrichtete. »Warum gibst du dir so viel Mühe, auch Daten von den anderen Pulsstellen zu gewinnen?«

»Wenn ich die Basisdaten deines gesamten Körpers habe und sie mit den Informationen aus dem Sensor und deinen Angaben aus dem Fragebogen in Verbindung bringe, bin ich in der Lage, einen Logarithmus anzuwenden, der die Daten von deinem Handgelenk automatisch vervollständigt. Ein großes Datenvolumen wird heruntergebrochen in ein Messinstrument, das dann, ausgehend von Angaben wie der Körpertemperatur, dem Blutdruck, dem Puls, der galvanischen Hautreaktion und einer Reihe anderer Daten, exakt vorhersagen kann, was im Körper geschieht. Man kann durchaus sagen, dass diese mathematische Formel den wahren Kern des gesamten Mechanismus bildet«, erklärte er nebenbei. Sie starrte ihn während seiner beiläufigen, brillanten Erläuterung nur an. Sie blinzelte, als sie bemerkte, wie er eine ganze Reihe von verschnörkelten Linien auf seinem Monitor studierte. »Eben hast du etwas gemacht. Was war das?«, wollte Kam wissen.

»Ich weiß nicht, was du meinst.«

»Du hast dich eben selbst beruhigt.« Er drehte ihr seinen Kopf zu. »Was war das?«

Bildete sie sich das nur ein, oder zeigte eine der sich bewegenden Linien auf seinem Computer bei seiner Frage eben einen Ausschlag nach oben?

»Ich habe... mir nur eine schwierige Tanzbewegung vorgestellt.«

Er nickte, als würde diese Erklärung völlig ausreichen. »Das ist gut. Glaubst du, du kannst das wiederholen, wenn wir dies den Uhrenherstellern vorführen? Bewusst und absichtlich entspannen?«

Sie zuckte zusammen, als ihr die Bedeutung seiner Frage bewusst wurde. Kam schenkte ihr ein schiefes Lächeln, als könne er ihre Gedanken lesen. »Du wirst dann nur das Armband tragen. Bis obenhin werden deine Kleider geschlossen sein. Ich habe dir doch erklärt, dass wir nur heute die grundlegenden Daten gewinnen müssen.« Seine tiefe, mit einem leichten französischen Akzent versehene Stimme strich wie eine Liebkosung über ihre Wangen.

»Ich denke, das müsste ich schaffen«, antwortete Lin zweifelnd. Wenn sie ihre Reaktionen in dieser Situation beherrschen konnte, in der sie nackt vor Kam stand und er ihre geheimsten, subtilsten Körperreaktionen erforschte, dann würde ihr das wohl auch gelingen, wenn sie angekleidet und nur mit einem Sensor am Handgelenk ausgestattet war.

»Gut.« Er griff zur letzten Elektrode. »Jetzt muss ich das Handtuch ein wenig beiseiteschieben.«

Er stand vor dem Computermonitor, sodass sie dessen Anzeige nicht erkennen konnte, aber sie war sicher, dass in diesem

Moment alle Linien in die Höhe schossen. »Wo?« Sie wollte wissen, wo er diese aufregende letzte Elektrode anbringen wolle. Er wich ihrem Blick nicht aus und antwortete, indem er seine Fingerspitze auf seine Jeans legte, knapp links von seinem Reißverschluss. Ihr gingen die Augen über. Es sah sehr voll aus, dort in seinem Schritt. Er war gegen die Berührung ihrer Haut nicht so immun, wie er sie glauben machte.

»Aber dort ist doch kein Puls, oder etwa doch?«, erkundigte sie sich schwankend.

Er senkte die Hand.

»Sogar ein sehr wichtiger, die Oberschenkelarterie.«

Sie nickte, denn ihr Mund war zu trocken zum Sprechen. Die ganze Zeit hatte sie das Handtuch zwischen ihren Brüsten festgehalten und versuchte nun, es möglichst sittsam und anständig zu lockern. Allerdings geriet ihr die Bewegung, der Kabel an ihren Handgelenken wegen, eher plump. Ihr Geschlecht war nach ihren intensiven Liebesspielen der letzten Nacht noch immer empfindlich, doch jetzt sorgte das leicht aufgeraute Gefühl nur dafür, dass sie noch erregter wurde, dass das kitzelnde, drängende Gefühl sich verstärkte.

»Ich habe ihn«, versicherte er grimmig. Er hockte so vor ihr, dass sein Gesicht auf der Höhe ihres Beckens lag. Lin blickte durchs Fenster auf einen azurblauen, sonnenbeschienenen Lake Michigan, doch sie sah ihn gar nicht. Ihre Aufmerksamkeit wurde vollständig in Beschlag genommen durch das Gefühl, wie Kams Hand das Handtuch beiseitegeschoben hatte und ihre Hüfte entblößte. Eine Ecke des Stoffs hing noch über ihrem Geschlecht, doch sie spürte kühle Luft an ihrer Muschi.

Hitze und Kälte.

Er bewegte seine Finger auf der Suche nach der Arterie über den empfindsamen, nackten Hautflecken direkt neben ihrer Muschi. Ein Taumel erfasste sie. Oder war es Lust? Mit einem Mal hatte sie lebhaft das Bild vor Augen, wie er das Handtuch fortschob und seine Zunge zwischen ihre Schamlippen schob. Sie wusste noch ganz genau, wie gekonnt er dieses Manöver beim letzten Mal beherrscht hatte.

Erregung wuchs in ihr. Sie konnte sich kaum zurückhalten zu stöhnen.

»Lin.«

Voller Anstrengung öffnete sie die zusammengepressten Augenlider. Er sah zu ihr hinauf, das Gesicht nur Zentimeter von ihrer Muschi entfernt. Seine Nasenflügel bebten kaum merklich. »Bist du wund? Von gestern Nacht?«

»Ein bisschen«, gab sie zu. Ihre Lippen fühlten sich taub an. Hatte er ihre Gedanken gelesen? »Tut mir leid.«

»Das liegt genauso an mir wie an dir«, gab sie leise zurück.

Er blinzelte, als würde er aus einer Trance erwachen.

»Vielleicht solltest du wieder an den Tanz denken«, sagte er so leise, dass sie fast geglaubt hätte, sie hätte es nur geträumt. Wie peinlich. Er *wusste es*. Er wusste es, dass ihr Körper vor Erregung prickelte. Sie schloss die Augen. Er wusste, was er bei ihr auslöste. Aber er nahm doch hoffentlich nicht ihren Duft wahr, oder?, schoss es ihr voller Panik durch den Kopf.

Denk an den Tanz. Trotz ihrer Verletzlichkeit folgte sie seinem Rat. Ihren Körper und ihren Geist zur Disziplin zu rufen, war ihr bislang immer gelungen. Sie malte sich aus, wie sie die graziösen, schwierigen Haltungen einnahm, hörte die Musik in ihrem Kopf… verlor sich darin. Sie spürte den Moment, in dem er die Elektrode knapp neben ihrem nackten Geschlecht platzierte, doch sie gewann durch ihre Konzentration ein wenig Abstand davon. Sogar als sie merkte, wie der Stoff des Handtuchs wieder an seinen Platz fiel, meditierte sie weiter über den Tanz.

»Du kannst dich jetzt aufs Sofa setzen. Sie sind alle angebracht.« Lin öffnete die Augen. Kam stand vor ihr. Er legte die Hand auf ihren freien Arm und half ihr, sich zu setzen, wobei er auf die angeschlossenen Kabel achtete. Ganz bewusst bedeckte sie sich mit dem Handtuch.

»Wie geht es jetzt weiter?«, fragte sie, als er sich ebenfalls gesetzt hatte, ein Kissen und zwei Computer zwischen ihnen.

»Ich zeige dir jetzt ein paar Bilder auf dem Monitor und stelle dir ein paar Fragen dazu. All diese Dinge sind darauf ausgerichtet, emotionale und physiologische Reaktionen in dir auszulösen. In diesem Fall darfst du dich bitte nicht kontrollieren.« Er machte es ihr ganz deutlich. »Das ist sehr wichtig. Später werde ich dich um eine entspannte Haltung bitten, wofür du offenbar, glücklicherweise, eine Begabung zu haben scheinst. Aber fürs Erste bitte nicht entspannen. Und nicht nachdenken. Nur auf den Stimulus reagieren. Okay?« Lin nickte. Zumindest würde er sie während dieser Fragen nicht berühren. Das war ja schon mal etwas.

In den folgenden fünfundvierzig Minuten zeigte er ihr eine Reihe von Fotos und kurzen Videos, die eindeutig beabsichtigten, bei ihr unterschiedliche Emotionen hervorzurufen, von Unruhe bis Empörung und von Zärtlichkeit bis Angst. Anschließend stellte er ihr eine Menge Fragen, von denen manche langweilig und banal waren, andere sie peinlich berührten, sie zum Lachen oder zum Erröten brachten. Ja, es war beunruhigend, so provoziert zu werden, aber sie erkannte die Universalität der Stimuli. Die Aufgaben waren für jedes menschliche Testobjekt gedacht, nicht nur für sie. Und dieses Wissen half ihr dabei, ihre Panik zu besiegen.

»Gut. Damit hätten wir diesen Teil abgeschlossen«, erklärte Kam und tippte etwas in den Computer. »Jetzt möchte ich dich bitten, dich wieder so zu beruhigen, wie du es eben getan hast. Konzentriere dich auf den Tanz und entspanne, während ich ein paar Daten auslese.«

»Okay.« Sie war sich nicht mehr sicher, ob sie das, was sie blindlings während ihrer Panik erreicht hatte, wiederholen konnte. Aber es stellte sich heraus, dass es sogar noch einfacher war, wenn die Angst nicht einen großen Teil ihres Bewusstseins gefangen hielt.

»Gut. Das war's«, stellte Kam wenig später, irgendwie abgelenkt, fest. Sie öffnete die Augen. Er tippte mit dem Finger auf den Bildschirm. »Wir sind fertig.«

»Wirklich?« Sie klang dankbar. Kam saß am anderen Ende der Couch und balancierte einen der Laptops auf den muskulösen Oberschenkeln. In seinem dunklen, welligen Haar erkannte sie ein paar rotbraune Strähnen. Eine Locke war ihm in die Stirn gefallen. *Verdammt sexy.*

»Ja. Das war doch nicht so schlimm, oder?« Sein Blick schweifte zu ihr hinüber.

Lin schluckte ihre ehrliche Antwort hinunter, die etwa gelautet hätte: *Hundert Mal schlimmer, als hätte man mir all meine Weisheitszähne an einem einzigen Nachmittag gezogen.*

»Nein, wirklich nicht«, sagte sie.

»Willst du mir jetzt verraten, was dich so aufgeregt hat, bevor du heute hierhergekommen bist?« Sein Ton war so sanft, dass sie einen Moment brauchte, um seine Worte – seine Intention – zu verstehen. Als sie sie verstanden hatte, bemerkte sie, dass die Elektrode an ihrem Hals einen kleinen Hüpfer machte. Ruhig abwartend sah er sie an.

»Hast du mich das jetzt gefragt, wo ich nicht darauf vorbereitet war, nur um eine nervöse Reaktion von mir zu bekommen? Um mich zu *analysieren?* Das ist eine unethische Verwendung deiner Maschine!«, warf sie ihm vor.

Ohne ihrem Blick auszuweichen, drehte er den Laptop auf seinem Schoß zu ihr um. Der Computer war ausgeschaltet. Peinlich berührt errötete Lin.

»Glaubst du wirklich, ich brauche eine Maschine, um herauszufinden, dass dich irgendetwas durcheinandergebracht hat? Das war mir spätestens zwei Sekunden nach deinem Auftauchen hier klar. Verrätst du mir jetzt, welche Laus dir über die Leber gelaufen ist, oder nicht? Verdammt noch mal, was habe ich getan?«

Der Atem in ihrer Lunge brannte. Langsam atmete sie aus und bemühte sich, die Kontrolle nicht zu verlieren. Systematisch entfernte sie die Elektroden aus ihrem Gesicht, vom Arm und vom Bein.

»Nichts«, sagte sie ruhig nach einem angespannten Moment. »Du hast nichts getan, außer du selbst zu sein.«

»Oh, das ist ja eine sehr hilfreiche Auskunft. Also bist du angepisst über etwas, das ich nicht ändern kann?« Sein Stirnrunzeln nahm zu, seine Augen wurden zu Schlitzen. »Erzählst du mir wenigstens, worin dieser hoffnungslose Charakterfehler besteht?«

Lin zog an dem so verwirrenden Kabel, das unter dem Handtuch verschwand. Nun stand es ihr frei zu gehen. Doch stattdessen hielt sie über die kurze Entfernung, die sie beide trennte, seinem strengen Blick stand. Hatte er es nicht verdient, die Wahrheit zu hören? Doch wenn sie ihm verriet, welche privaten Informationen sie über Phoebe Cane erfahren hatte, müsste sie ihm auch von Angus erzählen. Und sie wollte noch immer, dass Angus' Ankunft eine Überraschung für Kam werden sollte.

Wie sie ihm so in die zusammengekniffenen Augen blickte, spürte sie wieder jenes inzwischen so vertraute schwere, warme Gefühl in ihrem Bauch. Zwischen ihren Schenkeln war es inzwischen *sehr* feucht.

»Es geht nicht um einen furchtbaren Charakterfehler«, hob sie schließlich ehrlich an. Mit einem Mal war sie sehr erschöpft. »Und ich bin auch nicht böse auf dich. Nicht mehr. Ich ziehe mich jetzt um«, erklärte sie ermattet.

»Einen Augenblick noch«, sagte Kam, als sie aufgestanden war. Er klang verärgert. »Du kannst mich nicht so abspeisen.«

»Ich speise dich nicht einfach ab«, sagte sie ungerührt und hielt das Handtuch fest vor ihrem Busen. »Pass auf, es tut mir leid. Vergiss es bitte einfach, okay?«

Er antwortete nichts, als sie den Raum verließ, doch sie spürte seinen Blick in ihrem Rücken. Frustration stieg in ihr auf. Sie wollte nicht mit ihm streiten. Sie wollte sich nicht so verletzlich fühlen, wenn es um ihn ging.

Die Wahrheit war, sie *wollte* ihn einfach. Punkt.

Sie ging zum Umziehen ins Bad, griff nach ihrer Unterwäsche und ließ das Handtuch auf die Fliesen fallen. Das Badezimmer war recht geräumig und mit einem großen Spiegel in einem alten, geschnitzten Holzrahmen ausgestattet, der über dem Waschbecken und einer massiven Ablage hing. Lin umklammerte ihr Höschen und betrachtete ihr Spiegelbild. Ihre Wangen waren errötet, ihre Augen strahlten. Natürlich hatte Kam in ihr lesen können wie in einem Buch. Seinen scharfen, quecksilbrigen Blick konnte sie damit nicht täuschen.

Es überraschte sie kaum, als er ihren Namen rief und einmal an die Tür klopfte.

»Ja?«, fragte sie und erstarrte augenblicklich, auch wenn jeder Nerv ihres Körpers angespannt reagierte.

Die Badezimmertür öffnete sich. Im Spiegel trafen sich ihre Blicke. Kams Ausdruck war verschlossen, seine Augen leuchteten. Lin fühlte sich von seinem Starren wie aufgespießt und konnte sich nicht rühren. Konnte nicht atmen. Er trat hinter sie. Sie war nackt, bis auf den BH. Sie spürte, wie der Stoff seines Hemds über ihren Rücken rieb und der Reißverschluss seiner Jeans über die empfindliche Stelle ganz am Ende ihrer Wirbelsäule strich. Harte, mit Jeansstoff bedeckte Oberschenkel berührten ihren nackten Po.

Schweigend fuhr er ihr durch das lange Haar auf einer Schulter und legte die Haut ihres Rückens bloß. Er schob eine Hand in ihre Haare und legte sie dann auf ihre Schulter. Ihre Nippel kribbelten in Vorfreude auf seine Berührung.

»Ich habe herausgefunden, dass du eine Geliebte in Frankreich hast«, erklärte sie leise. Es war nicht die Berührung gewesen, die die Wahrheit aus ihrem Mund hervorgelockt hatte, sondern sein treffender, unausweichlicher Blick. Seine Hände verstärkten ganz leicht den Druck auf ihre Schultern. »Wovon redest du da?«, wollte er nach einer Pause überrascht wissen.

»Phoebe Cane. Heißt sie nicht so?«, erwiderte Lin leise. »Mir ist klar geworden, dass ich kein Recht habe, darüber verärgert zu sein. Es ist auch so, dass all das, was ich im ersten Moment gefühlt habe, inzwischen abgeklungen ist. Du musst dir keine Sorgen machen. Ich habe nur gedacht, dass du es verdient hast zu wissen, warum ich mich so ...« Sie beendete ihren Satz nicht, da sie keine Worte dafür fand, wie sie sich verhalten hatte, auch wenn ihr nach einer Sekunde der Ausdruck *idiotisch* in den Sinn gekommen war.

»Moment mal«, knurrte er. Seine Nasenflügel bebten, sein Blick auf sie wurde, über den Umweg des Spiegels, noch starrer. »Woher weißt du, wer Phoebe Cane ist? Hast du mit Ian darüber gesprochen, wie er uns beide in Aurore erwischt hat?«

Lin wurde bleich.

»Nein. Natürlich nicht. Ian hat dich und Phoebe erwischt?«

Kams Mund wurde zu einem Strich. Lin dachte kurz darüber nach, sich umzudrehen und ihm ins Gesicht zu blicken, doch es schien einfacher, sich seinem Spiegelbild zu stellen. Nicht sicher, aber *sicherer*.

»Nicht absichtlich«, erklärte Kam schließlich. »Und nicht nur Phoebe und mich. Phoebe, mich ... und eine ihrer Freundinnen, Eloise«, gab er unverblümt zu.

In dem Schweigen, das nun folgte, schoss ihr Hitze durchs Gesicht und die Brust. Na wunderbar. Das war sogar noch schlimmer als das, was sie vermutet hatte. »Du hast *zwei* Geliebte in Frankreich?«, hakte sie kurz darauf nach. »Du bist in ... äh ... eine Ménage-à-trois verwickelt?«

»Nein«, erwiderte er höhnisch. »Ich bin in gar nichts *verwickelt*. Ich habe Eloise nur dieses eine Mal gesehen. Sie kommt aus Deutschland und hat Phoebe besucht. Sie haben sich eines Abends mit einem Kasten Bier in Aurore auf mich gestürzt. Die beiden waren zuvor schon feiern, und ich war wohl nur so etwas wie die Trophäe einer Mädchen-Party. Wir hatten eine gute Zeit, bis Ian uns versehentlich unterbrochen hat. Das hat er als Beweis genommen, dass ich ein sexsüchtiger Irrer bin. Als hätte er in seiner Zeit vor der Ehe mit Francesca wie ein Mönch gelebt«, fügte er leise spöttisch hinzu. »Ich verstehe«, sagte Lin dumpf. »Aber Phoebe wohnt nicht so weit weg. Sie kommt aus dem Dorf, oder nicht?«

Sein Gesicht wirkte im Spiegelbild wie aus Stein gemeißelt. Seine Daumen kreisten auf ihren Schultern.

»Pass auf«, sagte er ruhig. »Ich führe keine Beziehung mit Phoebe Cane. Wenn du einen Beweis willst, dass ich Single bin, kann ich dir keinen liefern. Aber das heißt nicht, dass ich unehrlich zu dir war. Ja. Phoebe wohnt im Dorf, und wir hatten über die Jahre immer mal wieder miteinander zu tun. Wir haben uns beide auch mit anderen Leuten getroffen. Niemand von uns ist perfekt, aber zumindest sind wir ehrlich zueinander bei dem, was wir tun.«

»Über die Tatsache, dass ihr ausschließlich Sex voneinander wollt«, sagte Lin mit gedämpfter Stimme.

Seine Augen glitzerten.

»Ja. Über die Tatsache, dass wir ausschließlich Sex voneinander wollen.«

»Sie scheint es aber kaum erwarten zu können, dass du zurückkommst.«

»Warum um alles in der Welt hast du denn überhaupt mit ihr *gesprochen*?«, wollte er wissen, einen ungläubigen Ausdruck im

Gesicht. »Erzähl mir nicht, dass du in Ians Auftrag Erkundigungen eingeholt hast.«

»Nein, nichts in der Art. Und ich habe auch nicht mit Phoebe gesprochen, nicht direkt. Maria, eine unserer Mitarbeiterinnen, spricht viel besser Französisch als ich.«

Er stutzte kurz. Erst dann bemerkte sie, dass sie gelächelt hatte. Könnte die Situation noch merkwürdiger sein? Sie stand fast völlig nackt im Badezimmer und sprach über einen Spiegel mit Kam über seine Affären. Erstaunlicherweise verspürte sie kein Bedürfnis, sich etwas anzuziehen. Es schien, als hätte sich ein Ehrlichkeitszauber über sie gelegt, nachdem sie eben noch erfolglos versucht hatte, sich in Ausreden zu flüchten. Irgendetwas an Kam *regte* zur Ehrlichkeit *an*.

»Wir hatten einen guten Grund, um mit Phoebe in Kontakt zu treten«, erklärte sie vorsichtig. »Und das hat nichts damit zu tun, dass wir dir nachspionieren wollten. Es war Ians Idee, und er hatte nur gute Absichten.«

»Sag mir, welche«, forderte Kam.

»Nein.« Bei dieser strikten Weigerung hoben sich seine Augenbrauen. Ihr feines Lächeln wurde breiter, als eine Sturmwolke über seine angespannten Gesichtszüge zog. »Wenn ihr mit Phoebe gesprochen habt, muss es etwas mit Angus zu tun haben. Einen anderen Grund dafür, dass ihr alle mit Phoebe gesprochen habt, gibt es nicht. Geht es meiner Hündin gut?«

»Soweit ich weiß, geht es Angus gut.« Er sah sie unnachgiebig und mit einem Blick an, dem sie leicht die Frage entnehmen konnte: *Wenn das so ist, wo liegt dann das Problem?*

»Es ist eine Überraschung. Die wirst du noch früh genug erfahren, also dränge mich nicht, es dir zu verraten.« Ein paar angespannte Sekunden lang verfinsterte sich seine Miene. Herausfordernd hob sie eine Augenbraue. Als sie sah, wie seine Verwirrung sich langsam legte, spürte sie einen kleinen Triumph in sich aufsteigen. Ihre Selbstzufriedenheit war jedoch nur von kurzer Dauer. Und ihr Atem geriet ins Stocken, als Kam seine Hände langsam herabgleiten ließ. Hatte sie vergessen, dass sie vor ihm stand mit nichts an außer einem BH? Nein, das hatte sie nicht vergessen. Diese Tatsache war ihr die ganze Zeit wie elektrisierend klar gewesen. Nackt vor ihm zu stehen sorgte dafür, dass sie sich... nun, nicht wirklich *angenehm* fühlte. Dafür war sie zu aufgeregt. Aber es fühlte sich *richtig* an.

»Also, Phoebe ist demnach nichts Ernstes«, fuhr sie leise fort. »Gab es denn einmal jemanden? Jemanden Ernstes?«

»Warum?«, wollte er wissen. Sein Blick lief über ihr Spiegelbild. Ihre Nippel versteiften sich zu harten Kronen unter dem schwarzen Seidenstoff.

»Weil ich neugierig bin, was dich angeht«, antwortete Lin, ohne auch nur annähernd verteidigend zu klingen. Sein Blick wanderte von ihrem Bauch zu ihren Hüften, blieb dann an ihrer Muschi hängen, bevor er zu ihrem Gesicht zurückkehrte. Wie gelang es ihm nur, mit einem einzigen Blick ihr Blut in Flammen zu setzen?

»Es gab eine Frau namens Diana«, sagte er kratzig. »In London. Fast vier Jahre lang.«

»Hast du sie geliebt?«

Ein paar Sekunden glaubte sie, sie würde keine Antwort erhalten.

»Ich habe gedacht, ich würde sie lieben. Und sie hat gedacht, sie würde mich lieben. Es stellte sich aber heraus, dass wir uns beide in jemanden verliebt hatten, der gar nicht da war.«

Lin nickte schweigend. Sie verstand ihn.

Er trat einen Zentimeter näher an sie heran. Nun spürte sie seinen festen Oberkörper durch den Hemdstoff hindurch, und sein Reißverschluss drückte gegen ihr Steißbein. Sie roch den Duft von Seife von männlicher Haut und noch etwas.

Erregung.

»Was ist mit dir?« Seine tiefe, raue Stimme kratzte zärtlich über ihren Nacken.

»Ob ich jemals verliebt war?«

Er nickte. Ihre Blicke verschränkten sich. Zwei seiner Finger rutschten die Wölbung ihrer Schulter hinauf, bis er sie vorsichtig auf ihren hämmernden Puls legte. Eine wortlose Herausforderung.

»Ja«, antwortete sie.

»Und? Was ist passiert?«

»Nichts. Absolut nichts«, flüsterte sie. »Er hat einer anderen gehört, nicht mir.«

Die Worte schienen in der Luft zwischen ihnen zu hängen. Ihr Höschen fiel auf den Boden, als sie mit beiden Händen eine seiner Hände ergriff. Sie zog sie von ihrem pulsierenden Hals und drückte die Handfläche auf ihren Mund, ohne den Blick vom Spiegel zu lösen. Kam drückte seine Hüfte nur ein kleines bisschen nach vorn und ließ sie dennoch mit dieser Geste seine Erregung spüren.

»Denkst du, das hier ist so eine Art verzauberter Wahrheits-Spiegel?«, fragte sie lächelnd.

Seine Hände legten sich auf den Rand ihres Brustkastens. Dann wanderten sie abwärts und spürten den Formen ihrer Taille und ihrer Hüfte nach. Lin spürte, wie Kams steifer Schwanz gegen ihre Haut drückte, und ein Schauder erfüllte sie, das Wissen, dass sie ihm gefiel. Er senkte den Kopf und murmelte an ihrer Schläfe: »Wenn es einer ist, dann habe ich nichts zu verbergen.« Seine tiefe Stimme verursachte ihr eine Gänsehaut im Nacken. Eine große Hand strich über ihre Oberschenkel und umfasste ihr Geschlecht. Zittrig atmete sie aus und legte ihren Kopf zurück an seine Brust. Er sah sie an.

»Und wie geht es dir damit, Lin?«

KAPITEL ELF

Es gelang ihm immer wieder mühelos, das Blatt zu wenden.

»Oh«, seufzte sie, als er das erste Glied seines Zeigefingers zwischen ihre Schamlippen schob und die empfindsame Stelle dort rieb und streichelte. So leicht, wie er in sie eindrang, musste sie sehr feucht sein. All die Erregung und Anspannung, die sich seit Kams erster Berührung ihres Körpers beim Ablesen der Daten angesammelt hatte, war langsam immer heißer geworden.

»Antworte mir«, drängte er, auch wenn die Bewegungen seiner Lippen an ihrem Hals und seine unnachgiebigen Finger es fast unmöglich machten, sich auf etwas anderes zu konzentrieren. Er umfasste eine Pobacke und drückte sie lüstern, während die andere Hand noch immer ihre Klitoris stimulierte. »Ist es *das*, was du von mir willst? Was du brauchst?«

Sie keuchte, als er ihren Po losließ und ihn schwungvoll schlug. Ein Mal. Zwei Mal. Ihre Augen gingen auf. Das klatschende Geräusch von Fleisch auf Fleisch hallte in ihren Ohren wider. Er sah sie im Spiegel an, die eine Hand zwischen ihren Schenkeln vergraben, die andere um ihren Po. Sein Schwanz war steinhart und drückte gegen das Ende ihrer Wirbelsäule.

»Wenn es das ist, was du mir anbietest. Ja«, gab sie zurück.

Er legte eine Hand auf ihren Bauch und presste sie an sich.

»Ich biete es dir an, genau«, murmelte er, beugte sich dann vor und biss ihr in den Nacken.

Das war alles, was er ihr anzubieten hatte. Sie wusste es, doch es war ihr egal. In diesem Moment war es ihr egal. Sie keuchte und erschauderte und rieb ihren Körper instinktiv an seiner Erregung. Er fluchte leise und klatschte wieder auf ihren Hintern. Das schallende Geräusch erregte sie nur noch mehr. Sie ließ ein wehleidiges Jammern hören, als er ihre Muschi losließ, doch er flüsterte ihr ein leises *Psst!* zu. Dann nahm er ihre Handgelenke und legte ihre Hände auf der Ablage aus Granit ab.

»Beug dich nach vorn und sei still«, wies er sie finster an.

Sie tat, wie ihr geheißen, und sah ihm dann begierig im großen Spiegel zu, wie er sich über sie lehnte und weiter mit den Händen über die Haut an ihren Schultern und auf dem Rücken strich. Er umklammerte ihre Hüften und ließ die Hände sinnlich kreisen. Er kratzte mit seinen Zähnen über ihre Wirbelsäule und umfasste ihren Po mit beiden Händen.

»Der hübscheste Hintern, den ich je gesehen habe«, brummelte er. Lin stöhnte auf, als er ihr sanft in die Seite biss. Lüstern knetete er ihren Po und stachelte damit ihre Erregung weiter an. Seine Hand bewegte sich und umfasste nun beide Pobacken auf einmal von unten. Ganz viel von ihr bekam er so zu fassen.

»Kam«, wimmerte sie, als er einen langen Finger von hinten in ihre Spalte schob. Es fühlte sich wunderbar an. Sie bewegte ihre Hüfte, um die Stimulation zu verstärken. Er verschwand hinter ihr. Nun konnte sie ihn nicht mehr im Spiegel sehen, doch sie spürte seinen warmen Atem an ihrem Gesäß. Sie schnappte nach Luft, als sie erst seine Barthaare über die zarte Haut ihres Hinterns reiben fühlte und dann seinen festen Kuss. Er drückte seine Lippen auf sie und biss in das sich ihm entgegenreckende Körperteil. Er war zugleich sanft und gierig. Sie biss sich auf die Lippe, und ein Stöhnen vibrierte in ihrem Hals. Nachdem er ihren Po verspeist hatte, stand er wieder auf und klatschte mit seiner freien Hand auf ihren Po, während der Finger noch immer in ihrer Spalte steckte. Überrascht schrie sie auf. Ihre Muskeln zogen sich um seinen bohrenden Finger zusammen.

»Sieh mich an«, befahl er. Ihr Blick jagte noch oben und traf seinen im Spiegel. »*Je te veux tellement.*« Sie verstand Französisch besser, als sie es sprach, doch auch wenn sie seine Worte nicht hätte übersetzen können, so hätte sie die Wahrheit doch aus seinen glühenden Augen ablesen können. *Ich will dich so sehr.*

Er fickte sie weiter mit dem Finger, doch nun energischer, sein gesamter Arm bewegte sich. Ihr Mund klappte auf, als sie das nasse Geräusch vernahm, das seine Bewegungen in ihr erzeugten.

»So ist es gut. So feucht. So eng.« Er schlug ihr mit der freien Hand wieder auf den Po. »Macht dich das noch heißer?« Es war fast, als würde er sich diese Frage selbst stellen, als würde er hier ein kleines Experiment durchführen. Hilflos biss sie sich auf die Unterlippe. Wieder klatschte er auf ihren Po. Es tat nicht weh, aber es kribbelte und brannte unter seiner Hand. Und etwas an seinen wohlüberlegten Schlägen ließ sie unter seinem Blick sprachlos vor Erregung werden.

»Du willst es mir nicht mit Worten sagen? Das macht nichts. Ich kann die Wahrheit nämlich fühlen. Aber ja«, knurrte er voller Befriedigung. »Du wirst ja noch feuchter. Heißer.« Wieder traf er sie, hielt dann aber kurz inne, um eine Pobacke in seiner großen Hand zu wiegen. »Hübsch und heiß. Überall«, fügte er mit einem Frosch im Hals hinzu, als sein Blick zu ihrem Hintern hinabgewandert war. »Das kleine Kätzchen mag eine nette Abreibung.«

Sie erbebte und stöhnte. Einer von Kams Fingern rieb zwischen ihren Schamlippen und kreiste über ihre kleine Klitoris. Er schlug sie noch einmal, und Lin schloss die Augen, als sie seine verbotene, erotische Schönheit im Spiegel erblickte.

Als sie sie beide im Spiegel erblickte.

Plötzlich spürte sie seine Finger unter dem BH-Verschluss, der sich schnell öffnete. Eilig schob Kam den BH über ihre

Arme. Sie wollte die Hände anheben, um den Büstenhalter auch über die Handgelenke abzustreifen, doch er unterbrach sie: »Bleib so. Lass ihn so.«

Er drückte sich mit einem Mal enger an sie, und beide Hände packten ihre Hüfte. Dann presste er seine Oberschenkel und den Schritt an sie. Ganz deutlich spürte sie den Umriss seiner Erektion, die gegen ihren unteren Rücken drängte. Er hielt sie fest. Es war eine anzügliche Stellung, ganz unentschuldbar. Seine Hände glitten unter ihrem nackten Körper entlang, hielten sie fest an seine Beine und seinen bohrenden Schwanz gedrückt, bis sie ihren nackten Busen umschlossen.

»Beug dich noch ein wenig nach vorn«, kommandierte er. Sie drückte sich ein wenig durch. Noch immer war sie in der Hüfte abgeknickt und nach vorne gebeugt, aber sie konnte sie beide noch gut im Spiegel sehen.

Feurig lange Momente massierte er ihre Brüste, zwickte vorsichtig in ihre Nippel, und seine duftende Erregung setzte sich in ihrer Haut fest. Sie konnte den Blick nicht von seinen großen Händen an ihrem Busen abwenden, seine Haut war so viel dunkler als die blassen Bälle, die er in seinen Händen formte und knetete. Gierig sahen zwei Augenpaare seinen Bewegungen zu. Zwischen Daumen und Zeigefingern drückte er ihre Nippel, kniff zärtlich zu und zwang sie damit, sich noch weiter aufzurichten. Er hob ihre Brüste an und schüttelte sie, dann fing er sie wieder in seinen ausgebreiteten Händen auf. In Lins Kehle entstand ein wildes, hilfloses Geräusch. Das Nächste, was sie bemerkte, war, dass er sie hochhob. Sie zuckte überrascht zusammen.

»Was s...«

»Pssst«, beruhigte er sie. »Leg deine Knie auf den Tisch und beug dich vor. Ja, so. Leg die Unterarme an den Spiegel und stütze dich damit ab. Er hält. Der Tisch ist fest angebracht, das habe ich schon nachgeprüft. Die Ablage ist so groß, da habe ich vorhin neugierig nachgesehen, wie sie sie angebracht haben. Das Ding bewegt sich kein Stück.«

Sie tat, was er ihr sagte. Sie erkannte die nackte, lüsterne Frau im Spiegel kaum. Das Spiegelbild ihres Gesichts war nur Zentimeter entfernt. Ihre Haut war feucht und gerötet, die Augen riesengroß, ihre Brüste hoben und senkten sich vor Aufregung. Ihre Augen weiteten sich sogar noch mehr, als sie spürte, wie Kam ihren Po auseinanderschob und sich hinabbeugte.

»Oh nein«, kam es zittrig aus ihrer Kehle, als er einfach ihre Schamlippen öffnete und seine Zunge in ihre Spalte schob. Ihr Gesichtsausdruck verhärtete sich, als hätte sie Schmerzen, doch es war das genaue Gegenteil. Seine bewegliche Zunge und die festen Lippen besorgten ihr die reinste Form des Vergnügens. Sein grenzenloses Vertrauen zeigte sich hier wieder. Er wusste genau, was er beim Liebesspiel tat, und hatte keine Hemmungen, es auch zu zeigen. So etwas hatte sie zuvor noch nie erlebt. Nichts Vergleichbares. Ihre Klitoris kitzelte unter seiner flinken Zunge. Sie wusste schon nicht mehr, was genau sie in dem Spiegel direkt vor ihrem Gesicht eigentlich anstarrte. Jede Nervenzelle ihres Körpers war von Spannung erfüllt, war entfacht und feuerte.

Kam schob die Pobacken und die Schamlippen weiter auseinander und presste sich noch fester an sie. Wieder überkam sie das Gefühl, seinem Angriff weit geöffnet zu sein, ausgeliefert …

… ungemein begehrt.

Sein Kopf ruckte vor und zurück, während er sie leckte und zugleich einen ständigen, sanften Sog ausübte. Unter seiner hemmungslosen Zunge brannte ihre Klitoris. Sein offensichtlicher Hunger drang unaufhörlich und rabiat in ihr Bewusstsein.

Gleich darauf schrie sie auf, als der Orgasmus sie überfiel. Er genoss sie weiter, sein Eifer ließ nicht nach. Ihr Vergnügen schien sogar unter seinen Bemühungen noch zuzunehmen, als könne er ihr Glück hinunterschlucken, was er auch eifrig tat.

Lins Kopf sackte zwischen ihre Arme, ihr keuchender Atem ließ die Scheibe vor ihr immer wieder kurz beschlagen. Ihr war nur undeutlich bewusst, dass Kam sich hinter ihr aufstellte, ein Riese mit beeindruckender männlicher Präsenz. Er schlang seine Arme um ihre Hüfte und hob sie hoch. Sie jammerte.

»Pssst, *mon petit chaton*«, beruhigte er sie, obwohl seine eigene Stimme vor Erregung rau und schwer geworden war. »Beug dich nach vorn über den Tisch und stützte dich ab. Jetzt werde ich meinen Spaß mit dir haben.«

Er quetschte ihren Po fest zusammen, der kleine Hieb zuckte wie ein winziger Stromschlag bis in ihr befriedigtes Gehirn. Wie von ihm gefordert, beugte sie sich über den Tisch und reckte ihm Hintern und Muschi entgegen. Sie sah, wie er an seinen Kleidern riss und sie beiseitewarf. *Jetzt werde ich meinen Spaß mit dir haben.* Vor Aufregung zog sich ihr Geschlecht zusammen. Er würde diesen wunderschönen, großen Schwanz jetzt in sie stecken, sie dehnen und sie ihn immer und immer wieder in sich aufnehmen lassen…

Allerdings fickte er sie nicht gleich. Stattdessen klatschte er mehrfach mit der flachen Hand auf ihren Po, was für ein erregendes Echo im Badezimmer sorgte. Lin schnappte nach Luft, denn es überraschte sie, wie schnell das Brennen auf ihrem Hintern in ihre Muschi zog und sie zum Mitfiebern brachte. Über den Spiegel sah sie Kam an, verzaubert vom Anblick seiner angespannten Miene, während er ihre Pobacken massierte und noch einmal schlug.

»Oh«, kam es aus ihrer Kehle. Mit weiß-glühenden Augen sah er zu ihr auf. Ohne den Blick in den Spiegel zu unterbrechen, drückte er eine Pobacke fest zusammen, hielt dann inne und rieb und beruhigte schließlich das bestrafte Fleisch.

»Ist dir das genug Wahrheit, Lin?«

»Ja«, zischte sie durch zusammengebissene Zähne.

»Ich zeige dir noch mehr Ehrlichkeit«, versicherte er ihr. Er griff um sie herum und pumpte sich mehrfach den Inhalt einer der beiden Flaschen, die neben dem Waschbecken standen, in die Hand. Sie schnappte einen fruchtigen Duft auf und verstand, dass es eine Hand-Lotion war, die dort stand, damit man sie nach dem Händewaschen auftragen konnte. Dann bewegte sich seine Hand plötzlich zwischen seinen Beinen vor und zurück. Sie hielt inne, auch wenn die Erregung noch genauso heiß und mächtig in ihr tobte wie zuvor. Er rieb die Lotion auf seinen Schwanz, um ihn anzufeuchten. Das ganze Bild konnte sie nicht sehen, denn ihr eigener Körper verdeckte das Bild im Spiegel.

Er legte eine Hand an ihren Brustkasten und hielt sie fest, als sie sich nach ihm umdrehen wollte. Frustriert seufzte sie. Welche gesunde Frau würde nicht den erotischen Anblick genießen wollen, wie Kam seinen Schwanz einölte? Dennoch schien er entschlossen, ihr dieses Vergnügen vorzuenthalten.

»Leg deine Unterarme auf den Tisch und deine Stirn auf den Armen ab«, wies er sie grimmig an. Sie zögerte und sah ihn im Spiegel an. In dieser Stellung könnte sie seinen erotischen Anblick im Spiegel nicht mehr sehen. Es war, als würde er ihr die Augen verbinden. Und was hatte er mit ihr vor? Er hatte sich mit der Lotion eingerieben. Ihr Herz begann zu rasen. Er würde doch nicht etwa ...

»Ich habe dir gesagt, dass ich jetzt meinen Spaß mit dir haben werde, und das werde ich auch. Aber ich weiß, du hast gesagt, du bist noch ein bisschen wund.« Seine tiefe und verführerische Stimme unterbrach ihre ängstliche Aufregung. Und wieder sah sie, wie sein Arm sich langsam und bedachtsam hin und her bewegte, während er sie ansah. Sie biss sich auf die Lippe, um ein Stöhnen zu unterdrücken. Warum erregten sie diese Worte so sehr? »Vertraust du mir?«

»Ja, aber ...«

»Das ist nicht die Sorte von Gleitmittel, die man dafür benutzen würde. Ich mache es nicht. Nicht jetzt«, fügte er noch knapp hinzu, und ihr wurde klar, dass er ihre Sorge erkannt hatte, er würde ihr seinen Schwanz in den Hintern schieben. Hitze stieg ihr in die Wangen. Ein kleines Lächeln tauchte auf seinen Lippen auf, und Lin spürte, wie sie dahinschmolz. *Oh nein.* Was geschah mit ihr?

»Und jetzt, stell dich hin«, forderte er sie ruhig auf.

Sie senkte den Kopf. Aber so langsam, dass sie das leichte Knurren noch bemerkte, das sich auf seinen Lippen breitmachte, als sie seinen Anweisungen folgte.

»Du hast die umwerfendsten Augen«, hörte sie ihn sagen, bevor sie ihre Stirn auf den Armen ablegte und sich seines Anblicks beraubte.

Noch ein paar Mal schlug er ihr auf den Po. Ihre Haut prickelte und wurde heiß.

»Lass uns diesen Po hübsch warm machen«, brachte er mühsam hervor. Er schob ihre Backen auseinander, und sie spürte, wie kühle Luft an ihre Muschi, ihren Damm und den Anus stieg. Sie riss die Augen auf, ohne jedoch die Maserung auf der Granitplatte wirklich anzuschauen. Er grunzte tief und harsch. Dann drückte er sie noch einmal, dieses Mal an der zarten, tiefer in ihrer Po-Spalte versteckten Haut.

»Kam«, rief sie zittrig. Die Intimität seiner Handlungen hatte sie völlig aufgelöst.

»Pssst. Versuch, dich zu entspannen. Ich tue dir nicht weh, und du wirst mir so unglaublich viel Lust verschaffen. Das gefällt dir doch, oder?«

»Ja«, versicherte sie ihm fest. Ein Schauder fraß sich durch sie, als sie seinen schweren, warmen Schwanz spürte, der in ihre geöffnete Po-Spalte rutschte. Sie fühlte, wie der eingeölte Schaft neben ihrem empfindlichen Anus pulsierte. Sie drückte die Augenlider zusammen. Wie viele dieser intensiven, intimen Berührungen würde sie noch ertragen? Ein Keuchen entwich ihrer angespannten Lunge, als er seine Hände nahm, um ihre Pobacken um seinen vergrabenen Schwanz zu legen. Er beugte sich vor, und sein scharfes Stöhnen der Lust zuckte auch durch sie. »Oh ja, das ist gut«, brachte er hervor, während er seinen Schwanz durch das Tal zog, das er zwischen ihren Pobacken erschaffen hatte. Augenblicklich stieß er seinen Schwanz wieder hinein, und dank der Lotion glitt er auch problemlos hindurch. Sie spürte seinen Hoden fest an dem unteren Ende ihres Pos. Einige angespannte Momente lang zog und schob er seinen Schwanz durch die Ritze ihres Pos und drückte dazu ihre Pobacken gegen seinen Schwanz. Er fickte ihren Hintern wie eine Pumpe. Sie wollte gar kein Geräusch von sich geben – ihre gesamte Aufmerksamkeit lag eigentlich auf dem verboten guten Gefühl, wie sich der Kopf seines Schwanzes zwischen ihrem Po hin und her bewegte und dabei gegen ihre Wirbelsäule rieb –, doch offenbar war ihr doch ein zittriges Stöhnen aus dem Mund gekommen. Er hielt inne, seinen Schwanz immer noch zwischen ihren Pobacken vergraben.

»Ich weiß, das bereitet dir keine Lust«, stammelte er mit enger Stimme und keuchendem Atem. »Es fühlt sich so gut an. Ich will dich aber nicht erniedrigen. Soll ich aufhören?«

»*Nein.*« Lin biss sich auf die Lippe, denn sie bemerkte, wie begeistert sie klang. Sie kniff die Augen weiter zusammen und war plötzlich froh, dass er ihr gesagt hatte, sie solle den Kopf ablegen. »Es erniedrigt mich nicht. Es...«

»Was?«, hakte er nach, und sie konnte sich mühelos seinen angespannten Ausdruck vorstellen, den er annahm, wenn er Wind von etwas bekam, das man ihm vorenthielt und das er dann erst recht wissen wollte.

»...macht mich heiß.«

Er stöhnte kehlig, als er dieses zittrige Geständnis hörte, und schob augenblicklich seinen Schwanz wieder zwischen ihre zusammengepressten Pobacken. Seine Stöße wurden nun kräftiger und schärfer, das Geräusch seines Beckens, das gegen ihren Hintern krachte, übernahm in Lins Ohren den Rhythmus ihres Herzschlags. Ihre eng zusammengedrückte Muschi tat langsam weh. Vor Verlangen. Sie sehnte sich danach, ihn genauso fest in ihrem Geschlecht zu spüren... in ihrem Mund... irgendwo.

Doch es war eine unglaublich süße, noch nicht bekannte Erfahrung für sie, dass ihr Körper ihm eine solch heiße, verbotene Lust verschaffte, dass sie sein wildes Stöhnen und Ächzen hörte. Auch wenn sie nicht genau das gleiche Glück verspürte, so liebte sie es doch, ein Teil von ihm zu sein...

... von ihm benutzt zu werden, aber freiwillig benutzt.

Und sie hätte lügen müssen, hätte sie behauptet, es hätte ihr nicht auch direkt Lust verschafft. Besonders als seine Erregung noch zunahm und sein Schwanz in der Höhle ihres Hinterns noch anschwoll, konnte sie spüren, wie er über die empfindsame, normalerweise unberührte Stelle an ihrem Damm und dem Anus rieb. Es überraschte sie, wie viele Nerven es dort gab, die die Stimulation scharf und erregend fanden. Sie ließ ein verzweifeltes Stöhnen hören und biss sich in den Unterarm, um es zu beenden.

»Wie? Dir gefällt es, wenn ich mit meinem Schwanz über deinen Hintern reibe?«, keuchte er, ohne mit seinen schnellen Stößen aufzuhören.

»Ja«, stöhnte sie.

»Wie habe ich nur je glauben können, du seist kalt«, krächzte er, wobei er ein bisschen verrückt klang. Sein Becken prallte so fest gegen ihren Po, dass Lin leicht vorwärtsstaumelte und ihr Kopf von dem Unterarm rutschte. Er zog seine Hüfte ein Stück zurück, sodass der Kopf seines Schwanzes an der Spitze ihrer Spalte zu liegen kam. Er packte ihre Pobacken so fest um seinen Schwanz, dass sie winselte. »Du bist ein so verdammt heißes Ding«, murmelte er und ließ seinen Schaft nur wenige Zentimeter hin und her pulsieren.

Er schrie auf. Lin riss die Augen auf, als sie spürte, wie warmer Samen sich auf ihren unteren Rücken ergoss. Kams Schrei ging in ein kehliges Knurren über, und er hörte nicht auf, seinen Schwanz in ganz kleinen Stößen zwischen ihren Pobacken zu reiben.

Schließlich beugte er sich zu ihrem Ohr nach vorn, noch immer zwischen ihr eingeklemmt.

»Beim nächsten Mal werde ich in deinem kleinen Hintern sein, wenn ich komme. Dann kannst du nichts mehr vor mir geheim halten, weißt du das?«

Lin schloss wieder die Augen, überwältigt vom Klang seiner dunklen, direkten Warnung und dem Gefühl, wie er noch immer auf ihrem Rücken kam und sich die warme Flüssigkeit oberhalb ihres Pos sammelte. Ihr erhitztes Liebesspiel war mit weitem Abstand die intimste und natürlich auch heißeste sexuelle Erfahrung, die sie je gemacht hatte. Diese Wahrheit ließ ihre Alarmglocken schrillen.

Was die Sache leider aber nicht weniger wahr machte.

Wenig später richtete Lin sich ein wenig auf und sah im Spiegel zu, wie Kam seinen Schwanz aus ihrem Po zog, den er noch immer mit einer großen Hand zusammengedrückt hielt. Mit der anderen Hand griff er nach ein paar Taschentüchern und wischte sie trocken, bevor er seinen Griff lockerte. Im Spiegelbild konnte Lin sehen, wie sich seine hellen Augen von den erröteten, leicht verschwitzten Gesichtszügen abhoben. Seine Hosen und Unterhosen hingen an seinen Waden. Sie rührte sich nicht und gab ihm Zeit, mit einem feuchten Waschlappen seine Überbleibsel von ihrer Haut zu wischen, dann stand sie auf. Was sie zuvor getan hatten – was sie ihm erlaubt hatte, mit ihr zu tun –, war unglaublich ungehörig gewesen. Sein sanftes Reinigen ihres Körpers fühlte sich nicht weniger intim an, war aber zugleich süß. Rührend. Es war auf gewisse Art und Weise kaum zu ertragen.

Eilig griff sie nach dem Handtuch, das sie zuvor hatte fallen lassen. Ihre abrupte Handlung schien ihn zu erschrecken. Bis sie sich verhüllt hatte, wich sie seinem Blick aus.

»Warum bist du so überzeugt davon, dass ich dir etwas verheimliche?«, wollte Lin wissen. Sie strengte sich an, nicht nach unten zu sehen, wo sein glühender Schwanz zwischen seinen starken Oberschenkeln hing, trotz des Höhepunkts eben noch fest und erhitzt.

Vor Überraschung über ihre Frage blieb Kam der Mund offen stehen. Nach einem Moment schien er sich gefangen zu haben und warf dann den Lappen in das Waschbecken. Er zog seine Shorts hoch.

»Du bist einer der kontrolliertesten Menschen, die mir je begegnet sind«, gab er offen zu. »Und ich glaube, dass du dich bei mir sogar noch mehr zurückhältst als normalerweise. Habe ich recht? Tust du das? Verheimlichst du mir etwas?« Er schloss seine Jeans.

»Wie kommst du darauf?«, wollte sie wissen. Ihre Stimme war ein Dezibel lauter geworden. Was genau wollte er damit sagen? War das nicht mehr als eine Vermutung von ihm?

Nach dem Schließen seines Reißverschlusses sah er sie an.

»Du meinst, abgesehen von der Tatsache, dass du mir vorhin gesagt hast, du wolltest mir nicht alles über Phoebe erzählen?«

Empört drehte sie sich um und wusch sich die Hände.

»Das warst doch *du*, der mir da etwas nicht erzählt hat.« »Ich habe es dir erzählt. Phoebe und ich gehören *nicht* zusammen. Ich hatte gedacht, du glaubst mir das.« Mit einem Mal klang er leicht argwöhnisch. Im Spiegel sah sie, wie er seine Augenbrauen leicht hochzog. Ihr Unbehagen erreichte seinen Höhepunkt, als sie das gefährliche Leuchten in seinen Augen erkannte. »Und du *hast* es mir auch geglaubt. Das sagst du jetzt nur, um mich aus dem Gleichgewicht zu bringen.«

Sie zuckte zusammen, als es an der Sprechanlage klingelte.

Er rührte sich nicht, sondern sah sie unter den Augenbrauen heraus finster an.

»Wir sollten da rangehen«, erklärte Lin ruhig und trocknete sich die Hände ab. »Das ist wahrscheinlich der Pförtner unten, der sich wegen Angus meldet.«

»*Angus?*«, schrie er fast.

Lin faltete das Handtuch ordentlich zusammen und legte es wieder über die Haltestange. Sie drehte sich zu ihm um. »Ja. Ian hat uns gebeten, dafür zu sorgen, dass wir Angus hierher in deine Nähe bekommen. Das ist auch mein wohlgehütetes Geheimnis. Aber lass nur, ich gehe an die Tür.«

Sie lief an einem sprachlosen Kam vorbei.

Sie konnte dieses Versteckspiel nicht länger aufrechterhalten. Ihre Unehrlichkeit Kam gegenüber drückte ihr auf den Magen.

Aber war sie *wirklich* unehrlich gewesen? Sie betrog niemanden, wenn sie etwas mit Kam anfing, abgesehen vielleicht von sich selbst. Ian erwiderte ihre Gefühle nicht. Ja, er wusste ja nicht einmal, dass sie eine Mitarbeiterin war, die noch mehr Gefühle für ihn hegte als nur Loyalität und Freundschaft. Was sie gleich zur nächsten, entscheidenden Frage brachte.

Was *empfand* sie denn für Ian in diesen Tagen? Eine Antwort darauf zu finden schien ihr fast unmöglich, solange Kam fast ihr gesamtes Bewusstsein in Beschlag genommen hatte.

KAPITEL ZWÖLF

Kaum hatte Lin an der Sprechanlage geantwortet, als es auch schon fest an die Tür klopfte. Sie legte auf und drehte sich zu Kam.

»Der Kurier war schon auf dem Weg nach oben, als der Pförtner angerufen hat. Ian hatte ihm die Ankunft von Angus schon angekündigt. Ich setze mich so lange in das Esszimmer«, erklärte sie, schließlich hatte sie noch immer nur das Handtuch um, das sie sich vor wenigen Augenblicken gegriffen hatte.

»Und ich hatte mich schon gewundert, was das Hundefutter im Vorratsschrank zu suchen hat. Ich habe gedacht, der Vormieter hatte vielleicht einen Hund«, sagte Kam.

Lin grinste nur und ließ ihn allein.

Angus schoss wie eine Rakete herein. Sobald das Halsband gelockert war, warf sie Kam mit einem großen Satz beinahe zu Boden. Nach ein paar Streicheleinheiten und Klapsen gelang es Kam, sie so zu beruhigen, dass er dem Kurier wenigstens noch ein gutes Trinkgeld geben und die Tür schließen konnte. Dann lagen Angus' Pfoten beinahe auf seiner Schulter, und sie schleckte mit ihrer Zunge Kams Nase ab, unterbrochen nur von ihrem kurzen Bellen.

Kam schalt sie aus, lachte die ganze Zeit dabei aber hemmungslos und drehte sein Kinn weg, um ihrer Zunge zu entkommen. Als er sich umdrehte, sah er Lin im Wohnzimmer stehen, die der freudigen Begrüßung mit einem feinen Lächeln auf dem Mund zusah. »Du hast allen Grund, so selbstzufrieden dreinzuschauen«, brummte er und schob Angus von sich, um sie dann tüchtig abzureiben und zu kraulen. »Ich habe das Tier vermisst.«

»Ich bin nicht selbstzufrieden. Ich freue mich nur, dass du glücklich bist.« Lin betrachtete den Golden Retriever. »Hallo Angus. Ich bin Lin.« Sie klatschte einladend vor sich in die Hände. »Hattest du eine angenehme Reise, gutes Mädchen? Freust du dich, Kam zu sehen?«

Angus tänzelte zu ihr hinüber und drehte sich dann in einem großen Kreis um sich selbst. Lin musste lachen – ein klares, enthemmtes, süßes Geräusch.

»Sie ist eine schamlose Angeberin«, warnte Kam, doch in seiner Stimme lag viel Wärme. Er war sehr froh, seine Hündin wiederzusehen, daran gab es keinen Zweifel. Angus wedelte freudig mit dem Schwanz, als Lin sie kraulte und streichelte. Dann eilte sie zurück zu Kam.

Es schien, als könne man gar nicht anders, als Angus offen und freundlich gegenüberzutreten. Die Leute mussten, sobald Kams tobender, freundlicher Hund in der Nähe war, offenbar immer Farbe bekennen. Angus war immer verspielt, aber nach der langen Flugreise und der Autofahrt in die Stadt war sie nun besonders wild. Kam hatte Lin noch nie so unbändig lachen und so breit lächeln gesehen wie in diesem Moment, in dem sie den Hund verwöhnte und mit ihm herumtollte.

Es war ein verdammt attraktiver Anblick.

Sie so sorglos mit Angus spielen und lachen zu sehen, machte Kam noch gieriger auf die unkontrollierte Lin. Warum war sie sonst immer so vorsichtig und reserviert? Zum Teil sicher wegen ihrer Kindheit, das war ihm klar. Ihre Großmutter hatte Lin von frühester Kindheit an dazu angehalten, zurückhaltend zu sein und immer elegant zu erscheinen. Aber da war noch mehr, das wusste Kam. Sie war vorsichtig in Bezug auf *ihn*. Nur, wenn sie sich gehen ließ, um den Sex zu genießen, hielt sie sich nicht zurück.

Das ließ ihn noch mehr als sonst danach dürsten, dass sie sich ihm hingab. Die Erinnerung daran, wie sie sich ihrer Lust untergeordnet hatte, wie sie ihm gestanden hatte, dass es sie erregte, wenn sie *ihm* Lust verschaffte, obwohl sie dabei nicht zum Zuge kam, diese Erinnerung würde ihm noch viele Jahre im Gedächtnis bleiben.

Ein paar Minuten lang war Angus der Eisbrecher zwischen ihnen, doch dann übertrieb es der Hund. Während Angus und Lin miteinander rauften, riss die Hündin unabsichtlich das Handtuch herunter. Es fiel auf den Teppich. Kam konnte einen kurzen Blick auf die wohlgeformten, langen Beine, die aufragenden Brüste und den blassen, glatten Bauch werfen, bevor es Lin gelang, das Handtuch wieder aufzunehmen. Sie wickelte sich ein, und Kam rief Angus zur Ordnung.

»Entschuldige bitte«, sagte Kam.

»Das macht nichts. Ich muss ohnehin jetzt gehen. Ich will noch nach einem Freund sehen, bevor ich mich auf heute Abend vorbereite.« Er sah die Farbe auf ihren Wangen, als sie aus dem Zimmer lief, um sich umzuziehen.

»Alter Störenfried«, schimpfte Kam seine Hündin aus, während er der reuelosen Angus durch die Nackenhaare fuhr.

Ein paar Minuten später tauchte Lin wieder auf. Sie trug die schwarzen Hosen, High Heels und gestreifte Bluse, mit denen sie vorhin gekommen war, sah aber so frisch, tüchtig und makellos aus, dass die Erinnerung daran, wie sie eben noch nackt auf dem Tisch gekniet hatte und im Spiegel ihre vor Lust glänzenden Augen zu sehen gewesen waren, Kam mit einem Mal fast unwirklich vorkam. Den einzigen Beweis, den Kam noch hatte, war das Lachen, das noch auf ihren üppigen, rosigen Lippen lag, und das Glänzen in ihren dunklen Augen, in die er blickte, als sie ihm seine Opernkarte überreichte und erklärte, wo sie sich treffen würden. Gerade wollte Kam die Distanz zwischen ihnen mit einem Kuss überbrücken – und ihre kühle

Effizienz abschmelzen –, als es erneut an der Tür klingelte. Es war Francesca, die fragen wollte, ob Angus sicher angekommen war. Lin verabschiedete sich, während Kam sicherstellte, dass Angus seine schwangere Schwägerin nicht ebenfalls ansprang. Alles, was ihm noch blieb, war die Zusage, dass sie sich später am Abend wieder treffen würden.

Lin holte ihr Kleid aus dem Schrank, hängte es auf einen Haken und betrachtete es einmal kurz. Rasch entschied sie sich in ihrem begehbaren Kleiderschrank für ein paar Schuhe und eine passende Unterarmtasche und legte diese dann ebenfalls auf die Kommode. Als es an der Tür klingelte, war sie ohnehin gerade auf dem Weg zum Eingang.

»Hallo! Wie geht es dir? Gerade wollte ich losgehen, um bei dir nachzufragen, ob du noch etwas brauchst«, begrüßte sie Richard, der im Flur stand. Lin trat beiseite und winkte ihn in die Wohnung. »Du siehst furchtbar aus.«

»Hör auf mit deinen Schmeicheleien«, krächzte Richard und zog ein neues Taschentuch hervor. »Ich bin ja davon überzeugt, dass ich eine neue Form der Pest habe, aber der Arzt besteht darauf, dass es nur eine Grippe sei. Wie kann ein so harmlos klingendes Wort nur solches Leid verursachen?«

Auf Lins Gesicht zeigte sich Mitleid. Er sah wirklich miserabel aus. Sie fasste ihm an die Stirn.

»Du hast ein bisschen Fieber. Hast du etwas dagegen eingenommen?«

»Einmal die komplette Apotheke durch, so fühlt es sich zumindest an.«

»Was du brauchst, ist jemand, der dir ein anständiges Essen kocht und sich dann zu dir ans Bett setzt. Emile ist im Restaurant viel zu beschäftigt.« Nachdenklich hielt sie inne. Sie konnte es sich nicht erlauben, das Treffen zwischen Kam und Jason Klinf abzusagen, aber sie war ziemlich sicher, dass Kam

es nichts ausmachen würde, die Opernpremiere zu versäumen. »Wie wäre es, wenn ich meine Termine heute Abend absage und eine schöne heiße sauerscharfe Hühnersuppe koche – nach dem Rezept meiner Mutter? Die räumt mit allem auf.«
Richard stöhnte.
»Du weißt, ich *liebe* diese Suppe. Aber das Genie deiner Mutter wäre an mir verschwendet. Ich schmecke nämlich überhaupt nichts. Es ist ganz süß von dir, aber mir hilft wohl nur abwarten. Ich bin nur vorbeigekommen, weil ich noch mehr Taschentücher brauche. Ich sollte welche beim Großhändler bestellen.« Lin nickte und führte ihn mit zum Schlafzimmer. »Was sind denn deine *Termine* für heute Abend?«, wollte Richard wissen und ließ sich auf das Bettende fallen. Lin holte in der Zwischenzeit ein paar Packungen Taschentücher aus dem Badezimmer.

»Premiere in der Civic Opera.«

»Wie schön. *Otello*, oder? Du musst mir dann erzählen, ob dieser junge Tenor wirklich so gut ist, wie alle sagen. Er hat ja keine einfache Rolle. Oh, ich *liebe* dieses Kleid«, sagte er und wies mit dem Kopf auf das rote Abendkleid, das sie schon an die Schranktür gehängt hatte. »In dem Kleid haust du sie alle um. *Wen genau* haust du eigentlich um?«, fügte er nach einem Moment des Nachdenkens noch an. »Niemanden, da bin ich sicher, aber ich gehe mit Jason Klinf und Kam zur Vorstellung. Kam Reardon«, stammelte sie dümmlich nachträglich. Sie sah gerade noch rechtzeitig auf, um das Lächeln auf Richards Gesicht auftauchen zu sehen.

»Aha ... du willst also *das da* anziehen für einen Abend mit dem König der Aalglatten und dem großen, bösen Wolf.« Er warf einen bedeutungsschweren Blick auf das dramatisch rote, bodenlange Kleid. »Pass lieber auf, Rotkäppchen. Es klingt, als könne es zum Abschluss der Oper heute noch ein Feuerwerk geben.«

»Mach dich nicht lächerlich«, spottete Lin. Insgeheim musste sie aber zugeben, dass Richards Beschreibung von Jason und Kam den Nagel ziemlich auf den Kopf getroffen hatte.

»Hat Reardon dich gestern Abend noch getroffen? Beim Tanzunterricht?« Richard machte eine neue Packung Taschentücher auf.

»Ja, er… Warte mal, hast *du* Kam verraten, wo ich war?«, unterbrach Lin sich selbst.

Richard warf ihr einen gelangweilten Blick zu und wischte sich die Nase.

»Natürlich. Er ist ein wahnsinnig attraktiver Mann. Willst du mir vorwerfen, dass ich durch dich eine kleine Fantasie auslebe?«

Lin rollte mit den Augen.

»Ich bin sicher, Emile würde sich freuen, das zu hören«, sagte sie spöttisch.

»Er hat sich gefreut, als ich es ihm gestern Abend erzählt habe«, erwiderte Richard achselzuckend. »Ich schaue doch nur, das ist ja wohl nicht verboten. Also? Bist du mir jetzt böse oder dankbar, dass ich gestern Abend Kam in deine Richtung geschickt habe?«

»Vielleicht beides.«

Richard beugte sich interessiert vor.

»Warum bist du mir denn dankbar? Hat es womöglich etwas mit phänomenalem Sex zu tun?« Sie warf ihm einen entnervten Blick zu und fühlte sich verletzlich. »Ja, *erraten!*«, rief Richard aus. Seine dunklen Augen funkelten.

»Vielleicht hat es was damit zu tun«, gab Lin wenig später zu. Es tat gut, jemandem die Wahrheit anvertrauen zu können. Mit einem Mal fühlte es sich für sie zu schwer an, das Geheimnis ihrer kochend-heißen Sex-Eskapaden mit dem Bruder ihres Chefs ganz alleine zu tragen. »Aber abgesehen von tollem Sex bin ich dir auch böse, dass du Kam Reardon zu mir geschickt hast.«

»Aha, der Sex *ist* also toll?«, hakte Richard nach und warf sich auf diesen Teil ihres Geständnisses, von dem er nicht mehr lassen wollte. »Ich habe gewusst, dass er es sein würde. Er hat diese Art ›Ich werde es dir besorgen, Baby, und du wirst jede Sekunde und jeden Zentimeter davon genießen‹ an sich, oder?«

Lin rollte bei der witzigen Beschreibung, die Richard in seiner französisch gefärbten Stimme von sich gab, mit den Augen.

»Fantastischer Sex hin oder her, es ist falsch. Ich sollte das nicht machen.«

»Warum nicht?« Richard sah empört drein. »Du gönnst dir doch sonst nichts. Eine schöne, kluge, reiche Frau wie du sollte jede Nacht einen anderen Kerl im Bett haben. Stattdessen hebst du dich immer auf für ... *Ach.*«

»Was ist?« Lin zuckte alarmiert zusammen, als Richard plötzlich schwieg und sein Gesichtsausdruck in sich zusammenfiel.

»Das ist es. Du glaubst, du solltest dich wegen seines Bruders nicht auf Kam einlassen.«

»Ian ist mein Boss, Richard. Du weißt, dass man Berufliches und Privates nicht vermischt. Und ob es mir gefällt oder nicht, Kam ist eindeutig eine berufliche Verpflichtung.«

»*Das* habe ich nicht gemeint«, betonte Richard sorgfältig.

Lin sah auf die Uhr. »Ich sollte mich fertig machen.«

»Tu es nicht, Lin. Lass mich nicht wieder so hängen.« Richard hatte dies so sanft gesagt, dass Lin ihm überrascht ins Gesicht sah. »Ich weiß, du glaubst, du seist in Ian Noble verliebt.«

Eine Sekunde lang starrte sie ihn nur an.

»Wie bitte? Wie kommst du darauf ...«

»Ich bin schon eine ganze Weile dieser Meinung. Emile übrigens auch. Süße, es gibt keinen Grund es zu verleugnen. Es bin doch nur ich, dein alter Freund. Verbiete dir nicht selbst den Mund. Manchmal ist es schmerzhaft, über diese Dinge zu reden, aber das ist immer noch besser, als sie in sich zu verschließen. Das tut am Ende noch viel mehr weh. Und, davon ganz abgesehen, macht es einen noch einsamer. Emile und ich haben schon lange festgestellt, dass du die einsamste Frau bist, die wir kennen.«

In ihren Augen brannten Tränen. Einige Sekunden starrte sie ihren alten Freund entgeistert an, ihre Kehle wurde eng. Sie wusste nicht, was sie sagen sollte. Sie hatte das Gefühl, in eine Ecke gedrängt worden zu sein. Sie fühlte sich elend. Warum hatte sie den Eindruck, die Erde um sie herum brach in sich zusammen? Ian dachte daran, mit Noble Enterprises nach London zu ziehen. Sie war unsicher, wie es mit ihrem Job weitergehen sollte. Ihr Leben machte sie ratlos. Und das Einzige, an das sie denken konnte, war Kam…

»Das ist aber nicht so wichtig«, kam es grob aus ihrem Mund. »Daraus wird ohnehin nie etwas. Es ist nicht viel mehr als eine dumme, hoffnungslose Schwärmerei.«

»Das ist nicht dumm«, beruhigte sie Richard, in dessen Gesicht Mitleid geschrieben stand. »Und natürlich ist es wichtig. Es geht um deine Gefühle. Es gibt kaum etwas, das *wichtiger* sein könnte.« Er hielt inne und sah sie besorgt an.

»Was?«, flüsterte Lin, als sie sein plötzliches Zögern bemerkte.

»Es ist nur… hast du dir mal überlegt, ob es vielleicht gerade die Hoffnungslosigkeit deiner Gefühle für Ian ist, die dich so lange an dieser Schwärmerei festhalten lässt?«

»Wie meinst du das?«

Richard zuckte mit den Schultern und sah sie entschuldigend an.

»Eine unerwiderte Liebe ist scheiße, aber sie gibt Gewissheit. Sicherheit. Ich weiß, wie vorsichtig du bist, was Beziehungen angeht. Ich weiß, dass es dir mehr Schmerzen bereitet hat, als du zugeben willst, dass dich deine Eltern hier in den USA zurückgelassen haben und nach Taiwan gezogen…«

»Hey, das reicht«, brach es aus ihr heraus. »Das ist schon Ewigkeiten her. Spiel dich nicht als mein Psychotherapeut auf, Richard.«

»Und dann ist deine Großmutter gestorben, und ich weiß, dass sie dir sehr viel bedeutet hat. Ich will doch nur sagen, dass deine Angst, von Menschen verlassen zu werden, die dir wichtig sind, eine unerfüllte Liebe verdammt attraktiv erscheinen lässt. Gib es doch zu. Keinen der Männer, mit denen du zusammen warst, hast du wirklich an dich herangelassen. Nimm Jason Klinf als Beispiel, wo wir schon bei dem Thema sind und du ein paar Mal mit ihm ausgegangen bist...«

»Jason ist ein eingefleischter Womanizer, das weißt du. Ich wäre nur eine weitere Kerbe in seinem Bettpfosten geworden«, unterbrach Lin ihn ungeduldig.

»Ach ja? Er wäre auch nur ein weiterer Mann in deiner Sammlung gewesen. Man kann es in beiden Richtungen sehen. Worum es mir geht«, beharrte Richard, als Lin ein kleines, genervtes Stöhnen hören ließ, »lassen wir doch seine Begehrlichkeit nach dir einmal beiseite. Jason will auch, dass du für ihn arbeitest. Er hat dir schon ein ganzes Königreich dafür versprochen. Du aber überlegst es dir gar nicht, keine Sekunde lang. Nein, in deiner Loyalität zu Ian bringt dich niemand ins Wanken. Ian steht inzwischen auf einer Art unerreichbarem Podest, und du musst dir keine Gedanken über seine Zurückweisung machen, weil er ja nie erfährt, was du für ihn empfindest.«

»Er wird es auch nie erfahren«, entgegnete Lin mit scharfem Blick. Sie schloss die Augen und drückte sanft auf die brennenden Lider. Es erschreckte sie, dass ihre Hände zitterten.

»Glaubst du, Ian würde dir gegenüber die gleiche Loyalität zeigen, Lin?«

Bei dieser nüchternen Frage sah sie auf. Richard zuckte zusammen bei dem, was er in ihrem Gesicht erblickte.

»Ach, meine Süße. Es tut mir leid«, ächzte er und stand auf.

»Ich bin mir ja gar nicht einmal sicher, *was* ich für Ian empfinde, auch wenn du da so überzeugt bist. Und ich kann jetzt auch nicht darüber nachgrübeln. Ich muss mich fertig machen. Ich muss…«

»Zur Arbeit«, vollendete Richard den Satz. »Ich weiß. Die Arbeit ist der Ort, an dem du alles in deiner Welt richtig machst. Das respektiere ich. Ich verehre *dich*. Und vergiss einfach, was ich eben gesagt habe. Danke für die Taschentücher. Ich würde dich ja in den Arm nehmen, aber ich will die Pest nicht noch ausbreiten, also sage ich nur ›Kopf hoch‹. Es wird sich schon alles einrenken. Du wirst schon sehen.«

»Danke. Ich habe noch ein bisschen selbstgemachte Suppe im Tiefkühlfach. Es ist nicht die sauerscharfe Suppe, aber sie wird deinem Hals trotzdem guttun.« Sie führte ihn aus dem Zimmer.

»*Merci, ma poupée*«, sagte Richard dankbar, »*Danke, meine Puppe*«, als sie ihm die Dose in einer Tüte überreichte. »Wir sprechen beim nächsten Mal weiter, ja?«

Lin nickte nur und war überzeugt, dass man ihre Gedanken an ihren Augen ablesen konnte. Sie sah zu, wie ihr Freund die Küche verließ.

Kam widerstand dem unablässigen Drang, seinen Hemdkragen zu lockern und sich selbst ein bisschen Platz zum Atmen zu verschaffen. Verdammter Smoking. Kein Wunder, dass Geschäftsmänner allgemein als *steif* galten. Dieser Anzug war etwas für Masochisten, nicht für Männer. Jemand tippte ihm auf die Schulter. Er wirbelte herum. Hinter ihm stand ein erschrocken dreinblickender Kellner. Der schmalgesichtige Mann beeilte sich, das leicht schwankende Tablett mit Champagner-Gläsern wieder auszubalancieren. »Sind Sie vielleicht Mr. Kam Reardon?«, erkundigte er sich, als alles wieder sicher stand.

»Ja.« Kam ließ seinen Blick über die elegant gekleidete Menschenmenge gleiten. Sie standen im Foyer des Civic Opera House, um ihn herum Menschen, die sich unterhielten, mit Champagner anstießen und Horsd'œuvres und seltsame Desserts aßen. Lin hatte ihm gesagt, sie würden sich mit Jason Klinf bei der Eröffnungsfeier treffen, also hatte er, wenn auch widerwillig, seine Eintrittskarte genutzt und war hierhergekommen. Es war nun schon zwanzig vor sieben, doch von Lins wunderschönem Kopf war noch kein Haar zu sehen, sosehr er sich auch in der Menge umsah.

Auch wenn er sich nicht sonderlich darauf freute, mit Jason Klinf über Geschäftliches zu diskutieren oder sich in eine überfüllte Oper zu drängen, so hatte er doch sehnlichst darauf gewartet, Lin wiederzutreffen. Doch stattdessen stand er hier, während einer steifen Festlichkeit, wie ein Trottel im Pinguinanzug, und Lin glänzte durch Abwesenheit.

»Der Herr dort hinten« – der Kellner wies mit dem Kopf in die Richtung, in der eine Menge schwarz-weiß gekleideter, Cocktail schlürfender Feiergäste standen – »bat mich, zu Ihnen zu gehen und zu fragen, ob Sie Mr. Reardon sind.«

Kams Blick landete bei einem recht großen, lässig-eleganten Mann in den Dreißigern mit kurzem braunem Haar, der mit erwartungsvollem Gesichtsausdruck am Rand der Besucher stand.

»Warum hat er mich nicht *selbst* gefragt?«, wollte Kam ganz direkt wissen.

Der Kellner sah beleidigt aus.

»Das weiß ich nicht.« Seine hohlen Wangen färbten sich rötlich. »Sein Name ist Jason Klinf und ... oh, er kommt schon.« Kam schnappte sich eine Champagner-Flöte, bevor der Kellner verschwand. Nicht etwa, weil er so gern Champagner trank, sondern da er mit einem Mal das Gefühl hatte, ein Drink wäre wichtig, um diesen Abend zu überstehen.

»Mr. Reardon?« Der elegant gekleidete Mann näherte sich

ihm mit einem Lächeln und ausgestreckter Hand. »Jason Klinf. Es ist mir ein großes Vergnügen.«

»Danke.« Kam schüttelte ihm die Hand. »Ich habe durch Lin schon eine Menge über Sie und Ihre Uhren gehört.« »Wenn ich Lin recht verstanden habe, sind Sie zum ersten Mal in den Staaten. Fühlen Sie sich hier wohl?«

Kam fiel etwas ins Auge. Er starrte hin.

»Ja«, sagte er abwesend. »Fühle mich sehr wohl.«

Jason sah ihn höflich verwirrt an und drehte sich dann um, damit er sehen konnte, wohin Kam starrte. In dem Meer aus schwarz-weißen Smokings und einfarbigen Kleidern trug Lin Rot. Jason und er waren nicht die Einzigen, die sich die Hälse verrenkten. Das Abendkleid, das sie trug, hatte einen tiefen, V-förmigen Ausschnitt, wodurch ein verführerischer, aber doch geschmackvoller Teil ihrer cremigen, festen Brüste zu sehen war. Sie trug ihr Haar offen, das in üppigen, sexy Wellen über ihren Rücken und die Arme fiel. Sie glitt auf sie zu, anstatt zu gehen, wobei ihre runden Hüften sich auf eine hypnotisierende, Lust erweckende Art und Weise bewegten.

»*Regardez ça!*«, glaubte Kam leise von Jason zu hören. *Schauen Sie sich das einmal an!* Kam riss seinen Blick von der sich nähernden Lin lange genug los, um den anderen Mann vorwurfsvoll anzuschauen. Klinf tat zwar nichts anderes als Kam und die große Mehrheit aller anderen Männer im Foyer, doch Kam kam der heiße, begehrliche Blick auf Lin besonders aufdringlich vor.

»Es tut mir leid, dass ich euch habe warten lassen«, entschuldigte Lin sich atemlos bei Kam und Jason. »Ein guter Freund ist krank, und ich wollte nur sichergehen, dass bei ihm alles in Ordnung ist. Hallo Jason«, sagte sie warm und ließ sich von Jason auf die Wange küssen.

»Du musst dich für nichts entschuldigen«, murmelte Jason, ohne sich wieder aufzurichten. »Das Ergebnis ist mehr als nur eine Entschädigung für die Wartezeit. Du bist, wie immer, atemberaubend.«

»Danke.« Ihr Lächeln schwankte ein wenig, und sie zögerte, als sie nun Kam ansah. Mit einem kleinen Ruck, als müsse sie sich zum nächsten Schritt antreiben, legte sie eine Hand auf Kams Arm und streckte sich, um auch hier einen Begrüßungskuss zu verteilen, wie Jason es vorgemacht hatte.

»Kam«, sagte sie leise. Ihr Kleid ließ ihre Schultern frei. Hier berührte er sie und spürte die außergewöhnlich weiche, kühle Haut. Er drehte den Kopf und unterlief damit ihre Absicht, ihn auf die Wange zu küssen. Ihr Kuss landete somit am Rand seiner Lippen. Er nutzte die Gelegenheit, hielt sie noch einen weiteren Augenblick fest, bis er mit den Lippen über ihren Mund geglitten war und beide Münder sich trafen. Er spürte den kleinen Lufthauch, der ihre Überraschung ausdrückte, dann aber auch das zarte Nachgeben ihrer Lippen. Kurz verschmolzen ihre Münder miteinander. Diese winzige Geste ihrerseits stellte ihn zufrieden. Zwar war es nur ein flüchtiger Kuss gewesen, doch zugleich weit mehr als das übliche flüchtige Küsschen bei einer Begrüßung. Er hatte langsam die Nase voll von all diesem ganzen Getue, denn schließlich waren er und Lin mehr als nur Geschäftspartner. Daher bedauerte er es auch nicht, als er Jasons etwas finsteren Blick bemerkte, nachdem Lin und er sich getrennt hatten.

Er bedauerte es überhaupt nicht.

Lin trat zurück.

»Hattet ihr beide schon Gelegenheit, euch zu unterhalten?«, wollte sie wissen. Ihre Stimme klang glatt und melodiös, auch wenn sich ein delikater rosa Hauch auf ihre Wangen gelegt hatte.

»Wir waren gerade dabei, uns vorzustellen, als du kamst«, erklärte Jason. »Ich freue mich auf dieses Treffen schon, seit ich Ihren Artikel im *Journal of Electrical Engineering* gelesen habe«, wandte er sich an Kam. »Ihre Erfindung klingt, als käme sie direkt aus einem Science-Fiction-Roman.«

»Oh. Aber es ist eine ganz reale – und brillante – Entwicklung. Ja, Danke«, sagte Lin, als ein Kellner mit Champagner neben ihr stehen blieb. Sie wollte gerade nach einem Glas greifen, als Jason ihr bereits eine Flöte in die Hand drückte. »Danke. Ja, Kam hat mich heute in seinen Mechanismus einprogrammiert, daher kann ich aus eigener Erfahrung sagen, dass die Erfindung ganz und gar echt ist.«

Klinfs dunkle Augenbrauen hoben sich, und er bemerkte trocken: »›Einprogrammiert‹ hat er dich? So, so. Das klingt interessant.« Bei Jasons zweideutiger Bemerkung fiel Lins Lächeln in sich zusammen.

»Was meinen Sie damit?«, fragte Kam leise und sah Jason an. Jason blinzelte verdutzt.

»Es *war* ja auch interessant«, erklärte Lin, als wolle sie damit Kam davon abhalten, Jason weiter anzustarren. »Ich weiß, anders als ihr beide bin ich keine Expertin, aber mir dämmert langsam, wie revolutionär Kams Erfindung tatsächlich ist.«

»Ich habe allerdings ein paar Fragen zur Praktikabilität. Ist der typische Nutzer der Uhr wirklich in der Lage, die Basisdaten selbst zusammenzustellen? Glauben Sie, das ist wirklich möglich, Reardon?«

Kam blickte finster drein und sah, wie Lin unangenehm berührt auf ihren Highheels hin- und herwippte, als er nicht gleich antwortete. Er sah ihr ins Gesicht und fühlte sich mit einem Mal schuldig, dass er in ihren Augen einen Hauch von Sorge finden konnte.

»Es ist nicht sehr kompliziert. Wenn jemand lesen kann wie ein Fünftklässler und Zugang zu einem Computer hat, dann sollten wir ihn mit einem Protokoll versorgen können, dem er nur zu folgen braucht. Es sind mehrere Feedback-Mechanismen eingebaut, daher würde ein Nutzer automatisch alarmiert werden, sollte er etwas falsch gemacht haben«, erläuterte Kam.

Klinf lächelte über das ganze Gesicht.

»Ich kann es kaum erwarten, eine Präsentation mitzuerleben. Besonders seit ich weiß, dass Sie die hübscheste Testperson dazu haben gewinnen können«, fügte er an und beugte sich näher zu Lin. Irritiert spannten sich Kams Muskeln an, als er sah, wie Klinfs Blick sich auf Lins wunderschönen Busen konzentrierte. Er öffnete den Mund, um etwas zu entgegnen, schloss ihn aber sofort wieder. Sein Ärger wuchs. Genau das war einer der Gründe, weshalb er nicht bei diesem ganzen verdammten Prozedere mitmachen wollte. Kam verachtete es, so zu tun, als sei er jemand, der er jedoch in Wirklichkeit gar nicht war. Würde er aber in jedem Augenblick das sagen, was er sagen – und machen – wollte, würde er Lin verärgern.

Lin nickte in Richtung eines Durchgangs. Die Menschenmenge hatte begonnen, sich in diese Richtung zu wälzen.

»Es sieht aus, als sollten wir reingehen.«

Kam runzelte die Stirn, als Jason urplötzlich neben Lin stand und ihren Arm ergriff. *Kleiner, schlüpfriger Aal*, dachte er. Klinf war eindeutig mehr daran interessiert, mit Lin zu flirten, als mit ihm über seine Erfindung zu sprechen.

Nicht, dass Kam das etwas ausmachte. Er hatte es sich angewöhnt, sich schnell und entschieden seine Meinungen über Menschen zu bilden. Und um nichts in der Welt würde Jason Klinf jemals seine Erfindung in die Hand nehmen dürfen, geschweige denn für seine Firma nutzen.

Sie hatten Plätze in der ersten Reihe einer Loge im ersten Rang. Lin wartete kurz, dann folgte sie Jason den Gang entlang.

»Vielleicht möchtet ihr beiden nebeneinander sitzen, dann könnt ihr noch ein paar geschäftliche Dinge besprechen, bevor die Oper anfängt?«, schlug sie vor. »Ach nein«, erwiderte Jason, nahm ihre Hand und zog sie mit sich. »Wir haben beim Essen noch jede Menge Zeit zu reden. Nichts gegen Sie, Reardon, aber eine schöne Frau neben mir sitzen zu haben, gehört einfach zum vollen Genuss einer Oper dazu.«

Unangenehm berührt ließ Lin sich auf ihrem Platz nieder. Was war nur in Jason gefahren? Ja, er flirtete immer, doch normalerweise etwas geschmackvoller. Er schien es absichtlich darauf anzulegen, Kam zu beleidigen. Sein Verhalten irritierte sie, vor allem, da er sich noch vor Kurzem so eindeutig von Kams Erfindung fasziniert gezeigt hatte. So konnte er ganz sicher nicht bei Kam für sich werben, dachte sie nervös, als der sich auf der anderen Seite neben sie setzte und ihr sein Gesichtsausdruck auffiel. Jason würde ganz sicher von Kams bohrendem Blick aufgespießt werden, wenn er weiterhin so in Kams Richtung sah. Doch stattdessen beugte Jason sich zu ihr, das Gesicht nur Zentimeter von ihrer Schläfe entfernt.

»Wie geht es Ian, kurz bevor er Vater wird?«, murmelte er.

»Oh, sehr gut. Er freut sich schon riesig«, erwiderte Lin und versuchte, möglichst laut zu sprechen, um Kam in das Gespräch miteinzubeziehen und Jasons intime Annäherung zu unterlaufen.

»Ich hätte nie gedacht, dass ich den Tag erleben werde, an dem Ian Noble mit einer Frau eine glückliche Familie gründet«, fuhr Jason fort, noch immer mit leiser Stimme. Lin sah unbehaglich zu Kam hinüber, der jedoch stoisch in den sich füllenden, funkelnden Zuschauerraum hinuntersah. Wie üblich hatte Lin das Gefühl, Kam würde nichts von dem entgehen, was um ihn herum geschah, auch wenn Jason so heimlich tat. »Denkst du, es könnte jetzt, wo Ian sich als Familienvater verwirklicht, womöglich infrage kommen, dass er dir ein wenig mehr Leine gibt?«

Sie zuckte zusammen und wandte Jason erstaunt den Kopf zu.

»Wovon redest du?« Es war kaum mehr als ein Flüstern.
»Ich frage mich, ob du noch einmal darüber nachdenken würdest, für Klinf zu arbeiten. Für mich.« Seine dunklen Augen huschten über ihr Gesicht. Sie lächelte steif. Oh nein. Sie hatte gehofft, dieses Thema hinter sich gelassen zu haben.
»Ich danke dir noch mal, Jason, aber meine Entscheidung hat sich nicht geändert.«
»Aber deine Situation doch, oder?« Ihm fiel ihre überraschte Miene auf. »Ian dürfte doch nur halb so besitzergreifend sein, jetzt, da er mit seiner Frau und seinem Neugeborenen beschäftigt ist. Und für dich ist es doch sicherlich ebenfalls weniger reizvoll geworden, jede Sekunde des Tages auf Abruf bereitzustehen.«
Es dauert einen Moment, bis ihre Zunge wieder aufgetaut war. Die eiskalte Hand, die ihr Herz gepackt hatte, verharrte allerdings an Ort und Stelle. Sie hasste es, es zuzugeben, aber Jasons Worte eben und die, die er bei früheren Gelegenheiten zu diesem Thema geäußert hatte, unterschieden sich gar nicht so sehr von ihren eigenen Gedanken dazu. Aber natürlich würde sie das Jason nicht gestehen.
»Ich gehöre zum Management von Noble. Ich wüsste nicht, wieso die Hochzeit und die Vaterschaft von Ian meine Arbeit berühren sollten.«
»Fühl dich nicht beleidigt, bitte«, flehte er sie leise an und griff nach ihrer Hand. Sie warf Kam einen nervösen Blick zu. Aus den Augenwinkeln heraus sah sie, wie er seine langen Beine anspannte und sein Gewicht verlagerte. »Ich wollte nur sagen, dass Loyalitäten sich oft ändern, wenn es zu solch einschneidenden Veränderungen im Leben eines Arbeitgebers kommt«, hauchte Jason ihr ins Ohr. »Und ja, sogar auch dann, wenn diese Veränderungen nur persönlicher Natur sind. Du bist eine praktisch veranlagte Frau. Du musst das doch einsehen.«
Kurz drehte sie sich zu ihm.

»Ich habe nichts Derartiges bemerkt«, stellte sie ungerührt fest. Sie zog ihre Hand aus seiner. Was war nur in ihn gefahren? So hatte sie Jason noch nie erlebt. Zum Glück wurde in diesem Moment das Licht gedimmt, und die Zuschauer verstummten.

»Wir können in der Pause weiter darüber sprechen«, flüsterte Jason ihr zu.

Sie hatte schon den Mund geöffnet, um ihn wissen zu lassen, dass es da nichts mehr zu besprechen gab, doch das Orchester begann mit der Ouvertüre. Sie saß still, eingeklemmt zwischen Jasons unerklärlicher Grobheit auf der einen und Kams stummer, schwelender Intensität auf der anderen Seite, und sah auf die Bühne hinab.

Noch nie hatte sie eine Oper weniger genossen, auch wenn die Aufführung großartig war. Jason und Kam schienen ebenso angespannt und unzufrieden zu sein wie sie, als die drei während der Pause in der Menschenmenge im Foyer standen und auf etwas zu trinken warteten. »Und was halten Sie von Vasquez, Kam? Denken Sie, er wird seiner Rolle gerecht?«, wollte Jason wissen und spielte damit auf den jungen südamerikanischen Tenor an, der die Rolle von Otello übernommen hatte.

»Er ist gut«, erklärte Kam in seiner typisch lakonischen Art.

Lin hatte kein gutes Gefühl, als sie Jasons Grinsen bemerkte. Kams knappe Antwort war offensichtlich genau das, was Jason in seiner Wichtigtuerei von einem wie Kam erwartet hatte. Warum hatte sie sich von Ian hierzu überhaupt überreden lassen? Abgesehen von der Tatsache, dass Jason schlecht gelaunt war und sich offenbar mit Kam messen wollte, war es auch grundsätzlich ein Fehler gewesen. Kam gefiel es kaum besser als ihr.

»Ich bin nicht sicher, ob ich mit einer derart *eloquenten* Lobeshymne mithalten kann«, spottete Jason, nahm ihre Drinks vom Tablett eines Kellners und reichte sie weiter. »Ich muss zugeben, ich bin, nach all dem Hype um Vasquez, ein wenig enttäuscht. Otello ist auch schauspielerisch eine der großen Herausforderungen in der Oper. Vasquez verfügt weder über das Flair noch über das Feuer eines Bardo zum Beispiel. Oder was meinst du, Lin?«

»Bardo hat sich durch *Otello hindurchgepoltert*«, fuhr Kam plötzlich dazwischen. Jason sah ihn erstaunt an, Lin mit abrupter Beklemmung. »Vasquez hat stimmlich zehn Mal mehr Kraft und ist trotz seiner angeblichen Tölpelhaftigkeit ein wesentlich subtilerer Schauspieler. Wenn es zu einem Duell der beiden Männer kommen würde, würde Vasquez den herumstolzierenden Pfau Bardo vernichtend schlagen. Entschuldigt mich bitte.« Kam drehte sich so abrupt um und ging davon, dass Lin erschrak.

Lin unterdrückte das Bedürfnis, beim Blick auf Jasons offen stehenden Mund laut loszulachen. Jason sah sie verblüfft an.

»Habe ich etwas Beleidigendes zu ihm gesagt?«

»Ja, was glaubst du denn, Jason?«, blaffte sie ihn an. Als sie seine Überraschung über ihren Ausbruch bemerkte, holte sie tief Luft und beruhigte sich wieder. Kam hatte Jason bereits zurechtgestutzt, auch wenn Jason sich seiner plötzlich eher zwergenhaften Statur nicht bewusst zu sein schien. Der Abend würde nicht angenehmer verlaufen, wenn auch sie weiterhin einen Geschäftspartner von Noble Enterprises beleidigte. Sie wünschte sich nur, dieser Abend wäre schon vorbei.

»Er mag einfach keine Menschenansammlungen«, erklärte Lin, bemüht, trotz ihres kühlen Tons neutral zu wirken. »Er ist vermutlich nur zur Toilette oder schnappt ein wenig frische Luft.« Sie hoffte, dass sie recht damit hatte und Kam die Oper nicht in diesem Augenblick verließ. Zutrauen würde sie es ihm.

»Er ist schon etwas merkwürdig, oder? Wenn er Ian nicht so unglaublich ähnlich sehen würde, käme man nicht auf die Idee, dass sie verwandt sind.«

Lin ließ die Einladung zu einem Gespräch hinter Kams

Rücken verstreichen. Sie nippte an ihrem Champagner und dachte an die Ungeduld in Kams Gesicht, als er Jason eben deutlich in die Schranken gewiesen hatte und dann verschwunden war. Kam war überzeugt, sie verschwendeten hier ihre Zeit, und Lin musste ihm in diesem Falle sogar recht geben.

»Da wir es ja gerade von Menschenansammlungen hatten, könnten wir nicht einen ruhigeren Ort finden, um uns zu unterhalten?«, unterbrach Jason ihre Überlegungen. »Wir haben noch ein paar Minuten, bis es wieder losgeht.«

Lin seufzte. Sie wollte sich nicht alleine mit Jason unterhalten, aber es wäre vielleicht besser, sie würde ihm ein für alle Mal die Idee ausreden, dass sie für ihn arbeiten könnte. Zudem gab es noch ein paar andere Dinge, die sie klären sollte.

»In Ordnung. Aber nur, weil ich wissen will, warum du so grob zu Kam warst.« Bei dieser unverblümten Antwort musste Jason kurz schlucken, hatte sich aber schnell wieder erholt.

Sie folgte ihm in eine verlassene Nische, die zu einer abgesperrten Treppe führte. Jason nahm ihr das Champagner-Glas ab und stellte es, zusammen mit seinem eigenen, neben eine marmorne Säule an den Fuß der Treppe. Das Gemurmel der Menschenmenge klang nur sehr gedämpft herüber. Lin versteifte sich, als er seine Hände auf ihre Oberarme legte.

»Warum verhältst du dich heute Abend so merkwürdig?«, wollte sie wissen, ohne ihre Verwirrung vor ihm zu verbergen.

»Es tut mir leid, dass ich dich schon vor der Vorstellung so verärgert habe«, erwiderte er ruhig. »Aber ich glaube, du weißt genauso gut wie ich, dass Noble Enterprises heute nicht mehr die gleiche Firma ist, die sie einmal war.«

»Da hast du recht. Sie ist breiter aufgestellt und finanziell besser ausgerüstet denn je.«

»Was zum großen Teil dein Verdienst ist«, sagte Jason und rieb mit seinen Händen ihre Arme auf und ab. »Und was hast du davon, Lin?«

»Jason, ich habe es dir schon einmal erklärt, und ich wiederhole es nun noch einmal, hoffentlich das letzte Mal. Ich fühle mich von deinem Angebot geehrt, aber ich möchte nicht für Klinf arbeiten. Damit wäre das erledigt. Und nun beantworte mir *meine* Frage. Warum warst du absichtlich so grob zu Kam?«

Er verstärkte den Griff um ihre Arme.

»Weil ich von den beiden Angeboten, die hier heute Abend vor mir ausgebreitet sind – Kams zugegebenermaßen geniale Erfindung, die ich mir am Ende vermutlich ohnehin nicht leisten kann, auf der einen und deine Schönheit, dein Talent und deine Kenntnisse auf der anderen Seite –, ich auf jeden Fall dich vorziehen würde. Abgesehen davon, dass ich, wenn ich meine Trümpfe richtig ausspiele«, fügte er leise hinzu, »vielleicht sogar beides haben kann.«

»Wovon redest du?« Lin versuchte, sich seinem Griff zu entwinden. Er zog sie stattdessen näher an sich heran, ohne lockerzulassen.

»Du hast schon viel von Reardons Mechanismus erfahren, oder nicht? Du hast ihn sogar schon am eigenen Leib ausprobieren können? Das ist ja gleich noch ein Vorteil mehr.«

Ihre Ungläubigkeit über sein dreistes Verhalten ließ sie für einen Moment den Widerstand aufgeben.

»Du belügst dich selbst, wenn du denkst, ich könnte Kams Genie verstehen. Und selbst wenn ich es könnte, würde ich dir keine Insider-Informationen weitergeben.«

»Erlaubt Ian es dir, private Anteile von Noble Enterprises zu besitzen?«, fragte Jason und wechselte damit geschickt das Thema. »Du brauchst mir gar nicht zu antworten. Ich weiß, dass er es dir nicht gestattet. Er weigert sich, auch nur eine Aktie seines Depots zu verkaufen, nicht einmal dir, trotz seiner professionellen Loyalität und der Tatsache, dass er ohne dich kaum in der Lage wäre, solche Geschäfte zu machen.«

»Noble ist in Privatbesitz«, zischte Lin. »Ich habe Ian auch nie darum gebeten, Anteile kaufen zu dürfen.«

»Weil du weißt, dass er dir keine geben würde.« Lin wich zurück, als hätte er ihr eine Ohrfeige verpasst, denn seine dreiste Behauptung hatte sie kalt erwischt.

»Jetzt, wo er eine Frau hat und ein Kind unterwegs ist«, fuhr Jason rücksichtslos fort, »ist es sogar noch unwahrscheinlicher geworden, dass er sich anders besinnt. Der Kampf ist verloren, Lin. All deine Arbeitszeit, dein Schweiß und die Tränen, die du in diese Firma investiert hast, all deine brillante Arbeit wird von Noble dazu genutzt, ein Firmenimperium für seine zukünftige Familie aufzubauen, in dem du nur eine Außenseiterin sein wirst«, erklärte Jason leise und traurig. »Wenn du zu mir kommst, biete ich dir nicht nur ein Gehalt, das deinen Talenten angemessen ist, sondern ich überschreibe dir auch Aktienanteile von Klinf. Bis zu zehn Prozent, wenn du das möchtest. Wir wären echte Partner, nicht wie bei Noble, wo für dich bei der vorgeblichen Partnerschaft nur die Abfälle übrig bleiben. Du wirst die Eleganz und den Glamour von Klinf verkörpern. Mit dir an meiner Seite wird die Firma stärker und entwicklungsfähiger werden. So wie *ich* auch«, flüsterte er heiser. Seine dunklen Augen funkelten und sahen gefährlich aus.

Lin hatte es kommen sehen, doch sie zuckte dennoch zusammen, als er sich vorbeugte und sie küsste. Sie drehte das Kinn beiseite, um seinem näher kommenden Mund auszuweichen. Was konnte an diesem Abend bloß noch alles schiefgehen? Sie versuchte, sich loszumachen und stolperte über ihre hohen Absätze.

»Jason, lass mich *los*«, fuhr sie ihn deutlich an. Sein Mund rutschte über ihren angespannten Kiefer. Sie wand ihre Arme aus seinem Griff, stöhnte aber frustriert, als er sie wieder packte. Es schmerzte, wie er sie so festhielt.

»Ich habe es doch schon *gesagt*. Du tust mir weh, verdammt noch mal«, herrschte sie ihn an.

Sie überlegte ernsthaft, eine besonders kräftige Form des Wortes *Nein* einzusetzen, die sie einmal im Kung-Fu-Unterricht gelernt hatte. Doch in diesem Moment erblickte sie etwas. Aus dem Augenwinkel heraus sah sie, wie eine große Hand zwei Mal auf Jasons Schulter tippte. Jason drehte sich um, einen verärgerten Ausdruck auf dem Gesicht.

»Was zum …« Er lockerte seinen Griff an Lin, um sich umzudrehen, nachdem er noch stärker angetippt wurde. Lin riss die Augen auf, als sie den wilden Ausdruck in Kams Gesicht sah. Instinktiv trat sie einen Schritt zurück, als wüsste sie, dass ein Unwetter drohte. Kams Faustschlag traf Jasons Kinn wie ein düsenbetriebener Hammer. Jason drehte sich einmal um sich selbst, was ihr erstaunlicherweise sehr komisch vorkam. Er hatte noch immer einen leicht überraschten Blick, als er auf den Boden stürzte. Lin kniete sich rasch über ihn und berührte seine Schläfe.

»Jason?« Er war k. o. »Oh mein Gott«, flüsterte sie, den Schreck noch in den Knochen. Panisch fühlte sie seinen Puls.

»Er wird es überleben«, erklärte Kam spöttisch von oben herab. »Ich habe ihn nur bewusstlos geschlagen, nicht ermordet. Ist mit dir alles in Ordnung?«

Sie starrte ihn an. Er sah immer noch wütend aus, doch in seinen grauen Augen erkannte sie Sorge.

»Mir geht es gut«, flüsterte sie. »Ich weiß nicht, was heute Abend in Jason gefahren ist.«

Kam rollte mit den Augen.

»Ich habe da so eine leise Ahnung. Aber hattest du nicht gesagt, er wäre nicht an dir interessiert? Der Typ benimmt sich wie ein brunftiger Hirsch.«

»Ich habe gesagt, *ich* habe kein Interesse. Außerdem will er mich für Klinf gewinnen. Er wollte mich nur verführen, damit ich für ihn arbeite.«

»Ich weiß, das habe ich gehört«, sagte Kam grimmig. »Aber

das heißt nicht, dass er dich nicht auch in seinem Bett haben will.«

Jason kam langsam wieder zu sich. Er bewegte den Kopf und murmelte etwas in Französisch, das sie nicht verstehen konnte. Kam packte Lins Hand und zog sie hoch, sodass sie eng neben seinem großen Körper zum Stehen kam. Vorsichtig fuhr er ihr mit den Händen über die Oberarme, um sie zu untersuchen. Seine Augen wurden zu gefährlichen Schlitzen. Lin sah dorthin, wohin auch Kam sah. Ihre Haut war von Jasons festem Griff gerötet und geschwollen. Mit finsterem Blick stieß Kam mit seinem Schuh an Jasons Schulter. Jason öffnete die Augen und starrte benebelt zu Kam hinauf.

»*Tu as merité pire. Si tu mets encore la main sur elle, tu ne t'en sortira pas*«, erklärte Kam ihm kurz und knapp. Lin dachte, ihn auch mit ihren wenigen Französischkenntnissen verstanden zu haben. *Du hättest noch Schlimmeres verdient. Wenn du sie noch ein Mal anfasst, kommst du nicht so leicht davon.*

Jason sah verständlicherweise recht eingeschüchtert aus, trotz seiner Verwirrung. Kam wollte Lin mit sich ziehen.

»Warte«, rief Lin und blieb stehen. Ihr rotes Kleid bauschte sich um sie. »Wir können ihn hier doch nicht einfach liegen lassen, oder?«

»Er steht in einer Minute wieder auf. Wenn nicht, räumen ihn die Hausmeister am Ende der Vorstellung zusammen mit dem anderen Müll weg«, brummte Kam, dessen geringschätziger Ton klarmachte, dass jede weitere Diskussion über Jason Klinf reine Zeitverschwendung wäre.

Lin dachte darüber nach, was er gesagt hatte, als sie fortgingen, und entschied sich, nicht zu widersprechen. Jason verdiente kein Mitleid. Er hatte sich ihr aufgedrängt und sie festgehalten, obwohl sie sich gewehrt hatte. Außerdem hätte ihr Kung-Fu-Griff ihn ebenso zugerichtet.

Keiner von beiden sagte etwas, während Kam sie durch das

fast leere Foyer im ersten Rang führte und dann durch die völlig leere Eingangshalle. Die Pause war vorüber. Lin war nicht daran interessiert, auf ihren Platz zurückzukehren. Kam ebenso wenig. Sie schnaufte von ihrer zielstrebigen Flucht, als Kam endlich ein Taxi anhielt und sie sich auf die Rückbank setzten.

»Zu mir oder zu dir?«, fragte er ohne Einleitung.

»Zu dir. Angus«, gab sie keuchend zurück und erinnerte ihn damit an seine frisch eingetroffene Hündin.

Dies war einer der kompliziertesten, verwirrendsten Tage, an den sie sich erinnern konnte. Ihr Kopf war ein einziger Wirbel. Kams aufgeladene Frage zu beantworten war die einfachste und sicherste Entscheidung, die sie in ihrem Leben getroffen hatte. Seine grimmige Miene entspannte sich ein wenig, während er sie ansah. Er beugte sich vor, um dem Fahrer die Adresse durchzugeben. Lin merkte, dass ihm ihre schnelle Antwort gefallen hatte. Sie merkte, dass sie ihm sehr gefallen hatte.

KAPITEL DREIZEHN

Angus begrüßte die beiden stürmisch und hielt sich dabei sogar an Kams scharfen Befehl, Lin nicht anzuspringen.

»Ich sollte mit ihr eine Runde drehen«, erklärte Kam. »Das dauert nur ein paar Minuten.«

»Natürlich«, stimmte Lin zu.

Trotz seines Vorhabens bewegte sich Kam nicht von der Stelle.

»Mach dir keine Sorgen darüber, wie Ian auf die Ereignisse von heute Abend reagieren wird. Ich erkläre es ihm. Und wenn er erfährt, wie grob dich dieser Schwachkopf behandelt hat, wird er das sicher verstehen.«

»Das ist schon in Ordnung«, erklärte Lin ruhig. »Ich sage ihm Bescheid.«

»Einer von uns wird es ihm schon sagen. Ian hat das Recht zu erfahren, mit wem er da regelmäßig Geschäfte macht.«

»Einverstanden.«

Sie spürte, wie er sie betrachtete, und sah nach ihrer Handtasche.

»Wirst du Ian auch sagen, dass Jason dich gebeten hat, für ihn zu arbeiten?«, wollte Kam wissen.

Lin nickte, ohne aufzusehen.

»Ich habe es ihm bisher nicht gesagt, als Jason mich zuletzt gefragt hat, aber dieses Mal wird er es erfahren.« »Warum hast du es denn Ian bislang verschwiegen?«

Lin zuckte mit den Schultern. Sie wollte Kam nicht erzählen, dass Jason sie schon kurz nach Ians Hochzeitsantrag an Francesca gebeten hatte, zu ihm zu kommen. Anders als Richard St. Claire es vermutete, hatte sie *durchaus* überlegt, auf Jasons Angebot einzugehen. Ein Tapetenwechsel hätte ihr wohl geholfen, über die Tatsache hinwegzukommen, dass Ian so unübersehbar in eine andere Frau verliebt war. Heute war sie froh, nie wirklich ernsthaft mit dem Gedanken gespielt zu haben. Was für eine schreckliche Vorstellung, heute für Jason arbeiten zu müssen.

»Viele von Ians Geschäftspartnern haben schon…« Sie winkte leicht verschämt ab.

»Versucht, dich von ihm abzuwerben?«, ergänzte Kam. »Sie erkennen ein Geschäft, wenn sich ihnen eines bietet.« Sie sah zu ihm hinüber, gerade rechtzeitig, um seine silbrig-grauen Augen über ihren Körper wandern zu sehen. Sie unterdrückte ein Schaudern.

»Ich will nicht, dass Ian sich unnötig Sorgen macht.«

»Ian muss sich in Wirklichkeit doch keine Sorgen machen, weil du Noble Enterprises ohnehin nie verlassen würdest, oder?«, hakte Kam nach.

Unruhig lief Lin in ihren High Heels auf und ab. Das Thema war ihr unangenehm. Wie sollte sie ihm antworten, wo sie doch nicht einmal selbst die Antwort kannte? Jasons Versuche an diesem Abend, sie zu überzeugen, hatten sie auch deshalb so verärgert, weil er ja teilweise recht hatte mit seinen Behauptungen. Ians Leben und Prioritäten hatten sich *wirklich* verändert, seit er Francesca kannte, und das würde sich auch auf das Geschäft auswirken.

Sie selbst würde sich ebenfalls verändern. Sie war sich nicht mehr sicher, wohin sie gehörte.

»Das habe ich nicht gesagt. Wer weiß schon, was die Zukunft bringt?«, stellte sie unbehaglich fest.

»So ist es.«

»Warum bist du so neugierig?«, wollte Lin mit einem Mal wissen.

»Neugierde ist noch eines meiner schwächsten Gefühle, wenn es um dich geht.«

Sie spürte, wie sie errötete. Hatte er das eben wirklich gesagt? Er wollte Angus anleinen, hielt aber wieder inne.

»Wo wir gerade von *starken* Gefühlen sprechen«, fuhr er nüchtern fort, »ich habe dir heute etwas gekauft ... in dieser ungewöhnlichen Boutique, auf die ich bei einem Spaziergang mit Angus gestoßen bin.«

»Das hast du? Und was für eine *ungewöhnliche* Boutique?«, wiederholte Lin. Die Spannung, die mit dem vorigen Thema aufgekommen war, löste sich. Sie lächelte.

»Vielleicht ist sie gar nicht so ungewöhnlich. Ich habe schon viele Jahre lang nicht mehr in einer Stadt gelebt, also habe ich wahrscheinlich gar keine Ahnung. Aber es ist sicher eine nette Überraschung. Das war es zumindest für mich. Wie es für dich ist, weiß ich nicht.«

»Du *musst* es mir jetzt zeigen«, forderte sie vorsichtig. »Ich sterbe vor Neugier.«

Seine Nasenflügel bebten ein wenig, als er sie anblickte und eine Entscheidung traf.

»Okay.«

Er verschwand im Flur. Als er einen Moment später zurückkam, hatte er eine recht große Einkaufstüte in der Hand. Ihre Augen gingen ihr über, als sie den einzelnen, schwarzen Buchstaben auf der Tüte erkannte. Die Tüte kam von dem neuen Geschäft, das im Stadtzentrum kürzlich eröffnet hatte. Sie hatte im *Chicago Magazine* davon gelesen, war aber noch nicht dort gewesen. Die Boutique hatte sich auf luxuriöse Dessous, geschmackvolles Sex-Spielzeug und speziell designten Schmuck spezialisiert, den man im Alltag tragen konnte, der aber auch bei leichten Fesselspielen oder anderen Sex-Praktiken zum Einsatz kommen konnte. Der Laden war womöglich etwas gewagt, aber hier wurden nur qualitativ hochwertige Dinge an ein wohlhabendes Publikum verkauft. Jedes Mal, wenn der Eigentümer ein Interview gab, spielte er mit einer neuen Erklärung, wofür das *E* seines Geschäftsnamens stand. Bislang hatte Lin von *Exklusivität*, *Eleganz* und *Erotik* gehört. Es war ein genialer Marketing-Trick, denn natürlich suchte man ganz automatisch im Kopf nach weiteren möglichen Worten.

Sie starrte Kam mit großen Augen an.

»Du hast also einfach mal bei *E* reingeschnuppert, während du mit Angus unterwegs warst, ja?«, frotzelte sie lächelnd.

Seine Augenbrauen bewegten sich auf eine lustige Art.

»Ja, ist das etwa sonderbar?«

Sie schüttelte den Kopf und lachte leise.

»Ich gewöhne mich langsam an dich. Ich lerne, dass es nichts gibt, was dich davon abhalten würde, etwas zu tun, was du dir in den Kopf gesetzt hast. Deine Art und Weise, wie du Jason eben abgeschmettert hast, als er so hochnäsig über die Oper geurteilt hat. Deine Einkaufstour bei der heißesten, schlüpfrigsten Boutique in der Stadt und noch tausend andere Dinge – all das lehrt mich, nie zu *anmaßend* zu sein, wenn es darum geht, dich *in den Griff zu bekommen*, Kam Reardon.«

Er lächelte, trat auf sie zu und hielt ihr die Tüte hin.

»Ich habe zu verstehen gegeben, dass mir die Premiere nicht gefallen hat, und das war auch die Wahrheit. Es war zu voll. Aber mir hat die Aufführung als solche *gefallen*. Ich bin in London ziemlich häufig in der Oper gewesen.«

»Das habe ich gemerkt. Warst du mit Diana dort?«, wollte sie wissen und sah ihn unverwandt an, als sie ihm die Tüte abnahm.

Kam nickte.

»Ich glaube, sie war ganz begeistert, als sie merkte, dass es etwas gibt, was mir gefällt und zugleich zu ihrem Lifestyle passt.«

»Dabei bist du nur ehrlich einer bis dahin verborgenen Leidenschaft gefolgt, oder?« Lin sah ihm ins Gesicht. Er zuckte mit den Schultern. Sie lächelte, denn sie liebte seine Sorglosigkeit, seine lakonische Art... die Tatsache, dass er der faszinierendste Mann war, den sie kannte und der doch so gut wie nie über sich sprach. Sie liebte ihn, *Punkt*.

»Stimmt etwas nicht?«, wollte Kam wissen und sah sie scharf an.

Lin zwang sich, sich von dem automatischen, verbotenen Gedanken zu lösen. Sie meinte nicht *lieben* im Sinne von lieben. Nur, dass sie seinen Charakter mochte. Seine Ehrlichkeit. Sein tolles, wildes Äußeres. Und wie er sie im Bett vor Lust zum Schreien brachte...

Sie räusperte sich und hielt die Tüte hoch.

»Darf ich?«

»Bitte.«

Sie stellte die Tüte auf den Tisch. Das Erste, das sie herauszog, war ein elegantes, schwarzes Seiden-Dessous mit Spitze über den Brüsten.

»Oh, das ist fantastisch, vielen Dank«, flüsterte sie, fuhr mit den Fingern über die feine Spitze und hielt sich die weich fallende Seide unter das Kinn. Sie sah zu Kam hinüber. Er sagte nichts, doch sein Blick und das feine Lächeln sorgten bei ihr für Herzrasen.

Als Nächstes holte sie zwei eingepackte Schachteln aus der Tüte.

»Öffne die kleinere zuerst«, bat Kam grimmig. »Die andere ist nur die Hardware.«

Ihre Augenbrauen hoben sich. Schnell packte sie die Schachtel aus.

»Oh«, sagte sie leise, als sie vier schwarze Ledergurte mit stabilen Platin-Riemen und kleinen Bügeln und Haken erkannte. Die Fesseln waren sorgfältig gearbeitet und sahen robust aus. Trotz ihrer offensichtlich sexuellen Verwendung waren die Bänder sehr hübsch – fast wie ausgefallener Schmuck. Sie sah

Kam an, der Mund stand ihr offen und der Puls schlug ihr bis zum Hals.

»Sie haben mich daran erinnert, als du neulich diese schwarzen Leder-Highheels getragen hast«, erklärte er ruhig. Völlig verständnislos starrte sie ihn an. »Die mit den dicken Lederbändern, die um deine Fußgelenke gegurtet werden? In Ians Büro? Ich bekam einen Steifen, als ich nur hingesehen habe. Ich wollte herausfinden, warum mich der Anblick so scharf gemacht hat. Es lag wohl an dem Kontrast. Dickes Leder auf Seide. Du bist so grazil, deine Haut ist makellos. Ich hätte bei dir nicht an ›Leder‹ gedacht, aber hier ist es also doch«, schloss er ein wenig kleinlaut. »Für *E* arbeitet ein wirklich talentierter Künstler – Jarvis Cooper –, der all diesen Schmuck herstellt, auch Uhren. Ich habe mich eine ganze Weile mit ihm unterhalten, während er mir seine Werkstatt gezeigt hat. Als er mir die hier präsentiert hat, musste ich an dich denken.«

Sie hielt eine der Fesseln in der Hand und wich seinem Blick nicht aus. Er gestand ihr gerade, dass der Gedanke an sie in Lederfesseln ihn anmachte.

»Je eine für meine Hände und Füße?«

Er zuckte leicht mit den Schultern.

»Wir können auch erst nur die Handgelenke nehmen, bis du für die anderen bereit...«

»Ich bin jetzt bereit.«

Sein Mund klappte zu. Sie sah, wie er schlucken musste.

Lin legte die Fesseln auf den Tisch und griff erneut in die Tüte.

»Du bist wirklich in der Stadt zum Shoppen gewesen, oder?«, zog sie ihn auf, als sie das nächste Paket gefunden hatte. »Es war eine Art Eine-Station-Einkaufstour, besonders für mich, der nicht auf etwas Derartiges vorbereitet war wie...«

Sie sah zu ihm hinüber, während sie die kleine Schachtel auswickelte.

»Dich«, beendete Kam seinen Satz.

Sie löste den Blick von ihm und sah sich an, was sie in der Hand hielt. Sie erkannte es. Ein kleiner Kugel-Vibrator. Sie besaß einen ganz ähnlichen. Der Gedanke daran, wie Kam ihn bei ihr einsetzen würde, ihr bei etwas zusehen würde, was zuvor nur eine einsame, autoerotische Erfahrung gewesen war, ließ ihr Hitze in Wangen und Schoß fahren.

»Du hast wirklich den gesamten Grundbedarf gekauft, oder?« Sie versuchte, Verlegenheit und gleichzeitig Erregung zu überspielen.

Wenn sich ihre Wangen beim Anblick des Vibrators erwärmt hatten, so flammten sie nun auf, als sie jetzt eine Peitsche mit etwa einem Dutzend weicher Veloursleder-Schnüren und einem eng umwickelten Ledergriff auspackte.

»Du brauchst nicht nervös zu werden«, erklärte Kam mit rauchiger Stimme direkt neben ihrem Ohr. Ihr war nicht aufgefallen, dass er an sie herangekommen war. Er schob ihr eine Haarsträhne hinter das Ohr, seine Finger strichen über ihren Nacken. Sie bekam eine Gänsehaut. »Ich werde dir *niemals* wehtun. Ich erwecke nur deine Nervenbahnen zum Leben. Es wird höchstens ein wenig brennen, aber die Lust wird vorherrschen, in jedem Moment. Aber solltest du Stopp sagen, werde ich aufhören. Verstehst du?«

Sie nickte, und seine Lippen strichen über ihre Wangen, als wolle er ihre Hitze absorbieren.

»In der Küche steht eine Flasche Wein. Ian und Francesca haben ihn mir geschenkt. Warum machst du die Flasche nicht auf und gießt dir ein Glas ein, während ich mit Angus unterwegs bin? Dann wird sie uns den Rest der Nacht nicht mehr stören.«

»Einverstanden.« Lin sah ihn an. Er beugte sich vor und küsste sie auf den Mund.

Sie blieb noch einige Sekunden wie eingefroren stehen,

nachdem sich die Tür hinter Kam und Angus geschlossen hatte. Endlich weckte sie sich selbst auf. In der Küche entschied sie sich gegen Wein und goss sich Wasser ein. Sie trank ein Drittel der Flasche in einem Zug leer. Diese intimen Geschenke vor Kams Augen auszupacken und dann seinen Kuss zu spüren, hatte sie ausgedörrt...
...und durstig nach Empfindungen werden lassen.

Als Kam mit Angus im Schlepptau in das Apartment zurückkam, war Lin nirgends zu sehen. Ein Schreck fuhr ihm in die Glieder. Hatte er sie mit seinen Geschenken verängstigt? Als er sie beim Auspacken beobachtete hatte, war es ihm gar nicht so vorgekommen. Doch womöglich hatte er sich nur selbst etwas vorgemacht.

»Lin?«

»Ich bin hier«, hörte er ihre klare Stimme aus Richtung Schlafzimmer.

Erleichtert atmete er auf.

»Ich bin in einer Sekunde da.«

Vorfreude stieg in ihm auf, als er endlich die einengende Fliege abnahm. Als er ins Schlafzimmer trat, wollte er gerade den zweiten Hemdknopf öffnen, hielt aber inne. Lin stand neben dem Himmelbett. Sie trug nicht nur das Dessous aus Spitze und schwarzer Seide, das er ihr geschenkt hatte, sondern auch die breiten Leder-Manschetten an den Hand- und Fußgelenken. Ganz automatisch schwoll sein Schwanz in Vorfreude an.

Sie hatte ihr glänzendes Haar so gebürstet, dass es locker über ihren Rücken und eine Schulter fiel. Der schwarze Stoff passte ihr, als wäre er nur für sie gemacht; die Spitze lag fest auf ihrem schmalen Brustkasten und betonte ihre hervorstehenden Brüste. Die obersten Teile ihres Busens waren nicht bedeckt, die festen, sehr weiblichen Rundungen sahen verlockend lecker aus. Er hatte sich nicht getäuscht. Der Anblick ihrer grazilen, eleganten Gliedmaßen und der blassen, weichen Haut im Kontrast zu den dicken Lederfesseln wirkte wie ein Schock in seinem Körper, ließ ihn die Muskeln anspannen und sein Blut heiß und schnell durch seinen Körper fließen. In nur einer Sekunde war er bereit.

Sein Blick veränderte sich nicht, als er auf sie zuging. Er warf seine Fliege beiseite in Richtung eines Sessels. Sie zeigte jenen nüchternen, wachsamen Gesichtsausdruck, der ihn jedes Mal traf, und ihre großen, strahlenden Augen zogen ihn magnetisch an.

»Du siehst aus wie aus einem Traum.«

Auf ihrem Mund tauchte ein Lächeln auf.

»Aus einem schönen, hoffe ich.«

»Dem schönsten.« Er griff nach einer ihrer Hände. Dann hob er ihren Arm hoch. Die Haut auf der Innenseite ihrer Arme war besonders bleich und sah neben den festen Fesseln verletzlich aus. Kam legte seine Hand unter ihren Ellenbogen, hob ihren Arm und beugte sich vor. Er drückte seine Lippen auf den satinartigen Fleck ihrer warmen Haut in der Armbeuge. Ganz leicht bewegte er seinen Kopf und genoss ihre weiche Haut. Sie schnappte kurz nach Luft, als er seine Zungenspitze auf ihren rasenden Puls drückte, um sie zu kosten.

»Du bist die wunderschönste Frau, die ich je gesehen habe«, sagte er und richtete sich wieder auf. »Ich habe es dir nie gesagt, aber diesen Gedanken habe ich jedes Mal, wenn ich dich ansehe.«

Ihr kleines Lächeln verschwand. Ihm wurde plötzlich klar, wie intim er klang. Er zuckte kurz mit den Schultern und ließ ihren Arm wieder los.

»Ich habe nur gedacht, du solltest das wissen.« Damit zog er die Smoking-Jacke aus und hängte sie über einen Stuhl.

»Danke«, gab sie einfach zurück und sah ihm zu. Um Schuhe und Strümpfe auszuziehen, setzte er sich kurz. Die Haut seiner Brust, seines Bauchs und seiner Arme kribbelte unter ihrem Blick, als er kurz darauf hastig sein Hemd ausgezogen hatte. Er machte einen Schritt auf sie zu, und sie kam ihm entgegen und legte ihre Arme um seinen Hals. Kam zog sie an sich heran, die Hände auf ihrem in Seide verhüllten Rücken. Sie hob den Kopf und bot ihm ihren üppigen Mund an. Als sie heute Mittag miteinander gesprochen und sich vor dem Spiegel geliebt hatten, hatten sie sich nicht geküsst. Dieser Verzicht schmerzte ihn nun, da sein Verlangen in ihm stieg. Er nagte kurz an ihren rosa Lippen, bevor er sich fallen ließ und sie innig und hingebungsvoll küsste, bis er in ihr unterging. Oh Gott, er liebte ihren Mund. Sie stöhnte und erwiderte seinen Kuss mit gleicher Intensität, ihr weicher Körper verschmolz mit ihm. Das Gefühl ihrer festen Brüste und der harten, mit Spitze bedeckten Nippel an seiner nackten Brust machte ihn fiebrig.

Er hob gleich darauf den Kopf aus der süßen Hitze ihres Mundes. Die offenen Hände auf ihre Wangen gelegt, blickte er ihr in die dunklen Augen.

»Darf ich dich ans Bett fesseln?«, wollte er schroff wissen.

»Ja«, erwiderte sie ohne Zögern. Er sah jedoch, wie ein wenig Angst in ihren Augen aufflackerte. Er strich ihr mit den Fingerspitzen über die Wangen und die Stirn. »Ich nutze dazu meine Geschenke für dich«, erklärte er. »Aber ich werde nichts machen, wenn du nicht bereit dafür bist. Wir finden gemeinsam heraus, was dir Freude bereitet und was nicht, okay? Du musst es mir sagen.«

»Ist gut. Ich habe keine Angst«, flüsterte sie. Von ihrem Mut und ihrer Ehrlichkeit berührt, beugte er sich vor und küsste sie erneut.

Sie legte den Beutel mit den Einkäufen von *E* auf das Fußende des Bettes. Er nahm die Fesselbänder heraus und verschnürte sie an den vier Eckpfosten des Bettes, indem er abschätzte, wie lang sie bei Lins Körpergröße sein mussten.

»Komm her«, winkte er sie heran, als er damit fertig war. Ermutigend lächelte er, als sie neben ihm stand. »Ich ziehe dir jetzt deine hübsche Wäsche aus, dann kannst du dich auf den Rücken legen. Du sollst es bequem haben.«

Sie nickte. Ihre großen Augen wichen nicht von seinem Gesicht. Er fuhr mit den Händen über ihre weichen Schultern und streifte dabei die dünnen Träger ab. Als er sie bis zu ihren Armen hinuntergezogen hatte, bebte er vor Erregung, und sie fing an, die Arme aus dem Dessous herauszuziehen, um ihm zu helfen.

»Nein«, bat er sie und blickte ihr in die Augen. Sie ließ die Arme wieder an den Seiten herunterhängen. »Lass mir dieses Vergnügen. Ich möchte dich ausziehen. Ich möchte jede Bewegung kontrollieren, denn mir soll jeder Atemzug von dir gehören, jedes Erschaudern und jede Sekunde deiner Lust. Du hältst das vielleicht für egoistisch. Das ist es vielleicht auch, denn ich möchte dich in den Himmel führen. Und wenn ich dieses Job erledigt habe, komme ich nach. Verstehst du?«

Er spürte, wie ein Schauder durch sie hindurchging, und genoss ihn. »Ja, das verstehe ich«, sagte sie. Ihre Stimme klang fremd.

Er nickte und fuhr mit seiner köstlichen Aufgabe fort: Er streifte weiter ihre Träger ab, legte ihre reifen, vollen Brüste, den flachen Bauch und die runden Hüften nach und nach frei. Sie trug kein Höschen. Seine Nasenflügel bebten, er verzehrte sich nach ihr, als er ihre glatten Schamlippen zwischen den blassen, gerundeten Oberschenkeln erblickte. Wie jedes Mal war der Effekt, wenn er sie so exponiert sah, fast grausam. Sein Schwanz sprang gegen seine Boxer-Shorts und Hosen. Ihr Dessous rutschte hinunter zu ihren Füßen.

Er nahm sie bei der Hand, und sie stieg aus der Wäsche. Bis auf die Leder-Bänder war sie nun nackt.

»Leg dich auf den Rücken, aber den Kopf ans Fußende«,

sagte er ruhig und wies auf das Bett. Ihre Augen weiteten sich, sie folgte aber dennoch seinen Anweisungen. Als sie sich hingelegt hatte, fing er methodisch an, die Bänder an ihren Fesseln zu befestigen und sie stramm zu ziehen. Auch wenn alles eng anlag, so sollte es ihr doch nicht unbequem sein.

Als er die letzte Fessel festgebunden hatte, richtete Kam sich auf und nahm sich einen Augenblick, um ihre Schönheit zu genießen. Mit gespreizten Beinen und Armen lag sie nackt im Bett. Er sah direkt auf ihre rosafarbene Muschi, deren üppige Farbe und grazile Muschelform so wunderbar zu ihren blassen, glatten Schenkeln passte. Das Bett hatte nur am Kopfende, dort wo jetzt ihre Füße ruhten, ein Holzbrett. So lag ihr dunkles Haar in einer Wolke um ihre Schultern und den Kopf, und einige Strähnen hingen von der Matratze herab. Sie war so atemberaubend, so verführerisch, dass es ihm wehtat, sie anzusehen, und doch war dies ein Schmerz, den er auf keinen Fall missen wollte.

Das Schönste von allem waren ihre Augen. In ihrem Blick lag ein wenig Furcht, doch Verlangen und Vertrauen überlagerten ihre Unsicherheiten bei Weitem.

»Bist du sicher, dass du bequem liegst?«, fragte Kam.

Sie nickte, ohne den Blick von seinem Gesicht abzuwenden. Er stützte sich auf der Matratze ab und kletterte zu ihr ins Bett.

»Dann lass uns anfangen, *mon petit chaton*«, flüsterte er mit rauer Stimme.

* * *

Ein erregender und beklemmender Kitzel, wie sie ihn noch nie erlebt hatte, ging bei Kams Worten durch Lin hindurch. Dazu kam noch sein Anblick, wie er auf Händen und Knien ins Bett gekrochen kam, schlank und mit sich wölbenden Muskeln, wodurch er sie mehr denn je an ein Raubtier auf Beutezug erinnerte. Vielleicht hatte er ein wenig von ihrer Unruhe erkannt, nachdem er sie ans Bett gefesselt hatte, denn seine Stirn legte sich in Falten, als er ihr ins Gesicht blickte. Sie hatte keine Angst vor ihm, sie war nur nervös, wie sie darauf reagieren würde, dass sie gefesselt war ... dass sie alle Kontrolle aufgegeben hatte. Komplett wehrlos zu sein, erschreckte sie nicht – sie glaubte Kam, wenn er sagte, dass er das Spiel sofort beenden würde, sobald sie es wollte. Es war nur so, dass sie nicht wusste, was sie von sich selbst erwarten sollte. Sie war aufs Höchste angespannt und aufgeregt.

»Pssst«, beruhigte er sie mit einem Blick auf ihr Gesicht, obwohl sie keinen Mucks gemacht hatte. Er musste ihre Unruhe erkannt haben. »Ich küsse dich jetzt«, murmelte er. Dann beugte er sich vor. Sie atmete all die angestaute Anspannung aus, als sie seinen großen, kräftigen Körper spürte, der sie in die Matratze drückte. Er stützte sich auf einen Ellenbogen, um seinen Oberkörper aufzurichten, und legte seine langen Beine zwischen ihre. Sein nackter Bauch berührte ihren Schamhügel, und dieser Druck auf ihr erregtes Geschlecht fühlte sich wunderbar an.

Und sie *war* erregt, trotz all ihrer Unsicherheit. Sie war es, seit sie sich die Lederbänder um die Hände und Füße gebunden und ihr seltsam erotisches Gewicht gespürt hatte. *Gefangene. Sklavin.* Diese Worte waren in ihrem Kopf aufgetaucht, als sie die schwarzen Fesseln erblickt hatte. Es war verstörend und verlockend zugleich.

Sie sah in Kams glühende Augen, als er ihr die Haare aus dem Gesicht strich und ihr Kinn in einer besitzergreifenden, würdigenden Geste umfasste. Wenn sie eine Gefangene war, dann nicht nur seine. Sie war umgarnt von ihrem eigenen Verlangen, von diesem berauschenden, einzigartigen Verlangen nach Kam. Dies war die verführerischste Falle, in die sie zudem freiwillig getappt war.

Langsam beugte er sich zu ihr hinunter, die Augen fest auf ihren Mund gerichtet. Und doch war es ihre Stirn, die er küsste. Auf seine stumme Aufforderung hin schloss sie die Augen und ließ ihn ihre Lider küssen, während ihr Atem in ihrer Lunge brannte. Er liebkoste ihre Schläfen, die Wangen und Nase, und seine Lippen waren so warm und fest und geduldig, dass sie, als er schließlich auf ihrem Mund landete, bereits keuchte und zitterte.

Er küsste sie lange, köstliche Minuten und war dabei so achtsam und intensiv, dass sie ihre Spannung dahinschmelzen spürte und ihr Geschlecht sich unter dem Druck seines Körpers in einen warmen, süßen Sirup zu verwandeln schien. Ihre Welt bestand nur noch aus Kam und seinem tiefen, sinnlichen Kuss.

»Oh«, seufzte sie, als er bedächtig an ihren Lippen nagte. »Das war schön.«

Er bedeckte ihre Lippen mit seinen.

»Alles an dir ist perfekt, aber allein schon dein Mund würde reichen, um mich glücklich zu machen.«

»Ich würde dir niemals den Rest vorenthalten«, flüsterte sie und erwiderte fiebrig seine Küsse.

»Weil alles an dir nur mir gehört?«, hakte er grimmig nach und küsste ihr Kinn und ihre Wangen.

»Ja. Ja«, stieß sie atemlos aus, als er eine ihrer Brüste in die Hand nahm und leicht knetete. Ihr Atem stockte vor Vorfreude, als er langsam seinen Kopf senkte. Sie japste nach Luft, als er das empfindsame Krönchen in den Mund nahm, daran saugte und den Nippel mit seiner steifen Zunge umfuhr. Sie stöhnte und schob instinktiv ihre Hüften nach oben, doch zwischen den Fesseln und Kams Gewicht war sie gefangen ... genau dort, wo sie sein wollte.

Plötzlich machte er ein Knurren, eine durchdringende Mischung aus Frustration und Erregung. Er rutschte mit seinen Knien übers Bett und kniete sich über sie. Die Hände legte er auf die Außenseiten ihrer Brüste und drückte sie zusammen, sein Gesicht zwischen ihnen gebettet, sodass sein Knurren ihre Brust vibrieren ließ. Dann hob er den Kopf und küsste und lutschte beide Nippel zur gleichen Zeit. Lin stöhnte, und zwar nicht nur wegen seiner rauen, süßen Behandlung ihres Körpers, sondern auch wegen seiner Leidenschaft.

»Dein Busen macht mich wahnsinnig. Ich werde dir einmal den Hintern dafür versohlen, dass du ihn heute Abend in diesem Kleid so zur Schau gestellt hast.« Ihre Klitoris zitterte vor Erregung. Sie stöhnte und fühlte sich seines Gewichts auf ihrer Muschi beraubt, auch wenn seine massierenden Hände und das eifrige Lutschen ihrer Nippel sie es schnell vergessen ließ.

»Dir hat das Kleid nicht gefallen?«, fragte sie zittrig.

»Doch, ich liebe es«, verbesserte er sie. Sein Mund wanderte auf ihren Brustkasten. Während er weiter mit den Händen ihre Brüste knetete, küsste er ihre Seite und fuhr mit den Zähnen über ihre Haut, die sich vor Lust ganz rau anfühlte und unter seiner Liebkosung zitterte. Sie empfand den Anblick seiner maskulinen Hände, die ihre gefangenen Brüste massierten und drückten, unerträglich aufreizend. Lin zog an ihren Armfesseln, und ein weiterer Lustschauder durchfuhr sie, als sie deutlich spürte, dass sie gefesselt war, dass sie dem Vergnügen, das er ihr so gekonnt bereitete, nicht entkommen konnte.

»Und trotzdem willst du mich dafür bestrafen?«

Er hob den Kopf und spießte sie mit seinem Blick auf. Nervös leckte sie sich über den Mundwinkel.

»Hast du das Kleid absichtlich angezogen, weil du wusstest, dass ich den ganzen Abend neben dir sitzen und über Geschäftliches und die Oper reden muss? Hast du mich so foltern wollen, weil du wusstest, dass ich zwar schauen, aber diese hier nicht berühren durfte?«, fragte er und drückte ihre Brüste zusammen.

»Natürlich nicht«, rief sie aus. Sein Blick gab nicht nach.
»Vielleicht ein bisschen«, gab sie nach einem Augenblick zu.
»Also verdienst du ein kleines *bisschen* Strafe?«
Hitze schoss durch ihre Muschi, als sie seine Worte hörte und sein kleines, sexy Lächeln sah.
»Ja.« Ihre Worte hatten sie erregt. »Die habe ich verdient.«
Er ließ ihren Busen los und griff nach der Tüte am Bettrand. Sie sah zu, wie er den Kugel-Vibrator und die Peitsche herausholte, und ihr Atem ging nun noch unregelmäßiger. Er nahm den Vibrator aus der Schachtel und legte ihn aufs Bett. Auf Händen und Knien hockte er sich über sie und packte den Ledergriff der Peitsche. Ihr Herz schlug ihr bis in die Ohren. Sie starrte auf seinen beeindruckenden Anblick, und ihr Blick blieb an der eindeutigen Form seiner Erektion hängen, die gegen den Bund seiner schwarzen Smoking-Hose drückte. Kam ließ die Satinschnüre der Peitsche über ihre sensible Haut an der Seite ihres Brustkastens laufen. Sie keuchte. Ihre feuchten Nippel spannten.

»Wie fühlt sich das an?«, fragte er und sah sie an, während die Peitsche über ihren Bauch kreiste.

Ungezogen. Erregend.

»Gut«, stammelte sie.

Er wich zurück und kniete sich zwischen ihre gespreizten Beine. Schnell und gekonnt verlängerte er die Bänder an ihren Fußgelenken. Dann hob er ihre Hüfte ein wenig an, indem er seine Knie und unteren Oberschenkel unter ihren Po schob. Ihr Po hing nun einige Zentimeter über dem Bett, ihre Muschi ragte nach oben. Sie sah das kleine Lächeln auf seinem Gesicht und wusste, dass ihm diese Stellung gefiel. Ihr wurde heiß bei dem Gedanken, wie entblößt ihre Muschi nun vor ihm lag.

Wieder griff er nach der Peitsche. Seine freie Hand umfasste ihre Hüfte mit einer besitzergreifenden Geste.

Er ließ die Schnüre über ihre Seite gleiten und provozierte

damit eine Gänsehaut. Die kleinen Schnüre glitten ihren Busen entlang hinab zu ihrem Bauch und rieben dann über ihre Hüfte. Sie verbiss sich ein Stöhnen, als er mit dem weichen Stoff über ihren Venushügel fuhr und eine der Schnüre dabei ihre Schamlippen streifte.

»Du erregst mich«, stöhnte sie.

»So, wie du mich den ganzen Abend erregt hast. Aber das ist noch kein wirkliches Erregen. Ich wärme mich nur langsam auf.« Sie wand ihre Hüfte vor Lust. Kam hob die Peitsche und ließ sie auf ihrer Hüfte landen, wobei die Schwänze der Peitsche sie stechend liebkosten.

»*Oh.*«

»Gut oder schlecht?«, fragte er gespannt.

»*Gut.*«

Seine Nasenflügel bebten. Wieder hob er die Peitsche und ließ sie auf ihrem Bauch niederkommen. Sie keuchte.

»Sticht es oder tut es weh?« Sie spürte, dass er eine ehrliche Antwort von ihr wollte. Er versuchte zu verstehen, was in ihr vorging.

»Es tut nicht weh. Es kribbelt und brennt und…« Sie verstummte, als er die Peitsche auf die Seite ihrer Hüfte sausen ließ. »Und was?« Er fuhr mit den Schnüren sinnlich über die unteren Rundungen ihres Busens.

»Es ist erregend«, brachte sie mit erstickter Stimme hervor.

Er knurrte. Das Nächste, was sie spürte, waren seine Hände an ihren Hüften, wie er sie näher an sich heranzog und zugleich weiter unter sie rutschte. Als er sie ablegte, lagen seine Oberschenkel vollständig unter ihr, und ihr Po lag komplett in seinem Schoß. Ihr Mund klappte auf, als sie seinen harten Schwanz an ihren Anus klopfen spürte. Ihre offene Muschi drückte fest gegen seinen Hosenbund.

»Jetzt geht es los«, murmelte er mit belegter, zufriedener Stimme. Sein Blick eilte mit unverhohlener Gier über ihren nackten, gefesselten Körper. »Jetzt habe ich dich da, wo ich dich haben wollte, vor mir ausgebreitet wie ein köstliches Mahl.«

Lin drehte und wendete wild ihren Po, so sehr stachelte sie seine Erektion unter ihr auf. Sie hielt inne und den Atem an, als er die Peitsche hob.

KAPITEL VIERZEHN

Die Satinschnüre landeten auf der weichen Haut auf der Innenseite ihrer Schenkel. Erregung zuckte durch sie hindurch, heiß und verboten. Doch anstatt sie dadurch vom weiteren Reiben abzuhalten, drehte und wand Lin sich nun noch stärker, um ihre geöffnete Muschi an Kams Erektion zu stimulieren.

Er fletschte die Zähne und ließ die Peitsche kräftiger auf ihre Hüfte niedersausen. Es zischte, als die Peitschenschwänze durch die Luft sausten und beim Aufprall einen Schwall Empfindungen auslösten. Das Brennen, das nachhallte, wanderte wie durch Zauberhand in ihre Klitoris, die an Kams Hosenbund prickelte.

»Ooh«, entfuhr es ihrer Kehle. Sie drückte ihre Hüfte an ihn.

»Bleib still liegen«, warnte er sie und öffnete seine Hand ganz oben an ihrer Hüfte, um sie zurück in die Position zu bringen. Sie biss sich auf die Lippe und zwang sich, nicht weiter an ihm zu reiben, auch wenn das alles war, wonach sie in diesem Moment verlangte. Er sah sie genau an, während er die Satinschnüre über ihre Rippen und dann den unteren Teil ihres Busens streifen ließ. Sie stöhnte, als eine der Schnüre versehentlich einen erregten Nippel kitzelte. Er zog die Peitsche über ihre Brust und die Schultern hinauf und an der Seite ihres Körpers wieder hinab. Es machte sie wahnsinnig. »So ist es gut. Bleib ruhig liegen. Konzentriere dich darauf, wie es sich anfühlt, und beschreibe es mir.«

Sie schloss die Augen beim Versuch, die Erotik all dessen, was hier mit ihr geschah, außen vor zu lassen. Schon der Anblick allein ließ in ihr wieder den Wunsch aufsteigen, sich weiter an Kam zu reiben.

»Die Schnüre fühlen sich weich an. Erregend. Wenn du ... mich peitschst, brennen meine Nerven durch. Ich spüre ein großes Begehren ...«, flüsterte sie.

Die Peitsche fuhr auf ihre Hüften nieder. Sie schnappte nach Luft.

»Mehr«, kam es aus ihrem Mund.

»So?« Er schlug leicht auf ihren Bauch, und ihre Haut prickelte.

»Ja.« Die Peitsche sauste mehrere Male auf ihre Hüfte, den Bauch, ihre Schenkel und die Seiten ihres Pos nieder. Ihre Haut wurde sensibel, sie kribbelte und prickelte, doch was mit ihrer Muschi geschah, war etwas ganz Neues. Noch nie zuvor hatte sie durch eine indirekte Berührung so gebrannt. Die Erfahrung war um so vieles intensiver, als sie es sich je ausgemalt hätte.

Die Peitschenschwänze trafen mit größerer Wucht auf ihren Brustkasten. Instinktiv drückte sie ihren Rücken durch und bot der Peitsche ihren sensiblen Busen an. Kam ließ einen rauen, kehligen Laut hören.

»Öffne deine Augen«, befahl er ihr.

Sie öffnete ihre Augen und blickte Kam fragend an. Sein Gesicht war so angespannt und fest wie der Rest seines wunderschönen Körpers; sein Blick war wild und traf sie noch stärker als die Peitsche.

»Möchtest du, dass ich deine schönen Brüste peitsche?«

»Ja«, gestand sie. Sie fing an zu zittern. Die Erregung hatte sie gepackt. »Unbedingt.«

»*Oh oui, encore, mon petit chaton*«, brummte er. Als Lin nur blinzelte, träge vor Lust, übersetzte es ihr Kam. »*Noch einmal, mein Kätzchen. Sag mir, was du willst*«, forderte er sie auf und ließ die Satinschnüre über die Halbkugeln ihrer Brüste gleiten und schließlich auch über einen steifen Nippel. Sie jammerte und presste ihr Geschlecht an ihn. Sie konnte nicht anders. Die Anspannung, die sich in ihr aufgebaut hatte, war unerträglich. Er hielt sie mit einer Hand auf ihrer Hüfte und einem entschlossenen Blick zurück.

»Schlag mich auf den Busen. Bitte.«

Seine Nase weitete sich.

»Weil du so nett gefragt hast, bekommst du, was du willst. Und noch viel mehr.« Lin keuchte flach, als sie sah, wie er den kleinen Vibrator in die Hand nahm.

»Es wird ein bisschen brennen, aber ich belohne dich dann auch.«

»*Ja*«, bestätigte sie. Sie bog den Rücken durch, soweit es die Fesseln zuließen, drückte ihren Busen der Peitsche entgegen und brachte sich selbst als Opfer auf dem Altar der Lust dar. Unter ihrem Po spürte sie Kams Schwanz teuflisch spannen.

»So schön«, murmelte er. Er ließ die Peitsche mit einem kräftigen Schnalzen sausen, und die Schwänze stachen in ihre Brust. Sie fühlte sich fiebrig, stöhnte.

»Zu viel?«, wollte er wissen. Seine scharfe Stimme drang wie durch einen Nebel. »Wenn nicht, dann bettele um den nächsten Schlag.«

»Nein, nein. Noch einen.«

Wieder dieses süße, beißende Lecken der Schnüre. Ihre Nippel versteiften sich noch mehr. Es tat weh, doch der wahre Schmerz hatte seinen Ursprung in ihrem scharfen Verlangen, nicht in der Peitsche. Ihr Kinn ging nach oben, ihr Kopf fiel nach hinten auf die Matratze und ihre Augen schlossen sich. Ihr gesamter Körper streckte sich, ihre Hüften pulsierten gegen das erregende Gefühl von Kams Erektion, ihre Wirbelsäule dehnte sich, soweit es die Fesseln erlaubten. Dieses Mal hörte sie, wie die Schnüre durch die Luft sausten. Dieses Mal gaben sie ihren Nippeln einen stechenden Kuss, und dann noch einen und noch einen.

»Oh Gott«, japste sie, ausgestreckt wie auf einer Folterbank, unentrinnbar der Lust ausgeliefert.

»Schau nur, du gibst dich ganz und gar hin. Du bist so ein braves Mädchen«, hörte sie Kam mit seinem deutlichen Akzent sagen. »So viel süßer, als ich es mir je erträumt habe.«

Ihr ganzer Körper zuckte, als hätte sie einen Stromschlag bekommen. Sie war sich nicht einmal sicher, was genau ihr da geschah. Ihr umnebeltes Gehirn brauchte einen Moment, um zu verstehen, dass sie unwetterartig kam. Kam hatte den Vibrator eingeschaltet und an ihre Klitoris gehalten. Für einen wilden Moment erfasste die Lust sogar ihre Lunge.

»Oh Gott«, keuchte sie, als ihre Lunge endlich wieder funktionierte. »Oh Gott«, japste sie zwischen den Wellen der über ihr zusammenschlagenden Lust.

»Kämpfe nicht dagegen an. Lass los«, hörte sie Kam sagen.

Schließlich fiel sie auf die Matratze, keuchend und noch immer von den Nachwehen der versengenden Lust erfasst. Sie stöhnte, als sie Kams große massierende Hand auf ihren Schenkeln, Hüften und Armen spürte.

»Noch immer so angespannt«, stellte er fest. »Du bist noch nicht fertig.«

Er sprach Englisch und nicht etwa Französisch, doch Lins vom Höhepunkt vernebeltes Gehirn hatte Schwierigkeiten, sogar dies zu verstehen. Kam bewegte sich, er zog seine Beine unter ihr hervor. Sie protestierte gedämpft, als sie seine harten Muskeln und den bohrenden Schwanz nicht mehr spüren konnte. Dann legte er sich wieder zwischen ihre gespreizten Beine. Sein dunkler Kopf bildete einen auffälligen Kontrast zu ihren blassen Schenkeln, seine Hände zu ihren Hüften.

»*Kam*«, rief sie gequält, als seine Zunge zwischen ihre Schamlippen drängte und ihre Säfte kostete. Seine Zunge hätte aus Feuer sein können. Ihre Hüfte sprang unkontrolliert auf und warf seinen Kopf zurück.

»*Bleib ruhig liegen*«, fuhr er sie an. Sie stöhnte. Was geschah mit ihr? Schon allein diese einfache Berührung seiner Zunge auf ihrer Klitoris war fast unerträglich erregend. Er beruhigte sie mit seiner Hand und hielt sie fest. »Ich weiß, es tut ein bisschen weh. Versuche, es auszuhalten, und du wirst spüren, wie der Druck nachlässt. Vertrau mir.«

Angestrengt atmete sie aus und zwang ihre zischenden, aufgewühlten Nerven zur Ruhe. Kam eroberte sie wieder mit seiner Zunge, nun ein wenig vorsichtiger als zuvor und dabei absolut bewusst, ohne sie aus den Augen zu lassen. Sie zog an ihren Handgelenksfesseln. Sie hasste es, ihn nicht berühren zu können, und liebte zugleich die Sicherheit, die die Bänder ihr gaben. Sie konnte nirgendwohin, sie konnte nur liegen bleiben und sich der Lust ergeben. Je mehr sie sich hingab, umso eifriger wurde Kams Mund. Umso stärker. Langsam baute er wieder dieses Crescendo in ihrem Körper auf.

Dann bedeckte er sie erneut ganz mit seinem Mund und verlangte seinen Anteil mit seiner peitschenden Zunge und hartnäckigem Saugen. Sein Kopf ruckte in präzisen Bewegungen zwischen ihren Schenkeln hin und her. Sie explodierte wieder in einem kräftigen Orgasmus. Dieses Mal jedoch erschlaffte ihr gesamter Körper, nachdem die Schauder abgeklungen waren. All ihre Steifheit und Anspannung waren verflogen. Als sie sah, dass Kam sich wieder über sie kniete, blinzelte sie. Er sah einfach umwerfend aus in diesem Moment, ein wilder Kerl mit ihren weiblichen Säften rund um Kinn und Nase. Er hatte nun ihren Duft. Er würde so lange nicht ruhen, bis er seinen Hunger gestillt hatte.

»Woher hast du das gewusst?«, krächzte sie und sprach von ihrer Schwierigkeit, nach ihrem ersten Orgasmus zu entspannen.

»Du bist unter der Peitsche so erregt worden, dass dein Höhepunkt nicht ausreichend war, um dich zu beruhigen. Ich konnte es in deinen verspannten Muskeln fühlen und in deinem Gesicht sehen.« Hungrig eilte sein konzentrierter Blick über ihr Gesicht und ihren Busen. Obwohl er ihr schon zuvor bewiesen hatte, dass er sehr gewandt darin war, in sie hineinzuschauen, überraschte sie dieser Beweis aufs Neue. Er hielt inne und kniete sich über ihren grazilen Körper. Seine Nasenflügel bebten. Er wirkte ausgehungert, so wie er nun auf sie hinabsah. Völlig ausgehungert.

»Ich hatte es mir gedacht, dass du empfänglich sein würdest«, knurrte er leise. »Aber dass es so großartig werden würde, habe ich nicht zu hoffen gewagt. Du bist so toll. Doch nun musst du das Feuer löschen, das du in mir entzündet hast.« Seine Augen waren wie Halbmonde aus glühendem Silber.

»Ja. Wie immer du willst«, flüsterte sie erhitzt.

Er legte seinen Daumen auf ihre Unterlippe. Sein bohrender Blick brannte sich seinen Weg durch sie hindurch.

»Ich werde mir deinen Mund nehmen, da du von gestern Abend noch so wund bist.«

»Nein ... es ist schon alles in Ordnung«, protestierte sie – sie war in der Tat kaum noch wund –, doch er brachte sie zum Schweigen, indem er seinen Daumen zwischen ihre Lippen schob. Er sah sie an.

»Ich werde mir deinen Mund nehmen«, wiederholte er. Sie saugte seinen dicken Daumen tief in ihren Mund und überließ es ihren Augen zu antworten.

Ja. Wie immer du willst.

Und sie meinte es auch genau so, wie sie es noch nie zuvor in ihrem Leben gemeint hatte. Was genau war dieses pochende, anschwellende Gefühl in ihr, dieses namenlose Bedürfnis? Kam es, weil er ihr so viel gegeben hatte und sie es ihm nun zurückzahlen wollte? Ja, aber da war noch mehr, bemerkte Lin, als Kam seinen Daumen aus ihrem Mund zog und seine Lippen sich zu einem angedeuteten Lächeln verzogen, weil sie ihn fest zu sich zurückzog. Sie wollte sehen, wie die Lust sein Gesicht glättete, sie wollte ihm ihre Unterwerfung zum Geschenk machen. Sie sehnte sich danach, da er sie eben an diesen süßen, dunklen, geheimen Ort geführt hatte, ja, aber sie hätte sich auch danach gesehnt, ganz egal, was zuvor geschehen war.

Er richtete sich auf den Knien über ihr auf und blickte ihr tief in die Augen, während er seine Hose öffnete.

Ein Fieber hatte ihn erfasst, eine Trance der Lust. Immer und immer wieder rief er sich das Bild vor Augen, wie Lin, festgeschnürt und gespannt wie eine vibrierende Saite, den Rücken durchbog, ihre Hüften streckte, den Kopf zurückwarf und sich selbst der Peitsche anbot. Er hatte gewusst, dass sie unglaublich empfindsam war, aber Sensibilität und die Fähigkeit zur tiefen Leidenschaft waren nicht das Gleiche wie die Bereitschaft zur Unterordnung. Dies verlangte Mut, Vertrauen und Glauben. Dass er all diese Dinge in ihr vereint gefunden hatte, dass er mitansehen konnte, wie sie sich dorthin gewagt hatte, hatte ihn verzaubert, hatte ihn mit einer sexuellen Magie in ihrer reinsten und stärksten Form erregt.

Ungeduldig riss er sich die Hose herunter und stöhnte kurz auf, als er dabei mit den Fingern über seinen steifen Schwanz fuhr. Ohne weitere Umstände packte er ihn aus den Boxershorts und zischte. Es war eine Versuchung gewesen, wie er sie noch nie erlebt hatte, Lin dabei zuzusehen, wie er sie vorsichtig gepeitscht, wie er ihre süßen Säfte genossen hatte. Er brannte, doch die Flammen waren noch nicht hochgeschlagen.

Und nun hatte sein Warten ein Ende.

Er winkelte die Knie an, stieg eilig aus dem Bett und warf genauso eilig die letzten Kleiderreste ab. Aus dem Augenwinkel sah er, wie Lin ihren Kopf hob und ihn dabei mit einem Blick ansah, den er spürte. Sein Schwanz sprang aus dem Gefängnis seiner Unterwäsche, dick und schwer. Oh Gott, er spannte. Er legte seine Hand um seine Erektion und strich sich über die ganze Länge, ohne Lin aus den Augen zu lassen.

»Ich weiß nicht genau, was du mit mir machst«, sagte Kam. »Du hast in meinem Kopf Wurzeln geschlagen. Ich kriege dich dort oben nicht mehr heraus.« Sie blinzelte ein paar Mal, so wie Kam. Auch ihn hatte sein direktes Geständnis ein wenig erschreckt. Das Gefühl der Verletzlichkeit, das ihn ergriffen hatte, weckte in ihm den Wunsch, sie ein bisschen zu bestrafen... sie unbändig zu verwöhnen. Er kroch zurück ins Bett und platzierte seine Knie auf die Höhe ihrer Achseln. Wieder nahm er seinen schmerzenden Schwanz in die Hand. Mit ihren ernsten, dunklen Augen sah sie ihn an, und Kam spürte in seiner Hand, wie er pulsierte.

»Das klingt, als wärst du darüber verärgert«, sagte Lin.

»Nein. Du machst mich schwindlig, das ist alles. Nun musst du die Konsequenzen tragen.« Er schob seine Knie über dem seidigen Betttuch weiter auseinander und kam dadurch tiefer. Er bürstete mit dem Kopf seines Schwanzes ihre Lippen. Ihre Zunge, rot und feucht, erschien und leckte den Kopf.

»*Oh, oui, encore*«, verlangte er und sah sie an. *Weiter.* Sie fuhr mit der Zungenspitze über den Spalt und entlockte der Eichel einen ersten Lusttropfen. Ihre flinke Zunge wischte ihn sofort in ihren Mund. Er knurrte zustimmend und lächelte zu ihr hinunter. »So ist es gut, mein Kätzchen.« Er konnte dem verlockenden Lächeln auf ihrem Mund nicht widerstehen, packte seinen Ständer und schob den dicken Kopf zwischen ihre Lippen. Augenblicklich umschloss sie ihn fest, und ihre Wangen wurden hohl, als sie an ihm saugte. Er ließ ein ersticktes Geräusch hören und fuhr mit den ersten Zentimetern seines Schwanzes zwischen ihren Lippen hin und her, ein paar ekstatische Sekunden lang.

»Du lutschst daran, als würde es dir wirklich gefallen«, murmelte er. Sie nickte und zog dabei an seinem Schwanz. Ihre strahlenden Augen gaben ihm den Rest. In steigender Erregung und zugleich frustriert sah er beiseite. Die Bettpfosten waren ein Stück zu weit weg für ihn, seine Hände konnten sich dort nicht abstützen. Ohne sein Gleichgewicht halten zu können, drohte er ihr aber wehzutun, wenn er weiter in sie eindrang, ganz gleich, wie eifrig ihr Mund am Werk war.

Es klang nach verzweifelter Sehnsucht, was aus ihrer Kehle kam, als er seinen Schwanz aus dem feuchten Vakuum ihres Mundes zog.

»Einen Moment, Baby.« Er setzte sich auf seine Hacken zurück, wodurch seine Erektion lüstern aus seinem Schoß nach oben ragte. Er griff nach den Fesseln an ihren Fußgelenken und verlängerte sie um ein gutes Stück. Dann kletterte er aus dem Bett und lief zum Fußende. Überrascht weiteten sich ihre Augen, als er ihren ganzen Körper ein Stück über das Bett zog. Ihr Kopf fiel über das Bettende.

»Oh«, flüstert sie, als sie verstanden hatte. Ihr aufwärts gerichteter Blick hing an seinem Schwanz.

»Hier, bitte schön.« Hingerissen von dem Anblick, wie sie sich hinübergestreckt nach ihm sehnte, umschloss er seinen Schaft mit der Faust und zielte mit seiner Spitze auf ihre dunkelrosa, leicht geöffneten Lippen. Er beugte sich vor und brummte vor Lust, als sein Schwanz über ihre Zunge glitt. In dieser Stellung rieb ihre Zunge nun nicht mehr über die empfindliche Unterseite seines Schwanzes, doch die Haltung war so erotisch – ganz zu schweigen von ihrem gierigen Lutschen –, dass es das mehr als ausglich. »Das ist so gut.« Er legte seine Hände auf die Matratze, lehnte sich vor und pumpte in ihren Mund und wieder heraus. So schnell, so vollständig führte sie ihn in den Himmel. Ihr Hunger war offensichtlich. Sie saugte mit viel Kraft. Er stöhnte auf, als sie ihn tiefer in sich aufnahm, und er fühlte ihr zufriedenes Brummen in seinem Schwanz.

In dieser anregenden Stellung schwebte er über ihrem gefesselten, nackten Körper, während sie immer mehr und mehr seines Schwanzes in ihren Mund nahm. Es trieb ihn nahezu in den Wahnsinn.

Vorsichtig und mit Rücksicht auf ihre Verletzlichkeit griff er nach dem Vibrator auf dem Bett. Er schaltete ihn an, die andere Hand noch immer um seinen Schwanz, und beugte sich dann weiter zu ihrer Muschi hinunter. Sie kreischte in seinen Schwanz, als er die kleine Kugel zwischen ihre Schamlippen presste. Sie hob ihren Kopf hoch und verschlang ihn noch wilder.

»Oh ja«, knurrte er. Er verdrehte die Augen, als er den festen Ring ihrer Kehle um die Spitze seines Schwanzes spürte. Als Belohnung bewegte er den Vibrator. Sie würgte ein wenig und glitt über seinen Schaft, doch dann war sie fast augenblicklich wieder zurück. Sie schluckte ihn tief und schnell, vom Vibrator an ihrer Muschi offenbar noch heißer gemacht. Ihr Geschlecht war rot und nass von ihren Säften, so klar und duftend zwischen ihren blassen Schenkeln. Ihm lief das Wasser im Mund zusammen.

Sie keuchte laut, als er seinen schweren Ständer aus ihrem Mund zog. Auch sein Schwanz protestierte und schlingerte wütend herum, da ihm ihr saugender Mund fehlte. Aber er konnte ihrer Muschi einfach nicht widerstehen. Indem er seine Knie auf dem Ende des Bettes abstützte, beugte er sich zu ihr hinunter.

»Ich muss einfach probieren«, murmelte er abwesend. Er benetzte seine Zunge mit ihren Säften, ohne ihr verzweifeltes Schreien richtig zu hören. Ihr Balsam berauschte ihn, ihre weichen Lippen und das Juwel ihrer geröteten Klitoris, die er so sorgfältig polierte. Seine Augen gingen ihm über, als er ihre Lippen an der Spitze seines Schwanzes spürte. Er knurrte kehlig, denn sie saugte ihn schnell und mit einem schmatzenden Geräusch in den Mund. Er hatte gar nicht gewollt, dass sie ihn blies, während er so wackelig über ihr hing und sie hilflos gefesselt dalag, doch für ihren gierigen Mund wollte er sie nicht zurückweisen. Er stützte sich fester ab, ohne dass dabei zu viel Druck oder Gewicht auf ihr lasteten. Sie saugte ihn tiefer ein, und er brummte ihren Namen, bevor er seine Nase in ihr Geschlecht vergrub, sie leckte und küsste. Er verlor sich immer mehr, völlig umschlossen von Empfindungen, und schob seine Hüfte hin und her, um sich seinen Teil von Lin zu nehmen.

Obwohl er in diesen Momenten, in denen er ihren Mund fickte, seinen Verstand völlig abgeschaltet hatte, vergaß er doch keinen Augenblick, wie verletzlich sie war. Trotz seiner Zurückhaltung folgte er ihr in das pralle Vergnügen, versank in ihren Säften und zog so viel Lust aus ihrem süßen Mund, dass es war, als würden sie für einen Moment im Nirwana sein, zu einem einzigen Wesen verschmelzen, das mit einem gemeinsamen Puls vibrierte und durch Feuer miteinander vereint war.

Er spürte ihren Schrei an seinem Schwanz, und ihre Hüfte bäumte sich wild auf. Er fuhr mit seiner Zunge über ihre Klitoris und spürte dem Kitzeln ganz dicht an der Wurzel seines Schwanzes nach, das ihn daran erinnerte, dass Sterblichen der Aufenthalt im Himmel nur kurz vergönnt war.

Es überraschte ihn nicht, dass sie gleichzeitig kamen. Kam fühlte sich derart eng mit Lin verbunden, dass es ihm vorkam, als würden sie in diesem kostbaren Augenblick von nur einem Gehirn kontrolliert. Nur einem Herzen. Er empfand dieses Gefühl der tiefen Verbundenheit beim Sex zum ersten Mal. Er ergoss sich in ihr und stieß vorsichtig zu, und Lin saugte und lutschte, als hätte sie vor, sein Innerstes nach außen zu kehren. Auch sein Mund führte sie durch ihren Höhepunkt, seine Zunge und Lippen lockten sie weiter, bis ein weiterer Schauder über ihren Körper jagte. Sie blies weiter und rang ihm noch das letzte Zittern ab. Endlich hob er seinen Kopf, keuchend und ziemlich nass. Er kam auf Hände und Knie hoch und sah sich zu, wie er den Schwanz aus ihrem Mund zog. Seine Knie rutschten über das Ende der Matratze. Er stellte sich auf den Teppich, um sein Gewicht von ihr zu nehmen. Dann legte er den Oberkörper neben sie aufs Bett. Er drückte einen Kuss auf ihre weiche Hüfte und genoss ihren exquisiten Duft, während sein Körper sich langsam erholte. Sie wandte ihm den Kopf zu.

»Kam«, flüsterte sie.

Er schloss fest die Augen, als nun sie ihre Lippen auf ihn drückte. Ihr sanfter Kuss versengte ihn völlig.

Zwanzig Minuten später kuschelte Lin sich in Kams Umarmung. Sein Kopf ruhte auf dem Kissen, ihre Wange an seiner Brust. Sie hatten beide nicht viel gesagt, als Kam die Fesseln geöffnet, sie aus den Schnüren befreit und beides auf den Nachttisch gelegt hatte. Er hatte die Bettdecke umgeschlagen und seine Arme geöffnet: eine stumme Einladung, zu ihm zu kommen. Lin war ihr dankbar gefolgt. Es war wie die Stille nach einem ungewöhnlich heftigen Sturm, wenn Mutter Natur auf die Erde eingeprügelt hatte. Lin lag in Kams Armen, erholte sich langsam, war aber noch immer umhüllt von der mächtigen, versengenden Erinnerung an das Gewitter, das sie freigelassen hatten.

Was genau sagte man einem Mann nach einer derartigen Erfahrung? Sie hatte ihr die Augen geöffnet. Erschreckt. Sie hatte ihm die Kontrolle überlassen, und im Gegenzug hatte er sie zu Tiefen ihrer Seele geführt, die sie bis dahin gar nicht kannte. War das seine Absicht gewesen? Oder ging es jeder Frau so, die sich von ihm fesseln ließ und von der er verlangte, sich seinem Vergnügen unterzuordnen?

»Ist alles in Ordnung mit dir?« Seine große Hand lag auf ihrer Schulter und streichelte sie.

»Ja.« Plötzlich kam sie sich in seinen Armen sehr klein vor, überwältigt von der Intimität dessen, was gerade zwischen ihnen geschehen war. Sie verbarg ihr Gesicht an seiner Brust. Für ihn war es vermutlich gar nicht so einmalig gewesen. Wie dumm sie doch gewesen war.

»Lin?«, hakte er leise nach. Seine Finger fuhren um ihr Kinn. Langsam, behutsam hob sie den Kopf. Sie sah ihm zum ersten Mal in die Augen, seit sie in gemeinsamer Ekstase erschaudert waren. Sein Blick wanderte über ihr Gesicht. Er runzelte die Stirn.

»Was ist los?«

Sie schüttelte den Kopf. Sie war nicht in der Lage, die chaotischen neuen Gefühle in Worte zu fassen. Was war geschehen, seit sie an jenem Abend ins Restaurant gekommen war und Kam an der Bar gesehen hatte? Sie erkannte sich selbst kaum wieder.

»Es war ... unglaublich«, brachte sie schließlich matt hervor.

Seine Verwirrung legte sich, und er strich ihr über die Wange.

»Es war fantastisch. *Du bist* fantastisch.«

Damit zog er sie näher an sich heran, und sein Kuss vertrieb all ihre Sorgen.

Einen Moment lang.

Als er ihren Kuss unterbrach und sie mit seinen quecksilbrigen Augen betrachtete, war ihr klar, dass sie dieses anschwellende Gefühl in ihrer Brust nicht länger aushalten konnte. Es raubte ihr den Atem.

»Ich gehe mich nur kurz waschen.« Sie wies mit den Kopf in Richtung einer Tür, hinter der sie das Badezimmer vermutete. Er nickte und lockerte seinen Griff, doch sein wachsamer Blick ruhte weiterhin auf ihrem Gesicht. Sie angelte sich auf dem Weg zum Bad ihr neues Dessous. Den ganzen Weg zur Tür spürte sie seine Augen auf ihrem nackten Rücken. Nachdem sie sich gewaschen und gesammelt hatte, ging sie, mit dem Dessous bekleidet, zurück ins Schlafzimmer. Kam hatte die Nachttischlampe gedimmt. Er stützte sich in die Kissen, die Decke knapp über seiner Hüfte, die Haare verwuschelt. Ein schlanker, muskulöser, gutaussehender Mann.

»Willst du, dass ich gehe?«, fragte sie leise und setzte sich auf die Bettkante.

»Nein. Ich will, dass du dich auziehst und zu mir ins Bett kommst.« Bei seiner festen Stimme hob sie die Augenbrauen.

»Für noch ein, zwei Stunden?«

»Bis zum Morgen.«

»Bist du sicher, Kam?«

»Natürlich bin ich sicher. Warum fragst du so etwas?«, wollte er ein wenig missmutig wissen.

Sie zögerte.

»Wegen etwas, das Phoebe Cane Marie gesagt hat. Sie hat so getan, als würdest du es nicht mögen, eine ganze Nacht mit einer Frau zu verbringen«, erklärte Lin und betrachtete ihre Hand auf dem dunkelblauen Seidenbetttuch. »Und dann letzte Nacht...«

»Das war dumm von mir, letzte Nacht. Ich will, dass du bleibst.« Lins Blick wanderte zu seinem Gesicht. Er sah fest entschlossen aus und wunderschön.

»Einverstanden«, flüsterte Lin.

Er griff nach ihrer Hand und zog, und sie rutschte unter die Decke nahe an ihn heran, aber noch immer sitzend. Er streifte die Träger ihres Dessous über ihre Schultern und schob den Stoff über ihren Busen hinunter. Er drückte den Seidenstoff in ihren Schoß und nahm dann ihre Hüfte in die Hände. Wieder erlebte sie dieses zerschmelzende, schwere Gefühl in ihrem Bauch. Er konnte nicht nur ihren Körper mit einer einzigen Berührung in sirupartigen Brei verwandeln, sondern auch ihren Verstand.

»Ich will auch, dass du das ganze Wochenende bei mir bleibst. Bis Montagmorgen.« Eine Hand spazierte über ihren Brustkasten. Sie holte tief Luft. Er nahm eine Brust in die Hand und fuhr mit dem Daumen über ihren Nippel.

»Ich denke nicht, dass das faire Methoden sind, um mich zu überzeugen«, erwiderte sie leise.

Seine grauen Augen flackerten, als er sie ansah.

»Ich wusste gar nicht, dass es hier überhaupt Regeln gibt.«

»Das würde dir gefallen, oder?«, flüsterte sie, nachdem er mit seiner anderen Hand ihren ganzen Busen umfasste. Daumen und Zeigefinger spielten mit ihren Nippeln. Sie verkniff sich ein Stöhnen. Ihr Busen war noch immer sehr empfindlich, aber der sanfte Druck fühlte sich gut an. »Keine Regeln. Kein richtig oder falsch. Nur Lust.«

Er pausierte mit seinen Zärtlichkeiten.

»Wäre das ein Problem?«

Ein paar Sekunden lang antwortete sie nicht, sondern sah ihm nur in sein hübsches, wildes Gesicht. Seine Augen zogen sich zusammen, als er sie genau ansah. »Ich hätte nicht gedacht, dass es eines wäre«, gab sie zitternd zu. »Aber es stellt sich heraus, dass ich nicht so bin wie du, Kam.«

Ihre leise Stimme und all das, was in ihren Worten gelegen hatte, schien in der folgenden Stille nachzuhallen. Langsam ließ er ihre Brüste los. Ihr fehlte seine Wärme. Ihr fehlte sie sehr.

»Du meinst, du bist nicht für eine unverbindliche Affäre geschaffen?«, stellte er klar.

Sie sah ihn an und nickte.

Er schien es sich zu überlegen.

»Also wäre ich ein wirklicher Mistkerl, wenn ich darauf bestehen würde, dass du hierbleibst, jetzt, wo du mir das gesagt hast?«

Sie lächelte.

»Ich weiß nicht, ob du ein wirklicher Mistkerl bist, aber...«

Er legte seine Hand auf ihre Wange.

»Ich bin kein Mistkerl. Nicht, wenn es um dich geht. *Bleib hier.*«

Es schien, als würde ihr Herz aussetzen. *Nicht, wenn es um dich geht.*

»Bist du sicher?« Ihre Stimme klang ein wenig zittrig. Er schlang seine Arme um sie und hob sie auf seinen Körper. Als er sie absetzte, rutschte sie neben ihn, ihr Busen an seine Brust gedrückt. Sie presste sich an seinen langen Körper. Sein Mund legte sich auf ihren, fest und insistierend. Ein Schauder überlief sie, als sich dieses köstliche Gefühl in ihrem Inneren wie eine feurige Blume öffnete. Einen verwirrenden Moment später hielt er in dem Kuss inne, legte ihren Kopf aufs Kissen und beugte sich über sie.

»Sehe ich so aus, als wäre ich mir sicher?«

Im Dämmerlicht betrachtete sie sein Gesicht.

»Das tust du.«

Auf seinem Mund erschien ein Lächeln.

»Du musst nicht so überrascht schauen. Ich hätte dich nicht gefragt, wenn ich mir nicht sicher gewesen wäre. Du gehörst also bis Montagmorgen nur mir?«

Sie lächelte und nickte. In den nächsten Sekunden strahlten sie einander an.

»Und was wirst du Ian erzählen?«

Sie blinzelte, denn plötzlich ertönte ein Alarm in ihrem Kopf.

»Was soll ich Ian erzählen?«

»Womit entschuldigst du dich, dass du das Meeting zum Brunch morgen schwänzt? Ian hat am Freitag, als wir uns unterhalten haben, irgendetwas erwähnt. Ich weiß es deshalb noch, weil er mich ziemlich böse angeschaut hat, als ich ihm gesagt habe, er würde dich überarbeiten.« Kams leicht amüsierter Unterton machte sehr deutlich klar, dass er sich keine Sorgen über Ians Verärgerung machte.

»Er überarbeitet mich nicht. Ich mache das, weil ich es will. Und ich glaube nicht, dass ich eine Entschuldigung brauche. Ich rufe einfach an und sage ab. Ich sage, mir ist etwas dazwischengekommen.« Die Wärme von Kams Augen bezauberte sie. Sie spürte, wie sie darin versank. Flog. Sie konnte gar nicht genau sagen, was von beidem. Ganz leicht konnte sie sich dem hingeben. Ihm hingeben. War ihm das bewusst? Er klang so überzeugt, als er ihr nach ihrem Geständnis gesagt hatte, sie solle bleiben, doch das musste ja nicht heißen, dass er genau das empfand, was sie empfand.

Sie zwang sich im gleichen Augenblick dazu, nicht mehr darüber nachzudenken, *was genau* sie fühlte. Es war zu kompliziert und zu schwierig, vor allem, wenn Kam bei ihr war. Er überwältigte all ihre Sinne und löschte bei ihr jeden rationalen Gedanken aus.

»Du *glaubst* nicht, dass du eine Entschuldigung brauchst, wenn du einen Arbeitstermin absagst? Lass mich raten.« Er beugte sich hinunter, küsste ihren Nacken und ließ seine Zunge über ihren Puls gleiten. Sie seufzte. Er wusste genau, wo er sie küssen musste, um diese Reaktion zu erzielen. »Du hast noch nie zuvor angerufen und mitgeteilt, dass du aus persönlichen, *egoistischen* Gründen nicht kommst.«

Er kratzte mit den Zähnen über die Haut direkt hinter ihrem Ohr. Ein Luftstoß kam über ihre Lippen.

»Das habe ich noch nie gemacht.«

»Nein. Du hast es noch nie *gewollt*«, korrigierte er sie, die Stimme durch ihre Haut gedämpft. Er senkte die Hand, streichelte über einen Busen und kitzelte ihren Bauch. »Aber dafür willst du es?«

»Ja«, flüsterte sie, drehte den Kopf und suchte ihn mit dem Mund. »Unbedingt.«

»Das wollte ich hören«, knurrte er sanft und eroberte mit seinen Lippen ihren Mund. Er legte die Hand auf ihr Geschlecht.

Sie stöhnte in seinen Mund. Er rückte ein Stück und legte die Lippen an ihr Ohr.

»Ich hebe mir diese kleine Muschi für morgen auf«, brummte er. »Sie wird am ersten Tag, an dem Lin Soong den Unterricht schwänzt, ganz alleine mir gehören.« Sie lachte und erschauderte unter der Wirkung seiner tiefen, rauen Stimme an ihrem Ohr.

»Du musst nicht warten, Kam. Mir geht es gut.«

»Nein«, sagte er fest, fast als sprach er mehr zu sich als zu ihr. »Ich weiß, wie hart ich dich gestern Nacht geritten habe, immer und immer und immer wieder.« Sein Schwanz sprang auf, als er diese Worte wiederholte, und Lin wusste, dass er sich nun an ihr ungezügeltes, wildes Liebesspiel erinnerte, genau wie sie. Er schob ihr Seidenhemd die Hüfte hinunter und über die Beine. Er griff hinter sich, und das Zimmer verschwand in Dunkelheit.

Lin seufzte vor Bequemlichkeit und Ruhe, als er sich wie ein Löffel an sie schmiegte. Sie war von einer Wand aus glatten, harten Muskeln umgeben, in der noch Wärme glimmte. Sein Schwanz drückte gegen die untere Wölbung ihres Pos. Trotz dieser erregenden Empfindung überfiel sie eine Welle der Müdigkeit. Sie war warm und zufrieden und von phänomenalem Sex befriedigt.

Sie lag in Kams Armen.

»Lin?« Kams Stimme klang schläfrig.

Sie öffnete ihre schweren Augenlider.

»Ja?«

»Verhütest du?«

»Ja. Ich nehme die Pille«, murmelte sie ins Dunkel.

Wieder spürte sie seinen Schwanz aufspringen.

»Wenn ich dir schwöre, dass ich bisher immer geschützten Sex hatte und völlig gesund bin, kann ich ...«

»Ja«, gab sie nachdrücklich zurück.

»So sehr vertraust du mir?« Er klang ein wenig überrascht.

»Du bist ja schließlich Arzt«, scherzte Lin. Sie lachte über das entrüstete Geräusch, das er machte. »Nein, nicht nur deswegen. Ich glaube nicht, dass du mich in einer solchen Sache anlügen würdest«, fügte sie leise hinzu. »Ich kann dir das ebenfalls versichern. Vor zwei Monaten war ich beim Arzt, und seitdem hat es niemanden mehr gegeben.«

In seiner besitzergreifenden Art legte er seine Hand auf ihr Geschlecht. »Du hast mich zu einem sehr glücklichen Mann gemacht.« Sie wollte sich in seinem Arm umdrehen, um mit ihm zu schlafen, aber er hielt sie auf, indem er ihre Schulter küsste. »Morgen«, flüsterte er ihr kurz und knapp zu.

Ihr rasendes Herz und Kams pulsierende Erektion machten es ihr sehr schwer, Schlaf zu finden.

Sie trieb in einer Hülle schwerer, warmer Lust. Ein Mund saugte sanft an ihrem Nippel, und dieses süße Ziehen ging ihr durch und durch.

»Oh, ist das schön«, murmelte sie, noch ganz schläfrig. Mühsam öffnete sie die schweren Lider. Das schwache Licht des frühen Morgens zeichnete sich hinter den Vorhängen ab. Sie lag auf dem Rücken. Kams Schatten hing über ihr. Sein Körper lag zwischen ihren Beinen.

»Rate mal.« Seine tiefe, französisch angehauchte Stimme sorgte dafür, dass sich die Härchen auf ihrem Körper aufstellten.

»Was?«

»Es ist morgen.«

Lin schnaubte leise.

»Du hast lange darauf gewartet, das sagen zu dürfen, oder?«

»Die ganze verdammte Nacht. Du hast vielleicht Nerven, schläfst einfach seelenruhig wie ein kleines Baby.«

»Du etwa nicht?«, fragte sie erstaunt und schob sich die Haare aus dem Gesicht.

Er drückte ihre Oberschenkel zurück. Sie schnappte nach Luft, als er seinen dicken Finger in ihren Schlitz schob.»Nicht viel. Glaubst du ernsthaft, ich könnte schlafen, wenn ich seit dem Moment, als ich dich zum ersten Mal gesehen habe, mich danach gesehnt habe, nackt in dir zu sein?« Er holte seinen Finger wieder hervor und spürte die Feuchtigkeit auf seiner Haut und ihren Oberschenkeln. Zufrieden brummte er.»Wenigstens hattest du wohl einen süßen Traum. Du bist hübsch und glatt. Fest und weich. Das wird sich so wunderbar anfühlen.«

Erregung zuckte in ihr auf, als sie diese unanständigen Worte im Halbdunkel hörte. Er bewegte sich ein wenig, stützte sich auf einen Unterarm und legte die andere Hand zwischen seine Beine. Der Kopf seines Schwanzes war warm und hart, erschien vor ihrer Spalte und verlangte Einlass. Sie japste.

»So ist es gut«, sagte er mit belegter Stimme.»Mache deine Beine schön breit. Lass mich rein.«

Kam kam näher. Sein Schwanz dehnte sich und bohrte sich langsam in sie, und sie schmolz unter seiner Kraft und Hitze schier dahin. Sie glaubte ihm jedes Wort, dass er einen Großteil der Nacht wach geblieben sein musste. Sein Schwanz war dick und schwer vor aufgesparter Erregung.

»Oh ja, das ist so gut«, brummte er.»Du bist heiß, Baby. Du hältst mich so fest.« Er hielt inne. Lin spürte, wie er sich konzentrierte.»Ich kann deinen Herzschlag in dir spüren.«

»Kam«, flüsterte sie, gerührt vom erstaunt klingenden Tonfall seiner Stimme. Sie strich mit den Händen über seine Schultern und die Brust und genoss seine Härte und Kraft. Er begann sie zu reiten. Mit einem leisen Stöhnen zeigte sie ihre Hingabe. Wieder hob er seine Hüfte an und fuhr dann mit seinem ganzen Schwanz in sie.

»So eng und so feucht«, hauchte er.»Es wird dir schwerfallen, mich wieder aus dieser Muschi herauszubekommen.«

»Das versuche ich gar nicht. Es fühlt sich so wunderbar an«, flüsterte sie.

Er zog sich zurück und versank dann wieder in ihr, dann ächzte er.

»Lin?«

»Ja?« Es fiel ihr schwer, Luft zu bekommen, während er so in ihr pochte, sie so bis obenhin anfüllte.

»Wenn wir uns bisher geliebt haben«, knurrte er, »war es nie so wie jetzt für mich. Ich glaube, du solltest das wissen. Es hat sich nie *so* angefühlt.« Wieder fuhr er in sie und stöhnte. Sie keuchte, überwältigt von dem Gefühl und fassungslos wegen seines Geständnisses.

»Nein. Für mich auch nicht«, gab sie zitternd zu. Ihre Finger bohrten sich in seine festen Schultermuskeln. Er nahm sie noch einmal. Ihr Kopf fiel zurück auf das Kissen, und sie japste nach Luft.

Er ließ ihr keine Wahl. Sie konnte ihr Herz nicht vor ihm verstecken, wenn er sie an diesem rauen, ehrlichen Ort nahm. Sie konnte nicht Nein sagen zu dem wilden, leidenschaftlichen Ritt, den Kam begann.

KAPITEL FÜNFZEHN

Sie erwachte allein in ihrem Bett. Sie blinzelte und versuchte herauszufinden, was es war, das sie geweckt hatte. Die Erinnerung an ihr frühmorgendliches Liebesspiel überlief sie wie eine sinnliche, warme Brandung. Sie hatte zugesehen, wie Kam danach in einen tiefen, friedlichen Schlaf gefallen war, und konnte den Blick nicht von seinem Gesicht lassen. Als sie sich schließlich aus ihrer Trance gerissen hatte, hatte sie Ian angerufen und sich für das Meeting mit dem Geschäftsführer einer Noble-Tochtergesellschaft entschuldigt. Dann endlich war sie Kam in einen erschöpften Schlaf gefolgt.

Nun war er verschwunden. Die Schlafzimmertür war geschlossen. Leise hörte sie männliche Stimmen dahinter. Schnell setzte sie sich auf und zog die Bettdecke bis ans Kinn. Die Stimmen ähnelten sich im Timbre und der Lautstärke, doch die eine hatte einen französischen, die andere einen britischen Akzent. *Ian war hier.* Ihr Blick landete auf den Lederfesseln auf dem Nachttisch. Beklemmung überkam sie, die überflüssig war. Natürlich würde Ian nicht in *dieses Zimmer* kommen. Kam würde das nicht zulassen. Sie stieg aus dem Bett und ging auf die Tür zu. Sie legte den Kopf schräg und versuchte, trotz ihres laut klopfenden Herzens zu verstehen, was dort gesprochen wurde.

»…unglücklich, was mit Jason passiert ist. Ich hätte ihn nie so eingeschätzt, aber manche Männer werden eben zu Idioten, sobald eine so hübsche Frau wie Lin anwesend ist«, glaubte sie von Ian zu hören. Dem Klang seiner Stimme nach vermutete sie, dass er in der Nähe des Flurs stand, direkt gegenüber des Eingangs. »Kein Wunder, dass sie sich nach einem derartigen Erlebnis einen Tag freigenommen hat.«

Kam entgegnete etwas, doch er stand mit dem Rücken zur Schlafzimmertür. Sie hörte mehrfach ihren eigenen Namen, dann sprach Kam stürmisch auf Französisch.

»Das verstehe ich«, sagte Ian. »Es tut mir nur leid, dass ich dieses Treffen überhaupt vorgeschlagen habe. Ich hätte dasselbe getan, wenn ich jemanden beobachtet hätte, der Francesca gegen ihren Willen festhält.«

Lin stockte der Atem. Sie drückte das Ohr an die Tür, doch alles, was sie hören konnte, war Schweigen. Ian hatte eine Parallele gezogen zwischen seinen Beschützerinstinkten für Francesca und Kams für sie. Wollte Ian damit Kam die Gelegenheit geben, über sie zu sprechen – über Lin? Wenn er das vorhatte, so ging Kam nicht darauf ein. Sie war ihm dankbar.

»Ich bin nur vorbeigekommen, um dich offiziell für Montagabend zum Abendessen einzuladen. Lucien und Elise kommen, und Mrs. Hanson kocht uns Roastbeef und Yorkshire Pudding. Ich würde auch Lin einladen, aber sie ist Anfang nächster Woche nicht in der Stadt.« Lin runzelte die Stirn. Ian vermutete offenbar eine Verbindung zwischen Kam und ihr. Aber welche Art von Verbindung glaubte er, bestand zwischen ihnen? »Und dann sehen wir uns ja am Mittwoch bei der Vorführung deiner Erfindung für die Gersbachs. Lin hat mich wissen lassen, dass ihr zwei alles vorbereitet habt?«

»Wir sind bereit.«

»Vielleicht kannst du uns dann ja morgen Abend erzählen, wie deine Zukunftspläne aussehen«, sagte Ian.

Lin zuckte bei diesem unerwarteten Kommentar zusammen. Sie hielt ihr Ohr noch dichter an die Tür, als Ian in vertrauensvollem Ton fortfuhr: »Schau mich nicht so an, Kam. Ich weiß doch, dass du schon die ganze Zeit während deiner Geschäftsreise hier etwas planst. Und du hattest gewiss nicht vor, jemals dein Patent an einen der Luxusuhren-Hersteller zu verkaufen, mit denen Lin und ich dich zusammengebracht haben.«

»Ich habe noch nichts entschieden. Ich mag Gersbach, und ich freue mich darauf, die Leute von Stunde zu treffen«, erwiderte Kam neutral, ohne damit auf Ians Angebot der Offenheit einzugehen. Die beiden Männer unterhielten sich weiter, doch sie waren wohl weitergegangen, denn ihre Stimmen waren jetzt noch dumpfer und unverständlicher.

Als Kam fünf Minuten später an die Badezimmertür klopfte, trocknete sich Lin nach einer schnellen Dusche gerade ab.

»Komm rein.« Sie schob das Ende des Handtuchs zwischen ihren Busen.

Ein paar Sekunden lang sahen sie sich an, nachdem er die Tür geöffnet hatte und im Eingang, eine Hand auf den Türrahmen gestützt, stehen geblieben war. Ihn anzusehen war wirklich das Beste, was einem am frühen Morgen passieren konnte.

»Hallo.« Sie trat auf ihn zu und riss ihren Blick von der dünnen, behaarten Straße fort, die seinen flachen Bauch in zwei Teile teilte und unter dem tiefliegenden Bündchen seiner Jeans verschwand. Mensch, sie hatte seine Kleidergröße perfekt eingeschätzt. Was Kam mit dieser Jeans tat, wäre in manchen Ländern der Erde verboten. Mühsam machte sie ihren Blick los. Ihr fiel auf, dass seine Nasenflügel bebten und er ein wenig unzufrieden aussah, als sie ihn schließlich anblickte.

»Was ist los?«, fragte sie.

»Verdammter Ian. Ich hatte gehofft, dich selbst aufwecken und dann im Bett behalten zu können.«

»Du kannst mich nicht für immer im Bett behalten«, neckte sie ihn und lächelte.

»Wer sagt das?« Missmutig sah er sie an, trat dann auf sie zu und schlang die Arme um sie. »Jetzt müssen wir noch das hier loswerden«, knurrte er trocken. Er zog an dem Handtuch, das zwischen ihnen zu Boden fiel. »So ist es besser.« Kam drückte ihren nackten, von der Dusche noch warmen Körper an sich. Es fühlte sich dekadent gut an. Er hatte noch nicht geduscht. Entweder hatte ihn Ians Besuch aus dem Bett geholt, oder er war mit Angus draußen gewesen. Er roch nach Seife und Sex und Mann. Ohne nachzudenken, versenkte sie ihre Zähne in das, was gerade vor ihr lag – einen starken Brustmuskel, bedeckt von kräftiger, weicher Haut. Sie schmeckte seine Haut mit ihrer Zunge und spürte, wie sich sein Schwanz in der Jeans aufrichtete. Seine Hände fuhren durch ihr Haar und zogen das Bändchen heraus, das es in der Dusche zusammengehalten hatte.

»Jetzt ist es noch *viel* besser«, fauchte er und grub die Finger in die offenen Strähnen. Ihr Kopf sackte zurück, und er schoss herab, um ihren Mund zu erobern. Als er sich eine Minute später wieder aufrichtete, war Kams Schwanz steif geworden, lag an ihrem Bauch und hatte Lins Körper – ganz zu schweigen von ihrem Kopf – in einen warmen Brei verwandelt.

»Ich sorge dafür, dass du bald nur noch blaumachen willst«, erklärte er selbstgefällig und zwickte sie in die Lippe.

»Du bist auf einem guten Weg dahin.« Sie knabberte an seinem Mund beim Sprechen. »Es gibt nur ein Problem.«

»Es gibt *kein* Problem«, verbesserte er sie und nahm sie enger in den Arm. Sie drückte ihre Hüfte gegen seinen Schwanz. Er zischte und biss ein wenig fester zu.

»Ich habe nichts anzuziehen hier, außer meinem Abendkleid«, erinnerte sie ihn.

»Du brauchst auch nichts.«

»Doch. Ich gehe morgen früh nicht in meinem zerknitterten Kleid vor die Tür, das wäre peinlich. Außerdem habe ich Ian zugesagt, dass ich ihm heute Abend noch ein paar Dinge vorbeibringe.«

Er hob den Kopf, runzelte die Stirn und sah zu ihr hinunter.

»Du arbeitest heute *nicht*.«

»Für einen Mann, der so lange alleine gelebt hat, ohne einen Boss in der Nähe, kannst du ganz schön diktatorisch sein. Ich spüre eine neue Seelenverwandtschaft zwischen mir und Angus«, beschwerte sie sich, ohne ernsthafte Aufregung. Er warf ihr einen gelangweilten Blick zu. »Es sind doch nur ein paar Sachen.«

»Du bist eine erwachsene Frau. Wann willst du lernen, auch einmal ein bisschen zu leben? Es gibt mehr im Leben als nur Arbeit, mein Kätzchen«, schmeichelte er ihr und glitt mit seinen festen Lippen über ihre Wange und Schläfe.

»Es geht nur um eine wichtige Aktennotiz, die ich noch anfertigen muss.«

Er hob den Kopf und blickte finster drein.

»Zumindest muss ich heute Morgen meine E-Mails lesen und beantworten.« »Dafür kannst du meinen Computer benutzen, aber danach ist es vorbei mit der Arbeit.« Kams Hände liefen über ihren Rücken und massierten sie ... überredeten sie. Er wusste genau, was er tat, musste sie gestehen, denn ihr Körper wurde weicher und wärmer unter seinen Fingern. »Und du brauchst auch nur wenig zum Anziehen, denn die meiste Zeit will ich dich nackt«, flüsterte er an ihrer Schläfe. Ohne Zweifel fühlte er die lustvollen Schauder, die unter seinen Händen und beim Klang seiner rauen Stimme an ihrem Ohr über ihren Körper liefen. »Ich dusche schnell in dem anderen Badezimmer und laufe dann rasch zu einem der Geschäfte in der Michigan Avenue. Ich kaufe dir ein paar Klamotten fürs Gassigehen.«

»Klamotten fürs Gassigehen?«, wiederholte Lin, deren Augen unter dem Einfluss seiner großen, reibenden Hände, die so geschickt über ihre Muskeln zogen, fast zufielen.

»Ja. Bequeme, einfache Wochenend-Klamotten. Von der Art, die ich so gut wie nie an dir sehe. Du brauchst sie, wenn wir uns kurz erholen und mit Angus eine Runde drehen.« Sie öffnete die Augen, und sein heißes Starren verriet ihr genau, wovon sie sich würden *erholen* müssen. Er küsste ihre Nasenspitze, dann ihren Mund und blieb dort einen Moment, um ihre Lippen ganz kurz mit seiner Zunge zu durchstoßen, um sie zu kosten.

»Also?«, hakte er nach, als er sie losgelassen hatte und mit seinem Blick über ihren nackten Körper gehuscht war.

»Also was?«, fragte sie dümmlich, denn er sah sie mit einem Blick an, unter dem ihr unglaublich heiß wurde.

»Mein Computer steht im Wohnzimmer. Mach, was immer du willst, während ich dusche und einkaufen gehe. Doch wenn ich zurückkomme, gehörst du für die nächsten vierundzwanzig Stunden wieder mir. Und du wirst etwas erleben, wenn ich dich beim heimlichen Arbeiten erwische.«

Ihr Herz raste beim Blick in seine hart glänzenden Augen. Sie schüttelte den Kopf und rollte ihrerseits mit den Augen, um seine Drohung abzuschwächen. Er runzelte die Stirn und warf ihr einen scharfen Blick zu, der ihr deutlich zu verstehen gab, dass er nicht scherzte. Ihre Augen weiteten sich.

»Richtig. Ich meine das ganz genau so, *mon petit chaton*«, versicherte er ihr ruhig. »In den nächsten vierundzwanzig Stunden bin *ich* dein Boss. Und solltest du mich herausfordern, indem du irgendetwas anderes im Sinn hast als Entspannung, Spaß und Lust, dann muss ich dir das mit einer Bestrafung austreiben.« Sie blinzelte. Er grinste plötzlich, ein strahlender Anflug guter Laune. Sie lachte, als er sich für einen letzten Kuss auf sie stürzte. Er war schon auf seinem Weg zur Tür, als er sich noch einmal umdrehte und auf ihre Füße zeigte.

»Welche Schuhgröße?«

»Siebenunddreißig«, antwortete sie atemlos. Er nickte, drehte sich um und ging zu seiner Dusche.

Verwirrt blieb sie ein paar Sekunden einfach nur stehen. Trotz des charmanten Lächelns, das wie ein Leuchtturm Sexappeal ausgestrahlt hatte, beschlich Lin der leise Verdacht und der verbotene Nervenkitzel, dass Kam es mit seiner Drohung todernst gemeint hatte.

Eingebildet und *unverbesserlich*, kam es ihr mit ironischem Vergnügen in den Sinn, als sie das Handtuch aufhob. Sie band es sich wieder über den Busen und betrachtete sich im Spiegel. Ihr Lachen ließ nach.

In deinem ganzen Leben warst du noch nie so pflichtvergessen und unklug.

Und du warst auch noch nie so unehrlich.

Hatte Kam es nicht verdient, dass sie ihm von ihrem heimlichen Schwärmen für seinen Bruder in den vergangenen elf Jahren ihres Lebens erzählte?

Aber wenn sie und Kam zusammen waren, wie beispielsweise letzte Nacht, war Kam der einzige Mann im Zimmer... der einzige Mann in ihren Gedanken... in ihrer Welt. Nur weil sie ein paar ungelöste – und *unlösbare* – Gefühle für Ian hegte, hieß es doch nicht, dass sie Kam gleich ein dramatisches Geständnis ablegen musste. Das wäre lächerlich. Davon abgesehen hatte Richard wohl recht gehabt mit der Bemerkung, dass ihre unerwiderten Gefühle für Ian sie vor einer festen Beziehung bewahrt hatten. Bewahrt vor Verletzungen. Bewahrt vor Zurückweisungen. Zwischen Ian und ihrer Arbeit war Lin glücklich, dass sie keine unberührte Jungfrau geblieben war. Ab und zu mit dem Fuß ins Wasser tauchen konnte man trotzdem nicht mit schwimmen vergleichen.

Sollte Richard mit seiner Beobachtung richtigliegen, was tat sie dann hier mit Kam? Er war kein exklusives Musterexemplar eines idealen Partners, oder? Ein verschrobenes, beziehungs-phobes Genie, das zugleich derart unwiderstehlich sexy war, dass es fast jede Frau ins Bett bekommen konnte, konnte man wohl kaum als Musterbeispiel für den perfekten Partner bezeichnen. Kam hatte gestern unverhohlen zugegeben, dass seine Beziehung mit Phoebe deshalb so angenehm für ihn war, weil sie nur auf Sex basierte und sonst nichts. Ja, aber er hatte auch beteuert, dass er ihr nicht wehtun wolle, und angedeutet, dass er stärker an ihr interessiert sei als nur an unverbindlichem Sex. Das hatte er doch, oder?

Wieso fühlte es sich dann so an, als hätte er etwas so Substanzielles in der letzten Nacht *eigentlich doch nicht* gesagt? Sie schloss die Augen, um die Intensität der Gefühle, die sie gespürt hatte, wiederzubeleben. Es hatte sich überwältigend intim und wunderschön und besonders angefühlt, solange sie unter seinem Einfluss gestanden hatte. Im Licht des Morgens wollte ihre Vernunft nun die Magie des Loslassens, des Vertrauens wieder neu erwecken ... doch es gelang ihr nicht.

Nein, sie fühlte sich kaum vor Schlimmerem *bewahrt*, wenn sie so mit Kam weitermachte.

Und doch tat sie es.

Was Kam in ihr *hervorrief*, so machte sie sich klar, als sie die Augen öffnete und sich selbst ehrlich im Spiegel betrachtete, war *gut*. Sie fühlte sich lebendiger als je zuvor in ihrem Leben.

Womöglich war es nicht sehr weise, und vermutlich bewahrte es sie auch nicht vor Rückschlägen, musste Lin zugeben, während sie eine Schublade öffnete und einen Kamm fand. Aber es *war* wunderschön.

Hatte sie es nicht verdient, dass für einen Augenblick das Scheinwerferlicht auf sie gerichtet war, ganz egal wie kurz dieser Augenblick auch war? Hatte sie es nicht verdient, sich einmal in der Euphorie von großartigem Sex, Risiko und Romantik zu befinden, anstatt nur immer effizient, vorsichtig und der Ersatz zu sein, der verlässlich am Spielfeldrand wartete?

Kams Augen leuchteten auf, und er sah sie mit Wärme an, als er nicht ganz eine Stunde später in die Wohnung zurückkam und Lin, neben Angus auf dem Boden sitzend, sah, den Laptop auf dem Schoß, eine Tasse Kaffee auf dem Tisch vor sich.

Die Sonne schien durch die bodentiefen Fenster herein, und der Lake Michigan wirkte in diesem Licht wie ein schimmerndes Meer in der Ferne. Angus war ein paar Minuten zuvor dem warmen Beruhigungsmittel Sonne erlegen, als Lin sie hinter den Ohren gekrault hatte, und schlief tief und fest.

Lin lächelte, als Kam auf sie zukam und sein Blick anerkennend über sie und ihre nackten, ausgestreckten Beine glitt.

»Du siehst in diesem Hemd höllisch viel besser aus als ich«, sagte er und wies dabei auf das graue Hemd, das ihr bis zur Hüfte reichte.

»Da muss ich widersprechen. Ich mag dieses Hemd zufällig sehr gerne an dir.« Sie nahm einen Schluck Kaffee.

Er stellte eine Einkaufstüte auf dem Sofa hinter ihr ab. »Das sollte es auch, schließlich hast du es auch ausgesucht.« Lins Hand zuckte so, dass Kaffee auf ihre Unterlippe spritzte. »Jetzt haben wir einmal getauscht. Jetzt bin ich es, der Kleider für dich aussucht.«

»Wie ... wie meinst du das?« Sie sah ihn an.

Er grinste.

»Du hast doch nicht etwa geglaubt, ich wäre davon ausgegangen, dass Ian all diese Kleider für mich gekauft hat, oder? Und die neuen Vorhänge für Aurore und all das Bettzeug und die Handtücher und das neue Geschirr für die Küche? Traue mir ruhig zu, ihn ein *bisschen* zu kennen. Jeder weiß, dass er bei diesen Dingen auf dich angewiesen ist. Jeder weiß, dass du einen tadellosen Geschmack hast.«

Sie errötete.

»Mir war nicht klar, dass du das gewusst hast.«

»Deine Handschrift war in all den Dingen zu erkennen. Dein Ruf eilt dir voraus. Ian, Francesca, Lucien und Elise reden von dir, als könntest du nichts falsch machen. Du hast Aurore verwandelt. Und nur du bist in der Lage gewesen, diesen alten Steinhaufen nicht nur elegant, sondern auch gemütlich zu machen«, erklärte er trocken und setzte sich neben sie auf den Teppich, den Rücken an das Sofa, das eine Bein abgewinkelt, das andere ausgestreckt und die Hüfte an ihre Seite gedrückt.

»Es freut mich, dass es dir gefallen hat. Ohne je in Aurore gewesen zu sein, war es schwer für mich, die Auswahl zu treffen. Ohne dir je begegnet zu sein«, gestand sie.

Ein paar Sekunden lang schwiegen sie. Das Sonnenlicht betonte die rotbraunen Einsprengsel in seinem dunklen Haar. Bevor sie es sich noch einmal überlegen konnte, strich sie ihm über die dicken Wellen. Er roch gut, wie Seife und frische Luft.

»Ian hat mir deinen Charakter ein bisschen beschrieben. Das hat mich dann durch den Kleider-Einkauf geleitet. Wild. Unabhängig. Unangepasst.« Sie sah ihm in die im Sonnenlicht glänzenden Augen. »Ausgesprochen männlich.« Seine Augenbrauen wanderten nach oben. »So hat Ian mich beschrieben?«

Sie lächelte zurück.

»Nein. Aber irgendwie habe ich diesen Eindruck gewonnen.«

Er griff nach ihrer streichelnden Hand und gab ihr einen Kuss in die Handfläche. Wärme breitete sich in ihr aus, sogar an Orten, die weit von seinen Lippen entfernt waren.

»Mir gefällt deine Brille.« Kam hatte seinen Kopf gehoben, sein Atem strich über ihre Haut.

»Danke. Ich brauche sie zum Lesen.«

Sie spürte, wie er sie ganz bewusst betrachtete.

»Was?«, fragte sie grinsend, denn sie hatte den Eindruck, er analysiere ihre Einzelteile, wie er das auch bei einer Maschine tun würde.

»So solltest du es immer machen«, brummte er. »Ich kann dir die Arbeit nicht austreiben, aber du solltest sie öfter auf diese Art und Weise erledigen. Mit offenen Haaren. Auf dem Boden im Sonnenschein sitzend. Nur mit einem meiner Hemden bekleidet ...«

Unvermittelt legten sich seine Lippen auf ihren Mund, warm

und schmeichelnd wie die Sonne. Sie hielt den Atem an während dieses Kusses, als könne sie somit auch den ganzen Moment festhalten. Er hatte die Arme um sie gelegt und umfasste ihre Rückenmuskeln in seiner so köstlichen, zum Dahinschmelzen süßen Art. Ihr Kuss wurde nass und tief, die Zungen duellierten sich sinnlich. Sie schob ihre Hand unter das blau-weiß karierte Baumwollhemd und streichelte seine warme, glatte Haut. Er stöhnte in ihren Mund und verstärkte seinen Griff. Mit einer einzigen Anspannung seiner starken Muskeln setzte er sie auf seinen Schoß. Sie landete und spreizte die Beine über seinen Hüften, ohne dass ihr Kuss unterbrochen wurde.

Lin wusste nicht genau, wie lange sie sich geküsst und gestreichelt hatten, ihre gemeinsamen Bewegungen wohlig und hungrig. Sie war mit ihm gefangen in einem Kokon aus Sonnenschein, und sie schmolz dahin, ihr Körper wurde weich und warm, gab in einer Art und Weise nach, wie sie es noch nie zuvor erlebt hatte. Vielleicht spürte er das Bedürfnis, den Moment so lange auszudehnen wie möglich, genau wie sie, denn während er sie berührte, tat er das nur sehr keusch, nahm ihr Kinn in die Hand oder fuhr mit den Fingerspitzen über ihre Ohrmuschel und ihren Nabel. Er streichelte ihren Rücken und brachte ihre Muskeln dazu, sich noch weiter zu lockern. Sie berührte seinen Hals und die Schultern, indem sie durch den Ausschnitt seines Hemds griff. Einmal beugte er sich zurück, setzte ihr ruhig die Brille ab, legte sie auf das Sofa hinter sich und fuhr dann mit seinem sinnlichen Kuss fort. Lin spürte, wie Erregung sich in ihrer gespreizten Muschi breitmachte, doch dieses eine Mal wurde sie nicht so getrieben, wie es ihr ansonsten mit Kam ging. Er übertrumpfte das alles. Sein Geschmack und seine zarten Lippen und seine schlanke, erfahrene Zunge.

Ihrer beider Erregung stieg aber natürlich dennoch unaufhaltsam. Lin keuchte sanft und half ihm, seinen Gürtel und die

Knöpfe seiner Jeans zu öffnen. Sie kniete sich hin, um ihm dafür Platz zu schaffen. Er schob seine Hose über die Hüfte, dann setzte sie sich wieder auf ihn. Er hielt seine Erektion fest, während sie niedersank. Lin fletschte die Zähne, als sie sich langsam vereinten. Vor süßer Erregung war ihr Innerstes gänzlich aufgelöst, aber nun musste sie einen leichten Druck ausüben, damit ihr Körper nachgab. Ihr Blick blieb ineinander verhakt, bis sie in seinem Schoß saß und sein Schwanz tief in ihr pulsierte. Ein scharfer Schrei stieg aus ihrer Kehle auf, den er mit seinen sinnlichen Lippen auffing. Er knabberte an ihr und rieb ihr beruhigend über den Rücken.

»*Viens maintenant. Commençons*«, lockte er sie kurz darauf. *Komm jetzt. Lass uns anfangen.* Seine großen Hände schlüpften unter ihr Hemd und packten ihren Po. Er hob und senkte ihr Hinterteil auf sich und presste ihren Po zusammen, wenn er tief in ihr eingetaucht war. Sein Mund formte ein lustvolles Knurren. Sie folgte seinen Bewegungen, hob und senkte sich über seinem Schwanz, und ihr gemeinsamer Tanz schuf eine göttliche Reibung. Je wilder sie wurden, umso mehr von ihrem Gewicht stemmte er mit seinen Armen, wenn er sie mit steigender Geschwindigkeit anhob und in seinen Schoß niederdrückte. Der Druck war groß.

»Ich komme«, schrie Lin.

»Nein«, verbot er ihr scharf. Er setzte sie mit einem klatschenden Geräusch auf seinem Schoß ab. Dort hielt er sie, während sein Schwanz protestierend in ihrem tiefsten Inneren pulsierte.

»Oh... ich muss... aber«, widersprach sie mit erstickter Stimme. Sie schob ihre Hüfte vor, auf der Suche nach dem letzten Druck, der sie zum Höhepunkt bringen würde. »Lass das«, sagte er so entschieden, dass sie schwerfällig ihre Augen öffnete. Seine Gesichtsmuskeln waren angespannt, sein Blick starr. »Halte noch durch.« Seine Worte gingen ihr direkt ins Herz.

Sie wollte noch länger aushalten, ja, aber sie saß auf einer Abschussrampe, und die stand kurz vor der Zündung. Sie stöhnte, und ihre Hüfte kämpfte gegen seinen Griff.

Er packte ein Haarbüschel, das über ihren Rücken hing. Er hob mit der anderen Hand ihr Hemd und legte den Stoff dann ebenfalls in die Hand, die ihre Haare hielt. Vorsichtig zog er an ihrem Haar und zog damit ihren Kopf nach hinten. Das Kinn in die Luft gereckt, japste sie, als er mit der Handfläche in einem scharfen, schnellen Rhythmus auf ihren nackten Po klatschte. *Schmack, schmack, schmack.*

»Oh!« Sie verzog das Gesicht. Ihre Haut brannte unter seiner Hand, aber der Schwanz in ihr war bei dem klatschenden Geräusch auf ihrem Po teuflisch aufgesprungen. Das war es gewesen, was sie in einer Mischung aus leichtem Schmerz und Erregung hatte aufschreien lassen. Er ließ ihr Haar los, und sie sah ihn langsam an.

»Besser?«, fragte er heiser.

Sie nickte. Der absolute Drang zum Höhepunkt war kurzzeitig durch seine Schläge zurückgegangen. Einen Moment lang blickten sie sich nur an, schwer atmend. Auf Kams Oberlippe und Stirn lag ein leichter Schweißfilm. Das Licht der Sonne machte seine Augen zu Schlitzen aus funkelndem Silber.

»Halte noch länger durch«, wiederholte er.

»Ich versuch's«, stimmte Lin ihm zittrig zu.

»Beweg dich nicht«, wies er sie an.

Direkt in ihre Augen schauend, knöpfte er schnell ihr Hemd auf. Er schob die Knopfleiste beiseite und holte ihren Busen ans Sonnenlicht und in sein Blickfeld. Wieder wurde ihr ganz anders, als sein Schwanz in ihr zuckte.

Er begann mit ihren Brüsten zu spielen. Lin stöhnte, denn ihr Elend wurde immer größer, während er mit den Nippeln spielte und sie zu steifen, spannenden Spitzen formte. Er sah in ihr Gesicht, um dort ihre Reaktion abzulesen. Sie biss sich auf die Lippe. Der süße Schmerz ließ sie schwitzen. »Ich will mich bewegen«, flüsterte sie bebend.

»Ich weiß. Ich auch«, murmelte er erhitzt. »Es fühlt sich so großartig an. Ich will aber, dass es noch länger dauert. Mehr nicht. Halte still.«

Er schob ihr das Hemd von den Schultern und über die Arme. Dann war es weg, und sie war nackt und bebend auf seinen Schoß genagelt. Sie knöpfte nun auch sein Hemd auf, doch er ergriff ihre Handgelenke.

»Jetzt nicht. Mir schwebt etwas anderes vor. Ich will, dass du mit beiden Händen deine Haare fasst und sie an deinen Kopf drückst. Ich liebe dein Haar, aber es ist mir im Weg, wenn ich jeden Zentimeter deiner Haut berühren will.«

Schnell raffte sie ihre langen Strähnen zusammen und tat, worum er sie gebeten hatte. Ihr Atem ging unregelmäßig. Sie verstand, warum er sie darum gebeten hatte, doch dieser knappen Aufforderung zu folgen erregte sie.

»So ist es gut«, sagte Kam rau. »Streck deine Ellenbogen nach außen. Drück deinen Rücken durch. Öffne dich mir.«

Es war also nicht nur das Festbinden ihrer Haare, das er im Sinn gehabt hatte. Sie sah zu ihm hinunter, als sie die Stellung eingenommen hatte. Tatsächlich fühlte sie sich offen, mit ihrem nackten, zur Schau gestellten Körper, ihrer gebogenen Wirbelsäule, ihren nach vorn gedrückten Brüsten... und dem verletzlichen Herzen.

Sein Blick huschte über sie, vom Kopf bis zur Hüfte, langsam und heiß. Sie wurde versengt durch diesen Blick. Kaum, dass sie Luft bekam.

Er spreizte beide Hände auf ihren Hüften und wischte mit ihnen über ihre Seiten, dann über ihre Brüste, den Bauch hinunter und ihren Rücken wieder hinauf.

»*Kam*«, stöhnte sie. Sein Starren, das fast einer Anbetung gleichkam, löste sie völlig auf, seine besitzergreifenden Berührungen folterten sie. Er glitt mit seinen Händen über ihren Körper, zugleich lüstern und andächtig.

»Ist schon gut«, beruhigte er sie, als sie jammerte, weil er ihren Po mit beiden Händen massierte. »Nur noch einen Moment.« Mit den Händen an ihrer Taille, streckte er seine Daumen in Richtung ihres Geschlechts. Er zog ihre Schamlippen auseinander und legte die glänzenden, rosa Falten und ihre Klitoris frei. Nun war sie ihm gänzlich geöffnet. Ein wildes Knurren stieg aus seiner Kehle auf. Sein Schwanz schwoll an. Ihr Schaudern verstärkte sich. Er sah ihr ins Gesicht, sein Gesichtsausdruck vor Staunen angespannt. »Oh Gott, du bist schön«, keuchte er. Dann beugte er sich vor, stieß seinen Rücken vom Sofa ab und umarmte sie so fest, dass sie kaum noch Luft bekam. Einer seiner Unterarme glitt unter ihrem Po wie eine Stütze hindurch, mit dieser Hand packte er eine Pobacke, während der andere Arm sich um ihre Taille legte und Lin fest an sich drückte. Dann fing Kam an, sie zu bewegen. Sie hob und senkte sich über ihm wie eine zusammenstürzende Welle; er trug dabei ihr gesamtes Gewicht. Jeder Muskel seines Körpers spannte sich an und bog sich auf der Suche nach Erlösung.

Sie hatte ihn darum gebeten, den Sturm loszulassen, und mit einem Mal befand sie sich mitten im Auge des Sturms und spürte dessen vollen Zorn. Kams Wange lag an einer Brust. Er gab einen tiefen, kehligen Laut von sich, dessen Klang und Vibrationen in ihrem Körper sie weiter anstachelten und einen Funken in ihr auslösten. Sie senkte die Arme und packte seinen Kopf, während ihre Haare wieder nach unten fielen.

»Kam... oh... mein Gott«, schrie sie, denn Kam drückte sie kräftig auf sich nieder. Ihre Stimme schwankte mit der Stärke seiner kurzen, abgehackten Stöße in sie. Sie spürte, wie er anschwoll, und hörte sein gequältes Stöhnen.

Noch einmal drückte er sie auf sich herunter und brüllte dann im Höhepunkt auf. Einen Moment lang schien er in der

Lust festgefroren, doch dann holte er Luft und hämmerte sie auf seinem Schwanz auf und ab, während es ihm kam. Zu spüren, wie er sich in ihr ergoss, stieß auch sie über die Ziellinie. Sie schrie scharf auf, und die Detonation des Höhepunkts war umso heißer und mächtiger, da sie mit ihm zusammen durch die Flammen gegangen war.

KAPITEL SECHZEHN

Wie geschmolzenes Kerzenwachs lag sie über ihm, viele träge Momente lang. Lin streichelte seine Rückenmuskulatur, um sie zu entspannen, denn die Muskeln hatten sich bei ihrem Liebesspiel unglaublich angespannt. Ihr gefiel es nicht, dass er noch fast völlig angekleidet war, während sie nackt dalag, aber sie war zu schwach, um ihn auszuziehen, viel zu zufrieden, als dass sie sich hätte bewegen wollen.

Angus ließ, mitten in ihren Träumen, ein gedämpftes Bellen hören, und Lin öffnete langsam die Augen. Ihr Blick fiel auf die große Tasche, die Kam abgestellt hatte, bevor er sich endlich zu ihr gesetzt und sich mit ihr in der hemmungslosen Leidenschaft verloren hatte.

»Du hast mir noch gar nicht meine Gassigeh-Kleider gezeigt«, brummelte sie, das Gesicht zwischen seinem Hals und der Schulter vergraben.

»Hmmm?«, brachte er faul hervor und massierte weiter ihre nackte Haut zwischen Po und Schultern. Kams tiefe widerhallende Stimme kitzelte in ihrem Ohr.

»Die Kleider, die du mir gekauft hast«, erinnerte sie ihn und küsste ihn auf den Hals.

»Sie sind sicher nicht so gut wie die, die du für mich besorgt hast, aber für diese Gelegenheit werden sie es tun. Warum hast du mir eigentlich nicht gesagt, dass du meine Kleider und die Dinge für Aurore ausgesucht hast?«, fuhr er ein paar Sekunden später fort.

»Ian hatte Sorge, das könnte dich beleidigen.« »Warum sollte es mich mehr beleidigen, wenn du die Sachen aussuchst anstatt er selbst oder Lucien?«

Sie fuhr mit den Lippen über seinen sich beruhigenden Puls am Hals und lehnte sich zurück, um ihn besser anschauen zu können.

»Ich weiß es nicht genau. Er hatte vielleicht Angst, es könnte dich irritieren, wenn du den Eindruck bekämst, er wolle dich...« Sie machte eine Pause und suchte nach der richtigen Formulierung. »Dich zu jemandem machen, der du nicht bist. Dich ändern. Du bist ihm wichtig, Kam. Wirklich. Er will nur das Beste für dich.«

Nach einer Pause sagte er: »Jetzt, wo ich darüber nachdenke, glaube ich, dass es mich vielleicht beleidigt hätte, wenn jemand anderes es gemacht hätte.«

»Was gemacht hätte?«

»Mir die Sachen gekauft. Ich weiß, ich habe selbst dafür bezahlt, aber dennoch...« Er sprach nicht weiter, sondern konzentrierte seinen Blick auf Lin. »Weil *du* es gemacht hast, war es für mich in Ordnung. Irgendwie.«

Sie hielt die Luft an. Es war unglaublich lieb, was er gesagt hatte. Sie wartete ab. Ein wenig Ängstlichkeit oder Vorfreude oder *etwas anderes* durchzuckte sie, als er erst einmal nichts anderes tat, als sie mit seinem Blick aufzuspießen.

»Hast du dir schon einmal überlegt, für jemand anderen als Ian zu arbeiten?«

»Was?« Die Richtung seiner Frage hatte sie völlig unvorbereitet getroffen.

»Ich weiß, du hast Jason Klinf gerade gestern Abend ›auf keinen Fall‹ geantwortet – auch wenn das, was ich gehört habe, wie ein ziemlich interessantes Angebot klang. Und andere dürften dir noch viel lukrativere Vorschläge gemacht haben. Ich frage mich nur, ob du noch nie ernsthaft daran gedacht hast, Noble zu verlassen.«

»Nein, nicht ernsthaft, nein. Ich habe mir natürlich das eine oder andere Angebot durch den Kopf gehen lassen, aber sie nie wirklich erwogen.«

»Warum bleibst du? Warum bist du Ian gegenüber so loyal? Ist es wegen deiner Großmutter, die hier gearbeitet und ihm beim Aufbau seiner Firma geholfen hat? Fühlt es sich wie eine familiäre Verpflichtung an?«

Lin wich seinem bohrenden Blick nun aus.

»Vielleicht hat es damit etwas zu tun, ja«, gestand sie. Dann zögerte sie. Kam nahm ihr Kinn in die Hand und bat sie stumm, ihn anzusehen. Sie erkannte die Fragen in seinem Blick. »Ein Freund – Richard St. Claire übrigens, du kennst ihn auch – hat mir kürzlich gesagt, ich hätte die Neigung...« Sie hielt inne, wurde vor lauter Peinlichkeit rot und sah nur noch seinen Hemdkragen an.

»Was?«, forderte Kam sie auf.

Lin zuckte mit den Schultern.

»Ich hätte die Neigung, an Dingen, die ich kenne, zu festzuhalten. Zum Beispiel an meiner Arbeit. Und dass ich Angst vor Veränderungen hätte. Oder davor verlassen zu werden.«

»Verlassen werden?«

Sie wurde noch röter.

»Ich weiß, es klingt lächerlich.«

»Nein, das tut es nicht.«

Überrascht sah sie auf.

»Nein?«

Er schüttelte den Kopf.

»Nein, eigentlich nicht. Es muss hart für dich gewesen sein, als deine Eltern die USA verlassen und dich zurückgelassen haben. Du hattest doch ein enges Verhältnis zu deiner Großmutter?«

»Sehr.«

»Als sie starb, warst du allein auf der Welt. Aber Noble Enterprises war da. Vertraut. Bekannt. Sogar bequem, wenn man an die Geschichte deiner Großmutter denkt. Dazu kommt noch, dass du unglaublich gut bist in den Dingen, die du tust. Das verstärkt noch das Gefühl der Bestätigung. Ich kann gut verstehen, dass all das dich dazu bringt, unbedingt bleiben zu wollen.«

»Ja. Ich vermute, du hast recht.«

Er strich mit dem Daumen über ihre Wange.

»Aber es gibt keinen Grund, deshalb so traurig dreinzublicken«, sagte er leise. »Das ist völlig normal. Wir alle wollen das, was wir schon kennen. Manchmal würde ich in dieser Stadt auch am liebsten aus der Haut fahren. So sehr sehne ich mich nach zu Hause, der Stille der Wälder und meinem früheren Ich.«

»Wirklich?«, fragte Lin und sah ihn an. Er nickte. »Aber trotzdem bist du hergekommen. Und du bleibst hier an Ort und Stelle, obwohl du lieber zu Hause wärst. Wieso das?«

»Weil ich gemerkt habe, dass ich niemals wachsen kann, wenn ich nicht aus meiner Bequemlichkeit ausbreche. Ich bin bereit. Ich bin bereit für Veränderungen.« Sanft strich sein Daumen über ihr Gesicht.

In der Stille, die nun folgte, klopfte ihr Herz bis in die Ohren. Plötzlich setzte sich Angus auf und sah sich im Zimmer um. Lin blickte erfreut zwischen Kam und dem Golden Retriever hin und her.

»Ich würde gerne wissen, wovon Hunde träumen«, erklärte Kam trocken. Als sie seine Stimme hörte, drehte Angus ihren Kopf zu ihm herum. Kam kraulte und kratzte sie hinter den Ohren, und fast wären ihre Augen wieder schlaftrunken zugefallen. »Ich weiß aber, dass sie nun gern nach draußen möchte, jetzt, wo sie wach ist. Bereit für einen Spaziergang?«

»Sehr gern«, erwiderte Lin. Sie hoffte, dass die frische Herbstluft etwas von der Verwirrung und den chaotischen Gedanken klären konnte, die ihr in letzter Zeit über ihre Arbeit und Ian durch den Kopf gingen. Was sie am meisten beunruhigte, war aber, dass sie all diese Gedanken nie gehabt hätte, wäre Kam nicht gewesen.

Er war der Auslöser all dessen.

Lin briet ein paar Eier, die sie mit Toast aßen, bevor sie Angus ausführten. Sie liefen Richtung Süden am See entlang. Kam schlug vor, sie könnten den Weg um den Museum Campus nehmen. Es war ein heller, warmer Herbsttag mit etwa sechzehn Grad. Sie liefen Hand in Hand, sprachen über dies und das – Architektur, ihre Musik, und sie verglichen ihre Lieblingsorte in London und Paris. Sie hörte zum ersten Mal, dass sein vollständiger Name Kamryn Patrick Reardon war.

»Ich habe dir doch gesagt, dass meine Mutter ihre irische Herkunft nie ganz aufgegeben hat«, erklärte Kam kleinlaut, als Lin laut rief, wie sehr sie diesen Namen mochte. »Vor allem, da Trevor Gaines von meinem Namen so irritiert war, habe ich angefangen, ihn noch mehr zu mögen.«

Sie erinnerte sich, was er erzählt hatte, wie zurückgezogen und lakonisch er gewöhnlich war, und erfreute sich daran, dass er bei diesem Spaziergang völlig entspannt zu sein schien. Das auf dem großen See glänzende Sonnenlicht passte perfekt zu Lins überschäumender Laune. Auch Angus schien die Sonne zu gefallen, sie sprang auf jeden Hund und jeden Spaziergänger zu, denen sie auf dem Uferweg begegneten. Zeigte sich die Person oder das Haustier interessiert – was weit öfter der Fall zu sein schien als das Gegenteil –, gab Kam dem friedlichen Golden Retriever einen Augenblick, um sich anzufreunden, bevor er an der Leine zog und die gutmütige Angus wieder neben ihnen weitertrottete.

Als sie eine Runde um den hübschen Museum-Campus-Park am Seeufer gedreht hatten, zeigte Kam auf die Skyline im Westen.

»Lass uns da langgehen. Da ist ein Park, in dem ich Angus unangeleint laufen lassen kann.«

»Wie kommt es, dass du so viel schon über die Stadt weißt?«, erkundigte sich Lin verblüfft.

»Vom Joggen«, gab er kurz und bündig zurück. »Seit ich in Chicago bin, war ich fast jeden Tag draußen. So habe ich die Gegend hier kennengelernt. Läufst du auch?«

»Ja«, sagte sie lächelnd und musste an seinen extrem muskulösen, trainierten Körper denken. »Aber ich bezweifele, dass ich mit dir mithalten könnte.«

»Ich weiß, wie stark du bist«, erwiderte Kam, und Lin glaubte, er spiele damit auf ihr Tanztraining an. »Du würdest gut mithalten.«

Sie kamen an Luciens Hotel vorbei und gingen weiter gen Süden. Als sie den Coliseum Park erreicht hatten, waren im Westen dunkle Wolken aufgezogen, doch noch leuchtete die Sonne am Himmel. In der Anlage hakte Kam Angus' Leine aus, und der Golden Retriever stürmte augenblicklich bellend und schnüffelnd zu drei weiteren Hunden hinüber. Lin sah ihr zu und lachte.

»Wenn der Charakter eines Haustiers wirklich der Persönlichkeit seines Besitzers ähnelt, musst du die sozialen Hummeln in deinem Hintern gut versteckt haben«, erklärte sie Kam amüsiert.

Er grinste, doch in seinem Gesicht sah sie Zweifel. »Ich würde eher sagen, Angus und ich sind das absolute Gegenteil voneinander.«

»Och, ich weiß nicht«, erklärte Lin leichthin, denn sie sah gerade zu, wie Angus mit einem schokoladenbraunen Labrador bellend herumtollte. »Ihr habt beide ganz sicher die Fähigkeit, andere glücklich zu machen.«

Kam legte seine Hand an ihren Hals, der Daumen glitt sanft über ihr Kinn. Sie sah zu ihm hoch. Bis sie den Ausdruck auf seinem Gesicht erkannt hatte, war ihr gar nicht wirklich bewusst, was sie da gerade gesagt hatte. Er beugte sich vor und küsste sie. Lin wusste, dass er ihr auf diese Art für die Bestätigung dankte, dass er sie glücklich machte. Sie lächelte ihn an, und als er seinen Kopf wenige Sekunden später wieder hob, wusste sie, dass er in ihren Augen ihr Herz erblickt hatte. Dieses Mal hatte sie ihm nichts verheimlicht. Er machte sie *wirklich* glücklich.

»In einer Sache allerdings muss ich mich selbst korrigieren. Ich bin als Einkäufer ebenso gut wie du.« Seine Hand streichelte noch ihr Kinn, doch sein Blick spazierte über ihre Jeans, die Sportschuhe und den frischen, hellgrünen Strick-Sweater, die er ihr gekauft hatte. Ihre Brüste zeichneten sich unter dem Sweater ab, und an dieser Stelle blieb auch sein Blick hängen – nicht zum ersten Mal, seit sie sich das Stück übergezogen hatte.

»Da gebe ich dir recht. Du hast sogar meine Größe genau getroffen. Wie hast du das eigentlich geschafft?«

»Ich habe auf eine Frau in dem Laden gezeigt, die in etwa deine Größe hatte. Nur hier nicht.« Seine Augenbrauen hoben sich ganz wenig, als er auf ihren Busen schaute. »Sie war flacher als du, aber dazu habe ich nichts gesagt. Und ich bin froh, dass ich nichts gesagt habe. Mir gefällt nämlich das Ergebnis.«

Lin prustete vor Lachen. Sie gingen durch die Stadt zurück und drehten noch eine Runde durch den geschäftigen Millennium Park, bevor sie zurück zu Kams neuer Wohnung liefen. Als sie vor dem Gebäude ankamen, war es kühler geworden, und es hatte sich zugezogen. Sie würden später noch Regen bekommen.

Als sie am Morgen das Hochhaus verlassen hatten, hatte Lin einen unruhigen Moment durchlebt. Was, wenn sie Francesca oder Mrs. Hanson begegnen würden? Wie sollte sie erklären, dass sie mit Kam unterwegs war, wo sie doch Ian angerufen und ihm für das wichtige Business-Meeting abgesagt hatte?

Bei ihrer Rückkehr ins Gebäude dachte sie gar nicht mehr darüber nach. Ihr Kopf war so angefüllt mit Kam, dass nichts anderes darin Platz hatte.

Vielleicht lag es an der Erkenntnis, dass sie ganz leicht ihr anderes Leben vergessen konnte, dass sie kurzzeitig in ihre Arbeitsdenkweise zurückfiel, als sie angekommen waren. Der anrückende Sturm verdunkelte das Apartment, als sie die Tür aufschlossen. Das Wohnzimmer lag im Dunkeln.

»Ich gehe mich kurz waschen«, erklärte Kam und zeigte auf das Badezimmer. »Okay«. Dummerweise fühlte Lin sich mit einem Mal schüchtern. Das dämmrige Apartment unterschied sich sehr von ihrer warmen, entspannten Stimmung bei dem Spaziergang eben. Etwas Gedämpftes lag über der luxuriösen Einrichtung. Etwas Erwartungsvolles. Es erschien ihr sehr intim. Sie war sich Kams Gegenwart sehr bewusst, weshalb sie sich befangen fühlte …

… aufgeregt.

Der Computer, den sie am Morgen benutzt hatte, lag noch auf dem Boden. Sie ging hinüber, hob ihn auf und setzte sich auf das Sofa. Sie hatte gar nicht *vorgehabt*, ihre E-Mails nachzusehen, sie erschienen einfach auf dem Bildschirm, als sie das Mousepad berührte, um den Laptop auszuschalten. Eine neue, womöglich wichtige Betreff-Zeile sprang ihr ins Auge, und sie setzte ihre Brille auf. Sie scrollte die E-Mail durch und sah dabei konzentriert auf den Bildschirm, als Kams Stimme ertönte.

»Jetzt hast du es wirklich getan.«

Überrascht sah sie auf. Ihr Mund klappte auf, als sie seinen Gesichtsausdruck sah – zugleich grimmig und amüsiert.

»Was?«

»Ich habe dir doch gesagt, was ich tue, wenn ich dich beim Arbeiten erwische«, erklärte er trocken. Er trat vor, nahm ihr den Laptop aus den Händen und legte ihn auf das Sofa. Sie erinnerte sich an seine seeräuberische Art, als er seine dunklen

Augenbrauen herausfordernd hob. »Kommst du freiwillig mit zur Bestrafung, oder muss ich dich tragen?« Sie lächelte, halb ungläubig, halb beunruhigt, denn sie stand kurz davor, ihm zu glauben.

»Jetzt mal langsam.« Er hob seine Augenbrauen noch weiter, als wolle er sagen *Ich warte noch immer auf eine Antwort.* Seine Frechheit verletzte ihren Stolz, erregte sie aber auch. Sie hob das Kinn und erwiderte mit festem Blick: »Ich habe nur meine E-Mails kontrolliert. Ich gehe nirgendwohin.« Sie streckte die Hand nach dem Computer aus.

»Gut«, sagte er ungerührt. »Deine Antwort lautet also, dass du nicht freiwillig mitkommst.« »Kam!«, kreischte sie, als er sich auf sie stürzte und sie so schnell vom Sofa hob, dass sie keine Chance hatte. Sie griff nach seiner Schulter, um sich abzustützen. Mit einem Mal flog sie förmlich durch das Wohnzimmer. Kam warf ihr einen finsteren Blick zu, als sie ihn ansah, doch in seinen Mundwinkeln zuckte ein Lächeln. Sie konnte nicht anders. Sie lachte laut los.

»Ich hatte dir angekündigt, was dir blüht, wenn du arbeitest, anstatt dich nur um Erholung und Vergnügen zu kümmern, aber du musstest es ja so weit kommen lassen und mich auf die Probe stellen«, erklärte er mit gespielter Trauer und trug sie durch den dämmrigen Flur.

»Also werde ich nun für das furchtbare Verbrechen bestraft, mir meine E-Mails angeschaut zu haben?«, wollte sie wissen und hielt ihr Grinsen im Zaum. Trotz seiner Verspieltheit erkannte sie seine Entschlossenheit. Seine Gedanken waren nur darauf ausgerichtet, sie ins Schlafzimmer zu bekommen, um ihr dort, so vermutete sie, weitere Lektionen in Dominanz und Unterordnung und siedend heißem Sex zu erteilen. Ein verbotener Wonneschauer durchströmte sie bei diesem Gedanken.

»Jemand muss dich ja von deiner Sucht heilen.« Er stieß die

Schlafzimmertür mit dem Fuß zu und setzte sie neben dem Himmelbett ab, ohne ihre Hüfte loszulassen. »Damit bist du doch einverstanden, oder?«

Sie runzelte die Stirn.

»Es kann wohl kaum eine Sucht genannt werden. Aber *vielleicht* sollte ich wirklich nicht so viel an die Arbeit denken.« Er sah sie erwartungsvoll an. »Besonders am Wochenende.« Er wartete. Sie biss sich auf die Lippe. »Besonders an einem Wochenende, an dem ich mich nur auf Spaß konzentrieren sollte.«

»Und?«

»Lust«, flüsterte sie. Mit einem Mal war alle Verspieltheit aus seinem Gesicht verschwunden. Er ließ von ihr ab und setzte sie kurz vor das Kopfende auf sein Bett.

»Zieh dich aus.«

Sein knapper Befehl wiederholte sich wie ein Echo in ihrem Kopf. Ihr Mund war plötzlich ganz trocken. Sie schnürte ihre Schuhe auf und schob sie beiseite. Schüchtern sah sie ihn an. Ihre neuen Sportsocken folgten ihren Schuhen auf den Teppich, dann ihre Jeans. Als sie ihre grüne Strickjacke aufknöpfte, wurden ihre Finger steif. Die Unterwäsche, die Kam für sie besorgt hatte, war alles andere als leger und alltäglich. Er hatte ihr drei Paar BHs und Slips mitgebracht, alle aus Seide und Spitze und von einem Top-Designer. Das Paar, das sie heute angezogen hatte, war taubenblau und sehr hübsch. Als sie ihn vorhin damit aufgezogen hatte, was für elegante Wäsche er für einen Entspannungstag besorgt habe, hatte er nur ungerührt mit den Schultern gezuckt.

»Du kannst ja Jeans tragen, aber darunter bist du immer aus Seide«, hatte er erklärt.

Sie sammelte Mut, um ihn anzuschauen, während sie die hellgrüne Jacke öffnete und sie über Schultern und Arme abstreifte. Kam saß unbewegt da, sah ihr aber höchst wachsam zu. Woher kamen nur ihre Anflüge von Schüchternheit, wenn sie doch schon so viele intime Momente miteinander geteilt hatten? Sie ließ die Jacke zu den anderen Kleidungsstücken auf den Boden fallen und bemerkte zugleich, dass ihre Selbsterkenntnis ihre Erregung noch verstärkte. Ihre Hände hingen zögernd an ihrer Hüfte.

»Zieh den BH aus«, sagte Kam. »Um das Höschen kümmere ich mich.«

Diese Worte erregten sie. Die Stille drückte auf ihr Trommelfell, während sie den BH öffnete und die Cups von ihren Brüsten zog. Der Stoff fiel auf den Boden, und sie sah seinen Blick auf ihrem nackten Busen ruhen. Seine Nasenflügel bebten. Nackt stand sie vor ihm, nackt bis auf den Slip.

Kam blinzelte, als würde er zu sich kommen.

»Komm her.« Er griff sich eine Lederfessel vom Nachttisch. »Stell einen Fuß in meinen Schoß«, wies er sie an. »Du kannst dich auf dem Tisch abstützen.«

Ohne zu zögern, hob sie den Fuß. Dank ihres Tanztrainings hatte sie ein gutes Gleichgewichtsgefühl. Kam legte die Hand um ihre untere Wade, ließ seine Handfläche über ihren Knöchel und die Ferse gleiten und drückte im Gewölbe ein wenig zu. Dann schob er die Sohle gegen seinen Schritt. Lin spannte sich an, und erneut durchzuckte sie Erregung. Sie konnte durch seine Jeans die Form seines Hodens spüren. Der Schwanz war in seinen Boxer-Shorts gefangen und drückte sich an seinen linken Oberschenkel. Lin spürte den dicken Schaft links von ihrem Fuß.

Als er das feste Leder um ihr Fußgelenk schloss und den Platinverschluss anzog, spürte sie, wie sie feucht wurde. Was genau sie an dieser Prozedur so erotisch fand, hätte sie nicht sagen können, aber sie wusste, dass es Kam genauso ging. Sie fühlte, wie sein Schwanz neben ihrem Fuß anschwoll.

»Jetzt den anderen«, stieß Kam aus. Liebevoll strich er über ihre Ferse, bevor sie den Fuß von seinen Beinen nahm. Er streckte erwartungsvoll die Hand aus, und sie hob das andere Bein. Er bekam es am Knöchel zu fassen und zog es zu sich. Dieses Mal verstaute er den gefangenen Fuß bequemer auf seinen Hoden, presste die Ferse an dessen Wurzel und schloss dann seine starken Oberschenkel. Lin biss die Zähne zusammen, und ihr Atem wurde schneller, als sie ihm zusah, wie er das schwarze Leder um ihre Wade legte und hinunter zu ihrem Fußgelenk schob. Das angespannte Gefühl nahm noch zu, denn nun zog er die Fessel zu, und seine offenkundige Erregung machte sich an ihrem Fuß bemerkbar.

Sie stellte ihr Bein wieder auf den Boden und wurde an beiden Handgelenken gefesselt. Dann stand Kam vom Bett auf.

»Eine Sekunde«, sagte er. »Ich hole etwas aus dem Badezimmer.« Als er kurz darauf zurückkam, hatte er die Klammer in der Hand, mit der sie sich beim Duschen die Haare hochgebunden hatte. Er überreichte sie ihr. »Bindest du deine Haare bitte so hoch, dass sie nicht in dein Gesicht hängen?« Lin nickte und führte ihr langes Haar zusammen. Ganz unverhohlen sah er ihr zu, wie sie die Hände über den Kopf streckte, um die vielen Haare zu fassen zu kriegen. Unter seinem Blick versteiften sich ihre Nippel. Er mochte diese Haltung. Lin hatte sie, auf sein Bitten hin, vorhin beim Sex schon einmal eingenommen. Die Erinnerung daran verstärkte die Intimität, die sich wie ein Zauberbann über sie gelegt hatte.

In der Ferne hörte sie ein Gewitter donnern. Kam drehte sich um. Sie hielt einen Moment inne, als sie sah, dass er den kleinen Kugel-Vibrator aus einer Schublade holte. Kam bemerkte ihren Gesichtsausdruck. »Da das Nachschauen von E-Mails ein vergleichsweise geringes Vergehen ist, dachte ich mir, wir mischen ein wenig Vergnügen unter die Bestrafung.« Er lächelte und legte den Vibrator beiseite, um seine Jeans zu öffnen. Lin stand einfach nur da. Ihr Körper spannte sich in Vorfreude zunehmend an, und ihre Nippel zwickten und versteiften sich, während Kam sein Hemd aufknöpfte. Mit einem Ruck seiner glatten, definierten Muskeln riss er es sich herunter. Schnell streifte er die Tennisschuhe sowie Socken ab und schob dann seine Jeans über Hüfte und Beine. Seine Boxer-Shorts wirkten besonders weiß neben seiner dunklen Haut und den dunklen Haaren auf seinen muskulösen Oberschenkeln. Seine Erektion drückte stark gegen das Bündchen, ein schamlos schönes Päckchen.

Er nahm sich den Vibrator.

»Komm her.« Er setzte sich leicht schräg auf eine Ecke des Bettes, seine Knie zeigten in Richtung der ein Meter achtzig hohen Bettpfosten. »Steig aufs Bett und knie dich hier neben mich.« Dabei klopfte er leicht auf den Oberschenkel, der mehr zur Bettmitte lag. Seine Hand öffnete sich über ihrem unteren Rücken, wanderte dann zu ihrer Hüfte, und so führte er sie beim Einstieg ins Bett und dem Niederknien neben sich. »Da«, brachte er hervor, als ihr Kopf über seinem Schoß schwebte und sie auf seinen, in den gedehnten Baumwollshorts gefangenen Schwanz blickte. Er nahm eines ihrer Handgelenke und hob es hoch, um es dann zwischen seinen Beinen wieder auf der Matratze abzusetzen. »Bleib so. Du bewegst dich erst, wenn ich es dir sage.«

Er drehte sich ein wenig und fuhr ihre Wirbelsäule entlang, was das Kribbeln in ihrer Muschi nur verstärkte. Was hatte er vor? Sein wohlüberlegtes Vorgehen und die Vorbereitung ihrer Stellung verschärften nur ihre Anspannung und steigerten die Erregung ins Unendliche. Er schlüpfte mit der Hand unter ihren Slip und liebkoste ihr Hinterteil. Sie schluckte ein Stöhnen hinunter. Draußen donnerte es wieder.

»Pssst«, beruhigte er sie und schob ihr Höschen über die Beine. »Da, so ist es schön«, hörte sie ihn murmeln, als er die eine nackte Pobacke umfasst hatte und die andere streichelte. Hitze strömte in ihre Muschi. Er hatte ihr gesagt, den Slip anzulassen, damit sie diesen so simplen, aber doch mächtigen erotischen Moment genießen konnte. Seine kleinen Tricks waren teuflisch. Sie zuckte zusammen, als er seine Hand hob und erst eine Pobacke, dann die andere leicht schlug, wobei seine Hiebe so sanft waren, als wolle er erst die Mechanismen dieser Stellung testen.

»Oh, Kam«, stöhnte sie, denn er hatte plötzlich über sie hinweggegriffen und erforschte nun mit seinem Finger ihre Muschi. Sofort führte er seinen Finger in ihre Spalte ein und pumpte hinein und hinaus. Ihre Ellenbogen gaben ein wenig nach, und ihr Oberkörper sackte ein kleines Stück nach unten, als Lin automatisch sich selbst neu positionierte, um seinen stoßenden Finger besser spüren zu können.

»Du bist schon ganz feucht«, hauchte er in ihr Ohr. »Hat es dir genauso gefallen wie mir, dass ich dir die Fesseln angelegt habe?«

»Ja.« Sie schnappte nach Luft. Protestierend spannten sich ihre Muskeln an, als er seinen Finger aus ihr herauszog. Keuchend sah sie zu, wie er den Vibrator nahm und einschaltete. Kam legte eine Hand unter ihren Bauch und drückte ihn an ihre Haut. Der Vibrator brummte. Langsam schob Kam ihn abwärts. Lin presste die Augen zusammen, die Erwartung war fast schmerzhaft. Ihr Rücken tat weh. Ihre Brüste waren schwer und spannten.

»Ist es nicht schöner, so seinen Sonntag zu verbringen, als mit Arbeit?«, wollte er wissen. Sie konnte das Lachen in seiner Stimme hören.

»Ja. Oh ja«, schnurrte sie sanft. Der Vibrator hatte ihre Schamlippen erreicht, doch der Druck auf sie war noch ganz leicht. »Halte deine Hüfte jetzt absolut still«, erklärte er streng. Er kitzelte und lockte sie, bis sie keuchte und ihre Muskeln sich fest zusammengezogen hatten.

»Fühlt sich das gut an?«

»Ja.« Ihre Augen waren fest geschlossen. »Oh, weiter. Bitte«, japste sie.

Er knurrte leise und drückte den surrenden Vibrator fester gegen ihre Klitoris. Es fühlte sich wunderbar an. Sie stöhnte zufrieden und drückte ihre Hüfte gegen seine Hand. Sofort zog er sich zurück und enthielt ihr die herrlichen Vibrationen vor.

»Halte still«, erinnerte er sie. Sie nickte nur, da sie keine Luft zum Sprechen hatte, dann hob er den Vibrator wieder an sie heran. Begehrlich starrte Lin auf seine Erektion und begann zu schwitzen. Kam nahm den Vibrator beiseite, doch augenblicklich rieb seine Fingerspitze über ihre Klitoris. »Saftig«, stellte er befriedigt fest. »Aber ich darf auch deine Bestrafung nicht vergessen, oder?« Zu ihrer großen Enttäuschung nahm er seine Hand unter ihr fort und legte den Vibrator auf die Tagesdecke des Bettes. Dann packte er eine Pobacke und drückte sie mit seiner Hand. Sie spürte, wie feucht seine Finger von den Säften ihrer Muschi waren. Er ließ sie los und holte aus. *Klatsch.* Auf der unteren Hälfte ihrer rechten Pobacke entstand ein Prickeln. Wieder holte sein Arm aus. Er traf mit Schwung ihre linke Pobacke, dann wieder rechts. Erregt stöhnte Lin auf. Noch einmal klatschte er auf ihren kribbelnden Po. In dieser Stellung erkannte sie gut, wie sein Schwanz gegen seine enganliegenden Boxershorts drückte. Ohne sich selbst dazu aufzufordern, lehnte sie sich über seinen Schoß, so drängend war der Wunsch, seinen angeschwollenen, harten Schwanz an ihren Lippen und ihrer Zunge zu spüren.

Mit einer Hand auf ihrer Schulter hielt er sie zurück. »Willst du das?« Seine Stimme war dunkle Verführung.

»Ja.«

»Dann sagt es mir, Lin.«

Sie leckte sich über die Unterlippe, ohne den Blick vom Umriss seines Schwanzes abzuwenden.

»Ich will dich. Ich will deinen Schwanz in meinem Mund.« Die Erregung ließ ihre Stimme atemlos klingen. Mit beiden Händen zog er am Bündchen seiner Shorts. Sein Schwanz sprang ins Freie, lang und schwer. Kam schob die Boxer-Shorts über seine Oberschenkel, dann legte er seine Hand ganz unten um den dicken Schaft. Er hielt seinen Schwanz für sie hoch. Ihr lief beim Anblick des schweren Stängels und des fleischigen, dicken Kopfes das Wasser im Mund zusammen. Er tippte ihr auf den rechten Arm.

»Lege diese Hand an den Bettpfosten, um dich abzustützen, und die andere auf mein Bein.« Sie folgte seinen Anweisungen und beugte sich herab, bis ihr Mund nur noch einen Zentimeter über seinem Schwanz schwebte. »Während du mir einen bläst, muss ich dir noch ein paar Hiebe geben. Dann beenden wir das Ganze mit der Peitsche. Ich muss dich ja irgendwie davon überzeugen, dass zu viel Arbeit nicht gut für dich ist, Lin. Habe ich dich denn schon überzeugt, dass es Besseres gibt, was du in deiner freien Zeit tun kannst?«, brummte er freundlich.

Ein erregtes Schaudern ging durch sie, während sie zusah, wie er träge seinen Schwanz streichelte. Nie zuvor hatte sie sich derart nach ihm gesehnt. Nur halb bewusst nahm sie das Geräusch des Gewitters wahr, das sich näherte … verschwommen bedrohlich. Die Haut auf ihren Unterarmen kribbelte, und die Härchen standen aufrecht. Ein Sturm zog durch die Stadt.

»Oh ja«, flüsterte sie. Sie beugte sich hinab und legte ihre Lippen um seinen Schwanz. Mit geschlossenen Augen umfuhr sie die Krone gründlich mit ihrer Zunge, dann saugte sie daran. Hart. Kams raues, zustimmendes Stöhnen ermutigte sie. Sie feuchtete den Ständer oberhalb seiner Finger mit ihrer gleitenden Zunge an und schob sich den dicken Kopf zwischen die Lippen. Seine Hand legte sich auf ihren Hinterkopf und drückte sie vorsichtig weiter über seinen Ständer.

»*C'est si bon*«, ächzte er, als sie ihren Mund ganz mit ihm gefüllt hatte. Ihr Kopf begann in seinem Schoß hin- und herzuschaukeln. Sie hatte nur ein Ziel, auf das sie sich voll und ganz konzentrierte. Er hielt seinen Schwanz weiter aufrecht für sie. Die andere Hand wanderte über ihre Wirbelsäule bis zu ihrem Hintern. Er schlug sie ein Mal, zwei Mal, und das klatschende Geräusch verstärkte ihre Erregung. Sie pumpte schneller. Ihre Handlungen waren leidenschaftlich und hungrig, aber seine Schläge trafen sie nur langsam, er ließ sich Zeit, hielt immer wieder inne, um mit seiner Hand über ihre Pobacken zu reiben und es zu genießen, welche Wärme er in ihre Haut transportierte. Während sie ihn lutschte, spürte Lin seinen Blick auf ihr. Und das verschaffte ihr noch mehr Lust. Sie fieberte vor Erregung und war entschlossen, immer mehr seiner Länge zu schlucken. Als sie sich hinabdrückte und mit ihren Lippen bis an seine Finger stieß, zischte er vor Erregung.

»Oh, dafür bekommst du eine Belohnung, *mon petit chaton*«, hörte sie ihn sagen. Kurz darauf war der Vibrator wieder an ihrer Muschi. Sie schrie auf, doch sein Schwanz in ihrem Mund dämpfte den Klang. Wieder ging sie tief hinunter und schob ihn sich tief hinein. Ihre Lippen klopften auf seine Faust in einem schnellen Rhythmus, während sie sich dem Gipfel näherte. Sie hörte Kams zufriedenes Knurren, als käme es von weit entfernt. Sie kam.

»Oh ja. Oh ja, das ist so gut«, stöhnte Kam, in dessen Stimme ein Hauch Wildheit lag. Sie merkte, dass sie schrie und stöhnte, solange sie der Orgasmus erschaudern ließ, und die Vibrationen ihrer Stimmbänder schwangen in seinem dankbaren Ständer mit.

Er zog seinen Schwanz heraus. Orientierungslos öffnete sie die Augen und sah auf seine beeindruckende, glänzende Erektion hinab. Kam drückte den Vibrator wieder auf ihre Muschi und entlockte ihr einen neuen Wonneschauer. Lin jammerte und keuchte, erbebte an seiner Hand, vor Lust völlig aufgelöst.

Instinktiv beugte sie sich vor, verführt von seinem schönen Schwanz.

»Nein«, hielt er sie mit seiner von Verlangen gezeichneten, rauen Stimme zurück. Seine Hand zwischen ihren Schenkeln zog sich zurück. »Ich war kurz davor zu kommen. Dein süßer kleiner Mund hat mir da kaum eine Chance gelassen.«

Mit seinen Händen auf ihren Schultern half er ihr, sich aufzurichten. Dann küsste er ihre empfindlichen, wunden Lippen, zwischen denen seine Zunge hungrig wilderte.

»Mit diesem wunderschönen Mund bringst du einen Mann dazu, alles um sich herum zu vergessen«, knurrte er gleich danach und knabberte an ihren feuchten Lippen. »Aber wir sind noch nicht fertig.«

»Nein?«, flüsterte Lin, die von ihrem stürmischen Höhepunkt noch ganz benommen war.

»Nein«, gab er grimmig zurück. Er stand auf. Sie sah ihm zu, wie er aus den Boxer-Shorts stieg, und ihr Blick fiel begehrlich auf seinen großen, starken Körper. Sein Schwanz sprang schamlos vor. Er packte sein geschwollenes Glied von unten mit der Faust und stöhnte, während er mit ihr auf und nieder fuhr. Dieser Beleg seiner scharfen Erregung sorgte für einen frischen Schub Stimulation. Plötzlich erhellte ein flackerndes Licht den abgedunkelten Raum. Ein Donner folgte unmittelbar. Elektrischer Strom schien durch ihre Adern zu schießen und ließ ihr Blut rasen.

»Knie dich auf den Rand des Bettes«, sagte er ruhig und trat auf sie zu. Er steuerte sie mit der Hand und hielt nur inne, um ihr seidenes Höschen über ihre Beine abzustreifen. Sie legte die Knie an den Rand der Matratze und stützte sich mit den Armen ab. Dann sah sie, zugleich unruhig und mit fast unerträglichem Verlangen, hinter sich zu Kam. Er legte ein Kissen vor sie aufs Bett. »Leg deine Wange auf das Kissen. Und stütze dich mit den Schultern ab«, befahl er. »Gut so. Jetzt leg deine Hände zusammen auf den Rücken. Ich werde dir deine Handgelenke fesseln«, erklärte er. Ihr Herzschlag trommelte in ihren Ohren, als sie den Kopf in das weiche Kissen gedrückt hatte und er die Haken und Ösen an ihren Fesseln nutzte, um die Hände auf ihrem Rücken zu fesseln. Sie zog vorsichtig die Hände auseinander, um es zu testen. Sie war gefesselt, ganz sicher. Über ihre Lippen kam ein leiser Laut. »Pssst.« Kam strich ihr über die Hüfte. Er musste das leise Geräusch für ein Zeichen der Angst gehalten haben, dabei war es nur ihrer Erregung geschuldet. Er streichelte beruhigend über ihre Beine und Taille. »Ich nehme jetzt die Peitsche für deinen Po. Nicht viel. Dein Vergehen war ja nur minimal.« In seiner tiefen Stimme schwangen Wärme und Humor mit.

»Ich kann mir nur schwer vorstellen, was du mit mir machen würdest, wenn ich, sagen wir mal, ...einen Bericht geschrieben hätte«, sprach sie amüsiert ins Kissen.

»Oh, das solltest du dir besser gar nicht vorstellen.« Sein spottend-ernster Ton brachte sie zum Lachen. »Nun, vielleicht solltest du es doch«, korrigierte er sich. Er verschwand aus ihrem Sichtfeld und stand dann hinter ihr. Als sie die weichen Satinschnüre über ihren Hintern gleiten spürte, verbiss sie sich ein Stöhnen. Die Peitschenschnüre zogen durch ihre Po-Ritze und zwischen ihre Beine, wo sie ihr Geschlecht kitzelten. Sie schnappte nach Luft, als Kam den Druck ein wenig erhöhte.

»Mach deine Beine weiter auf. Genau so«, brummte er mit belegter Stimme, denn sie hatte ihre Knie ein wenig nach außen geschoben. Kam hob die Peitsche und ließ ihre Enden sanft auf ihrem Po landen. Es tat nicht weh, aber das Gefühl der Schnüre auf ihrer Haut und das leise zischende und klatschende Geräusch, das beim Kontakt mit ihrem Hintern entstand, waren ungemein erotisch für sie. »Wie viele Schläge hast du wohl verdient dafür, dass du an einem Tag der Lust gearbeitet hast?«

»Harte Schläge?«, fragte sie zittrig nach.

»Brennende, ja.« Er ließ die Schnüre weiter über ihren Hintern kreisen.

Lin verbot sich ein erregtes Stöhnen. Warum nur machte sie das so an? Es schockierte sie, wie stark seine Dominanz und ihre Unterwerfung sie erregte, ja sogar dieses kleine Fesselspiel und die »Bestrafung«. In ihrer verletzlichen Stellung mit den weit gespreizten Beinen konnte sie spüren, wie feucht und dick ihr Geschlecht war. Kam konnte es sehen, ganz sicher.

Bei diesem Gedanken wurde ihr Gesicht glühend heiß. Sie rollte ihre prickelnde Wange über das Kissen.

»Vier?«, schlug sie vor.

Die Schnüre landeten etwas weiter unten und trafen ihre Schamlippen. Der aufregende Stoß, der durch sie hindurchzuckte, war fast schmerzhaft, so scharf war er. Ihre Muschi zog sich fest zusammen. Wieder landeten die Enden auf ihrem durchbluteten, geschwollenen Geschlecht, und dieses Mal konnte sie das Stöhnen nicht unterdrücken. Sie hörte Kams leises Knurren und wusste, dass er ihre Reaktion bemerkt hatte und dass sie ihm gefiel.

»Nun denn, also vier.«

Die Peitsche sauste durch die Luft, und Lin spannte ihre Muskeln an. Als brennende Liebkosung landete sie auf ihrem Hintern. Und sofort glitten die Schnüre der Peitsche wieder über sie, dieses Mal als leichtes Tippen auf ihren Schamlippen. Vor Lust japste Lin. Wieder hörte sie die Peitschenenden durch die Luft zischen. Mit einem scharfen Knall klatschten sie auf ihren Po.

»Oh«, murmelte sie und fiepte wegen des Brennens. Kam rieb die Stelle, an der er sie getroffen hatte, um das in Brand gesteckte Fleisch zu beruhigen.

»Zu fest?«

»Nein«, stöhnte sie. Wieder überkam sie dieses Fieber, dieses Mal erzeugt von dem scharfen Stechen und seinen sanften

Zärtlichkeiten. Er legte seine große Hand an die untere Wölbung ihres Pos und drückte ihn nach oben. Lin erkannte, dass er ihre Muschi genauer betrachtete, und erneut durchfuhr sie Erregung. Der Raum wurde von einem Blitz erhellt, und ein Donner krachte laut. »Oh Gott, du bist so feucht. So eine süße, rosa Muschi«, hörte sie ihn wie zu sich selbst murmeln.

»Kam«, bat sie, aber worum? Das Stechen der Peitsche? Das Ende dieser köstlichen Qual? Sie war sich nicht sicher. Sie wusste nur, dass sie in Flammen stand.

Die Schnüre zischten durch die Luft, und ein drittes Mal spürte sie ihr Brennen.

»Ist es das, was du wolltest?« Seine Hand rieb ihren Po und vertrieb das Prickeln ihrer Nervenbahnen.

»Ja. Nein. Ich will dich. Ich will dich in mir«, schrie sie auf, ohne genau zu wissen, was sie wollte, außer, dass sie es dringend wollte.

»Das bekommst du auch, nach dem nächsten Hieb. Dann bekommst du es gut und hart«, versicherte er ihr finster. Ihre Vorfreude nahm noch zu, denn sie hörte die Schnüre durch die Luft sausen.

Sie klatschten auf ihren Hintern, und das entstandene Brennen ließ sie die Zähne zusammenbeißen. Ihre Muskeln hatten sich vor Erregung stark angespannt. In diesem Augenblick fiel die Peitsche nur Zentimeter neben ihrem Gesicht auf das Bett. Lin starrte sie an und schnappte nach Luft, als Kam ihre Taille packte und ihren Körper ein wenig justierte. Das Bett war hoch, ideal also für diese Stellung und seinen großen Körper.

»Oh!« Sie japste bei dem Gefühl des harten Kopfes seines Schwanzes, der an ihre Muschi stieß und ihre feinen Häutchen dazu zwang, sich für ihn zu öffnen. Er packte sie fester, seine Daumen bohrten sich in ihre brennenden Pobacken. Mit einem harten Stoß schob er sich ganz in sie hinein. Ihr Schrei wurde vom Dröhnen eines Donners fast gänzlich verschluckt. Sofort begann sie, mit ihrem Po zuzustoßen. Es tat ein bisschen weh, aber ihr Hunger war bei Weitem größer als das leichte Unbehagen durch sein absolutes Eindringen. Sie brauchte mehr Reibung. Sie verlangte danach. Er hob seine Hand und schlug sie. »Halte still«, forderte er sie auf. »Versuch doch einmal es auszuhalten, ohne so wild herumzuwackeln.«

Kam hatte gar nicht so harsch klingen wollen, aber er war noch nie zuvor so getrieben auf einer Spur des Verlangens unterwegs gewesen wie jetzt. Lin übertraf wieder all seine Erwartungen, ihre Reaktionsfreudigkeit verblüffte ihn. Es war, als wäre seine Fantasie Wirklichkeit geworden, sie war so süß, gab sich ihm so vollständig hin, vertraute ihm so sehr.

Er beugte sich nach vorn und stieß in ihre enge Wärme.

Sie war so schön.

Ihr Po leuchtete rot, aber ihre Muschi war ein leckeres, sexuelles Konfekt. Sie umspannte seinen Schwanz und saugte ihn ein, als er immer und immer wieder in ihr weiches, feuchtes Inneres hineinfuhr. Er wusste, dass er aufhören sollte, auf seinen Schwanz zu starren, der wie eine gut geölte Pumpe in sie hinein- und aus ihr herausschoss – denn er würde sonst schneller kommen –, doch dieser Anblick war einfach zu erotisch. Ein roter Nebel der Lust schränkte sein Sichtfeld ein. Sein Becken knallte in raschem Tempo gegen ihren Po. Er packte ihren Hintern, drückte mit den Händen das Fleisch zusammen und umschloss damit seinen pulsierenden Schwanz noch enger. Lin schrie auf. Er hielt inne, denn Angst hatte seine wilde Lust zerrissen. Tat er ihr weh? Doch dann spürte er, wie sich die Ränder ihrer Muschi um ihn zusammenzogen. Sie kam. Nun verlor er noch die letzten Reste an Zurückhaltung. Seine Armmuskeln spannten sich schmerzhaft an, als er ihren Hintern gegen sein Becken krachen ließ und ihre Muschi seinem wilden Schwanz...

... seiner Lust servierte. Sein Drang nach Erlösung war so enorm, nur Lin konnte ihn lindern.

Der Höhepunkt überfiel ihn, ein unbarmherziger, lustvoller Gipfel. Er konnte nicht mehr klar denken, als er sich im Moment des scharfen Glücks anspannte. Irgendetwas in ihm riss sich los. Dann ergoss er sich in Lin. Er gab sich ihr hin, wie er es noch nie getan hatte, er gab sich hin in einer Art und Weise, von der er bis dahin nicht geahnt hatte, dass so etwas möglich war.

KAPITEL SIEBZEHN

Beim Geräusch des Regens, der gegen die Fenster schlug, kam er wieder zu sich. Kam blinzelte sich den Schweiß aus den Augen und richtete sich leicht auf. Er hatte sich über Lin gelehnt, um sich von seinem gewaltigen Höhepunkt zu erholen. Nun richtete Kam sich ganz auf und bemerkte, wie verletzlich sie war, gefesselt und mit dem Gewicht seines Oberkörpers auf ihr. Sie stöhnte leise, als er sich aufstellte und sich, voller Bedauern, aus ihr zurückzog.

»Du hast mich warm gehalten.« Ihre Stimme war kaum mehr als ein kehliges, sexy Murmeln, das Ergebnis ihrer Schreie, während sie seinen Schwanz beim Blasen so tief in sich hatte, kein Zweifel. Er löste ihre Fesseln und half ihr an einer Hand auf. Sie verließ das Bett, und sogar in diesem gesättigten Zustand bewegte sie sich noch elegant und leichtfüßig. Er schlug die Bettdecke zurück und nickte ihr zu, damit sie zuerst hineinschlüpfen konnte. Dann legte er sich auf den Rücken neben sie und deckte sie beide zu. Sie kuschelte sich an ihn und legte den Kopf auf seiner Brust ab. Kam löste die Spange in ihrem Haar und fuhr ihr durch die seidigen Locken. So blieben sie mehrere schläfrige Minuten liegen, lauschten dem Regen, der gegen die Fenster prasselte, und dem rumpelnden Donner, während ihre Körper sich beruhigten. Es war köstlich. Kam sog Lins Duft und den Geruch ihrer gemeinsamen Lust ein. Sie schmiegte sich enger an ihn, und ein Gefühl der Zärtlichkeit überwältigte Kam. So, wie eben noch sein blindes Verlangen, kam dieses neue Gefühl überraschend und scharf wie ein frisch geschmiedetes Schwert. Er liebkoste ihre nackte Schulter und küsste sie ins Haar. Sie kam ihm so klein neben sich vor, so feminin, und ihr Körper schien vor Lebendigkeit zu schwingen.

»Ist dir jetzt warm, *ma petite minette?*«, wollte er rauchig wissen.

»Ja. Es geht mir so gut«, antwortete sie so leise, dass er sie bei dem Lärm des Regens vor den Fenstern kaum hörte.

Er fuhr mit der Hand die Kurve ihrer Hüfte nach.

»Das habe ich dir ja gesagt.«

Er spürte ihr Lachen an seiner Haut.

»Hattest du denn jemals ein Kätzchen?«, wollte Lin wissen.

»Wie bitte?«, fragte er verwirrt und hielt mit dem Streicheln inne.

»Du nennst mich immer dein kleines Kätzchen. Ich habe nur gedacht ... so liebevoll, wie du das immer sagst ...«

Er streichelte sie nun weiter, auch wenn ihre Worte ihn zum Nachdenken brachten.

»Wie gut sprichst du denn Französisch?«, wollte er wissen.

»Nicht sehr gut. Ich verstehe es besser, als ich es spreche.«

»Das sind Kosenamen, *mon petit chaton, ma petite minette*. Ich benutze sie sonst nicht regelmäßig. Eigentlich nie«, sinnierte er. »Es ist nur so, dass du mich an ein Kätzchen erinnerst; du bist klein und schlank und elegant.« Er packte sie an der Hüfte, und Lin drückte sich enger an ihn heran. »Und du schmiegst dich wie eine Katze an mich.«

Sie lachte sanft. Er lächelte, als er es hörte.

»Weil dein Körper wie eine Heizung ist. Du hattest also nie eine?«, hakte sie träge nach.

»Doch, ich hatte einmal eine Katze. Vor langer Zeit, als Kind«, antwortete er langsam. »Ich hatte das bis gerade eben ganz verdrängt.«

Sie blinzelte.

»Wie meinst du das?«

Er zuckte mit den Schultern, und sie berührte seine Brust, als wolle sie ihn beruhigen.

»Ich war noch klein. Acht oder so, glaube ich.«

Er sah, wie ihr schlanker Hals sich beim Schlucken dehnte.

»Was ist passiert?«, flüsterte sie. Die Scheu, die in seiner Stimme lag, verriet ihr, dass die unerwartete Erinnerung, die ihre Frage hervorgerufen hatte, ihn unruhig machte.

»Nichts. Ich hatte einfach nur vergessen, dass ich einmal ein Kätzchen hatte.«

»Ein Kätzchen? Keine Katze?« Sie sah ihn forschend an. »Kam?«, hakte sie nach, als er nicht antwortete. Ihm fiel mit einem Mal auf, dass sie sorgenvoll wirkte, und er wünschte sich, er hätte sich besser im Griff gehabt. Aber er hatte es jetzt schon verraten.

»Aurore liegt auf dem Land«, erklärte er mit belegter Stimme kurz darauf. »Es gibt dort viele Nebengebäude … Scheunen und Geräteschuppen. In denen haben einige Katzen gelebt, was die Gärtner ihnen erlaubt haben, weil sie geholfen haben, die Nagetiere fernzuhalten. Eine von ihnen hatte in einem Frühling einen Wurf, und ein Kätzchen habe ich für mich behalten. Ein kleines, braun glänzendes. Ich habe sie Chocolat genannt. Zuerst hat mir meine Mutter nicht erlaubt, sie in unser Haus mitzubringen, weil wir kein Geld hätten, um sie zu füttern. Aber dann hat Chocolat sie ebenfalls verzaubert, und sie ist auch meiner Mutter ans Herz gewachsen. Sie war eine sehr warmherzige Frau, die Tiere geliebt hat.«

»Das hast du von ihr geerbt.«

Er nickte und fuhr dann fort.

»In diesem Sommer hat mich das Kätzchen überall hinbegleitet… außer in das große Haus«, ergänzte er finster. Dann verfiel er in Schweigen, nur seine Finger liefen noch durch Lins Haare.

»Mochte Gaines keine Katzen?«, flüsterte sie.

»Es war nicht nur das. Ich habe ihm nie gezeigt, was mir gefallen hat. Als Kind habe ich diese Lektion schnell gelernt. Offenbare nie deine Schwachstellen. Er würde sie sonst gegen dich einsetzen. Sogar meine Mutter…«, verlor er sich in Gedanken, als ihn ein großes Bedauern überkam. »Ich habe ihm nie gezeigt, wie viel sie mir bedeutet hat. Ich hatte Angst, dass er sie als Hausmädchen und Wäscherin entlassen und fortschicken würde, wenn er einen seiner Wutausbrüche bekam und sich irgendeinen Fehler ausmalte, den ich bei meiner Arbeit begangen haben sollte. Ich musste bei ihm den Eindruck erwecken, als wäre sie mir nicht wichtig, als würde ich auf sie herabsehen… als wäre sie nur irgendeine Frau für mich. Ich habe ihr nie erzählt, dass ich das getan habe«, gestand Kam. Die Wahrheit brannte in seiner Kehle. Er hatte überhaupt noch nie jemandem von dieser Rolle erzählt, die er spielen musste.

»Deine Mutter hat doch gewusst, dass du sie liebst. Du hattest einen Grund, Gaines das glauben zu machen, einen guten sogar. Natürlich musstest du schnell lernen, wie du die Dinge, die dir am Herzen gelegen haben, aus seinem Radar halten konntest. Er war ein kranker, verrückter Mann. Es war klug und einfallsreich von dir, deine Mutter so zu beschützen, vor allem weil du so jung warst und niemanden hattest, der dich an die Hand nehmen konnte. Du darfst niemals etwas anderes glauben«, stellte Lin streng fest.

Er glaubte ihr, aber Schuld war oft kein rationales Gefühl.

»Dein Vater hat dem Kätzchen etwas angetan. Oder?«, wollte Lin nach einer Pause leise wissen.

»Im Herbst bin ich dann zum ersten Mal in die Stadt zur Schule gegangen. Gaines hat es zwar erlaubt, aber zufrieden war er damit nicht. Es war einfach unpraktisch für ihn, dass er einen Teil der körperlichen Arbeit, die ich als Helfer in seiner Werkstatt ansonsten für ihn übernommen hatte, nun selbst erledigen musste. An meinem ersten Schultag ist er unruhig geworden, als ich nicht sofort nach Schulschluss zur Arbeit im großen Haus erschienen bin, und hat sich auf die Suche nach mir gemacht. Ich war nach Hause gelaufen, um noch Zeit zu haben, Chocolat zu sehen. Ich hatte sie an diesem Morgen zu ihren Brüdern und Schwestern gebracht, die mit ihrer Mutter noch in der Scheune lebten. Sie war oft genug bei ihnen, sodass ihre Mutter sie noch als eines der ihren anerkannt hat. Gaines hat mich mit den Kätzchen dort überrascht. Er hat mir befohlen, in die Werkstatt zu gehen. Als ich weg war, hat er den Gärtner angewiesen, die streunenden Katzen im Schuppen einzufangen und sie zu ertränken. Sie hätten eine Krankheit.«

Lin erschauderte neben ihm. Er schüttelte die vergiftete Erinnerung ab und konzentrierte sich auf Lins Gesicht. Die Trauer, die er in ihren dunklen Augen erblickte, traf ihn. Er fuhr mit dem Daumen über ihre Wange.

»Das ist lange, lange her«, erklärte Kam.

»Es tut mir leid, dass ich dich daran erinnert habe.«

»Mir nicht«, gab er unerschütterlich zurück, bevor er sie in seine Arme zog und sie mit dem Rücken auf die Matratze legte. Er beugte sich über sie und suchte den süßen Segen ihres Mundes.

* * *

Sie verbrachten den Rest des Tages im Bett, redeten und liebten sich. Der schwere Sturm hatte sich gelegt, aber noch immer hingen Wolken über der Stadt. Hin und wieder trommelte Regen an die Scheiben und verstärkte das Gefühl köstlicher Erholung und Intimität.

»Du musst aufpassen«, erklärte ihm Lin später am Nachmittag, nachdem sie seinen Brustkasten mit Küssen bedeckt hatte. »Dieses ›Blau-machen-Spiel‹ könnte schnell zu meiner neuen Sucht werden.«

»Dann geht mein Plan ja voll und ganz auf«, versicherte er ihr, kraulte ihren Kopf und überschüttete sie auf Französisch mit Komplimenten, als sie mit ihrem Kopf weiter nach unten rutschte.

Als es dunkel geworden war, ging Kam noch eine Runde mit Angus. Lin stand auf und bestellte per Telefon etwas zu essen. Als der Bote mit dem thailändischen Essen eintraf, nahmen sie es mit ins Bett und ließen es sich, ganz nackt und unter zerwühltem Bettzeug, schmecken. Anschließend erholten sie sich vom Faulenzen und ließen es sich in der riesigen Badewanne gut gehen.

»Wohin fährst du denn morgen?«, wollte Kam später wissen, als sie von ihrem sinnlichen Bad zurück ins Bett stiegen und Lins Muskeln von den wiederholten Liebesspielen und dem warmen Wasser sich nur noch wie Gummi anfühlten.

»Ich habe am Dienstag einige Meetings in San Francisco«, erklärte sie und kuschelte sich an ihn. Chicago verlassen zu müssen, kam ihr in diesem Moment wie eine schreckliche Idee vor... Abstand zwischen sich und Kam zu bringen.

»Bist du für den Job viel unterwegs?«

Sie brummte zustimmend und streichelte seinen muskulösen Oberarm.

»Drei bis vier Mal im Monat.«

»Macht dir das Spaß? Das Reisen?«

»Nicht mehr so viel wie früher, als ich noch jünger war. Aber ich habe mich daran gewöhnt. Es ist nicht schlimm.« Vor Müdigkeit fielen ihre Augen zu. Aber da war noch etwas, das sie sich den ganzen Nachmittag bereits fragte und nun nicht länger verschweigen konnte.

»Kam?«

»Hmmm?«

»Ich weiß, ich habe eigentlich gesagt, dass ich nicht möchte, dass Ian oder sonst jemand davon weiß... von *uns*. Aber wenn ich das nicht gesagt hätte, wäre es denn in Ordnung für dich gewesen, wenn er und Lucien und die anderen Bescheid wüssten?«

»Ja.« Er massierte ihre Schultern. Ihre Augen gingen bei seiner entschlossenen Antwort wieder auf. »Ich hasse solche Lügen.«

Natürlich tat er das, überlegte Lin. Seine ganze Kindheit hatte ihn gelehrt, wie verachtenswert Lügen und Verstellungen sind.

»Warum sollte ich die Tatsache verschleiern, dass wir etwas miteinander haben?«, fragte Kam geradeheraus.

»Ich weiß es nicht. Ich habe mich nur gefragt, ob es dir ... du weißt schon. Unangenehm wäre.«

»Nein.« Lin hörte die so vertraute Härte in seiner Stimme. »Nur dir ist es unangenehm, wenn die anderen es erfahren.«

»Ist es nicht«, flüsterte sie. Seine Hand, die über ihren Rücken gestreichelt hatte, hielt inne. Sie hob den Kopf und sah ihn an. »Jetzt nicht mehr«, betonte sie.

Sie beugte sich zu ihm hinunter, um ihn auf den Mund zu küssen. Langsam schlossen sich seine Arme fest um sie.

Lin wachte noch vor Sonnenaufgang auf und wusste, dass sie schnell aufstehen musste, um in ihr normales Leben zurückzukehren. Sie scheute sich davor. Es waren kostbare Momente mit Kam gewesen. Sie war sehr traurig, dass sie nun vorüber waren. Für eine Weile zumindest.

Sie sah im blassen Licht des Morgens, das sich an den geschlossenen Vorhängen vorbeischmuggelte, auf sein schlafendes Gesicht. Das große, anschwellende Gefühl, das sie in diesem Moment in ihrer Brust fühlte, erstaunte sie ... ließ sie demütig werden.

Womöglich wäre es das Beste, für ein paar Tage von hier fortzugehen. An diesem Wochenende war etwas mit ihr geschehen. Etwas Erschütterndes. Etwas Bahnbrechendes. Sie war eine Idiotin gewesen, als sie dachte, sie wäre schon einmal verliebt gewesen. Bis sie Kam begegnet war, hatte sie noch nie Liebe gespürt, nie gewusst, was dieses Wort überhaupt bedeutete. Ihre Gefühle für Ian schienen ihr nun wie eine hohle, schwache Kopie, die idealisierte Fantasie eines Kindes.

Kam hatte die Augen geöffnet, als sie ein paar Minuten später gewaschen und angezogen aus dem Badezimmer kam.

»Um wie viel Uhr geht dein Flug?« Seine tiefe, raue Stimme streichelte in dem verdunkelten Raum ihre empfindsame Haut.

Sie ging zu ihm hinüber und setzte sich aufs Bett. Er fuhr mit seinen Fingerknöcheln über ihren Unterarm, und Lin wünschte sich in diesem Moment nichts mehr, als wieder in seiner Umarmung zu liegen. Es fühlte sich falsch an, ihn zu verlassen, auch wenn es nur für zwei Nächte war.

»Erst um eins, aber ich muss heute Morgen noch mal ins Büro.«

»Irgendein wilder Höhlenmensch hat dich an diesem Wochenende davon abgehalten, deine Arbeit zu erledigen«, sagte er, ein wenig lächelnd. »Ich habe etwas, das ich dir schenken möchte, bevor du zum Flughafen fährst.«

»Du musst mir nichts schenken, Kam.«

»Es hat etwas mit der Vorführung für die Gersbachs am Mittwoch zu tun. Ich hätte es dir gerne früher überreicht, aber es wird erst heute Vormittag fertig. Ich lasse es ungefähr gegen zehn Uhr zu Noble bringen. Würde es dich dann noch rechtzeitig erreichen?«

»Ja, das reicht ganz sicher«, versicherte sie ihm freundlich und berührte seine stoppelige Wange. Er packte ihr Handgelenk und zog sie zu sich hinunter. Er legte die Hand auf ihren Hinterkopf. »Ich danke dir für dieses Wochenende«, flüsterte sie dicht an seinen Lippen.

»Ich erwarte noch mehr deiner Wochenenden«, gab er zurück.

Sie schluckte mühsam, und ein prickelndes Gefühl ging durch sie hindurch, als sie seine ernste Miene betrachtete.

»Dann bekommst du sie auch«, flüsterte sie. Sie wollte gerade aufstehen und gehen, da hielt Kam sie mit einer Berührung an ihrer Hüfte zurück.

»Wenn du wieder da bist, müssen wir über etwas sehr Wichtiges miteinander sprechen«, kündigte er ihr an.

Um Viertel nach zehn klopfte Maria an ihre Bürotür.

»Das Auto wird um Viertel vor elf hier sein, um Sie zum Flughafen zu bringen. Und das hier ist gerade für Sie abgegeben worden.«

»Danke, Maria.« Lin sah zu, wie ihre Mitarbeiterin eine hellgraue Schachtel auf ihrem Schreibtisch abstellte. Neugierig öffnete sie die Verpackung. Drinnen befanden sich zwei identische Juwelier-Boxen, eine aus schwarzem Samt, die andere aus rotem Leder. Ihr Herz schlug schneller, als sie eine öffnete. Sie zog einen Brief von Kam heraus.

Dein Handgelenk ist wie geschaffen für den Prototyp der ersten Reardon-Uhr. Jarvis Cooper, der Juwelier von E, hat sie an diesem Wochenende für mich zusammengesetzt. Ich dachte mir, du würdest dich vielleicht gerne an sie gewöhnen, während du unterwegs bist. Wenn du den Mechanismus anschaltest, erklärt dir eine Anleitung die Bedienung, aber du kannst mich auch anrufen, wenn du eine Frage zur Funktion hast.

Ruf mich einfach an, so. Oder ich rufe dich an.
                                                        Kam

Lin lächelte und legte das Papier beiseite. Ein erstauntes *Oh* kam ihr über die Lippen, als sie die außergewöhnliche Uhr erblickte. Sie war dünn und silbern, das Gesicht der »Uhr« ein winziges Display. Sie drückte einen Knopf und aktivierte den

Apparat. Augenblicklich erhellte sich der Bildschirm. *Hallo Lin! Ich hoffe, dir geht es gut.* Sie lächelte bei dieser Begrüßung und berührte den Bildschirm, als dieser es verlangte. Als sie ein paar Minuten später die Anzeige mit der Uhrzeit erblickte, wurde ihr klar, dass sie beim Ausprobieren des faszinierendes Gerätes alles um sich herum vergessen hatte. Auf dem Weg zum Flughafen spielte sie weiter an der Uhr herum.

Sie legte die Klinf-Uhr ab und band sich Kams an deren Stelle um. Anders als die meisten anderen Uhren trug man diese um das innere Handgelenk. Jarvis Cooper, der Juwelier, hatte dem Mechanismus ein hübsches, trendiges schwarzes Lederband verpasst – das sich gar nicht so sehr von ihren Fesseln unterschied. Es war sogar, wie Lin mit einem kleinen Lächeln bemerkte, eine vielsagende Platin-Öse in das Leder eingenäht. Man könnte das Armband auch als Handschelle verwenden. Trotz dieses lüsternen Verwendungszwecks war es ein sehr schickes Stück. Die Schnalle war ein stilisiertes *R*, das ebenfalls aus Platin war und auf der Außenseite des Handgelenks getragen wurde, wo normalerweise die Uhr lag. Es war wirklich ein echter Blickfang, wie Lin mit einem Wonneschauer bemerkte. Sie liebte es. Mit zunehmender Freude fuhr sie mit dem Finger über das R. Ein aufregendes Glücksgefühl überkam sie.

Kam würde in nicht allzu weiter Ferne seine eigene Firma gründen. Er war *jetzt* bereit dazu. Lin hatte es schon die ganze Zeit vermutet. Nur darum hatte sich seine Reise nach Chicago gedreht. Er war noch ein wenig grün hinter den Ohren und wollte Erfahrungen in der Geschäftswelt sammeln. Und zwar nicht, weil er vorhatte, seine Erfindung an einen Uhrenhersteller zu verkaufen, sondern weil er sein eigenes Geschäft vorantreiben wollte.

In ihrer morgendlichen Aufregung hatte sie die zweite Box in dem Paket fast ganz vergessen. Die wenigsten Frauen hätten diese bekannte rote Lederbox übersehen. Lin öffnete den Verschluss, schnappte nach Luft und riss die Augen auf beim Anblick der schönsten Tahitiperlen, die sie je gesehen hatte. Ihre Finger glitten über die schwarzen, glatten und schillernden Perlen der Halskette und der dazugehörigen Ohrringe. Zwischen jeder dritten Perle auf der Kette war eine Reihe glänzender Diamanten angebracht. Es war eine umwerfende Kombination.

In der Box befand sich noch ein Zettel von Kam. Hier stand einfach: *Sie sind schön, also müssen sie für dich sein.*

An diesem Abend ergriff Kam die Gelegenheit und sprach Ian leise an: »Kann ich dich noch kurz unter vier Augen sprechen, bevor wir auf die Terrasse gehen?«

Mrs. Hanson hatte Ian, Francesca, Lucien, Elise und Kam vor ein paar Minuten das Essen serviert. Der Abend war warm, daher hatte Francesca vorgeschlagen, auf der Dachterrasse den Kaffee zu trinken.

»Natürlich. Francesca«, erklärte Ian seiner Frau, »Kam und ich kommen gleich nach. Er möchte noch etwas mit mir in der Bibliothek besprechen.«

Francesca nickte freundlich. Ian führte Kam durch den breiten, galerieartigen Flur in sein Bibliotheks-Büro.

»Ist alles in Ordnung?«, erkundigte Ian sich, nachdem er die Tür aus Walnussholz hinter sich geschlossen hatte.

»Vermutlich nicht. Jedenfalls nicht für einen von uns beiden«, erwiderte Kam.

Ian zuckte ein wenig zusammen. Mit dieser Antwort hatte er offenkundig nicht gerechnet.

»Vielleicht setzt du dich lieber«, schlug Kam vor.

»Ich glaube fast, diese Geschichte gefällt mir nicht.« Ian sah Kam mit einem scharfen Blick an.

»Niemand ist krank oder stirbt«, begann Kam etwas verdreht.

Ian zuckte ein wenig mit den Achseln.

»Nun, dann werde ich es wohl überleben.« Er setzte sich auf

eines der Sofas, die sich gegenüberstanden. Er warf Kam einen kühlen, abwartenden Blick zu. Kam saß seinem Bruder direkt gegenüber und überlegte sich zum tausendsten Mal, wie er anfangen solle. Er war noch nie ein großer Redner gewesen, also entschloss er sich, gleich mit der Tür ins Haus zu fallen.
»Ich werde Lin bitten, für mich zu arbeiten.«
Eine fassungslose Stille folgte.
»Wie bitte?«, fragte Ian, beugte sich vor und sah ihn mit einem gefährlichen Funkeln in seinem Blick an.
»Ich bin mir bewusst, dass vermutlich jeder Geschäftsführer dieses Planeten bereits versucht hat, sie dir abzuwerben, also habe ich mir gedacht, dass es nur fair wäre, dich vorzuwarnen. Ich respektiere dich viel zu sehr, als dass ich hinter deinem Rücken etwas unternehmen will. Ich bin nicht mit der klaren Absicht hierhergekommen, ihr eine Stelle anzubieten. Ich bin nicht nach Chicago gekommen, um dir das Wasser abzugraben, Ian.«
»Was habe ich getan, dass du inzwischen deine Meinung geändert hast?« Die Muskeln in Ians Gesicht zuckten.
»Nichts natürlich«, gab Kam zurück. »Du hast alles getan, um mir zu helfen. Du und Francesca und Lucien und Elise... ihr alle seid... großartig zu mir.«
»Und so dankst du es mir dann? Indem du versuchst, mir meine wichtigste Managerin wegzunehmen?«, gab Ian laut und ungläubig zurück.
»Ich will sie dir nicht ›wegnehmen‹«, versuchte Kam zu argumentieren, auch wenn er es nicht verhindern konnte, Ian wegen dessen Vorwurf zornig anzustarren. »Ich teile dir im Vorfeld mit, dass ich sie bitten werde, für mich zu arbeiten. Mit mir. Es ist ihre Entscheidung. Sie kann ebenso gut Nein sagen.«
»Wird sie das?«, giftete Ian zurück, in seinen blauen Augen funkelte Zorn. Er stand auf, und mit einem Mal glich sein langer Körper einer angespannten Feder.

»Ich weiß wirklich nicht, wie sie sich entscheiden wird«, antwortete Kam ehrlich. »Wahrscheinlich sagt sie Nein, so wie sie es bislang zu jedem gesagt hat, der versucht hat, sie bei sich einzustellen.«

Ian hielt plötzlich inne und starrte Kam an.

»Sie einstellen. Sie *einstellen*? *Wofür*? Hast du vor, in Kürze deine eigene Firma zu gründen, anstatt erst einmal das Kapital dafür anzusammeln?«

Kam nickte nur, ohne Ians Blick auszuweichen.

»Du willst deine Erfindung als Dreh- und Angelpunkt deiner Firma einsetzen, statt sie als Methode zu nutzen, mit ihr Geld für zukünftige Projekte zu machen?«

»Ja. Aber ich habe noch viele Ideen, wie ich den Nutzen dieser Technologie in Zukunft weiter ausbauen kann.«

»Glaubst du nicht, du hättest mir das vorher mitteilen sollen?«

»Ich teile es dir doch jetzt mit.« Kam stand ebenfalls auf. »Ich wollte erst ein paar Informationen sammeln, bevor ich damit herausplatze. Erst einmal herausfinden, ob ich es schaffen kann oder nicht.«

»Mir meine wichtigste Mitarbeiterin auszuspannen«, zischte Ian und fluchte lautlos. Er lief im Zimmer auf und ab. »Ich kann es einfach nicht glauben.«

»Ich brauche sie mehr als du«, sagte Kam schamlos.

Ian schoss herum, in seinen wilden Augen stand Erstaunen.

»Du hast mehr Mumm als alle zusammen, die ich kenne, aber ich meine das *nicht* als Kompliment.«

»Ich sage dir nur die Wahrheit«, stieß Kam aus und ging aggressiv auf Ian zu. Es war riskant. Ian war in diesem Moment wütend und Kam selbst irritiert. Niemand konnte ihn offenbar mehr reizen als Ian, wenn er seine arrogante und selbstgefällige Art an den Tag legte. Er hielt Ians Blick stand. »Du hast Lin zu mir zum Arbeiten geschickt, weil du gewusst hast, dass sie dafür sorgen würde, dass ich besser aussehe. Sie lässt alles und jeden hundert Mal besser aussehen, aber nur, weil sie tausend Mal wertvoller ist als wir beide. Ich habe, noch bevor ich sie kennengelernt habe, vermutet, dass sie gut ist, aber sie hat meine Erwartungen weit übertroffen. Ich ... *brauche* sie mehr ... als du sie brauchst«, wiederholte Kam einfach.

Ians ungläubige, wütende Miene schien langsam zu weichen.

»Du bist in sie verliebt«, brachte Ian hervor und trat auf ihn zu.

Kam hörte sein Herz in den Ohren pochen.

»Ich weiß, ich bin nur ein Start-up«, fuhr er ungerührt fort, denn er wollte, dass Ian ihn verstand. Er *brauchte* es, dass Ian ihn verstand. Sein Bruder lag ihm am Herzen. Er und Lucien waren die einzige Familie, die er hatte. »Aber ich habe das Kapital, ich habe die Fähigkeiten, um eine Zukunftstechnologie zu entwickeln, und ich habe ein verdammt *fantastisches* Produkt, das den Markt aufmischen wird. Ich bin gar nicht abgeneigt, mögliche Partnerschaften mit Gersbach, Stunde oder anderen Firmen einzugehen, aber ich will die Kontrolle über meine Technologie behalten. Ich will sie in ihren Uhren, und sie sollen dafür bezahlen, meine Erfindung nutzen zu dürfen. Ich will, dass mein Produkt für die meisten Konsumenten erschwinglich ist, nicht nur für die Reichen und Privilegierten. Bevor ich Lin getroffen habe, habe ich nicht gewusst, ob ich das schaffen kann. Aber jetzt habe ich gesehen, wie gut wir zusammenarbeiten können. Sie ist das letzte Stück in meinem Puzzle.«

Er schwieg und versuchte, Ians Stimmung zu erspüren.

»Ich wäre nicht erstaunt, wenn du mir nicht glaubst, Ian, aber ich bin dir dankbar für alles, was du für mich getan hast. Du hast mir geholfen, das Geschäft mit der Pharma-Industrie einzufädeln. Dank dir habe ich das nötige Kapital. Du hast mir hier in Chicago geholfen. Ich will dir meine Dankbarkeit zeigen, indem Noble jedes Reardon-Produkt einsetzen darf, das euch von Nutzen sein könnte.«

Ian holte langsam Luft. Kam dachte, dass er zuhörte, aber er spürte auch, dass Ian noch immer vor Wut kochte.

»Ich bin fest entschlossen, das zum Laufen zu bringen«, fuhr Kam fort. »Deshalb brauche ich Lin. Ich habe vor, ihr eine vollständige Partnerschaft anzubieten, wenn sie möchte. Sie kann bis zu fünfzig Prozent der Anteile an Reardon Technologies bekommen, wenn sie sich dafür entscheidet. Nur der Himmel ist die Grenze für unser Wachstum… wohin *Lin* uns bringen kann, falls sie sich dafür entscheidet. Kannst du ihr bei Noble etwas Ähnliches bieten?«, fragte er ihn leise herausfordernd.

Mit offenem Mund sah Ian ihn an.

»Du verdammter kleiner Mistkerl«, zischte er kurz darauf benommen.

»Ich bin ein verdammt größerer Mistkerl als du«, stieß Kam zwischen zusammengebissenen Zähnen hervor.

Ian ließ ein freudloses Lachen hören. Er legte seinen Ellenbogen auf den Kaminsims und stützte den Kopf in die Hand.

»Es tut mir leid, wenn du den Eindruck hast, ich tue dies nur, um dich zu verletzen«, sagte Kam wahrheitsgemäß. Er konnte die Spannung zwischen ihnen beiden spüren. »Das tue ich nicht. Ich will nicht herabsetzend klingen, aber es hat nichts mit dir zu tun. Es ist nur so, dass…«

Ian sah zu ihm hinüber, als Kam nicht weitersprach. »Es ergibt so einfach den meisten Sinn«, fuhr Kam fort. »Es fühlt sich richtig an. Lin ist genau das, was ich brauche. Ich glaube, sogar *du* spürst das. Und sie könnte eine Chance wie diese nutzen… ein Platz in der vordersten Reihe, wo sie glänzen und all die Erfolge einheimsen kann. Lin sollte bei mir sein.«

»Bei Reardon Technologies?«, hakte Ian spitz nach.

»Ja«, antwortete Kam ohne Zögern. Er wusste genau, worauf Ian anspielte, aber er wollte hier nicht seine persönlichen

Gefühle für Lin diskutieren, vor allem dann nicht, wenn er dieses Gespräch mit Lin noch gar nicht geführt hatte. »Natürlich kann es gut sein, dass Lin es anders sieht«, gestand er leise. »Jeder weiß, wie loyal sie zu dir und Noble steht.«

»Du hast also noch gar nicht mit ihr darüber gesprochen?«

»Nein. Ich will mit ihr nach ihrer Rückkehr reden. Vielleicht ahnt sie schon etwas. Ich bin nicht sicher. Manchmal ist sie schwer zu durchschauen.«

»Genau das sagt sie auch über dich. Da gebe ich ihr recht. Und in diesem Fall hast du uns das noch einmal deutlich bewiesen.« Ian runzelte die Stirn. »Sie ist dir wichtig? Wirklich wichtig? Dann könnte ich es eventuell akzeptieren... *vielleicht* könnte ich sogar ein gutes Gefühl dabei bekommen, wenn Lin sich das auch wünscht und du versichern kannst, dass ihre Gefühle und ihre Zukunft dir am Herzen liegen.«

Kam sah ihn fest an.

»Du kannst ein gutes Gefühl dabei haben«, sagte er schlicht.

Ian blickte ihm noch ein paar weitere Sekunden in die Augen, bevor er langsam nickte.

»Nun, es ist ja nicht so, als hätte ich nicht schon eine leise Vorahnung davon gehabt, dass etwas Unberechenbares zwischen euch beiden vor sich geht. Ich hatte das Gefühl, dass irgendein Ausbruch kurz bevorstand. Damit habe ich allerdings nicht gerechnet. Ich kann nicht leugnen, dass ich es schon oft bedauert habe, dass ich Lin nicht mehr bieten kann. Ich rede dabei nicht von Geld. Sie gehört zu den bestbezahlten Managerinnen in den USA. Ich meine mehr von Noble selbst. Sie verdient mehr für all das, was sie in der Vergangenheit geleistet hat.«

»Da stimme ich dir zu.«

Immer noch ein bisschen ärgerlich sah Ian Kam bei dieser unerschütterlichen Bemerkung an, schien sich dann aber zu beruhigen.

»Du musst es verstehen. Es geht nicht darum, dass ich mein Vermögen nicht teilen möchte. Das ist mir nicht wichtig. Ich war einfach noch nie gut darin, Entscheidungen über meine Firma mit anderen zusammen zu treffen.«

»Ich klage dich nicht dafür an, wie du deine Firma führst, Ian. Auch Lin tut das nicht. Ich habe gehört, wie sie dich Klinf gegenüber verteidigt hat. Es war ihr ernst. Was aber nicht heißt, dass sie nicht mehr verdient hat.«

Ian blinzelte und schüttelte seinen Kopf, als wäre er der Sache plötzlich überdrüssig.

»Du hast recht. Ich weiß nur nicht, was ich ohne sie in der Firma machen soll«, sagte er dumpf.

Ich weiß nicht, was ich ohne sie tun würde. Punkt, dachte Kam.

Kam zuckte mit den Schultern und ging zur Kommode hinüber, wo er nach zwei Gläsern griff. Sie konnten beide einen Drink gebrauchen.

»Kein Grund zur Panik«, erklärte er Ian und goss zwei Whiskeys ein. »Die Dame hat noch nicht gesprochen.« Er trat auf Ian zu und reichte ihm das Glas. Ian sah gedankenverloren einige Momente auf die hellbraune Flüssigkeit.

»Auf Lin«, sagte Ian schließlich und hob das Glas.

»Auf Lin. Und ihre Zukunft«, erwiderte Kam.

Auf ihrer Geschäftsreise dachte Lin viel über Kam nach. Sie nutzte seine innovative Entwicklung und hatte ihn und seine Genialität immer im Kopf. Es war erstaunlich, wie viel sie über den Rhythmus ihres Körpers lernte, wie gewisse Ereignisse, Umwelteinflüsse und Handlungen bei ihr zu körperlichen Reaktionen führten. Sie fühlte sich enger denn je mit ihrem Körper verbunden, denn der Biofeedback-Mechanismus ließ sie ihr physisches Dasein in einer ganz neuen Art und Weise betrachten.

Als Lin nachts allein in ihrem Hotelbett lag, konnte sie an

nichts anderes denken als an Kam und sein herausforderndes, unglaublich lustvolles Liebesspiel, sein teuflisches Grinsen und den wissenden Glanz in seinen silbrig-grauen Augen. Er fehlte ihr sehr.

Sie hatten Montagabend miteinander telefoniert. Lin hatte ihm ausführlich für die kostbaren Perlen gedankt und unablässig seine Erfindung gelobt. Erstaunlich vielen Menschen war ihre Uhr aufgefallen, und viele hatten sich dazu geäußert, darunter nicht wenige ihrer Geschäftskontakte in San Francisco. Ihnen hatte Lin überschwänglich von der Funktion berichtet und dann die Faszination und Neugier der Menschen dafür aus erster Hand erfahren. In Kams Händen lag etwas, das in naher Zukunft zu einem echten Phänomen werden könnte. Lin hatte ihn daher auch rundheraus am Telefon gefragt, warum er nicht vorhabe, schon bald sein eigenes Unternehmen zu gründen. Er gab zu, dass er genau darauf hoffte, anstatt noch länger zu warten.

Als sie am Mittwochmorgen in O'Hare landete, fühlte sie sich energiegeladen und aufgeregt und freute sich auf die Vorführung für die Gersbachs am Nachmittag. Die Erfindung hatte sie schon von Anfang an fasziniert, doch nun, nachdem sie sie besser und aus eigener Erfahrung kennengelernt hatte, kannte ihr Enthusiasmus keine Grenzen mehr. Noch nie hatte sie für ein Produkt derart geschwärmt.

Sie war voller Vorfreude auf das Treffen mit den Gersbachs, da dort die Uhr präsentiert werden sollte. Doch zehn Mal mehr begeisterte sie die Idee, dass sie dabei Kam wiedersehen sollte.

Brigit und Otto Gersbach waren zu der Demonstration in Ians Büro eingeladen, aber auch Lucien und, natürlich, Kam würden da sein. Lin saß auf ihrem üblichen Stuhl am Konferenztisch aus glänzendem Kirschholz in Ians Büro und erzählte ohne Hintergedanken Ian, Brigit und Otto begeistert von der Reardon-Uhr. Sie zeigten sich beeindruckt. Alle erhoben sich, als Kam und Lucien den Raum betraten.

»Hallo«, sagte Lin leise zu Kam, nachdem sie Lucien begrüßt hatte.

»Hallo«, gab er zurück, während Lucien und Otto Gersbach sich mit einem Handschlag begrüßten. Er sah großartig aus, um nicht zu sagen wunderschön, in seinem dunkelgrauen Anzug mit dem frischen weißen Hemd und der schwarz-silbern gestreiften Krawatte. Sie sah ihn an und lächelte, denn sie erkannte das ihr so vertraute, wissende Strahlen in seinen Augen, als er an ihr heruntersah. Ihre Lippen streiften über seine Wange.

»Sie lieben deine Uhr schon jetzt«, flüsterte sie in sein Ohr.

»Weil du sie so gut aussehen lässt«, brummte er zurück und küsste ganz sacht ihre Lippen. Es war, technisch gesehen, kein Begrüßungskuss. Aber zum ersten Mal in ihrem Leben war Lin ihr professionelles Erscheinungsbild egal.

Die Präsentation ging gut über die Bühne. Lin unterrichtete die Gruppe von ihren Erfahrungen mit der Uhr. Dabei erklärte sie, dass sie, sobald sie verstanden hatte, wie sich Stress auf dem Monitor zeigte, aktive Schritte unternehmen konnte, um die Indikatoren auf dem Balkendiagramm zu senken. Bei der Kontrolle über die Stressreaktionen ihres Körpers machte sie größere Fortschritte, je besser sie das regelmäßige Feedback von der Uhr beachtete. Sie zeigte den Anwesenden, wie sie potenziell negativen Stress schon durch ruhigeres Atmen oder eine kurze Meditationsübung in den Griff bekam.

»Es ist, als habe man stets einen Spiegel für den eigenen Körper dabei«, unterstrich Lin. »Es ist schwer etwas zu lernen, wenn Dinge unsichtbar bleiben, aber sobald man seine eigenen körperlichen Reaktionen sieht oder hört« – damit schaltete sie über das Display die Funktion ein, die das Feedback mit einer Reihe von Pieptönen verdeutlichte –, »versteht und lernt man instinktiv von der Rückmeldung der Uhr. Mir war vorher beispielsweise nicht klar, wie negativ mein Körper auf das Landen eines Flugzeugs reagiert. Und dass zwei Latte Macchiato nach einer schlaflosen Nacht meinem Körper schaden, ist für mich inzwischen kein abstraktes Wissen mehr.« Dabei warf sie Kam einen raschen Blick zu und unterdrückte ein Lächeln, als sie den verständnisvollen Ausdruck in seinen Augen sah.

Noch nie zuvor hatte Lin Otto derart hingerissen und enthusiastisch gesehen. Er bestand darauf, dass Kam in Kürze zu ihm nach Genf kommen müsse, um dem erweiterten Vorstand von Gersbach seine Erfindung zu präsentieren. Nach der Präsentation gab Kam seine Entscheidung bekannt, dass er nicht vorhatte, das Produkt als Ganzes zu verkaufen, sondern darüber nachdachte, die Nutzung über eine Lizenzgebühr zu ermöglichen. Von dieser Entwicklung war Otto nicht begeistert, aber als er sah, wie unbeirrbar Kam in dieser Frage blieb, schien er sich nach und nach damit abzufinden.

Lins Telefon klingelte.

»Entschuldigen Sie mich bitte für einen Moment«, bat sie, als sie den Namen des Anrufers auf dem Display erkannt hatte, stand auf und zog sich in einen anderen Teil von Ians Büro zurück.

Der Anruf kam von Emile Savaur, Richards Partner. Lin nahm das Gespräch an, da sie sich seit einem Gespräch mit Richard, das sie noch aus Kalifornien geführt hatte, Sorgen machte. Seine »Erkältung« wurde nicht besser, so wie man es von einem typischen Infekt erwarten würde.

Emile erzählte, dass es Richard noch schlechter ging. Er hatte ihn ins Krankenhaus gebracht, und sie hatten ihn gleich dortbehalten, weshalb Emile sich nun noch mehr sorgte.

»Ich treffe euch im Northwestern Memorial, sobald mein Meeting hier zu Ende ist.« Emile versuchte noch, sie davon abzuhalten, das sei nicht nötig, doch als Lin weiterhin darauf bestand, klang er erleichtert.

»Emile hat angerufen, wegen Richard St. Claire«, erklärte

Lin anschließend Lucien, als sie wieder im Konferenzraum war. Lucien war sowohl mit Emile als auch mit Richard eng befreundet, denn er kannte die beiden Männer noch aus seiner Zeit in Paris. Alle setzten sich an den Tisch und hörten zu, was Lin zu berichten hatte. »Emile hat ihn ins Krankenhaus gefahren, wo er jetzt behandelt wird. Er hat wohl eine Lungenentzündung.«

»Ist es etwas Ernstes?«, wollte Lucien wissen, auf dessen Stirn sich Sorgenfalten gebildet hatten.

»Es scheint so, ja. Ich fahre zum Krankenhaus, sobald wir hier alles besprochen haben. Ich komme dann auch nicht mehr zurück. Ich habe ausnahmsweise ja heute Tanzunterricht«, erinnerte sie Ian. Dann sah sie Kam an, der verständnisvoll nickte. Hatte er gehofft, sie nach dem Tanzunterricht wieder zu treffen, so wie das letzte Mal?

»Ich komme mit dir«, sagte Lucien.

»Und ich rufe dich dann später an«, kündigte Kam Lin an. Sie schenkte ihm einen dankbaren Blick. Sie hasste es, ihn gleich wieder zu verlassen, nachdem sie ihn für ein paar Tage nicht gesehen hatte, aber das würde ihr persönliches Wiedersehen nur um ein paar Stunden verzögern.

Lucien und Lin sammelten ihre Unterlagen ein, und die Gersbachs rangen Kam die Zusage ab, dass er in der kommenden Woche nach Genf reisen würde.

* * *

»Kennst du Richard St. Claire?«, wollte Kam von Ian wissen, als die beiden alleine in seinem Büro waren.

Ian nickte.

»Er ist ein netter Kerl. Jung und gesund. Schon merkwürdig, dass ausgerechnet ihm so etwas passieren konnte.«

»Einige der neuen Virenerkrankungen des Atemapparates sind gefährlich virulent«, erklärte Kam.

»Ich fand, das Meeting verlief gut. Und du hattest recht: Diese Erfindung muss das Zentrum, das Vorzeigeprojekt einer Firma sein, auf keinen Fall nur ein Weg, um sich Kapital zu verschaffen. Du wirst dafür jeden Preis verlangen können, von Gersbach und jedem anderem Unternehmen.«

»Danke«, erwiderte Kam und meinte es auch so. Ians Meinung war ihm wichtiger, als dieser ahnte. Er hatte es schon bedauert, ihm erzählt zu haben, dass er Lin von ihm abwerben wolle, auch wenn er noch immer überzeugt war, es sei richtig so gewesen. Kam saß vor Ians Schreibtisch, als dieser dahinter Platz nahm. »Heißt das, dass du nicht mehr wütend bist auf mich?«

Ian lehnte sich in seinem Lederstuhl zurück, die Ellenbogen auf den Armlehnen. Seine Finger bildeten eine Brücke unter seinem Kinn, und er sah Kam ruhig an.

»Das soll heißen: Wäre ich an deiner Stelle, hätte ich vermutlich dasselbe getan. Die Idee, dass du Lin von Noble abwerben willst, gefällt mir gar nicht. Aber angesichts deines Plans ist es eine kluge Strategie, das muss sogar ich zugeben. Sie ist von diesem Mechanismus völlig begeistert. Sie hat richtiggehend dafür gebrannt, und wenn es erst einmal so ist, kann man Lin kaum widerstehen. Ihr zwei werdet Schwierigkeiten bekommen, die Nachfrage für diese Uhr befriedigen zu können.«

»Du glaubst wirklich, sie erklärt sich bereit, zu mir zu wechseln?«

»Ich habe sie noch nie so begeistert über eine neue Entwicklung gesehen. Und von dir scheint sie sogar noch begeisterter zu sein.«

In der Stille, die nun folgte, räusperte Kam sich.

Ian warf Kam einen direkten, harten Blick zu.

»Ich würde mich aber ebenso freuen, wenn sie deinen Antrag ablehnen würde, das ist klar. Und sollte sie sich für Noble entscheiden, so hoffe ich sehr, dass sie das aus Überzeugung tut und nicht, weil sie Angst davor hat, mir gegenüber illoyal zu werden«, räumte Ian ein.

»Sie ist dir gegenüber loyal, daran gibt es keinen Zweifel«, sagte Kam nachdenklich. Er fühlte sich ein wenig im Hintertreffen bei dem Gedanken. Es gab keine Möglichkeit für ihn, all die gemeinsamen Jahre, die Familienbindung und das enge Arbeitsverhältnis zwischen Lin und Ian wettzumachen.

Ian lächelte ein wenig und beugte sich vor, die Unterarme auf den Schreibtisch gelegt.

»Planst du etwas Spezielles, um sie zu überzeugen?«

Kam blinzelte.

»Ich habe dir schon gesagt, welche Anreize ich ihr bieten möchte.«

»Ich spreche nicht von beruflichen Anreizen. Ich meine etwas Persönliches, um die Atmosphäre angenehm zu gestalten. Sie zu umwerben. Führst du sie wenigstens zu einem schicken Abendessen aus, wenn du das Thema anschneiden willst?« Während Kam ihn nur verwirrt anstarrte, fuhr Ian fort. »Es ist eine große Sache, ihr das vorzuschlagen. Du solltest das richtig angehen.«

»Gibst du mir gerade *Tipps*, wie ich Lin davon überzeugen soll, für mich zu arbeiten?«, fragte Kam ungläubig.

»Es scheint, irgendjemand muss es tun«, erwiderte Ian leise. »Führ sie zum Essen aus. Bestell Champagner. Schenke ihr Blumen.«

»Blumen?«

»Ja«, stimmte Ian ein, als würde er sich in diesem Moment erst richtig für den Vorschlag erwärmen. Er griff zum Telefon und tippte etwas auf das Display ein. »Schenk ihr violette Lotusblumen. Das sind ihre Lieblingsblumen. Ich gebe dir die Nummer des einzigen Floristen in der Stadt, der sie verkauft. Der Besitzer züchtet sie extra für mich, damit ich sie Lin schenken kann. Es sind extrem seltene Blumen. Ich habe dir die

Nummer des Floristen gerade geschickt.« Ian legte sein Smartphone beiseite. »Kam?«, hakte er nach, denn Kam saß wie erstarrt vor ihm.

Ein seltsamer Wind schien in seine Ohren zu stürmen. Vor seinen Augen tauchte das Bild der sorgfältig aufbewahrten Lotusblumen in Lins Nachttischschublade auf.

Lin hatte gesagt, sie sei schon einmal verliebt gewesen. Als Kam nachgefragt hatte, was geschehen war, hatte sie gesagt...

...*Nichts. Absolut nichts. Er hat einer anderen gehört, nicht mir.*

Er hörte ihre Worte, als hätte sie sie gerade erst ausgesprochen. Sie hatte traurig geklungen. Resigniert. Wenn es eine Frau gab, die ihre Trauer und ihren Schmerz im Zaum halten und dieser Niederlage jeden Tag mit einem Lächeln begegnen konnte, dann war es Lin. Schon immer hatte er diesen Hauch von Trauer in ihr gespürt, eine Spur von Einsamkeit. Er hatte bis eben nur deren Ursprünge nicht geahnt.

Lin war in Ian verliebt. Natürlich war sie das. Sie hatte ihr Geheimnis nie offenbart, weil sie spürte, dass Ian ihre Gefühle nicht erwiderte.

Sie fühlte sich zu ihm – Kam – deshalb hingezogen, weil er Ian ähnelte.

»Kam?«, wiederholte Ian und holte ihn damit aus seiner analytischen Trance. »Alles in Ordnung mit dir? Du siehst aus, als hättest du gerade eben einen Geist gesehen.«

»Ja. Alles okay. Danke für deine Tipps.« Kam erhob sich. Nun schien alles so offensichtlich. Jeder hatte gesagt, noch nie eine solche Loyalität und Hingabe gesehen zu haben wie die von Lin für Ian. Ian sah gut aus, war mächtig, gebildet, reich und genial – der Inbegriff dessen, was jede Frau attraktiv finden musste. Als sie ihm zum ersten Mal begegnet war, war sie noch ein leicht zu beeindruckendes Mädchen gewesen. Kein Wunder, dass sie ihn von Anfang an verehrte. Eine ganze Generation von Menschen in Ians Alter und jünger verehrte ihn. Nicht nur wegen der Dinge, die er schon erreicht hatte, sondern auch wegen seines Einflusses auf die sozialen Medien und den Computerspiele-Markt.

Ian hatte Lin in den letzten Jahren diese Blumen geschenkt, und Lin hatte sie sorgsam aufbewahrt, ganz in der Nähe des Ortes, an dem sie Nacht für Nacht träumte. Diese getrockneten Blumen waren das einzig sichtbare Symbol ihrer Leidenschaft, die geheimzuhalten sie sich geschworen hatte.

Sie hätte es ihm sagen müssen. Hatte er kein Recht zu erfahren, warum er ihr gefiel? Hing die Zurückhaltung, die er hin und wieder bei ihr spürte, damit zusammen, dass sie sich schuldig fühlte? Wusste sie, dass sie einen Fehler beging, wenn sie ihn als Ersatz für einen anderen Mann benutzte?

Er verabschiedete sich knapp von Ian und verließ dessen Büro. Ian hatte recht gehabt. Kam hatte *wirklich* eine Art Geist gesehen. Sich selbst. *Er* war das Phantom in dieser Affäre mit Lin, eine fleckige, dunkle Kopie des Mannes, den sie liebte.

Als Lins Telefon klingelte, lief sie gerade durch die Lobby des Northwestern-Memorial-Krankenhauses. Sie hatte Richard und Emile getroffen, und beide hatten vergleichsweise gute Laune. Zu ihrer großen Erleichterung erfuhr sie, dass Richards Prognosen positiv aussahen.

Sie verbarg ihre Enttäuschung, als sie merkte, dass der Anruf nicht von Kam stammte.

»Ian? Hallo!« Lin blieb vor einem bodentiefen Fenster in der Nähe des Ausgangs stehen.

»Wie geht es Richard?«

»Er wird sich erholen. Eine ziemlich bösartige Infektion hat sich in ihm festgesetzt, sodass der Arzt eine Behandlung mit intravenösen Antibiotika empfohlen hat. Deshalb wollten sie ihn im Krankenhaus behalten. Sie sagen, er werde sich schnell erholen. Lucien ist schon wieder losgefahren, und ich bin gerade auf dem Weg zurück.«

»Kommst du noch einmal ins Büro?«

»Diese Woche ist doch ausnahmsweise meine Tanzstunde schon am Mittwoch«, erinnerte sie ihn. Sie hoffte, Kam würde sie dort erwarten.

»Klar, ich verstehe«, sagte er gedankenverloren. »Ich wollte mit dir nur noch über etwas reden.«

»Dann komme ich noch einmal ins Büro.«

»Nein... nein, das musst du nicht.« Lin spürte Ians Sorge.

»Was ist denn, Ian?«

»Vielleicht sollte ich dieses Thema nicht per Telefon erörtern, aber ich vermute, ich muss es ansprechen, bevor Kam es dir gegenüber erwähnt.«

»Wovon redest du?«, wollte Lin wissen, ganz verwirrt von Ians Verhalten.

»Kam will dir vorschlagen, für ihn zu arbeiten. Nicht nur für ihn. Mit ihm. Er möchte, dass du seine Partnerin bei Reardon Technologies wirst, seiner neuen Firma.«

Lin starrte aus dem Fenster auf eine Reihe wartender Taxis, ohne etwas zu sehen.

»Bist du überrascht?«, wollte Ian nach einer Pause wissen.

»Das wäre untertrieben«, brachte sie hervor. Plötzlich bekam sie kaum noch Luft. Ein kribbelndes Gefühl setzte an ihren Händen und Füßen ein. »Für wie... wie lange hat er das schon vor?«

»Es klang, als wäre ihm die Idee schon in dem Moment gekommen, als er dich kennengelernt hat. Er respektiert dich ungemein, Lin«, fuhr Ian ruhig fort. »Ich denke, er hat verstanden, wie sehr er dich braucht, um seine Firma zu einem Erfolg werden zu lassen.«

Er braucht dich, um seine Firma zu einem Erfolg werden zu lassen. War es das, worum es ihm die ganze Zeit ging? Wollte er sie nur deshalb verführen, um sie für sein Firmenimperium abzuwerben?

»Ich ... ich weiß gar nicht, was ich sagen soll«, murmelte Lin. Sie fühlte sich taub.

»Ich habe den Eindruck, es ist eher ein Schock für dich«, sagte Ian. »Der einzige Grund, weshalb ich dir das schon gesagt habe, bevor Kam es dir vorschlagen konnte, ist, dass du sein Angebot womöglich aus Loyalität mir gegenüber ausschlagen könntest. Aus Loyalität zu Noble Enterprises. Ich will aber, dass du weißt, dass ich hinter jeder deiner Entscheidungen stehe. Kam will dir Dinge anbieten, die ich dir nicht zu bieten habe. Er möchte dir ein Angebot machen, über das die meisten Firmengründer nicht einmal nachdenken würden.«

»Das klingt, als würdest du mich loswerden wollen«, erwiderte Lin, die sich von den Neuigkeiten verletzt und verwirrt fühlte.

»Nein. Ganz und gar nicht. Nichts würde mich glücklicher machen, als wenn du dir Zeit für deine Entscheidung nimmst und dann feststellst, dass du bei Noble bleiben möchtest. Du weißt, wie sehr ich dich schätze. Zumindest hoffe ich, dass du das weißt. Aber die Tatsachen sehen so aus: Kams Angebot ist äußerst großzügig. Und ich weiß, dass du seine Erfindung liebst. Kams Genialität und dein Geschäftssinn – ich würde sagen, ihr zwei wärt unaufhaltbar.«

Die Stille dröhnte in ihren Ohren.

»Denk einfach darüber nach, Lin«, fuhr Ian fort. Seine Stimme klang wärmer als sonst. »Sorgfältiger als über die Dutzend anderen Angebote, die du im Laufe der Jahre ausgeschlagen hast. Du und ich, wir müssten über den Umzug von Noble nach London nachdenken, zumindest vorübergehend, was dein Leben ebenfalls ändern würde. Auch das solltest du bei deiner Entscheidung berücksichtigen.«

»Ja. Ich muss gründlich darüber nachdenken. Danke, dass du

mir deine Gedanken zu diesem Thema mitgeteilt hast, Ian.«
Lin war froh, dass ihre Stimme unbewegt klang.

»Du kannst mich immer erreichen, wenn du darüber sprechen möchtest. Auch was deine Position nach dem Umzug von Noble angeht, so können wir miteinander reden, sie soll so angenehm wie möglich für dich werden. Es kann keine Rede davon sein, dass ich dich loswerden will, Lin. Du bist verdammt noch mal die *beste* Managerin, die ich je hatte und je haben werde. Das kann ich sagen, ohne eine Sekunde zu zögern oder mich später verbessern zu müssen. Aber was noch wichtiger ist, du bist eine gute Freundin. Du bist mir wichtig. Ich will das, was du willst. Verstehst du?«

»Ja«, konnte Lin herausbringen.

Sie verabschiedete sich von Ian und steckte ihr Telefon weg. Für eine ganze Weile sah sie einfach aus dem Fenster.

Ich will das, was du willst.

Aber was, wenn sie nicht wusste, was sie wollte? Noch vor zehn Minuten hätte sie gesagt, sie wollte, dass das, was sie mit Kam verband, weiter wuchs und aufblühte. Aber auf der persönlichen Ebene, nicht der beruflichen. Oder zumindest vor allem auf der persönlichen Ebene. Seine *Geschäfts*partnerin zu werden, war ihr bis dahin überhaupt nicht in den Sinn gekommen.

Als sie nun verstand, dass es aber genau das war, was Kam schon die ganze Zeit vorhatte, überkam sie das Gefühl, sie stürze in ein zwanzig Meter tiefes schwarzes Loch, aus dem keine Leiter herausführte.

KAPITEL ACHTZEHN

Anstatt zum Tanzunterricht ging sie an diesem Abend direkt nach Hause. Sie wollte all das verdauen, was Ian ihr gesagt hatte, wollte entziffern, was es zu bedeuten hatte. Dass sie Kam nicht anrufen würde, bis sie die Sache durchdacht und sich eine Meinung gebildet hatte, war schon entschieden.

Es überraschte sie allerdings festzustellen, dass er auch am nächsten Morgen noch nicht versucht hatte, sie anzurufen. Das war seltsam. Er hatte doch gesagt, dass er sich melden wollte. Noch vor ihrem Telefonat mit Ian war sie davon ausgegangen, dass sie sich treffen würden.

Die Aussicht, ihn zu sehen, begeisterte sie nicht, aber dennoch war es merkwürdig, dass er ihr ebenfalls aus dem Weg ging.

Lin verbrachte einen höchst unkonzentrierten Arbeitstag. Gegen vier Uhr wurde ihr klar, dass sie Kam nicht weiter ignorieren konnte. Auf dem Terminkalender stand ein Abendessen im Restaurant Festa mit zwei Führungskräften von Stunde Watches. Sie musste Kam vorher noch über Stunde informieren.

»War Kam heute im Haus, um mit Ian zu sprechen? Oder hat er angerufen?«, wollte Lin von Maria wissen und streckte dazu den Kopf aus ihrem Büro heraus.

»Ich habe ihn tatsächlich gerade in der Leitung gehabt«, antwortete Maria und legte ihren Stift weg. »Er hat mich gebeten, Ihnen auszurichten, dass er Sie um sieben im Festa erwartet.«

Nicht nur Irritation überkam Lin bei dieser distanzierten Vorgehensweise, sondern auch Bestürzung.

»Das reicht leider nicht«, erwiderte sie. »Würden Sie ihn bitte zurückrufen und bitten, schon um halb sieben in der Bar zu sein? Dann könnte ich ihm zumindest das Wichtigste über Stunde mitteilen, bevor wir uns mit Kyle Preston und Nina Patel treffen.«

Maria rief sie ein paar Minuten später an und bestätigte, dass Kam mit halb sieben einverstanden war. Wieder war sie verwirrt, dass er gar nicht versucht hatte, persönlich mit ihr zu reden.

Am Abend kleidete Lin sich für das letzte Treffen mit Herstellern von Luxus-Uhren besonders sorgfältig. Sie wusste noch immer nicht genau, was sie Kam sagen wollte, aber sie hatte sich entschieden, vor und während des Meetings nur Geschäftliches zu besprechen. Sie würde ihn erst, nachdem das Berufliche abgehakt war, darauf ansprechen, wie er ihr Vertrauen und Interesse missbraucht hatte.

Wie kann er es nur wagen, so mit meinen Gefühlen zu spielen?, erregte sie sich innerlich zum tausendsten Mal. Er wollte, dass sie für ihn arbeitete, und hatte ihr dafür eine körperliche Beziehung aufgezwungen, damit er einen Platz in ihrem Leben sicher hatte? Nun, *aufgezwungen* hatte er sie ihr wohl nicht, wie sie irritiert zugeben musste, als sie ihr Kleid schloss und sich aufmerksam im Badezimmerspiegel betrachtete. Sie war an jenem ersten Abend mehr als nur bereitwillig mit ihm ins Bett gegangen und die folgenden Male dann mit zunehmender Begeisterung.

Sie hatte jede Sekunde seines wilden, mächtigen Liebesspiels geliebt.

Aber er wollte mich nur für seine Firma.

Aber er könnte mich ja auch um meinetwillen *gewollt haben, oder? Ein Mann konnte die Leidenschaft, die Kam gezeigt hatte, wohl kaum vortäuschen*, argumentierte eine andere Stimme in ihrem Kopf.

Jetzt machst du dir selbst etwas vor. Natürlich kann ein Mann Lust aussehen lassen wie echte Gefühle. Jeden Tag werden Frauen damit hereingelegt, weil sie glauben, Sex würde etwas Ernstes bedeuten. Kam ist nicht so wie die anderen Männer. Er ist unglaublich ehrlich.

Aber trotzdem hat er dir nicht gesagt, was er wirklich vorhat, oder?

Angeekelt von ihrer inneren Schlacht, zwang Lin sich, sich auf die Gegenwart zu konzentrieren. Das würde sie heute Abend einfach aushalten müssen. Nach dem Essen blieb ihr nichts anderes übrig, als ihn darauf anzusprechen, um die Wahrheit aus ihm herauszukitzeln. Wie diese Wahrheit aussehen mochte, davor fürchtete sie sich jetzt bereits.

Sie holte tief Luft, hob ihr Kinn und machte sich bereit für den Kampf. Mit ihrem Erscheinungsbild war sie nicht unzufrieden. Keiner der Risse in ihrer Rüstung war von außen zu sehen. Ihr Haar wirkte durch die kleine, nach oben gebürstete Welle und die zahlreichen offenen Strähnen auf ihrem Rücken elegant. Sie trug dazu einen silbernen Sarong, der eine Schulter frei ließ und dessen feminin wirkende Krausen von einem schwarzen Ledergürtel geglättet wurden, was wie ein Echo auf die Reardon-Uhr erschien. Sie hatte überlegt, die atemberaubenden Perlen, die Kam ihr geschenkt hatte, anzulegen, aber nein. Das wäre nur ein weiteres Beispiel dafür gewesen, mit welchen unfairen Mitteln er ihr Herz beeinflussen wollte. Die Uhr trug sie, weil sie zum Geschäftlichen gehörte …

… und dies ein Geschäftsessen *war*, ganz egal wie sehr Kam auch versuchte, das Spielfeld nach seinen Vorstellungen umzugestalten. Wenn es etwas gab, worauf Lin sich verlassen konnte, dann ihr professionelles Auftreten. Ruhig. Freundlich. Glatt. Sie musste sich heute Abend auf dieses Auftreten verlassen können, genau so, wie sie sich in den letzten Jahren darauf hatte verlassen müssen.

Sie traf vor ihm in der Bar des Restaurants ein und setzte sich auf einen schlanken, gepolsterten Stuhl an einem Cocktail-Tisch. Während sie wartete, wurde sie zunehmend unruhig. Sie spürte seine Gegenwart, noch bevor sie ihn aus den Augenwinkeln erspäht hatte. Mehrere Köpfe drehten sich bewundernd nach ihm um, als er auf sie zukam. Auch wenn er nicht regelmäßig Anzüge trug, so sah er doch gut in ihnen aus... extrem gut, da sie an ihm wie Alltagskleidung aussahen – wie eine zweite Haut auf seinem trainierten, athletischen Körper. Er verzog keine Miene, als sie sich über die gut besuchte Bar hinweg ansahen. Sie wartete auf den warmen und erregenden Glanz, den sie inzwischen schon liebgewonnen hatte, doch sein Blick blieb ebenso kühl wie sein Gesichtsausdruck.

Er setzte sich zu ihr an den Tisch.

»Danke, dass du noch früher kommen konntest«, begrüßte sie ihn neutral.

»Ian hat mir verraten, dass er bereits mit dir über meinen Vorschlag gesprochen hat. Ich bin sehr wütend darüber, dass er das getan hat, auch wenn ich seine Gründe dafür verstehen kann«, fügte Kam widerwillig hinzu.

Sie zuckte überrascht zusammen. Da war sie wieder: seine allgegenwärtige, unverblümte Ehrlichkeit.

»Mach dir keine Sorgen. Ich weiß, dass du nicht vorhast, mein Angebot anzunehmen«, sagte Kam mit blitzenden Augen.

»Wie kannst du das wissen, wo ich...« Als der Kellner an ihren Tisch trat, hielt sie inne. Sie bestellten beide wortkarg einen Drink.

»Ich glaube nicht, dass das ein guter Zeitpunkt ist, um darüber zu sprechen«, fuhr Lin fort, als der Kellner mit ihren Bestellungen unterwegs war. Sie klang ruhig, doch ihr Herz dröhnte bis in ihre Ohren. »Ich will doch noch ein paar Fakten über Stunde weitergeben, und Nina und Kyle dürften hier jede Minute auftauchen.«

»Richtig. Das Top-Secret-Briefing.«

Bei seiner sarkastischen Bemerkung brodelte sie innerlich.

»Ich versuche nur, ohne größere Missgeschicke durch diesen Abend zu kommen.«

Sie spürte, wie ihre Wangen rot wurden, als er sie einen Moment lang schweigend ansah.

»Wem passieren denn hier Missgeschicke?«, wollte er schließlich wissen. Er beugte sich vor, die Ellenbogen auf dem Tisch. Seine Augen waren wie Eisbrocken. Bevor sie ahnte, was er vorhatte, griff er nach ihrer Hand und drückte ihre Handfläche nach oben.

»Tu das nicht«, flüsterte sie erhitzt, als sie verstand, was er machte. Wie ein Experte tippte er auf den kleinen Bildschirm. Er sah sie mit einem grimmigen Lächeln an, nachdem er rasch ihre Vitalfunktionen überprüft hatte – *verdammt noch mal* –, die wie eine Neonleuchtreklame ihre erhöhte Stressreaktion anzeigten.

»Was ist los? Lin ist gar nicht so cool und beherrscht, wie sie jeden hier in diesem versnobten Restaurant glauben machen möchte?«

Sie knirschte verärgert mit den Zähnen und riss ihr Handgelenk zurück.

»*Das* geht dich überhaupt nichts an.«

»Wenn ich du wäre, würde ich die Uhr dann lieber ablegen«, antwortete Kam. »Das meine ich ernst.« Er sah sie herausfordernd an, und kalter Stahl schwang in seiner Stimme mit. »Ich will nicht, dass diese Leute erkennen, was in dir vorgeht.«

»Aber du, *du* hast das Recht dazu, ja?«, fragte sie zornig, zog die Uhr aus und steckte sie in ihre Handtasche. Wahrscheinlich stimmte es ja, was er sagte, auch wenn sie diese Erkenntnis verdrießlich machte. Sie hatten das erste Treffen mit den Gersbachs auch ohne die Uhr als Vorführobjekt erfolgreich hinter sich gebracht, das sollte ihnen nun auch mit den Vertretern von

Stunde gelingen. »Und wenn ich nicht ruhig bin, dann habe ich gute Gründe dafür. Du hast mit mir gespielt, Kam«, klagte sie ihn an. Nun konnte sie sich nicht mehr zurückhalten. »Du hattest ganz andere, heimliche Gründe, um mit mir zu schlafen.« Sein prustendes Gelächter ließ sie zusammenfahren. Sie starrte ihn an, entgeistert über sein Verhalten.

»*Ich* hatte heimliche Gründe, um mit *dir* zu schlafen? Das ist ja mal was.«

»Was willst du damit sagen?«

»Lin?«

Benommen blinzelte sie, als sie die zögernde Stimme einer Frau vernahm.

»Nina, Kyle. Ich habe gar nicht gesehen, wie Sie hereingekommen sind«, sagte sie, stand auf und schüttelte ihren Gesprächspartnern von Stunde die Hand. Sie zwang sich in ihre professionelle Rolle, so schwer es ihr auch fiel, vor allem mit Kams offensichtlichem finsteren Blick und mürrischen Verhalten, als sie sie einander vorstellte.

Glücklicherweise wurde das Essen zu einem akzeptablen Erfolg, obwohl Lin verwirrt und ärgerlich und Kam unerklärlich zurückhaltend war. Zumindest war nichts zu Bruch gegangen, und Kyle und Nina zeigten sich sehr interessiert an der Entwicklung. Kams Verhalten beim Essen wandelte sich von einer verdutzten Wut über sie in ein distanziertes Benehmen. Doch da weder Nina noch Kyle seine übliche Präsentation kannten, schien ihnen nichts aufzufallen, was über Gebühr bemerkenswert gewesen wäre. Wie schon die Gersbachs vor ihnen mussten sie den Eindruck gewinnen, er sei ein eigentümliches, irgendwie zurückgezogenes Genie. Kam beantwortete ihre Fragen mit der für ihn typischen Knappheit, wobei seine beeindruckende Intelligenz nicht hinter seiner etwas abwesenden Art verborgen blieb. Als das Meeting und das Essen langsam aber sicher auf das Ende zusteuerten, fühlte Lin sich aufgerieben, ihre Fassade war von Kams greifbarer Kühle ganz dünn geworden. Sie glaubte nicht, dass sie es sich nur einbildete, dass seine Kühle ausschließlich ihr galt.

Warum zeigte er *ihr* die kalte Schulter? War es nicht umgekehrt, sollte nicht vielmehr sie verschnupft sein, angesichts der Umstände?

Sie drehte sich zu ihm auf dem Bürgersteig um, nachdem Kyle und Nina in ein Taxi gestiegen und abgefahren waren.

»Du bist so ein arrogantes Arschloch«, zischte sie wütend. Sie konnte ihre Zusammenfassung seines Charakters keine Sekunde länger für sich behalten.

Wut und Verwirrung pochten in ihr, als sie den Hauch von Sarkasmus in seinem hübschen Gesicht entdeckte. Er sah geringschätzig zu ihr hinunter.

»Du kannst deine Rolle wirklich einfach so wie Licht ein- und ausschalten, oder?«

»Was ist denn *mit dir los*?«, fuhr sie ihn an, verblüfft von seiner Verachtung für sie.

Sein Mund verzerrte sich. Mit einem Mal kam es ihr unmöglich vor, dass sie gedacht hatte, er wäre seit der Ankunft von Kyle und Nina ganz ruhig geworden. Bei ihm brodelten die Emotionen nicht nur. Sie standen kurz davor überzukochen.

»Was mit mir los ist? Vielleicht macht es mich krank mitanzusehen, wie du lächelst und plauderst und den ganzen Abend wie eine hübsche Puppe wirkst. Du hast immer die perfekte Antwort parat, oder? Hat überhaupt irgendjemand mal dein *wirkliches* Ich erlebt, Lin? Ich frage mich, ob du überhaupt weißt, wer sie ist.«

»Du Scheiß…«

Er fing ihre Hand noch in der Luft ab. In ihrem Körper hallte ein Schock wider. Ungläubig schnappte sie nach Luft. Seine funkelnden Augen brannten sich ihren Weg durch sie hindurch. Sie hatte es nie vorgehabt, aber sie war gerade dabei gewesen, ihn zu ohrfeigen, hätte er sie nicht davon abgehalten. Dutzende von Gästen des schicken Restaurants wären durch die Fenster Zeugen des Spektakels geworden. Noch nie hatte sie in der Öffentlichkeit derart die Kontrolle verloren. Auch privat kam das kaum vor... Kams Nasenflügel zitterten vor Zorn. Lins Lungen brannten. Sie bekam kaum Luft. Er drehte ihre Hand um, und ihr Körper prallte gegen seinen. Ein elektrischer Schlag schien von ihm auf sie überzuspringen. Gegen ihren Willen spürte sie, wie sie auf seinen großen, harten Körper reagierte.

»Das kleine, gestriegelte Kätzchen hat also tatsächlich Krallen. Nun, das ist ja wenigstens der *Anfang* für mehr Ehrlichkeit, hoffe ich«, zischte Kam durch zusammengebissene Zähne. Seine Worte prallten an ihr ab; sie war noch immer von ihrem Angriff auf ihn gefangen. Er winkte dem nächsten Taxi. Lin erwiderte nichts, als er für sie die Tür öffnete. Sie konnte nicht glauben, dass er sie so leicht aufstacheln konnte. Ihr ganzer Körper schien in chaotischen Gefühlsstürmen zu vibrieren.

Kam glitt auf den Sitz neben ihr und nannte dem Fahrer schnell die Adresse seines Apartments. Dann schloss er die Plastikscheibe zwischen dem Fahrer und der Rückbank. Lin wandte sich mit offenem Mund ihm zu, um ihm vorzuwerfen, was für ein manipulativer Mistkerl er sei. Kam legte seine Hände auf ihre Wangen, hielt sie fest und verschloss ihren Mund mit einem wütenden, alles verzehrenden Kuss.

All die Unsicherheit über ihre Gefühle, all die Sehnsucht, die sie verspürte, seit sie am Montagmorgen Kams Arme verlassen hatte, all die hochkochenden Emotionen, die seit Ians Anruf über Kams Pläne in ihr aufgestiegen waren, all das und noch mehr fand in dieser ausbrechenden Lust und Leidenschaft einen Weg. All das kam an die Oberfläche und war zugleich Gefahr und mächtiger Kitzel, dem sie nicht widerstehen konnte.

Dabei war sie noch immer empört. Nach einem Augenblick entwand sie ihm ihren Mund und zog seine Hände aus ihrem Gesicht. Ihre Blicke begegneten sich in dem Licht, das die Stadt ins Taxi warf. In seinen Augen erkannte sie ein gefährliches Funkeln.

»Glaubst du wirklich, ich begehre dich nur deshalb, weil du für mich arbeiten sollst? Ich wünschte, es wäre so. Ich hatte keinen Augenblick Ruhe seit der Sekunde, in der du in dieses Restaurant marschiert bist«, knurrte er bedrohlich. Er klang wütend über diese Tatsache.

»Verdammt noch mal, Kam«, flüsterte sie. Ob sie es wollte oder nicht, sein unverhohlenes Geständnis bewegte sie.

»Verdammt ist der richtige Ausdruck«, versicherte er, bevor er sich wieder über sie beugte. Dieses Mal war sein Kuss zwar noch immer genauso finster und gefährlich, aber er war auch kontrollierter. Er war teuflisch verführerisch. Seine Zunge nahm ihren Mund in Besitz und fuhr überall in ihm herum. Sinnlich lockend bewegte er seine Lippen, saugte an ihr, zog sie in sich in einer Art, der sie nichts entgegenzusetzen hatte. Lin begegnete seiner Zunge mit ihrer, wütend, erregt, überwältigt. Er schlang eine Hand um ihre Hüfte und zog sie näher zu sich heran, drückte sie an seinen harten Körper, und Lin wusste, was mit ihr geschehen war.

Sie war verloren.

Nachdem er einem erfreuten Taxifahrer unaufmerksam zwanzig Dollar für eine Sechs-Dollar-Fahrt überreicht hatte, zog er sie hinter sich her. Er schleifte sie durch die Lobby, als würde er vor einem Feuer fliehen. Allerdings lief er dafür in die falsche Richtung. Der Pförtner grüßte sie mit Namen, als sie auftauchten, und Lin gab eine kaum hörbare, ziemlich unverständliche Antwort. Unzählige Male war sie schon in Ians Penthouse gewesen. Kam warf sich, ohne darauf zu warten, dass sich die Fahrstuhltüren hinter ihnen geschlossen hatten, auf sie. Trotz der Tatsache, dass sie sich der wachen Augen des Pförtners bewusst war, als sie in den mit Mahagoni verkleideten Fahrstuhl stiegen, hob sie ihr Gesicht und streckte die Arme aus, um Kams heißen, verlangenden Kuss zu begrüßen. Sie schmolz an seinem Körper. Die Türen schlossen sich, und Lin spürte, wie sie nach oben gezogen wurde, getragen von einem Verlangen, das nur ein Ziel kannte.

Kams Mund verbrannte ihre Kehle. Er griff unter ihr Schultertuch und löste den einzelnen Träger ihres Kleides. Sie drückte ihren Rücken durch, als seine Hand einen kribbelnden Nippel berührte, damit er sie noch intensiver streichelte. Sie stöhnte und knabberte an seinen Lippen, als er ihre Brust in die Hand nahm und mit seinen Fingerspitzen an dem schmerzenden Nippel zupfte.

Die Fahrstuhltüren öffneten sich. Sie unterbrach den Kuss und hauchte atemlos seinen Namen, was er gar nicht wahrzunehmen schien, denn er nahm sie weiter in Besitz. Kurz bevor sich die Türen wieder schlossen, wich er schnell wie ein Blitz beiseite, hielt die Tür zurück und zog sie hinter sich her.

Der luxuriöse, gedämpfte Flur kam ihr verschwommen vor; das Klicken des Metallschlosses, das Kams Schlüssel verursachte, klang verboten und geheimnistuerisch. In seiner Wohnung war es dunkel, Licht fiel nur von den unzähligen Hochhäusern herein, die wie eine glänzende Kette am dunklen Wasser aufgereiht waren. Lins nebulöse Lust wurde auch dadurch nicht gestört, dass Kam der anstürmenden Angus den harschen Befehl gab, ins Esszimmer zu gehen. Dann zog er sie zum Sofa hinüber und umschloss sie fest in dem Kokon, den er aus Hitze und Vergesslichkeit und blindem Verlangen um sie gewoben hatte. Sein Kuss war finster und süchtig machend, seine Berührung ihrer nackten Haut auf der Schulter, Brust und den Oberschenkeln weckte in ihr nur reines Verlangen.

Das Nächste, was sie wahrnahm, war, wie er sich über ihr

aufbäumte, eine dunkle, mächtige Präsenz. Seine Arme hatte er auf die Rücken- und die Armlehne des Sofas gestützt, einer seiner Füße stand auf dem Boden, sein Knie ruhte zwischen ihrer Hüfte und dem Polster. Ihr Kleid war bis zu ihrer Taille hochgeschoben, ihr Slip hatte sich irgendwo in der Dunkelheit aufgelöst. Ihr nackter Busen, der in dem Licht der Stadt ganz bleich wirkte, hob und senkte sich schnell. Eine Hand legte er auf ihr Schienbein und schob dann ihr abgewinkeltes Bein auf die Rückenlehne. Nun lag sie weit geöffnet vor ihm. Der harte, geschwollene Kopf seines Schwanzes strich über ihre Schamlippen. Vor Erregung war sie klatschnass. Sie hörte das leise Geräusch, mit dem er sich auf ihr bewegte, und das reizte sie noch mehr. Er widmete sich ihrer Klitoris mit energischer Zärtlichkeit, dann drückte er sich gegen ihre Spalte und verlangte Zutritt.

»Sag meinen Namen«, brummte er heiser.

»Kam.« Sie wiederholte ihn, und sein Name auf ihrer Zunge war eine inständige Bitte, ein Kosename. Er schob die Hüfte vor. Ihre Lippen öffneten sich zu einem leisen Schrei, als er sie ausfüllte.

Kam konnte ihr Gesicht im Licht der Stadt erkennen, als er sich in ihrer engen Muschi begrub. Dass sie seinen Namen rief und er sah, wie ihre Lippen vor Entzücken ein O formten, als er bis zum Anschlag in sie eindrang, machte ihn wahnsinnig.

Er wollte, dass sein Name der einzige war, der im Kopf dieser Frau eingeschweißt war. In ihrem Herzen. Bis tief ins Mark ihrer Knochen. Das wollte er in diesem Moment mehr alles alles andere im Leben. Es war wie ein Feuer, das in seinem Blut brannte. Er würde sie beide damit verbrennen.

Er fickte sie und stützte dazu seinen Oberkörper an der Kante des Sofas ab, einen Fuß auf dem Boden, und seine Hüfte führte die Stöße aus. Ihre Schreie waren durchdringend. Wild.

Er konnte seinen Blick nicht von ihrem schönen Gesicht abwenden, das vor Verlangen verzerrt war.

»Willst du das von mir, Lin?«, krächzte er. Sein Becken knallte in einem gleichmäßigen, schnellen Rhythmus auf die Unterseite ihrer gespreizten Beine und den Po. Er schlang die Arme fest um ihre seidenweichen Schenkel, um so die Stärke seiner tiefen Stöße noch zu vergrößern. Sie hatte keine andere Wahl, als sich seinem Verlangen ... seiner völligen Inbesitznahme zu öffnen. »Du brauchst es doch so, oder?«, beharrte er. Sein Blut kochte. Er ritt sie wie ein Mann aus Feuer ... oder wie jemand, dem ein Dämon im Nacken saß.

»Ja«, knirschte sie. Ihr Kopf hob sich vom Kissen, auf ihrem angespannten Gesicht die süße, harsche Qual, die sie teilten.

Sie wollte ihn, das stimmte. Er konnte spüren, wie sich ein Inferno in ihr aufbaute. Sie begehrte seinen Schwanz. Sie benutzte ihn, um ihr Verlangen nach einem anderen zu löschen. Dieses Wissen bohrte sich so schmerzhaft unter seine Haut, dass er es nicht ignorieren konnte, trotz seiner wilden Lust. Trotz seines Verlangens.

Er fluchte bitterlich und zog seine beeindruckende Erektion aus dem Himmel ihres Schoßes. Sie rief keuchend seinen Namen, fast schmerzlich. Es kam ihm vor, als würde sein Schwanz in der kühlen Luft dampfen. Er warf seine Schuhe beiseite und riss sich die Hose, Unterhose und Strümpfe vom Leib. Sein Schwanz sprang protestierend auf, als er sich zu Lin umsah und ihre gespreizten, blassen Oberschenkel und ihre verwirrte Miene erblickte.

»Komm her«, sagte er grimmig und griff nach ihr. Sie setzte sich auf, und er legte den Arm um ihre Taille. Er spürte ihre weichen, warmen Atemstöße auf seinem Hals und das köstliche Kitzeln ihrer langen, offenen Haare auf der empfindsamen Haut seiner Arme. Er biss die Zähne zusammen und marschierte den Flur hinunter zum Schlafzimmer. Er hatte nun die Gelegenheit, all seine Geister zu vertreiben, sei es auch nur für diese Nacht.

Er setzte sie am Bettrand ab und fand den Reißverschluss ihres Kleides. Es war das letzte Kleidungsstück, das er ihr noch nicht vollständig ausgezogen hatte. Als er ihr das Kleid abgestreift hatte, fiel ihr langes Haar über ihre Schultern und ihre Arme. Sie sah ihn mit großen, dunklen Augen an, ihr Mund zitterte leicht.

»Das ist nicht fair, wie schön du bist«, kommentierte er angespannt.

»Warum?«, antwortete sie. »Mein Körper gehört dir. Alles an mir gehört dir, Kam.«

Sein Mund verzog sich bei ihren Worten.

»Alles an dir?«

Erstaunen zeigte sich auf ihrem Gesicht.

»Ja«, flüsterte sie.

Er warf seine Krawatte und sein Hemd zur Seite. Nun war auch er nackt. Er öffnete die Nachttischschublade und fand, was er gesucht hatte. Lin wurde still, als sie sah, was er neben sie aufs Bett legte: den Kugel-Vibrator und eine Flasche Gleitmittel. Ihr Blick wanderte zu seinem Gesicht.

»Knie dich hin«, sagte er ruhig.

Knie dich hin.

Seine dunkle, feste Stimme hallte in ihrem Kopf wider. Sie hätte Nein sagen können, natürlich. Sie hätte nie gedacht, dass Kam jemals etwas mit ihr tun würde, das sie nicht wollte. Aber als sie seinen düsteren Blick sah und auf ihren wilden Herzschlag hörte, wusste sie nur noch eines: Sie *wollte* es.

Auch wenn mit dieser stürmischen, unerklärlichen Nacht ihre Beziehung zu ihm enden würde, wollte sie nicht davonlaufen. Ihr ganzes Leben lang hatte sie die Kontrolle bewahrt, sich sorgfältig von den Stürmen der Leidenschaft ferngehalten.

Diesem Zyklon aber wollte sie ungeschützt entgegentreten, mit vollem Risiko.

Es war unvernünftig, aber sie *wollte* von ihm gebrandmarkt werden.

Sie hielt seinem Blick noch einen Moment stand, dann drehte sie sich zum Bett. Als sie seiner Anweisung folgte, beschleunigte sich auch sein Atem. Wie er es am letzten Wochenende schon getan hatte, legte er nun ein Kissen vor sie quer aufs Bett.

»Du kennst die Stellung«, sagte er hinter ihr.

Ihr Mund wurde trocken. Sie legte ihre Wange auf das Kissen und ihre Schultern auf das Bett. Ihr Hintern reckte sich in die Luft. Sie hatte sich in jener anderen Nacht verletzlich und erregt gefühlt, als er sie in dieser Stellung geschlagen und gefickt hatte. Heute war das beklemmende und erregende Gefühl doppelt so stark. Ihre Muskeln waren fest angespannt. Sie schluckte mühsam, denn er griff nach dem Gleitmittel und dem Vibrator.

Ohne Zeit zu verschwenden, schaltete er den Vibrator an. Ihre Vorfreude stieg ins Unermessliche, als sie das Klicken hörte, mit dem er die Flasche mit dem Gleitmittel öffnete. Sie gab ein gedämpftes Stöhnen von sich, als er den Vibrator neben ihre Klitoris legte.

»Versuch zu entspannen«, grummelte Kam. »Je mehr du dich gehen lässt, je mehr du dich hingibst, umso mehr wirst du es genießen.« Er knurrte zufrieden, als er ihre Muschi mit seinem Daumen gefunden hatte und in sie hineinstieß. Lin stöhnte bei der doppelten Stimulation durch den Vibrator und seinen Daumen genüsslich. »Strecke deine Hände über deinem Kopf aus.« Mit der freien Hand öffnete er ihre Pobacken. »So ist es gut. Mein Gott, du bist schön.«

Bei dem bewundernden Ton, aber auch bei dem leisen Anklang von Wut in seiner Stimme schloss sie die Augen. Warum führte die Tatsache, dass er sie begehrenswert fand, heute Nacht zu diesem Unterton? Ihre Frage schmolz unter dem Surren des Vibrators an ihrer Klitoris und seinem fickenden Finger dahin. Es fühlte sich *unglaublich* gut an. Sie biss sich auf die Lippen, um einen scharfen Schrei zu unterdrücken: Er legte seinen zweiten Daumen, den er mit Gleitmittel benetzt hatte, auf ihren Anus. Er fuhr in Kreisen über den empfindlichen Ring. Sie zitterte und stöhnte.

»Pssst«, beruhigte er sie. Denn drückte er sich in sie hinein. Sie holte tief Luft und hielt den Atem an. Er grunzte leise, als er seinen Daumen weiter in sie hineinschob.

»Hast du das schon einmal gemacht?«

»Nein.« Sie war so erstaunt über das Gefühl, das sein Finger an solch einer intimen Stelle auslöste und das sich mit der Stimulation an ihrer Klitoris und ihrer Muschi vereinigte, dass sie gar nicht bemerkt hatte, dass sie gar nicht laut gesprochen hatte.

»Lin?«, hakte Kam nach und brachte Lin dazu, die Augen zu öffnen.

»Nein«, sagte sie.

Er legte eine Pause bei seinen Bewegungen ein, den Daumen noch immer komplett in ihrem Anus. Nerven, von deren Existenz sie bislang nichts geahnt hatte, wurden von der neuartigen Penetration flammend zum Leben erweckt. Das Brennen auf ihrer Klitoris fühlte sich besonders scharf an.

»Bist du sicher, dass du es jetzt willst?«, fragte er.

»*Ja.*«

Er stöhnte und fuhr mit seinem Daumen immer wieder in ihren Hintern und zog ihn wieder heraus, während der andere in ihrer Muschi pumpte. Er drückte den Vibrator fester auf ihre Schamlippen. Lin stöhnte bei den unbeschreiblichen Empfindungen, die sie überfluteten. Ihre Lippen schmerzten, genauso wie ihre Nippel. Die zeitgleiche Erregung ihrer Muschi und des Pos setzte offenbar ihr Gehirn in Brand. Das Feuer breitete sich über ihre Wirbelsäule aus, bis es sogar ihre Fußsohlen erreicht hatte.

»Oh.« Sie stöhnte, denn das Fieber in ihr stieg an, und jeder Quadratzentimeter ihrer Haut prickelte. Sie schaukelte vorsichtig mit ihren Hüften, um seine begabten Hände zu reiten.

»So ist es gut«, brummte Kam, in dessen Stimme die Erregung zu hören war. »Gib dich hin. Kommst du gleich?«

»Ja. Oh ja«, stöhnte sie und warf ihren Po nun energischer hin und her.

»Nein, *mon petit chaton*.« Aus ihren Lungen entwich alle Luft, als er seinen dicken Daumen aus ihrem Anus zog. »Erst wenn du meinen Schwanz aufgenommen hast.«

In der aufgeladenen Stille, die nun folgte, keuchte sie vor intensiver Erregung. Der Vibrator klebte noch an ihrer Klitoris und hielt Lin am Köcheln. Sie spürte, dass er eine ihrer Pobacken nahm, sie öffnete und dann das kribbelnde, verbotene Gefühl seines Schwanzes an ihrem Anus. Er drückte kräftig gegen den muskulösen Ring, drang aber nicht in sie ein.

»Du musst dagegendrücken, Baby. Dann komme ich leichter hinein. Nimm alles, was du kriegen kannst.«

Sie tat, was er ihr gesagt hatte. Der Druck war kaum auszuhalten, aber zugleich senkte er das Fieber in ihr. Oder steigerte er es noch? Sie wusste nur, dass sie es jetzt brauchte. Die Spitze seines Schwanzes glitt in ihren Anus. Sie keuchte, als der Schmerz sie traf.

»Es tut mir leid«, stotterte Kam angespannt, zog sich aber nicht zurück. Sein dicker, harter Schwanz klopfte weiter in ihrem Po. Kams Hand glitt über ihre Pobacken und Hüfte, um sie zu beruhigen. Der Vibrator kitzelte sie weiterhin. Lin schnappte nach Luft, und als sie das getan hatte, verschwand der Schmerz nach und nach. Zurück blieb nur ein gefährlich erregendes Brennen.

»Oh.« In ihrer Stimme war die Überraschung zu hören. Versuchsweise drückte sie ihre Hüfte zurück und schob damit ein weiteres Stück seines Schafts in sie. Kam zischte. Sie stieß gegen seine Hand. Lin begriff, dass er seinen Ständer in der Mitte mit der Faust umschlossen hielt und dass die ersten Zentimeter sie aufgespießt hatten. Diese Erkenntnis erregte sie. Sie drückte weiter ihre Hüfte zurück und biss dabei die Zähne zusammen.

»Halte still, Lin«, verlangte Kam scharf. Sie erstarrte mit angehaltenem Atem. »Wenn du auch nur die leiseste Ahnung hättest, was ich dir jetzt antun möchte, würdest du mich nicht so herausfordern.«

Einen intensiven Moment lang bewegten sie sich beide nicht. Sie bemerkte, wie Kam sich sammelte, doch ihre Erregung war nicht mehr zu ertragen. Unter dem Vibrator erzitterte ihre Klitoris. Sein Schwanz pochte an der intimsten Stelle ihres Körpers.

»Ich komme gleich«, sagte sie zittrig.

»Nein«, verbot er ihr und nahm den Vibrator weg.

Sie klagte, denn dieser Entzug bereitete ihr fast körperliche Schmerzen.

Nun fing er an, seinen Schwanz in sie hineingleiten zu lassen, er nahm sie ganz bewusst mit jedem Stoß ein Stückchen mehr. Ihr Jammern wurde nach und nach zu einem unglaublichen Stöhnen. Er knurrte als Antwort, und mit einem Mal war der Vibrator wieder an ihrer Klitoris. Er schob sich noch ein Stückchen tiefer in sie.

»Oh mein Gott«, brüllte sie. Ihr Kopf hob sich vom Kissen.

Er knurrte kehlig.

»Es tut mir leid«, sagte er mit erstickter Stimme. »Du bist so eng.« Vorsichtig pumpte er in sie hinein und aus ihr heraus. Ihre Lunge brach zusammen. Sie drückte ihre Hüfte gegen den rücksichtslosen Vibrator. Ihr wurde schwarz vor Augen.

»Ich kann es nicht mehr aufhalten«, schrie sie wie von Sinnen. »Ich … kann …«

Sein Becken krachte gegen ihre Pobacken.

»Dann lass es zu«, befahl er harsch. »Brenne für mich.«

Ihr gesamter Körper fing Feuer. Sie rief immer und immer wieder völlig hilflos seinen Namen. Alles um sie herum löste sich unter dem Ansturm der Lust auf. Es gab nur noch stampfendes Glück, und sie gab sich ihm ganz und gar hin. Es gab keinen Platz für Bedauern oder Zögern. Nicht hierbei.

Kam fluchte hitzig. Er spürte, wie ihn die Flammen umringten und dann die kleinen Zuckungen ihres Höhepunkts, die seinen Schwanz umgaben und einen Mann in Versuchung brachten, der ohnehin schon verführt war. Lin rief seinen Namen, und er gab auf. Mit einer Hand packte er ihren Po und fing an, in sie einzutauchen. Die Grausamkeit des Vergnügens ließ ihn das Gesicht verziehen. Sie war so heiß. Ihr Rufen und Stöhnen verstärkte sich noch, während er sie fickte, und sie kam wieder und wieder. Er hielt den Vibrator so lange an sie gedrückt, wie er konnte, doch dann erreichte auch er den Punkt, an dem es kein Zurück mehr gab. Sie verbrannte ihn von innen heraus.

Der Vibrator fiel aufs Bett. Er nahm ihren Po nun mit beiden Händen und stieß immer wieder mit großer Wucht in sie hinein. Ihre scharfen Schreie durchdrangen den dichten Nebel seiner fiebrigen Lust, und er konnte es nicht mehr aufhalten. Sein Becken krachte immer schneller und schneller gegen ihren Po. In einem Moment wie diesem gab es nur noch Ehrlichkeit, und sein wildes und raues, sein wahres Selbst zeigte sich.

»Wem gibst du dich hin, Lin? Wem?«

»Dir«, schrie sie. »*Kam.*«

»Vergiss das niemals«, knurrte er. Er stieß zu, ihre Körper klatschten aneinander. Er drückte sie fest an sich, seine Muskeln verhärteten sich. Er brüllte, als ihn der Höhepunkt ereilte. Seine Detonation fühlte sich an, als könne sie ihm ein Loch in den Kopf sprengen …

... in seine Seele.

Er bekam keine Luft mehr. Sein Körper beruhigte sich nicht, wie er es sonst nach einem Orgasmus tat. Er ächzte, rau und mitleiderregend, hielt Lin aber noch immer an sich gedrückt, als sei sie seine persönliche Lebensretterin und er kurz vor dem Ertrinken. Weil die Unruhe in ihm kein Ende nehmen wollte, geriet er fast in Panik.

Er nahm einen brennenden Atemzug nach dem anderen und begann sich tatsächlich etwas zu beruhigen. Er blinzelte den Schweiß aus seinen Augen und sah unter sich. Der Anblick von Lins schlankem Brustkorb, der sich hob und senkte, war köstlich. Ergreifend. Dann traf ihn die Erkenntnis, wie wild er am Ende mit ihr gewesen war. Wie rücksichtslos. Wie entschlossen er sich seinen Weg in ihren Körper gebahnt hatte. Ihren Geist. Ihr Herz.

Er beugte seinen Kopf zurück und ließ das gedämpfte Stöhnen seines zunehmenden Unglücks hören.

»Kam?«, fragte Lin ganz zittrig.

Er sah zu ihr hinunter und erkannte, dass sie den Kopf gehoben hatte, im Versuch, ihn anzusehen. Langsam zog er sich aus ihr zurück. Dabei wimmerte er.

»Komm her«, sagte er leise. Er half ihr, sich im Bett zu drehen. Sie wirkte überrascht, als er sie von der Matratze hob und sie an sich drückte. Er trug sie ins Badezimmer.

»Kam?«, wiederholte Lin benebelt. Er hatte sie in die Dusche gestellt und das Wasser angeschaltet. Mit ihm zusammen zog er sie unter die heißen Strahlen, dann schloss er die Glastür. Schnell seifte er sie ein und vermied es dabei, sie anzusehen.

»Was ist los?«, wollte sie ängstlich wissen. »Was ist mit dir passiert?«

Er blickte ihr ins Gesicht. Sie sah von unten zu ihm hinauf, und ihre verstörte Miene versetzte ihm einen Stich. Er schloss die Augen und wandte den Blick von ihr ab. Er hatte die kleine Träne gesehen, die ihre Wange hinabgelaufen war.

»Es tut mir leid. Es tut mir leid, dass ich das getan habe ... in der Nacht aller Nächte.«

»Wieso Nacht aller Nächte? Ich verstehe nicht, was du da sagst. Ich verstehe dich überhaupt nicht mehr, seit Ian mir erzählt hat, dass du mich fragen willst, ob ich für dich arbeiten möchte.«

Das Wasser der Dusche plätscherte. Niemand sagte etwas.

»Ich weiß, dass du in Ian verliebt bist.«

Er sah sie an. Das Wasser hatte die eine Hälfte ihrer dunklen Haare nass gemacht. An ihrem Hals und ihren Brüsten hingen kleine Tropfen. Ihre Wangen waren noch rot von der Erregung. Während er sie ansah, öffnete sich langsam und ungläubig ihr Mund.

»Wovon redest du da?«, fragte sie, die Stimme vor Schreck ganz tonlos. Als er ihr nicht gleich antwortete, suchte sie in seinem Gesicht wild nach einer Antwort. »Hast du mit Richard St. Claire gesprochen? Bist du im *Krankenhaus* gewesen?«

Ein Übelkeit erregendes Gefühl überkam ihn. Er hatte nicht wirklich geglaubt, dass er sich täuschen könnte, was ihre Gefühle für Ian anging. Dennoch war der Beweis, dass er recht hatte, ein Schlag, auf den er nicht vorbereitet war.

»Nein. Ich habe es vermutet. Nach einer Bemerkung, die Ian fallen gelassen hat.« Ein wenig der lebhaften Farbe verschwand aus ihren Wangen. »*Er* weiß es nicht«, versicherte er ihr, als er sich plötzlich schuldig fühlte. Es war unverzeihlich, wie er sich hier aufführte. Er wurde handgreiflich gegen die Frau, in die er sich verliebt hatte, wegen etwas, für das sie nichts konnte. Die Liebe fällt, wohin sie will, hieß es nicht so? Sie hatte sich in Ian verliebt, lange bevor sie überhaupt von Kams Existenz gewusst hatte. Frustriert fuhr er ihr durch das feuchte Haar. Es schien aberwitzig, sich nun im Nachklang zu seinem Sturm der chaotischen Gefühle einzureden, er wäre böse mit ihr, weil sie nicht ehrlich zu ihm gewesen sei. Als hätte er es locker aufgenommen, von ihren Lippen zu hören, dass sie sich von ihm angezogen fühlte, weil er seinem Bruder ähnelte, oder dass sie zwar Spaß mit ihm im Bett hatte, ihr Herz aber einem anderen Mann gehörte.

Ja, er hätte das *wirklich* sehr gut aufgenommen, musste er sich selbstironisch eingestehen.

»Ich habe es herausgefunden, als Ian mir gestern empfohlen hat, dir violette Lotusblumen zu kaufen. Er hat gesagt, es wären deine Lieblingsblumen«, erklärte Kam dumpf. »Ich habe mich erinnert, dass du mehrere davon getrocknet in deiner Nachttischschublade aufbewahrst... und zwar die, die Ian dir im Laufe der Jahre geschenkt hat, stimmt's?«

Sie antwortete nicht. Sie schien bis ins Innerste erschüttert zu sein, dass ihr Geheimnis so unerwartet aufgedeckt worden war. Er hob die Hand, um ihr Gesicht zu streicheln – sie zu trösten –, doch die Erinnerung daran, wie er sie vor Kurzem noch behandelt hatte, ließ ihn innehalten. Er atmete aus und fühlte sich plötzlich sehr erschöpft.

»Das und noch eine Menge anderer Dinge, die ich in den letzten Wochen erfahren habe, seit ich dich kenne, haben mich davon überzeugt. Du bist so zurückhaltend. So kontrolliert. Ich denke mir, dass es, wenn es einen Menschen auf Erden gibt, der den Schmerz eines gebrochenen Herzens tagein, tagaus aushalten kann und noch immer stark und loyal bleibt, du das dann bist.« Er sah ihr in die Augen. »Ich habe es einfach herausgefunden, Lin.«

Ihr verblüfftes Schweigen war irgendwie bedeutender als eine brüllende Verurteilung. Er starrte blind auf die Fliesen neben sich.

»Alles in Ordnung mit dir? Habe ich dir wehgetan?« Er wies vage in Richtung des Schlafzimmers.

»*Nein*«, flüsterte sie.
Er schluckte mühsam. Die Erleichterung, die er bei ihrer Antwort verspürte, durchdrang nur mühsam die unendliche Mattigkeit, die ihn im Griff hatte.
»Ich gehe am besten und lasse dich allein.« Er legte seine Hand an die Tür der Dusche, drehte sich dann aber noch einmal um. Sie hatte sich immer noch nicht von der Stelle gerührt.
»Ich habe nicht mit dir geschlafen, weil ich dich beeinflussen wollte, bei Reardon Technologies zu arbeiten. Ich habe es getan, weil ich meine Hände nicht von dir lassen kann. Ich habe mich in dich verliebt, Lin. Sehr sogar«, fügte er grimmig hinzu. »Ich habe gedacht, das wäre offensichtlich, aber was weiß ich schon? Ich habe in dieser Angelegenheit nur wenig Erfahrung. Gar keine, um ehrlich zu sein.«
Er trat aus der Dusche und schloss die Tür zwischen ihnen.

KAPITEL NEUNZEHN

Als Lin sich etwas von dem Schrecken erholt, die Dusche verlassen und sich angezogen hatte, waren Kam und Angus verschwunden. War Kam mit Angus nach draußen gegangen, um ihr die Möglichkeit zu geben, einen deutlich peinlicheren Abschied zu vermeiden?

Lin war so überwältigt von den Ereignissen des Abends, dass sie diese Möglichkeit ergriff. Sie floh. Sie war bestürzt und verwirrt über das, was Kam ihr erzählt hatte. Und konnte es immer noch nicht recht glauben. Doch zugleich fühlte sie sich schuldig. Sie hätte ihm von Ian erzählen sollen. Oder nicht?

Aber da ist doch gar nichts mehr zu erzählen, nicht wahr?

Lin war schon aufgefallen, dass ihre romantische Verklärung von Ian nichts, *gar nichts* war im Vergleich zu den lebhaften, erstaunlichen, unkontrollierbaren Gefühlen, die sie für Kam hegte.

Womöglich war der ausschlaggebende Grund, dass sie sich aus Kams Apartment wegschlich, um sich zu sammeln. Ihr Wissen, dass sie sich wie eine Idiotin benommen hatte. Einen Großteil ihres Lebens als Erwachsene hatte sie damit verbracht, einen Traum anzuschmachten. Es hatte Kams raue, kompromisslose Ehrlichkeit gebraucht, um ihr das zu zeigen.

War es zu spät, um ihre wahren Gefühle zuzugeben? Hatte sie schon eine solch dichte Fassade um sich aufgebaut, dass sie niemals diesen dicken Wänden entkommen konnte?

In dieser Nacht bemächtigte sich ihrer ein seltsames Gefühl. Es war vergleichbar mit der Erfahrung, den Signalton eines weit entfernten Weckers zu hören, der immer näher kam, bis der schmetternde Ton das Bewusstsein völlig anfüllt. Sie war in ihre Wohnung zurückgefahren, fand jedoch keinen Schlaf, da dieses alarmierende, anschwellende Gefühl immer stärker wurde. Es war, als hätte sie endlich die Falle entdeckt, die sie sich selbst gestellt hatte, und nun konnte sie in ihrer Gefangenschaft keinen Frieden mehr finden.

Warum hatte sie ihn letzte Nacht verlassen? Warum verschwendete sie ihre Zeit in diesem Bett? Sie musste mit Kam sprechen. Ihr wurde klar, dass dieses anschwellende Gefühl aus ihren Gefühlen bestand, die ihren Verteidigungswall einrissen, aus all den unausgesprochenen Worten, die sie Kam sagen wollte und die sich deshalb in ihrem Kopf drängten.

Kurz vor Sonnenaufgang erhob sie sich aus ihrem zerknitterten Bett und duschte schnell. Ohne jedes Make-up und in der Hoffnung, dass ihre Haare schon an der Luft trocknen würden, schlüpfte sie rasch in ein Paar Jeans, ein enganliegendes T-Shirt und eine Jacke, dazu zog sie sich ein paar Stiefel an. Sie schnappte sich ihre Handtasche und Schlüssel und eilte aus der Tür.

Fünfzehn Minuten später setzte sie ein Taxi vor dem Gebäude mit Kams Wohnung ab, wo sie ungeduldig am Tresen des Pförtners wartete.

»Ist Mr. Reardon zu Hause?«, fragte der Pförtner durch die Sprechanlage. »Er hat Besuch. Oh, guten Tag, Mrs. Noble«, fuhr der Mann ehrerbietig kurz darauf fort. Er warf Lin einen spitzen Blick zu. Was wollte Francesca in Kams Wohnung? »Aha, Mr. Reardon ist also nicht da?«

»Kann ich bitte mit ihr sprechen?«, bat Lin und streckte ihre Hand nach dem Hörer aus.

»Francesca?«, fragte sie eine Sekunde später.

»Lin, bist du das?«

»Ja. Ich suche Kam. Ich muss mit ihm sprechen. Es ist wichtig.«

»Ist alles in Ordnung?«, fragte Francesca besorgt.

»Ja«, sagte Lin und bemerkte, dass sie ihre zunehmende Unruhe kaum verborgen hatte. »Na ja, nicht alles. Ich muss mit ihm sprechen. Weißt du, wo er ist?«

»Am Flughafen«, antwortete Francesca. »Er hat letzte Nacht gegen Mitternacht im Penthouse angerufen und erklärt, er habe seine Meinung geändert, was den Besuch der Gersbachs in Genf nächste Woche angeht. Er habe sich entschieden, gleich jetzt zu fliegen. Er hat einen Flug für heute Morgen gebucht und mich gebeten, nach Angus zu schauen, während er unterwegs ist. Ich finde es schon ein bisschen merkwürdig, aber ...«

»Um wie viel Uhr geht sein Flug?«, unterbrach Lin sie.

»Um acht. Er ist vor etwa zehn Minuten losgefahren, würde ich schätzen. Du hast ihn knapp verpasst. Lin, er hat etwas angedeutet, dass er eventuell nicht mehr nach Chicago zurückkehren werde. Und dass er möglicherweise etwas arrangieren wolle, damit Angus zurück nach Aurore kommt.«

»Fluglinie?«, drängte Lin.

»United.«

»Danke. Ich muss los«, sagte sie gehetzt und gab dem Pförtner den Hörer zurück.

»Viel Glück«, hörte sie noch Francescas Stimme aus dem Apparat.

»Sie haben Mr. Reardon nicht gerade eben aus dem Gebäude kommen sehen?«, wollte Lin frustriert von dem Pförtner wissen und lief auf die Tür zu.

»Ich war vor ein paar Minuten kurz auf der Toilette ...«

Lin ließ ein irritiertes Ächzen hören und schoss durch die Drehtür auf die Straße.

»Zum Flughafen. Schnell«, wies Lin den Taxifahrer an, noch während sie sich auf den Rücksitz setzte und die Tür zuwarf.

»Berufsverkehr. Ich werde mein Bestes tun.«

»Ich zahle Ihnen das Zehnfache des Tarifs, wenn Sie es schneller schaffen. Deutlich schneller.«

Im Rückspiegel sah sie, wie die Augenbrauen des Chauffeurs interessiert nach oben stiegen. Dann musste sie sich an der Armlehne abstützen, als er das Gaspedal durchdrückte. Der Alarm verstärkte sich zu einem Heulen in ihrem Kopf, als sie hastig ihr Smartphone aus der Handtasche zog und Kams Nummer wählte. Wenn sie ihn bat, seinen Flug zu verschieben, würde er ihr den Gefallen tun?

Der Taxifahrer hatte ihre Herausforderung angenommen und rund ein Dutzend unterschiedlicher Strafzettel riskiert, um sie, bei diesem Verkehr, in Rekordzeit zum Flughafen zu bringen. In ihren Alarm mischte sich dennoch Furcht, denn Kam ging auch nach mehreren Versuchen nicht ans Telefon. Warum wurde sie so panisch? Sicher, selbst wenn sie ihn verpasste, konnte sie nach Genf oder Frankreich oder an jeden anderen Ort fliegen, um ihm nachzueilen.

Jetzt, wo ich aufgehört habe, immer auf Nummer sicher zu gehen, will ich aber keine Zeit mehr verlieren.

Sie legte dem Taxifahrer vier Einhundert-Dollar-Noten in die Hand und sprang aus dem Auto. Sie warf die Tür hinter sich zu und hatte nur noch das Ziel, Kam zu finden.

Plötzlich stürzte sie. Sie fiel taumelnd auf den Fußweg.

»Ist alles in Ordnung?«, wollte ein Kofferjunge wissen.

Lin verzog das Gesicht. Sie hatte sich mit den Händen abgefangen, und nun brannten sie von dem Sturz. Sie war in der Eile über einen Betonrandstein gestolpert. Sich lautlos für ihre Idiotie verfluchend – sie konnte sich nicht erinnern, jemals in ihrem Leben einen solchen Sturzflug hingelegt zu haben –, rappelte sie sich auf, nur um gleich ein zweites Mal umzufallen. Ihre Verwirrung über ihren plötzlich so wackeligen Zustand wurde durch Verzweiflung ersetzt. Denn nun erkannte sie, dass sie den Absatz ihres rechten Stiefels abgebrochen hatte.

Kam mochte in diesen Sekunden durch die Sicherheitskontrolle verschwinden und damit außerhalb ihrer Reichweite sein.

Sie schob einen Berg wilder Locken aus ihrem Gesicht und humpelte über den Fußweg. Ihr Gang sah wegen des Höhenunterschieds ihrer Beine nun ziemlich linkisch aus. Sie stolperte durch den geschäftigen Flughafen und sah sich nach der nächstgelegenen Sicherheitskontrolle um.

Der Security-Bereich war voller Menschen. Stürmisch suchte sie nach Kams auffälliger Gestalt und seinem charakteristisch dunklen, welligen Haar. Ihre Hilflosigkeit und Furcht wuchsen, bis es sich anfühlte, als würden sie sie ersticken. Nirgends. Nichts von ihm zu sehen. Sie lief weiter auf ihrer ängstlichen Suche, in der Hoffnung, ihn doch noch vor einer Sicherheitsschleuse zu finden.

Sie sah auf die Uhr und schloss ihre brennenden Augenlider. Es war nun sieben Uhr zweiundzwanzig. Er würde nun gleich einsteigen. Sogar wenn sie nun noch das Kunststück vollbringen konnte und ein Ticket kaufte, um durch die Sicherheitskontrolle zu gelangen, waren die Schlangen zu lang, um ihn noch rechtzeitig zu erwischen. Sie würde es nicht schaffen.

Sie hatte ihn verpasst.

Plötzlich fühlten sich ihre Gliedmaßen sehr schwer an. Auch ihr Herz. Der Schmerz hatte auf diesen Moment gewartet, um in ihr Bewusstsein zu drängen. Ihre Knie und Handflächen brannten mit einem stechenden Schmerz von ihrem Sturz.

Fort. Er war fort. Und sie war wieder gefangen in dem klebrigen Netz ihres eigenen Lebens.

Sie musste am Ankunftsterminal in ein Taxi steigen, dachte sie benebelt. Sie drehte sich um und humpelte niedergeschlagen zu den Fahrstühlen.

»Lin?«

Sie hielt auf ihrem Weg zum Taxistand an. Ihr Herz schlug

bis zum Hals. Sie drehte sich langsam um, ihre Haut kribbelte, sie war viel zu ängstlich, um es zu glauben, und doch ...

Kam stand hinter ihr. Er trug eine Jeans und ein langärmeliges, gestreiftes Hemd und hatte den Griff eines Rollkoffers in der Hand. Ungläubig starrte er sie an. Plötzlich stürmte er auf sie zu.

»Was ist passiert?«, fragte er. Seine Augen blickten wild. »Warum ist da überall Blut?« Er strich ihr über die Wangen, und seine Augenbrauen zogen sich gefährlich hoch, während er an ihr herabsah. Er hob ihre Hand. Wie benommen bemerkte Lin zum ersten Mal das Blut an ihren Handflächen. Sie musste sich die Wange gerieben und dabei Blut über ihr Gesicht geschmiert haben.

»Ich bin beim Aussteigen aus dem Taxi gestürzt. Ich bin *so* froh, dich zu sehen.« Ihre Stimme zitterte vor Erleichterung.

Er sah ihr ins Gesicht, und Verblüffung zeichnete sich auf seinen Zügen ab.

»Was tust du hier?«

»Ich wollte dich bitten, nicht zu gehen. Nicht jetzt jedenfalls. Es tut mir leid, dass ich gestern Nacht verschwunden bin«, sagte sie eilig. »Ich war ... überwältigt von dem, was du gesagt hast. Von allem ...« Sie beendete den Satz nicht, als ihr auffiel, wie unpassend sie klang. Sie schüttelte frustriert den Kopf. »Ich bin nicht in Ian verliebt, Kam. Es gab eine Zeit, da dachte ich, ich wäre es. Früher einmal. Und vor Kurzem hat mich mein Freund Richard darauf gestoßen, dass meine Gefühle für Ian meine Entschuldigung dafür waren, kein Risiko eingehen zu wollen ... mich immer auf der sicheren Seite zu halten.« Sie schluckte mühsam, und der Druck in ihrer Brust und Kehle machten das Sprechen schwierig, auch wenn sie noch nie zuvor so sehr das Bedürfnis gehabt hatte, etwas zu erklären. Eine Träne lief über ihre Wange und benetzte eine Haarsträhne, die über ihr erhitztes Gesicht gerutscht war. Sie schob sich die verirrte Locke hinter das Ohr. Mein Gott, war sie durcheinander. »Auch wenn Richard es mir erst kürzlich ins Gesicht gesagt hat, so war in mir doch schon vorher der Verdacht entstanden, dass er recht mit dem hatte, was er mir gesagt hat. Was ich für Ian empfunden habe, war die Schwärmerei eines Mädchens, die schon vor langer Zeit sich hätte in Luft auflösen sollen. Hätte ich nicht so bereitwillig daran festgehalten.«

»Wann?«

»Wann *was*?«, fragte sie verwirrt.

Kam trat näher an sie heran. Augenblicklich war sie überflutet von seiner Gegenwart, seinem großen, festen Körper und den schroffen Zügen und den funkelnden, hellen Augen. Er war das Schönste, das sie je in ihrem Leben gesehen hatte. Sein Duft stieg in ihre Nase. Tief sog sie seinen Geruch ein und freute sich an diesem überraschenden Geschenk. An ihm.

»Wann hast du angefangen zu vermuten, dass du Ian gar nicht wirklich liebst?«, wollte Kam wissen.

Sie sah in seine Augen und spürte, wie nun die letzten Mauern um sie herum einstürzten.

»So richtig habe ich es wohl erst jetzt verstanden, aber ich denke, vielleicht... als ich dich zum ersten Mal gesehen habe«, flüsterte sie.

Er formte ein Wort mit dem Mund, ohne ein Geräusch zu machen, dann nahm er sie in seine Arme. Sie drückte sich fest an ihn und presste ihre Augen fest zusammen. Mächtige Gefühle überkamen sie.

»Du hast letzte Nacht gesagt, dass du nur einen Menschen kennst, der sich mit einem gebrochenen Herzen so zusammenreißen könne, und das sei ich«, sprach sie schnell gegen seine Brust. »Aber das stimmt nicht, Kam. So habe ich gelernt, so habe ich es als *Tatsache* erkannt, dass ich niemals wirklich in Ian verliebt gewesen bin. Denn wenn es sich so anfühlt«, und dabei umarmte sie ihn noch fester und fuhr dann mit erstickter Stimme fort, »dann ist das nichts, wobei man sich *jemals* zusammenreißen könnte.«

»Pssst. Es ist gut, Baby. Es ist *so* gut«, flüsterte er ihr warm ins Ohr und strich mit den Händen beruhigend über ihren Rücken, als sie unkontrolliert anfing zu schluchzen. »Es kommt alles wieder in Ordnung. Es wird alles besser werden als nur in Ordnung. Du wirst schon sehen.«

Lin nickte an seiner Brust. Sie hatte keine Ahnung, wie lange sie so standen, verzweifelt aneinandergepresst, während Fremde in beiden Richtungen an ihnen vorbeieilten.

Schließlich hob sie ihre Wange von seiner Brust und sah ihm ins Gesicht. Trotz eines Tränenvorhangs vor ihren Augen sah sie sein Lächeln, dessen Zärtlichkeit sich deutlich von seiner rauen, maskulinen Aura abhob. Er fuhr ihr durchs Haar und strich ihr übers Kinn.

»Du siehst total mitgenommen aus, *mon petit chaton*. Ich habe dich nie schöner gesehen.«

Sie strahlte ihn an.

»Ich hätte nie geglaubt, dass ich Lin Soong eines Tages so aufgelöst erleben würde«, sagte er.

»Ich auch nicht. Aber ich bin froh, dass es so weit gekommen ist«, erwiderte sie ernsthaft. Sein Lächeln nahm langsam ab, seine Miene verhärtete sich.

»Je t'aime, mon amour.«

Wärme und Erstaunen überschwemmten ihre Brust und ihr Herz. Ihr Französisch war gut genug, um das zu verstehen, doch auch wenn es nicht ausgereicht hätte, so war die Botschaft, die in diesem Moment in Kams Augen aufleuchtete, unmissverständlich.

»Ja. Auch mich hat es überrascht«, murmelte er, und sein hübscher Mund öffnete sich zu einem selbstironischen Grinsen. Sie lachte los, und er stimmte in ihr Lachen ein. Ein überschäumender Augenblick. Golden. Er musste ihre Verblüffung bei seiner Liebeserklärung gespürt haben.

»Eher wie ein Wunder«, hauchte sie, und Ehrfurcht färbte ihre Stimme.

Er brachte ihr Handgelenk an seinen Mund und küsste ihren Puls. Sein leidenschaftlicher Blick bohrte sich bis in ihr Innerstes. Wie hatte sie nur je überlegen können, *dies* gegen die Sicherheit ihres Herzens einzutauschen? Seine warmen Lippen verweilten für ein paar Herzschläge dort.

»Komm. Du solltest auf die Toilette gehen und die Schnitte an deinen Händen auswaschen«, sagte er grimmig kurz darauf.

»Ich habe dich noch gar nicht gefragt, was du hier machst, anstatt im Flugzeug zu sitzen«, fragte Lin, als sie nebeneinander auf dem Weg zur Damen-Toilette waren.

»Ich habe gemerkt, dass ich zu früh aufgegeben habe. Ich bin zurückgekommen, um dich um Verzeihung zu bitten dafür, wie ich mich letzte Nacht verhalten habe. Ich bin zurückgekommen, damit ich um dich kämpfen kann.« Von der Seite warf er ihr einen festen, funkelnden Blick zu, der in ihrem Bauch jenes so herrlich vertraute, prickelnde Gefühl verursachte.

»Weder das eine noch das andere war nötig«, versicherte ihm Lin. »Aber trotzdem *Danke*.«

EPILOG

Vier Monate später
Belford Hall, England

Lin klopfte an die aus Walnussholz geschnitzte Tür und trat ein, nachdem sie das leise »Herein« gehört hatte. Sie lächelte. Francesca saß halb aufrecht gegen die Kissen des Himmelbetts gelehnt und hielt ein weiß eingepacktes kleines Paket im Arm. Das Morgenlicht fiel durch die Fenster ins Zimmer. Gerade hatte Lin von Ians Großmutter Anne erfahren, dass Francesca und Ian fast die ganze Nacht mit dem Baby wach gewesen waren. Aber offenbar hatte der Säugling sich nun dem Schlaf ergeben. Francesca sah zwar sehr erschöpft, zugleich aber auch zutiefst glücklich aus. Sie erwiderte Lins Lächeln.

»Anne hat mir gesagt, ich dürfte nach euch sehen«, erklärte Lin leise. »Ich habe auch Ian unten getroffen. Er will jeden Moment mit dem Stubenwagen zurück sein, damit du dich ausruhen kannst. Er sah *unglaublich* glücklich aus.« Sie betrachtete das kleine Paket und entdeckte das Gesicht des Säuglings. Seine Haare waren dunkel, so wie Ians, und er schlief tief und fest.

»Darf ich vorstellen, James Patrick Noble«, flüsterte Francesca. »Er hat nun offenbar endlich bemerkt, wie schön es sein kann zu schlafen.«

»Er ist wunderschön, Francesca.«

Francesca sah lächelnd auf ihr Kind herab.

»Er sieht seinem Vater ähnlich. Der Glückliche.«

»Welche Augenfarbe hat er denn?«

»Dunkelblau. Aber Anne sagt, das könne sich noch ändern.«

»Kam war, ich weiß nicht für wie lange, wie vor den Kopf geschlagen, als er gehört hat, dass ihr eurem James seinen zweiten Vornamen gegeben habt«, sagte Lin leise und trat wieder einen Schritt zurück. Sie sah sich um, als Ian mit dem weißen Stubenwagen unterm Arm ins Zimmer kam. Er trug Jeans und hatte eine Andeutung von Bartstoppeln auf den Wangen. Wie seine Frau, so sah auch er erschöpft, aber glücklich aus.

»Wir wollten ihm einen wirklichen Familiennamen geben«, murmelte Ian und stellte das Körbchen dicht neben Francesca ab. »Da Elise und Lucien seine Paten sind, haben wir uns gedacht, dass wir seinen Großvater und Kam mit ihren Namen verewigen wollten.«

»Kam fühlt sich sehr geehrt. Wirklich«, flüsterte Lin und warf Francesca einen langen Blick zu. »Auch wenn er bislang kaum etwas dazu gesagt hat, so kann ich es doch schon am Klang seiner Stimme hören, wenn wir über James sprechen.«

»Ich weiß«, antwortete Francesca. »Ich habe seinen Gesichtsausdruck gesehen. Er war ja im Krankenhaus, kurz nach der Geburt von James, und da haben wir es ihm gesagt.«

»Es tut mir leid, dass ich es nicht zur Geburt geschafft habe«, entschuldigte sich Lin bei beiden Eltern. »Es war eine verlorene Zeit auf der anderen Seite des Globus.«

»Du bist jetzt hier. Danke dafür«, sagte Francesca und meinte es genau so.

»Kam sagt, du hast für Reardon wieder einen wertvollen Vertrag eingefädelt, dieses Mal mit Haru Incorporated«, sagte Ian leise und setzte sich aufs Bett. Er streichelte Francescas Bein und sah auf James herab. Lin erinnerte sich, wie sie einen ganz neuen Ausdruck auf seinem Gesicht bemerkt hatte, nachdem er sich in Francesca verliebt hatte und dass sie sich für sein Glück gefreut hatte. Schließlich lagen große Einsamkeit und Schmerz hinter ihm. Und nun zeigte sich noch ein neuer Ausdruck in seinem Gesicht, als Ian zu seinem Sohn hinübersah. Ein Ausdruck tiefer Liebe und großer Zufriedenheit.

Lin nickte.

»Und gerade noch rechtzeitig, denn die erste Lieferung von Uhren geht in zwei Wochen raus. Dieses zusätzliche Kapital aus dem Lizenzvertrag kommt daher wie gerufen. Es ist alles so schnell über die Bühne gegangen.« Lin sprach von der Gründung von Kams Firma. *Ihrer* Firma, denn sie hatte sich schließlich entschieden, Kams Angebot, das er ihr vor einigen Monaten gemacht hatte, anzunehmen, um seine Geschäftspartnerin zu werden. Und auch die seines Privatlebens.

»Ohne dich hätte Kam das nicht geschafft«, erklärte Ian. »Glaube mir, ich weiß, wovon ich spreche.«

Lin lächelte sanft.

»Du schaffst das schon ohne mich. Mach mir kein schlechtes Gewissen.«

»Du darfst *auf keinen Fall* ein schlechtes Gewissen haben«, flüsterte Francesca und warf Ian einen bedeutungsschweren Blick zu. Er lächelte seine Frau an.

»Sie weiß, dass ich nur Spaß mache«, polterte Ian. »Ich hätte sie zu niemandem kampflos ziehen lassen außer zu Kam. Sie gehört immer noch zur Familie, also habe ich mich damit versöhnt.«

»Kam ist sehr glücklich«, erklärte Francesca Lin ernsthaft. »Ich habe noch nie einen Mann gesehen, der so energiegeladen und zielstrebig an seine Arbeit geht – vor allem, seit ihr beide euch der großen Herausforderung widmet, eine Firma zu gründen, womit eine Menge Dinge zusammenhängen – und der zugleich so glücklich mit seinem persönlichen Leben ist. Du bist das Beste, was ihm in seinem Leben je passiert ist.«

»Er blickt jetzt nur noch im Schlaf und bei Dinnerpartys so

böse drein. Ich habe es sogar selbst erlebt, wie er letzte Woche hier in London einen Kellner angelächelt hat«, spottete Ian.

Lin lächelte. Dass die beiden so herzlich von Kams Zufriedenheit sprachen, ließ es ihr warm ums Herz werden. Sie und Kam lebten nun schon zehn Wochen zusammen in Manoir Aurore, auch wenn sie beide häufig geschäftlich unterwegs waren. Lin stimmte Francescas Bemerkung über Kams Glück zu. Sie genoss es selbst in vollen Zügen, wer also könnte es besser beurteilen als sie?

Francesca drehte James in ihren Armen.

»Lasst ihn uns hinlegen. Ich bin so müde, mir fallen gleich die Augen zu.« Damit übergab sie Ian das kleine Bündel. Ian nahm seinen Sohn in die Arme und stand auf.

»Bist du sicher, dass Melina ihn nicht ins Kinderzimmer legen soll zum Schlafen?«, wollte Ian wissen. Lin hatte das neu eingestellte Kindermädchen bereits kennengelernt. »Dann könntest du dich einmal ungestört ausschlafen.«

»Nein, nein.« Francesca schüttelte entschieden den Kopf. »Das ist noch zu früh.«

Lin lächelte, denn sie konnte Francesca gut verstehen. James war schließlich erst drei Tage alt. Lin vermutete ohnehin, dass Francesca nicht begeistert war von der Vorstellung, ein Kindermädchen im Haus zu haben.

Sie legte sich den Schultergurt ihrer Tasche um und wollte gehen. Francesca musste sich ausruhen, und sie selbst wollte *dringend* zurück nach Aurore und zu Kam.

»Du hättest nicht extra nach Belford Hall kommen sollen, Lin. Kam hat erzählt, dass ihr euch nun schon neun Tage nicht mehr gesehen habt«, erwähnte Francesca müde.

Lin trat an den Stubenwagen und warf einen letzten Blick auf James. »Ich wollte euch aber vorher noch besuchen und James sehen. Ich bin glücklich, dass ich es so gemacht habe. Er ist toll, euer Sohn. Außerdem«, damit wandte sie sich den bei-

den noch einmal zu, »können Kam und ich uns noch ein paar ruhige Tage machen, bevor in zwei Wochen der Sturm der Produktion losbricht. Wir haben heute Abend einen besonderen Tag zu feiern.«
»Ach ja? Welchen denn?«, wollte Francesca wissen.
»Vier Monate.«
»Vier Monate seit...«
»Wir uns zum ersten Mal gesehen haben.« Lin lächelte kläglich. Sie wusste, wie idiotisch solche kleinen Rituale Paaren vorkamen, die schon viel länger zusammen waren. »Glaubt man Kam, dann hat alles schon in dem ersten Blick gelegen, der Samen für alles Weitere«, gestand sie und spürte, wie ihre Wangen erröteten.
»Was, so geschwätzig ist Kam bei dir inzwischen geworden?«, fragte Ian mit zufriedenem und amüsiertem Blick.
»Du hast ja keine Ahnung«, versicherte Lin ihm grinsend.

Lin fuhr den langen Weg durch die Wälder nach Aurore. Sie hatte Kam gesagt, dass sie vor ihrer Heimfahrt noch einige Besorgungen zu erledigen hatte, weshalb Kam sich zögernd einverstanden erklärt hatte, sie nicht vom Flughafen abzuholen. Da sie gut vorangekommen war, war sie nun schon eine Stunde früher zu Hause, als Kam sie erwartete.

Die Sonne ging bereits unter, obwohl es erst kurz nach fünf war. Nach ihrer Landung in Frankreich hatte sie im Dorf gehalten, um beim Lebensmittelhändler ein paar Einkäufe zu erledigen und dann das vorbereitete Geschenk für Kam abzuholen. Auch wenn die Wälder in der Winterkälte glänzten, so wirkte Manoir Aurore doch warm und einladend, fand Lin, als sie das Auto in die große Einfahrt vor dem Haus lenkte. Sie hatte für Weihnachten ein wenig Ziergrün bestellt, das zusammen mit dem üppigen Kranz an der Eingangstür fröhlich wirkte. Goldenes Licht drang durch verschiedene Fenster. Sie erkannte das kleine Auto von Madame Morisot – ihrer neuen Haushälterin – wieder, das hinter Kams Limousine geparkt war.

Wie eine Idiotin grinsend, holte sie ihr kleines, weiches Geschenk aus dem Auto und jonglierte ihre Schultertasche und die Einkäufe zum Haus. Ihren Koffer würde sie später holen. Sie konnte es nicht länger abwarten, ihm sein Geschenk zu überreichen. Doch vor allem sehnte sie sich danach, ihn wiederzusehen. Es war *viel* zu lange her.

Madame Morisot trug ihren Mantel und kam gerade durch den hell erleuchteten Flur, als Lin hereinkam. Sie riss die Augen auf, als sie sah, was Lin im Arm hielt.

»Pssst«, machte Lin und lachte in sich hinein. »Das ist eine Überraschung. Wo ist er?«

»Oben. Er zieht sich für das Abendessen um«, erklärte Madame Morisot in ihrem stark französisch gefärbten Englisch.

Sie beide wurden vom Klang von Angus bimmelndem Halsband gewarnt, dass die Hündin den Flur entlanggerannt kam.

»Hallo, mein Mädchen«, begrüßte Lin die aufgeregte Hündin. Als Madame Morisot erkannte, wie sie sich bemühte, den Golden Retriever zu streicheln, nahm sie Lin die Taschen ab.

»Das Essen ist schon fertig und steht zum Warmhalten im Ofen«, erklärte die Haushälterin und stellte Lins Tasche auf dem Tischchen im Eingang ab. »Ich wollte gerade nach Hause fahren. Ich hoffe, das ist in Ordnung? Ich denke, Mr. Reardon will Sie heute Abend ganz für sich allein«, fügte Madame Morisot mit einem listigen Blick in den Augen an.

»Ja, vielen Dank für das Abendessen. Wir kommen zurecht.«

»Dann sehen wir uns morgen früh.«

»Gute Nacht«, wünschte Lin. Sie schloss die Tür hinter ihrer Haushälterin ab. Sie kniete sich neben den Einkaufsbeutel und zog einen Karton Milch hervor. Dabei schlug ihr Herz so schnell, dass sie vermutlich jedes Diagramm auf ihrer Reardon-Uhr gesprengt hätte.

Die neuen, dicken Teppiche schluckten ihre Schritte, als sie die Treppe hinaufging. Sie öffnete leise die Tür zu ihrem Schlafzimmer und lugte hinein. Es war leer, doch die Tür zum Bad war nur angelehnt.

»Heute Abend nicht, mein Mädchen«, flüsterte sie entschuldigen der nachdrängenden Angus zu. Sie schloss die Tür und ließ den Hund davor stehen. In ihrem Herzen brannte ein Feuer. Sie lächelte, und ihre Aufregung stieg noch weiter an, als sie auf Zehenspitzen Richtung Badezimmer schlich und den Champagner sah, der in einer Schicht Eis in einem Weinkühler ruhte, zwei Gläser auf dem Nachttisch daneben.

In diesem Augenblick trat Kam aus dem Badezimmer. Er trug ein dunkelblaues Handtuch um die Hüfte gewickelt, die strammen Muskeln und die Haut glänzten noch feucht von der Dusche. Sein dunkles Haar war nass und mit den Fingern in dicken Wellen nach hinten gelegt. Ihr Körper reagierte sofort. Er sah köstlich aus. Lecker. *Oh Gott*, er hatte ihr so gefehlt. Er sah zwei Mal hin, als er sie erblickte. Dann blieb er stehen, und ein Lachen zeigte sich auf seinem Mund.

»Überraschung«, rief sie und hielt das Kätzchen in die Luft.

Er sah auf den zappelnden, grauen Pelzball. Lin wartete nervös. Sie war nicht ganz sicher, ob ihm ihr Geschenk gefallen würde. Sein Lächeln breitete sich dann aber nach und nach überall aus, bis es auch seine Augen erreicht hatte. Ohne ein Wort zu sagen, trat er auf sie zu und nahm sie in die Arme. Sie drückte sich gegen seinen warmen, festen Körper, das Kätzchen und die Milch noch zwischen ihnen. Er eroberte ihren Mund mit einem Kuss, der sich anfühlte, als sei gerade ganz tief in ihr ein Knoten festgezogen worden. Benommen sah sie zu ihm auf, als er dann seinen Kopf wieder hob.

»Wir werden *nie mehr* für so viele Tage voneinander getrennt sein. Und es ist mir dabei ganz egal, wie wichtig das Geschäft ist«, stellte er mit Stirnrunzeln fest. Er knetete ihre Schultern. »Sechs

Tage, *Maximum*.« Sie beugte sich vor und legte ihren Kopf auf seine Brust, atmete seinen köstlichen Duft ein und fuhr mit den Lippen über seine harten Muskeln und kurzen Haare.

»Ich liebe dich auch«, flüsterte sie auf seine Haut.

»Nein, *fünf*«, fuhr Kam fort. »Vier, aber nur wenn es wirklich sein muss. Und auch nur höchstens drei oder vier Mal im Jahr.« Sie leckte ihm leicht über den Körper, so sehr hatte sie seinen Geschmack vermisst. Sein Griff auf ihren Schultern wurde fester. »Zwei Mal im Jahr, wenn überhaupt.«

Sie sah ihm in die Augen.

»Ich habe dich auch vermisst.«

»Versprich mir das«, beharrte er.

»Ich verspreche es«, sagte sie, ohne zu zögern.

Sein Stirnrunzeln verschwand, und der dankbare Blick, den sie so schätzte, tauchte in seinen Augen auf, als er sie ansah.

»Die Arbeit ist nicht so wichtig. Niemals so wichtig wie das hier«, erklärte er grimmig und fuhr mit seinen Fingerspitzen über ihr Kinn.

»Ich habe ja gesagt, ich verspreche es dir.« Sie stellte sich auf die Zehenspitzen und drückte ihre Lippen auf seinen Mund. Sie lockte ihn so lange, bis auch seine Lippen weich wurden und nachgaben. »Und was die Arbeit angeht, da kann ich als geheilt gelten, wie du weißt.«

Das Kätzchen miaute laut. Kam sah hinunter. Sein Lächeln wurde zu einem Strahlen, brillant und verdammt sexy. Er nahm ihr die sich windende Katze aus dem Arm.

»Gefällt er dir?«, fragte Lin hoffnungsvoll.

Kam hob das Kätzchen vor sein Gesicht und betrachtete es ausgiebig. Er war so groß und wild, und das Kätzchen war so klein und zerbrechlich. Dieser Anblick brachte ihr Herz zum Schmelzen. Er ließ das wackelige Kätzchen wieder herab und kraulte es an seiner breiten Brust mit zwei seiner langen Finger.

»Ja. Es ist ein Er?«

Lin nickte.

»Es tut mir leid, aber ich konnte keine schokoladenbraune finden. Aber die gute Nachricht ist die, dass Angus dieses kleine Kerlchen schon akzeptiert hat.« Sie schloss sich Kam an und streichelte ebenfalls das Kätzchen. Sie erklärte ihm, wie sie vor ihrer Abreise nach Japan den Golden Retriever einmal in die Stadt mitgenommen hatte, damit er sich den Wurf in dessen Zuhause anschauen konnte. Besonders mit diesem Kätzchen schien Angus geduldig zu sein, und daraufhin hatte sie sich für dieses Kätzchen entschieden.

Kam sah sie an.

»Du denkst immer an alles, oder?«

Sie zuckte mit den Schultern.

»Dankeschön«, sagte er ruhig, doch seine Dankbarkeit war deutlich spürbar. Er wusste, dass sie es hasste, was er ihr über seine Kindheit und die Grausamkeiten seines Vaters erzählt hatte. Er wusste, dass sie sich nichts mehr wünschte, als es besser zu machen, auch wenn sie diese schmerzlichen Erfahrungen niemals ganz würde auslöschen können. Dies war ihr neues Zuhause. Nicht das von Trevor Gaines. Lin würde es dazu *machen*.

»Wir sollten ihn Marque nennen«, schlug Kam vor und griff nach der Milch, die Lin sich unter den Arm geklemmt hatte. »Das bedeutet so viel wie ›Zeichen‹ auf Französisch, und er ist das Zeichen für eine besondere Nacht. Aus verschiedenen Gründen, hoffe ich«, hörte sie ihn leise vor sich hin murmeln.

Lin folgte ihm in die Sitzecke, in der ein kleines Feuer knisterte. Kam griff nach einer flachen, hübschen Porzellanschüssel, die auf dem Couchtisch stand. Er stellte sie auf den Kaminsims, und Lin öffnete ihm den Karton. Kam goss die Milch hinein und stellte die Schüssel dann in ausreichendem Abstand zum Feuer auf den Boden. Marque fing sofort an zu schlecken, als Kam ihn vorsichtig neben der Schüssel abgesetzt hatte. Kam richtete sich wieder auf und stellte sich dicht neben Lin.

»Ich dachte, wir könnten ihn im Hinterzimmer lassen, bis er groß genug ist«, regte Lin an, während sie zusahen, wie das Kätzchen gierig trank. »Dort ist es hübsch und warm, außerdem liegt da kein Teppich, sodass das Saubermachen nicht allzu schwierig ist.«

»Sehr gut. Aber lass ihn, solange er noch zu Abend isst, doch einfach hier.« Kam griff nach ihrer Hand. »Du und ich, wir haben eine längst überfällige Verabredung hier drüben.« Er führte sie zum Bett.

Sie liebten sich nicht nur einmal, sondern gleich zwei Mal schnell hintereinander, denn ihr Verlangen nach dem Anderen war groß, nachdem sie so viele Tage getrennt gewesen waren. Hinterher kuschelte sich Lin in Kams langen Arm. Ihre Wange ruhte auf seiner Schulter, seine Finger fuhren ihr durchs Haar.

»Marque schläft tief und fest«, stellte Lin nach einer Weile fest. Sie konnte in ihrer Lage durch das ganze Zimmer sehen. Das Kätzchen hatte sich am Ende des Marmorkamins zusammengerollt. Die Milch und die Wärme des Feuers hatten es offenbar schläfrig werden lassen.

»Bist du müde?«, wollte Kam wissen, und seine raue, leise Stimme streichelte sanft und erregend über ihren Nacken. »Du bist jetzt mehr als zwanzig Stunden unterwegs gewesen.«

»Ich bin okay.« Sie strich über seinen starken Bizeps und drückte ihn leicht, wobei sie sich an seiner Stärke freute. »Ich will nicht schlafen. Jetzt nicht. Ich will bei dir sein.«

Er küsste sie oben auf den Kopf. Dann rutschte er hoch und setzte sich auf. Aufgescheucht aus ihrer Ruheposition, glitt Lin zurück gegen die Kissen.

»Das trifft sich gut. Denn wir haben Champagner.« Lin blickte verträumt zur Decke hinauf und fühlte sich lächerlich glücklich, hier zu Hause zu sein. Mit Kam. Er hatte sich umgedreht und die Flasche geöffnet. Sie setzte sich auf, hielt die

Bettdecke über ihre Brüste und nahm ihm die gefüllte Champagner-Flöte ab.

»Auf unseren Vier-Monats-Geburtstag«, sagte sie grinsend und hob ihr Glas.

»Ich habe gehofft, heute könnte noch ein anderer Festtag sein.«

Sie brachte das Glas nicht ganz an ihre Lippen, als sie hörte, wie nüchtern er klang. Sie drehte den Kopf, um ihn anzusehen.

»Welcher denn?«

Er drückte eine kleine Schachtel in ihre freie Hand. Sie starrte auf die kleine dunkelrote Schachtel, die nur einen Ring enthalten konnte.

»Ist das ...«

Sie brach den Satz ab, denn bei der Bedeutung ihrer Frage war ihr Mund ganz trocken geworden.

»*Ja*«, sagte Kam. Sie sah ihm fest in die Augen. Er wirkte so ruhig. So solide. So sicher. Es war ein wunderbarer Anblick. Schauder liefen ihr den Rücken hinab und über alle Gliedmaßen. »Willst du?«, fragte er leise.

»Oh Gott, *ja*«, sagte sie inbrünstig. Und so, wie es bei den anderen Gelegenheiten gewesen war, als sie ihm eine wichtige Antwort gegeben hatte, fühlte es sich absolut richtig an. »Ich ... es ... es hat Zeiten in meinem Leben gegeben, da habe ich daran gezweifelt, dass ich so etwas jemals erleben werde«, sagte sie zögernd.

Er strich ihr über die Schulter.

»Warum sollte eine so unglaublichen Frau wie du es nicht erleben?«, wollte er wissen. Seine hellen Augen strahlten und zeigten nur zu deutlich seine Gefühle. »Du wirst immer meine Nummer eins sein. Immer. Nichts und niemand wird vor dir kommen. Das verspreche ich dir. Weniger hast du auch gar nicht verdient.«

»Auch ich verspreche dir, Kam, dass du immer an erster Stelle bei mir stehen wirst«, schwor sie zittrig. Er hatte gewusst, dass dieser feierliche Eid genau das war, was sie am meisten ehren würde. Tränen des Glücks kitzelten unter ihren Augenlidern.

»Öffne sie«, drängte er sie mit einer tiefen Stimme und nahm ihr das Champagner-Glas ab, damit sie zwei freie Hände hatte.

Ein Lächeln breitete sich auf ihren Lippen aus. Lin tat, worum er sie gebeten hatte, und öffnete den Deckel zu ihrer reichen, lebendigen Zukunft.

DANKSAGUNG

Mein Dank geht an meine Lektorin Leis Pederson für ihre großartige Unterstützung sowie an Mahlet und Limecello für das Testlesen und ihr ungemein hilfreiches und intelligentes Feedback.

Ich bin sehr dankbar, dass mein Unterbewusstsein Kam Reardon hat entstehen lassen, denn er wurde dank seines großen Sexappeals und seines Humors zu einem meiner Lieblingshelden.

Zuletzt möchte ich, wie immer, meinem Mann danken, der mein größter Fan und eine starke Stütze ist.